JENNIFER BLAKE

Zärtlicher Verführer

Buch

Edmund Carey kennt keine Skrupel: Mit gezinkten Karten gewinnt er bei einem Pokerspiel die am Mississippi gelegene Zuckerplantage Bonheur. Der Besitzer, Gerald Delaup, erschießt sich aus Scham. Am Grab seines betrogenen Stiefvaters schwört Renold Harden daraufhin ewige Rache. Und er hat auch schon Careys wunden Punkt entdeckt: seine bildhübsche, unschuldige Tochter Angelica. Das Schicksal hat Angelica übel mitgespielt. Wochenlang lag sie nach einem Unfall bewußtlos im Haus eines Fremden. Wieder erwacht, erfährt sie nicht nur, daß ihr Vater und ihr Verlobter bei diesem schrecklichen Unglück verstorben sind, sondern auch, daß sie mit dem gutaussehenden Fremden verheiratet ist, in dessen Haus sie sich befindet. Aber Kummer und Mißtrauen schwinden bald, denn Renold erweist sich im Privatleben als einfühlsamer Gatte und Liebhaber. Von seinen Racheplänen ahnt Angelica noch nichts …

Autorin

Jennifer Blake wurde in Louisiana geboren. Sie schrieb an die vierzig Bücher, die allesamt Bestseller wurden. Heute lebt sie mit ihrem Mann und ihren Kindern in der Nähe von Quitman, Louisiana.

Bisher bei Goldmann erschienen:

Bitteres Paradies (09812), Brennende Glut (41446), Der Kreole (09463), Ein Hauch von Paradies (09752), Feuerlilien (09997), Im Sturm erobert (41281), Nacht über Louisiana (09684), Ruchloser Engel (42128), Strom der Sehnsucht (09814), Taumel der Sinne (42624), Träume des Südens (09467), Verheißung der Nacht (42940), Wie Feuer auf meiner Haut (41250), Wie Feuer im Blut (41250), Wilder Jasmin (42221), Willkür meines Herzens (41366), Zärtliche Betrügerin (42032)

JENNIFER BLAKE

Zärtlicher Verführer

Roman

Aus dem Amerikanischen
von Uta Hege

GOLDMANN

Originaltitel: Silver-Tongued Devil
Originalverlag: Ballantine Books, a division
of Random House, Inc., New York

Umwelthinweis:
Alle bedruckten Materialien dieses Taschenbuches
sind chlorfrei und umweltschonend.
Das Papier enthält Recycling-Anteile.

Der Goldmann Verlag
ist ein Unternehmen der Verlagsgruppe Bertelsmann

Ungekürzte Taschenbuchausgabe Mai 1997

Umschlaggestaltung: Design Team München
Umschlagillustration: Minuto/Schlück, Garbsen
Druck: Elsnerdruck, Berlin
Verlagsnummer: 43446
Lektorat: SK
Herstellung: Stefan Hansen
Made in Germany
ISBN 3-442-43446-7

3 5 7 9 10 8 6 4

Kapitel eins

Das Mädchen, das für die Einzelkabinen der Damen auf der *Queen Kathleen,* dem Dampfschiff von Natchez nach New Orleans, zuständig war, sah mit seiner sauberen Schürze und dem unter einer Haube zusammengesteckten Haar sehr ordentlich aus. Zugleich allerdings verströmte sie einen unverkennbaren Whiskygeruch, der Angelica Carew allzu bekannt vorkam, denn wie die meisten Männer in Natchez schaute auch ihr Verlobter oft zu tief ins Glas. Sie haßte den Geruch und hielt den Atem an, während sich das Mädchen um die Reihe winziger Knöpfe kümmerte, die ihr Abendkleid hinten zusammenhielten.

Offenbar hatte der Alkohol die Zunge der jungen Frau gelöst, denn sie brach in lautstarke Verzückung aus angesichts der Weichheit und der zarten Aprikosenfarbe des Seidenkleids, an dem sie arbeitete. Außerdem stellte sie Angelica tausend Fragen über das Ziel ihrer Reise und über die Dinge, die sie in New Orleans zu tun gedachte. Angelicas Antworten waren nicht besonders informativ. Sie dachte lieber nicht über ihre Reise, ihr Ziel und ihre Zukunft nach.

»Werden Sie nachher hier sein, um mir beim Ausziehen behilflich zu sein?« fragte Angelica, als das Mädchen den weiten Rock des Kleids ordentlich über dem mit einem Reifen verstärkten Unterrock ausbreitete.

»Oh, sicher. Sie brauchen nur zu klingeln. Dann höre ich Sie.«

»Ich glaube nicht, daß ich allzu spät zurückkommen werde. Ich bin sicher, daß mein Vater früh zu Bett gehen wird, und ich habe keinen Grund, mich später als er zurückzuziehen.«

»Haben Sie denn nicht die Absicht, noch einen kleinen Spaziergang an Deck zu machen mit Ihrem jungen Kavalier? Wir haben fast Vollmond.« Die Stimme der anderen Frau verriet schelmische Belustigung.

»Ich bin sicher, daß er eine andere Möglichkeit finden wird, um sich zu amüsieren.«

»Ach ja? Wenn er nicht weiß, was er da verpaßt, ist er ein armer Kerl.« Das Mädchen lachte, und der Alkoholgeruch, den sie dabei verströmte, hätte selbst einen ausgewachsenen Matrosen ins Wanken gebracht.

Angelica setzte ein höfliches Lächeln auf und wandte sich eilig dem Spiegel über dem Ankleidetisch zu. Das Licht der Laterne schimmerte goldfarben in ihrem hochaufgetürmten Haar, als sie sich langsam zu drehen begann, um zu sehen, ob der Saum richtig fiel. Schließlich drehte sie sich wieder zu dem Mädchen um und fragte: »Sind Sie die einzige Zofe hier an Bord?«

»Allerdings. Außer mir gibt es nur noch einen Kammerdiener für die Herren.«

»Ich nehme an, dann haben Sie eine Menge zu tun?«

»Manchmal ja, manchmal nein. Viele Damen bringen natürlich ihre eigenen Zofen mit, und ein paar ziehen sich auch alleine an. Kann ich noch irgend etwas für Sie tun?«

»Nein, nein.« Angelica blickte die andere Frau kurz an. »Es ist nur so – oh, manche Frauen haben Angst vor Spinnen oder Mäusen oder Schlangen, aber ich gerate in Panik bei dem Gedanken, in meiner Unterwäsche gefangen zu sein. Als Kind wurde ich häufig bestraft, indem ich in einem Korsett mit Apfelholzrippen schlafen mußte und – ich denke jedesmal daran, wenn es Zeit ist, ins Bett zu gehen.«

»Himmel, wer macht denn so etwas mit einem süßen Kind, wie Sie es sicher einmal gewesen sind?«

Angelicas dunkelblaue Augen blitzten halb wehmütig, halb belustigt auf. »Ich fürchte, ich war ein ziemlicher Wildfang, und die unverheiratete Tante, bei der ich aufgewachsen bin, dachte, ihre Strafen wären weniger schlimm, als wenn sie mich geschlagen hätte. Allerdings hätten mir Schläge, ehrlich gesagt, wahrscheinlich weniger ausgemacht.«

»Tja, nun, keine Angst, mein Liebe«, sagte das Mädchen voller Mitgefühl. »Sie brauchen nur zu klingeln, und noch ehe Sie die Nadeln aus Ihren Haaren gezogen haben, bin ich da.«

Angelica dankte ihr, und kurze Zeit später hielt ihr das Mädchen die Tür auf, damit sie mit ihren weiten Röcken durch die enge Öffnung kam. Sie trat in den Damenkabine genannten Salon hinaus und ging dann weiter in den Hauptsalon.

Dieser als Gesellschafts- und Speisesaal benutzte höhlenartige Raum war mehr als halb so lang wie das Schiff. In regelmäßigen Abständen verströmten Leuchter aus Messing und Glas das sanfte Licht brennenden Trans und tauchten die reichverzierten Holzwände, das Buntglas der riesigen Kuppel und die Miniaturlandschaften über den Kabinentüren in eine anheimelnde Glut. Die Mahagonitische in der Mitte des Salons waren für das Abendessen mit weißem Tischleinen, schwerem Silber und Tafelaufsätzen mit Rosen und Efeu gedeckt.

Vielleicht hätte ich in meiner Kabine bleiben sollen, bis Vater oder Laurence mich holen gekommen wären, dachte Angelica und blieb im Türrahmen stehen. Die wenigen Damen, die bereits im Salon versammelt waren, schienen alle in Begleitung zu sein, denn außer ihr standen nur Männer allein herum.

Errötend überlegte Angelica, ob es geschickter war, den Salon zu betreten oder in ihre Kabine zurückzugehen, doch noch während sie zögerte, wurde sie von einem der Männer, die um den Kapitän versammelt waren, unverwandt angesehen.

Groß und breitschultrig zog er allein durch seine Anwesenheit bereits sämtliche Blicke auf sich. Er war glatt rasiert, und sein Gesicht wirkte einzigartig schön, als wären die Flächen und Kanten aus Stein gehauen. Sein drahtiges schwarzes Haar hing in wohlgeordneten Locken bis auf seinen Kragen herab. Sein Jackett war hervorragend geschnitten, und die mit dunkelgrauer Seide eingefaßten Aufschläge lagen ordentlich an dem feinen, schwarzen Wollstoff an. Seine faltenlose, graue Hose, die sich eng an muskulöse Schenkel zu schmiegen schien, war in ein Paar blankpolierter Halbstiefel gesteckt. Seine Weste hatte dezente graue Streifen, und an der schwarzen Uhrkette, die seinen straffen Bauch betonte, hing eine schlichte goldene Uhr.

Er sah aus wie ein Gentleman mit erlesenem Geschmack und großem Vermögen, doch zugleich wirkte er trotz seiner legeren Haltung wachsam und angespannt. Irgend etwas an seiner Reglosigkeit, die Angelica wie ein Anzeichen gnadenlos unterdrückter, gewaltsamer Impulse erschien, weckte in ihr ein Gefühl von Hilflosigkeit und Verletzlichkeit. Instinktiv wußte sie, daß es gefährlich war, mit diesem Mann bekannt zu sein.

Er kniff die Augen zusammen, und einen Augenblick lang wirkte er so wachsam wie ein Wolf, dem der warme Wind den Geruch eines Beutetiers herüberträgt. Dann entspannte sich sein Mund, und der Blick aus seinen kühlen, undurchdringlichen grünen Augen wanderte von ihrem Gesicht zu ihren nackten Schultern und von dort zu ihrer schmalen Taille hinab. Das Licht der Laternen schimmerte wie blaues Feuer in seinem dunklen Haar, als er den Kopf neigte, was zugleich als förmliche Begrüßung und als unverschämtes Kompliment zu werten war.

Angelica stand still wie eine Statue im Türrahmen, und das Herz klopfte ihr bis zum Hals. Hitze wallte in ihr auf, und eine seltsame Verwirrung hielt sie unbeweglich an ihrem Platz. Sie wußte nicht, sollte sie sich zurückziehen, bleiben, fortlaufen, sich verstecken oder einfach zu dem Mann, der sie so unverhohlen musterte, hinübergehen?

Schließlich rettete ihre gute Erziehung sie. Sie setzte ein höflich distanziertes Lächeln auf und machte einen winzigen Knicks als Reaktion auf die Verbeugung, ohne den Mann jedoch zu ermutigen, weiterzugehen.

Allerdings reagierte der Fremde nicht ganz erwartungsvoll. Er setzte ein boshaftes Lächeln auf und machte eine Bewegung, als wollte er seine Freunde stehenlassen, um sich vielleicht zu ihr zu gesellen. Einen Atemzug lang wallte freudige Erwartung in Angelica auf, und ihre Haut begann zu prickeln, als würde ihr gleich eine sanfte Liebkosung zuteil.

Dann wurde die Miene des Mannes finster und hart, und abrupt wandte er sich von ihr ab. Nach einem Augenblick sagte er irgend etwas zum Kapitän, und die umstehenden Herren brachen in lautes Gelächter aus.

»Du siehst einfach entzückend aus, meine Liebe«, sagte Angelicas Vater, als er neben sie trat. »Ich wußte bereits beim Kauf des Kleides, daß es deinen Charme noch betonen würde, aber ich hatte keine Ahnung, um wieviel schöner das Kleid einfach dadurch wird, daß du es trägst.«

Es dauerte einen Moment, ehe sie zu einer Reaktion auf seine Worte imstande war, doch dann setzte sie ein Lächeln auf und legte ihre Hand auf seinen Arm. »Du bist einfach ein unglaublicher Schmeichler, aber dafür liebe ich dich.«

»Oh, ich schmeichle dir nicht.«

»Warum solltest du auch? Hat Tante Harriet nicht immer gesagt, daß ich dir wie aus dem Gesicht geschnitten bin?«

»Eine nette Feststellung, auch wenn sie nicht der Wahrheit entspricht. Du siehst genau wie deine Mutter aus.«

Seine Stimme klang müde, und Angelica bedachte ihn mit einem eiligen, prüfenden Blick. Sein Blick verriet väterlichen Stolz, aber sein Gesicht war bleich, und im flackernden Licht der Laternen sahen die Schatten unter seinen Augen wie blaue Flecke aus. Die Vorbereitungen für diese Hochzeit und für den Umzug hatten seine durch die Krankheit bereits angegriffenen Kräfte erschöpft. Unwillkürlich klammerte sie sich am Ärmel seiner Jacke fest.

Der Schatten eines Lächelns huschte über sein Gesicht. »Willst du mich jetzt etwa bemuttern? Bitte tu mir den Gefallen und laß es sein. Das würde uns nur den Abend verderben.«

»Oh, Papa ...«

»Das ist die Schuld deiner Tante Harriet. Sie hat dafür gesorgt, daß du vollkommen verwöhnt bist«, stellte er erbost fest. »Ich hätte dich niemals so lange bei ihr lassen dürfen. Aber die Zeit verging einfach wie im Flug – an einem Tag warst du noch ein Baby, das auf allen vieren durch die Gegend krabbelte, und am nächsten Tag warst du bereits eine junge Dame, die sich die Haare aufsteckt und Parfüm hinter die Ohren stäubt.«

»Rosenwasser«, verbessert Angelica. »Etwas anderes hat Tante Harriet nicht erlaubt.«

»War es denn so schrecklich bei ihr? Sie ist meine Schwester und ich respektiere sie, aber ich fürchte, sie ist keine besonders warmherzige Frau.«

Was sollte Angelica darauf antworten? Wenn sie sich beschwerte, würde er sich nur Vorwürfe machen, ohne daß sich jetzt noch etwas daran ändern ließ. »Sie hat ihre Pflicht erfüllt. Und ich glaube, auf ihre Art hat sie mich auch gern.«

»War es so schlimm?« fragte ihr Vater und schüttelte den Kopf. »Vielleicht ist es ganz gut, daß alles so war. Auf diese Weise wirst du bestimmt wenigstens eine glückliche Ehefrau.«

Angelica erwiderte nichts. Sie wünschte, ihr Vater hätte recht, da ihn der Gedanke zu trösten schien, aber sie war sich weit weniger sicher als er.

Das Abendessen war eine zeitraubende Angelegenheit, denn die einzelnen Gänge wurden mit dem sonst nur in feinen Restaurants üblichen Pomp serviert. Der Duft der Speisen hing in der Luft und bildete mit den Gerüchen des Lampenöls, diverser Parfüms und des Flusses ein eigenartiges Gemisch. Die feuchtkalte Brise wehte durch die offenen Oberlichter über den Fenstern und Türen auf einer Seite der langen Kabine herein und auf der anderen Seite wieder heraus. Die von den riesigen Dampfmotoren verursachte Vibration führte dazu, daß sich das Wasser und der Wein in den Kristallgläsern kräuselten und daß durch das Deck und die Stühle hindurch ein schwaches Rütteln und Stampfen zu spüren war. Die Heckräder ratterten und hämmerten so beständig wie ein riesiges Herz, während das Plätschern des Wassers auf den Schaufeln wie entfernter Regen klang. Diese Geräusche und das Murmeln der Gespräche übertönte das Ensemble, das aus Pianoforte, französischem Horn und Violine bestand.

Während des Essens hatte Angelica plötzlich das Gefühl, als würde sie beobachtet. Sie blickte zum Tisch des Kapitäns in der Mitte des Raums. Dort saß der Mann, dem sie zuvor begegnet war. Er achtete kaum auf das angeregte Gespräch der anderen und saß bequem zurückgelehnt, die Arme auf die Stuhllehnen und das Kinn auf Daumen und Zeigefinger gestützt, auf seinem Platz. Er beobachtete sie tatsächlich, auch wenn sein Blick undurchdringlich und grüblerisch war.

Als Renold Harden sah, daß Angelica Carew in seine Richtung blickte, verspürte er eine grimmige Zufriedenheit. Es könnte ihm nützlich sein, wenn er der Dame ebenso auffiel wie sie ihm. Die blonde Angelica, die engelhafte Angelica. Rein und köstlich anzusehen, gülden wie ein Engel auf einem alten Relief, mit meerblauen, blanken Augen, hinter denen sie ihre Gedanken verbarg oder die ihre Freude widerspiegelten. Daß sie eine wahre Schönheit sein würde, hatte er nicht vorausgesehen. Eigenartig. Aber schließlich hatte er die Tochter immer nur als Waffe gesehen. Daß sie schön war, betrachtete er als unerwartetes Geschenk. Er hatte nicht erwartet, bei seinem Rachefeldzug Vergnügen zu empfinden.

Renold erinnerte sich an das leuchtende Gesicht, mit dem Edmund Carew zu seiner Tochter getreten war. Er liebte die junge Frau, die er gezeugt hatte, ging so sanft wie mit einem Neugeborenen, so geschickt wie mit einem Kartenspiel mit ihr um. Als er sie an den Tisch geführt hatte, hatte er ihre Hand auf seinen Arm gelegt und sie mit seiner bedeckt. Wie im Rausch, voller Mitteilungsdrang, ähnlich einem Hahn bei Tagesanbruch, hatte er gesprochen, um das schnelle, silbrige Lachen seiner Tochter hervorzulocken und die Liebe und die Zuneigung in ihrem Blick zu sehen.

Renold hatte das Gefühl gehabt, einen widerlichen Straßenköter beim Spiel mit einem unschuldigen kleinen Kätzchen zu beobachten. Bei der Erinnerung daran wallte heißer Zorn in ihm auf.

Sein Stiefvater, Gerald Delaup, war ein lebender Heiliger gewesen. Er hatte fast immer ein Lächeln auf den Lippen gehabt. Kultiviert und herzensgut hatte er vor Jahren seine Verwandten und Bekannten in helle Aufruhr versetzt, indem er nicht innerhalb der aristokratischen Kreise von New Orleans heiratete, sondern eine Irin zur Ehefrau nahm. Und als wäre das noch nicht genug gewesen, hatte er auch noch den unehelichen Sohn dieser Frau als eigenes Kind akzeptiert. Unter seiner Obhut war der verdrießliche, schwierige, jähzornige Junge im Verlauf der Jahre zu einem halbwegs zivilisierten Mann herangereift, wenn er auch vielleicht niemals ein echter Gentleman geworden war.

Gerald Delaup hatte allen Grund gehabt, jovial und freundlich zu sein, denn das Leben hatte es immer gut mit ihm gemeint. Er stammte von einer der ältesten französischen Kreolenfamilien in New Orleans ab, und war außerhalb Frankreichs, nämlich in Louisiana, geboren und mit französischer Nationalität. Ihm hatte Bonheur gehört, eine Zuckerplantage am Mississippi, deren Erträge es ihm ermöglicht hatten, ein Stadthaus für die Saison, einen Stall voller Pferde, drei Kutschen und eine Loge in der Oper zu unterhalten, sowie seiner Frau und seiner Tochter sämtliche Wünsche zu erfüllen. Außerdem hatte er immer genug Geld übrig gehabt, daß er sich hin und wieder den Luxus leisten konnte, ein Rennpferd zu erwerben oder an einem Kartenspiel mit hohen Einsätzen teilzunehmen.

Vor weniger als einem Monat war Monsieur Delaup, Renolds Stiefvater, mit dem Dampfschiff nach St. Louis gefahren, um sich einen vielversprechenden Vollblüter anzusehen. Das Pferd hatte sich als mittelprächtig erwiesen, aber während der Rückfahrt hatte er einen charmanten, kultivierten Gentleman kennengelernt, und sie hatten sich zu einem Kartenspiel zusammengesetzt. Das Spiel hatte vom Nachmittag bis spät in die Nacht gedauert, und am Ende hatte der Falschspieler Edmund Carew ihn derart abgezockt, daß er der glückliche neue Besitzer von Bonheur mitsamt seinen Möbeln, Sklaven, Viehbeständen und all seiner Pracht gewesen war.

Mit der Plantage hatte Delaup seine Einnahmequelle und somit sein Prestige verloren. Er hatte keine Mittel mehr gehabt, um das Stadthaus, die Loge in der Oper oder irgend etwas zu behalten, hatte einfach nichts mehr gehabt. Monsieur Delaup hatte Renold für das angebotene Darlehen gedankt, aber er hätte es nicht zurückzahlen können, und sein Stolz hatte es nicht zugelassen, daß er Almosen nahm. Vielleicht hätte Renold Interesse am Erwerb seiner neuen Kutsche mit dem passenden Zweiergespann? In Ordnung. Der sofortige Verkauf gäbe ihm eine Atempause, in der er darüber nachdenken könnte, wie die Situation zu retten sei. Er war zu alt, um noch einmal von vorn anzufangen, aber was sollte er sonst tun?

Oh, und könnte Renold bitte seiner Mutter beibringen, daß ihr nichtswürdiger Ehemann sie zur Bettlerin gemacht hatte? Die Erniedrigung, es ihr persönlich zu sagen, war einfach zu schrecklich, als daß ein fürsorglicher, treu ergebener Gatte wie er sie ertrug. Oder vielleicht sollte er es ihr doch selbst beichten, war er ihr nicht das zumindest schuldig? Aber nicht sofort, nein, bitte lieber Gott, heute abend. Er hatte einfach nicht den Mut gehabt, es sofort zu tun.

Schließlich hatte Gerald Delaup irgendwann in den düsteren Stunden vor dem neuen Tagesanbruch eine andere Lösung gewählt. Von Verzweiflung getrieben und vom Brandy bestärkt, hatte er sich den Lauf seiner silbern ziselierten Duellpistole in den Mund geschoben und abgedrückt.

Schmerz war etwas, was Renold als Schwäche verachtete, aber er hatte am Grab seines Stiefvaters gestanden und zugelassen, daß das Gift des Schmerzes in jede Pore seines Körpers drang. Gerald Delaup war der erste Mann gewesen, der Renold Selbstachtung gestattet hatte, der erste, nach dessen Meinung er es wert gewesen war, daß man ihn unterrichtete, und der einzige, der ihm je mit uneingeschränkter Zuneigung begegnet war. Renold hatte seinem Stiefvater die leidenschaftliche Dankbarkeit entgegengebracht, zu der nur ein Mischling gegenüber einem großzügigen und liebevollen Wohltäter fähig war.

Er hatte in das Grab hinabgestarrt und geschworen, Bonheur zurückzuholen, notfalls mit Gewalt. Und um nichts in der Welt würde der Mann seiner Strafe entgehen, von dem Delaup um seinen Stolz und seine Lebensfreude betrogen worden war.

Ja, betrogen, denn der Verlust der Delaupschen Plantage rührte nicht von einem einfachen Kartenspiel her. Edmund Carew galt zwar unter Spielern als fairer und ehrenwerter Mann, aber dennoch hatte er mit gezinkten Karten gespielt. Gerald Delaup hatte diese Möglichkeit vor seinem Tod erwähnt, und Renold hatte sich die Bestätigung dafür von Bekannten und Informanten in der Halbwelt der Spielhöllen von New Orleans geholt.

Renold hatte daran gedacht, ein Duell zu erzwingen, in dessen Verlauf Edmund Carew erfahren würde, weshalb man ihm das Leben nahm. Doch das war gewesen, ehe er den Spieler in Natchez aufgespürt und erfahren hatte, daß Carew ein schwaches Herz besaß, das wahrscheinlich sowieso nicht mehr lange schlug. Es erschien sinnlos, einen Mann zu töten, der bereits vom Tode gezeichnet war.

Es mußte eine andere Möglichkeit geben, Carew weh zu tun. Und diese Möglichkeit hatte Renold erkannt, als er gehört hatte, daß Carew eine Tochter besaß. Wenn er sich an sie hielte, würde er den Vater treffen und gleichzeitig Bonheur zurückgewinnen.

Angelica Carew war der einzige Mensch, der für den Spieler von Bedeutung war, der einzige Mensch, an dem er hing, der einzige Mensch, über den er zu vernichten war. Er würde es hassen, wenn ihre Zukunft sich anders gestaltete als von ihm geplant. Er würde vor ihm im Staub kriechen, wenn er erführe, daß ein Mann mit ihr schlief und sie in eine höllische Ehe führte nur wegen der Mitgift, die er ihr gab. Er würde die Qualen der Verdammten erleiden, wenn er wüßte, daß sie jeden Tag und jede Nacht ihres Lebens für seine Habgier und Verschlagenheit würde bezahlen müssen.

Als er dem Blick der jungen Dame begegnete, griff Renold nach seinem Weinglas und hob es zu einem kurzen Gruß. Die Geste entbehrte allerdings jeder Galanterie, jeder Schmeichelhaftigkeit. Vielmehr weckte sie eine drohende Vorahnung in Angelica.

Sie senkte den Blick, doch gleichzeitig hielt sie den Atem an, da sie unweigerlich erschauderte.

Neben ihr brach ihr Verlobter in lautes Lachen aus. »Was ist los? Hast du einen Geist gesehen?«

»So in etwa«, murmelte sie.

»Mach dir nichts draus«, sagte Laurence, und seine hellbraunen Augen schimmerten trübe, denn er hatte während des Essens einige Gläser Wein geleert. »Nicht mehr lang, und ich habe das Recht, dafür zu sorgen, daß dir bestimmt kein Geist mehr außer dem meinen erscheint.«

Angelica wandte sich höchst beunruhigt von ihm ab. Sie zog es vor, nicht über die Rechte nachzudenken, die Laurence Eddington nach der Hochzeit als ihr Ehemann genoß. Allein bei der Erinnerung an die feuchten, fordernden Küsse, die er ihr nach ihrer Verlobung aufgedrängt hatte, erschauderte sie bereits.

Ihre Abscheu verwirrte sie. Sie hatte immer von Liebe, Ehe und einer Familie geträumt. Das jahrelange Geschwätz ihrer Tante über die Fehltritte der Gemeindemitglieder von Natchez und die deftigen Geschichten der ältlichen Köchin über die Vorgänge in den Vierteln abseits der Herrenhäuser hatten ihr eine ungefähre Vorstellung davon gegeben, was sie erwartete.

Es war nicht so, daß ihr zukünftiger Ehemann ein Unbekannter für sie war. Laurence war der Sohn der besten Freundin ihrer Tante Harriet. Sie hatte als Kind mit ihm gespielt, mit ihm Bälle besucht und ihn damit aufgezogen, daß er so unglaublich stolz darauf war, ein Eddington von Dogwood Hill zu sein, einer der besten Adressen der Stadt. Aber immer hatte sie ihn mehr als Vetter oder Bruder betrachtet denn als potentiellen Ehemann. Daß er angefangen hatte, ihr den Hof zu machen, sobald bekannt geworden war, daß sie Bonheur, die riesige Plantage in der Nähe von New Orleans, als Mitgift bekam, hatte sie betrübt. Sie hatte Laurence als Freund verloren, ohne daß er dafür ihr Geliebter geworden war.

Angelica beobachtete verstohlen, wie er mit übertriebener Lässigkeit auf seinem Stuhl lungerte. Sein sandfarbenes Haar hing ihm ins Gesicht, und sein Lächeln war freundlich und nett. Ihr zukünftiger Ehemann. Ihr Ehemann in weniger als sechs Wochen, denn ihr Vater freute sich auf eine Hochzeit im Spätfrühling.

Sie wartete darauf, daß sie so etwas wie Freude oder gar eine gewisse Aufregung empfand, doch sie verspürte nichts als die bleierne Schwere der Pflicht.

Das Problem war offenbar sie selbst. Vielleicht war sie einfach keine leidenschaftliche Natur, oder sie hatte zu lange unter dem Einfluß ihrer Tante gestanden, derzufolge Männer Geschöpfe mit widerlichem Geschmack und widerlichen Gelüsten waren, vor allem was das Schlafzimmer betraf. Doch sie mußte sich mit dem Problem auseinandersetzen. Bald.

Das letzte, was sie im Augenblick brauchen konnte, war die beunruhigende Begegnung mit einem fremden Mann. Sie würde nicht noch einmal in seine Richtung sehen. Nein. Das würde sie nicht.

Als das Essen beendet war, waren die gestärkten weißen Tischdecken klamm vor Feuchtigkeit, die aus dem Fluß aufstieg, und über und über mit Flecken bedeckt. Sowohl die Tische als auch die Perserteppiche auf dem Boden waren mit versenkten Motten und Fliegen übersät. Das heiße Licht der Leuchter hatte sie angezogen und ihnen während ihres Tanzes die Flügel verbrannt, und nun wurden die Insekten ebenso wie die herabgefallenen Essenskrumen unter den Füßen der Gäste zerquetscht, die den Raum verließen, ehe das Personal zum Abräumen und Saubermachen kam.

Angelica unternahm gemeinsam mit ihrem Vater und Laurence einen kleinen Verdauungsspaziergang an Deck. Die beiden Männer unterhielten sich zusammenhanglos, wobei sich Laurence über die Enge seiner Kabine und die Unfreundlichkeit des Stewarts beschwerte, während ihr Vater erklärte, daß er in Natchez vor der Abfahrt des Schiffes bereits ausgedehnte Einkäufe für die Hochzeit getätigt hatte und daß er sich die Waren nachschicken ließ. Keiner der beiden Männer war offenbar an einem Kommentar von Angelica interessiert, und sie ließ die Stimmen der Männer an sich vorbeiplätschern und fragte sich, ob es wohl immer so war.

Einmal, als das Schiff auf einer hohen Welle ins Schwanken geriet, legte Laurence seinen Arm um ihre Taille und zog sie eng an seinen Bauch. Instinktiv fuhr Angelica zurück, und das Stirnrunzeln ihres Verlobten zeigte ihr, daß er keinesfalls erfreut darüber war.

Der von dem Mädchen versprochene Mond hatte sich noch nicht gezeigt. Der Fluß erstreckte sich dunkel und breit um sie herum, und einzig die Lichter des Schiffes spiegelten sich darin. Als sie an die Reling traten, umklammerte Angelica das blank polierte Holz mit beiden Händen und wünschte, sie könnte die Fahrt verlangsamen. Plötzlich hatte sie das Gefühl, als steuere sie geradewegs auf einen Abgrund zu, als würde das Schiff jeden Augenblick kentern und als wäre es dann für alle Zeiten zu spät.

Was natürlich lächerlich war. Aber noch vor einer Woche hätte sie gesagt, es sei dreifach lächerlich zu behaupten, sie könnte über Nacht verlobt sein und eine Plantage in Besitz nehmen, die sie von ihrem geliebten Vater, der sich als professioneller Spieler entpuppen würde, bekam.

Nun quälte es sie, daß sie sich nie für das Leben ihres Vaters interessiert hatte und dafür, auf welch eigenartige Weise er sein täglich Brot zu verdienen schien. Er und ihre Tante hatten es natürlich vor ihr geheimgehalten, hatten sie in dem Glauben gelassen, er trauere immer noch so sehr um seine bereits vor langen Jahren verstorbene Frau, ihre Mutter, daß er nur Frieden fand, indem er auf der Suche nach wissenschaftlichen Erkenntnissen in der Welt herumgondelte.

Angelica hatte gewußt, daß er von einer Stadt in die nächste reiste, sowohl in Europa als auch in Amerika. Manchmal hatte er Straßburg erwähnt oder White Sulphur Springs, Boston oder Baden-Baden. Wer hätte gedacht, daß er seinen Lebensunterhalt dadurch bestritt, indem er sich auf sein Glück und dünne Stücke bedruckten Papiers verließ? Wie hätte sie wissen sollen, daß er Wetten einging, durch die er Vermögen gewann und verlor? Wie hätte sie auch nur ahnen können, daß er seinen größten Gewinn, die Plantage, als ihre Mitgift auserkor? Einen Gewinn, den er ihr mit so vielen Bitten und Versprechungen und Hinweisen auf seine schlechte Gesundheit aufgedrängt hatte, daß sie weder ihn noch den Ehemann hatte ausschlagen können, den er sowohl für die Bewirtschaftung der Ländereien als auch zu ihrem Schutz für absolut erforderlich hielt.

Den Wind, der ihr nach der Hitze und den diversen Gerüchen in der Hauptkabine zunächst so frisch und angenehm erschienen war, empfand sie plötzlich als unangenehm kühl. Er drang durch das Tuch, das um ihre Schultern lag, so daß sie fröstelte, und als sie sah, daß der Salon inzwischen in Ordnung gebracht worden war, gingen sie wieder hinein.

Die Gläser der Tranlampen waren inzwischen leicht verrußt, so daß der Raum grau und düster erschien. Ältere Frauen in Witwenkleidern von Lavendel bis Purpurrot stellten eine Insel kummervoller Gespräche dar. In den Ecken der Hauptkabine unterhielten sich junge Mütter über die Krankheiten ihrer Kinder und über die Probleme mit ihren Bediensteten, während die mittelalterlichen Damen ein Auge auf ihre jungen Töchter hielten, die sich gemessenen Schritts im Takt der immer noch nicht verklungenen Musik bewegten oder kichernd die am anderen Ende der Kabine versammelten unverheirateten Männer musterten. Durch die offene Tür des nahegelegenen Herrensalon drang der blaue Rauch von Zigarren und das Klatschen von Karten auf filzbespannte Tische herein.

Angelica warf im Vorbeigehen einen Blick in den Salon und entdeckte den Gentleman, von dem sie bei ihrem Eintreten in die Hauptkabine begrüßt worden war. Er saß am Farotisch und wirkte vollkommen versunken in sein Spiel. Sie blickte eilig fort, ehe er vielleicht zu ihr herübersah.

»Huhu!«

Der lautstarke und keineswegs dezente Gruß, der quer durch den Raum hallte, galt Angelicas Vater. Er kam von einer Frau mit enormer Leibesfülle, die in braune Spitze gehüllt und mit einer mehrreihigen Kette gelber, tropfenförmiger Diamanten behangen war.

Einen Augenblick lang dachte Angelica, Edmund Carew würden den Gruß ignorieren, doch da die Frau ihnen so gebieterisch zuwinkte, daß ihre blitzenden Juwelen den Betrachter regelrecht blendeten, seufzte er, nahm Angelicas Arm und trat entschlossen vor.

Die Dame war Madame Parnell, eine Witwe mittleren Alters mit einem vergnügten Wesen und der Spur eines irischen Akzents. Sie sprach mit einer Stimme, deren Heiserkeit entweder davon herrührte, daß sie unaufhörlich sprach, oder davon, daß sie regelmäßig einen Schluck aus der kleinen Flasche medizinischem Brandys nahm, den sie in einem Strickbeutel bei sich trug. Die Witwe gestattete die erforderliche gegenseitige Vorstellung, ehe sie das Gespräch sofort wieder an sich riß und einen laufenden Kommentar abgab zu allem, was sie betraf, angefangen mit einem teuflischem Ei, das ihr beim Abendessen heruntergefallen war, bis hin zu den Theaterstücken und anderen Aufführungen, die sie in New Orleans zu sehen beabsichtigte.

Recht schnell war klar, daß der verstorbene Mr. Parnell ebenfalls ein Spieler und ein Freund von Edmund Carew gewesen war. Die Frau schwelgte in Erinnerungen an diverse Reisen, die die drei gemeinsam in den Nordosten und nach Europa unternommen hatten, erzählte von amüsanten Begebenheiten und von aufregenden Fluchtmanövern vor zornigen Verlierern und von Damen, die erwarteten, daß Angelicas Vater sie heiratete. Laurence, der neben Angelicas Stuhl stand, trat ungeduldig von einem Fuß auf den anderen. Angelica hingegen lauschte wie gebannt.

»Großer Gott, Edmund«, unterbrach sich die freimütige

Dame mitten in einer Geschichte, in der es um einen Heuwagen, eine Sanduhr und den verpaßten Liebestrunk mit irgendeiner untröstlichen Dame ging, »du siehst vollkommen fertig aus. Warum gehst du nicht einfach ins Bett und überläßt deine charmante Angelica mir? Ich werde schon dafür sorgen, daß ihr nichts passiert.«

»Ja, Papa, tu das«, sagte Angelica besorgt. »Ich komme bald nach.«

»Ich bin sicher, daß Madame Parnell meinen Ruf ruinieren wird, wenn ich nicht mehr dabei bin, um mich zu verteidigen«, stellte Edmund Carew fest.

Die ältere Frau brach in asthmatisches Gelächter aus. »Ich werde nur soviel erzählen, daß du interessant wirst.«

Edmund Carew lächelte, nahm Angelicas Hand und küßte sie. »Dann sage ich also gute Nacht, meine Liebe. Aber bitte denk dran, daß ich eine gewisse Würde habe, und daß ich immer noch dein Vater bin.« Mit einer lustigen Verbeugung zog er sich zurück.

»Edmund, meine lieben jungen Freunde, ist wahrlich ein einzigartiger Mann«, sagte Madame Parnell mit einem Seufzer, während sie beobachtete, wie Edmund Carew den Salon verließ. »Oh, natürlich hat er seine Schwächen. Er ist jähzornig, und er nutzt einen Mann, der seine Grenzen nicht kennt oder der kein Talent zum Kartenspielen hat, gnadenlos aus. Er hat keinen Sinn für Geld – ich war einmal dabei, als er seine letzte Silbermünze darauf verwettet hat, welcher der beiden Hähne in einem spanischen Gasthaus als erster krähen würde! Aber er ist stets ein Gentleman, und er hat niemals die Frau vergessen, der seine ganze Liebe galt – deine Mutter, meine liebe Angelica.«

»Ich fürchte, ich wußte nie besonders viel über ihn«, stellte Angelica vorsichtig fest.

»Das wollte er bestimmt auch nicht. Oder aber diese griesgrämige Frau, deine Tante, hat es nicht gewollt. Ich bin ihr einmal begegnet. Sie war das freudloseste Geschöpf, das ich je gesehen habe, steifer als –«

Laurence machte ein Geräusch, als würde er ersticken, und trat erneut unbehaglich von einem Fuß auf den anderen.

Madame Parnell brach ab. Sie richtete sich kerzengerade auf, sah ihn an und fragte: »Steckt dir vielleicht eine Fischgräte im Hals, mein Junge, oder versuchst du, mir klarzumachen, daß ich meine Zunge hüten soll? Wenn dir meine Sprache nicht gefällt, dann begib dich doch einfach irgendwohin, wo du sie nicht hörst. Vielleicht hättest du Lust, ins Kartenzimmer hinüberzugehen und den Männern beim Spielen zuzusehen?«

Laurence wurde puterrot ob dieses Angriffs auf seine Männlichkeit und wandte sich mit verletztem und zugleich flehendem Blick an Angelica. Sie jedoch wollte die Gelegenheit nicht ungenutzt verstreichen lassen, mehr über den Mann zu erfahren, der ihr Vater war, und außerdem hatte sie nicht die geringste Lust, mit ihrem Verlobten allein zu sein. »Ich komme schon zurecht«, sagte sie. »Du brauchst nicht zu bleiben.«

Er preßte erbost die Lippen zusammen, aber immerhin besaß er noch die Höflichkeit, sich mit einer steifen Verbeugung zurückzuziehen. »Ihr Diener, Ma'am. Angelica, ich komme dann später zurück, um dich abzuholen.«

»Wie ein Paket«, knurrte die widerspenstige ältere Frau, während sie beobachtete, wie er steifbeinig von dannen zog. Doch dann wandte sie sich mit einem freundlichen Lächeln Angelica zu. »Tja, nun, nachdem wir die Männer endlich los sind, können wir uns ungestört unterhalten. Was möchtest du über deinen durchtriebenen Vater wissen?«

»Alles!« stellte Angelica lachend fest, doch dann wurde sie wieder ernst, als ihr Blick an Laurence vorbei in den Herrensalon wanderte. »Aber zuerst wüßte ich gern, ob Sie den Mann dort drüben kennen.«

»Wo?« Madame Parnell spähte in die angegebene Richtung.

»Ich möchte lieber nicht auf ihn zeigen. Er sitzt da drüben, an dem Tisch direkt neben der Tür. Der dunkelhaarige Gentleman.«

Die ältere Frau zog die Brauen hoch. »Großer Gott, Kind, du meinst doch nicht etwa Renold Harden? Ich muß schon sagen, da hast du dir einen ganz schönen Schurken rausgesucht.«

»Er ist also kein ehrenwerter Gentleman?«

»Es gibt Leute, die pflegen nur wegen seiner familiären Beziehungen Umgang mit ihm, aber ich selbst bin nicht ganz so streng. Er lebt in New Orleans in einem schönen Haus in der Royal Street im *Vieux Carré*.«

»Kennen Sie ihn gut?« Angelicas Neugierde wurde noch durch den eigenartigen Ton gesteigert, in dem Madame Parnell von ihm sprach.

»Wir sind uns hin und wieder begegnet. Nun, was kann ich sonst noch von ihm erzählen? Er hat keinen ordentlichen Stammbaum vorzuweisen, worauf die Leute in New Orleans großen Wert legen, aber er ist unermeßlich reich. Er hat mit einer Spielhölle angefangen, aber die hat er kürzlich verkauft. Es heißt, es sei nicht ungefährlich, wenn man ihm geschäftlich in die Quere kommt. Und eine Dame, der eine Zeitlang sein Interesse galt, versuchte, sich nach dem Ende der Liaison das Leben zu nehmen.«

»Selbstmord?« flüsterte Angelica schockiert.

»So heißt es. Ehrlich gesagt frage ich mich, ob das Ganze nicht nur inszeniert war, um sein Interesse neu zu wecken. Falls ja, hat es nicht geklappt. An dem Abend, an dem sie es gewagt hat, sich bei einer Aufführung des *Barbier von Sevilla* zum ersten Mal wieder in der Öffentlichkeit sehen zu lassen, war Harden in Begleitung der berühmtesten Schauspielerin der Stadt unterwegs.«

»Oh je«, murmelte Angelica, da sie das Gefühl hatte, eine

Reaktion schuldig zu sein, aber ihr Blick flackerte erneut in Richtung des Mannes, von dem gerade die Rede war.

Renold Harden bemerkte ihren zweifelnden Blick, und sofort verließ ihn das Glück am Kartentisch. Aber er hatte sowieso nicht allzu erfolgreich gespielt, denn er war nicht konzentriert. Ob er gewann oder verlor, war weit weniger wichtig als der hervorragende Blick in die Hauptkabine, den der Platz am Farotisch bot. Er hatte Angelica Carew sofort nach ihrer Rückkehr in die Kabine bemerkt, und es war ihm durchaus bewußt, daß im Augenblick weder ihr Vater noch ihr Verlobter an ihrer Seite war.

Die Art, wie die sanfte Aprikosenfarbe ihres Kleids ihrem rosigen Teint schmeichelte, und ihr tief ausgeschnittenes Dekolleté gefielen ihm. Auch die Reihe winziger Knöpfe auf dem Rücken ihres Oberteils wirkte verführerisch auf ihn, und er meinte fast, sie unter seinen Fingern zu spüren.

Als er beobachtete, wie Laurence Eddington den Herrensalon betrat, verspürte er eine bösartige Zufriedenheit. In den letzten paar Minuten hatte er überraschend festgestellt, daß es ihm ganz und gar nicht gefiel, wenn der junge Bock in der Nähe der jungen Dame stand und einen unbehinderten Ausblick auf den Ausschnitt ihres Kleids genoß.

Angelica Carew war eine Lady, ungeachtet des Mannes, der ihr Vater war. Sie wies die richtigen Instinkte und die passende Erziehung auf. Das sanfte Oval ihres Gesichts, die hohen Wangenknochen und der perfekt geformte Mund verliehen ihr das Aussehen klassischer Reinheit, sie wirkte, als wäre sie ein grundgütiger Mensch. Doch zugleich faszinierten ihn ihr direkter Blick und der Humor, der sich hinter ihrem Lächeln verbarg. Offenbar ist sie nicht nur süß und lieb, dachte er.

Was natürlich idiotisch war. Als wären seine Eindrücke und Gefühle von Bedeutung, als hätten ihr Aussehen und ihre Persönlichkeit irgendeinen Einfluß auf ihn. Es kam nicht in Frage, daß er sich in sie verliebte. Oh nein.

Seit er erwachsen war, hatte er dauerhafte Bindungen gemieden, soweit es ihm möglich war. Wenn man die mannigfaltigen Vorzüge einer Frau erst einmal registrierte, war es nur noch ein kleiner Schritt bis zu dem Punkt, an dem man das Opfer genau dieser Vorzüge wurde. War einem dieses Risiko allerdings erst einmal bewußt, dann konnte und mußte man es in seine Berechnungen mit einbeziehen.

Renold blickte in Richtung von Laurence Eddington, der sich in geprobter Lässigkeit von einem Tisch zum nächsten begab, um sich die diversen Kartenspiele anzusehen. Nach einer Weile bat er um Erlaubnis, an einer Partie Poker teilzunehmen, und Renold verließ den Farotisch und stellte sich so an eine Wand, daß er die Pokerrunde genauestens übersehen konnte.

Einen Augenblick lang überlegte er, ob er sich vielleicht an dem Spiel beteiligen sollte. Allerdings saßen Männer am Tisch, die ihn kannten, und die vielleicht Themen zur Sprache brachten, über die man besser schwieg. Er und Eddington waren sich noch nie begegnet, aber es war zu erwarten, daß Angelica Carews Verlobter die Ohren spitzen würde, sobald der Name Bonheur fiel.

Mit Edmund Carew war es natürlich etwas ganz anderes. Renold hatte sorgsam darauf geachtet, dem Spieler aus dem Weg zu gehen. Angelicas Vater war eine bekannte Figur in New Orleans; sie beide hatten dieselben Restaurants frequentiert, in nebeneinanderliegenden Logen im Opernhaus gesessen, dieselben Spielhöllen besucht. Vielleicht wußte Carew über die familiären Bindungen zwischen Renold Harden und dem Mann, dem er die Plantage gestohlen hatte, Bescheid.

Um etwas über Laurence Eddington zu erfahren, genügte es allerdings bereits, ihn beim Spiel zu beobachten. Er war ein verwegener Spieler, der sich eher auf sein Glück als auf seine tatsächlichen Gewinnchancen verließ. Wenn er setzte oder seine Karten auf den Tisch warf, tat er es auf eine extravagante Art, wenn er gewann, wurde er großspurig, und wenn das Glück ihn verließ, schmollte er.

Diese Beobachtungen und das, was Renold zuvor mitbekommen hatte, gaben ihm eine ziemlich genaue Vorstellung von Laurence Eddingtons Position in dem Dreiergespann. Angelicas Verlobter war nicht unbedingt eine Niete, aber von Selbstbeherrschung hatte er offenbar noch nichts gehört. Es mangelte ihm an der Höflichkeit, wenigstens so tun, als zöge er die Gesellschaft einer Frau einem Kartenspiel vor, und er hatte auch nicht die Manieren, mit denen das Herz einer Frau zu erobern war. Er wäre kein ernst zu nehmender Konkurrent, und seine Braut würde seinen Verlust bestimmt nicht als allzu tragisch ansehen.

Kurz gesagt war der junge Mann kein Hindernis. Mit einem entschlossenen Ruck schob sich Renold von der Wand und verließ den Kartenraum.

Er dachte daran, dorthin zu gehen, wo Madame Parnell mit Angelica Carew saß, und auf diese Weise ein ersten Kennenlernen herbeizuführen. Es war eine große Versuchung, ein paar Worte mit Carews Tochter zu wechseln, ein Gespräch zu führen, in dem es weder Tränen noch heiße Gefühlsausbrüche gab, sich ihr vielleicht als Mann zu präsentieren und nicht als das Monster, das er war.

Nein. Eine solche Begegnung wäre der reinste Luxus. Sie würde nichts verändern, außer, daß sie vielleicht seine Entschlossenheit schwächte, seinen Plan tatsächlich durchzuführen.

Mit reglosem Gesicht und entschlossenem Schritt verließ Renold die Hauptkabine und machte sich auf die Suche nach dem Raum, in dem die Zofe der weiblichen Passagiere darauf wartete, daß man nach ihr läutete.

Kapitel zwei

Die Queen Kathleen war ein verhältnismäßig altes Schiff. Sie fuhr seit fast vier Jahren auf dem Mississippi und lief immer noch, obwohl Baumstümpfe, Sandbänke, Stürme, unfähige Lotsen und anfällige Maschinen dazu führten, daß nur wenige Dampfschiffe über das dritte Jahr hinaus auf dem Fluß schipperten. Dennoch war sie Renolds Lieblingsschiff, vor allem, weil sie extra für Fahrten auf dem unteren Mississippi konstruiert worden war. Er mochte den Kapitän, respektierte den Losten und huldigte regelmäßig dem Koch, aber seine größte Bewunderung wurde den Kabinen zuteil. Sie waren groß genug, um auch Passagieren zu gefallen, die ausgedehnte Schlafzimmer gewohnt waren, und darüber hinaus waren sie so gestaltet, daß bei Hitze durch die normale Innentür und durch ein Bullauge zum Außendeck ein angenehmer Luftzug entstand.

Er hatte sich auf dem Deck in der Nähe der Außentür von Angelica Carews Kabine postiert. Durch die heruntergezogene Jalousie der Tür drang Licht, aber außer dem leisen, verführerischen Rascheln von Seidenröcken und einem gelegentlichen Seufzer hörte er keinen Laut. Eine Schulter an einen reichverzierten Pfosten gelehnt, lauschte er. Er verspürte eine gewisse Ungeduld, ohne deshalb im geringsten schlecht gelaunt zu sein.

Der Mond war aufgegangen und wirkte freundlich, strahlend und zugleich schüchtern, wie er sein sanftes goldenes Gesicht hinter einem purpurgrauen Wolkenschleier verbarg. Das Licht, das in einem beweglichen, schimmernden Strahl auf das Wasser traf, hatte Gewicht und Substanz. Renold spürte es auf seinen Lidern, auf seinem Mund, doch er widerstand dem Drang, die Hand danach auszustrecken, denn er hatte bereits vor langer Zeit erkannt, daß der Kampf um das Unerreichbare nicht zu gewinnen war.

Plötzlich schrillte auf dem Deck über ihm eine Pfeife los. Sofort war er hellwach und mit jedem seiner Sinne auf der Hut. Als er den Grund für die Aufregung entdeckte, stützte er die Hände auf die Reling und sah aufs Wasser hinaus.

Hinter ihnen pflügte ein anderes Dampfschiff durch den Fluß. Seine fackelförmigen Schornsteine spien zwei Hörner schwarzen, mit orangefarbenen Funken durchsetzten Rauchs aus, und aus dem Überlaufrohren wehten silbrigweiße Dampfschwaden über das Deck. Die *City of Cincinnati* drängte gewaltsam durch das Wasser, das in rollenden Wogen zu beiden Seiten des Bugs hinablief, und ihre Dampfpfeife schmetterte durch die Nacht, als sie mit ihrem Überholmanöver begann.

Allerdings hatte der Lotse der *Queen Kathleen* schon längst mehr Dampf gefordert, und die Schornsteine schickten dichte Schwaden aus. Das Rattern und Hämmern der Motoren verstärkte sich, und das Schiff gewann rasch an Geschwindigkeit. Das Vibrieren der Reling unter Renolds Hand beschleunigte und verhärtete sich ebenfalls, und er runzelte die Stirn, als sich der ungleichmäßige Rhythmus auf seinen Körper übertrug.

Seine kurze Besorgnis legte sich, als er hörte, wie hinter ihm jemand einen Riegel zurückschob. Angelica Carew öffnete ihre Kabinentür und trat an Deck.

Renold drehte sich zu ihr um und hielt den Atem an. Sie hatte ihr Haar gelöst, so daß es weich und glänzend wie rohe Seide über ihre Schultern fiel. Die dichten Wellen schimmerten, und die in Mondlicht getauchten Spitzen lockten sich sanft in den Falten ihres Umhängetuchs und mischten sich mit den Seidenfransen des Schals, der ihr fast bis zu den Knien ging. Es juckte ihn in den Fingern, sie zu berühren, sie in die Arme zu nehmen, doch dann ballte er langsam die Fäuste und sah sie reglos an.

Sie verharrte ebenfalls vollkommen reglos, als sie ihn entdeckte, doch sie zog sich nicht zurück. Ihre Stimme verriet nichts als ängstliche Neugier, als sie fragte: »Was ist los? Was ist passiert?«

»Ein Rennen«, erwiderte er.

»Um Himmels willen, warum denn das?«

»Weil fast Vollmond ist, und weil man deshalb gut sieht. Weil das Schiff, das als erstes in den Hafen einläuft, eine volle Ladung bekommt, das zweite hingegen vielleicht nicht. Weil Flußlotsen ihren Stolz haben und weil –«. Renold unterbrach sich, da er sich vor seiner Redseligkeit gegenüber ihrer nachdenklichen Stille fürchtete.

Ihr Lächeln verriet, daß sie die genannten Gründe nachvollzog, auch wenn sie nichts erwiderte. Sie legte die Hand auf den Bauch und atmete langsam ein und aus.

»Ist etwas nicht in Ordnung?« fragte er in dem Bemühen, höflich und besorgt zu erscheinen, ohne aufdringlich zu sein.

Als sie den Kopf schüttelte, tanzte ihr Haar über der Seidenglocke ihres Rocks, doch nach einem Augenblick fragte sie: »Haben Sie vielleicht die Frau gesehen, die als Zofe für die Damen tätig ist? Ich dachte, sie wäre vielleicht hier draußen an Deck.«

»Ich habe sie vor ungefähr einer Stunde gesehen«, antwortete er vorsichtig, was nicht gelogen war. Er hatte sie aufgesucht und bestochen, damit sie sich andernorts beschäftigte, wo Angelicas Läuten nicht zu hören war. Dann fügte er noch hinzu: »Ich glaube, sie wollte nach dem Säugling und nach dem Kind einer Frau sehen, die krank geworden ist.«

»Oh.«

Renold unterdrückte die Gewissensbisse, die er angesichts der Verzweiflung in Angelicas Stimme bekam. Natürlich kannte er den Grund dafür, kannte ihre Angst, in ihren Kleidern gefangen zu sein. Er hatte davon erfahren, indem er seinen Kammerdiener an die Hintertür des Hauses ihrer Tante geschickt hatte, wo er mit den Angestellten plauderte. Die genaue Planung jedes Unternehmens war eine Glaubensfrage für Renold, einer der wenigen Grundsätze, die er als sinnvoll und nützlich erachtete. Ein anderer Grundsatz war der, jede Schwäche eines Gegners so gut es ging auszunutzen.

»Wenn es so wichtig ist, die Zofe zu finden«, sagte er ruhig, »dann brauchen Sie offenbar dringend ein Mädchen oder zumindest irgendeine Frau, die Ihnen behilflich ist. Dürfte ich mich vielleicht auf die Suche nach einer geeigneten Person machen, die ich zu Ihnen schicken kann?«

»Nein, ich wüßte niemanden. Das heißt, ich kann selbst losgehen.«

Er wußte, wen sie in ihrer Not aufsuchen wollte, und machte sich umgehend daran, auch diese Hoffnung zu zerstören. »Sie denken vielleicht an Madame Parnell, die Dame, mit der ich Sie nach dem Essen sprechen sah? Sie hat sich bereits zurückgezogen. Ich bin sicher, daß Sie in ihrem nur halb bekleideten Zustand nicht vor ihrer Kabinentür herumstehen wollen, während sie sich wieder ihre Perücke aufsetzt und sich das Gesicht anmalt.«

Seine Stimme klang lässig, aber sie enthielt die Spur eines Tadels angesichts der Möglichkeit, daß Angelica sich vielleicht unschicklich benahm. »Natürlich werde ich mich zunächst herrichten«, erwiderte sie deshalb steif.

»Das ist nicht nötig. Ich glaube, die Dame ist mit ihrer eigenen Zofe unterwegs. Ich kann meinen Kammerdiener hinüberschicken, um sie zu fragen, ob sie Ihnen vielleicht kurzfristig ihr Mädchen ausleihen kann.«

Auf Angelicas Gesicht zeichneten sich leichte Zweifel ab. »Sie glauben nicht, daß es Madame Parnell etwas ausmacht, wenn ich die Dienste ihres Mädchens beanspruche?«

»Ich bin sicher, daß ihr das lieber ist, als wenn sie selbst herüberkommen muß.«

Sie zögerte. »Ich weiß nicht. Ich möchte meinen Vater nicht

stören, denn er ist krank, aber vielleicht könnte ja mein Verlobter –«

»Der junge Eddington? Ich habe ihn kennengelernt. Ihn in dieser Angelegenheit aufzusuchen, wäre meiner Meinung nach alles anderes als klug.« Seine Stimme klang fest.

Sie nagte an ihrer Unterlippe, doch dann nickte sie. »Ich fürchte, daß ich tatsächlich Ihr freundliches Angebot annehmen muß.«

»Das ist keine Freundlichkeit meinerseits, sondern ich sehe es als Vergnügen an«, erwiderte Renold spontan. Dann machte er auf dem Absatz kehrt, ging über das Deck zu seiner eigenen Kabine und trat durch die Tür.

Tit Jean, der seit Jahren sein Kammerdiener war, blickte mit ernster Miene auf, und Renold begegnete seinem dunklen, klaren Blick. Keiner der beiden Männer sprach ein Wort, denn dazu bestand keine Notwendigkeit. Madame Parnell hatte bereits ihre Anweisungen erhalten, doch daß sie ihr Mädchen zu Angelica schickte, gehörte nicht dazu.

Wie die meisten Kammerdiener wußte auch Tit Jean genau, was sein Arbeitgeber tat und warum er es tat. Hardens Vorhaben gefiel ihm nicht, aber er verriet sein Mißfallen nur durch einen ungewöhnlich strengen Gesichtsausdruck, der sich problemlos ignorieren ließ.

Renold lehnte sich mit dem Rücken an die Wand und machte die Augen zu. Er sah sein Vorhaben im gleichen Licht, wie ein aus dem Amt gestoßener Priester wahrscheinlich die Sünde betrachtete. Zweifellos war es falsch, wahrscheinlich sogar kriminell. Doch zugleich war es durchaus gerechtfertigt. Falls ihm je Zweifel an der Rechtmäßigkeit seines Plans kamen, brauchte er nur daran zu denken, wie seinem Stiefvater die Tränen quecksilbergleich über das vorzeitig gealterte Gesicht geströmt waren, brauchte nur daran zu denken, welche Niedergeschlagenheit, welch verzweifelter Schmerz in Delaups Stimme zu hören gewesen war.

Während er so an die Wand gelehnt stand, wurde Renold plötzlich klar, daß eine Heirat mit Angelica Carew und damit eine erneute Inbesitznahme von Bonheur nicht die schlimmstmögliche Form der Rache war. Wenn es ihm gelänge, sie von der Schuld ihres Vaters zu überzeugen und sie dazu zu bewegen, den Mann aus ihrem Leben zu verbannen, wäre das die größte Niederlage, die es für Edmund Carew gab. Wenn er sie dazu bringen könnte, ihren Ehemann mehr zu lieben als den Mann, der ihr Vater war, dann wäre der Tod seines Stiefvaters endgültig gerächt.

Der Spieler würde die Trostlosigkeit verlorener Selbstachtung und eines verlorenen Lebenszwecks kennenlernen, an der auch Gerald Delaup gescheitert war. Und dieses Wissen würde ihn ebenso vollständig zerstören wie den Mann, für dessen Zerstörung er verantwortlich war.

Wäre es möglich, daß die Tochter des Spielers ihn tatsächlich eines Tages derart lieben würde, überlegte Renold, oder war dies nur ein eigensinniger Wunsch, geboren aus einem schlechten Gewissen und der unerwarteten Zuneigung, die er für sie empfand? Er wußte es nicht. Was auch immer es war, es mußte warten, bis sie mit ihm verheiratet war.

Angelica Carew stand immer noch an der Reling, wo er sie zurückgelassen hatte. Sie blickte aufs Wasser hinaus, als sähe sie dem Rennen zu, während sie keuchend nach Luft rang und an dem Mieder aus Fischbeinstäben zupfte, in dem ihre Taille gefangen war. Es ging ihr tatsächlich nicht gut. Das hätte er nicht gedacht.

Sie drehte sich zu ihm um, ließ die Hand sinken und zwang sich zu einem tapferen Lächeln, als sie ihn kommen sah. Aber ihre Stimme verriet ihre Furcht, als sie fragte: »Hat Ihr Kammerdiener Madame Parnell erreicht?«

»Es tut mir leid, aber offenbar hat ihre Zofe einen kleinen Unfall gehabt. Sie hat versucht, eine Kleidertruhe zu verschieben, und dabei ist sie gestürzt. Sie hat sich ins Knie geschnitten, und Madame Parnell kümmert sich gerade darum, daß sie ordnungsgemäß verbunden wird.«

Angelicas Miene verfinsterte sich, obgleich sie sich mitfühlend äußerte. Sie zögerte kurz, doch dann sagte sie: »Tja, ich fürchte, dann muß ich wohl doch zu meinem Vater gehen.«

»Ich dachte, Sie hätten gesagt, er wäre krank.«

»Ich wünschte, ich bräuchte ihn nicht zu belästigen, aber offenbar habe ich keine andere Wahl.«

Renolds Gesicht war vollkommen ruhig, aber seine Stimme klang ehrlich nervös, als er sagte: »Auf dem Weg zurück hierher habe ich über die Sache nachgedacht. Ich biete Ihnen gerne meine Dienste an. Ich habe ein gewisses Geschick, wenn es um kleine Knöpfe geht. Ich finde sie sogar, ohne hinzusehen – wenn es die Gelegenheit erforderlich macht.«

Ihre Brust hob und senkte sich, als wäre sie gerannt. »Sie meinen – Sie bieten mir an –«

»Die Rolle der Zofe zu übernehmen, ja. Es ist niemand in der Nähe, der uns sehen würde, und es dauert nicht lange. Sie können sich auf meine Diskretion verlassen, ebenso wie darauf, daß ich mich wie ein Ehrenmann verhalten werde.«

Sie sah ihn unverwandt an, obgleich ihre blasse Haut sichtbar errötete. Er meinte, das läge an ihrer Empörung, doch dann erkannte er, daß sie überlegte.

Der Wind fuhr raschelnd durch ihr Kleid und wehte ihm eine Brise ihres Dufts aus Rosenwasser und warmer Weiblichkeit ins Gesicht. Ihr Haar flatterte leicht und schimmerte im Licht des Mondes wie ein silbergoldenes Netz. Geistesabwesend strich sie sich die feinen Strähnen aus der Stirn, und schließlich fragte sie ruhig: »Warum schlagen Sie mir so etwas vor?«

»Aus Sorge um Sie und aus dem Bedürfnis, Ihnen gefällig zu sein. Ist das so überraschend?«

»Weder kennen Sie mich, noch kenne ich Sie.«

»Dann vermissen Sie also nur die offizielle gegenseitige Vorstellung?« fragte er und wußte, noch während er ihr seinen Namen nannte und eine spöttische Verbeugung andeutete, daß sein Ton und wahrscheinlich auch seine Worte nicht das waren, was sie erwartete. Aber sie hatte ihn überrascht, und er war Überraschungen nicht gewohnt.

»Sind Sie meinem Vater bekannt?«

»Ich kann nicht behaupten, daß er ein naher Bekannter von mir ist.« Glücklicherweise hatte er sich wieder in der Gewalt.

»Ich glaube, ich sah Sie vorhin im Kartenraum. Sind Sie ein professioneller Spieler?«

Er neigte den Kopf, fasziniert von ihrem veränderten Ton. »Würde mich das mehr oder weniger akzeptabel machen für Sie?«

»Ich möchte nichts weiter als eine direkte Antwort auf meine Frage«, sagte sie streng.

Sie war wachsam, aber nicht verängstigt, also kannte sie sich offenbar mit Männern nicht allzugut aus. Diese Erkenntnis paßte zu seinen Informationen über ihr Leben bei dem Drachen, der ihrer Tante war. Zugleich allerdings störte ihn das Bewußtsein, daß er derjenige sein mußte, der ihr beibrachte, wie wichtig gesundes Mißtrauen war. »Ich bin auf vielen Gebieten tätig«, erwiderte er. »Ich handele mit allem, von Baumwolle und Zucker bis hin zu Schiffen und Land.«

»Sie sind also kein Spieler?«

»Zumindest nicht von Beruf.«

»Aber vielleicht von Natur aus?«

Ein leichtes Lächeln umspielte seinen Mund, als er sagte: »Das sind wohl die meisten Männer, auch wenn es auf die wenigsten Frauen zutrifft.

»Versuchen Sie herauszufinden, wie es bei mir ist?« fragte sie nachdenklich. »Wie sollte ich das wissen? Schließlich hat man mich noch nie aufgefordert, an einem Spiel teilzunehmen …« Plötzlich brach sie ab.

»Einem anderen Menschen zu trauen, ist immer ein Spiel, und ein gewagtes noch dazu.«

»Erzählen Sie mir, weshalb Sie sich für meine Probleme interessieren sollten, und vielleicht antworte ich Ihnen dann.«

Dies war das einzige, was er ihr nicht erzählen konnte, oder vielleicht doch? Sein Herz hämmerte schwer in seiner Brust, als er sagte: »Dafür gibt es verschiedene Gründe, angefangen von dem Ehrenkodex eines Gentleman bis hin zu persönlichem Interesse, das in mir geweckt wurde, als ich Sie zum ersten Mal sah.«

»Und welche Gründe liegen dazwischen?«

Er mußte sich merken, daß sie eine aufmerksame Zuhörerin war. Doch sie war nicht erfahren genug, um Perfidität zu erkennen, wenn sie sich hinter der Maske der Wahrheit verbarg. Seine Stimme klang rauh wie ein windzerzaustes Blatt, als er sagte: »Als weiteren Grund gibt es noch die Leidenschaft.«

»Und das geben Sie so ohne weiteres zu? Wie schmeichlerisch.«

»Nicht wahr?« fragte er. »Aber Sie haben mir immer noch nicht gesagt, ob Sie eine Spielerin sind.«

»Ich bin die Tochter meines Vaters, also liegt mir das Spielen wahrscheinlich im Blut. Und darüber hinaus ist mein Bedürfnis, mich endlich von meinen Kleidern zu befreien, zu groß, um noch länger wählerisch zu sein. Ich würde Ihren Versprechungen glauben, wenn ich es könnte, aber wie soll ich das jetzt noch tun?«

»Das ist in der Tat eine Frage, die sich nicht so leicht beantworten läßt.«

Sie erwiderte nichts, aber sie sah ihn nachdenklich an. Sie saß in der Falle, aber das gab sie lieber nicht zu.

Renold wandte sich abrupt von ihr ab und blickte in Richtung des anderen Schiffs, das hell und lärmend durchs Wasser zog und eine dichte Rauchfahne hinterließ. Die ganze Sache war schwieriger, als er gedacht hätte, und vor allem verwirrender. Er hatte nicht erwartet, daß es ihm wichtig sein würde, was diese Frau von ihm hielt, was sie fühlte und wonach sie sich zu sehnen schien.

Sie zögerte, doch dann trat sie neben ihn an die Reling und blickte auf das brodelnde Wasser hinter dem Schaufelrad ihres eigenen Schiffs. Sie schien die orangefarbenen Funken zu beobachten, die aus den Schornsteinen der *Queen Kathleen* stoben und auf die Wasseroberfläche trudelten, wo ihr Licht in der Schwärze des Flusses erlosch.

Nach einen Augenblick sagte sie: »Wir gewinnen.«

»Wir haben einen ziemlich großen Vorsprung«, pflichtete er ihr bei. Er wußte nicht, ob sie versuchte, Zeit zu schinden oder nicht.

»Wenn wir so schnell weiterfahren, sind wir bald in New Orleans.«

»Ich nehme eher an, daß bald das Holz alle sein wird«, stellte er trocken fest, und sie lächelte.

An Bord des anderen Schiffes schrillten die Pfeifen los, und der Rauch über den Schornsteinen verdichtete sich. Matrosen tauchten an der Reling des Hauptdecks auf und brüllten den Männern auf dem Unterdeck etwas zu. Nach einem Augenblick sagte Angelica: »Ich glaube, es ist gar nicht so schlimm, daß ich nicht schlafen gegangen bin. Dann hätte ich am Ende all die Aufregung verpaßt.«

Damit hatte sie recht. Doch abgesehen davon wäre er aufgrund des Rennens wahrscheinlich bald nicht mehr allein und ungestört mit ihr, weil andere Passagiere aus ihren Kabinen kommen würden, um den Schauspiel zuzusehen. Er mußte sie unbedingt in ihre Kabine bugsieren, ehe das geschah.

»Wenn Sie Gefallen finden an Aufregung, dann war ich

vielleicht die ganze Zeit über wesentlich zurückhaltender als erforderlich. Falls es Ihnen lieber ist, fordere ich für den Gefallen, den ich Ihnen erweise, gern eine Gegengefälligkeit.«

Sie fuhr zu ihm herum, aber weder schwankte sie, noch schlug sie ihm ins Gesicht, obwohl eine solche Reaktion halb zu erwarten gewesen war. In strengem Ton sagte sie: »Das erscheint mir aber ein recht hoher Preis dafür, daß Sie ein paar Knöpfe und Bänder öffnen.«

»Sie könnten mir ja eine Gefälligkeit erweisen, die Ihnen ebenfalls Freude macht.«

Ihr Gesicht wirkte so kühl und unnahbar, als wäre es aus weißem Marmor gehauen. »Ich gehöre wohl kaum zu der Sorte Frauen, denen ein derartiger Vorschlag annehmbar erscheint.«

»Jede Frau nimmt einen solchen Vorschlag irgendwann einmal an. Sie braucht nur den richtigen Grund, den richtigen Zeitpunkt und den richtigen Mann dazu.«

Sie legte den Kopf zur Seite und griff sich an den Hals. Mit angehaltenem Atem flüsterte sie: »Warum? Warum sagen Sie so etwas?«

»Um Sie zu verführen«, sagte er mit einer Spur von Verzweiflung im Ton. »Warum sonst?«

»Nein.«

Als er sie musterte, erkannte er zunächst Verwirrung und dann Ungläubigkeit in ihrem Blick. »Sie glauben mir nicht, nicht wahr? Ich frage mich nur, warum?«

»Es fällt mir schwer, Sie als einen derart oberflächlichen Mann zu sehen«, sagte sie. »Und außerdem weiß ich aus zuverlässiger Quelle, daß Männer, die eine Frau verführen wollen, dazu neigen, die Frau erst zu nehmen und später zu diskutieren.«

Renold richtete sich langsam zu seiner ganzen Größe auf. »Ich nehme an, ich sollte Ihnen für das Kompliment danken, auch wenn es vielleicht vollkommen unberechtigt ist. Aber wenn Sie sich meines Charakters und meiner Motive so sicher sind, dann könnten Sie ja vielleicht endlich meine Dienste in Anspruch nehmen?«

»Ich glaube nicht, daß meine Urteilskraft, was Männer betrifft, ausreichend ist«, sagte sie, als wolle sie sich entschuldigen. »Und deshalb sage ich es noch einmal ganz klar: Meine Antwort ist nein.«

Sie versuchte zu lächeln, doch es gelang ihr nicht, vielleicht, weil sie die Betrübnis in seinen Augen sah. »Ich fürchte, eine andere Antwort kann ich Ihnen nicht geben. Ich werde einfach zu meinem Vater gehen.«

Verlangen und Gewalt, entfacht durch einen unstillbaren Rachedurst, trommelten in seinem Hirn, doch das lebendigste Gefühl in seinem Inneren war Traurigkeit. »Wissen Sie, ich kann einfach nicht glauben, daß Sie das tun.«

In diesem Moment erkannte sie die Gefahr und trat eilig auf ihre Kabinentür zu. Er sprang ihr nach und umfaßte schmerzhaft ihr Handgelenk. Er hörte ihr Keuchen, spürte ihren Widerstand, aber er lockerte die Umklammerung nicht. Mit unbeugsamem Willen und unerbittlicher Stärke riß er die Tür zu ihrer Kabine auf und schob sie in den Raum.

Mit laut raschelnden Seidenröcken wirbelte sie herum und flüchtete sich an die Wand. Er warf die Tür ins Schloß und drehte sich zu ihr um.

Die Kabine war zu eng, zu vollgestellt mit Kisten und Taschen und schwerem Mobiliar, um ihr die Flucht vor ihm zu ermöglichen. Mit einem einzigen langen Schritt wäre er ja nach Belieben an der Innen- oder Außentür, um ihr den Weg zu verbarrikadieren. Hinter ihm stand das Bett, und auf dem danebenstehenden Tisch brannte eine Öllampe. Er sah, daß sie diese Dinge registrierte, ehe sie den Blick hob und unmittelbar in die Augen sah.

Ihr Herz pochte so stark, daß das Pulsieren noch an ihren langen, schmalen Hals oberhalb der weißen Rundung ihrer

Brüste zu sehen war. Sie saß in der Falle und wartete darauf, was er als nächstes tat, während sich ihre Brust panisch in der gnadenlosen Umklammerung ihres Korsetts senkte und hob. Doch zugleich verriet ihre Miene mutige Entschlossenheit, und ihren Augen war anzusehen, daß sie eilig darüber nachdachte, wie sie ihm am besten entkam.

Als er auf Angelica zutrat, schluckte sie. »Was haben Sie vor?«

»Ist das nicht offensichtlich?« Seine Stimme war tiefer, als er erwartet hatte, und sanfter als geplant.

»Sie sehen nicht aus wie ein Mann, der jeder Versuchung erliegt, und noch viel weniger wirken Sie, als hätten Sie Ihre Leidenschaft nicht im Griff.«

»Sie hingegen wirken so unberührt wie eine jungfräuliche Braut. Woher wollen Sie also wissen, was mich treibt?«

»Nennen Sie es einfach Instinkt.« Sie wandte den Blick ab, allerdings nur, um ihn sofort wieder anzusehen.

Unter ihrem offenen, steten Blick spürte er, wie er tatsächlich errötete. Wo in aller Welt blieb nur Madame Parnell? Sie sollte schon längst an die Tür klopfen und empört kreischen, so daß er angesichts der kompromittierenden Situation nicht umhin käme, Angelica Carew zu ehelichen. Er war durchaus gewillt, dies zu tun. Und, wenn er das von ihm selbst inszenierte Drama noch ein wenig weiter triebe, hätte er vielleicht auch wirklich allen Grund dazu.

»Meiner Meinung nach«, sagte er mit rauher Stimme, während er noch näher trat und seinen Arm um die Taille seines lieblichen Opfers schlang, »scheint hier wohl eher der Wunsch der Vater des Gedankens zu sein.«

Sie ließ zu, daß er sie an sich zog, öffnete die Lippen und machte die Augen zu. Ihre Münder waren noch kaum zwei Zentimeter voneinander entfernt, als er seine Hand erwartungsvoll lockerte.

Plötzlich entwand sie sich seinem Griff und machte einen

Satz unter den Ankleidetisch. Etwas Silbernes blitzte in ihren Händen auf, ein Gegenstand aus dem Kasten mit Toilettenartikeln, dessen Deckel geöffnet war.

Was für ein Waffe sie auch immer gefunden hatte, tödlich war sie sicher nicht. Mit einem leisen Fluch sprang Renold ihr nach. Er legte einen Arm um ihren Brustkorb und zerrte sie unter dem Tisch hervor. Sie fuhr herum, wobei ihr Haar wie ein seidiger Vorhang über ihre Schultern fiel, und hob den Arm.

Renold spürte den Stich an seinem Hals zwischen der Krawatte und dem Hemd. Er ignorierte ihn, suchte nach ihrem Handgelenk und packte es. Mit bewußt angewandter Stärke zwang er ihre Hand nach unten, so daß sie den Brieföffner fallen ließ. Als er ihr den Arm auf den Rücken bog, sank sie keuchend an seine Brust, und ohne ihr weh zu tun, vergrub er die Finger seiner freien Hand in ihrem warmen, seidigen Haar, bis sie zu keiner Bewegung mehr fähig war.

Er mußte ihr zeigen, daß seine Absichten ehrenwert waren, doch in seinem Kopf herrschten ein solcher Tumult und ein solches Verlangen, daß er sich nicht sicher war, sie nicht doch zu nötigen.

Ihre Lippen waren kühl und süß, unglaublich zart und zugleich unendlich verführerisch. Er preßte seinen Mund auf sie, als sie sich zu einer Bitte oder vielleicht auch einem Schrei öffneten, und ließ nicht eher locker, bis sich seine Zunge vorsichtig in ihre Mundhöhle schob. Sie erstarrte und versuchte, ihn abzuwehren. Doch er begann, ihre glatte, geschmeidige Zunge zu umschmeicheln, in der Hoffnung, daß sie sich ihm ergab.

Schließlich allerdings drang das entsetzte Schluchzen tief in ihrer Kehle zu ihm durch. Er hörte es nicht nur, sondern spürte es auch, merkte, wie es durch Wolle und Leinen, Muskeln und Knochen drang, bis es sein Herz umschloß in erdrückendem Schmerz. Er hob den Kopf und starrte auf die

Frau in seinen Armen hinab. Und er wußte, daß der Kuß ein Fehler gewesen war.

Ein schwerer Fehler, der sich vielleicht sogar als tödlich erwies. Er gab kein Verzeihen dafür. Nicht jetzt und vielleicht nie.

Renold war kein alter Mensch, aber trotzdem hatte er das Gefühl, daß der Ruck, der von den Sohlen seiner Stiefel bis hinauf in seinen Schädel ging, ein wenig übertrieben war. Dann hörte er das donnernde Krachen, das bösartige Zischen heißen Dampfs, das erstickte Keuchen eines Männerschreis.

Die Kessel des Schiffs. Sie zerbarsten einer nach dem anderen, da das Rennen zuviel für sie war.

»Großer Gott«, keuchte er.

Er schnappte sich Angelica und schleuderte sie in Richtung der Außentür, stürzte hinaus, hechtete über das Deck und hob sie hastig über die Reling.

Sie schrie auf, stolperte und klammerte sich an seinen Schultern fest, als sie den freien Raum, das dunkle Wasser unter sich sah, doch er schwang sich ebenfalls über die Reling, zog sie eng an seine Brust und sprang mit aller Kraft.

Über und hinter ihnen explodierte das Dampfschiff in kochendem Dampf, heißem Metall und splitterndem Holz. Renold verspürte abrupt einen stechenden Schmerz in seinem Rücken, der ihn einzuhüllen drohte und auch nach der Frau tastete, die er in den Armen hielt.

Er beugte sich schützend über sie und fiel und fiel. Ein lautes Platschen, und sie landeten im Fluß, der sie mit seiner kalten, gesegneten Umarmung umfing.

Kapitel drei

Angelica lag auf dem Rücken und betrachtete die sich strahlenförmig ausbreitenden, gespenstischen Seidenfalten über ihrem Kopf. Sie hatte das Gefühl, als hätte sie sie schon unzählige Male gesehen. Sie bildeten einen kleinen Teil irgendeines entfernten Alptraums voller Schreie und Schmerzen, voller Wasser und Feuer, voller ruckartiger Bewegungen und betäubten Fieberwahns. Aber bisher hatte sie nie erkannt, was sie da über sich sah.

Es war ein sogenannter Betthimmel, die geraffte und geplättete Seide, die die Unterseite eines Baldachins überzog. Der Stoff, in dessen Mitte goldfarbene Sterne zu explodieren schienen, hatte das reine Blau eines Madonnengewands, eine Farbe, die eigentlich jungen Bräuten vorbehalten war.

Ihre Tante Harriet hatte eine Aversion gegen Baldachine, ebenso wie gegen die Bettvorhänge, hinter denen man so herrlich warm und sicher von der Außenwelt abgeschirmt war. Ihrer Meinung nach hatten diese einer französischen Mode entstammenden Staubfänger keinen Platz im Haushalt einer gottesfürchtigen Frau.

Seltsam.

Der Betthimmel schimmerte in dem flackernden Licht, das durch die breite Öffnung einer Nachttischlampe zur Decke aufstieg. Doch hinter dem Lichtkreis der Lampe lag der Raum in vollkommener Dunkelheit, denn die Flügeltüren links und rechts des Bettes waren hinter Vorhängen aus Seide und hauchdünner Spitze versteckt. Ein kleines Kohlefeuer brannte unter einem reichverzierten schwarzen Marmorsims. Der zierliche, französische Ankleidetisch, der Waschtisch und der Kleiderschrank, die an den Wänden standen, glänzten im Schein des Feuers und der dicken Politur. Nicht ein einziger Gegenstand in diesem Schlafzimmer war ihr auch im entferntesten vertraut.

Von der dem Bett gegenüberliegenden Tür her ertönte ein leiser Ruf, gefolgt vom Rascheln von Stoff. Angelica drehte schwach den Kopf, was bereits eine große Anstrengung für sie war. Sie blickte gerade noch rechtzeitig auf, um zu sehen, wie ein Rock in der Dunkelheit des Nebenzimmers verschwand, das wahrscheinlich ein Ankleideraum war.

Sie beobachtete die Tür in der Hoffnung, die Frau käme vielleicht noch einmal zurück, denn wie Luftblasen in einem warmen See blubberten eine Reihe von Fragen an der Oberfläche ihres Gehirns.

Doch dann wurde das Bild der flatternden Frau durch die große, feste Gestalt eines Mannes ersetzt. Angelica rang entsetzt nach Luft. Sie kämpfte sich hoch und versuchte aufzustehen.

»Nicht!«

Renold Hardens Stimme hatte einen tiefen, durchdringenden Befehlston, doch gleichzeitig blieb er wie angewurzelt stehen. Eine Hälfte seines starren, strengen Gesichts wurde vom gelbbronzefarbenen Licht der Lampe erhellt, während das andere in vollkommener Dunkelheit lag. Hinter ihm stand die dunkelhäutige Frau, auf deren Bitte hin er erschienen war.

Sein Befehl war vollkommen unnötig gewesen, denn auch so hätte sie es nicht geschafft aufzustehen. Ihre Muskeln verkrampften sich, und sie verharrte vollkommen reglos in ihrem Bett. Halb auf einen Ellbogen gestützt, lag sie zusammengekauert da. Ihr Atem ging stoßweise, und sie legte die Hand über die Augen, damit der stechende Schmerz in ihrem Kopf nicht nach außen drang.

»Falls ich einen Beweis dafür gebraucht hätte, daß du wieder du selbst bist, dann habe ich ihn soeben bekommen«, sagte Renold in ruhigerem, nachdenklicherem Ton. »Und falls dir die Situation, die du beim Aufwachen vorgefunden hast, nicht gefällt, so entschuldige ich mich. Unter den gegebenen Umständen erschien mir diese Lösung allerdings die beste zu sein.«

»Wo bin ich? Warum sind Sie hier?« Sie hielt die Augen weiterhin geschlossen, denn sie hatte Angst, sobald sie sie öffnete, würde ihr schlecht.

»In meinem Haus in New Orleans. Ich hätte für die Dauer deiner Genesung in ein Hotel ziehen können, aber das hätte vielleicht ein wenig seltsam gewirkt für einen frisch gebackenen Bräutigam.«

Sie hielt den Atem an, und es verging ein langer Augenblick, während sie ihre Kraft und ihre Gedanken sammelte. Schließlich fragte sie mit dünner Stimme: »Und wen haben Sie geheiratet?«

»Wen außer dir, mein Schatz, würde ich wohl heiraten?«

Nun riß sie doch die Augen auf, denn gegen einige Übel schien ein Schock das beste Gegenmittel zu sein.

Seine Züge verrieten Wachsamkeit, als er sie ansah, und seine Haltung drückte unverhohlene Angriffslust aus. Sie sah, daß er für jede Reaktion auf diese Feststellung gewappnet war, aber für eine Auseinandersetzung war sie viel zu erschöpft.

»Nein«, flüsterte sie.

»Doch«, erwiderte er in gelassenem Ton.

Endlich wagte sie es, in seine dunklen, grünen, jedem Hexenmeister würdigen Augen zu sehen, doch sein Blick verriet ihr nichts. Er verriet weder seine Gedanken noch die kleinste Spur von Gefühl.

Sie atmete langsam ein. »Unmöglich.«

»Du willst wissen, wie und wann und vielleicht auch wo du mich geehelicht hast? Also bitte. Das Wo ist leicht zu beantworten: Hier in diesem Haus. Wann? Vor zwölf Tagen, als klar wurde, daß du überlebst. Wie? Durch die Dienste eines

Freundes der Familie, der obendrein noch über zwanzig Jahre lang der Beichtvater meiner Mutter war, Vater Goulet. Er ist bekannt dafür, daß er, um eine Seele zu retten, durchaus auch mal ein oder zwei Gesetze übertritt.«

Einen Augenblick lang sah sie vor ihrem geistigen Auge das Bild des Mannes, von dem er sprach. Ein Priester mit einem freundlichen Lächeln und einem kahlen, von spinnwebfeinem, weißem Haar gesäumten Haupt. Sanfte Worte, mit denen er ihr seinen Segen erteilte. Weihrauchgeruch.

»Du erinnerst dich«, sagte Renold sanft.

»Das, woran ich mich erinnere, könnte ebensogut die Absolution und die Letzte Ölung sein.« Ihre Stimme war leise, doch der dahinterliegende Sarkasmus war nicht zu überhören.

Er lächelte. »Das war vorher. Was die Eheschließung betrifft, so gebe ich zu, daß du nicht ganz bei Sinnen warst, aber zumindest hast du keine Einwände erhoben, als es soweit war.«

Sie merkte, daß seine Stimme ebenso bestimmt wie seine Worte klang. »Sie haben vergessen, mir zu erklären, weshalb Sie sich die Mühe gemacht haben, eine derart überstürzte Hochzeit zu arrangieren.«

»Ich verspüre nun einmal den leidenschaftlichen Drang, mit dir zu schlafen«, erwiderte er.

»Das glaube ich nicht«, entgegnete sie.

Er musterte sie. »Nein, gab er mit offensichtlichen Bedauern zu. »Ich fürchte, ich tat es eher, um den Anschein von Moral zu wahren.«

Ihr schwindelte für Anstrengung, als sie versuchte, die Bedeutung seiner Worte trotz ihrer bohrenden Kopfschmerzen zu verstehen. »Das heißt?«

»Ich wurde beobachtet, als ich versuchte, dich aus deinem Korsett zu befreien. Das tat ich auf dein Verlangen hin. Meine Berührung erschien dir offenbar weniger unangenehm als der Gedanke, auch nur eine Sekunde länger eingezwängt zu sein – du hast kaum noch Luft gekriegt. Aber die braven Leute aus der Stadt, die uns dort, wo wir uns aus dem Fluß gezogen hatten, in flagranti erwischten, dachten, ich hätte offenbar irgendeinen Anspruch auf zukünftige Privilegien in deinem Bett.«

»Und Sie haben sie in dem Glauben gelassen.«

»Ich war nicht unbedingt versessen darauf, gelyncht zu werden«, sagte er scharf.

»Wie schade«, murmelte sie.

»Und anschließend«, fuhr er fort, ohne auf ihre Provokation einzugehen, »stellte sich die Frage, was aus deinem Haar werden sollte. Der Quacksalber, der sich nach dem Unfall um die Verletzten kümmern sollte, wollte es abschneiden, um dir ein nettes, kleines Loch in den Schädel zu bohren. Ich habe es ihm verboten, und er mußte schließlich einsehen, daß ich das Sagen hatte, da es offenbar um meine Ehefrau ging.«

»Und Sie haben ihn in dem Glauben gelassen«, warf sie ihm vor.

Er nickte. »Anschließend ging jeder davon aus, daß ich dich zusammen mit meinen anderen Sachen mitnehmen würde, als die Überlebenden den Ort des Geschehens verließen.«

»Zusammen mit Ihren anderen –« setzte sie an, doch dann unterbrach sie sich. In ihren zunächst verwirrten Blick mischte sich Verzweiflung, und sie sah Renold nur eine Sekunde lang an, ehe sie in die Dunkelheit hinter ihm zu starren begann. Schließlich fragte sie heiser: »Gab es noch viele andere – Überlebende, meine ich?«

»Man sagte mir, hundertdrei von insgesamt zweihunderteinundsiebzig Passagieren hätten überlebt.« Doch dann fügte er ruhig hinzu: »Dein Vater und Eddington waren nicht dabei.«

Sie hatte es seit dem Augenblick gewußt, in dem sie erfahren hatte, wo sie war; sie hatte einfach Zeit gebraucht, ihm die Frage zu stellen. Er hatte es ihr erspart, nach den richtigen Worten zu suchen. Dafür und für das Fehlen falschen Mitgefühls empfand sie eine gewisse Dankbarkeit.

Tränen brannten hinter ihrer Nase, stiegen in ihre Augen und rannten dann in heißen Spuren ihre Wangen hinab, doch sie ignorierte sie. Mit gepreßter Stimme fragte sie: »Wurden sie anständig begraben? Haben Sie dafür gesorgt?«

Er schwieg so lange, daß sie den Kopf hob und ihn fragend anblickte. Mit grimmiger Miene antwortete er: »Ihre Leichen wurden nicht gefunden, und vielleicht findet man sie auch nie. Der Mississippi pflegt seine Toten zu behalten, das behaupten zumindest die Schiffer hier. Wenn es möglich gewesen wäre, hätte ich alles Erforderliche für sie getan.«

Diese Antwort akzeptierte sie. Ihr Vater und Laurence mußten tatsächlich in den Fluten untergegangen sein. Wenn sie noch am Leben wären, wären sie sicherlich hier bei ihr.

»Wie lange –? setzte sie an.

»Zwei Wochen und fünf Tage, um genau zu sein. Du wurdest von einem herabstürzenden Holzbalken getroffen. Während der ersten vierundzwanzig Stunden schien es dir noch recht gutzugehen, aber du hattest eine schwere Gehirnerschütterung, und dann kam noch hohes Fieber dazu. Es überrascht mich nicht, daß du keine Erinnerung an die Geschehnisse hast.«

»An einige Dinge erinnere ich mich sehr gut«, verbesserte sie ihn.

Es stimmte, wenn sie sich anstrengte, erinnerte sie sich durchaus. An den Arzt: jung, mit verschwitztem sandfarbenem Haar, der mit schreckgeweiteten Augen von ihr zu Renold sah. An sich selbst, wie man sie auf eine Tür band und an Bord eines anderen Dampfschiffes trug. An die widerliche Medizin, die Renold ihr eingeflößt hatte, obgleich sie weinte und ihn bat, es nicht zu tun. An dieses Zimmer in der ersten Nacht, ruhig, kühl und endlich in einem Bett. Sie hatte von jemandem die Hand umklammert, ehe sie eingeschlafen war. Sie hatte sich sicher und beschützt gefühlt.

Immer noch rannen ihr Tränen über die Wangen, und Angelica wischte sie geistesabwesend fort.

Die dunkelhäutige Frau, deren gestärkte weiße Schürze und sauberes Kopftuch sie als Haushälterin auswiesen, trat mit besorgter Miene vor, doch Renold hob abwehrend die Hand und winkte in Richtung der Tür. Widerwillig und mit einer Miene, die ihre offensichtliche Mißbilligung verriet, machte sie kehrt, verließ den Raum und zog die Tür hinter sich zu.

Renold näherte sich vorsichtig dem Bett, und Angelica schreckte furchtsam zurück.

»Beruhige dich. Ich schwöre dir, ich bin keine Gefahr für dich.« Er trat noch einen Schritt heran.

»Bleiben Sie, wo Sie sind.« Sie wollte, daß ihre Stimme drohend klang, aber statt dessen brachte sie nur ein geflüstertes Flehen hervor.

»Dafür ist es jetzt ein bißchen spät, meinst du nicht? Schließlich bin ich inzwischen dein Ehemann. Ganz zu schweigen davon, daß ich wie ein treuer Hund auf einer Pritsche zu deinen Füßen gelegen habe, Nächte hindurch, die länger waren als der Rosenkranz eines Heiligen. Das heißt, wenn ich nicht gerade kühles Wasser auf deine lilienweiße Haut geträufelt habe, an Stellen, die bisher wohl niemandem bekannt waren außer deinem Kindermädchen und dir selbst.«

»Das haben Sie nicht getan.« Sie brachte es einfach nicht über sich, ihn anzusehen. Er hat einen Grund dafür, so mit mir zu sprechen, dachte sie. Ach, könnte sie doch nur klar genug denken, um herauszufinden, was es war.

»Irgendwer mußte Estelle ja mal ablösen. Und außerdem war ich der Ansicht, dieses Privileg stünde mir zu.«

»Warum? Weil Sie es sich verdient haben?«

Sein Lächeln war leicht verzerrt. »Allmählich gewinnst du deine alte Schlagfertigkeit zurück. Ich sehe, daß es dir tatsächlich besser geht. Aber du brauchst immer noch viel Schlaf. Also tu ruhig noch einen Tag lang so, als gäbe es mich nicht.«

Er war an den Kopf des Bettes getreten und schenkte eine dunkle Flüssigkeit aus einer kleinen grünen Flasche in ein Glas. Seine Hand war ruhig, und sein Blick war auf seine Bewegungen gerichtet, als er die Flasche abstellte, nach einer Karaffe griff und Wasser zu der Flüssigkeit gab. Dann schwenkte er das Glas und hielt es ihr hin.

»Nein, danke.«

»Du bleibst also lieber wach, um mitzubekommen, was jetzt weiter geschieht? Sinnlos. Ich verspreche dir, daß ich nicht allzu versessen darauf bin, nochmals zuzusehen, wie du dich an meiner Brust übergibst.«

Hatte sie das getan? Nun, sie fragte ihn lieber nicht. Sie konnte sich nicht vorstellen, ihm so nahe gewesen zu sein, aber vor allem war sie nicht unbedingt versessen darauf, weitere peinliche Einzelheiten zu erfahren. Nein, sie hatte ihm bestimmt nicht auf das Hemd gespuckt, denn er wirkte in keiner Weise angewidert, als er mit ihr sprach.

»Oder vielleicht«, fuhr er fort, »willst du mir erzählen, daß du keine Schmerzen mehr hast. Bitte tu das nicht. Inzwischen erkenne ich die Zeichen sehr gut. Und ich habe keine Lust zu irgendeinem sinnlosen Streit.«

»Haben Sie überhaupt jemals Lust zu irgendeiner Form des Streits?«

»Oh, ich bin so arrogant wie ein türkischer Sultan, und außerdem neige ich durchaus hin und wieder zu Gewalt. Es ist vielleicht besser, wenn du das nicht vergißt.«

»Keine Angst, das werde ich wohl kaum.«

Er lachte, doch es klang nicht echt. »Du überhörst es also niemals, wenn dich jemand verletzt, und du vergibst auch

Mißverständnisse nicht? Was für eine wunderbare Ehe wird das sein. Ich sehe uns schon vor mir, wie wir in dreißig Jahren sein werden, beide mit stechenden Augen und bis zur Unkenntlichkeit vernarbt, aber immer noch verletzlich genug, um weiter zu bluten.« Seine Stimme wurde rauh. »Also, trinkst du jetzt freiwillig oder willst du, daß ich dich dazu zwinge?«

Sie war so entsetzlich müde, und von den dummen Tränen war ihr Nachthemd bereits ganz durchnäßt. Das heißt, ihr Nachthemd war es ja nicht. Aber wessen dann? Und wer hatte es ihr über den Kopf gestreift?

Sie dachte lieber nicht darüber nach. Und am einfachsten ginge sie den Gedanken aus dem Weg, wenn sie das Laudanum trank, das er ihr bot. Wußte er das?

Mit gesenktem Blick und hochrotem Gesicht nahm sie ihm das Glas aus der Hand, setzte es an ihre Lippen, hielt den Atem an und schluckte es. Die Anstrengung, das bittere Gebräu im Magen zu behalten, war so groß, daß sie erschauderte und mit geschlossenen Augen auf die Kissen sank.

»Ich nehme an, mein Hemd bleibt dieses Mal verschont«, sagte er nach einem Augenblick.

»Richtig.«

»Ich schicke dir jetzt wieder Estelle.«

Sie antwortete nicht, und nach einem Augenblick hörte sie, wie er das Zimmer verließ. Oder zumindest nahm sie es an. Vielleicht hatte sie es sich auch nur eingebildet oder etwas ganz anderes gehört. Aber zumindest wußte sie mit Sicherheit, daß jemand die Lampe auf ihrem Nachttisch gelöscht hatte, denn sie wurde in gnädige Dunkelheit gehüllt, und ihr Kopfschmerz ließ ein wenig nach.

Sie dämmerte ein, doch dann wurde sie mit einem unterdrückten Schluchzen wach und stellte fest, daß ihr selbst im Schlaf noch ein dicker Tränenstrom über die Wangen rann. Sie vergrub ihr Gesicht im Kissen und versuchte, den beißenden Schmerz des Verlusts und der Trauer zu bewältigen.

Nach einer Weile senkte sich die Matratze, auf der sie lag, unter einem schweren Gewicht. Irgend jemand murmelte leise Verwünschungen über ihrem Kopf, und starke Hände zogen sie vorsichtig an einen warmen, harten Leib.

Seufzend schmiegte sich Angelica enger an die rettende Brust und spürte, wie jemand sie fest in die Arme nahm. Sie fühlte sich getröstet, und ein sanfter Frieden senkte sich über sie. Ihr war beinahe so, als hätte sie dieses Gefühl schon einmal gekannt. Die Tränen versiegten, und sie beruhigte sich.

Sie schlief wieder ein. Oder vielleicht versank sie auch nur tiefer in dem drogengenährten Traum.

Es war Sonntag. Das merkte Angelica an dem manchmal silbrigweichen und manchmal mißtönenden Glockengeläut über der Stadt. Das Geräusch drang durch die weit geöffneten Flügeltüren ihres Zimmers, von denen eine auf den Balkon über der Straße hinausging und die anderen auf die Galerie, von der aus der sonnenüberflutete Hof zu überblicken war. Aus der Küche drang der morgendliche Duft von gebackenem Brot und Kaffee sowie der Geruch der für das Mittagessen gerösteten Zwiebeln herauf.

Renold lungerte auf einem Stuhl in der Nähe der Balkontür herum und überflog mit der ihm gewohnten Eile die Schlagzeilen des Sonntagsblatts. In seinem bequemen Morgenmantel, mit dem auf einen Hocker gestützten Fuß und mit der Tasse Kaffee neben sich sah er aus, als säße er bereits seit einer ganzen Weile da.

Angelica hatte ihn dort vorgefunden, als sie aufgewacht war. Offenbar hatte er die Nacht auf der Pritsche am Fußende ihres Bettes verbracht. Zumindest schien die behelfsmäßige Lagerstatt benutzt worden zu sein, denn von ihrem Bett aus konnte Angelica die zerwühlten Laken sehen.

Die schmale Liege, die eigentlich ein Geburtsbett war, war ein grimmiges Mahnmal der Folge einer Eheschließung. Falls Renold die Nacht dort verbracht hatte, dann war dies das erste Mal gewesen, seit er vor zwei Tagen mit der Nachricht des Todes ihres Vaters und ihres Verlobten zu ihr gekommen war.

Tagsüber hatte er immer mal wieder bei ihr vorbeigeschaut, hatte sie angewiesen, sich auszuruhen, zu essen, ihre Medizin zu nehmen, und ihr gut zugeredet, wenn sein Befehlston wirkungslos geblieben war. Zwischendurch war er öfter für längere Zeit außer Haus, vor allem in der Abendzeit. In der vorletzten Nacht hatte sie gehört, wie er zurückgekommen und anscheinend in ein an die andere Seite des Ankleideraums grenzendes Schlafzimmer gegangen war.

Während Renolds Abwesenheit kümmerte sich die Haushälterin Estelle um Angelica. Die Frau war freundlich und hatte ihr erzählt, daß der Haushalt nicht nur aus ihnen dreien, sondern darüber hinaus noch aus Renolds Kammerdiener Tit Jean, zwei Mädchen, der Köchin und ihren drei Gehilfinnen, einem Kutscher und zwei Stall- und gleichzeitig Laufburschen bestand. Über den Maître, wie sie Renold nannte, hatte sie allerdings nicht viel gesagt, und Angelica hatte nicht gewußt, ob sie aus Diskretion oder aus Furcht vor ihrem Herrn und Meister schwieg.

»Wohin der MaÎtre geht und was er tut, geht nur ihn allein etwas an«, hatte sie auf Angelicas Fragen hin gesagt. »Wenn Sie sich dafür interessieren, fragen Sie ihn am besten selbst. Möglicherweise erzählt er Ihnen ja was.«

»Was heißt, möglicherweise?« hatte Angelica in neutralem Ton gefragt.

»Es hängt davon ab, was er für eine Laune hat«, hatte die Frau mit einem grimmigen Lächeln gesagt. »Und davon, weshalb Sie seiner Meinung nach wissen wollen, was er sc treibt. Er denkt immer ganz genau über alles nach, der

Maître, obwohl er, weiß der Himmel, dadurch oft ziemlich griesgrämig wird.«

Heute morgen allerdings sah Renold alles andere als griesgrämig aus. Vielleicht wirkte er so zufrieden und träge, so selbstbewußt und schön wie ein Panther, der genüßlich in der Sonne lag. Am liebsten hätte Angelica ihm einen Teller oder eine Tasse an den Kopf geknallt.

Sie saß an die Kissen gelehnt und trank ihren Milchkaffee. Der Teller auf dem in der Nähe stehenden Tablett war leer, denn die mit Schokoladensahne gefüllten Blätterteigpasteten, mit denen Estelle sie im Augenblick mästete, hatte sie bereits verzehrt. Sie stellte die Tasse ebenfalls auf das Tablett und betupfte sich mit einer spitzenbesetzten Serviette den Mund. Anschließend lehnte sie sich wieder zurück, faltete die Hände und sagte. »Ich verstehe Sie einfach nicht.«

»Schon vor dem Frühstück suchst du Streit«, sagte Renold, ohne von seiner Zeitung aufzusehen. »Das hätte ich mir denken sollen.«

»Ich habe gefrühstückt«, erwiderte sie.

Er legte die Zeitung beiseite und drehte sich zu ihr um. »Ach, ja? Dann erzähl mir doch bitte, was dich jetzt schon wieder stört.«

Sie hatte das Gefühl, als sähe er zu, wie der letzte Tropfen Kaffee durch ihre Kehle rann. Seine eingehende Musterung war ihr unangenehm, doch vielleicht wäre sie ja auch von Vorteil für sie. Sie spitzte die Lippen und sagte: »Nun, was das betrifft ...«

Er verzog das Gesicht. »Oh. Ist die Liste der Dinge, die dich stören, vielleicht zu umfangreich, um sie spontan aufzuzählen? Dann erklär mir doch vielleicht zunächst bitte, was du an mir nicht verstehst.«

Sie freute sich darüber, daß ihre Spitze saß, aber um diesen Erfolg ganz auszukosten, hatte sie keine Zeit. »Nun, als Sie mir vor ein paar Tagen freundlicherweise erklärten, was ich hier mache, sagten Sie, sie hätten mich kompromittiert und mich deshalb geheiratet –«

»Bitte entschuldige, aber das habe ich nicht gesagt«, erwiderte er empört. »Ich habe dir lediglich erklärt, weshalb ich die Rolle deines Ehemannes spielte, als der Arzt kam. Die Gründe, weshalb ich dich dann tatsächlich geheiratet habe, sind gänzlich anderer Natur.«

»Bitte entschuldigen Sie«, sagte sie mit übertriebener Höflichkeit. »Das verstehe ich nicht. Vielleicht wären Sie so freundlich, mir den Unterschied zwischen diesen beiden Dingen zu erklären?«

Er zog eine Braue hoch. »Das ist eine Frage des Wollens. In diesem Fall meines Wollens. Ich habe dich nicht wegen der unbedeutenden Verdächtigungen von ein paar Hinterwäldlern geheiratet, sondern weil ich das Recht haben wollte, dir die Behandlung angedeihen zu lassen, die ich für erforderlich hielt – und weil ich den unwiderstehlichen Drang verspürte, dich fast unbekleidet auf meinem Bett sitzen zu sehen.«

Sie starrte ihn entgeistert an, und nur mit Mühe widerstand sie dem Bedürfnis, sich umgehend in die Bettdecke zu hüllen. Nicht, daß sie auch nur ein Wort glaubte von dem, was er ihr erzählte. Inzwischen kannte sie ihn gut genug, um nichts, was er sagte, für bare Münze zu nehmen.

»Sie haben mich also begehrt«, sagte sie.

»Wenn ich mich nicht irre, habe ich das von Anfang an deutlich gemacht.« Immer noch musterte er sie.

Sie schluckte und wandte ihre Aufmerksamkeit ihren Händen zu.

An einem Finger steckte ein Hochzeitsring im französischen Stil, sehr breit und mit einem Saphir und Diamanten besetzt. Sie hatte ihn dort entdeckt, als sie vorgestern aufgewacht war, und nun drehte sie daran herum und versuchte sich wieder zu fassen.

»Ja, in Ordnung«, sagte sie. »Aber ich muß annehmen, daß

ich ebenfalls vor dem Priester den Treueschwur geleistet oder sonst irgendwie zu erkennen gegeben habe, daß ich mit der Eheschließung einverstanden bin. Weshalb habe ich wohl Ihrer Meinung nach nicht aus Leibeskräften nein geschrien?«

»Aus Dankbarkeit«, schlug er vor, und seine grünen Augen verdunkelten sich. »Oder vielleicht hast du einfach das Unvermeidbare akzeptiert.«

»Weil ich erkannte, wie kompromittierend die Situation für mich war, ob Sie es nun zugeben oder nicht? Aber schließlich hatte ich einen Verlobten, oder zumindest dachte ich das zu der Zeit.«

»Er war nicht da. Aber ich. Und wie gut warst du mit dem Mann, den du eigentlich hattest ehelichen sollen, bekannt? Wolltest du ihn überhaupt heiraten?«

»Darum geht es nicht.«

»Ach nein? Es werden tagtäglich Ehen zwischen Fremden arrangiert. Eine Verbindung wie die unsere mag zwar unangenehm erscheinen, aber zahllosen Männern und Frauen ergeht es ebenso. Und irgendwie gelingt es ihnen, die anfänglichen Schwierigkeiten zu überwinden und ein gemeinsames Leben zu beginnen.«

»Ach ja?« fragte sie und wandte den Blick von ihm ab.

»Natürlich ist es hilfreich, wenn beide dieselben Erwartungen hegen.«

»Ich erinnere mich nicht daran, daß wir bereits über unsere Zukunft oder über sonst irgend etwas gesprochen hätten.«

Er lehnte seinen Kopf an die Rückenlehne seines Stuhls. »Würde es etwas ändern, wenn wir das getan hätten? Oder ist es vielleicht einfach befriedigender für dich, wenn du weiterhin gekränkt sein und über Rache nachsinnen kannst?

»Über Rache?« Das Wort hatte einen seltsamen Klang.

»Rache für Dinge, die besser nicht passiert wären. Dinge, die ich besser nicht getan oder gesagt hätte.«

Sie hob den Blick und sah ihm ruhig ins Gesicht. »Sie denken, ich wäre verärgert, weil Sie nicht so tun, als wären Sie in mich verliebt. Aber glauben Sie mir, so optimistisch war ich noch nie. Und so leicht zu täuschen bin ich ebenfalls nicht.«

Er sah sie verwundert an, doch dann schüttelte er den Kopf. »Du kennst mich kaum, und du hast keinen Grund, in mich verliebt zu sein. Ebensowenig ist mir bisher der Gedanke gekommen, daß du von mir erwarten könntest, so zu tun, als sei ich in dich verliebt. Nein. Aber vielleicht erwartest du, daß ich mich ordnungsgemäß bei dir entschuldige für das Mißverständnis, das es an Bord der *Queen Kathleen* zwischen uns gegeben hat. Vielleicht hätte ich mich dafür auch bei dir entschuldigt, aber ich habe mein Fehlverhalten bereits längst bereut und auch die gerechte Strafe dafür empfangen. Aber vielleicht gehört das ja auch zu den Dingen, die du inzwischen vergessen hast.«

Seine Stimme brach ab, und er erhob sich geschmeidig von seinem Stuhl. Im Näherkommen begann er, seinen Morgenmantel auszuziehen.

Sie hatte versucht, seinem Gedankengang zu folgen, doch mit einem Mal war ihr Gehirn wie leergefegt. Alarmiert richtete sie sich in den Kissen auf. »Was tun sie da?«

»Keine Angst«, sagte er, während er einen Fuß auf die Bettstufe stellte und neben sie auf die Matratze kletterte. Er setzte sich neben sie und ließ den Morgenmantel sinken, so daß sie seine breiten Schultern und seinen Brustkorb sah. »Dieses Mal will ich dich zu nichts nötigen«, fuhr er fort. »Ich möchte dir nur etwas zeigen. Es steht mir nicht zu, darüber zu urteilen, welches die gerechte Strafe für meine eigenen Untaten ist, aber sieh mich an und dann sage mir, ob eine weitere Sühne erforderlich ist. Oder sollte ich dir vielleicht erlauben, mir noch ein paar weitere Narben zuzufügen?«

Er drehte seinen Oberkörper, so daß sie seinen Rücken sah,

und dann spannte er sich an, als erwarte er jeden Augenblick einen schmerzhaften Peitschenhieb. Angelica hielt entsetzt den Atem an, als sie von seinen Schultern über seine Wirbelsäule bis zu seinen straffen Hüften hinuntersah. Die festen Muskeln wiesen leuchtende Spuren kaum verheilter Verbrennungen auf. An einigen Stellen tief, an anderen flach, waren sie alle mit frischem, rötlichem, seidigem Fleisch bedeckt.

»Der Dampf«, flüsterte sie erstickt.

Ohne darüber nachzudenken, streckte sie die Hand aus und strich vorsichtig über das vernarbte Gewebe hinweg. Seine Haut war fest, glatt und heiß.

Angelica verspürte ein eigenartiges, verwundertes Bedauern darüber, daß er sie geschützt hatte, indem er die Wucht der Explosion mit seinem Rücken abfing. Als er mit ihr in den Fluß gesprungen war und auch später noch, hatte er gewiß furchtbare Schmerzen gehabt.

Renold spürte, wie sie erschauderte, und unter ihren Fingern bekam er eine Gänsehaut, die sich bis zu seinen Schultern ausbreitete. Er atmete keuchend ein, drehte den Kopf und starrte sie an.

Er fing ihren Blick, hielt ihn fest, und seine Miene verdunkelte sich. Es war, als warte er ergeben darauf, was sie als nächstes tat.

Sie senkte den Blick, und plötzlich bemerkte sie noch eine Narbe. Eine kaum erkennbare rote Linie an seinem Hals, die bis zu seinem Schlüsselbein verlief. Als hätte ihn jemand mit einem kleinen, scharfen Messer verletzt.

Oder mit der Schneide eines Brieföffners.

Ihre Hand fuhr zurück, als hätte sie sich verbrannt. Wie hatte sie auch nur einen Augenblick lang vergessen können, daß sie an jenem Abend in ihrer Kabine mit dem Brieföffner auf ihn losgegangen war?

Ihre Stimme klang belegt, als sie sagte: »Es ging niemals um Liebe zwischen uns.«

»Ich glaube, das habe ich dir zu zeigen versucht, obwohl ich natürlich nicht sicher bin, daß meine Demonstration besonders erfolgreich war.« Er spannte sich an, sprang geschmeidig vom Bett, wandte sich von ihr ab und zog seinen Morgenmantel wieder an.

Nach einem Augenblick fragte sie: »Soll ich mich jetzt schuldig fühlen oder soll mir das eine Beruhigung sein? Sie sind immer noch ein Fremder für mich, ein Mann, der mich mitgenommen hat wie ein kleines Kätzchen, das er vor dem Ertrinken gerettet hat.«

»Und der zum Dank für seine Mühen ihre Krallen zu spüren bekommt?«

»Dieses Risiko besteht immer, solange die Katze nicht sicher ist, ob der Mann ihr Retter oder vielleicht ein notorischer Tierquäler ist, solange sie nicht weiß, ob sie als Haustier oder in irgendeinem Käfig enden soll.« Sie unterbrach sich und hob eine Hand an die Stirn, da sie erneut Kopfschmerzen bekam. »Tut mir leid, ich wollte nicht undankbar klingen. Ich sehe, daß Sie versucht haben, Wiedergutmachung zu leisten für die Dinge, die auf dem Dampfschiff vorgefallen sind.«

»Ach ja?« Er lachte kurz auf.

Sie hörte ihn kaum, denn sie fuhr eilig fort. »Ich bin Ihnen dankbar dafür, daß Sie mich gerettet haben, und ich weiß die Pflege, die man mir hier angedeihen läßt, ebenso zu schätzen wir Ihre offensichtliche Zurückhaltung. Aber Tatsache ist, daß ich ein Zuhause habe. Ich habe eine Tante in Natchez, die erfahren sollte, daß ich noch am Leben bin. Ich denke nur ungern daran, wie sie sich fühlen muß, solange sie denkt, daß wir alle, mein Vater, ich und auch Laurence, bei dem Unglück zu Tode gekommen sind.«

»Ich gebe ihr gerne Bescheid, wenn du mir ihre Adresse nennst«, sagte er, ohne sich zu ihr umzudrehen. »Aber bist du sicher, daß sie dich erneut bei sich aufnehmen will?«

»Sie meinen, jetzt da mein Vater – nicht mehr ist?«

»Ich meine« – er drehte sich um und stützte eine Hand auf dem Bettpfosten ab – »jetzt, nachdem du so viel Zeit unter dem Dach eines Mannes verbracht hast, der kein Blutsverwandter ist.« Er machte eine Pause, dann fuhr er fort. »Und wenn deine Tante von der Eheschließung erfährt, wird es sie sicher wundern, daß du bei ihr Zuflucht suchst.«

»Natürlich werde ich ihr alles erklären«, sagte Angelica.

Seine Miene verriet grimmige Belustigung. »Da wäre ich zu gerne dabei. Nach allem, was ich über die Dame weiß, wird das bestimmt ein interessantes Gespräch. Nun, auf jeden Fall stelle ich es mir nicht allzu angenehm vor, von ihrer Gnade abhängig zu sein. Und wenn sie dich hinauswirft, was machst du dann?«

»In dem Fall«, sagte Angelica und setzte eine trotzige Miene auf, »habe ich ein eigenes Haus, inmitten einer Plantage, die mir mein Vater als Hochzeitsgeschenk versprochen hat.«

»Ja, natürlich, anläßlich der Hochzeit, die niemals zustande kam. Glaubst du, daß mir die Plantage gefallen wird?«

Sie hob argwöhnisch den Kopf. »Warum sollte das von Interesse für mich sein?«

»Weil ich kein Mann bin« – er sah sie aufmerksam, aber immer noch belustigt an –, »der seine Haustiere nach zwei Wochen wieder auf die Straße setzt. Ich erwarte nicht, daß sie ständig in meiner Nähe sind, aber ich habe etwas dagegen, allzu lange von ihnen getrennt zu sein.«

»Ich bin kein –« setzte sie an, doch dann unterbrach sie sich.

»Nein, du bist kein Haustier, aber du bist meine Frau. Und du kannst dir sicher vorstellen«, sagte er, während er zur Tür ging und sie öffnete, »um wie vieles wichtiger mir die Nähe meiner Gattin als die irgendeines Kätzchens ist.«

Die schwere Tür fiel hinter ihm ins Schloß, und Angelica starrte ihm stirnrunzelnd nach.

Ihr war, als kämpfe sie vergeblich gegen einen übermächtigen Sturm. All die sorgfältig zurechtgelegten Argumente und Pläne, die sie hatte vorbringen wollen, waren plötzlich wie weggeblasen, und sie hatte das dumpfe Gefühl, als wäre es Renolds Absicht, daß sie so empfand.

Sie traute ihm nicht. Wie sollte sie auch? Er hatte sie an Bord des Dampfschiffes getäuscht, und nachdem selbst ihr Vater sie jahrelang belogen hatte, mißtraute sie grundsätzlich jedem Mann.

Verheiratet. Ehefrau. Warum ergaben diese Worte in ihren Gedanken keinen Sinn? Warum konnte sie sich einfach nicht daran erinnern? Warum hatte genau dieses Ereignis die nebulöse Unwirklichkeit eines entfernten Traums?

Sie verstand so vieles nicht an der Art, wie Renold Harden in ihr Leben getreten war. Die Gründe, die er ihr genannt hatte, waren keine einleuchtende Erklärung für sie. Und deshalb war sie gezwungen, sich zu fragen, ob ihre Verwirrung nicht ebenfalls von ihm beabsichtigt war.

Sie mußte fort von hier. Bald, in ein oder zwei Tagen, wenn sie besser bei Kräften wäre, würde sie dieses Haus verlassen.

Es machte sie wütend und zugleich traurig, daß Renold recht hatte mit der Beschreibung ihrer Tante. Die Schwester ihres Vaters fände Angelicas Situation gewiß bedauerlich, aber zugleich unabänderlich. Sie selbst hatte kein Interesse an einem Ehemann, aber sie nährte den unerschütterlichen Glauben an die männliche Autorität und an die Vorrechte jedes Ehemanns.

Außerdem hatte Tante Harriet unmißverständliche Erleichterung darüber gezeigt, die Verantwortung für Angelica los zu sein. Sie hatte nur noch zur Hochzeit kommen wollen, um anschließend endlich wieder den netten Einladungen der alten Jungfern und Witwen in Natchez zu folgen, auf die sie wegen der Sorge um das mutterlose Kind ihres Bruders jahrelang zu verzichten gezwungen gewesen war. Ganz offensichtlich hatte sie sich sehr auf die nahende Zeit der unbeschwerten Vergnügungen gefreut.

Natürlich gab es immer noch Bonheur.

Würde Renold ihr tatsächlich dorthin folgen, wenn sie ging? Würde er sich ernsthaft um die Plantage kümmern, die ihre Mitgift war? Wenn ja, täte er es aus ehrlichem Interesse oder einfach aus der unbekümmerten, gönnerhaften Fürsorge heraus, die er offenbar auch einem Haustier zuteil werden ließ?

Sie war nicht seine Katze, aber ebensowenig war sie tatsächlich seine Ehefrau. Ihre Selbstachtung und ihr Selbsterhaltungstrieb verlangten, daß weder sie noch er diese Tatsache jemals vergaßen.

Und die Möglichkeit, verletzt zu werden oder Bedauern zu empfinden, wollte sie lieber gar nicht erst in Betracht ziehen.

Und auf keinen Fall würde sie auch nur eine einzige Minute an die Streicheleinheiten, die Aufmerksamkeit und die liebevolle Zuwendung denken, die ein Haustier für gewöhnlich bekam, wenn es lange genug in der Nähe seines Besitzers blieb.

Kapitel vier

Die durch das Fenster dringenden Stimmen, leicht und kokett, oder dunkel und verführerisch, hatten einen fröhlichen Klang. Sie riefen einander Grüße und gutmütige Neckereien zu, erhoben sich über das Knirschen von Kutschenrädern hinweg und senkten sich zu einem geheimnisvollen Murmeln. Das Licht der Kutschenlampen und der von Fackelträgern und Dienstboten getragenen Laternen fiel flackernd auf die Wände des Schlafzimmers. Hin und wieder brach irgendwo Gelächter aus. Gesprächsfetzen schwebten herauf und kamen mit der für die Jahreszeit ungewöhnlich milden Abendluft durch die weit geöffnete Flügeltür oberhalb der Straße herein.

»... Ich hoffe, sie haben noch was anderes als das Pianoforte, die Violine und das Horn. Letztes Mal war die Musik –«

»... Dieser Alphonse, nein, Ich mag seine Mutter einfach nicht. Sie hat doch allen Ernstes behauptet, mein Kleid wäre zu schrill!«

»... So ein hübscher Kerl, aber er hat einfach nicht in meine Richtung gesehen. Ich habe gehört, er sei mit einer Dame in Paris liiert, aber ich glaube nicht –«

Die hoffnungsfrohe Munterkeit und Fröhlichkeit, die in den Worten lag, weckte ein wehmütiges Verlangen in Angelica. Irgendwo gab es Tanz, Musik, eine gesellige Menschenschar. Vielleicht fand irgendwo ein Maskenball statt, denn hier in New Orleans war die Zeit des Mardi Gras, des Karnevals. Wie schön mußte es sein, an den ausgelassenen Festen teilzunehmen.

Ihr selbst war natürlich, da sie noch um ihren Vater trauerte, jedes derartige Vergnügen verwehrt, und wenn sie ehrlich war, mußte sie sich eingestehen, daß sie ohnehin noch nicht genug bei Kräften war, um ausgelassen herumzutollen. Dennoch verspürte sie den eigenartigen Drang, dort draußen zu sein, in einem wunderhübschen Kleid, auf dem Weg zu dem Ball. Hier in ihrem Bett fühlte sie sich, als wäre sie am Ufer des Lebensflusses gestrandet, der nun ohne sie weiterfloß.

Als sich die Zimmertür öffnete, drehte sie den Kopf und sah, daß Renold auf der Schwelle stand. Eine Hand auf dem Knauf, hielt er inne, als sei er nicht sicher, ob sie vielleicht schlief.

»Warum hat niemand die Lampen angezündet?« fragte er, als er schließlich nähertrat. »Oder läßt sich die Wolle leichter im Dunkeln zusammennehmen?«

Angelica hatte bereits seit mehreren Stunden niemanden mehr gesehen. »Ich dachte«, sagte sie mit einer gewissen Verbitterung, »daß Sie vielleicht nicht allzuviel Tran vergeuden wollen.«

Ein Lächeln umspielte seinen Mund. »Wie ich sehe, hast du einen recht langweiligen Abend verbracht. Das macht es dir vielleicht leichter, mit mir gemeinsam das Dinner einzunehmen?«

»Dinner?« Sie war ehrlich verblüfft.

»Ich dachte, wir könnten in der Galerie essen, es sei denn, du meinst, dort wäre es zu kühl.«

»Ich darf also aufstehen?« fragte sie.

»Gewissermaßen ja«, erwiderte er und trat näher an das Bett.

Vor Aufregung errötete sie. Sie griff nach dem Morgenmantel, den Estelle für sie bereitgelegt hatte, und schob die Arme hinein. Ohne ihn zuzubinden, warf sie die Bettdecke zurück, um aufzustehen, doch noch ehe ihre Füße den Boden berührten, war Renold bei ihr. Er beugte sich vor, schob einen Arm unter ihre Knie, den anderen hinter ihren Rücken, und zog sie eng an seine Brust. Sie rang nach Luft, doch automatisch schlang sie einen Arm um seine Schulter und seinen Hals.

Er zuckte zusammen und erstarrte, doch er hatte sich so schnell wieder in der Gewalt, daß sie meinte, vielleicht hätte sie diese Reaktion nur in ihrer Einbildung gespürt. Doch dann fiel es ihr ein. Die Verbrennungen. Sofort ließ sie von ihm ab und erstarrte ihrerseits.

Er drehte den Kopf und begegnete ihrem furchtsamen Blick. Sie sah nichts als leuchtendes Grün. Seine Augen glichen geschmolzenen Smaragden, deren unergründlich schwarzen Mittelpunkt eine Unzahl winziger jadegrüner und goldfarbener Sprenkel umgab. Seine Brauen waren dicht, und seine langen Wimpern bildeten edel geschwungene Halbmonde auf seiner Haut. Seine Nase war fest, und seine deutlich hervortretenden Wangenknochen paßten hervorragend zu seiner harten Kiefermuskulatur.

Sein ebenmäßig geschwungener Mund war straff, und sein Kinn war energisch vorgeschoben, als erwarte er eine Trotzreaktion.

Als Angelica schwieg, fragte er: »Essen als Beruhigungsmittel? Wenn du mir das eher gesagt hättest, hätte ich dir schon längst ein Festtagsmenü serviert.«

Sie erwiderte steif: »Wenn Sie erwartet haben, daß ich mich Ihnen widersetze, warum geben Sie mir dann nicht die Gelegenheit, selbst zu gehen, statt mich herumzutragen wie ein kleines Kind?«

»Dann hättest du mir ja weder deine Empörung noch deine erhabene Würde demonstriert. Ganz zu schweigen davon, daß ich dann nicht hätte testen können, wie kräftig du bist. Wie lange willst du eigentlich noch so stocksteif in meinen Armen liegen?«

Ihre Anspannung war nicht nur ein Zeichen ihrer Angst, ihm weh zu tun, sondern ebensosehr eine Folge der körperlichen Nähe zu ihm. Ob er das wußte? Mit wütendem Blick sagte sie: »Ich denke, daß ich ebenso lange durchhalte wie Sie.«

Als er sie noch enger an seine Brust zog, rang sie nach Luft, und fast hätte sie erneut seine Schulter gepackt. Gerade noch rechtzeitig erinnerte sie sich an seine Verletzungen und vergrub ihre Finger statt in seiner Haut in den dichten Locken auf seinem Kopf.

»Du hast ebensoviel Selbstbeherrschung wie eine Biene, die am Rand einer Zuckerschale entlangspaziert«, sagte er und lachte sie an. »Hast du Angst reinzufallen oder Angst davor, über den Rand gezogen zu werden?«

»Wahrscheinlich will ich einfach nicht denjenigen stechen, der den Zucker bringt«, erwiderte sie erstickt.

»Charmant. Aber weshalb meinst du, daß es mir etwas ausmachen würde – denn schließlich verliert eine Biene ihren Stachel mit dem ersten Stich?«

»Oh, das meine ich nicht, aber offensichtlich denke ich für Sie mit.«

»Und außerdem«, sagte er und seine Stimme wurde sanft, »bist du auch so bereits ungeschützt genug. Obwohl dir das, wenn ich mich recht entsinne, offenbar recht gut gefällt.«

Er sprach von ihrer Nacktheit, die unter dem dünnen Batistnachthemd und dem Morgenmantel kaum verborgen war. Es stimmte, aber sie weigerte sich, ihm die Befriedigung zu gönnen, zuzugeben, daß sie sich recht spärlich bekleidet vorkam. »Ich möchte Sie gewiß nicht unnötig provozieren, falls Sie das meinen.«

»Hast du inzwischen erkannt, welche Konsequenzen so etwas haben kann? Allerdings sind Männer genau wie die äußeren Umstände nicht immer gleich. Man muß sich an sie anpassen.«

»Ich verstehe nicht, was Sie meinen«, erwiderte sie.

»Oh, ich glaube doch, daß du das tust. Die meisten Frauen erkennen die verschiedenen Männertypen instinktiv. Und ich bin der Meinung, daß es Momente gibt, in denen eine gewisse Form der Provokation durchaus angebracht ist.«

Sie sah ihn verärgert an. »Machen Sie sich nicht lächerlich«, schnauzte sie. »Von uns beiden ist wohl keiner in der rechten Form dazu.«

Er lachte, und dieses Mal klang es ehrlich amüsiert. Die Anspannung wich aus seinem Gesicht, und auch seine Arme wurden weich. Er wandte sich zu der Flügeltür, die auf die Galerie hinausging, und sagte: »Nun, vielleicht hast du recht. Manchmal ist es besser, wenn man die Honigbiene in Ruhe läßt.«

Sobald Angelica auf einem der Rattanstühle saß, kam Estelle mit einem großen Essenstablett heraus. Hinter ihr kam Tit Jean, Renolds Kammerdiener, dessen Name offensichtlich dem französischen Wort *petit*, klein, entsprang. Allerdings war er ein Riese von einem Mann, und die enorme Suppenterrine, die er trug, sah in seinen Pranken regelrecht winzig aus. Angelica hatte seine tiefe Stimme und die Satzmelodie, die auf seine Herkunft von einer der Inseln vor Mittelamerika schließen ließ, bereits des öfteren in der Eingangshalle oder im Ankleideraum zwischen ihrem und Renolds Schlafzimmer gehört, aber sie hatte ihn noch nie gesehen.

Der Mann bedachte sie mit einem Lächeln und nickte freundlich mit dem Kopf. Seine dunklen Augen musterten sie interessiert, und er sah fragend von ihr zu seinem Herrn.

Die Haushälterin allerdings ließ dem Hünen kaum Zeit für irgendwelche Überlegungen. Geschäftig schickte sie ihn hin und her, ließ ihn die vergessenen Servietten holen, den silbernen Flaschenhalter für den in der Zisterne gekühlten Wein, und ein Tuch zur Abdeckung des knusprigen Brots auf dem Silbertablett. Innerhalb kürzester Zeit war die Luft vom würzigen, reichen Duft der Meeresfrüchtesuppe aus der Terrine erfüllt, der sich mit dem Geruch der Wachskerzen mischte, die den Tisch erhellten.

Renold überwachte die Vorbereitungen des Menüs. Alles war genau wie von ihm geplant. Er nickte zustimmend, und die beiden Bediensteten zogen sich zurück. Als er mit Angelica alleine war, sah er sie durch das flackernde Kerzenlicht hindurch an.

»Also«, sagte er. »Laß dir nicht von mir den Appetit verderben. Um Himmels willen, iß.«

Angelica griff nach ihrem Löffel und drehte ihn in ihrer Hand, doch dann legte sie ihn wieder fort. Ihre Stimme verriet unverhohlenen Argwohn, als sie fragte: »Warum? Warum tun Sie das?«

»Ich dachte, du wärst vielleicht bereit, ein wenig Unterhaltung zu haben, während du ißt.« Er faltete seine Serviette auseinander und legte sie in seinen Schoß.

»Und worüber sollen wir uns unterhalten?«

»Über alles, was uns so einfällt«, sagte er und bemühte sich, nicht zu zeigen, wie verärgert er war. »Ich habe versucht, dich so wenig wie möglich zu stören, aber irgendwann müssen wir uns ja wohl aneinander gewöhnen und anfangen, wie ein normales Ehepaar zu leben. Und ich war der Ansicht, daß ein gemeinsames Abendessen kein schlechterer Anfang ist als irgend etwas anderes.«

»Normal«, wiederholte sie.

»Das ist kein allzu komplexes Wort, und seine Bedeutung ist wohl jedem klar«, sagte er.

»Ihnen offensichtlich nicht.«

Als sie ihn ansah, entdeckte er die Furcht in ihrem Blick, und plötzlich verspürte er Scham. »Ist das denn eine so furchtbare Vorstellung?« fragte er ruhig. »Ich kann dir nicht versprechen, daß ich ein idealer Ehemann bin, aber ich werde mir alle erdenkliche Mühe geben und so entgegenkommend wie möglich sein. Du wirst merken, daß ich leicht zufriedenzustellen bin und daß ich durchaus großzügig sein kann.«

»Wollen Sie damit sagen – Sie meinen, daß wir keine enge Ehe führen werden?«

»Das ist etwas, was die Zeit zeigen wird«, sagte er ernst.

»Was ich meine –« setzte sie mit leichter Verzweiflung an.

»Ich verstehe sehr wohl, was du meinst. Die Antwort ist nein. Nein, ich will nicht sagen, daß wir keine intime Beziehung haben werden. So etwas wäre nichts für mich.«

»Sie wollen also einen Erben haben?«

Er blickte lange auf ihr von hektischer Röte überzogenes Gesicht. Er könnte ihr einfach zustimmen und nicht mehr darüber sprechen oder aber ins Detail gehen. Die Frage war, was wäre weniger erschreckend für sie? Er wußte es nicht, also folgte er seinem Gefühl.

»Ein Kind nach meinem Bild? Oder nach deinem? Die Vorstellung ist mir durchaus nicht unangenehm, aber sie hat keine allzu große Bedeutung für mich. Aber ebensowenig habe ich Interesse an einer kühlen Verbindung, in der Mann und Frau getrennte Wege gehen und einander mit kühler Höflichkeit behandeln, wenn sie sich in der Öffentlichkeit oder aber im Ehebett begegnen. Was ich will, ist jemand, der mir sowohl nachts als auch am Frühstückstisch oder in meinen Gedanken nahe ist.« Er hielt inne, denn die Worte, die sich in seinem Mund formten, erschreckten ihn. »Das ist doch wohl der Sinn und Zweck einer Ehe, oder nicht?«

Sie schüttelte nachdenklich den Kopf. »Das kann ich nicht sagen, denn schließlich habe ich bisher bei einer Frau gelebt, die behauptet, aus Überzeugung unverheiratet zu sein. Aber offensichtlich haben Sie eingehend über dieses Thema nachgedacht. Gibt – gab es denn keine anderer Frau, die Sie vielleicht lieber geheiratet hätten?«

Dies war ein sicheres Terrain für ihn. »Willst du wissen, ob ich immer noch irgendwelchen unvergessenen Lieben nachtrauere? Es gab einmal eine Frau, die ich hätte heiraten wollen, aber sie entschied sich für einen anderen Mann. Wie sich herausstellte, war das mein Glück. Mein Herz ist also frei. Und wie steht es mit dir?«

»Mit mir?« Sie klang überrascht und sah ihn nur kurz an, ehe ihr Blick auf den Hof hinunterschweifte.

»Du warst unterwegs, um mit dem jungen Eddington ein neues Leben zu beginnen – falls ich dich daran erinnern darf. Ich habe keine Anzeichen unsterblicher Verliebtheit an dir entdeckt, aber vielleicht habe ich ja auch nur etwas übersehen.«

»Sie haben mich beobachtet?« fragte sie und runzelte die Stirn.

»Du weißt, daß ich das getan habe«, sagte er sanft und stellte befriedigt fest, daß sie noch heftiger errötete. Er ertappte sich dabei, wie er angespannt auf eine Erwiderung wartete.

»Laurence war ein Freund aus meiner Kindheit. Meine Tante und seine Mutter waren sehr gut miteinander bekannt. Ich hatte ihn in den letzten Jahren nicht allzuoft gesehen, obwohl wir hin und wieder gemeinsam auf Tanzveranstaltungen und Bälle gingen. Kurz nachdem mein Vater – nun, kurz nachdem er nach Natchez kam, bat Eddington um meine Hand. Meine Tante war einverstanden, und auch mein Vater schien eine Ehe zwischen ihm und mir zu befürworten. Papa wollte mich unbedingt versorgt wissen, denn er selbst war sehr krank.«

»Du hast also den Antrag angenommen, weil man Druck auf dich ausgeübt hat«, sagte er.

»Ich bin nicht sicher, daß ich ihn tatsächlich angenommen habe.« Sie wandte den Blick ab, doch dann sah sie ihn wieder an. »Ich habe einmal versucht, mich mit ihm darüber zu unterhalten, aber er schien davon auszugehen, daß wir nur noch über die Bedingungen meiner Unterwerfung sprachen, statt überhaupt erst einmal über die Möglichkeit.«

Renold mußte sich eingestehen, daß er selbst kurz davor gestanden hatte, denselben Fehler zu begehen. »Und als nächstes hat man dir bereits zu deiner Verlobung gratuliert.«

»Danach war es unmöglich, noch einen Rückzieher zu machen, ohne wie eine dumme Gans dazustehen, die nicht weiß, was sie will.«

»Was vielleicht weniger schlimm gewesen wäre als eine Ehe, in der du niemals froh gewesen wärst.«

»Ja«, sagte sie ernst, wobei sie ihn immer noch ansah.

Er hielt ihrem steten Blick ganze zehn Sekunden stand, ehe er angesichts der von ihr gewählten Methode des Widerstands in zustimmendes Lachen ausbrach. »Also gut. Ich werde versuchen, keinen unnötigen Druck auszuüben. Aber vielleicht denkst du daran, daß dieser Fall etwas anders liegt. Wir sind bereits verheiratet, und ich bin nicht Eddington. Und vor allem muß ich zugeben, daß Geduld nicht gerade meine Stärke ist.«

»Kein Druck«, murmelte sie und blickte ihn unter gesenkten Wimpern hindurch an.

»Nun, so wenig wie möglich«, war seine trockene Erwiderung. »Falls du jetzt ein wenig Appetit hast, solltest du deine Suppe kosten, ehe sie ganz kalt wird.«

Sie griff erneut nach ihrem Löffel und tauchte ihn in die tomatenrote, mit Fischstücken, saftigen Garnelen und Austern durchsetzte Creme. Bevor er selbst nach seinem Löffel griff, beobachtete er sie besorgt, bis er sah, daß sich ihr Mund angesichts des köstlichen Geschmacks zu einem Lächeln verzog.

Ein paar Minuten später bemerkte er, daß ihre Aufmerksamkeit dem Klang der Stimmen galt, der über die Hofmauer drang. Er lauschte selbst einen Augenblick, und dann sagte er: »Das sind Madame Fouchets Gäste. Sie veranstaltet heute nur wenige Blöcke von hier entfernt einen Maskenball. Das Thema dieses Jahres ist der Karneval von Venedig. Man sagte mir, in der ganzen Stadt gäbe es keine Goldfarbe, keine Löwen- oder Blumenmasken, keine weißen Umhänge und keine Dogenkleider mehr.«

»Waren Sie auch dort eingeladen?«

»Ja. Madame Fouchets Gatte ist ein Geschäftspartner von mir.«

»Und warum sind Sie dann nicht dort?«

»Ich hatte andere Pläne«, sagte er und lächelte. Als sie nichts erwiderte, griff er nach seinem Weinglas, nippe daran und stellte es wieder ab. »Vielleicht kannst du ja nächstes Jahr den Ball besuchen.«

Ihr deutliches Einatmen verriet, was sie bei dem Gedanken an diese Möglichkeit empfand. »Meinen Sie wirklich?« fragte sie.

»Wenn du Lust hast, ja«, sagte er und musterte sie mit schräg gelegtem Kopf. »Aber New Orleans bietet noch viel mehr. Während der Ballsaison gibt es alles, von rauschenden Festen über Picknicks bis hin zu Ausflügen an den See. Die bedeutendsten Opernensembles und Theatertruppen von Europa und Amerika treten hier auf, ebenso wie Tänzerinnen, Violinkünstler und Sängerinnen wie Adelina Patti. Und falls du Interesse an solchen Dingen hast, gibt es sogar Zirkusvorführungen und seltene Tiere zu sehen. Du brauchst nur zu sagen, was dir gefällt, und ich werde dafür sorgen, daß du es bekommst. Und natürlich werde ich dich zu diesem Veranstaltungen eskortieren.«

»Das ist sehr nett von Ihnen«, sagte sie und klang ehrlich verblüfft.

»Oh nein. Ich versuche nur, dir klarzumachen, wie dein Leben an meiner Seite aussehen kann.«

»Was das betrifft, so glaube ich nicht –«

»Diese Dinge interessieren dich also nicht?« fragte er lächelnd, denn ihre Einwände wollte er nicht hören. »Du hast kein Interesse daran zu erfahren, wie wir unsere Tage und Abende, unsere Sommer und Winter verbringen werden?« Er hielt inne, deutete ihr Schweigen jedoch als Zustimmung, fortzufahren. »Du wirst unweigerlich neue Freunde finden.

Estelle und Tit Jean werden dir bei ihrer Bewirtung behilflich sein. Und wenn du eine förmliche Abendeinladung verschicken willst, dann brauchst du es mir nur zu sagen, und ich werde dir als Gastgeber zur Seite stehen.«

»Alles in allem führen wir also ein Leben der fröhlichen Abwechslung.«

Ihr leicht trotziger Ton sollte wohl verbergen, daß ihr das von ihm vorgeschlagene Programm gefiel, und deshalb wertete er ihn positiv.

»Die Winter in New Orleans sind angenehm, aber die Sommer können geradezu unerträglich sein. Sie sind heiß und feucht, und die Straßen durchzieht ein unerträglicher Gestank. Ich habe diese Dinge bisher immer ertragen, aber dir würde ich so etwas nicht zumuten. Wenn du willst, können wir während dieser Monate nach Europa reisen. Oder wir können aufs Land fahren, wo die Luft wesentlich gesünder ist. Vielleicht«, fügte er hinzu, als hätte er erst jetzt diesen Einfall gehabt, »könnten wir auch die Zeit nutzen und uns um deine Plantage kümmern. Es ist nicht gut, wenn der Eigentümer einer solchen Besitzung ständig abwesend ist. Obwohl du, wie ich annehme, bestimmt einen Aufseher hast.«

Sie sah ihn verwirrt an. »Keine Ahnung. Ich habe bisher nicht darüber nachgedacht, wer die Plantage während meiner Abwesenheit führt.«

»Ich könnte mich darum kümmern, wenn du willst.«

Sie wies seinen Vorschlag nicht zurück, aber ebensowenig übertrug sie ihm umgehend die Verantwortung für Bonheur, wie es wohl die meisten Frauen, die er kannte, getan hätten. Sie war tatsächlich eine würdige Gegnerin. Vielleicht sprach sie nicht viel, aber in ihrem Kopf ging offensichtlich eine Menge vor sich. Er hätte einiges dafür gegeben zu wissen, was das für Gedanken waren.

Nach einem Augenblick fuhr er fort: »Wenn du dich natürlich lieber selbst um das Anwesen kümmerst, habe ich nichts dagegen. Allerdings würde ich dich gern begleiten, wenn du hinreitest, oder dir zumindest einen geeigneten Pferdeburschen zur Verfügung stellen. Versteh mich bitte richtig. Ich will dich nicht überwachen, sondern möchte lediglich, daß jemand in deiner Nähe ist, falls dein Pferd durchgeht oder es irgendeinen Unfall gibt. Kannst du reiten?«

Sie nickte. »Das war eines der Dinge, die meine Tante für unbedingt erforderlich hielt.«

»Wenn du willst, werde ich dafür sorgen, daß du ein anständiges Reitpferd bekommst. Und dann brauchst du natürlich ein passendes Kleid. Oh, da wir gerade dabei sind, sollte ich dir vielleicht noch sagen, daß ich meine Bank angewiesen habe, dir monatlich eine bestimmte Summe auszubezahlen, nicht als Haushaltsgeld, sondern für deine persönlichen Bedürfnisse. Außerdem habe ich die Schneiderin, die auch dein Nachthemd geliefert hat, angewiesen, dir ein paar Kleider zu machen. Als Muster habe ich ihr das Kleid gegeben, das du bei der Explosion an Bord des Schiffes getragen hast. Ich nehme an, daß sie in ein, zwei Tagen zur Anprobe kommt. Wenn dir die Modelle nicht gefallen, sag es einfach und such dir etwas anderes aus.«

»Ich bin vollkommen überwältigt«, flüsterte sie. »Sie sind bemerkenswert großzügig und vor allem sehr entgegenkommend.«

»Ich hatte gehofft, daß du dich vielleicht darüber freust«, sagte er in gespieltem Ernst.

Sie hob die Hand und zog den Ausschnitt ihres Morgenmantels zusammen, während sie den Blick von ihm abwandte und in den Hof unter sich sah. Eine Locke hing lose über ihre Schulter und Brust. Sie bewegte sich mit jedem Atemzug und schimmerte auf dem feinen Stoff, wobei das Licht der Kerzen glitzernde Sternchen in der seidigen Textur ihres Haar aufleuchten ließ. Zugleich zeichnete die Strähne die darunter verborgenen Rundungen mit glänzender Genauigkeit nach.

»Mögen Sie keine Blumen?«

Dieser Themenwechsel kam so überraschend für ihn, daß er einen Augenblick brauchte, bis er die Frage verstand. Vor allem jedoch überraschte ihn die Verzweiflung in ihrer Stimme, die ihr Bedürfnis verriet, sich vor ihm zurückzuziehen. Vielleicht hatte er sich ein wenig übertrieben großzügig gezeigt?

»Blumen? Natürlich mag ich sie.«

»Aber Sie haben keine im Hof, obwohl es ganz einfach wäre, sie dort anzupflanzen«, sagte sie und wies auf den mit wilden Wein überwucherten Mauern geschützten Platz.

»Du bist bestimmt sehr geschickt im Umgang mit allem, was blüht«, sagte er und versuchte zu verstehen, worum es ihr ging.

Zum ersten Mal lächelte sie. »Das ist ein sehr nettes Kompliment, danke sehr, aber ich glaube nicht, daß es zutrifft Meine Tante hat sehr viele Blumen angepflanzt, immer in Reih und Glied, wie ein Soldatenregiment. Ich durfte sie nie pflücken, aber ich hatte sowieso immer eine Vorliebe für Wildblumen, denn die wachsen so, wie es ihnen gefällt.«

Ihre Stimme hatte einen wehmütigen, fast melancholischen Klang, und er verspürte Mitleid mit ihr. Allerdings hatte er keine Gelegenheit, es auszudrücken, denn in diesem Augenblick trat Tit Jean mit einer entschuldigenden Verbeugung durch die Tür.

»Verzeihung, Maître, aber draußen steht ein Mann, der Sie zu sprechen wünscht.«

Ein Mann, kein Gentleman. Die Wortwahl, der Ton und die Miene des Kammerdieners verrieten viel. »Führen sie ihn in die Bibliothek, und bieten Sie ihm einen Whisky an«, sagte sein Arbeitgeber. »Ich komme sofort.«

Tit Jean nickte und trat würdevoll den Rückzug an. Angelica verfolgte seinen steifen Abgang, ehe sie sich an Renold wand. »Ist etwas nicht in Ordnung?«

»Keine Sorge«, sagte er, leerte sein Weinglas und tupfte sich mit der Serviette die Lippen ab.

»Ich nehme an, Sie wissen, wer dieser Besucher ist.«

Er hätte sich denken müssen, daß sie eine aufmerksame Beobachterin war. »Tit Jean legt hin und wieder einen gewissen Snobismus an den Tag. Und einige meiner Geschäftspartner mag er nicht.«

»Vielleicht sollten Sie auf sein Urteil vertrauen.«

Er erhob sich und lächelte sie an. »Du machst dir ja richtiggehend Sorgen um mich, meine Liebe. Ich fühle mich geschmeichelt.«

»Dazu besteht keine Veranlassung«, erwiderte sie kühl.

»Schade«, sagte er mit ehrlichem Bedauern, während er ihr bedeutete, ohne ihn mit dem Essen fortzufahren.

Angelica sah Renold nicht nach, als er das Haus betrat, doch verärgert stellte sie fest, daß es ihr schwerfiel, ihm gegenüber gleichgültig zu sein.

Er überraschte sie, denn er war wesentlich aufmerksamer und rücksichtsvoller, als sie vermutet hätte. Doch sie konnte ihm nicht wirklich dankbar sein, denn sie hatte das ungute Gefühl, daß er dies alles nicht grundlos tat. Anscheinend wollte er, daß sie in ihrer Ehe mit ihm glücklich oder zumindest nicht unzufrieden war. Aber warum? Sie konnte sich beim besten Willen nicht vorstellen, daß es ihm gefiel, so einfach eine Frau aufgehalst zu bekommen, egal, wie er sich ihr gegenüber gab.

Sie durfte ihren Selbsterhaltungstrieb nicht verlieren. Das Leben, das er ihr beschrieben hatte, war in seiner Üppigkeit phantastisch und verführerisch. Und der einzig mögliche Grund dafür, warum er ihr all dieses bot, mußte irgendein ihr unerklärliches Schuldgefühl sein.

Die Bestellung einer Schneiderin, die Unterhaltungen, sein Angebot, sie zu eskortieren, seine Anwesenheit bei den Mahlzeiten: Langsam zog er sie in sein Leben hinein, und seinem Trost, seiner Rücksichtnahme und vor allem seiner offensichtlichen Sorge um sie war nur schwer zu widerstehen.

War sie mit ihm verheiratet? War sie tatsächlich seine Frau? Würde es einen Unterschied machen, wenn sie ohne jeden Zweifel wüßte, wie ihr Verhältnis zueinander war?

Was sollte sie nur tun?

Sie wußte es nicht. Tante Harriets Belehrungen und Maximen halfen ihr nicht. Was tat man gegenüber einem Mann, der einen erst in der eigenen Kabine bedrohte und einen anschließend rettete? Welche Regeln galten für den Umgang mit einem Mann, der einen erst entführte und, solange man bewußtlos war, in seinem eigenen Bett pflegen ließ, um einem beim Aufwachen zu erklären, daß man mit ihm verheiratet war? Sie versuchte, ruhig und vernünftig darüber nachzudenken, aber die Situation war so außergewöhnlich, daß es keinerlei Richtlinien gab.

Soweit sie sah, hatte sie drei Möglichkeiten: Entweder sie flüchtete sich in die sichere Enge des Heims ihrer Tante, oder sie führe zu der Plantage zurück und richtete sich dort ein vollkommen neues Leben ein, oder aber sie nähme Renold Hardens Angebot an, in der Hoffnung, daß seine Motive ehrenwert waren.

Jede der drei Lösungen stellte sie vor ein Problem.

Ihre Tante wäre, wie Renold bereits festgestellt hatte, wahrscheinlich nicht besonders erfreut, sie wiederzusehen. Was die Plantage anging, so wußte sie weder, wie ein solches Anwesen zu führen war, noch verfügte sie über das Kapital, um einen Aufseher zu bezahlen, Saatgut zu kaufen oder auch nur die Sklaven zu versorgen, deren Herrin sie nun war. Und was die Möglichkeit betraf, sich Renolds Schutz zu unterstellen, so riet ihr Instinkt ihr lautstark davon ab.

Aber ihn zu verlassen, wäre ebenfalls ein Problem. Sie konnte wohl kaum einfach in ihrem Nachthemd auf die Straße spazieren, und sie hatte kein Geld für die Reise zur

Plantage oder nach Natchez hinauf, da ihr Vater alles bei sich gehabt hatte und nun alles verloren war. Sie konnte Renold um einen Kredit bitten, aber der Gedanke, ihm etwas schuldig zu sein, gefiel ihr nicht. Und vor allem wäre es durchaus möglich, daß er sich weigerte, ihr in dieser Sache behilflich zu sein.

Ihr Appetit hatte sich gelegt. Sie schob ihren Teller zurück, stützte die Ellbogen auf den Tisch und legte das Kinn auf die Hand.

Vielleicht lag es an ihrer Krankheit oder vielleicht auch daran, daß ihr jahrelang jede Entscheidung abgenommen worden war, aber auf jeden Fall erschöpfte sie die Anstrengung all dieser Überlegungen. Außerdem hatte sie furchtbare Angst, vielleicht einen Fehler zu begehen.

Es war nicht etwa so, daß sie bei Renold bleiben wollte, beileibe nicht. Sie hoffte, sie hätte genug Charakterstärke, um den Lockungen von Bequemlichkeit und den Versprechungen von einem luxuriösen Leben voller Vergnügungen zu widerstehen. Und was den Mann selbst betraf, wie sollte sie sich zu jemandem hingezogen fühlen, dem nicht im geringsten zu trauen war?

Verheiratet. Ihr geistiges Auge erhaschte einen flüchtigen Blick auf ein Bild, das sich mit dem Wort verband, aber dieses Bild entzog sich ihr, noch ehe sie es fassen konnte, wie ein Traum, der sich sofort nach dem Erwachen verflüchtigt. Wenn sie sich daran erinnern könnte, wenn sie wüßte, daß tatsächlich eine Hochzeitszeremonie stattgefunden hatte, wäre es dann anders für sie? War sie tatsächlich durch einen rechtlichen und religiösen Vertrag gebunden, an dessen Abschluß sie sich nicht erinnerte? Wollte sie an diesen Vertrag gebunden sein?

Irgendwo unter ihr schloß sich eine Tür, und im Hof wurden Schritte laut. Zwei Gestalten tauchten auf. Eine der beiden war Tit Jean, und die andere war ein kleinerer Mann mit einem spitzen, schmalen Gesicht und dürren Schultern, der einen unscheinbaren grauen Anzug trug. Er huschte wie eine Maus über die Steine in dem Versuch, mit dem Hünen Schritt zu halten. Keuchend protestierte er gegen die Eile, doch Tit Jean tat, als wäre er taub. Schließlich öffnete der Kammerdiener das mit einem Eisengitter versehene Tor der Kutscheneinfahrt, entließ den Besucher und schlug es mit lautem Knall hinter ihm zu.

Der kleine Mann fuhr herum, als wolle er noch einmal herein, hob den Kopf und blickte hinauf zur Galerie. Als er Angelicas blasses Gesicht hinter dem Geländer sah, blieb ihm vor Überraschung der Mund offenstehen. Dann machte er plötzlich auf dem Absatz kehrt und entschwand in der Dunkelheit.

Wenige Minuten später trat Estelle auf die Galerie hinaus. Der Maître, sagte sie, ließe sich entschuldigen. Er müßte noch einmal fort und käme erst spät zurück. Allerdings hoffe er, daß Angelica den Rest ihres Mahls genösse und sich anschließend von Estelle ins Bett zurückhelfen ließe.

Angelica kämpfte mit dem Rest ihrer Suppe, stocherte lustlos in der Hühnerbrust mit Kräutersoße, den frischen Erbsen, Karotten und dem Kohlsalat, der Eiercreme und den Pfirsichtörtchen herum und ließ den Großteil der Köstlichkeiten auf dem Teller zurück.

Das sie nun einmal aufgestanden war, bat sie Estelle, Wasser in eine Wanne zu lassen und ihr beim Baden behilflich zu sein. Doch die Anstrengung war vielleicht ein bißchen zu viel für sie. Als die Haushälterin ihr ein frisches Nachthemd über den Kopf streifte, fing sie vor Erschöpfung zu zittern an. Sie sank auf ihr Bett, und innerhalb weniger Minuten versank sie in einen tiefen Schlaf.

Nach ungefähr einer Stunde allerdings war es um ihre Ruhe geschehen. Sie schreckte auf, denn sie hatte einen furchtbaren Traum von Feuer und Wasser gehabt. Mit weit aufgerissenen Augen starrte sie in die Dunkelheit, bis sich ihr Herzschlag verlangsamte und sie wieder normal zu atmen begann. Schließlich schlief sie wieder ein, doch immer wieder fuhr sie furchtsam auf.

Kurz vor Anbruch der Dämmerung wurde sie abermals plötzlich wach. Irgend jemand war in ihrem Zimmer und stand neben ihrem Bett. Vollkommen lautlos starrte jemand auf sie herab.

Es dauerte eine Ewigkeit, bis sie es wagte, die Augen zu öffnen und den Eindringling anzusehen.

Es war Renold. Sie war sich fast sicher. Fast.

Er rührte sich nicht, und der Stelle nach zu urteilen schien er sogar den Atem anzuhalten. Sie überlegte, ob er wohl wußte, daß sie wach war. Sein Körper hob sich kaum von der Dunkelheit ab, und sie selbst war hinter den Bettvorhängen wohl noch weniger zu sehen. Der Drang, sich bemerkbar zu machen und die Stille zu durchbrechen, war geradezu überwältigend, doch irgend etwas an der vollkommene Reglosigkeit der Gestalt neben ihrem Bett hielt sie davon ab.

Eine Ewigkeit später atmete er seufzend aus. Er wandte sich ab und ging lautlos zum Fußende des Betts. Die Federn der Pritsche ächzten, als er sich auf die Matratze legte, und dann wurde es wieder totenstill.

Was hatte er getan? Hatte er nur nachgesehen, ob alles in Ordnung war, oder hatte er seine sogenannten Rechte als Ehemann geltend machen wollen? Sie wußte es nicht, aber sie hätte es gerne gewußt. Fast. Bis zum Anbruch der Dämmerung lag sie wach in ihrem Bett und dachte über diese Frage nach.

Von ihrem Platz im Bett aus konnte sie Renold nicht sehen. Es war so still, daß man hätte meinen können, er wäre gar nicht mehr da. Vorsichtig schob sie sich hoch, doch immer noch sah sie nichts. Sie schob sich noch höher, und endlich entdeckte sie ihn.

Er lag lang ausgestreckt auf der Liege, und die helle Decke hob sich leuchtend von seinem dunklen Körper ab. Seine breiten Schultern waren ebenso deutlich zu erkennen wie sein schwarzes Haar, das auf dem weißen Kopfkissen lag. Sein Gesicht wies die kraftvolle, reglose Schönheit einer Totenmaske auf.

Er hatte schon des öfteren auf der Pritsche geschlafen, aber nie zuvor hatte sie es bemerkt. Selbst in den letzten Nächten war er immer erst gekommen, nachdem sie eingeschlafen war, und verschwunden, ehe sie selbst die Augen aufschlug. Es war unglaublich, ihn jetzt hier zu sehen, in einer solch intimem Nähe zu ihr. Sein Anblick weckte ein eigenartiges Gefühl von Geborgenheit und gleichzeitiger Gefahr in ihr.

»Ich beiße nicht«, sagte er, ohne die Augen zu öffnen. »Und ich glaube, ich schnarche auch nicht. Falls doch, darfst du mich wachrütteln, ansonsten aber nicht. Es sei denn, du möchtest die Gesellschaft deines Gatten in dem riesigen Bett, das du bewohnst.«

»Nein«, sagte sie. »Danke.«

»Das habe ich mir gedacht. Ist alles in Ordnung mit dir?«

»Ja. Aber was ist mit Ihnen? Ist Ihr Bett bequem?«

Er machte ein Auge auf. »Sieht es etwa so aus?«

Die Liege war zu schmal und auch zu kurz. »Nein, nicht besonders.«

»Du bist wirklich eine aufmerksame Beobachterin«, stellte er trocken fest. »Ich würde dir raten, zu schlafen, solange du kannst. Ich versichere dir, daß ich nicht gerade der geborene Märtyrer bin und daß ich nicht die Absicht habe, hier länger als nötig zu nächtigen.«

»Was für eine angenehme Vorstellung. Dann bekomme ich ja vielleicht mein zweites Kopfkissen zurück«, stellte sie verächtlich fest.

»Ja«, antwortete er vergnügt. »Nicht wahr?«

Kapitel fünf

Es war das Pech der Halunken, daß sie ausgerechnet einen Abend wählten, an dem Renold aus dem Trainingsraum von Prospero, dem Mulattenmeister im Fechten, in der Exchange Alley kam.

Der Meister ließ sich nur selten zu einem Gefecht mit einem seiner Schüler herab, aber eine Stunde mit Renold war immer ein besonderes Vergnügen für ihn. Renold nahm die Gelegenheit dazu mindestens einmal die Woche wahr, so daß sowohl seine Reflexe als auch seine Fähigkeit im Umgang mit dem Degen fast jeden potentiellen Herausforderer von vornherein entmutigten. An solchen Abenden spazierte er gut gelaunt nach Hause, den Degen an der Seite, das Blut angenehm erhitzt und die Muskeln von der Übung gut geölt.

Das erste Anzeichen von Unannehmlichkeiten war ein plötzlich aufsteigender Taubenschwarm. Gurrend flatterten sie aus der vor ihm liegenden Gasse in den sich verdunkelnden Himmel hinauf, und Renold streckte die Hand nach dem Arm seines Begleiters aus.

Michel Farness war seit langer Zeit sein Freund und gewiß kein Narr. Da er unbewaffnet war, sprang er ohne zu zögern zur Seite und preßte seinen Rücken an die nächstgelegene Wand.

Die versteckten Straßenräuber waren wütend, daß man sie entdeckt hatte, und setzten nun alles auf einen Frontalangriff. Gräßliche Flußschifferflüche auf den Lippen, sprangen die drei Seite an Seite aus der Gasse heraus. In den Händen hielten sie riesige Kürschnermesser, deren bösartig geschliffene Klingen im Mondlicht schimmerten.

Renolds Degen verursachte ein leises, seidiges Flüstern, als er ihn aus der Scheide zog, und mit der geschmeidigen

Leichtigkeit des aufgewärmten und durchtrainierten Kämpfers ging er in Angriffsposition.

An den Mauern zu beiden Seiten der engen Gasse tanzten Schatten auf und ab. Das Stöhnen der Männer ließ in der über Nacht frostkalt gewordenen Luft watteweiße Wölkchen entstehen. Stahl blitzte auf, und das grimmige Klirren von Stahl auf Stahl wurde laut. Die Bewegungen der Kämpfenden verrieten tödliche Entschlossenheit.

Noch ehe es richtig begonnen hatte, war es wieder vorbei. Als einer der Angreifer fiel, brachen die beiden anderen in Entsetzensschreie aus, stürzten los und verschwanden in der Nacht. Die Leiche des ersten lag ausgestreckt auf dem Boden, und ein dünner roter Blutsfaden versickerte in den Spalten zwischen dem steinernen Straßenbelag.

Mit einem eleganten Schwung seines seidengefütterten Umhangs trat Michel vor und kniete sich neben den Mann. Dann blickte er zu Renold auf, der keuchend über ihm stand: »Tja, das war ein Volltreffer, mein Freund. Wenn du etwas weniger eifrig gewesen wärst, hättest du vielleicht noch was aus ihm rausgekriegt.«

»Sie waren zu nah an meinem Haus.« Die Worte klangen knapp und nüchtern, eher wie eine Erklärung als eine Entschuldigung.

»Gibt es dort vielleicht jemanden«, fragte Michel mit eulenweisem Blick, »den es zu beeindrucken gilt?«

Renold gab sich die größte Mühe, nicht zum Balkon seines Hauses am Ende der Straße hinüberzusehen. Noch vor wenigen Sekunden hatte er Angelica dort erblickt, ihre schlanke Gestalt steif und reglos vor – was? Enttäuschung? Entsetzen? Schreck? Beim ersten Anzeichen, daß er den Angriff überlebt hatte, hatte sie mit wehenden Röcken kehrt gemacht und war ins Haus zurückgekehrt.

An seinen Freund gewandt, sagte er: »Wohl eher jemanden, dem ich nicht die Illusion rauben möchte.«

»Von deinem Heldenmut?« Michel starrte seinen Freund ungläubig an, doch Renold lachte verbittert auf.

»Von meiner Unbesiegbarkeit. Der einfachste Weg, eine Meuterei zu unterbinden, ist, indem man sie unmöglich macht.«

»Meuterei? Von einem Gast?« fragte Michel und runzelte verwirrt die Stirn.

»Die Dame ist meine Frau.«

Michel riß die Augen auf. »Du bist verheiratet – du bist schon den ganzen Abend verheiratet und hast mir noch kein Wort davon erzählt?«

Renold sah seinen Freund reglos an. »Sie war krank. Ich fand es besser, sie vor möglichen Besuchern und Gratulanten zu bewahren, solange es ihr nicht besser ging.«

»Krank. Und aufrührerisch«, sagte der andere Mann in fasziniertem Ton. Er erhob sich und klopfte sich den Staub von den Händen ab. »Meuterei bei einer Ehefrau besteht meistens in Ehebruch.«

»Oder indem sie einen verläßt«, erwiderte Renold in grimmigem Ton, »was noch etwas besser ist. Aber wenn ich genug Straßenräuber umbringe, brauche ich vielleicht nicht meine Freunde aufzuspießen. Übrigens wollte ich, daß du mich nach Hause begleitest, damit du sie kennenlernst. Ich nehme an, sie wird sich freuen, endlich einmal ein neues Gesicht zu sehen.«

»Ich hoffe, sie freut sich nicht allzu sehr«, sagte Michel mit gespielter Angst. »Für heute abend hatte ich nämlich schon Unannehmlichkeiten genug.« Sein angeborener Sinn für Humor gewann wieder die Oberhand, und in seinen schwarzen Augen blitzte es vergnügt. »Aber andererseits, wenn deine Frau so hübsch ist, wie mir der kurze Blick auf den Balkon verheißen hat, dann schwinge ich ab jetzt vielleicht auch regelmäßig den Degen und fordere dich zum Duell, damit ich anschließend deine Witwe trösten kann.«

Renold wandte sich zum Gehen. »Das empfehle ich dir nicht.«

»Höre ich da etwa eine gewisse Reizbarkeit in deinem Ton?«

»Allerdings. Und darüber hinaus ist nicht gesagt, daß dir der Lohn für deine Mühe zuteil werden würde. Die Dame hat genug Kampfgeist für zwei, auch wenn ihre Hauptwaffe nicht der Degen, sondern ihre spitze Zunge ist. Das habe ich bereits selbst erlebt. Meine Haut ist noch relativ unversehrt, aber mein Ego hat sie inzwischen in kleine Stücke gehackt.«

»Offenbar hat sie von dir gelernt.«

Über diese Möglichkeit hatte Renold bisher noch nie nachgedacht. Worte konnten enthüllen oder verbergen, Freude bereiten oder auch Schmerz. Außerdem konnten sie einen Schutzwall um die Seele bilden, der jeden Angreifer abprallen ließ. Das hatte er bereits vor langer Zeit gelernt. Aber ob sich Angelica tatsächlich ein Beispiel an ihm nahm?

Er antwortete sowohl sich selbst als auch Michel, als er erwiderte: »Zweifellos.«

Michel blieb noch einen Augenblick stehen, doch dann eilte er seinem Freund hinterher.

Mit verwunderter Stimme fragte er: »Deine Frau betet dich also nicht an?«

»Nicht daß ich wüßte.«

»Sie fällt nicht in Ohnmacht, wenn du sie berührst?«

Renolds Blick war Antwort und Warnung genug, nicht weiter in ihn zu dringen.

»Warum«, fragte der andere in fröhlichem, wenn auch verständnislosem Ton, ehe er an der Tür zum Hof stehenblieb, »hast du sie dann geheiratet?«

»Sie ist die neue Besitzerin von Bonheur.«

Michel starrte Renold an, während er hinter ihm den Hof betrat. »Die andere Frage ist die«, sagte er schließlich. »Warum hat sie dann dich geheiratet?«

»Ganz einfach. Höhere Gewalt.«

»Und du bist zufrieden mit diesem Arrangement?«

»Ungemein.« Renolds Stimme war reglos, aber er spürte, daß seine Miene seine innere Anspannung verriet.

Michel lachte. »Das sehe ich. Genieß es noch ein bißchen mehr, und bald liegt die Hälfte von New Orleans aufgeschlitzt und blutend in irgendwelchen dunklen Gassen herum.«

»Das erinnert mich daran, daß ich die Leiche noch entfernen lassen muß. Erinnere mich daran, Tit Jean damit zu beauftragen.«

»Er hat bestimmt schon alles in die Wege geleitet, ehe der arme Kerl überhaupt nur zu Boden gegangen ist.«

»Wahrscheinlich«, stimmte Renold ihm zu und führte ihn dann die Treppe zum Salon hinauf.

Angelica erwartete sie bereits. Sie war ein wenig blaß, aber in ihrem schwarzen Seidenkleid sah sie bezaubernd aus.

Sie hatte Baumwolle gewollt, aber Renold hatte ihr erklärt, der Stoff sei für das hiesige Klima zu schwer. Auch über den Ausschnitt des Kleids hatten sie zunächst keine Einigung erzielt, und das Dekolleté, das dabei herausgekommen war, war für ihren Geschmack nicht hoch und für seine Gelüste nicht tief genug, aber zumindest war es ein Kompromiß. Eine hellere Farbe hätte ihm ebenfalls besser gefallen, aber was das anging, hatte sie sich unerbittlich gezeigt. Sie hatte darauf beharrt, daß sie immer noch in Trauer war. In schwarzen Kleidern sahen manche Frauen wie Krähen aus, aber sie wirkte darin wie ein trauernder Engel, so daß jedem männlichen Betrachter das Herz höher schlug.

Tit Jean, der offenbar auf ihren Wunsch hin ein Tablett mit Wein hereingebracht hatte, verließ soeben den Raum. Er hielt den beiden Männern die Tür auf und nickte seinem Herrn unmerklich zu. Renold verstand. Während seiner Abwesenheit war alles problemlos verlaufen, und die Leiche, die im Augenblick noch in der Gasse herumlag, wäre am Morgen nicht mehr da.

Er wandte sich an Angelica und musterte sie, um zu sehen, in welcher Stimmung und in welcher körperlichen Verfassung sie war.

»Meine Liebe«, sagte er. »Erlaube mir, dir einen alten Freund vorzustellen. Michel Farness.«

Sie reichte Michel höflich, wenn auch leicht abgelenkt, die Hand, ehe sie sich sofort wieder an Renold wand. »Wer waren diese Männer?«

Renold ging zu dem Tisch, auf dem der Wein stand, griff nach der Karaffe und schenkte ihnen allen ein. Während er zusah, wie die Flüssigkeit in die Gläser rann, sagte er: »Irgendwelches Flußgesindel, das auf leichte Beute aus war. Irische Rabauken, die sich in die falsche Gegend verirrt hatten. Gesindel aus der Gallatin Street mit einem Groll gegen Zylinder. Du kannst wählen. Ich nehme an, eins ist so gut wie das andere.«

»Haben sie euch aufgelauert?«

Er sah Michel nicht an. »Ich nehme an, sie hatten es lediglich auf meinen Geldbeutel abgesehen.«

»Ich dachte –« Sie unterbrach sie und sagte statt dessen: »Und euch ist nichts passiert?«

Ihre gerunzelte Stirn mochte ein Hinweis darauf sein, daß sie in ernsthafter Sorge um ihn war, aber Renold beging nicht den Fehler, darauf zu vertrauen. »Ich hatte einen Degen, und die Kerle waren mit nichts als Messern bewehrt, so daß der Kampf kaum fair zu nennen war. Nein, uns ist nichts passiert.«

»Und ob der Kampf fair war«, protestierte Michel. »Schließlich haben sie sich zu dritt auf dich gestürzt.« Er wandte sich mit einem Lächeln an Angelica. »Ich hätte Renold sofort geholfen, bewaffnet oder unbewaffnet, wenn ich es für erforderlich gehalten hätte. Aber das war es nicht.«

»Das habe ich gesehen«, sagte sie und setzte ebenfalls ein schwaches Lächeln auf.

Renold, der seinen Freund verstohlen beobachtete, merkte, daß Michel der besonderen Ausstrahlung seiner Ehefrau sofort erlag. Doch das überraschte ihn nicht. Michel war sehr empfänglich für jede Art von weiblichem Charme.

Ein Mann erkannte nicht immer, was eine Frau an einem anderen Mann anziehend fand, aber Michels Vorzüge waren ihm bewußt. Sein hellbraunes Haar hing in poetischen, ungebändigten Locken in seine Stirn. Seine leuchtenden, fast beständig lachenden Augen waren ebenfalls als Pluspunkt zu sehen. Darüber hinaus war der mittelgroße, kräftige, muskulöse Körper seines Freundes stets in allerfeinste Kleider gehüllt. Er wirkte stets respektvoll und gleichzeitig interessiert, und sein Lächeln war warm und strahlte eine gewisse Zärtlichkeit aus. Doch vor allem war sein Erfolg bei den Frauen wohl in der Tatsache begründet, daß er sie alle ausnahmslos anbetungswürdig fand.

Renold hatte sehen wollen, wie Angelica seinem Freund gefiel. Als er die Komplimente hörte, die zusammen mit Fragen über ihre Trauer um ihren Vater über seine Lippen sprudelten, als er den verträumten Blick in seinen Augen sah, meinte er zu wissen, was Michel für sie empfand.

Er fragte sich, ob er vielleicht mit seiner Frau hatte angeben wollen. Normalerweise wurde er nicht von übermäßigem Besitzstolz geplagt, aber es wäre immerhin eine Möglichkeit. Weder nach dem Gesetz der Kirche noch nach weltlichem Recht hatte er einen Besitzanspruch auf ihren Verstand, ihre Loyalität oder auch nur ihre Aufmerksamkeit. Das ist bestimmt ein Versehen, dachte er grimmig.

Michel, der inzwischen neben Angelica auf dem Sofa saß, sah ihn an. Als er Renolds Blick erhaschte, blinzelte er, doch dann errötete er. »Mon Dieu, alter Freund, was hast du denn? Ich dachte, die Warnung vorhin wäre ein Scherz gewesen. Du gehörst doch wohl nicht etwa zu der Sorte von Ehemännern, die beständig mit finsterer Miene in irgendeiner Ecke steht.«

»Entschuldige. Die Rolle des Ehemannes ist noch ziemlich neu für mich.« Renolds Stimme war kühler als beabsichtigt.

Angelica lachte leise auf. »Auf jeden Fall besteht kein Grund zur Besorgnis. Renold hat die Absicht, der perfekte Ehemann zu sein, und offenbar gehört Eifersucht als reine Formsache dazu.«

»Der perfekte Ehemann«, sagte er, »mag einen unschuldigen Flirt gestatten, aber ich fürchte, ich bin vielleicht doch nicht so perfekt.«

Sie blickte überrascht auf, doch sie nahm die Herausforderung an. »Sie gestehen tatsächlich diesen Fehler ein? Das ist sehr galant.«

»Wenn du den Flirt eingestehst, dann sind wir quitt, obwohl –«

»Ich Ihnen dafür wahrscheinlich noch dankbar sein soll.« Ihre Stimme verriet entschlossene Munterkeit, mehr nicht.

Michel sah von einem zum anderen und sagte: »Wenn ihr beide lieber alleine streitet, sagt nur Bescheid. Ich gehe dann.«

Eine unglückselige Einmischung, doch wem seine Unterstützung galt, war nicht ganz klar. »Oh, das ist eine reine Trockenübung. Zuschauern droht keinerlei Gefahr, es sei denn, sie begehen den Fehler, Stellung zu beziehen.«

»Etwas, was ich nur tun würde, wenn ich dächte, daß die Chancen ungerecht verteilt sind.« Michels Ton war ungewohnt scharf.

Renold wandte sich an Angelica. »Offenbar hast du einen Fürsprecher gefunden. Was wirst du mit ihm tun?«

»Ich dachte, er hätte *Ihnen* seine Unterstützung angeboten«, sagte sie, und ihre Augen blitzten angriffslustig auf. »Schließlich ist er Ihr Freund.«

Diese Bemerkung kam Renold gerade recht. »Das ist er

auch. Obwohl ich immer argwöhnisch bin, wenn jemand seine Loyalität auf mehrere Menschen verteilt.«

»Jetzt reicht's«, stellte Michel erbost fest. »Ich glaube, ich lasse euch besser allein.«

»Und wozu«, fragte Renold seinen Freund in bewußt boshaftem Ton, »willst du dann das Fechten trainieren?«

Michel sprang auf. »Meinst du, ich hätte Angst vor dir? Wäre ich nicht tatsächlich dein Freund, dann würde ich dich auf der Stelle zu einem Duell fordern.«

»Sinnlos.« Renold trat auf ihn zu, nahm ihn am Arm und drehte ihn zur Tür. »Ich habe diese Woche schon einen Mann umgebracht, und ich brauche meiner Frau nicht mit noch mehr Leichen zu imponieren.«

»Der Tod«, stellte Angelica erhaben fest, »ist mir gleichgültig.«

»Außer natürlich, wenn es um den meinen geht«, sagte Renold und verbeugte sich lächelnd vor ihr.

Michel, der unter seiner olivfarbenen Haut sichtlich blaß geworden war, verabschiedete sich und ging erhobenen Hauptes die Treppe hinunter in den Hof. Als Renold ihm folgte, blieb er stehen, stemmte die Fäuste in die Hüften und drehte sich zu ihm um.

»Nun, willst du dich mit mir duellieren?« fragte er.

»Damit du deine gekränkte Ehre wiederherstellen oder damit du Angelica beeindrucken kannst?«

»Damit ich dir beibringen kann, was Benehmen ist. Wie konntest du nur in einem solch verächtlichen Ton zu einer so reizenden Frau sprechen?«

»Ich fand es besser«, sagte Renold, »als sie zu schlagen.«

Michel starrte ihn angewidert an. »Du meinst wohl, du fandest es besser, als sie in aller Öffentlichkeit zu vergewaltigen. Wenn du so hingerissen von ihr bist, dann frage ich mich nur, warum in aller Welt du so unausstehlich sein mußt.« Seine Miene hellte sich auf. »Es sei denn –«

»Es sei denn, ich wäre geduldiger und klüger, als du denkst? Diese Dinge haben nun einmal ihren Preis.« Renolds Gesicht verriet grimmige Entschlossenheit. »Sprechen wir überhaupt über dasselbe Thema? Würdest du mir vielleicht freundlicherweise und mit Worten, die mir zeigen, daß du die Dame respektierst, erklären, was du meinst?«

»Du hast bisher noch nicht mit ihr geschlafen.«

Trotz der Dunkelheit war zu erkennen, daß Renold errötete. »Nun, da hast du einerseits recht und andererseits irrst du dich«, sagte er leise. »Obwohl dieses Thema meiner Meinung nach nicht für eine öffentliche Diskussion geeignet ist.«

»Oder«, fuhr Michel unerschrocken fort, »du weißt, daß das, was du tust, unpassend ist, aber du bist einfach zu dickschädelig, um es einzugestehen.«

»Du spielst den Moralapostel? Das wundert mich.« Natürlich hätte es ihn nicht wundern sollen, denn sein Freund, Sohn einer italienischen Mutter und eines französischen Vaters, war legitimer Abkömmling einer der ältesten Kreolenfamilien der Stadt. Und außer seiner Abstammung hatte er auch noch einen unerschütterlichen Glauben an die Prinzipien der Moral.

»Oder vielleicht habe ich mit beidem recht. Dann ist allerdings irgend etwas an dieser ganzen Geschichte faul. Ich bin mir nicht sicher, ob ich tatsächlich an diese Heirat glauben soll, zu der es keine Anzeige gab, kein Aufgebot aushing und zu der niemand eingeladen war.«

»Ich bin also nicht nur unaufrichtig, sondern obendrein noch ein lüsterner Entführer unschuldiger Frauen? Was hast du nur für eine Meinung von mir!«

Der andere Mann schüttelte so heftig den Kopf, daß eine Locke in seine Stirn herabfiel. »Ich weiß, was du in bezug auf den Tod deines Stiefvaters empfindest, Renold, aber wenn du diese Frau kompromittieren willst, um seinen Tod und seinen Verlust zu rächen, dann muß ich dir sagen, daß das höchst gemein und niederträchtig ist.«

»Und du denkst allen Ernstes«, fragte Renold leise, »daß ich zu einer solchen Niedertracht fähig bin?«

»Oh, ich bezweifle nicht, daß du auch noch andere Gründe hast. Sie ist Frau genug, um jeden Mann in Versuchung zu führen.«

»Danke«, sagte Renold in ätzendem Ton.

»Ja, und vor heute abend hätte ich gesagt, daß du Frauen gegenüber immer ein Gentleman warst. Aber so wie Angelica hast du noch keine Frau behandelt, noch nicht einmal Clotilde, wenn du völlig außer dir warst vor Zorn über sie. Du wirkst wie der leibhaftige Teufel auf mich.«

»Wenn du ihr gegenüber zärtlich genug bist, hast du Gelegenheit zu sehen, was für ein Teufel ich sein kann«, sagte Renold verdächtig sanft.

Michel preßte die Lippen zusammen. »Auf jeden Fall behandle ich sie mit der gebotenen Höflichkeit.«

»Und mit mehr als dem gebotenen Charme.«

»Wenn du mich noch mal warnen willst, ihr nicht zu nahe zu kommen, dann spar dir die Mühe. Ich habe dich schon verstanden. Aber ich sage dir noch etwas, Renold. Wenn deine Angelica jemals einen Fürsprecher braucht, dann bin ich da.«

»Auch gegen mich?«

»Gegen wen sonst? Ich nehme an, daß du sie vor jedem anderen Mann selbst beschützt.«

Renold sah Michel reglos an und dachte nach. Dann sagte er plötzlich: »Du hast vollkommen recht. Anscheinend bin ich in dieser Hinsicht nicht mehr objektiv. Aber egal. Eins sage ich dir. Wenn du dich zu sehr in unsere Angelegenheiten einmischst, dann kommt es vielleicht tatsächlich einmal zu einem Duell zwischen uns.«

»Höchstens zu einem Pistolenduell«, erwiderte Michel

»Denn wenn du mich herausforderst, liegt die Wahl der Waffen bei mir. Und dich fordere dich bestimmt niemals heraus.«

»Ich nehme an, es gibt irgendeinen lächerlichen Ehrenkodex bei euch Kreolen, der es unmöglich macht, daß derjenige, der einem anderen Mann Hörner aufsetzt, diesen auch noch zum Duell herausfordert.«

»Oh nein. Das einzige, was einem Mann dergleichen verbietet, ist etwas, was man Freundschaft nennt.«

Renold gestattete sich ein kurzes Lächeln. »Aber das«, sagte er leise, »sollte einen Mann davon abhalten, überhaupt erst unbefugt in das Gebiet eines anderen einzudringen.«

Statt einer Erwiderung nickte Michel lediglich steif mit dem Kopf, und Renold führte ihn zum Tor, um ihn dort zu verabschieden. Anschließend stand er lange Zeit da, die Hand auf die Eisenstäbe gestützt, bevor er nachdenklich zum Haus zurückging.

Angelica stand mitten in ihrem Schlafzimmer. Sie trug ein weißes Batistnachthemd, dessen Spitzenbesatz im Licht der Kerzen schimmerte. Als er eintrat, bedachte sie ihn mit dem wütenden und zugleich resignierten Blick, der ihm inzwischen äußerst zuwider war.

Er blieb kurz stehen, aber eher, um seinen Zorn zu unterdrücken, als um den Anblick zu bewundern, der sich ihm bot. Allerdings sah sie wirklich bezaubernd aus, und es lohnte sich, dieses Bild zu genießen. Da er weder blind noch ein Heuchler war, prägte er sich die bezauberndsten Stellen ihres Körpers ein. Auf diese Weise könnte er sie sich in Erinnerung rufen, wenn er besserer Laune war. Das war bestimmt möglich, ohne daß er irgend jemanden dadurch weh tat, außer vielleicht sich selbst.

Der Batist ihres Nachthemds und ihres dünnen Morgenmantels war so fein, daß die dunkle Aprikosenfarbe ihrer Brustwarzen hindurchschimmerte. Kein Korsett engte ihre ohnehin schmale Taille ein oder schnürte die weiche Rundung ihrer Hüften ab. Ihr sorgfältig gebürstetes und geflochtenes Haar hing in einem dicken Zopf über eine Schulter herab und schien den Betrachter geradezu herauszufordern, die Ordnung zu zerstören.

Sie wirkte anrührend und frisch, und die dünnen weißen Lagen Stoff von ihrer süßen Weiblichkeit zu schälen, wäre bestimmt ebenso köstlich, wie die Glasur von einem Törtchen zu lecken, ehe man es in kleinen Happen genoß. Der Drang, genau das zu tun, kam so plötzlich und so überwältigend, daß Renold zu hastig zu sprechen begann.

»Himmel«, sagte er leise. »Wenn ich gewußt hätte, daß du eine regelrechte Inszenierung aus deinen Vorbereitungen zum Schlafengehen machst, meine Liebe, dann wäre ich natürlich rechtzeitig zum Vorstellungsbeginn zurückgeeilt.«

Den kühlen Blick, mit dem sie ihn maß, hatte er eindeutig verdient. »Zweifellos war genau das der Grund«, sagte sie, »weshalb ich nicht gewartet habe. Würden Sie mir vielleicht freundlicherweise erklären, was aus Ihrem Bett geworden ist?«

Er blickte zum Bett hinüber, an dessen Fußende bisher die Pritsche gestanden hatte, die inzwischen allerdings auf wundersame Weise verschwunden war. Sein Magen zog sich schmerzlich zusammen, doch er erwiderte: »Nun, soweit ich sehe, ist es nicht mehr da.«

»Sie wissen genau, was ich meine. Auf wessen Befehl hin wurde es fortgeräumt?«

Ein Großteil des Zorns in ihrer Stimme rührte von der Scham her, daß sie gezwungen war, sich mit ihm über ein solches Thema auseinanderzusetzen. Und wie so vieles andere in den letzten Tagen ärgerte ihn auch das.

»Du weißt, daß es auf meinen Befehl hin weggeschafft wurde. Ich nehme an, du machst dir Sorgen um mich, weil ich offenbar keinen Schlafplatz mehr habe?«

»Wissen Sie –«

»Himmel«, fiel er ihr ins Wort. »Warum sagst du nicht einfach, was du denkst?«

Sie starrte ihn lange an, doch dann reckte sie trotzig das Kinn. »Ich schlafe nicht mit Ihnen in einem Bett. Auch wenn ich nicht zufällig einen Teil Ihres Gesprächs mit Mr. Farness mitgehört hätte, würde ich es nicht tun, aber nun ist es natürlich doppelt unmöglich für mich.«

Hinterhöfe waren berüchtigt dafür, daß dort der Schall besonders laut trug. Warum nur hatte er das nicht bedacht? Blieb ihm denn nichts erspart?

Er zog seine Jacke aus und warf sie über den nächstbesten Stuhl. Während er seine Krawatte lockerte, fragte er: »Ach, hast du gelauscht?«

»Ich habe meinen Namen gehört, und ich hielt es für ratsam zu wissen, in welchem Zusammenhang von mir die Rede war.«

Selbst er verstand, daß ihre Reaktion durchaus vernünftig gewesen war. »Und jetzt hast du Michels Zweifel übernommen. Du könntest mir ruhig ein wenig mehr vertrauen.« Er ging zum Ankleidetisch, warf die Krawatte auf die Platte und begann, seine Manschettenknöpfe abzulegen.

»Ach«, spottete sie. »Schließlich waren Sie selbst derjenige, der mich gebeten hat, mit allen Zweifeln zu Ihnen zu kommen. Aber selbst wenn ich das täte, welche Garantie gäbe es dann, daß das, was Sie mir erzählen, die Wahrheit ist?«

Er beobachtete, wie sich ihre Brust unter dem weißen Batistnachthemd hob und senkte. Ihre Wut war mehr als offensichtlich. Nachdem der letzte Manschettenknopf abgelegt war, zerrte er das Hemd aus der Hose und zog es sich langsam über den Kopf.

»Wie sollte eine solche Garantie denn wohl aussehen?« fragte er mit zwingender Logik. »Sollen vielleicht zehntausend Engel erscheinen und auf die Bibel schwören? Soll ich vielleicht mit dir in eine Kathedrale gehen und dort einen Schwur leisten, der schriftlich festgehalten wird? Oder wie hast du dir das vorgestellt?«

»Eine schriftliche Bescheinigung wäre – was in aller Welt tun Sie da?«

Ihr Blick fiel auf seine nackte Brust, und ihre Stimme klang erstickt, vielleicht aus Furcht, aber eher wohl aus Verärgerung. Doch allmählich hatte Renold genug von dem Empfindlichkeiten anderer.

»Ich bereite mich auf das Bad vor, das Tit Jean mir in Kürze einlassen wird. Falls du mir beim Baden zusehen willst, bitte sehr. Falls nicht, geh am besten einfach ins Bett und zieh dir die Decke über den Kopf.«

»Ich kann ebensogut den Raum verlassen«, sagte sie und machte auf dem Absatz kehrt.

»Nein.«

Das Wort kam weder laut noch hart aus seinem Mund, aber die Endgültigkeit seines Tons führte dazu, daß sie wie angewurzelt stehenblieb. Er zerknüllte sein Hemd und warf es in die Ecke, trat neben sie und legte die Hand gegen die Tür. Er versteifte sich, als erwartete er, daß sie ihn schlagen würde, als sie sich langsam umdrehte und ihm mit einem kalten Blick aus ihren eisblauen Augen maß.

»Sie wollen demnach also Publikum?«

Irgend etwas in ihrer ruhigen Stimme ließ ihn erregt erschauern. Ihre Augen waren so tief und unergründlich, daß man beinahe darin ertrank. Ihre Lippen waren weich und sanft und weckten ein so unglaubliches Verlangen in ihm, daß es einen Augenblick dauerte, ehe er wieder zu denken, geschweige denn zu sprechen in der Lage war.

Mit heiserer Stimme fragte er: »Dich interessiert also, was ich will? Ich wünsche mir eine warmherzige, liebevolle Frau mit einem aufmerksamem Ohr und einem schnellen Lächeln. Ich hätte gern eine Frau mit einem lieblichen

Gesicht, einer aufregenden Figur und gutem Benehmen. Ich sehne mich nach zärtlichen Berührungen, sanften Umarmungen, Küssen voller Leidenschaft. Vielleicht liegt es daran, daß meine Vorfahren einfache Bauern waren, aber ich weigere mich, durch kalte Korridore zu schleichen und mich in fremde Betten zu stehlen, um diese Dinge zu bekommen.«

»Sie können mich nicht zwingen, mit Ihnen zu schlafen.« Ihr Blick war ruhig, aber sie errötete.

»Da irrst du dich. Das könnte ich mit Leichtigkeit. Und zwar in dem Sinn, den du meinst, wenn du die freundliche Umschreibung für einen unerfreulichen Zustand benutzt. Aber entgegen meiner Natur – und aus dem Bedürfnis heraus, heute abend den perfekten Ehemann zu spielen, der ich niemals behauptet habe zu sein – werde ich es nicht tun.«

»Nein?«

»Bitte zeig mir nicht gerade jetzt, wie ungemein erleichtert du darüber bist. Denn ich werde dich dazu zwingen, es mir gleichzutun und zumindest die Rolle der perfekten Ehefrau zu spielen, auch wenn du es noch so haßt. Wer weiß? Wenn wir unsere Rollen überzeugend genug spielen, empfinden wir sie vielleicht eines Tages als normal.«

Die Stille, die zwischen ihnen hing, war geradezu überwältigend. Angelica starrte den Mann an, der so dicht vor ihr stand, und entdeckte nicht die geringste Spur von Nachgiebigkeit oder Mitleid in seinem Gesicht.

»Sie wollen dieses Schlafzimmer in eine Bühne verwandeln? Meiner Meinung nach kommt es eher einem Schlachtfeld gleich.«

»Und das Bett ist die Festung, die es um jeden Preis zu verteidigen beziehungsweise zu erobern gilt? Warum nicht? Wenigstens gibt es zwischen Feinden ehrlichen Haß statt eisiger Abneigung und widerwilliger Dankbarkeit. Und vor allem macht man in einem ehrlichen Kampf Gefangene auf eine ehrenhafte Art, und sie fügen sich auch auf ehrenhafte Art in ihre Gefangenschaft.«

»Das ist zweifellos die Sichtweise eines Mannes«, sagte sie. »Was, bitte, ist so ehrenhaft daran, wenn der Stärkere den Schwächeren unterdrückt?«

»Fast immer ist eine Seite stärker als die andere. Aber der Schwächere hat immer noch die Gelegenheit, den Gegner zu überraschen, schlauer zu sein als er und bessere Taktiken anzuwenden.«

»Mit anderen Worten, der Schwächere hilft sich durch Täuschung und Verrat. Ich verstehe.«

»Auf diese Weise ist es ein fairer Kampf«, sagte er, und nicht ein einziger Muskel regte sich in seinem harten Gesicht.

»Eine praktische Sichtweise. Also werde ich meine Waffen dementsprechend aussuchen, und ich hoffe, es überrascht Sie nicht, wenn ich Ihnen nicht verrate, was für Waffen das vielleicht sind.«

»Lächeln, Küsse und weibliche Schliche? Darauf bin ich durchaus gefaßt.«

»Das dachte ich mir«, sagte sie, »denn schließlich lassen sie sich leicht gegen die Person drehen, die sie als erste angewendet hat.«

»Nun«, erwiderte er in merkwürdig verhaltenem Ton, »ganz so leicht nun auch wieder nicht.«

In Renolds Augen spiegelte sich das flackernde Kerzenlicht. Angelica versuchte, hinter die leuchtende Flamme zu sehen, doch in seinem Inneren loderte offensichtlich ein noch heißerer Brand. Sie schluckte und fragte: »Warum haben Sie überhaupt ein Interesse daran, eine unwillige Frau in Ihrer Nähe zu haben, ganz zu schweigen davon, mit ihr das Bett zu teilen?«

»Dafür gibt es eine ganze Reihe von Gründen, die meisten fleischlicher, und einige dümmlich sentimentaler Art. Außerdem besteht immerhin die Möglichkeit, daß auch die widerspenstigste Frau irgendwann einmal willensschwach wird.«

Bei seinem Ton verspürte sie ein eigenartiges Ziehen im Bauch, doch mit angehaltenem Atem sagte sie: »Das glaube ich kaum.«

»Wilde Hoffnungen scheinen mir das Vorrecht und manchmal die Rettung des Mannes zu sein.«

Sie senkte den Kopf, und ihr Blick fiel auf seine harte, breite Brust. Das dunkle Haar, hinter dem das Brustbein verborgen lag, wirkte weich und verführerisch. Es führte in einer feinen, pfeilgeraden Linie bis zu seinem festen, muskulösen Bauch hinab, ehe es hinter dem breiten Hosenband verschwand.

Die Haut oberhalb des Hosenbandes schimmerte leuchtend rot, und Angelica streckte die Hand danach aus, doch ehe es zu einer Berührung kam, zog sie sie eilends zurück.

Mit nicht ganz ruhiger Stimme sagte sie: »Sie bluten ja.«

Es war, als bedürften die Worte einer Übersetzung in seinem Kopf, ehe er sie verstand. Er blickte an sich hinab, doch dann zuckte er achtlos mit den Schultern. »Das ist wohl die natürliche Folge eines Hiebs, der auf eine frische Narbe trifft.«

Als sie sich näher beugte, sah sie, wovon er sprach. Um die aufgeplatzte Haut herum erstreckte sich eindeutig ein blauer Fleck. »Sie haben mir erzählt, Sie wären unverletzt.«

»Tut mir leid«, war seine trockene Erwiderung. »Für eine genauere Inspektion hatte ich keine Zeit.«

»Legen Sie sich hin, und zeigen Sie mir Ihre Verletzungen. Vielleicht ist ja sogar eine Rippe angeknackst.« Sie strich flüchtig über seinen Arm und wies auf das Bett.

»Damit ich die jungfräulichen Laken schmutzig mache? Das ist ja wohl nicht dein Ernst. Außerdem frage ich mich, wie du mich dann wohl wieder loswerden willst.«

Sie runzelte die Stirn ob seines deplazierten, ironischen

Humors, denn er weckte ernsthafte Schuldgefühle in ihr. Außerdem kämpfte sie gegen das Bild von ihm an, wie er entspannt und träge wie ein wildes Tier auf der Matratze lag. Idiot. Er war der einzige Mensch, dem sie je begegnet war, der ihre Gefühle vollkommen durcheinanderzubringen verstand.

»Im Ankleideraum liegt ein Handtuch. Das könnten wir nehmen.«

»Das wird die Laken schützen, aber was ist mit dir?« fragte er in zweideutigem Ton.

»Ich werde schon aufpassen, daß ich sauber bleibe«, sagte sie und hielt seinem Blick tapfer stand.

»Das nenne ich kühn«, sagte er leise. »Denn schließlich ist es nicht leicht, Schmutz zu berühren, ohne daß etwas davon an einem haften bleibt.«

Seine dunklen Augen wurden glasig, was offensichtlich die Folge eines unerwarteten Treffers war. Und sie hatte ihn gelandet. »Ich wollte nicht –«

»Ach nein?« fiel er ihr ins Wort. »Dann beweise es. Berühr mich. Kümmer dich um meine Wunde, so wie sie ist. Führ zu Ende, was du angefangen hast.«

Sie hatte lediglich die Absicht gehabt, sich seine Verletzung im Licht der Nachttischlampe anzusehen – welche Grille ihres Hirns sie dazu veranlaßt hatte, war ihr schleierhaft. Wenn er verbunden werden mußte, war Tit Jean die geeignete Person dafür. Was auch durchaus in Ordnung war, aber diesen Gedanken laut auszusprechen, brachte sie einfach nicht über sich. Renold hatte sie wochenlang gepflegt. Zumindest diesen Gefallen sollte sie vielleicht erwidern, denn ihm eine wahre Ehefrau zu sein, lag ihr fern.

»Also gut«, sagte sie. »Wenn Sie unbedingt wollen.«

Mit honigsüßer Stimme flötete er: »Das ist zwar nur eine winzige Kleinigkeit, aber immerhin wäre damit ein Anfang gemacht.«

Kapitel sechs

Sie brachte das Handtuch, und als er sich mit dem Gesicht nach unten auf die Matratze legte, trat sie mit der Vorsicht eines Rehs in der Nähe einer Wolfshöhle neben das Bett.

Das Laken, sein Körper und seine Augen bildeten einen Schleier aus Weiß, Bronzefarben und Grün, als sie mit schwindligem Kopf die Stufe zum Bett erklomm und sich neben ihn setzte. Sie hatte eine doppelt gefährliche Position gewählt, einerseits so nahe bei ihm und andererseits nicht weit von der Bettkante entfernt. Aber wenigstens sah er auf diese Weise nicht mehr, was sie tat.

Konzentrier dich, sagte sie sich. Denk nicht an den samtigen Schimmer seiner Haut. Ignorier seine kräftige Rückenmuskulatur. Unterdrück das Mitgefühl, das der Anblick seiner zerklüfteten Verbrennungsnarben in dir weckt. Schieb die Angst beiseite, daß er vielleicht irgendeiner plötzlich aufwallenden Leidenschaft folgt, herumrollt und dich auf sich zieht.

Sie sollte ihn berühren, hatte er gesagt. Aber wie? Und wo? Ihre Fingerspitzen kribbelten, und sie ballte die Hand zur Faust.

Konzentrier dich.

Die Wunde war häßlich anzusehen. Vielleicht rührte sie vom Griff eines Messers her, oder vielleicht hatte eine Faust mit boshafter Kraft in eine der größten und empfindlichsten Narben gezielt. Die Verletzung lag direkt unterhalb der letzten linken Rippe, als hätte er sich gedreht, damit der Hieb so wenig Schaden wie möglich anrichtete. Die Haut außen herum war purpurfarben, während die Mitte aufgerissen und von getrocknetem Blut verkrustet war. Aus einem kleinen Loch sickerte immer noch etwas Flüssigkeit. Es war möglich, daß die Rippe darunter tatsächlich gebrochen war, und es gab nur einen Weg, sicherzugehen.

Sie legte ihre Hände flach auf seinen blutbefleckten Bauch und fuhr mit dem Daumen die Rippen entlang. Ohne die aufgeplatzte Haut zu berühren, drückte sie erst mit einem, dann mit dem anderen Finger zu. Da sich nichts bewegte, schien nichts gebrochen zu sein.

Er öffnete den Mund und rang nach Luft. Sie tat ihm weh. Doch lieber ertrug er den Schmerz, als sie zu bitten aufzuhören.

Sie lockerte den Druck, aber ihre Hände ruhten nach wie vor auf seinem Fleisch. Die Hitze seines Körpers drang in sie ein, und sie meinte, das Blut zu spüren, das kraftvoll durch seine Adern rann, die Stärke, die er eisern bezwang. Seine Brust senkte sich, als er ausatmete, und dann verharrte er vollkommen reglos und ergeben unter ihr.

Sie schrie leise auf und zog die Hände zurück, als hätte sie sich verbrannt, beobachtete, wie er sich umdrehte und aufsetzte, und wartete furchtsam auf seinen Kommentar.

Statt zu sprechen, glitt er aus dem Bett und ging zum Waschtisch, wo er ein Leintuch befeuchtete. Dann kam er zurück, nahm ihre Hand und begann, sein Blut abzuwischen, das ihren Fingern anhaftete. »Schmutz«, sagte er nachdenklich, »ist etwas Menschliches. Manchmal verdorben, manchmal wunderbar. Aber es stimmt einen melancholisch zu sehen, daß man ihn niemals ganz vermeiden kann.«

Zumindest triumphierte er nicht. Ohne ihn anzusehen, sagte sie: »Sie müssen Ihre Wunde verbinden.«

»Nach dem Bad, ja. Wenn es dir gefällt.«

Sie stimmte ihm weder zu, noch widersprach sie ihm, aber es war ein eigenartiges Gefühl, daß er damit zufrieden zu sein schien, von ihr abhängig zu sein.

Als er eine Hand gesäubert hatte, nahm er die andere. Sein Griff war locker, warm, ohne jeden Zwang. Es gab absolut keinen Grund zu der Befürchtung, er würde sie an sich ziehen. Das feuchte Tuch auf ihren Fingern wirkte wie sanftes

Streicheln, sein forschender Blick, das sorgfältige Abreiben ihres Handballens waren unglaublich intim. Dann warf er das schmutzige Leintuch fort.

Ihr weiblicher Instinkt sagte ihr, daß der Moment gekommen war, indem sich sein Verlangen in Entschlossenheit wandelte. Sie wußte es, und doch tat sie nichts. Was schon schlimm genug war, aber noch schlimmer war, daß er sich ihres Wissens durchaus bewußt zu sein schien. Sein Blick allerdings war warm und sanft, er verriet weder Triumph noch ironische Belustigung.

Seine Bewegungen waren gelassen und ruhig. Er hob ihre Hand auf seine Schulter und ließ sie dort. Dann umfaßte er ihre Taille und zog sie an sich, so daß sie vom Bett glitt und zwischen der Matratze und seinem Körper gefangen war.

Die Erinnerung war trügerisch. Sie brachte nur Gedanken an Dinge, die lieb und teuer waren, und schob beiseite, was allzu störend war. Angelica dachte an Renolds ersten Kuß, und auch jetzt wieder war sein Mund so fest und sicher, so süß, so gemäßigt sanft und zugleich so zügellos wild.

Doch gleichzeitig war es anders als beim ersten Mal. Seine Arme zogen sie eng an seine Brust, und seine Lippen verströmten eine größere Zärtlichkeit. Er war ebenso höflich, aber nicht ganz so beherrscht wie in jener ersten Nacht. Seine Hand hielt ihre Wange locker umfaßt und erforschte die Struktur und Weichheit ihrer Haut. Er zeichnete ihren schlanken, elegant geschwungenen Nacken und die Rundung ihrer Schultern nach. Seine Finger glitten ihren Arm hinab, und schließlich schob er sie zwischen ihrem Ellbogen und ihrem Brustkorb hindurch, bis er ihre Taille maß. Dann ließ er seine Hand aufwärtsgleiten und umschloß ihre Brust mit der Sorgfalt eines Gourmets, der einen perfekt gereiften Pfirsich hält.

Sie öffnete den Mund, um einzuatmen, und sofort nutzte er die Gelegenheit und schob seine Zunge zwischen ihre Lippen

Die Folge dieser sanften Invasion war eine intime Verschmelzung von glatten Oberflächen und warmer, honigsüßer, geschmeidiger Haut. Die zarte Reibung seiner Lippen auf ihrem Mund weckte prickelnde Erwartung in ihr, bis sie schließlich gedankenlos nachgab. Er hatte sie in seinen Bann gezogen, und nun schloß er seine Finger um die zarte Kuppe der Brust, die er hielt, und rieb sanft daran herum, bis sie sich in eine harte Knospe verwandelte.

Zwischen ihrer beider Schenkel lag nur der dünne Stoff ihres Negligés, und ihre Leiber waren von der Brust bis zu den Knien eng aneinandergepreßt. Ohne dafür verantwortlich zu sein oder es zu wollen, ertrank sie in ihrem zügellosen und neugierigen Verlangen nach ihm. Dies war sein Spiel, und im Augenblick verspürte sie das übermächtige Verlangen, herauszufinden, wie weit er wohl gehen würde.

Nicht weit.

Es klopfte, und jemand öffnete die Tür. Tit Jean griff nach einer der Kannen mit heißem Wasser, die er im Korridor abgestellt hatte, und kam herein. Er blickte in ihre Richtung und blieb dann blinzelnd stehen, als er Renolds zornige Miene sah.

Seufzend hob er den Blick zur Decke. »Ich bitte um Verzeihung, Maître«, sagte er. »Ich bin es nun einmal gewöhnt, einfach hereinzukommen, weil bisher niemals das Bedürfnis nach Privatsphäre bestand. Es wird nicht wieder vorkommen.«

»Das hoffe ich«, sagte Renold in gefährlich leisem Ton.

Renold verteidigt nicht sich selbst, sondern mich, dachte Angelica. Und auch Tit Jean schien zu wissen, wem er zu nahe getreten war, denn er übersah sie geradezu, als er fragte: »Soll ich später wiederkommen?«

Renold preßte die Lippen zusammen, doch dann seufzte er. »Nein. Führen Sie ruhig zu Ende, was Sie begonnen haben, auch wenn Sie der einzige sind, der das kann.«

Der hünenhafte Kammerdiener erwiderte nichts. Er zog eine bleierne Badewanne hinter einem Paravent hervor und goß das Wasser aus den Kannen hinein.

Renold wandte sich steif von Angelica ab, öffnete seine eng sitzende Hose und schob sie über die Knie herab. Noch ehe sie überrascht nach Luft schnappen konnte, war er auch seine Unterhose los. Er kehrte ihr den Rücken zu, als er in die Wanne stieg und in das heiße Wasser glitt.

Weiße Dampfwolken stiegen auf, und glitzernde Tropfen spritzten über den Wannenrand. Die Wasseroberfläche glich einem silbern schimmernden Spiegel, durch den man nichts sah. Renold lehnte sich zurück, entspannte sich und machte die Augen zu.

Tit Jean schüttelte Kohle auf das Feuer und stocherte darin herum, bis helle Flammen aufloderten. Dann blickte er sich um, um zu sehen, ob Handtuch und Seife neben der Wanne bereitlagen, ob Renolds Morgenmantel über der Stuhllehne und der Vorhang vor dem Fenster zugezogen war. Nach Erfüllung dieser Pflichten verbeugte er sich und verließ den Raum.

Angelica setzte sich abermals auf die Bettkante und blickte auf ihre Hände hinab. Estelle hatte ihr erst am Morgen die Nägel gefeilt und sie mit einem weichen Ledertuch blank poliert, so daß wirklich nichts Besonderes zu entdecken war. Aber wenigstens war es sicher, auf die eigenen Hände zu sehen.

Das Feuer prasselte, die Lampe zischte leise, und der Bettrahmen knarrte, als sie sich ein wenig vorschob.

»Überlegst du, ob du davonlaufen sollst?« fragte Renold in die Stille hinein.

»Wie, in meinem Nachthemd?« fragte sie mit einer Spur von Bitterkeit. »Außerdem, wo sollte ich schon hin, barfuß und ohne jeden Pennie wie eine Nonne, die Buße tut, ohne daß es mir schlechter ginge als hier?«

»Du meinst also, solche Orte gäbe es? Einen Straßengraben vielleicht, in dem dir irgendein Trunkenbold lüsterne Anträge macht? Wie nett.«

»Was haben Sie erwartet? Daß ich mich klaglos unterwerfe? Daß ich mich zitternd ergebe? Irgendwie hätte ich angenommen, daß Sie höhere Erwartungen stellen.«

»Wenn ich das täte«, sagte er nachdenklich, »könntest du sie bestimmt erfüllen.«

Ein zarter rosafarbener Hauch kroch über ihre glatte Elfenbeinhaut. »Ich bin es nicht gewohnt, mit einem Mann so – vertraut zu sein, aber ich bezweifle nicht, daß den meisten Frauen ein Mann mit Ihren Erfahrungen gefällt.«

»Und dir nicht?« murmelte er, und seine Augen blitzten fröhlich auf.

»Die Menschen müssen sich fortpflanzen«, sagte sie mit gerunzelter Stirn. »Also ist es nur sinnvoll, daß die Anstrengung auch Spaß machen soll. Aber das hat nichts zu bedeuten … denke ich.«

Er blickte ihr ins Gesicht, doch dann setzte er sich auf, griff nach der Seife und rieb sich energisch damit ab. Anschließend streifte er den Schaum ab und sah sich nach dem Waschlappen um. Als er ihn neben dem Bett liegen sah, wo er ihn hingeworfen hatte, nickte er und streckte die Hand danach aus. »Würdest du mir bitte den Lappen reichen?«

Sie sprang vom Bett und hob den Lappen auf, doch dann blieb sie unschlüssig stehen. Nahe genug an die Wanne heranzugehen, um ihn ihm zu geben, war unmöglich für sie. Zum einen traute sie ihm nicht, und zum anderen war sie nicht sicher, daß ihre Beine sie bis dorthin tragen würden.

Mit schräggelegtem Kopf sagte er: »Wirf ihn einfach her.«

Sie preßte die Lippen zusammen, als sie die Belustigung in seiner Stimme vernahm, und mit plötzlicher Entschlossenheit marschierte sie zur Wanne hinüber und reichte ihm das Tuch.

In den Spott in seinem Blick mischte sich unverhohlene Bewunderung. Er nahm ihr den Lappen ab, tauchte ihn ins Wasser und rieb sich die Seife von der Brust.

»Wenn ich bleiben soll –« Sie hielt inne, denn der Entschluß, den sie unbewußt gefaßt zu haben schien, verblüffte sie. Außerdem war sie fasziniert von der Freude, die sie in seinen Augen sah, als für den Bruchteil einer Sekunde seine Maske kühler Selbstbeherrschung fiel.

Renold sah sie an, und dann sagte er: »Ja? Ich glaube, du wolltest mir gerade ein paar Bedingungen nennen.«

»Ich werde nicht mit Ihnen schlafen.«

»Du bist also nicht bereit, mit mir, deinem rechtmäßigen Ehemann, der Fleischeslust zu frönen. Es gibt diesbezügliche Gesetze, obwohl es wahrscheinlich für uns beide viel zu peinlich wäre, wenn ich mich darauf beriefe.«

»Allerdings.«

»Also gut. Aber zumindest bist du bereit, mein bedauerlich klösterliches, unbeschmutztes Bett mit mir zu teilen?«

»Ich weiß nicht. Es ist bestimmt nicht besonders angenehm, allnächtlich unerwünschte Avancen abzuwehren.«

Er fuhr sich energisch mit dem Lappen durch das Gesicht. Als er sie wieder ansah, wurde sein Grinsen von dem Tuch verdeckt. »Ich könnte mich ja ergeben.«

»Ich sprach von mir, und das wissen Sie ganz genau!«

»Aber du könntest mir ebenfalls irgendwelche Avancen machen, oder nicht?«

Sie starrte ihn zornig an. »Warum sollte ich das wohl tun?«

Er zog eine Braue hoch. »Wegen meiner – was war es noch gleich? – Erfahrung?«

Theoretisch hätte man bestimmt eine Kerze an ihren Wangen anzünden können, so sehr glühten sie. »Ich glaube«, sagte sie, »daß ich durchaus ohne diese Erfahrung leben kann.«

»Ach ja? Dann tu es um Himmels willen auch.«

Die Worte waren einfach genug, um sie zu verstehen, aber Angelica traute ihnen nicht. Sie hatten kein Einverständnis ausgedrückt, sondern eher eine Herausforderung.

Das Problem war jedoch sofort vergessen, als sich Renold in einer riesigen Fontäne erhob. Er blieb einen Augenblick stehen und sah sie an, während das Wasser in kleinen Bächen über seine Brust, seine Arme und schließlich seine muskulösen Beine rann. Klatschnaß und splitternackt stieg er aus der Wanne und griff nach dem Handtuch, das Tit Jean zurechtgelegt hatte.

Er war in der Tat ein prächtiger Mann. Seine Arme und Schultern, sein breiter Rücken und die schmalen Hüften waren von beeindruckender Kraft und erregender Symmetrie, wie die Bronzeskulptur eines göttlichen Athleten des alten Griechenlands, mitten in der Bewegung und auf dem Höhepunkt seines Ruhms. Doch zugleich wies er wie so viele alte Statuen irreparable Schäden auf. Der Anblick seiner Narben und der neuen Wunde war ein Affront und rief im Betrachter gleichzeitig eine gewisse Traurigkeit wach.

Es war nicht ihre Schuld. Wäre sie nicht gewesen, hätte Renold wahrscheinlich trotzdem einen Satz von dem explodierenden Schiff gemacht, hätte er sich wahrscheinlich trotzdem an dem heißen Dampf verbrüht. Und wäre er nicht zu abendlicher Stunde noch unterwegs gewesen, hätte ihn wohl auch niemand attackiert.

Aber vielleicht hätte er die Gefahr auf der *Queen Kathleen* früher bemerkt, vielleicht wäre er schneller und weiter gesprungen ohne sie. Vielleicht wäre er nicht so spät abends auf der Straße herumspaziert, hätte sie ihm nicht die Bequemlichkeit seines Bettes verwehrt.

Natürlich waren diese Möglichkeiten kein Grund, um ihm jetzt irgendwelche Intimitäten zu gestatten. Aber es war einfach nicht immer möglich, vollkommen logisch zu sein.

Er hatte sich aufgerichtet und rieb sich nun mit dem Handtuch die Arme ab, wobei er sie nachdenklich musterte. Er war ihr so nah, daß sie die feuchte Hitze seines Körpers zu spüren bekam. Sie bräuchte nur die Hand auszustrecken, um mit den Fingern durch die dunklen, von glitzernden Tropfen durchsetzten Haare auf seiner Brust zu fahren, um der fleischigen Linie zu folgen bis …

Nein. Genau diese Verruchtheit wollte und erwartete er von ihr. Sie hatte ihm Grund dazu gegeben, indem sie sich seiner verführerischen Berührung hingegeben hatte, und nun mußte sie sich retten, mußte sich ihm entziehen, selbst wenn es weh tat, zu gehen, selbst wenn sie meinte, sich von ihm abzuwenden sei, als trenne man eine Nabelschnur mit einer kantigen Glasscherbe durch.

Sie beugte sich über das Bett und strich das Laken glatt. Dann zog sie ihren Morgenmantel aus, kletterte auf die Matratze und zog die Decke über sich. Auf dem Rücken liegend, den langen Zopf über eine Schulter gehängt und die Hände gefaltet, starrte sie auf den Baldachin über sich.

»Du siehst aus«, sagte er, »wie eine Jungfrau, die irgendeinem Gott geopfert wird, erhaben und resigniert zugleich. Selbst wenn ich wollte, wäre es die reinste Blasphemie zu versuchen, deine Leidenschaft zu wecken. Ich glaube, du brauchst ungestörten Schlaf.«

Angesichts solcher Großmut konnte sie nur Dankbarkeit zeigen, was sonst? »Zu versuchen«, wiederholte sie. »Ich muß schon sagen, das haben Sie sehr nett gesagt.«

»Nicht nett, sondern akkurat. Und vor allem war es ein feiger Versuch, dich davon abzuhalten, allzu tief in meiner Wunde zu stochern, wenn du mir den Verband anlegst.« Er schlang sich das Handtuch um den Unterleib, trat an den Kamin, kniete sich davor und stocherte in den Kohlen herum.

»Das hatte ich ganz vergessen.« Da sie aus den Augenwinkeln gesehen hatte, wie er das Handtuch um sich wickelte, drehte sie sich zu ihm um.

»Das ist mir klar«, sagte er und blickte eilig über die Schulter zurück. »Und jetzt bin ich im Zwiespalt, denn ich weiß nicht, ob ich mich dafür entschuldigen soll, daß ich dich in Verlegenheit bringe, oder ob ich jubeln soll, weil mir das gelingt.«

Sie preßte die Lippen zusammen, aber statt etwas darauf zu sagen, brachte sie die Sprache auf ein viel beunruhigenderes Problem. »Aber wo werden Sie schlafen?«

»Habe ich das nicht bereits gesagt? Unverzeihlich, aber keine Sorge. Ich werde direkt neben dir sein.«

»Ich habe mir keine Sorgen gemacht«, beschied sie ihm.

»Gut. Weißt du, das ist eine Frage der Form und des Abkommens. Das habe ich dir ja vorhin bereits zu erklären versucht.«

»Ich dachte, Sie hätten es sich vielleicht anders überlegt.«

»Oh nein, wenn ich mich einmal festgelegt habe, dann ändere ich einen Entschluß nicht mehr so leicht. Das wirst du noch merken. Vielleicht bin ich ein Intrigant und ein alter Schacherer, und vielleicht habe ich sogar eine gewisse Vorliebe fürs Bombastische, aber was ich mir einmal vornehme, führe ich auch durch, und einmal gegebene Versprechen halte ich.«

»Das ist natürlich«, sagte sie in ätzendem Ton, »eine enorme Erleichterung für mich.«

»Das sollte es auch sein.« Er stand auf und ging zum Waschtisch, auf dem das Verbandszeug lag. Er nahm die Holzkiste mit dem Material und trug sie zum Bett. Nachdem er auf der Bettkante Platz genommen hatte, drehte er sich zu ihr um und stellte den Kasten zwischen sie.

Ihr blieb nichts anderes übrig, als die ihr übertragene Arbeit auszuführen. Auch sie brach einmal gegebene Versprechen nicht.

Obwohl er kaum etwas sagte, war es nicht einfach für sie, denn er beobachtete sie mit ruhigem und gleichzeitig besorgtem Blick. Als sie ihn flüchtig ansah, überlegte sie, was er wohl in ihren Augen entdeckte und was er von ihrem dummen Zittern hielt, das sich einfach nicht verbergen ließ.

Sie war sich seiner Nähe auf ärgerliche Weise allzu deutlich bewußt. Wenn er eine Hand hob, fuhr sie zusammen, wenn er blinzelte, zuckte sie, und ihr Atem ging im Takt mit seiner sich ruhig hebenden und senkenden Brust. Seine Haut fühlte sich fiebrig an, und von dem frischen Duft sauberer Männlichkeit und karibischer Lorbeerseife schwindelte ihr.

Als sie einmal über ihn griff, um das Verbandsmaterial glattzuziehen, fiel ihr schwerer Zopf über seinen Arm und seine Schulter, und er griff danach und schlang ihn um seine Hand. Sie verlor das Gleichgewicht und wäre gegen ihn gefallen, hätte sie nicht die Hand ausgestreckt und sich an seiner Brust abgestützt.

Mit weit aufgerissenen, dunkelblauen Augen sah sie ihn an. Nur wenige Zentimeter von sich entfernt entdeckte sie das schimmernde Smaragdgrün seiner Augen, in deren Pupillen sie ihr eigenes winzig kleines Spiegelbild sah. An seinem kräftigen Hals schlug deutlich sein Puls, und seine Lippen öffneten sich leicht. Der Druck an ihrem Kopf verwandelte sich in schmerzhaftes Ziehen, als er seine Hand noch fester in ihrem Zopf vergrub, und sie schrie leise auf.

Plötzlich ließ er sie los. Sie senkte den Blick, und er sagte: »Tut mir leid. Ich war in Gedanken woanders.«

Sie fragte nicht, wo er gewesen war.

Als sie ihn fertig verbunden hatte, dankte er ihr höflich, verließ das Bett, stellte die Kiste fort und löschte das Licht. Sein Schatten, der vom roten Dämmerlicht des Feuers verlängert wurde, glitt schwankend über die Wände, ehe er sich dämonisch an die Decke erhob, als er wieder neben den Matratze trat. Die Bettdecke blähte sich leise auf, als er sich darunter schob, doch dann kehrte vollkommene Ruhe ein. Sie lagen nebeneinander, beobachteten das flackernde Licht des

Feuers an den Wänden, lauschten dem sanften Prasseln der Flammen und dem leisen Windgesang im Hof.

Angelicas Herz klopfte so stark, daß sie sein Echo in ihren Ohren vernahm. Sie zählte die Schläge, während sie angespannt auf dem Laken lag und darauf wartete, daß er näherkam.

Die Sekunden und Minuten vergingen, und nichts rührte sich. Der Mann neben ihr wirkte wie erstarrt, und langsam ließ ihre Anspannung nach. Später, als das Feuer nur noch blaßorange schimmerte, schlief sie ein.

Ein kratzendes Geräusch, gefolgt von einem dumpfen Knall weckte sie. Sie riß die Augen auf und schreckte entgeistert hoch.

»Schon gut«, sagte Renold. »Nur ein Nachbar, der ein bißchen die Schaufel schwingt.«

Vielleicht war sie doch noch nicht ganz wach. »Was?« fragte sie verwirrt. »Aber warum?«

»Er vertraut weder seinen erwachsenen Söhnen noch seiner jungen Frau noch irgendeiner Bank. Seine Schaufel hingegen hat kein Interesse an seinem Geld, gräbt tiefe Löcher und plaudert auch keine Geheimnisse aus.«

Sie starrte Renold an, denn irgend etwas an seinem gelangweilten Ton beunruhigte sie. Er lag da, eine Hand hinter dem Kopf, und viel zu munter für einen Mann, der aus tiefem Schlaf hochgefahren war. »Aber Sie wissen darüber Bescheid«, sagte sie, »und genauso könnte jeder andere Bescheid wissen, der einfach dem Geräusch nachgeht.«

»Vielleicht hast du recht, aber sein Geld ist relativ sicher dort. Schließlich gräbt er es auf seinem eigenen Grundstück ein.«

»Wenn Sie meinen …« Das Geräusch klang, als käme es direkt aus ihrem eigenen Hof, aber sie hatte inzwischen festgestellt, daß die Hinterhöfe hier in der Stadt jeden Laut vervielfachten.

Er lächelte. Sie hörte es an seiner Stimme, als er sprach. »Soll ich dir vielleicht ein Liedchen singen, damit du wieder einschlafen kannst? Oder soll ich dir eine Flasche Muttermilch mit Brandy geben und dich wie ein liebes Kindermädchen hin und her wiegen?«

»Ich glaube, daß nichts davon nötig sein wird«, erwidert sie streng.

»Schade.«

Aufgeregter, als ihr lieb war, wartete sie darauf, daß er weitersprach, doch er schwieg. Nach einem Moment legte sie sich wieder hin und machte die Augen zu.

Sie hatte das lebhafte Gefühl, daß er sie in der Dämmerung beobachtete. Mit einem Mal hatte sie Mühe zu atmen. Ihr Arm juckte, aber sie ignorierte es so gut es ging. Auf keinen Fall wollte sie ihn zu weiteren Kommentaren animieren, was ihre Ruhelosigkeit betraf. Sie überlegte, ob ihr Nachthemd vielleicht zu tief ausgeschnitten war, denn sie hatte das Gefühl, als fröre sie oberhalb der einen Brust. Sie wünschte, sie wüßte, wie spät es war, denn sie hatte den Eindruck, als ginge diese Nacht nie vorbei.

Als sie erneut die Augen öffnete, strömte helles Tageslicht durch die Fenster herein. Ein leises Geräusch hatte sie geweckt, vielleicht das Öffnen einer Flügeltür. Sie drehte den Kopf, um hinüberzusehen.

Die Tür stand tatsächlich sperrangelweit auf, so daß kühle Luft hereinkam und den gewohnten Duft nach Kaffee und frisch gebackenem Brot sowie den eigenartigen Geruch frisch ausgehobener Erde zu ihr herübertrug. Renold stand im Morgenmantel auf dem Balkon. Er hatte die Hände auf das Geländer gestützt und sah in den Hof hinab. Sein Blick war abschätzend und verriet keine allzu große Zufriedenheit.

»Ist etwas nicht in Ordnung?« fragte sie.

»Komm und sieh selbst«, sagte er, ohne sich umzudrehen.

Sie schwang sich aus dem Bett, schnappte sich ihren Morgenmantel und schob die Arme hinein, während sie auf den Balkon hinausging. Als sie neben ihn trat, drehte er sich zu ihr um. Sie begegnete seinem Blick und zog fragend eine Braue hoch, doch er wies lediglich mit dem Kopf in den Hof.

Als sie hinuntersah, hielt sie vor Überraschung den Atem an. Das Durcheinander von wildem Wein, Feigenbäumen, Unkraut und Haushaltsabfällen, das bisher den Hof verunziert hatte, gab es nicht mehr. Statt dessen hatte irgend jemand graublauen Schieferboden verlegt und in der Mitte einen dreistufigen Brunnen aus schwarzem Gußeisen installiert. Von diesem schimmernden Zentrum gingen verschiedene Wege ab, zwischen denen eine Reihe geometrischer, mit Veilchen umrandeter Beete voller Iris, Buschrosen und Kräutern angelegt worden war. Die Pflanzen waren noch so klein, daß die reiche, dunkle Erde dazwischen zu sehen war, aber bereits jetzt strömte ein lieblicher Duft zum Balkon hinauf, und das Versprechen zukünftiger Schönheit war nicht zu übersehen.

Gestern abend noch ein ungemütlicher Hinterhof, erstreckte sich heute morgen ein zauberhafter Garten unter ihr. Einschließlich all der Komplikationen wie der Wasserzufuhr für den Brunnen, dem Verlegen der Steine, dem Umgraben der Beete und dem Pflanzen der Blumen mußte es eine gewaltige Arbeit gewesen sein. Eine solche Arbeit erforderte einiges an Kenntnissen, Planung und Organisation. Um sie in einer Nacht durchzuführen, brauchte man einen eisernen Willen und die Fähigkeit, Männer zu befehligen.

»Ich bin verblüfft«, murmelte sie verwirrt. »Wie in aller Welt haben Sie das geschafft?«

»Gefällt es dir?«

»Wie sollte es mir nicht gefallen?« Sie hielt inne, doch dann stellte sie trocken fest: »Ihr Nachbar hat also sein Geld vergraben, ja? Und ich habe Ihnen auch noch geglaubt.«

Ein Lächeln zuckte über sein Gesicht. »Wenn du irgend

etwas verändern möchtest, dann sag es nur. Ich wollte nur, daß es einem fertigen Garten möglichst ähnlich sieht – es sollte eine Überraschung für dich sein.«

Sie musterte ihn. »Sie scheinen ein sehr gutes Gedächtnis zu haben. Soweit ich sehe, gibt es da unten nicht eine einzige gerade Reihe.«

»Kein Soldatenregiment aus Blumen und Bäumen«, stimmte er ihr leise zu.

»Und ich kann den Garten wirklich so verändern, wie ich es will?« fragte sie.

»Ja.«

Nie zuvor hatte seine Stimme einen so warmen Klang gehabt. Sie standen reglos da und starrten einander an, während unter ihnen die Morgensonne auf die Hofmauer traf und leuchtende Muster auf die frische Erde und die stämmigen grünen Pflanzen warf, ehe sie auf dem Brunnen zu tanzen begann.

Stück für Stück kühlten ihre Augen ab, verwandelte sich ihre Farbe in dunkles, trauriges Kornblumenblau. »Ich sollte Ihnen danken«, sagte sie, »und das tue ich auch. Doch zuvor wüßte ich gern, was Sie als Gegenleistung erwarten für ein solches Geschenk.«

Seine Miene veränderte sich nicht, und sie hätte vielleicht nichts von dem Ärger gespürt, der in ihm aufwallte, hätte sie nicht gehört, wie das Balkongeländer unter seinen Händen zu knarren begann. Seine Stimme jedoch war ruhig, enthielt höchstens eine Spur von Selbstironie. »Offenbar hast du meinen Charakter und meine Motive durchschaut. Es wäre also sinnlos so zu tun, als erwarte ich keine Gegenleistung von dir. Vor allem aber möchte ich dich nicht enttäuschen, und darum sage ich ganz offen, daß ich trotz unseres gestrigen Gesprächs erwarte, daß du mir über kurz oder lang das größte Opfer bringst, das eine Frau zu geben in der Lage ist.«

Sie hatte erwartet, daß er es entweder leugnen oder ein

paar vage Andeutungen machen würde. Nun starrte sie ihn ungläubig an. »Sie geben es auch noch zu?«

»Es ist schockierend, nicht wahr, wenn jemand so unverhohlen ein so verderbtes Ansinnen stellt. Vor allem, da du so jungfräulich rein und unberührt bist. Aber es wäre einfach das größte Vergnügen für mich, wenn du mir wohlgesonnen wärst und ich dir beweisen könnte, daß ich diese Zuneigung doppelt erwidere, indem ich tief in dich stoße und so lange in dir bleibe, bis es keiner von uns mehr erträgt.«

»Hören Sie auf!« Sie machte auf dem Absatz kehrt, doch seine Hand schoß vor und hielt sie fest.

»Warum so erregt, meine Liebe? Es sei denn, du wärst vielleicht doch nicht so rein, wie du mich glauben machen willst. Es sei denn, du weißt, welches Gegengeschenk ich von dir will?«

»Ich kann es mir denken, rein oder nicht«, sagte sie und zerrte in dem sinnlosen Versuch, sie abzuschütteln, an seiner Hand.

»Ach ja? Es gibt auch einen Namen für dieses Geschenk. Kennst du ihn?« Seine Stimme klang tief und verführerisch.

»Nein«, schnauzte sie erbost. »Und ich will ihn auch nicht hören.«

»Aber es ist ein so wunderbares Wort, das soviel Freude und Glück und Herrlichkeit enthält.«

Sie schüttelte heftig mit dem Kopf. »Ja, und soviel Entwürdigung.«

Er sah sie nachdenklich an. »Findest du? Das hätte ich in Anbetracht deines Wesens nicht gedacht.«

»Sie wissen rein gar nichts über mich«, sagte sie. »Alles, was Sie interessiert, ist –«

»Ich hätte gedacht«, sagte er schneidend, »daß dir das Wort *Liebe* gefällt.«

Kapitel sieben

Renold sah die Verwirrung in ihrem Blick und suchte nach dem, was sich vielleicht dahinter verbarg. Skepsis, dachte er, und die Suche nach einem Motiv. Keine erfreute Eitelkeit, die er ausnutzen könnte, keine schmelzende Dankbarkeit, kein Hinweis darauf, daß sie sich ihm unterwarf.

Plötzlich fragte er sich, wie wohl ihr Leben bei der alten Vettel, ihrer Tante, gewesen war, nachdem ihr Vater sie dort zurückgelassen hatte, um durch die Welt zu ziehen. Der Mensch lernte es als Kind, wie es war, wenn man Liebe erwarten durfte, empfing und gab. Wenn man keine Liebe erhielt, wurde man seelisch deformiert, das wußte er nur allzu gut. Ob er nun unehelich gewesen war oder nicht, stets hatte ihn die Zuneigung seiner Mutter gewärmt. Sie hatte ihn mit einer unbewußten Verzweiflung geliebt, die nach ihrer Heirat mit Gerald Delaup gedämpft worden, aber niemals ganz verschwunden war. Wieviel Liebe aber hatte Angelica jemals gespürt?

»Liebe«, wiederholte sie.

Er lächelte. »Ein Wort mit fünf Buchstaben, das –«

»Ich weiß, welche Bedeutung es hat«, sagte sie plötzlich erbost. »Aber ich kann mir einfach nicht vorstellen, warum Sie es plötzlich benutzen, vor allem nicht, da es um meine Gegenleistung für einen Garten geht. Liebe hat mit Dankbarkeit nichts zu tun.«

Das klang doch gar nicht so schlecht. »Stimmt. Ich habe mich ziemlich ungeschickt ausgedrückt, nicht wahr? Aber weißt du, es stört mich, daß du offenbar der Ansicht bist, alles was ich tue, geschähe aus reiner Berechnung.«

»Wollen Sie etwa behaupten, daß Sie den Garten aus reiner Gutherzigkeit haben anlegen lassen?«

Er dachte lange über seine Antwort nach, ehe er sagte: »Ich

wollte dir nur zeigen, daß ich darauf achte, was dir gefällt und was nicht, daß ich darüber nachdenke, was dir vielleicht eine Freude macht. Und falls du mir deswegen ein wenig mehr zugeneigt bist, gut und schön. Aber das war nicht mein Ziel.«

»Aber Sie hätten nichts dagegen, wenn ich eine gewisse Zuneigung zu Ihnen entwickeln würde?«

Er traute seiner Stimme keine langen Reden mehr zu. »Nein.«

»Ich verstehe Sie einfach nicht. Sie hätten mich nach dem Unfall einfach am Ufer zurücklassen können. Oder Sie hätten problemlos dafür sorgen können, daß mich die Schiffahrtsgesellschaft zurück zu meiner Tante bringt, denn schließlich wußten Sie, daß ich in Natchez an Bord gekommen war. Es bestand nicht die geringste Veranlassung, die Verantwortung für mich zu übernehmen.«

»Stimmt«, sagte er, denn inzwischen hatte er sein Gleichgewicht und seinen Wagemut wiedererlangt. »Ich habe keine Entschuldigung, außer, daß ich dich bereits liebte, als ich dich zum ersten Mal sah, und daß ich der Versuchung einfach nicht widerstehen konnte, dein Leben und deinen Körper in meine Obhut zu nehmen.«

Sie riß die Augen auf, und eine leise Röte kroch in ihr Gesicht. »Aber Sie sagten doch, daß es zwischen uns nicht um Sorge oder Zuneigung geht.«

»Ich glaube, das hast du gesagt. Ich habe dir lediglich zugestimmt, um dich nicht zu beunruhigen. Auf jeden Fall sind solch milde Worte viel zu zahm für das, was zwischen uns ist.«

»Und jetzt erwarten Sie einfach so, daß ich Ihre Liebe erwidere.«

»Nur wer wagt, gewinnt.«

»Aber mein Leben ist kein Preis bei irgendeinem Spiel«, sagte sie. »Und es fällt mir schwer zu glauben, daß Liebe und Ehe etwas so Nebensächliches für Sie sind. Andererseits geben Sie sich vielleicht nur deshalb so unendliche Mühe mit mir, weil Sie irgendein Unrecht wiedergutmachen wollen.«

»Das Unrecht, dir in deiner Kabine nachgestellt zu haben?« Er brachte das, was sie so vorsichtig umschrieben hatte, auf den Punkt. »Glaube mir, so edelmütig bin ich nicht.«

Ihr Blick war klar, als sie ihn musterte. »Die Alternative«, sagte sie langsam, »wäre zu glauben, daß Sie einen weniger ehrbaren Grund haben, mich hierzubehalten.«

»Ich glaube, ich habe dir bereits erklärt, daß ich dich haben will«, sagte er, und ein Raubtierlächeln umspielte seinen Mund. »Und dieses Verlangen ist tatsächlich so unrein, wie du zu vermuten scheinst. Es ist das rohe Verlangen, dich in meine Arme zu ziehen und dir all die Arten zu zeigen, wie eine Frau einen Mann befriedigen und von ihm befriedigt werden kann. Ich möchte dich auf meinem Bett liegen sehen mit nichts als deinen prächtigen Haaren am Leib. Ich will endlose Leidenschaft in deinen Augen sehen. Ich will, daß du jede Schüchternheit und jede Zurückhaltung ablegst und meinen Namen schreist, wenn ich –«

»Hören Sie auf!« sagte sie und schlug die Hände vor ihr heißes Gesicht.

Er hielt inne, fuhr herum und blickte in den Hof hinab, bis er sicher war, daß seine Stimme keinerlei Leidenschaft mehr enthielt. Staubtrocken fragte er: »War das unrein genug?«

»Ja. Aber – auf jeden Fall war es besser als irgendeine Heuchelei«, erwiderte sie nach einem Augenblick.

»All das schließt Liebe nicht aus.«

»Sind Sie sicher?«, fragte sie nachdenklich, »daß diese beiden Dinge für Sie nicht ein und dasselbe sind?«

War er sich sicher? Er wandte den Kopf zu ihr um, aber die Worte erstarben auf seinen Lippen. Sie war bereits ins Schlafzimmer zurückgekehrt, und er war viel zu beschäftigt gewesen mit seiner eigenen Reaktion, um zu hören, wie sie gegangen war.

Gerade als Angelica ihren Mittagsschlaf machen wollte, kam Tit Jean mit einer Nachricht herein. Ein Junge hätte den Brief an die Hintertür gebracht, sagte er, und der Maître hätte ihm dafür fünf Cent bezahlt.

Angelica hatte gerade Dumas' *Graf von Monte Christo* gelesen, den sie in einem Sekretär im Salon aufgestöbert hatte. Nun legte sie das Buch zur Seite und griff nach dem Brief.

Die schwarzen Buchstaben waren gerade und ohne jeden Schnörkel, außer der traditionellen Verzierung unter der Unterschrift. Der einzige Gruß war ihr Name auf der Vorderseite des zusammengefalteten Blatts. Trotzdem hätte sie auch ohne Tit Jeans Erklärung sofort gewußt, von wem das Schreiben kam.

Renold hatte eine *loge grille* für die Abendvorstellung von Donizettis *L'Elisir d'Amore* bestellt. Die Oper, so schrieb er, begänne recht spät und wäre sehr lang. Er schlug ihr vor, sich am Nachmittag möglichst lange auszuruhen, denn er träfe sie erst vor der Vorstellung zum Diner.

Angelica sah Tit Jean an und fragte: »Was in aller Welt ist eine *loge grille*?«

»Eine Theater- oder Opernloge, Maîtresse, aber eine, in der man vor den Blicken der anderen Zuschauer abgeschirmt sei. Sie wird häufig von Damen benutzt, die krank waren, die zwischen den Akten keine Besucher empfangen möchten, die trauern oder schwanger sind.«

»Es ist also akzeptabel, ins Theater zu gehen, auch wenn man noch in Trauer ist?«

»Allerdings. Trauer ist kein Grund dafür, daß man sich sämtlichen Vergnügen des Lebens verschließt.« Mit unergründlichen Augen sah der Kammerdiener auf sie hinab.

»Und das sagen Sie nicht nur, damit ich den Wunsch Ihres Maître erfülle und mir mit ihm die Vorstellung ansehe?«

Das braune Gesicht des Kammerdieners wirkte ehrlich entsetzt. »Nein, Maîtresse, Sie müssen tun, was Sie für richtig halten. Allerdings –«

»Allerdings?«

»Allerdings weiß ich, daß Sie ihn nicht enttäuschen wollen. Sie sind eine gutherzige Dame, und er braucht es, daß ihm jemand ein wenig Freundlichkeit zeigt.«

Dies war eine gänzlich neue Sicht der Dinge für sie. Sie runzelte die Stirn. »Warum glauben Sie das?«

Tit Jean lächelte, und plötzlich war er ein vollkommen anderer Mensch. Von seiner steifen Förmlichkeit war nichts mehr zu spüren, und an ihre Stelle trat Sorge und Mitgefühl. »Wenn ich mir vielleicht eine persönliche Bemerkung erlauben darf, Mamselle Angelica?«

»Ich – ja, bitte.« Ihr fiel nichts ein, was der Kammerdiener sagen könnte, was eventuell unziemlich sei. Außerdem hatte er sie mit einem Titel angesprochen, der normalerweise den Damen besserer Häuser vorbehalten war, und dieses Zeichen von Akzeptanz bedeutete ihr viel.

»Noch nie hat der Maître sich derart bemüht, einer Frau zu Gefallen zu sein. Er hat Sie geehelicht, obgleich ich immer dachte, er ginge eines Tages als Junggeselle ins Grab. Sie haben ihm seine Verbitterung genommen, haben dafür gesorgt, daß er wieder an Schönheit und Gutherzigkeit glaubt. Sie könnten großen Einfluß auf ihn ausüben. Sie bräuchten nur den Willen dazu.«

Sie schüttelte den Kopf. »Ich habe nicht das Gefühl, als könnte ich ihn in irgendeiner Weise beeinflussen, und selbst wenn ich es könnte, wüßte ich nicht, wozu.«

»Ja, ja, ich dachte mir, daß Sie so etwas sagen würden«, stellte der Kammerdiener mit einem zufriedenen Grinsen fest. »Sie sind weder boshaft, noch haben sie es auf sein Geld oder auf Macht über ihn abgesehen. Sie sind eine wunderbare Frau. Nach dem Reinfall mit der anderen und auch nach seiner Kindheit braucht Monsieur Renold einen Menschen wie Sie.«

»Nach der anderen. Sprechen Sie von einer Frau, die ihn geliebt hat?«

»Das hat sie behauptet, Mamselle, aber sie hat nur so getan. Vielleicht hat sie sogar soviel für ihn empfunden, wie sie zu empfinden in der Lage war. Aber egal, auf jeden Fall hat sie ihn nicht gewollt. Er war zu anders. Er stammte nicht aus einer angesehenen französischen Familie und war niemand aus ihrem Kreis. Sie hatte die Absicht, einen Mann zu heiraten, den sie als ebenbürtig betrachtete, und den Maître als Liebhaber zu behalten, aber derart leichtlebige Späße sind nichts für ihn. Nein.«

»Er – meinen Sie, er hatte sie gern?«

»Er war jung, und sie war schön und dem Anschein nach gesellschaftlich in einer besseren Position. Vielleicht war er in sie verliebt, aber geliebt hat er sie wohl nicht. Zumindest hat er sie nach dem Ende ihrer Liaison aus seinem Herz geschnitten. Jetzt liebt er sie jedenfalls ganz bestimmt nicht mehr.«

Seine tiefe, melodiöse Stimme verhallte. Nach einem Augenblick fragte Angelica: »Wissen Sie, wie die Dame hieß?«

»Seit ihrer Hochzeit heißt sie Madame Clotilde Petain. Vielleicht begegnen Sie ihr ja einmal. Falls ja, müssen Sie lächeln und nett zu ihr sein, aber freunden Sie sich niemals mit ihr an. Wenn Sie das tun, wird sie Sie benutzen wie jeden anderen.«

»Warum sagen Sie, daß Renold ihr nicht ebenbürtig war?« Die Frage klang zögernd, aber Angelica mußte einfach wissen, wovon der Kammerdiener sprach.

»Er kam als Kind aus Irland hierher, und das bedeutete für Madame Petain, daß er der Angehörige einer untergeordneten Gesellschaftsschicht war. Und noch schlimmer war in ihren Augen, daß sein Vater seine Mutter niemals geheiratet hatte, so daß er ein namenloser Bastard war. Diese Dinge – wie soll ich sagen? – stießen sie ab, und gleichzeitig erregten sie sie. Sie traf ihn zu mitternächtlichen Spazierritten am See, aber niemals hätte sie zugelassen, daß er sie auf einem Ball auf die Tanzfläche führte. Während des Karnevals setzte sie eine Maske auf und spazierte mit ihm in den Straßen herum, aber zwei Tage später heiratete sie den Mann, den ihre Eltern für sie ausgesucht hatten.«

»Eine eigenartige Frau.« Die Beschreibung der Dame mißfiel Angelica ganz und gar. Ebenso wie ihr der Gedanke mißfiel, daß Renold offenbar einst in sie verliebt gewesen war.

»Vielleicht. Oder vielleicht ist sie auch nur ein Geschöpf ihrer Klasse. Ein Name, Ansehen, diese Dinge sind sehr wichtig hier, denn schließlich haben zahllose Menschen sehr vieles dafür ertragen. Früher war es normal, daß der Maître hörte, wie man von ihm als dem Bastard sprach. Inzwischen wagt es niemand mehr, ihm irgendwelche Unverschämtheiten ins Gesicht zu sagen, aber selbst wenn es so wäre, wäre es ihm egal, denn mit der Zeit hat er eine solche Selbstsicherheit entwickelt, daß ihn eine derartige Beleidigung nicht mehr trifft.«

Der Gedanke, daß Renold in der Vergangenheit derart gekränkt worden war, schmerzte sie. Er war so stolz, so selbstbewußt. Oder hatte er sich vielleicht nur einen dicken Schutzpanzer zugelegt? Sie sah den Kammerdiener an. »Ja, das sehe ich.«

»Aber da wir von Ihrem Einfluß auf ihn sprachen – es gibt da etwas, das ihm Sorgen macht, das seine Gedanken und seine Zeit in Anspruch nimmt. Und da er sich nebenher so eingehend mit Ihnen beschäftigt, vernachlässigt er inzwischen sein Geschäft. Ich glaube, daß er es auf irgend jemanden oder irgend etwas abgesehen hat. Wissen Sie, ich habe derartige Anstrengungen schon zuvor bei ihm erlebt, habe gesehen, wie er Spione und Nachrichten ausschickte und darauf wartete, wie jemand mit einer Meldung kam. Es geht nicht darum, ob er das bekommen sollte, was er sucht. Wenn die Dinge so liegen, wie ich fürchte, ist die Angelegenheit sehr ungesund für ihn, und er wird niemals zufrieden sein. Wenn es überhaupt jemandem gelingt, ihn von seiner Jagd abzulenken, dann sind Sie die einzige.«

»Ich glaube nicht, daß ich das kann.«

»Oh doch. Sie brauchen sich ihm nur hinzugeben, und schon läßt er von allem anderen ab.«

Sie hatte sich in Tit Jean geirrt. Vollkommen problemlos hatte er ihr einen unziemlichen Vorschlag gemacht. Sie hob den Kopf, und alle Wärme wich aus ihrem Blick.

Eilig sagte der Kammerdiener: »Ich bitte um Verzeihung, Mamselle, ich wollte Ihnen gewiß nicht zu nahe treten, aber meine Sorge um den Maître zwingt mich dazu. Monsieur Renold ist ein Mann, der niemals etwas verzeiht, und er bekommt immer, was er will, denn er ruht nicht eher, als bis er es in den Händen hält. Gleichzeitig verachtet er jede Ungerechtigkeit. Sollte er also im einen Fall ein furchtbares Unrecht begehen, während er in einer anderen Sache nach Gerechtigkeit sucht, fürchte ich, daß er daran zugrunde gehen wird.«

»Ihre Besorgnis in allen Ehren«, sagte sie mit gerunzelter Stirn, »aber ich glaube, ich verstehe nicht so ganz.«

»Mehr kann ich Ihnen nicht sagen, Mamselle, denn die Angelegenheit ist privater Natur, und ich habe bereits zuviel gesagt. Aber bitte, denken Sie darüber nach. Ich glaube nicht, daß es Ihnen irgendwann leid tun muß.«

Als der Kammerdiener ging, starrte Angelica ihm lange nach. Sie war vollkommen aufgewühlt, wußte nicht, was sie tun sollte oder was überhaupt in ihren Kräften lag.

Sie sollte sich ihm hingeben. Sich ihm unterwerfen, wenn sie richtig verstand.

Diese Worte hämmerten in ihrem Kopf. Wie leicht würde es sein, ihnen nachzugeben, Renolds Namen zu akzeptieren, seinen Schutz und seine Gegenwart in ihrem Bett.

»– er bekommt immer, was er will, denn er ruht nicht eher, als bis er es in den Händen hält.«

Wie seltsam rührten diese Worte sie an, fast so, als hätte

Widerstand keinerlei Sinn. Vielleicht hatte er auch keinen Sinn, vielleicht hatte das Schicksal sie auf das Dampfschiff geführt, das Schicksal und die Vorhersehung, die dafür gesorgt hatte, daß er sie rettete und zu sich nahm.

Warum widerstrebte ihr der Gedanke, sich ihm zu unterwerfen, nur so? Er war so stark, so attraktiv und so großzügig. Seine Intelligenz und sein Humor waren so verführerisch. Sie reagierte auf ihn stärker als auf jeden anderen Mann.

Aber eine Reihe von Dingen hielten ihr Mißtrauen ihm gegenüber wach. Sie konnte das Entsetzen nicht vergessen, das sie empfunden hatte, als er in jener ersten Nacht in ihre Kabine eingedrungen war. Und was noch schlimmer war – obwohl er es leugnete, meinte sie, hinter jeder seiner Taten und hinter jedem seiner Worte irgendeine Art der Berechnung zu spüren. Seine Versuche, sie dazu zu überreden, sich in ihr Schicksal zu fügen, wirkten unter den gegebenen Umständen übertrieben, als hätte er irgendein Motiv für die Vollziehung der Ehe, das ihr unbekannt war.

Liebe. Diesen Grund hatte er ihr genannt. Liebe und Leidenschaft.

Wie sollte sie das glauben? Wie konnte sie?

War es wirklich möglich, daß ein Mann sich leidenschaftlich in eine Frau verliebte, nachdem er nur wenige Minuten mit ihr gesprochen hatte, nachdem die einzige Intimität ein gestohlener Kuß gewesen war? Konnte er tatsächlich innerhalb eines Augenblicks den Entschluß fassen, diese Frau zu heiraten und den Rest seines Lebens an ihrer Seite zu sein? Konnte eine solche zarte Bindung zu lebenslangem Glück erblühen?

Um das zu glauben, war sie nicht naiv genug. Aber sie hätte es gern geglaubt, und diese Schwäche machte ihr angst.

Das St. Charles Theater, in dem die Oper aufgeführt werden sollte, war ein schlichter Bau aus Backstein, dem durch geschicktes Verputzen der Anschein eines echten Steingebäudes verliehen worden war. Es wurde von mächtigen Säulen gestützt, von zahlreichen hohen Fenstern belüftet und von einer Reihe gußeiserner Straßenlaternen erhellt und wirkte nüchtern und funktional; sobald man allerdings durch die Türen trat, traf man auf architektonische Üppigkeit. Die gewölbte Decke war mit vergoldeten Schnitzereien in Form von Leiern und Musiknoten verziert, die zwischen korinthische Säulen geschmiegten Logenreihen waren mit geschwungenen Balustraden versehen, und in mittelalterlich anmutenden, gußeisernen Gasleuchten flackerte weißglühendes Licht.

Die zehn abgeschirmten Logen lagen direkt gegenüber der Bühne oberhalb der zweiten Reihe des Parketts. Nach drei Seiten mit Wänden und nach vorn mit einer diamantfarbenen Scheibe versehen, boten sie tatsächlich Ruhe und Abgeschiedenheit. Eine Reihe von Wandleuchtern sorgte dafür, daß es nicht allzu dunkel war.

Angelica trug ein Abendkleid aus schwarzer Seide mit einem lavendelfarbenen Spitzenbesatz. Monsieur Harden hatte es vor drei Tagen bestellt, und die Schneiderin hatte es am Spätnachmittag zusammen mit dem dazu passenden Umhang aus lavendelfarbener, schwarz gerandeter und mit schwarzen Perlen bestickter Seide gebracht. Estelle hatte Angelica die Haare in weichen Locken auf dem Kopf aufgetürmt und sie mit schwarz verzierten Nadeln festgesteckt. Die Haushälterin hatte gejammert, weil kein Schmuck vorhanden gewesen war, aber Angelica bedauerte dieses Fehlen jeglicher Accessoires überhaupt nicht. Sie fühlte sich auch so viel zu elegant und zweifelte nach wie vor daran, daß der Theaterbesuch einer trauernden jungen Frau angemessen war. Was ihre Tante dazu gesagt hätte, daran wollte sie lieber nicht denken.

Es war eine neue Erfahrung für sie gewesen, als sie an Renolds Arm die Stufen zum Foyer hinaufschritt. Er sah sehr beeindruckend aus in seinem Abendanzug, und er hatte sich mit einem an Arroganz grenzenden Selbstvertrauen bewegt. Er hatte einigen Bekannten zum Gruß genickt, aber er hatte keine längeren Gespräche geführt, vielleicht aus Rücksicht auf sie. Allerdings hatte diese Rücksicht auch bedeutet, daß sie niemandem vorgestellt worden war, und sie überlegte unweigerlich, ob dies vielleicht in seiner Absicht lag.

Er war ein angenehmer Gesellschafter, was sie immer weniger überraschte. Als er herausfand, daß sie noch niemals in der Oper gewesen war, unterhielt er sie mit lustigen Geschichten, in denen es um Zwischenfälle bei vorherigen Aufführungen oder um die Grillen und Schwächen verschiedener in New Orleans singender Tenöre oder Diven ging.

Auch vom Komponisten der Oper erzählte er ihr. Gaeto Donizetti, so sagte er, hätte sehr viel produziert. *L'Elisir d'Amore* war die Nummer vierzig des Gesamtwerks von ungefähr siebzig Kompositionen, das der Maestro vor seinem verfrühten Tod vor einigen Jahren verfaßt hatte. Die komische Oper hatte er auf Druck eines Theaterbesitzers in nur vierzehn Tagen komponiert. Weil der für die damalige Saison verpflichtete Tenor ein furchtbarer Stotterer gewesen war, hatte Donizetti die Rolle des Helden Nemorino an den Sänger angepaßt, indem er ihn ebenfalls stottern ließ.

Als Renold ihr den Inhalt des Stücks zu erzählen begann, überlegte Angelica, ob diese Einladung vielleicht aus einem bestimmten Grund an sie ergangen war. Vielleicht hoffte er, sie würde die Oper als Spiegel ihrer eigenen Geschichte sehen.

Es ging um die unerwartete Liebe des Bauern Nemorino zu Adina, einer wohlhabenden und sehr umschwärmten jungen Frau. Der Bauer erklärte ihr seine Liebe, aber er wurde trotz des Zaubertranks, dem im Titel der Oper erwähnten Liebeselixir, den ihm ein Handlungsreisender aufgeschwatzt hatte, von seiner Angebeteten verschmäht. Adina bedauerte ihre übereilte Entscheidung, doch sie verbarg ihre Trauer hinter aufgesetzter Lebenslust. Nemorino allerdings durchschaute ihr Spiel und sang das zu Herzen gehende *Una furtiva lagrima,* in dem es um eine verstohlene Träne ging.

Sämtliche Theaterbesucher hielten den Atem an, als der Bauer das Unglück der geliebten Frau besang und schwor, er wäre bereit zu sterben für das Privileg, sie glücklich zu sehen. Sobald der letzte Ton verklungen war, erhob sich donnernder Applaus.

Als sich Angelica im Halbdunkel der Loge umdrehte, merkte sie, daß Renold sie beobachtete. Doch sie hielt seinem Blick stand, und er wandte sich als erster ab.

Sie war froh, als die Pause kam und Renold, der von einem weißbefrackten Platzanweiser eine Nachricht überbracht bekam, sie für ein paar Minuten verließ. Sie fühlte sich wie befreit, denn irgendwie wirkte die enge Loge wesentlich größer ohne ihn.

Andererseits hätte sie zu gern gewußt, von wem die Nachricht war. Unweigerlich dachte sie an Tit Jeans Worte über die Nachrichten, die Renold verschickte und empfing.

Sie blickte auf das Gedränge unter sich und sah sich auch in den anderen Logen um. Nach ein paar Minuten kam sie zu dem Schluß, daß Renold nicht im Zuschauerraum geblieben war, obgleich sie nicht sicher sein konnte, denn immer wieder entdeckte sie neue Gesichter. Plötzlich klopfte es hinter ihr, und jemand öffnete die Tür.

»Dachte ich's mir doch, daß Sie alleine sind«, stellte Michel fröhlich fest, als er eintrat und die Tür hinter sich schloß. »Wenn Renold die Unhöflichkeit besitzt, Sie zu verlassen, dann darf er sich nicht wundern, wenn jemand anderes seinen Platz besetzt. Das heißt, wenn Sie nichts dagegen haben?«

»Nicht das geringste«, erwiderte sie und lächelte. Als er die Schöße seines Fracks hochwarf und neben ihr Platz nahm, fragte sie: »Sie haben gesehen, daß Renold ging?«

»Ich habe ihn im Foyer entdeckt, aber ich glaube, er hat mich nicht gesehen. Er war gerade damit beschäftigt, irgendeinem Kerl die Leviten zu lesen, der eine rot-grün gemusterte Krawatte trug – und das in der Oper, stellen Sie sich nur vor. Ich weiß, Sie glauben nicht, daß jemand einen so schlechten Geschmack besitzt, aber ich gebe Ihnen mein Wort. Es ist wahr.«

»Ich bin sicher, daß Sie die Wahrheit sagen«, stellte sie lächelnd fest. »Aber ich frage mich, was der Mann hier wohl zu suchen hat.«

»Wer weiß? Vielleicht ist er wegen eines Pferdes hier, wegen eines Fasses Weins, wegen der Ladung irgendeines Schiffs. Renold hat ein paar eigenartige Geschäftsfreunde, die meisten von ihnen Amerikaner – ah, das hätte ich nicht sagen sollen, schließlich sind Sie ebenfalls Amerikanerin. Solche Dinge rutschen mir immer heraus, wenn es am wenigsten angemessen ist.«

Sie schüttelte den Kopf, ohne ihm böse zu sein. »Ich habe einmal gehört, zwischen den Franzosen und den Amerikanern bestünde eine große Rivalität. Offenbar gibt es sie immer noch.«

»Oh, es gibt sie nicht nur, sondern sie wächst, gedeiht und bläht sich mit jeder Wahl mehr auf«, sagte er frei heraus. »Aber die Franzosen werden den Kampf um die Stadt verlieren, fürchte ich. Wir sind einfach zu kultiviert und zugleich nicht genügend am Fortschritt interessiert. Wir finden Gefallen an gutem Essen, gutem Wein, schönen Frauen; wir haben Spaß an guten Gesprächen, an Theater und Musik. Wir werden untergehen, das ist abzusehen. Aber bis dahin werden wir uns und die Menschen, die um uns sind, amüsieren, statt immer nur zu arbeiten und eines Tages zu sterben, ohne je erfahren zu haben, was Leben heißt.«

»Sie sind ein Philosoph«, sagte sie, wobei sie in seine braunen Augen lächelte. »Das hätte ich nicht gedacht.«

Er sah sie mit gespieltem Entsetzen an. »Bitte erzählen Sie

es niemandem! Dann wäre mein Ruf als Lebemann und angehender Don Juan dahin.«

»Es wird mein Geheimnis bleiben«, versprach sie ihm.

»Ja, und jetzt müssen Sie mir erzählen, wie es Ihnen geht«, sagte er und wurde ernst. »Ich nehme an, nicht allzu schlecht, denn sonst wären Sie wohl kaum hier.« Er wartete nur, bis sie zustimmend nickte, ehe er weitersprach. »Vielleicht könnten Sie mir etwas von sich erzählen? Sie glauben ja nicht, wie viele Einladungen mir aufgedrängt wurden, seit ich beiläufig erwähnt habe, daß ich Ihnen begegnet bin. Alle Welt will wissen, was für ein Mensch Renolds junge Ehefrau ist.«

»Oh, aber ich dachte, die Hochzeit sollte ein Geheimnis bleiben. Man hätte es mir doch bestimmt gesagt, wenn irgendwo ein Aufgebot ausgehangen hätte.«

»Ein Aufgebot?« fragte Michel und zog ungläubig eine Braue hoch. »So etwas brauchen wir hier nicht, denn schließlich funktionieren die Buschtrommeln nach wie vor sehr gut.«

»Die was?«

»Die Buschtrommeln. Natürlich sind es keine echten Trommeln, sondern der übliche Klatsch der Sklaven der verschiedenen Haushalte. Renolds Leute sind diskreter als die meisten anderen, aber es fällt jedem auf, wenn eine Köchin Schonkost kauft – und natürlich fragen ihre Freunde sie, für wen diese Nahrung ist. Oder eine Schneiderin erhält den Auftrag, eine vollständige Garderobe zu entwerfen bis hin zum letzten unaussprechlichen Dessous, und ihre Helferinnen finden die Geschichte zu köstlich, um sie für sich zu behalten. Wissen Sie, solche Dinge sprechen sich in Windeseile herum.«

Angelica wandte den Blick von ihm ab. »Das wußte ich nicht.«

»Sie werden sich mit der Zeit daran gewöhnen«, tröstete er sie.

Würde sie das? Sie wußte es nicht. Sie hatte das Gefühl, als hätte man ihr Vertrauen schamlos ausgenutzt. Dabei hatte sie immer den Eindruck gehabt, daß Renold fast so diskret wie ihre Tante war.

Ihre Hauptsorge allerdings galt der Frage, wie sie jetzt, da alle Welt von der Ehe zu wissen schien, bezüglich ihres weiteren Verbleibs in Renolds Haus verfahren sollte. Wenn sie nicht bei ihm blieb, dann wäre ihr Fortgang eine öffentliche Demütigung für ihn. Dieser Gedanke und der Gedanke an seine mögliche Reaktion darauf reichten aus, daß sie erschauerte.

»Sie nehmen also inzwischen Einladungen an?« fragte Michel und lenkte damit vom Thema ab. »Besuchen Sie am Mardi Gras irgendeinen Maskenball? Wenn ja, dann bitte ich bereits jetzt um einen Tanz, ehe mich die Schar Ihrer anderen Verehrer verdrängt.«

»Oh nein«, sagte Angelica. »Man versicherte mir, daß der Opernbesuch durchaus annehmbar sei, weil ich in einer geschützten Loge sitze, aber mich in allgemeine Vergnügungen zu stürzen, käme mir ganz und gar unpassend vor.«

»Derartige Empfindungen muß ich natürlich respektieren«, sagte Michel, nahm ihre Hand, küßte sie und hielt sie noch einen Augenblick lang fest. »Aber ich wäre unehrlich, wenn ich nicht sagen würde, daß ich wünschte, Sie wären weniger streng mit sich.«

»Wie nett«, sagte eine klare, harte Frauenstimme hinter ihm. »Und wie kompromittierend. Ich frage mich, Michel, ob Renold von deiner Ergebenheit seiner Frau gegenüber weiß?«

Mehr aus Überraschung denn aus gutem Benehmen heraus sprang Michel von seinem Stuhl. »Clotilde! Wie in aller Welt kommst du hierher?«

»Ganz einfach, ich bin dir gefolgt, mein Schatz.« Die Frau machte eine dramatische Pause in der Tür, ehe sie die Loge betrat. »Ich sah, wie du dir mit der begeisterten Entschlossenheit eines Ritters auf der Suche nach dem heiligen Gral den Weg hierher gebahnt hast, doch da ich dich kenne, war mir klar, daß dein Ziel bestimmt weniger heilig, dafür aber interessanter war.«

Clotilde Petain war schön in einem hocheleganten, extrem gekünstelten Sinn. Ihr braunes Haar mit den mahagonifarbenen Strähnen war zu einem schlanken Knoten aufgesteckt. Ihr Kleid aus rosafarbener Seide wölbte sich über einem riesigen Reifrock, aber zugleich war es streng geschnitten und wies als einzige Zierde ein paar geriffelte Bänder und Quasten auf.

Michel bedachte die Frau mit einem verächtlichen Blick. »Himmel, Clotilde, versuch nicht, mich zum Narren zu halten. Irgend jemand hat dir erzählt, daß Renold seine Frau mitgebracht hat, und du konntest der Versuchung einfach nicht widerstehen, sie dir einmal anzusehen.«

»Wie nett du dich auszudrücken verstehst. Kein Wunder, daß Madame Harden deine Gesellschaft derart genießt.«

Als sie sich umdrehte, blitzte in ihren sherrybraunen Augen spöttische Herablassung auf, was sie hart und alt aussehen ließ. Ihre langsame, eingehende Musterung der neuen Madame Harden war eindeutig ein Einschüchterungsversuch, doch Angelica reckte das Kinn und trotzte der Herausforderung.

Sie sah ihrer Gegenspielerin offen ins Gesicht. »Sie sind gewiß Madame Petain. Wie nett, daß Sie mich besuchen kommen, zumal Sie dadurch sicher zahlreiche Besucher in Ihrer eigenen Loge verpassen.«

»Ach, Verzeihung«, sagte Michel und rieb sich die Schläfe. »Ich hätte die Damen miteinander bekannt machen sollen.«

»Dafür brauchen wir dich nicht«, erklärte Clotilde und blickte ihn über die Schulter an. »Ebensowenig wie für irgend etwas anderes. Warum gehst du nicht los und holst uns zwei Gläser Punsch?«

»Danke, ich möchte nichts«, sagte Angelica und bedachte Renolds Freund mit einem fast flehenden Blick.

Michel reagierte sofort. »Oh, ich kann Madame Harden unmöglich alleine lassen. Weißt du, sie fühlt sich in letzter Zeit nicht sonderlich wohl, und es könnte sein, daß sie jeden Augenblick in Ohnmacht fällt.«

»Da sogar ihr Ehemann sie verlassen hat, scheint diese Gefahr wohl nicht allzu groß zu sein«, stellte die andere Frau mit schneidender Stimme fest.

Noch ehe Michel etwas erwidern konnte, öffnete jemand die Tür. Sie alle fuhren herum und starrten Renold an, der, die Hand auf dem Griff, im Türrahmen stand.

»Der Ehemann ist zurück«, sagte er. »Wie du siehst, war ich nicht sehr lange fort, Clotilde. Offenbar bin ich gerade rechtzeitig zurückgekehrt. Noch ein paar Minuten mehr, und der arme Tenor hätte sein gesamtes Publikum hier in der Loge vorgefunden.«

Clotilde Petain errötete und zuckte verärgert mit dem Mund. »Willst du damit etwa andeuten, daß wir stören?«

Es war ein taktischer Fehler, darauf zu bauen, daß sich Renold, um die Höflichkeit zu wahren, in die Enge treiben ließ. Wenn es ihm dienlich war, warf er Hindernisse wie Anstandsregeln einfach über Bord. »Wie scharfsinnig du doch manchmal bist.«

Clotildes Brust schwoll vor Empörung an, und Michel brach in fröhliches Gelächter aus. Renold ignorierte sie beide, als er zu Angelica ging und ihre Hand ergriff. Ein Lächeln umspielte seinen Mund, als er den Kopf neigte und seine Lippen auf ihre blutleeren Finger preßte.

Clotilde sagte mit angespannter Stimme: »Sicher möchtest du, daß deine Braut ein paar einflußreiche Leute kennenlernt. Aber sie wird ein wenig Hilfe brauchen, wenn sie von Leuten mit Einfluß und Bedeutung akzeptiert werden soll.«

»Ich glaube,« sagte Renold, ohne sie anzusehen, »daß meine Position als führender Kaufmann mehr als ausreichend sein wird.«

Clotilde klapperte nervös mit den Wimpern. »Vielleicht sichert ihr das einen Platz bei den Amerikanern, aber die Franzosen sind wesentlich zögerlicher, wenn es um die Wahl ihrer Freunde geht.«

»Meinst du?« fragte er freundlich. »Die Dinge haben sich in den letzten paar Jahren geändert. Um das zu merken, brauchst du dich nur umzusehen. Inzwischen ist auch den Franzosen die Sprache des Geldes bekannt.«

»Du bist derb«, beschuldigte sie ihn. »Aber etwas anderes ist wohl kaum von dir zu erwarten.«

»Ich bin ehrlich«, verbesserte er sie. »Aber um einen solchen Charakterzug zu erkennen, muß man wohl mit ihm vertraut sein, nehme ich an.«

Angelica beobachtete die beiden, und ihr schwindelte von den bösen Unterströmungen in dem beengten Raum. Daß sie alle drei – Renold, Michel und diese Frau – einander aufgrund vergangener Erfahrungen, vergangener Ereignisse verstanden, war klar. Sie fühlte sich ausgeschlossen aus diesem Kreis, obgleich sie wußte, daß irgend etwas durch ihre Anwesenheit verändert worden war.

Plötzlich wurde ihr der Verlust all dessen schmerzlich bewußt, was ihr lieb und vertraut war. Verloren waren ihr Zimmer im Haus ihrer Tante, das langweilige, aber wohlbekannte tägliche Einerlei, und vor allem die zerstreute Zuneigung, mit der ihr Vater ihr stets begegnet war. Nichts von alledem war mehr da. Und was war an seine Stelle getreten, das ebenso wirklich und sicher gewesen wäre?

Clotilde Petains Lachen klang hohl, und der Blick, mit dem sie Angelica bedachte, war mörderisch, doch dann wandte sie sich wieder Renold zu. »Das ist mal etwas Neues für dich, mein Lieber, einer kränkelnden Frau zur Seite zu stehen. Was für einen leidenschaftlichen Beschützer du abgibst, als wäre sie aus Glas. Man könnte beinahe annehmen, es wäre eine Liebesheirat, die euch beide eint.«

»Was sonst?« fragte er sanft.

»Nun, man hört alles mögliche. Den Gerüchten nach klingt alles furchtbar mittelalterlich, wie ein Roman von Scott, voller gewagter Rettungsversuche und mitternächtlicher Trauungen.«

»Ich wußte weder, daß du Bücher liest, noch daß du so phantasiebegabt bist.« Immer noch hielt Renold Angelicas Finger fest, obgleich sie versuchte, sie ihm zu entziehen.

»Natürlich«, fuhr die andere Frau fort, »gibt es einen verdächtigen Mangel an Zeugen für diese außergewöhnliche Eheschließung. Man fragt sich unweigerlich, ob es überhaupt eine Trauung gab. Falls nicht, ist es nicht verwunderlich, daß du deine – Liebschaft bisher immer so gut versteckt gehalten hast.«

Angelica starrte Clotilde Petain entgeistert an, während sie dachte, wie nah diese mit ihren Vermutungen ihren eigenen Ängsten kam. Diese Frau kannte Renold besser als viele andere. Wenn sie der Meinung war, daß er zu einer solch schändlichen Tat in der Lage war, dann schien es durchaus möglich zu sein.

»Und, stellst du Vergleiche an, Clotilde?« fragte Renold in seidigem Ton. »Das rate ich dir nicht. Angelica ist mehr als jede Liebschaft, sie ist meine Seelenverwandte, meine Trösterin, meine Retterin – meine Frau. Du darfst ihr gratulieren, wenn du willst. Aber vergleichen solltest du dich lieber nicht mit ihr.«

Clotilde war sprachlos vor Zorn, und Michel trat eilig als Vermittler vor. Er bot ihr seinen Arm und sagte: »Sie löschen bereits die Lichter und ziehen die Vorhänge auf. Wenn du gestattest, geleite ich dich zu deinem Platz zurück.«

»Ja«, sagte die Frau in benommenem Ton. »Tu das.«

Angelica sah den beiden nicht nach. Statt dessen starrte sie Renold an, gefangen von seinem leuchtend grünen Blick. Sein Gesicht war geradezu beunruhigend ruhig. Er wartete auf etwas, doch sie wußte nicht, worauf. Seine Miene wirkte gelassen, und beinahe hatte sie das Gefühl, daß sein fester Griff um ihre Finger so etwas wie Sicherheit versprach.

Aus dem Orchestergraben schwoll die Ouvertüre des zweiten Akts herauf. Angelica, die die lieblichen Noten wie eine Benediktion empfand, merkte, daß sie bereits seit geraumer Zeit den Atem anhielt. Sie atmete vorsichtig ein, und nur um etwas zu sagen, fragte sie: »Wie geht die Geschichte aus?«

»Glücklich, mit der Heldin in den Armen des Helden. Wie sonst?« Seine Stimme klang ruhig.

»Ich meinte die Geschichte, um die es in der Oper geht, die Geschichte vom Liebeselixir.«

Ein Lächeln umspielte seinen Mund. »Die auch. Und, wirst du bleiben?«

»Ja, ich glaube schon«, antwortete sie. Ihr Lächeln wirkte angestrengt, aber ihr Blick war fest. »Wie sollte ich es ertragen, vor dem Ende zu gehen?«

Kapitel acht

»*Masken enthüllen mehr, als sie verbergen*«, sagte Renold, »denn die Menschen suchen ihre Kostüme danach aus, wie sie sich selbst im Alltag oder in ihren Träumen sehen. Darum gibt es immer mehr Könige und Königinnen, Bischöfe und Kurtisanen als Bettler und Tagediebe zu sehen. Und darum treten auch niemals ganz gewöhnliche Menschen auf. Niemand meint, daß er vielleicht gewöhnlich ist.«

»Das ist alles gut und schön, aber ich würde trotzdem lieber ohne Maske herumlaufen.« Angelica versuchte, ihrer Stimme einen möglichst festen Klang zu verleihen. Es war nicht leicht, sich seinen Argumenten zu verschließen, und noch viel weniger leicht fiel es ihr, seinem betörenden Lächeln oder den farbenfrohen Kostümen aus Seide oder Samt und dem um sie herum ausgebreiteten gesprenkelten Netz zu widerstehen.

Ebensogut hätte sie schweigen können, denn Renold, der mit ausgestreckten Beinen auf einem Stuhl saß, blinzelte sie fröhlich an. »Ich sehe dich nicht als Königin und ganz bestimmt nicht als Kurtisane vor mir. Nein. Als Zigeunerin mit einer schwarzen Perücke, leidenschaftlich und wild, die dem Mann ihrer Wahl ihre Gunst zuteil werden läßt. Ja, so stelle ich mir dich vor.«

»Niemals«, sagte sie barsch.

»Spürst du diesen Teil von dir denn nicht? Die Zigeunerin ist in dir, eingeschlossen an einem Ort, an dem niemand sie sehen kann. Aber du könntest sie zum Vorschein kommen lassen. Das einzige, was du bräuchtest, wäre der Wille dazu.«

Ihr Blick wurde kühl. »Offenbar denken Sie gerade an irgendeine andere Frau.«

»Tja, dann solltest du vielleicht als Marionette gehen. Hölzern, ohne jedes Gefühl, von Fäden gezogen, die jemand anderer in den Händen hält«, stellte er ätzend fest.

»Oder«, sagte sie und lächelte. »Vielleicht als Lucia di Lammermoor.« Dies war die Heldin einer anderen Oper Donizettis, eine Frau, die den ihr aufgezwungenen Bräutigam erdolcht. Sie hatte Scotts *Bride of Lammermoor* gelesen, nach dessen Vorlage die Oper konzipiert worden war.

»Das klingt recht vielversprechend, finde ich.«

»Ich kann mir nicht vorstellen, daß Sie das so sehen«, erwiderte sie.

»Es gibt kaum einen Unterschied zwischen Zorn und Leidenschaft, und zumindest ist es ein Zeichen dafür, daß du offenbar hin und wieder etwas fühlst.«

Sie bedachte ihn mit einem boshaften Blick. »Vielleicht erleben Sie mich eines Tages gefühlvoller, als Sie sich vorstellen können, und was dann?«

»Dann werde ich Hosianna schreien und hoffen, daß ich stark genug für dich bin.« Er lehnte den Kopf an den Sesselschoner mit dem zarten Spitzenbesatz.

»Damit habe ich nicht –« setzte sie mit zusammengepreßten Lippen an.

»Das ist mir klar, aber bitte verdirb mir nicht die Vorstellung davon. Sie ist einfach zu schön.«

»Das kann ich mir denken«, sagte sie.

»Ach ja? Und warum errötest du dann nicht? Oder vielleicht besteht doch noch Hoffnung, daß du die Zigeunerin in dir weckst?«

»Ich sage es zum letzten Mal.« Ihre Brust schwoll vor Empörung an. »Ich habe nicht die Absicht, irgendein Kostüm anzuziehen, um damit durch die Straßen zu laufen und so zu tun, als ob ich jemand sei, der ich nicht bin.«

»Das brauchst du auch nicht«, tröstete er sie. »Es wird mir ein Vergnügen sein, dich zu entkleiden und dir dann ein Kostüm meiner Wahl anzuziehen. Vielleicht fange ich sogar an, deinen Starrsinn als Vorzug zu sehen, wenn du mir derartige Mühen machst.«

Sie bezweifelte nicht im geringsten, daß es ihm ernst mit dieser Drohung war. Also versuchte sie einen anderen Weg »Ich möchte Sie daran erinnern, daß ich immer noch in Trauer bin.«

»Aber du bist nicht tot. Ich biete dir keine vergnügliche Zerstreuung an, sondern einen harmlosen Spaziergang, um zu sehen, wie die Stadt in den letzten Tagen der Karnevalssaison aussieht. Du wirst mehr davon spüren, wenn du verkleidet bist, das ist alles.«

»Und Sie brauchen mich nicht Ihren Freunden vorzustellen«, sagte sie in angespanntem Ton.

Er sah sie reglos an, und als er sprach, enthielt seine Stimme die Schärfe kaum verhohlenen Zorns. »Ist das alles, worum es dir geht? Du denkst – du wagst zu denken –, daß es mir peinlich ist, wenn man uns beide zusammen sieht?«

»Ich denke, daß Sie es vorziehen, mich versteckt zu halten. Warum, weiß ich noch nicht genau.«

»Wie großmütig von dir. Und ist dir noch nie der Gedanke gekommen, daß ich vielleicht lediglich Rücksicht darauf nehme, daß du von Natur aus eher zurückhaltend bist? Oder war es vielleicht falsch, daß ich mir Gedanken darüber gemacht habe, was dir vielleicht unangenehm ist? Vielleicht hätte ich dich heute zur Lady Godiva machen und dich mit nichts als deinem Haar bekleidet auf dem Pferderücken spazierenführen sollen. Das hätte wohl eher dem Bild entsprochen, das du von einem Menschen mit meinen Charaktereigenschaften hast.«

»Machen Sie sich nicht lächerlich«, schnauzte sie.

»Oh, das war mein voller Ernst. Denk nur, wieviel leichter es gewesen wäre, dich in dein Kostüm zu zwängen.«

Ihr wurde siedendheiß. Fast hatte sie das Gefühl, seine Hände an ihrem Körper zu spüren, wie sie ihr Kleid abstreiften, den Reifrock lösten, die Bänder der Unterröcke öffneten, damit sie in einem wogenden Haufen auf ihre Füße sanken, bis sie splitternackt vor ihm stand. Seine Hände auf ihrem Haar, wie sie es lösten, bis es lose um ihre Schultern fiel, die Freiheit, unbekleidet zu sein, nichts außer Luft und seiner Berührung auf ihrer Haut.

Als sie seinem Blick begegnete, überlegte sie, ob er vielleicht dasselbe Bild vor sich sah, doch sie fragte ihn lieber nicht danach.

»Als nächstes werden Sie mir wahrscheinlich erzählen, der Besuch eines Balls sei keine Unterhaltung, sondern etwas, das meine Gesichtsfarbe belebt.«

»Das würde mir nicht im Traum einfallen. Deine jetzige Gesichtsfarbe finde ich wunderbar.«

Ein solch unerwartetes Zugeständnis hatte vielleicht eine kleine Belohnung verdient. Sie sah ihn seufzend an. »Also gut, ich komme mit. Aber nur als Nonne kostümiert.«

»Bezaubernd. Du verspürst also das Bedürfnis, die reine Jungfrau zu spielen.«

Mit dieser höhnischen Bemerkung hatte er ihre zarte Übereinstimmung schon wieder zunichte gemacht. »Ich dachte lediglich«, sagte sie, »daß Sie sich vielleicht als Christus, mein Retter, ansehen.«

»Blasphemie.« Seine Augen blitzten ironisch auf.

»Nicht wahr?« fragte sie.

Allerdings schwand ihr Lächeln, als er ein Kostüm mit Schleppe und Diadem zur Seite schob und dahinter ein komplettes Nonnengewand zum Vorschein kam. Sie hatte das Gefühl, als hätte er bereits vor ihr dieses Kostüm gewählt, und dieser Gedanke gefiel ihr nicht.

Es war spätabends, als sie endlich das Haus verließen und sich unter die Menschenmenge mischten, Angelica in ihrem Nonnenkostüm und Renold gekleidet wie ein Pirat. Mit dem Dreispitz, den hohen Schaftstiefeln und dem Entermesser, das an seiner Seite baumelte, sah er unkonventioneller, unheimlicher, gefährlicher und zugleich attraktiver aus als je zuvor.

Die Nacht war kühl, und der Wind ließ die Straßenlaternen in ihren Haltern schwanken, so daß an den Wänden tanzende Schatten zu sehen waren. Kutschen ratterten vorbei und trugen Männer und Frauen mit phantastischen Masken zu den zahlreichen Bällen überall in der Stadt. Einige der Ballbesucher gingen zu Fuß, geführt von Fackeljungen und gefolgt von Bediensteten, die die Tanzpantoffeln schleppten, die es im Festsaal zu tragen galt.

Musik hing in der Luft, wehte aus offenen Fenstern heraus oder wurde von Straßenmusikanten gespielt in der Hoffnung, daß hin und wieder einer der Passanten etwas in ihre vor ihnen liegenden Mützen warf. Walzer von Strauß wechselten sich mit den neuesten Balladen von Stephen Foster und mit Weisen aus den beliebtesten Operetten ab. Irgendwo pfiff ein Mann melodiös und mit erregendem Tremoli das rührselige Lied aus *L'Elisir d'Amore*, und der melancholische Klang folgte Angelica und Renold bis an den Fluß hinab.

Als sie um eine Ecke bogen, brach plötzlich die Hölle los. Ein Dutzend Jungen mit rußgeschwärzten Gesichtern und weißen, aus Mehlsäcken gemachten Umhängen sprangen die Straße auf und ab. Immer wieder schlugen sie einander die Säcke um die Schultern, und jeder, der das Pech hatte, ihnen zu nahe zu sein, wurde mit dem weißen Pulver bestäubt. Als Araber und Inder verkleidete Männer ritten mit vom Alkohol wildem Blick herum. Zwei Frauen in Matrosenkostümen hingen einem Paar schnauzbärtiger Barmänner am Arm. Ein Trupp Flußschiffer torkelte in betrunkenem Unmut um sich tretend und fluchend an den Häusern entlang. Eine Kutsche rollte vorbei, und eine Frau in einem pinkfarbenen Kleid, das so eng war, daß ihre Brüste aus der Seide quollen, schob ein bestrumpftes Bein aus dem Fenster und wackelte damit vor einem Mann herum, der mit weit aufgerissenen Augen auf einem der Balkone stand. Als einer der rußverschmierten Jungen sie mit Mehl überschüttete, verfluchte sie ihn mit einer schleppenden Stimme, die den vorherigen Alkoholgenuß verriet.

Es war billig und vulgär. Und zugleich war es ungehemmt und fröhlich, frei und auf verruchte Weise wunderbar.

Während Angelica das Treiben beobachtete, focht sie einen eigenartigen inneren Kampf mit sich aus. Sie war abgestoßen und zugleich fasziniert. Sie wollte sich abwenden, und gleichzeitig sah sie unweigerlich hin. Sie hatte das Gefühl, als sollte sie gehen, und zugleich sehnte sie sich plötzlich danach, so wild und ausgelassen wie eine Zigeunerin zu sein. Am liebsten wäre sie mit ausgebreiteten Armen die Straße hinaufgelaufen, lachend, verrückt und vergnügt.

»Schau«, sagte Renold. »Da kommt der Festzug, eins der Dinge, die ich dir unbedingt zeigen wollte.«

Bereits vor einigen Minuten hatte sich ein leises Gemurmel unter den Feiernden erhoben, und nun nahm es an Lautstärke zu.

Vom unteren Ende der Straße her kam ein Reiter, der ein fransenbesetztes Seidenbanner trug. Hinter ihm kamen weitere Männer, ein Dutzend, zwanzig, hundert bestimmt. Es folgten immer mehr, und sie waren als Beduinen, englische Soldaten oder Kameltreiber verkleidet, Kamele, Löwen oder Wölfe, Hähne oder Enten oder Gänse. Einige von ihnen kamen zu Fuß, andere fuhren in Kutschen oder auf Lastkarren vorbei. Einige trugen Fackeln vor sich her, andere schwenkten fröhlich mit Laternen herum. Sie winkten und riefen, sturzbetrunken und dabei herrlich grotesk. Und sie wichen einem wahren Hagel aus Mehlsäcken und Bonbons aus, fingen sie auf und schleuderten sie, ohne in ihrem Marsch innezuhalten, in die Menge zurück.

Der letzte Reiter kam vorbei, aber dies war noch nicht das Ende des Zugs. Nun kam eine Gruppe von Maskenträgern, die vorbeitänzelten, sich zum Applaus der Zuschauer verbeugten, Küßchen in die Menge warfen und Hände voller kandierter Mandeln mit dem klangvollen Namen Dragée. Nach ihnen kamen Kutschen voller Frauen, für die die Bezeichnung Damen der Nacht wohl am zutreffendsten war. Sie schrien den Männern zweideutige Angebote zu, machten den Frauen lange Nasen und wackelten mit ihren Brüsten und anderen Körperteilen in einer Weise, die gelinde gesagt überraschend zu nennen war.

Die Maskentänzer schwärmten aus, überfluteten die Straße geradezu und schoben und drängten die Zuschauer an den Rand. Die Kutschen steigerten das Durcheinander noch, denn sie zwangen die wogende Menge zu einem ständigen Vortreten und Zurückweichen. Die Zuschauer drängten sich dicht aneinander, und Angelica wurde beinahe erdrückt. Irgend jemand rempelte sie von hinten an, doch gleichzeitig legte Renold seinen Arm um sie und zog sie dichter an sich.

Sie spürte seine harten Finger an ihrer Taille und seinen langen Schenkel an ihrer Hüfte, als die wogende Menge sie hierhin und dorthin schob. Sie entzog sich ihm nicht, sondern schmiegte sich vertrauensvoll an seine Brust. Seine Nähe bot ihr Trost und Sicherheit, und sie hatte eine gute Entschuldigung dafür, daß sie beides nahm. Lächelnd sah er auf sie herab, doch sie erwiderte seinen Blick nur kurz und wandte sich schnell wieder dem Schauspiel zu.

Schließlich kämpfte sich der letzte Tänzer an ihr vorbei, und die Zuschauer begannen sich zu zerstreuen, als plötzlich ein Dutzend Leute auf die Straße sprangen, um in der Parade mitzuziehen.

Vor ihnen stand ein Mann, dessen formloser, schmutziger Aufzug den Eindruck erweckte, als trüge er ihn seit geraumer Zeit Tag und Nacht. Mit zusammengekniffenen Augen sah er sich um, und sein Blick traf für einen kurzen Augenblick auf Angelica, ehe er eilig weiterglitt. Obgleich die Begegnung rein zufällig gewesen war, rann Angelica ein Schauder den Rücken hinab, als hätte sie irgend etwas Schleimiges berührt.

In diesem Moment hörte sie das Geräusch rasselnden Atems nicht weit von sich entfernt. Sie wandte den Kopf und entdeckte rechts von sich einen zweiten Mann, der halb hinter einem römischen Kaiser verborgen war. Als er grinste, sah sie eine Reihe schwarzer Zähne in seinem vernarbten Mund. Die Pockennarben in seinem Gesicht waren verfettet und schmutzig, und seine Augen ragten wie verstümmelte Stümpfe aus seinem Schädel vor. Er sah über sie hinweg und zwinkerte.

Und noch ein Mann schob sich näher an sie heran. Er war klein und drahtig, hatte ein rundliches, brutales Gesicht, und sein Grinsen enthüllte eine lückenhafte Reihe gelblicher Zähne. Seine Kleider wirkten noch recht neu, aber sie saßen so eng, als hätte er sie irgendeinem kleinen Jungen geraubt. Er leckte sich beständig die Lippen und stopfte die Faust in die Jackentasche, als hielte er dort etwas versteckt, von dem er nicht wollte, daß man es sah.

Außer dem beißenden Gestank, den ihre Leiber verströmten, roch man geradezu die von ihnen ausgehende Gefahr. Mit weit aufgerissenen Augen blickte Angelica zwischen ihnen hin und her. Mit angespannter Stimme flüsterte sie: »Renold?«

»Ich sehe sie«, antwortete er ebenfalls im Flüsterton. »Bleib bei mir, egal, was passiert. Halte dich hinter mir, aber paß auf, daß sich keiner der Kerle zwischen uns drängt.«

»Was wollen sie von uns?«

»Wahrscheinlich Geld. Vielleicht einen Kampf. Oder dich.«

»Mich?« Sie sah ihn zweifelnd an.

»Ja, um ein bißchen Spaß mit dir zu haben. Oder um sich von jemand anderem dafür bezahlen zu lassen, daß er seinen Spaß mit dir hat.«

Sie verstand nicht ganz, was er damit meinte, aber für ein

längeres Gespräch war jetzt keine Zeit. Er trat schützend vor sie und zog mit einem raschen Griff seine Machete hervor.

Der vierte Mann kam von hinten. Er war wie ein Bettelmönch gekleidet, und sein Gesicht war hinter der Kapuze und einer Halbmaske versteckt. Mit einem Satz hatte er Angelica erreicht und schlang seinen harten Arm so fest um ihren Körper, daß sie keine Luft mehr bekam. Sie schrie erstickt auf, und gleichzeitig streckte sie die Hand nach Renold aus. Ihre Finger trafen auf seinen Rücken und krallten sich in sein Hemd.

Der Bettelmönch fluchte, hob seine freie Hand und schlug zu. Er traf sie so hart, daß es in ihrem Kopf zu dröhnen und in ihren Ohren zu summen begann.

Statt jedoch nachzugeben, wurde Angelica von heißem Zorn gepackt. Sie wand sich in der Umklammerung des Kerls, hob ihre freie Hand, vergrub ihre Nägel in seiner Haut und hörte einen befriedigenden Schmerzensschrei. Der Griff des Angreifers lockerte sich.

Gleichzeitig schwang Renold herum, entriß sie dem Widerling und zog sie eng an seine harte Brust. Das im Wind flackernde Licht der Straßenlaterne küßte den Stahl seiner Machete und verlieh ihm einen überirdischen Schimmer aus Rot und Gold, Blau und Orange. Es sah aus, als blinzele die gebogene Spitze den Schurken angriffsbereit, bösartig, abwartend zu.

»Also gut«, sagte er und bedachte die Männer, die sich ihm drohend näherten, mit einem kühlen Blick. »Nun kommt schon. Daß Blut vergossen wird, ist inzwischen eine alte und ehrwürdige Karnevalstradition. Manchmal opfert man einen Bullen, und manchmal reichen auch ein oder zwei Schweinehunde wie ihr.«

Im einen Moment wirkten die Kerle noch sprungbereit, doch im nächsten waren sie verschwunden, waren sie mit der Menge verschmolzen, in ihr untergetaucht. Plötzlich war niemand mehr in Angelicas und Renolds Nähe außer farbenfroh gekleideten Maskentänzern, deren offene Gesichter freundlich lächelten.

Der letzte von ihnen war ein Fiedler mit einem Harlekinskostüm und einer Narrenkappe, deren Glöckchen fröhlich klingelten. Er blickte weder nach links noch nach rechts und schien ganz für sich allein zu spielen. Dann war er verschwunden, und der Klang seiner Geige und der Glocken verhallte in der Nacht.

Renold wandte sich zum Gehen. Mit durchdringendem Blick spähte er in die Dunkelheit, und vorsichtig schlich er mit Angelica zu seinem Haus zurück. Seine stummen Flüche linderten etwas von seiner Anspannung, aber die Besorgnis blieb.

Er hätte es wissen sollen. Der erste Angriff war bereits eine deutliche Warnung gewesen, nur hatte er sie ignoriert. Und vor allem riet ihm sein Instinkt, vorsichtig zu sein. Bisher war die ganze Sache viel zu glatt gelaufen, das wußte er.

Abschaum, Unrat aus der Gallatin Street. Oder eher noch aus dem Sumpf um Girod herum, jener Gegend zehn Blöcke vom Fluß entfernt, in der es so viele Verbrechen gab und die so verrufen war, daß noch nicht einmal die Polizei sich dort blicken ließ. Der Gedanke, Angelica könnte ihnen in die Hände fallen, bereitete ihm Übelkeit. Tiere, unwürdig, auch nur den Saum ihres Kleides zu berühren!

Aber er selbst war auch nicht viel besser als sie.

Es überraschte ihn nicht, als er den Mann vor dem Hoftor sah. Klein, reglos, schattengrau, die Hände über dem obersten Knopf seiner Weste zusammengelegt, trat er vor. Seine Augen schimmerten im Licht der Straßenlaterne, und ihr hektischer Glanz verriet, wie aufgeregt er war.

»Einen Augenblick«, sagte Renold, ehe der kleine Kerl zum Sprechen kam. Dann wandte er sich an Angelica. »Es wird nicht lange dauern. Frag doch bitte Tit Jean, ob er ein Tablett mit Wein und Brandy in den Salon bringen kann, während ich mich um diese Kleinigkeit kümmere.«

Schweigend musterte sie den Besucher, doch dann trat sie ins Haus. Er sah ihr nach, bis sie sicher über die Schwelle war, ehe er sich wieder seinem Besucher widmete.

»Haben Ihre Spürhunde endlich Witterung genommen, oder sind sie wieder auf einer falschen Fährte? Sagen Sie mir schnell, wie die Sache steht, denn meine Geduld ist begrenzt, und ich bin es allmählich leid, nichts zu tun, außer herumzustehen und ab und zu den Degen zu zücken.«

»Sie brauchen nicht länger zu warten. Wir haben sie.« Das piepsige Stimmchen des Mannes war so leise, daß es höchstens einen Fuß weit drang.

»Beide?« Renold runzelte argwöhnisch die Stirn.

»Ja, zwei Männer, auf die die Beschreibung paßt. Sie haben das sinkende Schiff gerade noch rechtzeitig verlassen, wenn ich so sagen darf. Der jüngere von ihnen ist offensichtlich geradewegs ans Ufer geschwommen, aber dann brauchte er eine Weile, bis er irgendwo unterkam. Der andere hat sich an einem Stück Treibholz festgeklammert, bis er schließlich irgendwo in der Nähe des Ufers strandete.«

»Ein gutes Stück von der Zivilisation entfernt, nehme ich an.«

Der Informant nickte mit dem Kopf. »Stromabwärts, ziemlich weit weg von der nächsten Stadt, an einer Stelle, wo es nichts gab außer Sumpfland und Wald. Der alte Mann war krank und fast hinüber, als ihn ein Fallensteller aus den Sümpfen fand. Es dauerte eine ganze Weile, bis bekannt wurde, daß er gerettet worden war. Aber dann ist der jüngere Mann hin und hat ihn dort abgeholt.«

Renold dachte eilig nach. »Wann war das?«

»Das weiß ich nicht genau. Sie haben nicht gesagt, daß ich das auch rausfinden soll.«

»Aber Sie wissen, wo die beiden jetzt sind?«

Der kleine Mann atmete scharf ein. »Ich wußte es, aber jetzt sind sie wieder weg.«

Nur mit Mühe verbarg Renold seine Verärgerung. »Wurden sie zuletzt vielleicht in Natchez gesehen?«

»Keine Ahnung, warum Sie das denken.« Der andere Mann schüttelte den Kopf. »Sie waren oben in Baton Rouge bei der Werft, haben sich dort ein, zwei Tage ausgeruht. Offenbar haben sie, was die Unterkunft betrifft, keinen allzu erlesenen Geschmack.«

»Ich nehme an«, stellte Renold schneidend fest, »daß diese Bemerkung etwas zu bedeuten hat?«

»Sie haben ganz schön geprahlt, oder zumindest der jüngere von ihnen. Er hat die ganze Zeit von einer Plantage gequasselt und davon, wie reich er bald sei. Dämlich, denn es ist ganz schön gefährlich, wenn alle Leute denken, man hätte Geld. Alle außer Mrs. Bowles, ihrer Vermieterin. Die wußte, daß bei den beiden nichts zu holen war. Sie hat sich nämlich mal heimlich in ihren Zimmern umgesehen.«

»Und Sie wollen mir erzählen, daß eine solch feine, aufrechte Dame, deren ehrliches Interesse an ihren Mitmenschen nicht zu übersehen ist, vergessen hat zu fragen, wohin die Reise der beiden ging?« Renold zog einen Geldbeutel aus der Tasche und wog ihn abschätzend in der Hand.

Der andere Mann leckte sich die Lippen und folgte mit den Augen der Bewegung von Renolds Hand. »Jetzt, wo ich darüber nachdenke, fällt es mir wieder ein. Sie hat danach gefragt, aber der jüngere der beiden hat nichts gesagt, und der ältere hat immer nur um seine Tochter geweint. Er hat versucht herauszufinden, wo sie nach der Explosion gelandet ist, aber er erfuhr nur, daß sie verschwunden war. Er war vollkommen außer sich. Und am nächsten Morgen sind sie abgereist.«

»An welchem Tag?«

»Soweit ich weiß, ist das über eine Woche her.«

Renolds Miene verriet nicht im geringsten, wie interessiert er an diesen Neuigkeiten war. In nachdenklichem Ton sagte er: »Ich nehme an, sie wollten in den Norden hinauf.«

»Falsch, Sie sind nach Süden, in Richtung New Orleans, und überall haben sie nach einer blonden Lady gefragt. Nach so einer wie der, die hier bei Ihnen wohnt.« Der kleine Mann starrte Renold mit glitzernden, verschlagenen Augen an.

»Sprechen Sie vielleicht von meiner Frau?« Die Worte kamen klar und deutlich, tödlich drohend aus Renolds Mund. »Das möchte ich doch nicht hoffen.«

»Himmel, nein. Bestimmt nicht. Tut mir leid.« Der Mann trat einen Schritt zurück und stopfte den Geldbeutel in die Jackentasche, als hätte er Angst, Renold könnte ihn ihm wieder abnehmen, bevor er ihn anschließend ins Jenseits beförderte.

»Also gut.« Renold traute seiner Stimme nicht mehr, so daß er den Informanten mit einem Kopfnicken entließ und reglos in der Dunkelheit verharrte, als die kleine Gestalt davonwieselte.

Edmund Carew hatte also doch überlebt.

Er hatte überlebt und vielleicht festgestellt, daß seine Tochter nach New Orleans gebracht worden war von einem Mann, der unter Umständen als Feind anzusehen war. Zu verschlagen, um ihm direkt gegenüberzutreten, hatte Carew ihm Angelica auf diese Weise zu entreißen versucht. Doch da die Männer, die er für diese Zwecke angeheuert hatte, unfähig waren, hatte er es nicht geschafft.

Carew lebte. Carew suchte verzweifelt nach seiner Tochter und hatte sich deshalb erneut in das Spiel eingemischt.

Eigentlich sollte er sich darüber freuen. Er könnte immer noch Rache nehmen für Gerald Delaups Tod, könnte Angelica immer noch benutzen, um den Mann zu zerstören, der dafür verantwortlich war.

Doch inzwischen ging es um mehr.

Die liebliche, schöne, gute Angelica. Sie würde es ihm niemals verzeihen, wenn er sie benutzte, sie würde es ihm niemals verzeihen, täte er ihrem Vater weh. Wie sollte er also vorgehen, ohne daß er sie dabei verlor?

Diese Überlegung hatte in Renolds Berechnungen anfangs keine Rolle gespielt. Falls er überhaupt darüber nachgedacht hatte, was sie bei der ganzen Sache vielleicht empfand, so hatte er angenommen, daß sich ihr Widerstand leicht überwinden ließ, wenn möglich durch Täuschung, wenn nötig durch Gewalt.

Nein, so leicht würde es nicht. Sie hatte hohe Ansprüche, und etwas Geringeres würde sie nicht akzeptieren. Niemals würde sie ihr Vertrauen oder gar ihre Liebe einem Mann schenken, der diese Ansprüche bewußt mißachtete.

Aber wer sagte ihm, daß sie ihn überhaupt jemals lieben würde? Mit welchem Recht erwartete er, daß sie ihm ihre Zuneigung gab? Und falls er diesen Preis ohnehin nicht erhielt, was hatte er dann zu verlieren?

Eine Chance blieb ihm noch.

Wenn er schnell und vorsichtig handelte, könnte er sie vielleicht mit den zarten Banden der Leidenschaft an sich fesseln. War die Leidenschaft erst einmal erwacht, so bildete sie ein starkes Bindeglied zwischen einem Mann und einer Frau. Wenn es ihm gelänge, sie davon zu überzeugen, daß kein anderer Mann ihr je dasselbe Vergnügen, je dieselbe Zuwendung zuteil werden lassen konnte wie er, dann bliebe sie vielleicht bei ihm. Ja, und wenn Leidenschaft und Verlangen ein Kind entstehen ließen, hätte er eine Geisel, die sie auf ewig an ihn band.

Ja. Es war die einzige Chance. Sie war lieb und anständig, aber zugleich war sie eine Frau, der die Fähigkeit zu großer Leidenschaft ins Gesicht geschrieben stand. Sie war in ihrem Inneren verborgen, unterdrückt, aber hin und wieder kam sie zum Vorschein wie ein Gewitterblitz in einem gewaltigen

Sturm. Er wollte diese Leidenschaft entfesseln, sehnte sich danach, derjenige zu sein, der diese süße Aufgabe meisterte.

Dieses Verlangen entsprang keinem selbstsüchtigen Despotismus, oh nein. Sie mußte erkennen, daß sie ihn brauchte, daß sie seine Hilfe benötigte, um sich von den starren Regeln und strengen Prinzipien zu befreien, denen ihr Leben unterlag. Sie war liebreizend, aber sie könnte noch viel wärmer und freigiebiger, sinnlicher und verführerischer sein. Er wollte all diese Dinge sehen, ertrug den Gedanken nicht, daß vielleicht ein anderer Mann sie bekam.

Es war ein Risiko. Sie besaß einen ausgezeichneten Instinkt und eine wache Intelligenz. Vielleicht durchschaute sie ja seinen finsteren Betrug. Wenn ja, wäre alles vorbei. Da konnte er sicher sein.

Ein Kind. Ihr Kind. Sein Kind. Wäre er mutig genug dazu? Schließlich wußte er selbst, wie stechend der Schmerz des Verlustes war. Jene kleine, zerbrechliche Geisel seines Bluts hielt nicht nur seine Mutter, sondern auch ihn fest in ihrer kleinen Hand.

Was würde er tun, nähme sie ihm sein Kind? Was?

»Gott«, flüsterte er und es war gleichzeitig Fluch und Gebet. Er stand reglos da und starrte blind und flehend in den Nachthimmel hinauf.

Niemand antwortete ihm.

Angelica schlief bereits halb, als sie hörte, wie jemand die Schlafzimmertür öffnete und schloß. Sie hatte eine Ewigkeit im Salon gesessen, aber Renold war nicht aufgetaucht, und sie hatte sich alle möglichen Sorgen gemacht. Vielleicht hatte er sie ins Haus geschickt, um weitere Angreifer abzuwehren, vielleicht hatte er beschlossen, eine andere Frau zu treffen, vielleicht hatte er sogar vergessen, daß sie auf ihn wartete. Angst hatte sich in Zweifel verwandelt, Zweifel in Verärgerung, und Verärgerung schließlich in Verachtung und verletzten Stolz. Am liebsten hätte sie sich auf ihn gestürzt und ihn gefragt, wo er gewesen war, und das einzige, was sie davon abhielt, war das Wissen, ihm durch diese Frage zu verraten, wie wichtig ihr die Antwort war.

Sie blieb auf der Seite liegen, den Kopf auf einen Arm gelegt, und sah ihn mit zusammengekniffenen Augen an. Das Feuer im Kamin war erloschen, und nur der schwach leuchtende Mond hinter den Vorhängen spendete ein wenig Licht. Renold war nichts als ein bläulicher Schatten, als er schweigend die Jacke abstreifte, die Manschettenknöpfe öffnete und mit geübten Bewegungen Hemd und Hose auszog. Er legte seine Kleider ordentlich über einen Stuhl und näherte sich dem Bett.

Würde sie sich je daran gewöhnen, ihn nackt zu sehen? Zumindest bestand jetzt keine Notwendigkeit, woanders hinzusehen. Sie konnte den Blick lange genug an einer Stelle ruhen lassen, um genau zu erkennen, wie er gebaut war.

Anders. Kraftvoll männlich. Schön in einem ästhetischen, geschlechtsunabhängigen Sinn. Bedrohlich auf eine eigenartige Art, die sie spürte, aber nicht verstand.

Neben dem Bett blieb er stehen und blickte auf sie herab. Wußte er, daß sie nicht schlief? Erkannte er es?

Sie schloß die Augen und lag vollkommen reglos da. Und dachte, daß ihr noch vor ein paar Tagen der Gedanke, hier neben ihm zu liegen, vollkommen unmöglich erschienen war.

Hinter ihr senkte sich die Matratze unter seinem Gewicht, und als er sich unter die Decke schob, verspürte sie einen kühlen Zug. Er drehte sich zu ihr um, stützte sich offenbar auf einem Ellbogen ab, und sie erschauderte. Ob aus Furcht oder Erregung, wußte sie allerdings nicht.

»Angelica?«

Seine Stimme hing flüsternd über ihr, und sein Atem hüllte sie in eine feine Brandywolke ein. Stark, aber nicht überwältigend, dachte sie und überlegte schweigend, was dieser Geruch wohl bedeutete.

»Mein Engel?«

Eine liebevolle Abänderung ihres Namens, die sie leider nicht zu würdigen verstand.

»Ich wollte dich nicht so lange allein lassen. Es war nur –« Seine Stimme brach ab.

Sie lauschte immer noch dem Echo seiner Worte, als sie plötzlich spürte, wie seine warme Hand über ihre Schulter strich.

Ihr Atem beschleunigte sich. Was sollte sie tun? Sich zurückziehen? Schlagen? Schreien? Während sie über das Problem nachdachte, lag sie reglos wie ein gehetztes Kaninchen da. Und wartete mit beunruhigender Erregung auf das, was als nächstes geschah.

Er beugte sich über sie und preßte seine heißen Lippen auf ihre Stirn, ehe er sich mit einer Reihe federnder Küsse ihrem Ohr näherte. Gleichzeitig hielt er ihre Schulter umfaßt und kreiste mit geschmeidigen Fingern auf ihrer Haut. Schließlich fuhr seine Hand mit langen, besänftigenden Streichelbewegungen ihren Rücken hinab, bis sie besitzergreifend auf ihrer wohlgerundeten Hüfte liegenblieb. Seine Zungenspitze schnalzte feucht und heiß in ihrem Ohr.

Mit einem empörten Keuchen fuhr sie auf, rollte sich herum und sah ihn an. »Hör auf!«

»Ich dachte mir, daß du nicht schläfst«, stellte er mit leiser, zufriedener Stimme fest.

»Davon wird ja wohl jeder wach!«

Sein leises Lachen verriet, daß er ihre Erregung als die Ausflucht erkannte, die sie war. »Das Interessante ist, wie lange du gebraucht hast, bis du zu dem Schluß kamst, es wäre vielleicht an der Zeit, empört zu sein. Ich frage mich, welche Freiheiten du mir vielleicht erlauben würdest, wäre ich nur geduldig und heimtückisch genug.«

»Wenn es eine Sache gibt, in der du ein Meister bist«, stellte sie eisig fest, »dann ist es wohl Heimtücke.«

»Du meinst, Gerissenheit? Wenn du etwas dagegen hast, verzichte ich gern darauf. Du hast also nichts gegen meine Küsse und meine Berührungen, sondern nur dagegen, daß ich dich so vertraulich behandele. Die Frage ist nur, warum?«

Dieser Frontalangriff verschlug ihr die Sprache. Sie fuhr sich mit der Zunge über die Lippen und starrte die dunkle Gestalt über sich an.

»Soll ich dir sagen, warum?« fuhr er unerbittlich fort. »Da du eine Frau und noch dazu im heiratsfähigen Alter bist, hast du ein natürliches Interesse daran zu erfahren, was zwischen Mann und Frau im Schlafzimmer vonstatten geht. Du kannst dieses Interesse verbergen, aber manchmal ist es stärker als du. Vielleicht bin ich nicht der Mann deiner Träume, aber ich bin hier, und ich stoße dich nicht vollkommen ab – obwohl du es nicht willst, reagierst du auf mich. Und manchmal, wenn auch nur für den Bruchteil einer Sekunde, fragst du dich, wie es wohl wäre, mit mir die Ehe zu vollziehen.«

»Nein.«

»Doch. Du siehst meinen Mund und meine Hände und denkst daran, wie sie sich anfühlen, welche Gefühle sie in dir wecken, und dann sehnst du dich danach, sie erneut zu spüren. Du fragst dich, was ich dir wohl noch alles zeigen kann, und wie es wäre, wenn du deine ablehnende Haltung aufgeben und mir erlauben würdest, dich in die Liebe einzuführen.«

»Liebe?« fragte sie mit angespanntem und zugleich unsicheren Ton. »Du sprichst nicht von Liebe. Wenn wir ehrlich zueinander sind, dann mußt du zugeben, daß deine Wünsche nicht so ganz anders sind als die der Kerle, die uns heute abend angegriffen haben. Nur, daß das Verlangen nach ein bißchen Spaß bei dir schlimmer ist, denn es ist bewußt, es kommt von deinem Kopf und nicht von deinem Körper oder deinem Herzen her. Also gut. Ja, ich habe mich gefragt, wie es wäre, dir eine richtige Frau zu sein, aber wenn du dir einbildest, du könntest diese Überlegung zu deinem Vorteil nutzen, dann irrst du dich. Wenn ich eines Tages einen Mann liebe, dann nicht nur mit meinem Körper, sondern auch mit meinem Herzen und meinem Verstand.«

Als sie ihre kleine Rede beendete, senkte sich vollkommenes Schweigen über sie. Nach einem Augenblick stieß er ein atemloses Lachen aus. »Erstaunlich.«

»Ich wüßte nicht, weshalb.« Ebensowenig, wie sie wußte, weshalb sie diese Worte gesagt hatte, doch sie spürte, sie waren wahr.

»Weißt du«, sagte er. »Ich dachte, du bräuchtest es vielleicht, daß man deine fleischlichen Instinkte weckt.«

»Mit meinen Instinkten ist alles in Ordnung«, erwiderte sie knapp. Auch das war wahr, auch wenn es Zeiten gegeben hatte, in denen sie daran zweifelte. Nun aber sah sie es ganz klar. Das Problem hatte darin bestanden, daß es damals der falsche Mann und der falsche Augenblick gewesen war.

»Angenommen, ich würde sagen, daß ich –«

»Nein!« Die Panik, die sich hinter diesem einen Wort verbarg, war so unüberhörbar, daß sogar sie selbst es vernahm.

»Nein«, stimmte er ihr nachdenklich zu. »Du würdest es mir nie glauben, nicht wahr? Liebe ist nichts so Praktisches. Zumindest normalerweise nicht. Bedauerlich.«

Mit einer einzigen geschmeidigen Bewegung rollte er sich von ihr fort und stand auf. Er nahm seine Kleider, ging aus dem Zimmer und zog leise die Tür hinter sich zu.

Angelica starrte ihm kopfschüttelnd nach, ehe sie seufzend in die Kissen sank.

Sie wollte ihm glauben. Das war das wahrhaft Bedauerliche daran.

Kapitel neun

Als Michel angekündigt wurde, lag Angelica gerade auf eine Chaise im Salon. Gegen ihren Kopfschmerz hatte sie sich ein in Rosenwasser getränktes Tuch auf die Stirn gelegt, und hin und wieder nippte sie an einer Tasse Kräutertee. Sie freute sich, daß sie Gesellschaft bekam, denn Renold war bereits seit dem Vormittag unterwegs, und sie fühlte sich elend und tat sich unendlich leid.

Außerdem hatte sie an ihren Vater gedacht und daran, wie er ihr genau in dem Augenblick genommen worden war, als sie gedacht hatte, sie erführe vielleicht etwas mehr über ihn. Trotz seiner Krankheit hatte sie sich auf lange Stunden auf Bonheur gefreut, in denen sie die Vergangenheit erforschen und zumindest eine kurze gemeinsame Zukunft hatte planen wollen. Nun war er fort, und ihre Träume würden niemals mehr Wirklichkeit werden.

Michel war genau der richtige, um sie aus ihrer Niedergeschlagenheit herauszuziehen. Mit seiner komischen, freundlich spöttischen Art und seinem unkomplizierten Interesse an ihrer Gefühls- und Gedankenwelt hatte er bald dafür gesorgt, daß sie aufrecht und lachend auf dem Sofa saß.

Er kostete den mit Zuckersirup gesüßten Kräutertrunk, verzog das Gesicht und verkündete, daß das Zeug unmöglich zu trinken sei. Da er bei Renold wie zu Hause war, bat er Estelle ungeniert um Reisplätzchen und Wein, und als er erfuhr, daß Angelica sich geweigert hatte, ihr Mittagessen zu sich zu nehmen, bestellte er noch einen Teller mit köstlichen Oliven, mildem Käse und winzigen, zitronengewürzten Bratfischen für sie.

»Warum sind Sie ganz alleine hier?« fragte er, während er sich eine reife, purpurfarbene Olive zwischen die Lippen schob und nach seinem Weinglas griff. »Hat Renold Sie etwa tyrannisiert?«

Sie schüttelte lächelnd den Kopf. »Nicht mehr als sonst.«

»Sie bitten mich also nicht darum, Sie zu retten?« Er seufzte in gespielter Enttäuschung auf. »Tja, nun, aber bestimmt haben Sie irgendwelchen bösartigen Klatsch mitbekommen. Das ist tödlich. Ich warne Sie.«

»Hat es irgendwelchen Klatsch gegeben, der mich vielleicht stören könnte? Ich bin froh, daß ich nichts gehört habe.« Sie senkte den Blick und griff nach einem Käsestück.

»Clotilde schwingt boshafte Reden, aber da die meisten Leute wissen, wie feindselig sie Renold gesonnen ist, achtet niemand weiter auf sie.«

Angelica zögerte, da sie nicht wußte, ob es vernünftig war, Michel die kommende Frage zu stellen. Doch dann gab sie sich einen Ruck. »Wenn diese Frau doch freiwillig einen anderen geheiratet hat, warum ist sie dann so böse auf ihn?«

Michel zuckte mit den Schultern. »Wahrscheinlich aus verletztem Stolz. Sie dachte, Renold stürbe an gebrochenem Herzen, als sie ihn nicht nahm.«

»Ich habe gehört«, sagte sie und spielte mit ihrem Weinglas herum, »er wäre nach ihrer Hochzeit mit einer anderen Frau am Arm im Theater aufgetaucht.«

»Mit einer Schauspielerin«, sagte Michel und bedachte sie mit einem amüsierten Blick. »Eine unwichtige Affäre, die wohl eher eine Reaktion auf die ihm von Clotilde erteilte Abfuhr war. Ich verspreche Ihnen, die Sache ist bereits seit langem vorbei. Die Dame begann, Anforderungen zu stellen, was Renold gegenüber ein tödlicher Fehler ist.«

Angelica akzeptierte diese Antwort, doch dann stellte sie stirnrunzelnd fest: »Selbst wenn es Madam Petain nicht gefallen hat, plötzlich Renolds neuer Liebschaft gegenüberzustehen – und selbst wenn sie die Hoffnung hatte, vielleicht nach ihrer Heirat das Verhältnis mit ihm fortzusetzen, scheint mir ihre Ablehnung doch ein wenig übertrieben zu sein.«

»Sie ist nun einmal eine Frau, die in allen Dingen zu Übertreibungen neigt«, sagte Michel und suchte sich eine weitere Olive aus.

Er verbarg etwas vor ihr, das wußte Angelica. Während sie an ihrem Weinglas nippte und nach einem Plätzchen griff, überlegte sie, was es wohl war. Sie biß vorsichtig in den Keks und fragte dann: »Vielleicht fühlt sie sich betrogen, weil er irgendein Versprechen gebrochen hat?«

»Renold würde sich niemals an die falsche Frau binden, und ebensowenig würde er jemals sein Wort geben, wenn die Möglichkeit bestünde, daß er es nicht halten kann.« Michels Stimme verriet Entschiedenheit.

»Nun, aber trotzdem verstehe ich nicht –«

»Wenn Sie unbedingt wissen wollen, was zwischen den beiden vorgefallen ist, dann fragen Sie lieber ihn. Er wird es Ihnen erzählen, wenn er will, aber es würde ihm nicht gefallen, spräche ich hinter seinem Rücken davon. Ich sage nur soviel: Clotilde hat ihm großes Unrecht zugefügt, und deshalb, und nicht aus verletztem Stolz heraus, hat er sich derart an ihr gerächt. Und manchmal passiert es, daß genau der Mensch, der einem das größte Leid zufügt, derjenige ist, den es am meisten schmerzt.«

Vielleicht hätte sie Michel dazu überreden können, ihr mehr zu erzählen, und sei es nur, um Renold zu verteidigen, aber dazu bekam sie nicht mehr die Gelegenheit. Draußen auf der Straße kam klappernd eine Kutsche zum Stehen, und dann ertönte die Glocke an der Tür zum Hof.

Michel sprang auf, zog die Vorhänge zurück und blickte durch die Flügeltür hinaus. Der Passagier schien die Kutsche bereits verlassen zu haben, denn Tit Jean trat auf die Straße, um die messingbeschlagenen Truhen vom Dach des Gefährts zu holen.

Michel kehrte zu Angelica zurück und sah sie stirnrunzelnd an. »Ich schwöre Ihnen, wenn ich nicht wüßte, daß das vollkommen unmöglich ist, dächte ich –«

In diesem Augenblick riß jemand die Salontür auf. Eine junge Frau kam in den Raum gesegelt, und noch während sie eintrat, öffnete sie die Schöße eines gutsitzenden schwarzen Samtumhangs. Sie reichte Estelle, die hinter ihr kam, das Kleidungsstück und zerrte an den Bändern ihres eleganten, kleinen Huts aus Samt und Veilchen herum.

»Wie geht es Ihnen? Sie müssen meine neue Schwägerin sein. Ich hoffe, es macht Ihnen nichts aus, daß ich einfach so hereingeschneit komme? Aber ich habe es einfach nicht mehr ertragen, tatenlos zu Hause herumzusitzen und jede Neuigkeit aus zweiter Hand und durch die Post zu erfahren. Mutter war ebenfalls der Ansicht, daß irgend jemand kommen müßte, um zu sehen, ob stimmt, was alle Welt erzählt. Wie ich sehe, ist das offenbar der Fall.«

»Angelica«, sagte Michel in trockenem Ton, »erlauben Sie mir, Ihnen Renolds Schwester, Mademoiselle Marie Lena Frances Deborah –«

»Sagen Sie bitte einfach nur Deborah zu mir«, unterbrach ihn das Mädchen lächelnd, während es der Haushälterin den Hut reichte und an seinen schwarzen Samthandschuhen herumzuzerren begann. »Michel macht immer ein solches Aufhebens davon, daß ich jahrelang Lena war, aber jetzt den letzten meiner vier Namen bevorzuge, seit ich alt genug bin und es mir selbst aussuchen kann. Männer hassen Veränderungen, haben Sie das auch schon bemerkt?«

»Das Problem besteht darin, daß Deborah ein biblischer Name ist, während du alles andere als eine Heilige bist«, erwiderte Michel in ungewohnt schneidendem Ton.

»Wenn ich nicht einen so reinen Namen hätte, hätte ich dich vielleicht schon längst erschlagen, also beschwer dich nicht!« Das Mädchen reichte Angelica die Hand, und ihre haselnußbraunen Augen sahen die neue Schwägerin freundlich an. »Bitte sagen Sie, daß Sie mich nicht gleich wieder hinauswerfen werde, wo ich einmal gekommen bin. Ich verspreche Ihnen, daß ich eine beispielhafte Besucherin sein kann und daß ich mich in nichts einmischen werde. Das heißt, wenn ich bleiben darf.«

»Ja, ja, natürlich«, sagte Angelica fast unwillkürlich, als sie die Hand ihres Gegenübers ergriff. »Es tut mir leid, daß ich Sie so anstarre, es ist nur so – ich wußte nicht, daß Renold eine Schwester hat.«

»Halbschwester, um ganz genau zu sein«, sagte Deborah mit einem eiligen, eigenartigen Blick auf Michel. »Aber wie seltsam, daß Renold Ihnen das verschwiegen hat. Offenbar denkt er nur noch an Sie, wenn er die Erwähnung eines solchen Details vergessen hat. Oder vielleicht sollte es eine Überraschung für Sie sein?«

»Da wir gerade von Überraschungen sprechen«, stellte Michel mit grimmiger Entschlossenheit fest. »Es wird ihn zweifellos wundern, wenn er hier hereinspaziert kommt und dich entdeckt. Er dachte, du hättest die Absicht gehabt, die Saison ruhig und zurückgezogen auf dem Lande zu verbringen.«

Renolds Schwester bedachte ihn mit einem verächtlichen Blick. »Niemand kann Renold überraschen, wie dir klar sein müßte, dächtest du auch nur eine Sekunde lang darüber nach. Ich bin sicher, daß Tit Jean ihm eine Nachricht geschickt hat, sobald er mich gesehen hat. Und was meinen Rückzug auf das Land betrifft, so ist die Saison inzwischen vorbei. Man kann mir wohl kaum vorwerfen, ich hätte mich unziemlich amüsiert, statt angemessen zu trauern.« Sie wandte Michel den Rücken zu und sprach zu Angelica. »Wie ich sehe, tragen Sie ebenfalls schwarz. Hatten Sie in Ihrer Familie einen Trauerfall?«

»Mein Vater«, erwiderte Angelica knapp.

Ein Schatten überflog das Gesicht der jungen Frau. »Meiner auch – wie seltsam das Leben manchmal sein kann. Auf jeden Fall möchte ich Ihnen mein Beileid aussprechen.«

Angelica gab eine höfliche, angemessene Antwort darauf, doch als sie verstummte, senkte sich eine ungemütliche Stille über den Raum, während derer die Frau namens Deborah immer wieder zu Michel hinübersah.

Angelica war ein wenig verwirrt. Sie überlegte, ob die beiden vielleicht in irgendeiner Weise zerstritten waren, denn der Ton, in dem sie miteinander sprachen, erinnerte nicht gerade an die gutmütige Neckerei von Menschen, die miteinander aufgewachsen waren. Einen Augenblick später jedoch verwarf sie diesen Gedanken. In einer Situation, die alles andere als gewöhnlich war, wäre es absurd, normales Verhalten zu erwarten.

Um die Situation ein wenig zu entspannen, besann sich Angelica auf ihre Pflichten als Gastgeberin. Sie bot ihrer Schwägerin eine Erfrischung an und klingelte nach Tit Jean, um bei ihm das erbetene Orangenblütenwasser zu bestellen. Außerdem wies sie den Kammerdiener an, Deborahs Truhen in das Zimmer zu bringen, in dem sie normalerweise untergebracht war. Da ihre Schwägerin ja behauptet hatte, überraschend gekommen zu sein, wunderte es sie, daß das bereits geschehen, und daß das Mädchen, das Deborah mitgebracht hatte, bereits mit dem Auspacken der Kleider beschäftigt war.

Dann sprang Michel tapfer in die Bresche, indem er Deborah fragte, ob sie bereits den neuen Garten gesehen habe und wenn ja, ob er ihr gefiel. Sie hatten das Thema noch nicht ganz erschöpft, als Renold den Raum betrat.

Er kam lächelnd herein und bedachte seine Schwester mit einem fröhlichen Gruß, aber dann sah er umgehend Angelica an. Sie war sich nicht sicher, was er in ihrer Miene sah, aber er ergriff ihre Hand und sank vor ihr auf ein Knie.

»Bitte erzähl mir das Schlimmste zuerst«, bat er sie in trockenem und zugleich flehendem Ton. »Du und meine

Schwester habt festgestellt, wie perfide ich bin, und habt beschlossen, mich gemeinsam in Stücke zu zerreißen.«

»Das wäre mal eine nette Idee«, stellte Deborah fest.

»In der Tat«, mischte Michel sich ein, »sind sie noch nicht ganz soweit. Bisher haben sie lediglich festgestellt, daß du all deine Verwandten, ob sie nun Frau oder Schwester sind, gleich behandelst, wenn es darum geht, ihnen etwas mitzuteilen.«

»Genau«, sagte Deborah und nickte so heftig, daß ihr eine sonnengeküßte Locke über die Schläfe fiel. »Mutter hat die Neuigkeit von deiner Heirat von der alten Madame Migot erfahren, und eine gräßlichere Klatschbase gibt es nicht! Angeblich war es die romantischste Rettung, die es je gab. Du hast Angelica vor dem Verbrennen, vor dem Ertrinken und dann noch vor dem Messer eines Chirurgen bewahrt und sie dann mitten in der Nacht heimlich geheiratet. Und jetzt hältst du sie versteckt, als ob sie die wunderbare Rapunzel wäre, die dir ansonsten entfleucht!«

»Was für ein Schuft muß ich sein«, stellte ihr Bruder zufrieden fest.

Deborah sah in mit gespitzten Lippen an. »Das frage ich mich auch. Ich habe nicht die Hälfte der Geschichte geglaubt, aber trotzdem hatte ich das Bedürfnis, herzukommen und nachzusehen, damit ich Mutter beruhigen kann. Und nun, da ich einmal hier bin –«

»Ja? Nun, da du einmal hier bist?« Mit einem Mal hatte Renolds Stimme einen schneidenden Unterton.

Der Blick seiner Schwester wurde sanft. »Ich denke mir, daß du vielleicht deine Gründe hattest, was immer du auch getan haben magst, und ich gratuliere dir recht herzlich zu deinem Eheglück.«

»Na, vielen Dank.«

»Oh, schon gut. Allerdings wäre ich allzu gern dabei, wenn du Mutter die ganze Sache erklärst.«

»Was ich in Bälde tun sollte, nehme ich an?«

»Natürlich. Sie bittet dich, deine Braut mitzubringen, um sie ihr – vorzustellen.« Deborah bedachte Angelica mit einem eiligen Blick, doch ebenso schnell wandte sie sich wieder ab.

»Sie ist also immer noch dieselbe Autokratin«, stellte ihr Halbbruder fest. »Teilst du ihr, wenn du ihr schreibst, bitte mit, daß ich natürlich nichts Eiligeres zu tun habe, als ihr diesen Gefallen zu tun?«

»Mit dem größten Vergnügen, obwohl sie es bestimmt nicht glauben wird.«

Als Angelica Michel ansah, verwirrte sie sein mitleidiger Blick. Und noch verwirrender waren die vertraulichen Untertöne, die sie in den Stimmen von Renold und seiner Halbschwester vernahm.

Nie im Leben hatte Angelica mit einem anderen Menschen auf diese Weise kommuniziert. Wie viele geteilter Geheimnisse bedurfte es, wie vieler Stunden oberflächlicher Plauderei? Sie sehnte sich nach einer solchen Nähe, doch zugleich bezweifelte sie, daß es so etwas jemals für sie gab. Vor allem mit ihrem Ehemann. Er hatte seine Schwester, oder Halbschwester, die ihn verstand. Eine Frau war dafür also nicht erforderlich. Und am allerwenigsten eine Frau, der er noch nicht einmal verriet, daß er eine Schwester und eine Mutter hatte.

Ja, aber schließlich hatte sie ihn auch nicht danach gefragt. Offenbar hatte sie idiotischerweise angenommen, Renold hätte in irgendeinem Straßengraben das Licht der Welt erblickt und hätte es seitdem immer alleine geschafft. Was natürlich am Einfluß ihrer Tante lag. Oder vielleicht war das auch nur eine Entschuldigung für ihre Naivität. Wahrscheinlich käme es der Wahrheit näher, wenn sie zugäbe, daß sie so in ihre eigenen Ängste und ihre eigene Trauer eingehüllt gewesen war, daß ihr Renolds Leben nicht besonders wichtig erschienen war. Sie hatte akzeptiert, was er selbst oder andere ihr erzählt hatten, und hatte nicht darüber hinausgesehen. Es war ihre eigene Schuld, wenn sie nicht seine Vertraute war.

Oder vielleicht nicht? Sie verstand ihn gut genug, um zu wissen, daß sie ihn vielleicht zu körperlicher Zärtlichkeit, nicht aber zu Vertraulichkeit ermutigte. Die Frage war nur, warum? Und was hatten diese Überlegungen mit der Kommunikation zwischen Bruder und Schwester zu tun?

Später, nach einem zermürbend langen Nachmittag und einem Abendessen, das kein Ende nahm, wurde Renold von Deborah in seinem Arbeitszimmer aufgesucht. Seine Miene verriet keine allzu große Begeisterung, als er sie in der Tür stehen sah. Er legte seinen silbernen Federhalter beiseite, lehnte sich in seinem Stuhl zurück, schob seine langen Finger durch die Knopflöcher seiner Weste und wartete ab.

»Du erinnerst mich«, sagte Deborah, während sie die Tür hinter sich schloß, an den Schreibtisch trat und sich elegant auf einem Stuhl niederließ, »an den Jagdhund, den wir hatten, als ich noch ein kleines Mädchen war. Old Bellows, weißt du noch? Jedes Mal, wenn er einen Hirsch für Papa zur Strecke brachte, stürzte er anschließend davon und riß ein Kaninchen für sich selbst. Da sich ein solches Verhalten für einen Jagdhund nicht gehörte, versteckte er seine Beute immer irgendwo. Einmal fand Mutter ein totes Karnickel hinter den Sofakissen. Sie konnte Old Bellows verstehen, aber sie hat sich nicht gerade darüber gefreut.«

»Angelica«, sagte er mit einiger Bitterkeit, »ist weder ein Kaninchen, noch ist sie sonderlich schnell, noch ist sie tot.«

»Aber ich glaube, sie ist eine Art Preis für dich. Meinst du nicht, daß sie ein Recht hat zu erfahren, warum du sie zur Frau genommen hast?«

»Es ist ja wohl unvermeidlich, daß sie es eines Tages herausfinden wird.«

»Wenn es dir paßt, nicht wahr? Willst du etwa, daß sie dich haßt?«

Er sah sie reglos an. »Auch das mag unvermeidbar sein.«

Deborah musterte ihn mit schräggelegtem Kopf, fast so, als wäre das Gewicht ihrer Haare zuviel für ihren schlanken Hals. »Ich verstehe, warum du es tust – zumindest denke ich, daß du es tust, damit Bonheur sozusagen in der Familie bleibt, da ja ein Ehemann die Verfügungsgewalt über das Eigentum seiner Frau besitzt. Aber gab es keinen ehrenhafteren Weg, um dieses Ziel zu erreichen, gab es keine Möglichkeit, sie zu umschmeicheln und sie zu ehelichen, ohne daß sie das Gefühl hätte haben müssen, daß du sie betrügst?«

»Was meinst du? Hätte ich ihr vielleicht mein Herz, meine Hand, meinen *Namen* bieten sollen wie irgendein unreifer, bartloser junger Mann?« fragte er voller Bitterkeit. »Sie hätte nichts davon gewollt.«

»Nicht alle Frauen sind wie Clotilde«, sagte seine Schwester erbost. »Außerdem hast du Angelica das Leben gerettet. Diese Tatsache hätte doch sicher auch ein gewisses Gewicht gehabt.«

»Hätte ich sie deiner Meinung nach vor oder nach der Explosion auf dem Dampfschiff umschmeicheln sollen? Vorher war sie verlobt und stand unter dem Schutz ihres Vaters, der mir – da kannst du sicher sein – bestimmt nicht sonderlich wohlgesonnen gewesen wäre, hätte er erfahren, wer ich bin. Und anschließend hat sie sich ständig daran erinnert, wie sie von mir überrumpelt wurde.« Sein Blick verriet, wie verabscheuungswürdig er sich selbst deswegen fand.

Deborah hob eine Hand an ihre Lippen und rang entgeistert nach Luft. »Wann? An Bord des Schiffes – nein, das hast du nicht getan!«

»Nein, das habe ich nicht getan, danke für dein Vertrauen«, sagte er und seufzte tonlos auf. »Aber es hätte leicht passieren können. Es gibt nur wenige Dinge, die ich mehr begehrt hätte als sie. Aber ich hatte lediglich die Absicht, sie zu kompromittieren und mich anschließend widerwillig bereit zu erklären, sie anstandshalber zu ehelichen. Eine alte Freundin, eine gewisse Madame Parnell, sollte uns gemeinsam in Angelicas Kabine überraschen, doch die Explosion hat meinen schönen Plan zunichte gemacht.«

»Die Explosion. Ich bin froh, daß Mutter und ich nicht wußten, daß du an Bord der *Queen Kathleen* warst.«

»Wenn ihr es gewußt hättet, hätte ich euch über meine Rettung informiert«, stellte er gelassen fest.

»Ach ja?« Deborah riß in gespielter Verwunderung die Augen auf. »Du bist einfach zu rücksichtsvoll. Aber vielleicht hättest du uns auch über deine Hochzeit ›informieren‹ können, ehe halb New Orleans nach der Feder griff, um uns brühwarm davon zu erzählen!«

Er wandte den Blick von ihr ab und sah den Armleuchter an, dessen drei Flammen den Schreibtisch beleuchteten. »Ich wollte Angelica Zeit lassen, damit sie wieder zu Kräften kommt. Ich dachte, daß auf diese Weise der Schaden, den ich angerichtet hatte, wenigstens teilweise wiedergutzumachen sei. Und außerdem wollte ich«, fügte er ehrlich hinzu, »die Ehe, bevor wir sie groß feiern, vollziehen.«

»Sehr – interessant«, stellte seine Schwester fest und starrte ihn nachdenklich an.

»Ich bin eben auch in der Lage, Rücksicht zu nehmen«, sagte er knapp.

»Und zu welchem Preis«, war ihr mitfühlender Kommentar. »Jetzt verstehe ich, warum du so verdrießlich wie ein Bär mit einer Kopfwunde bist.«

»Ach ja? Wie kommt's?« Zuzugeben, daß sie mit ihrer Vermutung richtig lag, hätte das Gespräch nicht weitergeführt, und außerdem hätte es vielleicht ihm selbst seinen Zustand bewußter gemacht, als er es ertrug.

Sie lächelte keck. »Männer sprechen viel, wenn der Tag lang ist, und sie passen nicht immer auf, wer sie dabei vielleicht belauscht. Ich selbst höre eher zu, was ein durchaus nützlicher Charakterzug ist.«

»Wenn du nicht vorsichtig bist, kann er auch ziemlich gefährlich sein.«

»Lieber Renold, versuch bitte nicht das Thema zu wechseln, indem du statt von deinem Verbrechen plötzlich von meinen Fehlern sprichst. Ich will wissen, was du weiter zu tun gedenkst.«

Die unterschwellige Rüge, die aus ihrem Ton herauszuhören war, konnte er ebensowenig tolerieren wie ihre Einmischung in etwas, das nur ihn alleine betraf. »Ich werde Bonheur zurückbekommen«, stellte er mit ruhiger Entschlossenheit fest. »Mit oder ohne Zustimmung meiner lieben Frau.«

»Renold!« Seine Halbschwester war ehrlich schockiert.

»Das hattest du doch sowieso erwartet, oder etwa nicht? Deshalb bist du gekommen oder geschickt worden. Offenbar habt ihr von Anfang an Zweifel an meinen ehrlichen Absichten gehegt, denn sonst hättet ihr abgewartete und eifrig die Hochzeitsfeier vorbereitet für den Tag, an dem ich mit meiner Frau auftauche.«

»So war es nicht«, protestierte Deborah. Als sie seinem Blick begegnete, wurde sie kreidebleich.

»Was dann? Wolltest du mich vor mir selbst beschützen? Das ist nicht nötig, ebensowenig wie es erforderlich ist, daß man mich überwacht oder mir Ratschläge für den Umgang mit meiner Frau erteilt. Du würdest mir einen großen Gefallen erweisen, wenn du so schnell wie möglich nach Bonheur zurückfahren würdest, ehe du noch mehr Schaden anrichten kannst.«

Deborah sank auf ihrem Stuhl zurück und sah ihn aus großen Augen nachdenklich an. Schließlich sagte sie: »Es sieht dir nicht ähnlich, so abrupt oder so brutal zu sein. Irgend etwas macht dir angst. Was?«

»Ich habe alles auf eine Karte gesetzt. Und ein Mann, der so etwas auf die leichte Schulter nimmt, ist ein Narr.«

»Ja«, stimmte sie ihm zögernd zu. »Aber das ist nicht alles, nicht wahr? Estelle hat mir erzählt, daß du bei dem Sprung von dem Dampfschiff schwere Verbrennungen davongetragen hast, was nicht passiert wäre, hättest du nicht Angelica in den Armen gehabt. Und was noch schlimmer ist, deine starrsinnige Entschlossenheit, sie wieder gesund zu machen und sie hierherzubringen, damit du sie heiraten kannst, hat dir jeden Schlaf geraubt.«

Seine Miene wurde verschlossen, doch sie reckte trotzig das Kinn. »Schimpf nicht mit Estelle. Ich habe ihr so lange zugesetzt, bis sie mir von den letzten paar Tagen berichtet hat. Und außerdem hat sie nur gesprochen, weil sie sich Sorgen macht. Genau wie ich. Ich liebe Bonheur genau wie du. Ich wurde dort geboren, es ist mein Heim. Aber es ist nichts weiter als ein Haus und ein Stück Land. Es ist es nicht wert, daß man dafür einen anderen Menschen zerstört. Oder sich selbst.«

»Deine Erklärungen sind melodramatisch und anmaßend«, sagte er in verächtlichem Ton. »Meine Ehe ist eine Verbindung, die ich aus praktischen Erwägungen eingegangen bin. Für solche Dinge ist darin kein Platz.«

Deborahs Miene war ernst und ihre Stimme nachdenklich, als sie sprach. »Ach ja? Warum hast du Angelica von deiner Verbindung nach Bonheur nichts erzählt? Sie ist sowohl durch religiöse als auch durch weltliche Bande an dich gefesselt, Bande, die kaum zu durchtrennen sind. Welchen Grund gibt es also, ihr zu verheimlichen, daß Bonheur unser Zuhause ist? Der einzige Grund, der mir in den Sinn kommt, ist der, daß du sie auch durch Zuneigung an dich binden willst, und daß du befürchtest, daß sie dir niemals wohlgesonnen sein wird, wenn sie von deiner – wie hast du es genannt? – Perfidität erfährt.«

»Du meinst also, ich hätte Angst davor, daß sie mich vielleicht nicht lieben wird?« fragte er und sprach die Worte aus, die zu sagen sie nicht mutig genug gewesen war. »Ich gebe es zu, ein gewisses Maß an Zuneigung wäre durchaus praktisch und vielleicht sogar angenehm. Aber es ist nicht unbedingt erforderlich, und ich glaube kaum, daß ich daran zugrunde gehen werde, wenn sie mir diese Zuneigung nicht entgegenbringt.«

»Du hast es also nicht auf ihre Liebe abgesehen?« fragte sie.

»Sollte ich das denn?«

Sie bedachte ihn mit einem strengen Blick. »Du hast schon immer gern Fragen durch Gegenfragen beantwortet, ein Wesenszug, der von einem bedauerlichen Mangel an Freimütigkeit zeugt. Also gut. Angenommen, du meinst, was du sagst, dann hättest du bestimmt trotzdem etwas dagegen, wenn Angelica sich jemand anderem zuwenden würde, oder nicht?«

»Ich nehme an, ich bin nicht gerade ein eifersüchtiger Mensch. Aber da du ja gerade meine Schwächen auflistest, erinnerst du dich vielleicht daran, daß ich recht besitzergreifend bin. Und auf jeden Fall hätte ich etwas gegen Angelicas Zuneigung zu jemand anderem, denn sie wäre eine Bedrohung für meine Ehe und somit für Bonheur.«

»Wie vernünftig du doch bist. Aber warum in aller Welt hast du dann Michel Farness erlaubt, sie zu besuchen, wenn du nicht zu Hause bist?«

»Ich habe Michel bereits gewarnt«, stellte er lakonisch fest.

Einen Augenblick lang sah Deborah ihren Halbbruder verwundert an, doch dann erholte sie sich. »Ich glaube kaum, daß er davon allzu beeindruckt ist. Es ist nicht zu übersehen, wie hingerissen er von Angelica ist.«

Renold lächelte kalt. »Sorge über Sorge; es ist nicht leicht, eine Schwester zu sein. Aber bist du sicher, daß deine Sorge nur deinem Bruder gilt? Wenn du möchtest, daß Michel seine Aufmerksamkeit in eine andere Richtung lenkt, dann solltest du dich vielleicht ein bißchen bemühen.«

»Ich will nicht –!« Sie atmete tief ein, ehe sie weitersprach. »Ich hatte beinahe vergessen, was für ein Teufel du mitunter bist. Aber so leicht kriegst du mich nicht dazu, dir behilflich zu sein. Ich werde nicht deinen Freund ablenken, nur damit du deine Ruhe hast.«

»Gerissenheit ist offenbar etwas, was bei uns in der Familie liegt«, sagte er. »Zumindest, was die Frauen betrifft.«

»Das mußt du unbedingt Mutter erzählen, wenn du sie das nächste Mal siehst. Über dieses Kompliment freut sie sich bestimmt.«

»Oder du berichtest ihr nach deiner Rückkehr nach Bonheur davon wie von allem anderen.«

Sie sah ihn freimütig an. »Oh, ich habe beschlossen, noch eine Weile in New Orleans zu bleiben. Die Saison mag vorüber sein, aber das Einkaufen hier ist deshalb nicht weniger wunderbar.«

Renold erkannte die Herausforderung in ihrem Blick, hinter der sich Unerschrockenheit und Entschlossenheit und die Erinnerung an Hunderte derartiger Gefechte verbarg. Meistens hatte er gewonnen durch Strenge, Willenskraft und gelegentlich gar durch körperliche Überlegenheit. Mit drohender Stimme sagte er: »Ich könnte dich morgen früh nach Hause schicken.«

»Ja, das könntest du. Vielleicht sollte ich deshalb lieber gleich losgehen und mich ein wenig mit Angelica über unsere Familie unterhalten. Was meinst du?«

Er lachte, ohne allerdings sonderlich amüsiert zu sein. »Tu das. Wenn du willst, daß man dich mit umgedrehtem Hals und einem Rosenkranz in den Händen nach Hause schickt.«

»Offenbar bist du nicht nur der lüsterne, besorgte und wachsame Ehemann, sondern mordlüstern noch dazu. Ich glaube, du brauchst mich in deiner Nähe, damit du nichts tust oder zu nichts gezwungen wirst, was du später vielleicht bereust.«

Dies war gewissermaßen eine Erklärung dafür, daß sie zu bleiben gedachte. Und zugleich war es eine Basis für Verhandlungen. »Du erklärst dich doch also bereit, Michel ein wenig um den Bart zu gehen?«

Sie lächelte zuckersüß. »Ich opfere mich auf dem Familienaltar.«

Renold behielt seine Zufriedenheit für sich. Es war besser so.

Als Renold kurze Zeit später das Schlafzimmer betrat, vertropfte dort nur eine einzige Kerze ihr warmes Wachs. Ihr Licht warf einen goldenen Schimmer auf die blaue Seide über Angelica und verlieh dem dicken, blonden Zopf, der über ihrer Schulter lag, einen sanften Glanz. Es fiel auf ihre wohlgeformten Wangenknochen, auf die mit schneeweißem Leinen bedeckte Kuppe ihrer runden Brust und die seidigen Wimpern, die ihre Augen verbargen. Die flackernde, unstete Flamme, die vor seinen eiligen Schritten zurückzuweichen schien, machte es schwierig zu sagen, ob sie überhaupt noch atmete.

Doch. Und was noch wichtiger war, der Puls, den seine Fingerspitze an ihrem Hals spüren konnten, war so ruhig und regelmäßig wie ein Metronom.

Das Kristallglas auf dem Nachttisch war zu einem Viertel mit Wasser gefüllt, und am Grund waren Ablagerungen von Laudanum zu sehen. Er leerte das Glas und preßte es an sein Herz.

Sie hatte Kopfweh gehabt; er hatte das feuchte, nach Rosenwasser duftende Tuch und den kaum getrunkenen Kräutertee gesehen. Waren ihre Kopfschmerzen der Grund, weshalb sie in den drogenschweren Schlaf geflohen war? Oder war es die spannungsgeladene Atmosphäre während seiner Konfrontation mit Deborah im Salon?

Vielleicht hatte die Einnahme des Schlafmittels auch einen

ganz anderen Grund, vielleicht hatte sie irgend etwas aus den gesprochenen Worten herausgehört, vielleicht hatte sie ohne Worte oder Taten irgend etwas gespürt? Er wußte nur allzugut, daß sie zu derartigen Empfindungen in der Lage war. Doch was er nicht wußte, war, ob sie das Bedürfnis hatte ihm seine Sünden entgegenzuschleudern oder nicht.

Sie war einfach rätselhaft.

Die meisten Menschen waren leicht zu durchschauen, ihre Freude und ihr Zorn, ihre spontane Großzügigkeit, Bestechlichkeit, Bescheidenheit und ihr grundloser Stolz waren ihnen deutlich anzusehen. Bei einigen Wesen war es schwerer, denn was sie trieben, war nicht für die Öffentlichkeit bestimmt, doch kaum jemandes Miene trotzte gänzlich einem forschenden Blick.

Bei Angelica war es etwas anderes. Ihr Gesicht war schön und klar und ausdrucksvoll, aber ihre Gedanken waren darin nicht zu sehen. Ihr Blick sah nicht nur die Oberfläche, ging über das Offensichtliche hinaus, und ihre Intuition half ihr die Fassade zu durchdringen, bis nur noch der nackte Mensch übrigblieb.

Wenn er vor etwas Angst hatte, dann vor ihrem Verstand. Nicht vor dem, was sie vielleicht erfuhr, sondern vor dem, was sie darin sah. Vor dem, was sie dann in ihm sehen würde.

Hätte sie genügend Zeit, dachte er, dann gelänge es ihr gewiß, durch alles, was ich bin, hindurchzublicken, bis sie geradewegs in meine nackte Seele sieht. Dieser Gedanke gefiel ihm nicht.

Doch zugleich zog er ihn geradezu magisch an. Es war eine schrecklich verführerische Vorstellung, endlich jemandem zu begegnen, der einen vollkommen verstand. Selbst wenn man daran zugrunde ging.

Er hatte seine Schwester belogen, ohne rot zu werden und ohne jede Scham. Manche Dinge waren einfach unbedingt erforderlich. Angelicas Zuneigung gehörte dazu.

Er griff nach der Kerzenflamme und drückte sie entschlossen aus. Dann zog er seine Kleider aus, warf sie beiseite und kletterte ins Bett. Vorsichtig zog er Angelica näher an sich heran, bis jede ihrer weichen Rundungen an seinem erhitzten Körper lag. Dann verharrte er vollkommen reglos und starrte mit angehaltenem Atem in die Dunkelheit.

Sein Arm, auf dem ihr Kopf lag, wurde blutleer und taub, doch immer noch rührte er sich nicht.

Allmählich ging sein Atem gleichmäßiger, die Glut seines Körpers kühlte sich ab, und er döste ein. Aber immer noch spürte er ihren Herzschlag unter seiner Hand.

Kapitel zehn

Die Morgenluft war frühlingsmild, als Angelica mit Deborah das Haus verließ. Sie gingen einkaufen oder besser gesagt, Tit Jean ging einkaufen, und sie begleiteten ihn. Gemeinsam spazierten sie in Richtung des Flusses, wobei die Frauen voranschritten und der Kammerdiener mit einem riesigen Korb an jedem Arm das Gefolge bildete.

Es war noch früh, denn kam man nicht vor neun Uhr auf den Markt, waren das frischeste Fleisch und das knackigste Gemüse schon verkauft. Es war das erste Mal, daß Angelica ohne Renold außer Haus war. Und außerdem war es das erste Mal, daß sie seit der Explosion auch nicht den leisesten Kopfschmerz empfand.

Die Anstrengung des Gehens wärmte sie und zauberte ein vergnügtes Blitzen in ihren Blick. Sie fühlte sich frei, ihr Herz war leicht, und am liebsten hätte sie sämtliche Passanten mit einem Lächeln bedacht. Nach einer Weile ließ sie zu, daß ihr unvermeidlich schwarzes Umhängetuch aus weichem indischem Kaschmir von ihren Schultern bis zu ihren Ellbogen glitt. Sie hatte bezweifelt, daß das leichte Musselinkleid, das Estelle ihr bereitgelegt hatte, warm genug war, aber nun erwies es sich als hervorragende Wahl.

Frühlingsruhe lag in der Luft. Verschwunden waren die Maskentänzer und die Musik, das laute Gelächter und die trunkene Fröhlichkeit. Statt dessen spielten Kinder auf den Balkonen, Mädchen schrubbten die Stufen vor den Haustüren blank, und mitten auf der Straße lag ein Hund und kratzte sich die Flöhe aus dem Fell. Hin und wieder ging ein höflich grüßender Gentleman an ihnen vorüber, oder ein paar Nonnen, deren gestärkte Hauben in der sanften Brise flatterten und deren Kruzifixe klapperten, eilten schnell auf irgendeinem Botengang vorbei. Direkt vor ihnen trug ein ungeheuer dicker Gentleman, der offensichtlich ein regelmäßiger Marktbesucher war, seinen eigenen Korb in dieselbe Richtung wie sie.

Deborah plauderte mit Leichtigkeit und Humor und klärte ihre Schwägerin über die Menschen auf, die in den Häusern an der Straße lebten. So wie über die jüngsten politischen Skandale der Stadt. Als sie auf dem unebenen Kopfsteinpflaster stolperte, beschwerte sie sich darüber, daß das meiste Geld für städtebauliche Verbesserungen nach oben in die amerikanischen Viertel ging, während der französische Teil von New Orleans allmählich dem Ruin verfiel.

Angelica hörte Renolds Halbschwester gerne zu, und außerdem wußte sie die Informationen zu schätzen, die sie durch ihr Geplänkel erhielt. Auch über die säuerlichen, doch gleichzeitig markigen Sprüche, die Tit Jean von Zeit zu Zeit in die Runde warf, lachte sie.

Der französische Markt lag entlang dem Damm in der Nähe der *Place d'Armes.* Vom Damm führten Stufen zum Fluß hinab, wo früh morgens die Boote ihre Waren anlandeten. Das Marktgebäude selbst hatte ein recht flaches, rotes Ziegeldach und säulengetragene Seiten, durch die sowohl frische Luft als auch der Strom der Marktbesucher drang. In dem etwa hundert Meter langen Innenraum waren Dutzende von Ständen aufgestellt.

Laut Tit Jean gab es noch andere Märkte in der Stadt, und die Amerikaner suchten meistens die Händler in der Poydras Street auf, obwohl natürlich der französische Markt, *La Halle des Boucheries,* viel besser war.

Da Angelica noch nie auf einem Markt gewesen war, gingen sie zunächst an sämtlichen Ständen vorbei. Tit Jean fragte sie, was sie haben wollten, und merkte sich ihre Antworten, denn eine Dame handelte nicht und trug auch kein Geld bei sich. Bald jedoch blieb der Kammerdiener bei den Fleischhändlern stehen, denn diese Ware war immer am schnellsten ausverkauft. Die beiden Frauen waren vergessen, als er Freunde und Schlachter begrüßte und über den Preis für eine fette Gans und eine riesige Schweinelende zu verhandeln begann.

Angelica und Deborah wanderten hierhin und dorthin, schoben sich an Ständen mit Käse und Würstchen, Zwiebeln und Kohl, Blattgemüse und Erdbeeren, gemahlenem Pfeffer und Zimt, Knoblauchzöpfen und Bündeln süßer Erbsen und tausend anderen Dingen vorbei. Sie passierten die Reihen freier farbiger Frauen, die sich als Wäscherinnen und Hausmädchen anboten, und im nächsten Augenblick traten sie vor eine Indianerin, die Körbe flocht, Sassafrasblätter zu dem dicken Pulver namens *filé* zerstieß und gleichzeitig unverhohlen und schamlos Babys mit riesigen schwarzen Augen fütterte.

Um sie herum herrschte ein Gewirr aus Stimmen, die in Pariser Französisch, dem auf dem Französischen basierenden afrikanisch-indianischen Patois, Spanisch, Englisch, Deutsch, Gälisch und einem halben Dutzend anderer Sprachen aus sämtlichen Häfen der Welt durcheinanderschrien. Der Lärm erhob sich dröhnend unter das Dach der Halle, wo er auf graue Spinnweben und Spatzennester traf, und die beiden Frauen mußten sich zueinander beugen, um sich zu verstehen.

Es war belebend und faszinierend, und am liebsten hätte Angelica den ganzen Tag auf dem Markt verweilt. Leider mußte Tit Jean möglichst schnell nach Hause, damit das von ihm gekaufte frische Fleisch nicht verdarb, so daß sie nach einem Augenblick kehrtmachten und Ausschau hielten nach dem großen schwarzen Mann mit den riesigen Körben am Arm.

Angelica blickte auf ein Tablett mit getrockneten Fischen, als sie spürte, wie jemand ihren Arm ergriff. »Sieh dich nicht um«, flüsterte Deborah ihr ins Ohr. »Ich glaube, wir werden verfolgt.«

»Von wem?« Angelica tat so, als sehe sie sich die feilgebotenen Feigen an.

Die andere Frau nickte unmerklich nach links. »Von dem Mann, der da drüben steht.«

»Ich sehe keinen –« setzte Angelica an, doch dann sah sie sehr wohl. Es war der kleine graue Kerl, dem sie bereits vor dem Haus begegnet war. »Oh.«

Deborah zog fragend eine Braue hoch. »Sag mir nicht, daß du ihn kennst.«

»Ich glaube«, kam die langsame Erwiderung, »daß er irgendein Angestellter von Renold ist.«

Deborahs Miene zeigte zunächst Verwirrung und dann Schmerz. »Mein Gott, erzähl Renold bloß nicht, daß uns der Mann aufgefallen ist.«

Dafür gab es wohl nur einen einzigen Grund. »Du glaubst, daß er ihn hierhergeschickt hat?«

Die andere Frau errötete. »Vermutlich.«

Renolds Schwester meinte offenbar, Renold hätte den Mann hierhergeschickt, um seine Frau zu beobachten. Konnte das möglich sein?

»Bitte sieh mich nicht so an«, bat Deborah sie. »Ich bin sicher, daß Renold sich nur Sorgen macht. Du bist sehr wichtig für ihn.«

Angelica bedachte sie mit einem prüfenden Blick, ehe sie weiterging. »Ich nehme an, das hat er dir erzählt.«

»Wenn du überlegst, ob wir hinter deinem Rücken über dich gesprochen haben, so sage ich dir, daß dem nicht so war. Aber es gibt Dinge, die offensichtlich sind. Man braucht nur hinzusehen.«

»Und das tust du?«

»Ich habe es mir angewöhnt, auf alles zu achten, was um mich herum geschieht. Wie du vielleicht schon bemerkt hast, sagt Renold viele Dinge, ohne daß er dabei besonders viel über sich verrät.«

Das stimmte, doch Angelica dachte, daß das noch nicht alles war, was Renolds Schwester auf dem Herzen lag. Sie schob sich an einer älteren schwarzen Frau mit einem Tablett voller Konfekt vorbei und sah sich stirnrunzelnd nach Deborah um.

Trotzdem fuhr diese unerschrocken fort. »Renold hat so lange allein gelebt, daß ich schon die Befürchtung hatte, er fände niemals eine Frau. Er behält so viele Dinge für sich – genau wie unsere Mutter –, daß ich dachte, er wäre niemals frei genug, um zu lieben. Du kannst dir gar nicht vorstellen, wie fasziniert ich davon bin, ihn jetzt mit dir zu sehen. Es ist, als hätte es die letzten Jahre nicht gegeben, als wäre er nie von zu Hause fortgegangen auf der Suche nach Reichtum und Macht.«

»Du meinst, diese Dinge hat ihm sein Stiefvater nicht gegeben?« fragte Angelica.

»Als ob er sie angenommen hätte!« stellte Deborah kopfschüttelnd fest. »Nein. Was er besitzt, hat er sich selbst verdient, auf konventionelle wie auf unkonventionelle Weise, durch Kauf und Verkauf und indem er große Risiken eingegangen ist.«

»Durch den Handel mit Baumwolle und Schiffen, Zucker, Land und Vieh«, erinnerte sie Angelica.

»Und durch die Vermietung von Lagerhäusern und Investitionen in den Eisenbahnbau, ganz zu schweigen von seinem Anteil an mindestens einem Spielsalon.«

»Einem Spielsalon«, stellte Angelica lakonisch fest.

»Das gefällt dir nicht? Daran ist nichts Illegales, und Männer gehen immer irgendwelche Risiken ein, ob sie nun ihr Leben aufs Spiel setzen oder ihr Geld, ob sie es in einer Spielhölle tun oder anderswo.«

»Mein Vater war ein Spieler«, erklärte Angelica. »Das hat ihn von mir – fortgeführt.«

»Meiner auch«, sagte Deborah mit einem Kloß im Hals.

Inzwischen waren sie wieder zu den Gemüseständen

zurückgekehrt, zwischen denen der Gang breiter und ruhiger war und wo sie nebeneinander gehen konnten. Als sie an den frischen Erbsen vorbeigingen, fragte Angelica mit gepreßter Stimme: »Warum riskieren sie soviel? Was gibt ihnen das Spiel, was sie nicht woanders finden können?«

»Ich glaube, viele Spieler haben erst am Kartentisch das Gefühl, lebendig zu sein und zu gewinnen, obwohl die Chancen gegen sie stehen. Anderen wiederum, die es sich nicht leisten können zu verlieren, gibt es Hoffnung auf etwas, irgend etwas Besseres.«

»Du hast offenbar lange darüber nachgedacht.«

»Ich habe nie gesagt, daß ich alle Methoden gutheiße, mit denen Renold sein Geld verdient. Aber weißt du, seine Spielhölle hat er vor kurzem verkauft.«

»Das sagte man mir bereits.«

»Ich glaube, er hatte zuvor nie darüber nachgedacht, wie zerstörerisch die Spielleidenschaft eines Mannes sein kann, da er selbst keine derartige Schwäche hat. Aber sobald er diese Gefahr erkannte, hat er etwas getan. So ist er nun einmal, er ist stets bemüht, seine Fehler wiedergutzumachen, egal, wie teuer ihn seine Reue kommt.«

Angelica musterte ihre Schwägerin, denn der Ton, in dem diese sprach, überraschte sie. Allerdings bekam sie nicht die Gelegenheit, sie danach zu fragen, denn Deborah wandte sich abrupt von ihr ab und winkte Tit Jean, der sich ihnen näherte.

»Ah, Mamselles, hier sind Sie also«, rief der Kammerdiener aus, als er mit zwei voll bepackten Körben neben sie trat. »Ich dachte schon, Sie hätten sich verlaufen.«

Deborah und Angelica tauschten amüsierte Blicke aus. Als sie kehrtmachten, um den Hünen nach Hause zu begleiten, kam Angelica der Gedanke, was für ein wunderbarer Leibwächter Tit Jean doch war. Warum in aller Welt sollte Renold also noch jemand anderen anheuern, der sie im Auge behielt?

Eine Frage, auf die ihr natürlich niemand eine Antwort gab.

Die Kutsche, die auf sie zugerast kam, als sie die Hälfte des Weges hinter sich hatten, wurde mit Schwung und Elan und einem leichtsinnigen Mangel an Kontrolle gelenkt. Vor das glänzende, ebenhölzerne Gefährt mit den hohen, schmalen Rädern war ein Paar schimmernder schwarzer Hengste gespannt. Das Kostüm der Frau auf dem Kutschbock paßte ebensogut dazu wie der maßgeschneiderte Anzug des Jungen, der neben ihr saß, und die Livree des verschreckten Dieners, der hinter ihr stand.

Die Kutsche spritzte schmutzig graues Wasser aus einem Schlagloch auf den Gehweg, als sie zum Stehen kam. Madame Petain beobachtete, wie Angelica und Deborah die Tropfen von ihren Rücken wischten und lächelte kühl. »Verzeihung, die Damen«, rief sie ohne allzu große Gewissensbisse von oben herab. »Deborah, wie schön, dich zu sehen. Ich hörte bereits, du wärst wieder in der Stadt. Ich wollte dich gerade besuchen, aber man sagte mir, du wärst nicht da. Um so mehr freut es mich, dir hier zu begegnen.«

Renolds Schwester musterte die andere Frau und machte eine höfliche Erwiderung. Schließlich fügte sie noch hinzu: »Wie gewagt von dir, selbst zu fahren, Clotilde. Willst du damit eine neue Mode kreieren?«

»Weißt du, ich glaube, das tue ich tatsächlich. In Paris ist das eigenhändige Kutschieren der letzte Schrei. Bald werden alle Damen ihre Kutschen selbst lenken, so wie es noch vor dreißig Jahren gang und gäbe war. Außerdem verleiht es einem eine gewisse Unabhängigkeit.« Sie wandte sich an Angelica. »Vielleicht könnten Sie ja Renold dazu überreden, es Ihnen beizubringen, Madame Harden.«

Angelica hatte tatsächlich ein gewisses Interesse verspürt, ehe dieser Vorschlag gekommen war. Plötzlich jedoch zog sie es wieder vor, daß man sie weiterhin durch die Gegend fuhr. »Oh, ich glaube, das tue ich lieber nicht. Ich möchte schließlich nicht, daß Renold sich Sorgen macht.«

»Wie rücksichtsvoll von Ihnen«, entgegnete die andere Frau zuckersüß. »Da Ihnen seine Interessen offensichtlich so am Herzen liegen, könnten Sie ihm vielleicht etwas von mir ausrichten?«

»Aber natürlich.« Die Höflichkeit gebot nichts anderes.

»Bitte sagen Sie ihm, daß Bernard wohlauf und kräftig ist, und daß er seinem Vater von Tag zu Tag ähnlicher wird.«

»Bernard?« Instinktiv blickte Angelica auf den Jungen, der neben Clotilde saß. Er war ein hübsches Kerlchen von vielleicht zehn Jahren, schlank und gut gebaut, mit dunklen Locken und großen Augen, die in einem sanften, unergründlichen Grün schimmerten.

Clotilde streckte die Hand aus und strich dem Jungen über das Haar. Als er vor ihr zurückschreckte und stirnrunzelnd auf seine Hände blickte, kniff sie verärgert die Lippen zusammen. »Ihr Blick jedoch verriet kalte Freude, als sie Angelica ansah und sagte: »Bernard, ja. Mein Sohn.«

Obwohl sie diese Erklärung erwartet hatte, zuckte Angelica ebenso zusammen wie zuvor das Kind. Ihr Herz pochte schmerzlich in ihrer Brust, und ihr Schädel nahm das schwere Klopfen auf. Sie mußte zweimal tief einatmen, ehe sie zu einer Erwiderung in der Lage war. »Ich versuche, daran zu denken.«

»Tun Sie das«, lachte Clotilde, ehe sie sich mit einem achtlosen Winken verabschiedete und die Pferde antrieb, so daß die leichte Kutsche die Straße hinabratterte.

Deborah sah Angelica entrüstet an. »Diese Frau ist offenbar nur auf der Welt, um Ärger zu machen. Aber davon läßt du dich hoffentlich nicht beeindrucken.«

»Du meinst also, ich sollte vergessen, worum sie mich gebeten hat? Und was ist, wenn sie Renold fragt, ob ihm ihre Botschaft ausgerichtet worden ist? Dann denkt er, daß ich entweder zu eifersüchtig oder zu feige war, um es ihm gegenüber zu erwähnen.«

»Das wird sie nicht tun, das wagt sie nicht!« war Deborahs vernichtender Kommentar.

Angelica runzelte die Stirn. »Hat sie mit dem Satz sagen wollen, was ich denke, nämlich, daß Renold der Vater des Jungen ist? Wenn ja, warum sollte sie dann nicht alles wagen?«

Deborah blieb stehen und sah sich um. Es war niemand in der Nähe, und selbst Tit Jean entwickelte plötzlich ein lebhaftes Interesse an dem vollgestopften Schaufenster einer Apotheke, die ein Stück weit die Straße hinab lag. Trotzdem senkte Renolds Halbschwester ihre Stimme auf ein Flüstern herab.

»Eigentlich sollte ich es nicht wissen, aber Estelle hat es mir erzählt. Sie selbst wußte es von einem Hausjungen der Petains, der es wiederum von Clotildes Kammerzofe erfahren hatte. Anscheinend war Madame Petain hochschwanger, als sie Monsieur Petain heiratete. Nach der Geburt des Babys hat Renold sie besucht und von ihr eine Erklärung dafür verlangt, weshalb sie einen anderen Mann die Rolle des Kindesvaters spielen läßt. Die Antwort hatte etwas mit Geld und Prestige und Geburtsrechten zu tun. Er ging. Aber eins weiß ich mit Sicherheit, denn ich habe es mit eigenen Augen gesehen, als er nach Hause kam. Clotilde hat ihm weh getan wie nie zuvor ein Mensch. Er hat ihr niemals verziehen und wird es wohl auch niemals tun.«

Hatte Deborah recht? Angelica wandte sich ab, ging verwirrt in Richtung des Hauses und wünschte sich, sie wüßte es mit Sicherheit.

Den ganzen Tag über ließ ihr diese Frage keine Ruhe. Sie beschäftigte ihre Gedanken, während sie und Deborah über den Modeabbildungen in einer Ausgabe von *La Mode illustrée* saßen, während sie ihre Mittagsruhe hielt, und während sie sich zum Abendessen umkleidete. Sie dachte an nichts anderes, während sie die Mahlzeit zu sich nahm und anschließend mit Deborah und Renold im Salon einen Sherry trank, sich unterhielt, las und auf das Ticken der goldbronzenen französischen Uhr lauschte, die auf dem Kaminsims stand.

Als Renold zu ihr ins Schlafzimmer kam, hielt sie es nicht mehr aus. Sobald er die Tür hinter sich schloß, setzte sie sich aufrecht aufs Bett und sagte: »Deborah und ich haben heute morgen Madame Petain getroffen. Sie bat mich, dir etwas auszurichten.«

Irgend etwas flackerte in seinen Augen auf, aber seine Miene blieb freundlich und angenehm. »Soll ich raten, worum es ging? Oder wartest du ab, um zu sehen, ob ich die Bürde ertrage, ehe du sie auf mich abwälzt?«

»Ich glaube, die Nachricht war eher an mich adressiert, während sie dich wohl nur an etwas erinnern soll.« Sie wiederholte wortwörtlich, was ihr von Clotilde aufgetragen worden war.

Er sah sie einen Augenblick lang an, ehe er sagte: »Du nimmst die Neuigkeit, daß ich einen Sohn habe, mit einer erstaunlichen Ruhe auf.«

Das tat sie nicht, aber daß er es dachte, war ein gewisser Trost. »Ich kann nicht ändern, was geschehen ist, und er scheint ein angenehmes, kräftiges Kind zu sein.«

»Ich verstehe. Hast du ihn dir genau angesehen, um festzustellen, ob ich für Zuchtzwecke geeignet bin?«

»Wohl kaum.« Sie ignorierte die unvermeidliche Röte, die ihre Wangen überzog. »Aber ich kann verstehen, wenn du ein gewisses Interesse an seinem Wohlbefinden hegst.«

»Ja? Wie großmütig von dir. Unglücklicherweise teilt seine Mutter deine Auffassung nicht. Ich darf ihn nicht besuchen, so daß jeder Bericht über ihn so etwas wie Salz in meinen Wunden ist. Und du bist das Salzfaß, an den Rändern ein bißchen zerfressen von der Säure, aber deshalb nicht weniger effektiv.«

Obgleich sie den ganzen Tag über nichts anderes nachgedacht hatte, war ihr nicht einmal der Gedanke gekommen, daß sie vielleicht nur benutzt wurde, um Renold weh zu tun. Dies war ein Anzeichen ihrer egoistischen Denkweise und ihrer Unsicherheit im Umgang mit ihm. »Es tut mir leid.«

»Das braucht es nicht. Tit Jean hat mir bereits berichtet, daß ihr beide euch begegnet seid, aber er wußte nicht, worüber ihr gesprochen habt. Ich war bereits ungeduldig zu erfahren, ob du aus Furcht, Zorn oder einfach aus Verlegenheit das Gift zurückhältst, das die Dame dir vielleicht mitgegeben hat. Dein Vertrauensbeweis ehrt mich.«

All ihre Wankelmut und ihre Angst waren völlig vergeblich gewesen. Mit zusammengepreßten Lippen sagte sie: »Ich hätte es wissen müssen.«

»Nächstes Mal weißt du es«, sagte er und lächelte verzerrt. »Doch wo werde ich dann sein?«

Er wandte sich ab und ging zur Tür. Seine Hand lag bereits auf dem Griff, als sie endlich ihre Stimme wiederfand. »Wo gehst du hin?«

Der Blick, den er über die Schulter zurückwarf, war nicht mehr amüsiert, Und in seinen Augen flackerte kein Licht. Leise fragte er: »Warum interessiert dich das?«

Ob sie es wagen sollte, es ihm zu gestehen? Warum nicht, wenn sie mit Ehrlichkeit bisher so gut gefahren war? »Ich möchte nicht der Grund dafür sein, daß du Madame Petain aufsuchst, um eine Erklärung für ihr Verhalten zu verlangen.«

»Was stört dich mehr, meine Liebe, der Besuch oder die Erklärung?«

Sie blinzelte, denn angesichts des liebevollen Tons, in dem er zu ihr sprach, war es um ihre Fassung geschehen. »Ich sehe einfach weder für das eine noch für das andere einen plausiblen Grund.«

»Ach nein? Die Dame hat meine Frau beunruhigt, hat sich in meine Ehe eingemischt und hat meinen Sohn für ihre Rachepläne mißbraucht. Toleranz ist eine Tugend, aber sie ist nicht grenzenlos. Und Clotilde hat diese Grenzen erreicht.«

»Du wirst doch nicht – das heißt –«

»Hast du Angst, daß ich vielleicht Methoden anwende, die körperliche Gewalt erfordern? Nein. Die sind allein für dich reserviert, wofür du mir eigentlich zu Dank verpflichtet bist.«

»Wohl kaum.«

Sie wußte nicht, ob er ihre Antwort noch hörte, denn er hatte bereits den Raum verlassen und die Tür hinter sich zugemacht.

Angelica lag wach, beobachtete die Schatten, die die Kerze auf dem Nachttisch an die Decke warf, und dachte endlos nach. Schließlich jedoch kam ihr der Gedanke, daß es so aussehen könnte, als warte sie auf einen Bericht von seiner Begegnung mit Madame Petain, so daß sie sich auf einen Ellbogen stützte und die Kerze ausblies. Sie legte sich wieder hin und schob sich so zurecht, daß es aussah, als wäre sie entspannt und schliefe jeden Augenblick ein.

Sie überlegte, ob Renold wohl wieder zu ihr ins Bett käme, wie in der Nacht zuvor. Sie hatte nicht gemerkt, daß er gekommen war, aber war wach geworden, als er vor Anbruch der Dämmerung von der Matratze gerollt und hinausgegangen war. Der Platz neben ihr war warm gewesen, und sie hatte eine vage Erinnerung gehabt, wie die Überbleibsel eines Traums, daß sie festgehalten worden war von einem harten Arm, der um ihre Taille lag.

Sie hatte nicht dösen wollen, aber die Trennlinie zwischen Wachsein und Schlaf war unscharf, so daß sie zusammenfuhr und die Augen aufriß, als sie ein Geräusch vernahm. Sie lag da und lauschte, versuchte, das Klicken zu lokalisieren, von dem sie geweckt worden war.

Durch die Vorhänge der Flügeltür zum Balkon drang der schwache Schimmer der Straßenlaterne in den Raum. In diesem Licht sah sie, daß sich der schwere Stoff bewegte, als dränge leichte Zugluft hindurch. Und plötzlich erkannte sie das Geräusch. Es war das leise Schnappen des Riegels, der die Tür verschloß.

War Renold hereingekommen und hatte dann beschlossen, noch einen Augenblick lang auf den Balkon hinauszugehen? Vielleicht hatte er angenommen, daß sie schlief, und deswegen kein Geräusch gemacht?

Oder vielleicht hatte Estelle oder Tit Jean noch etwas auf dem Balkon, der zur Straße hinausging, zu tun? Vielleicht waren auch sie bemüht, so leise wie möglich zu sein?

Nein. Renold hätte sich so lautlos bewegt, daß sie nicht wach geworden wäre, und Estelle und Tit Jean hätten es niemals gewagt, hereinzukommen, während sie schlief.

Eine Möglichkeit gab es noch.

»Deborah?«

Der dunkle Schatten eines Mannes tauchte hinter den Vorhängen auf. Er stürzte sich auf sie, harte Hände packten nach ihr, und sie wurde an einen feuchten, stinkenden Leib gepreßt. Ein Arm legte sich um ihren Hals, so daß ihr Schrei in ihrer Kehle erstarb.

Sie wurde hochgehoben und herumgeschwenkt. Ihr schwindelte, und graue Dunkelheit nahm ihr die Sicht. Sie bekam keine Luft. Ihr Hals war wie zugeschnürt. Keuchend trat sie nach dem Mann, der sie umklammert hielt. Sie spannte die Hände an und fuhr ihm mit den Fingernägeln durch harte, bärtige Haut.

Der Hieb kam aus dem Nichts, ein widerhallender Donner, der einen Übelkeit erregenden Schmerz in ihrem Kopf verursachte. Schwärze stieg wie eine Gewitterwolke hinter ihren Augen auf. Goldene Funken stoben durch die Finsternis und regneten um sie herum, als sie mit ihnen in der Dunkelheit versank.

Unermüdlich in seiner kalten Wut folgte Renold Clotilde Petain von ihrer im italienischen Stil erbauten Villa an der Esplanade zum Haus einer Freundin in der Dumaine Street, und von dort zum Haus einer Frau, die für ihre Spielabende, für ihre Austernessen und ihren gewagten Lebensstil berühmt-berüchtigt war. Offenbar hatte Clotilde ihrem Gatten erzählt, sie nähme an einem Treffen ihres Stickkreises teil. Renolds Vorteil war, daß er die Geschichte nicht eine Sekunde lang geglaubt hatte.

Der Butler, der seinen Hut, seinen Umhang und seinen Stock entgegennahm, war ein stämmiger, scharfäugiger Kerl, die Sorte, die man eher in einem Etablissement erwarten würde, in dem es hin und wieder Streitigkeiten wegen verlorener Wetten gab. Ansonsten war das Haus vollkommen gewöhnlich, mit hell erleuchteten Räumen und angenehm üppigem Mobiliar. Die Musik, die aus dem Salon drang, war wohltönend, und die Gesellschaft angenehm.

Renold nickte mehreren männlichen Bekannten zu, als er durch den Hauptsalon ging, sich im Rauchsalon umsah und einen Moment lang im Spielsalon der Herren stehenblieb. Allerdings blieb er an keinem dieser Orte, sondern spazierte entschlossen in die Richtung des Spielsalons der Damen, der im hinteren Teil des Hauses lag. Dort stöberte er sein Opfer an einem polierten, mit grünem Filz überzogenen Spieltisch auf. Bei ihr saßen zwei würdevolle ältere Damen in dem abgetragenen Schwarz und Purpur alter Trauernder, und eine junge verheiratete Frau, die in Schwierigkeiten zu sein schien, was man an ihrer zitternden Oberlippe und dem gehetzten Blick erkannte, mit dem sie sich umsah, als er den Raum betrat.

Clotilde begegnete ihm mit der feindseligen Würde einer chinesischen Kaiserin. In ein reptiliengrünes, knisterndes Taftgewand gehüllt, saß sie stocksteif auf ihrem Stuhl. Sie trug Smaragde an den Fingern und hielt ihre Karten, deren Rückseiten leuchtend bunte brasilianische Papageien zierten, hoch. Sie wartete nicht darauf, daß er sprach, sondern griff als erste an.

»Mein lieber Renold, ich dachte, du hättest neuerdings eine Abneigung gegen Spiele mit hohen Einsätzen. Oder haben ein paar Tage mit deiner Braut bereits das Verlangen nach Aufregung um jeden Preis geweckt?«

»Ich bin hier«, sagte er ruhig, »um dich ein paar Minuten von deinem Vergnügen abzuhalten. Das heißt, falls das möglich ist.«

Sie lachte. »Weißt du, ich glaube nicht, daß das möglich ist. Wenn du mit mir sprechen möchtest, dann tu es doch bitte hier.«

»Was, soll ich unsere schmutzige Wäsche etwa in aller Öffentlichkeit waschen? Soll ich die Damen etwa mit einer Geschichte von Laster und Habgier und zügellosen Ausschweifungen schockieren? Ganz zu schweigen von den Konsequenzen dieser Zügellosigkeit.« Er bedachte die älteren Frauen, die ihn mit offenen Mündern anstarrten, mit einem ätzenden Lächeln. »Ich bin sicher, die Damen fänden das Ganze höchst amüsant, aber ich bezweifle, daß du derselben Ansicht wärst.«

»Du Schuft!« Clotilde starrte ihn ungläubig an. »Du weißt genau, daß zwischen uns nichts derartiges vonstatten geht.«

»Habe ich gesagt, es geht um uns? Nein, nein. Ich bin ein frisch verheirateter Mann mit einer engelsgleichen Braut. Welchen Bedarf hätte ich also an so etwas? Du hingegen – aber ich will nicht indiskret sein. Noch nicht.«

Auf Clotildes Wangen zeichneten sich hektische Flecken ab. »Das ist Erpressung.«

»Zweifellos«, sagte er, lehnte sich an den Türrahmen und kreuzte die Arme vor der Brust. »Soll ich fortfahren?«

Clotilde Petain warf ihre Karten mit solcher Gewalt auf den Tisch, daß sie weiterrutschten und auf den Boden segelten. Ihr Stuhl scharrte über den Boden, als sie ihn zurückschob und sich mit laut raschelnden Röcken erhob. Ihr Blick war mörderisch, als sie an ihm vorbeistürmte und ihn in ein

Wohnzimmer im ersten Stock führte, wo sie zu ihm herumwirbelte.

»Also gut, jetzt sind wir unter uns«, schnauzte sie. »Was willst du mir sagen?«

Mit ruhiger, fast nachdenklicher Stimme sagte er: »Schon seit geraumer Zeit habe ich nicht mehr den Wunsch, über irgend etwas mit dir zu sprechen, aber das weißt du, und deshalb hast du dich heute morgen an Angelica gewandt.«

»Du bist also wütend, weil deine Braut weiß, daß du Vater eines Sohnes bist. Hattest du erwartet, es bliebe für immer geheim?«

»Meine Erwartungen«, stellte er fest, »gehen dich genau wie meine Bedürfnisse, meine Wünsche, meine Sehnsüchte, meine Träume und meine größten Hoffnungen nichts an. Wenn du dich jemals wieder in mein Leben mischst, dann wirst du es mehr bedauern als alles andere. Das schwöre ich dir bei dem armen, bedauernswerten Heiligen, der das Pech hat, vielleicht von dir verehrt zu werden.«

»Soll das eine Drohung sein?« fragte sie und setzte ein kühles Lächeln auf. »Ich nehme an, du hast die Absicht, mich zu schlagen, falls ich nicht folgsam bin?«

»Das Vergnügen würde ich dir bestimmt nicht bereiten, denn das fällt wohl eher in Monsieur Petains Zuständigkeitsbereich«, entgegnete er ruhig. »Was ich tun werde, ist, deinen Namen durch jedes Dreckloch und jede Jauchegrube zu ziehen, die ich finden kann. Ich werde dich zu einer Aussätzigen machen, und du wirst in keiner Stadt der Welt, in keinem Land, auf keinem Fleckchen Erde mehr den Respekt und die Achtung finden, die dein Leben offenbar erst lebenswert machen.«

»Das würdest du der Mutter deines Kindes antun?« fragte sie und reckte trotzig das Kinn. »Das glaube ich nicht, denn schließlich wäre dann auch er ein Aussätziger.«

Er lächelte kalt. »Ich habe dir noch nicht gesagt, daß ich das verhindern würde, nicht wahr? Als erstes nähme ich meinen Sohn zu mir.«

Ihr Gesicht wurde so bleich, daß das Rouge auf ihren Wangen feurigen Flecken glich. Sie faltete die Hände, um zu verhindern, daß sie unkontrollierbar zitterten, und mit nicht ganz ruhiger Stimme sagte sie: »Da hat wohl auch Petain ein Wörtchen mitzureden. Er denkt, der Junge gehört zu ihm.«

»Ach ja? Frag ihn doch mal. Petain ist ein geborener Idiot, aber selbst er wird zählen können. Und auf jeden Fall kann er bestimmt die Form der Nase oder den Schwung einer Braue erkennen.« Seine Stimme wurde hart. »Und wenn er sich selbst dann noch als starrsinnig erweist, gibt er bestimmt seine Forderungen auf, wenn er die Spitze eines Degens an der Kehle spürt.«

»Das ist deine Antwort auf alle Dinge dieser Welt, nicht wahr?« stellte sie verbittert fest. »Ein Degen, ein Duell. Aber vielleicht stellst du eines Tages fest, daß es Dinge gibt, die man sich nicht gewaltsam nehmen kann.«

»Dann vielleicht durch Schikane. Dies ist eine Lektion für Leute, die intelligent genug sind, um sie zu beherzigen.«

Sie wandte sich ab, und als sie ihn wieder ansah, blitzten Tränen in ihren sherrybraunen Augen auf. Sie trat auf ihn zu und streckte die Hand nach ihm aus. »Tu das nicht, Renold, tu mir das nicht an. Denk nur daran, was wir einander einst bedeutet haben, denk nur an die Liebe, die es einst zwischen uns gab.«

Er trat einen Schritt zurück, strich mit einer Fingerspitze über das geschnitzte Reben- und Blättermuster eines Rosenholzstuhls und senkte die Hand. Mit gelassener Stimme sagte er: »Das war keine Liebe. Es war idiotische Ergebenheit auf der einen Seite und wilde Begierde auf der anderen. Es ging darum, der Welt eine lange Nase zu machen, mit dem Feuer zu spielen und trotz eines frigiden Herzens heiße Nächte zu verbringen.«

»Ich habe dich geliebt!« weinte sie.

»Es hat dir gefallen, das zu denken«, erwiderte er ohne zu zögern. »Was du geliebt hast, war, dein Spiegelbild in meinen verliebten Augen zu sehen.«

»Ohne dich ist alles nichts mehr wert«, sagte sie und rang verzweifelt nach Luft. »Alles ist furchtbar öde und leer.«

Er sah sie an. »Was dir fehlt, ist das Risiko, die Aufregung des Spiels mit dem Verbotenen. Aber man hat dich dabei erwischt, Clotilde. Das Spiel ist aus.«

»Ich hasse es zu denken, daß es nichts anderes mehr geben soll«, sagte sie mit einer ziellosen Geste, die den Raum, das Haus, die Stadt und ihr Leben umfaßte. »Aber wenigstens sitzt du jetzt ebenfalls fest. Das ist zumindest ein schwacher Trost.«

Damit hatte sie unbewußt einen Treffer gelandet, von dem er sich immer noch nicht ganz erholt hatte, als er im vorderen Teil des Hauses plötzlich ungewohnten Lärm vernahm. Das Getöse kam näher, und seinen Stockdegen hatte er dem Butler anvertraut!

Eine graue, magere Gestalt tauchte im Türrahmen auf und sah sich hektisch um. Direkt hinter ihm kam der Butler, dessen Lippen zornig zusammengepreßt waren und dessen Gesicht zornrot leuchtete. Die beiden Männer blieben abrupt stehen, als Renold ihnen entgegentrat.

»Es wirkt ganz so, als machte die Hauskatze Jagd auf eine Maus«, stellte er freundlich fest. »Sie haben nach mir gesucht?«

»Allerdings, Sir«, sagte der kleine Mann. »Ich habe überall nach Ihnen gesucht, von einem Ende der Stadt bis zum anderen, und es war alles andere als leicht. Und jetzt steht hier dieser Gorilla und versucht, mich rauszuschmeißen, ehe ich Ihnen erzählen kann, was Sie unbedingt wissen müssen – he!« kreischte er, als der Butler den Kragen seiner Jacke nahm und ihn auf die Zehenspitzen zog.

»Schon gut«, mischte sich Renold ein.

Der Butler hielt in der Bewegung inne und verzog das Gesicht, als er die bösen Worte vernahm, die der kleine Mann an ihn richtete.

»Verzieh dich besser, Freundchen, sonst verarbeitet er deinen Magen zu 'ner Uhrtasche.«

Der Butler ließ den Eindringling los und klopfte sich die Hände ab. Er zog sich zur Tür zurück, aber nicht weiter, und dort bezog er mit so angewiderter Miene Posten, als bewache er die Tür zu einem Toilettenraum.

»Sie wollten etwas?« fragte Renold seinen Verbündeten.

»Ich muß Ihnen was von der Lady erzählen. Nachdem Sie gingen, war alles in Butter, aber ungefähr 'ne Stunde später habe ich diesen Wagen gehört. Er fährt vor und hält in der Nähe vom Haus. Zuerst denke ich mir nicht besonders viel dabei, aber dann fange ich an, mir Sorgen zu machen. Was macht ein Wagen da, mitten in der Nacht? Ich bin nicht sicher, ob ich die Hintertür verlassen soll, um nachzusehen. Aber dann gehe ich doch los und laufe den beiden Kerlen über den Weg, die ein Bündel vom Balkon runterlassen, der auf die Straße rausgeht. Sie schmeißen es auf den Wagen und fahren los, als wären sämtliche Höllenhunde hinter ihnen her. Da fällt mir auf, daß das Bündel ausgesehen hat, als wäre ein Mensch darin verpackt. Und alle Türen zum Haus sind fest verschlossen – bis auf die Tür zu dem Raum, in dem die Lady schläft.«

Renold starrte ihn reglos an. »Ja?«

»Also klettere ich rauf, um mich umzusehen. Nichts. Das Bett ist leer, die Bettdecke verschwunden. Ich nehme an, die ham sie auch noch mitgenommen.«

Renold bedachte Clotilde mit einem fragenden Blick. Sie erbleichte und taumelte einen Schritt zurück. »Nein, großer Gott, nein«, weinte sie. »Das würde ich nicht tun. Wirklich nicht.«

Er wandte sich wieder seinem Informanten zu. »Ich nehme an, Sie sind nicht auf den Gedanken gekommen, dem Wagen zu folgen?«

»Aber sicher doch, und zwar so schnell ich konnte. Zufällig hatte ich die beiden Kerle in dem Wagen schon mal gesehen, so daß ich mir denken konnte, wohin sie wollten. In der Gallatin Street habe ich sie eingeholt und gesehen, wie sie das Bündel durch die Hintertür einer Kneipe geschleppt haben.«

Wenn er Angelica helfen wollte, durfte er weder toben noch fluchen. Und ebensowenig war es ihm erlaubt, den Überbringer der schlechten Nachricht zu töten, wie es bei den griechischen Königen der Brauch gewesen war. »Erklären Sie mir, wo diese Kneipe ist. Und dann trommeln Sie drei Männer zusammen und treffen mich in fünfzehn Minuten dort.«

»Aber, Sir –!«

Renold sah ihn an. »Oder sagen wir besser in zehn.«

Der Mann schluckte so heftig, daß sich sein magerer Hals zusammenzog. »In Ordnung«, krächzte er und flog aus dem Raum.

Renold folgte ihm mit raschen Schritten und verließ das Haus, ohne seinen Hut und seine Handschuhe mitzunehmen, da es zu lange gedauert hätte, sie aus der Ansammlung von Kleidern herauszusuchen, die an den Haken hing. Er war zu Fuß unterwegs, aber es ginge bestimmt schneller, wenn er zu der Taverne lief, als wenn er zuvor nach Hause ging und die Kutsche nahm.

Clotilde eilte mit knisternden Röcken auf die Treppe hinaus und rief ihm hinterher, doch er blieb nicht stehen und sah sich auch nicht nach ihr um.

Kapitel elf

Der Geruch kam in Wellen, ein stinkendes, säuerliches Miasma, das die Nase verstopfte und direkt ins Hirn aufstieg, wo es Übelkeit wachrief. Angelica wandte den Kopf und versuchte, Luft zu finden, die frei war von diesem Gestank. Es gab keine. Sie stöhnte, doch sofort verstummte sie, denn der Laut schränkte ihre Wachsamkeit ein.

In dem Raum hatte ein heftiger Streit stattgefunden, das wurde ihr klar, als der Lärm verklang. Bis dahin hatte sie ihm keine besondere Beachtung geschenkt, da er auf sie wie eins der Hintergrundgeräusche gewirkt hatte zu einer ganzen Kakophonie von Lauten um sie herum: dröhnende Männerstimmen, hysterisches Frauengelächter, betrunkene Rufe und Schreie, das Ganze untermalt vom weit entfernten Spiel eines Drehorgelmanns.

Plötzlich wurde die weiche Decke, in die sie eingehüllt war und hinter der auch ihr Gesicht verborgen lag, fortgezerrt. Die Intensität der Gerüche nahm zu. Sie hielt die Augen geschlossen und atmete flach, um dem heftigen Drang, sich zu übergeben, zu widerstehen.

»Immer noch ohnmächtig. Himmel, Clem, warum zum Teufel hast du so hart zugeschlagen?« Die heisere Frauenstimme verriet Verachtung und einen bemerkenswerten Mangel an Mitgefühl.

»Sonst hätte sie losgeschrien. Außerdem hab' ich sie kaum berührt. Was kann ich denn dafür, wenn ich's nich' gewohnt bin, mit Weibern von ihrer Sorte umzugehen?«

»Du hättest sie umbringen können, und was dann? Für totes Fleisch zahlt der Gentleman bestimmt nichts.«

»Du hast Glück, wenn der Kerl überhaupt was für sie bezahlt.«

Die Worte klangen nicht nur beleidigt, sondern auch wie

eine Beleidigung. Gleich darauf hörte man das scharfe Klatschen von Fleisch auf Fleisch.

»Aua, Ma!«

»Verschwinde und mach dich mit den anderen Taugenichtsen an die Arbeit. Ich hätte wissen müssen, daß ich an alles denken muß.«

Der Mann murmelte einen leisen Fluch, aber er widersprach ihr nicht. Es knarrte, als hätte jemand ein schweres Gewicht von einem Holzschemel gehievt. Fußschritte schlurften über den Boden, gefolgt von einem kurz aufflackernden Licht, das wie ein trüber Schimmer durch Angelicas Augenlider drang. Der Lärm nahm zu und klang wieder ab, als eine Tür geöffnet wurde, ehe sie ins Schloß zurückfiel.

Dann herrschte beunruhigende Stille im Raum. Ein leichter Zug, der den Gestank eines ungewaschenen Körpers in ihre Nase steigen ließ, war die einzige Warnung, die Angelica bekam. Dann klatschte etwas Nasses, Glitschiges in ihr Gesicht. Sie rang nach Luft, zuckte zurück und riß die Augen auf.

»Du hast also die ganze Zeit über nur so getan, als ob du ohnmächtig bist. Hab' ich's mir doch gedacht.« Die Worte kamen mit einem zufriedenen Grunzen, das sich unter lautem Stöhnen und Ächzen des rauhen Holzbodens entfernte. »Aber du mußt schon früher aufstehen, wenn du Ma Skaggs hinters Licht führen willst.«

Die Flüssigkeit in Angelicas Gesicht stank nach Alkohol und etwas Unidentifizierbarem, das allerdings nicht allzu bekömmlich zu sein schien. Angelica versuchte, eine Hand zu heben, um es fortzuwischen, doch das war unmöglich. Sie war verschnürt wie eine Weihnachtsgans.

Sie wandte den Kopf und blinzelte in die Richtung, aus der die Frauenstimme kam. Im trüben Dämmerlicht einer einzigen Laterne mit einem durchlöcherten, blechernen Schirm erkannte sie kaum etwas. Sie sah nur ein unglaublich fettes Faß von einer Frau, unter deren Hals riesige Fleischrollen wabbelten und deren feister Wanst unter dem schmutzigen Kleid sie wie im zwölften Monat schwanger erscheinen ließ. Ihr fettiges, dünnes Haar war so fest zu einem Knoten zusammengezurrt, daß sie regelrecht Schlitzaugen zu haben schien. Sie ging zu einer Bank, auf der ein Holzfaß stand, und begann, seinen Inhalt mit einem kurzgriffigen Bootspaddel umzurühren, das sie fest in den schinkengroßen Fäusten hielt.

In der Dunkelheit, die das Licht der Laterne nicht mehr erreichte, waren bis zur Decke gestapelte Fässer und Kisten zu sehen. In einer Ecke stand ein zerwühltes Bett, neben dem ein hüfthoher Haufen Männerkleider lag. Die Jacken, Westen, Hemden, Hosen und zerdrückten Hüte bildeten einen Wulst, in dem keinerlei Ordnung zu erkennen war.

Mit vor Verwirrung heiserer Stimme fragte Angelica: »Wo bin ich? Warum bin ich hier?«

»Himmel, Schätzchen, von welchem Kohlwagen bis du eigentlich gefallen, daß du noch nich' mal 'ne Kneipe erkennst, wenn du eine siehst? Was das Warum betrifft, denk einfach mal drüber nach. Ich wette, du kommst selbst drauf, was du hier machst.«

»Ich habe gehört – es klang, als erwarten Sie, daß jemand Sie dafür bezahlt, daß ich hier bin.«

»Meine Jungs, die ham ein Talent für seltsame Jobs wie diesen hier. Clem, das is' mein Ältester, hatte ganz schön Lust, dir die Röcke hochzuschieben, aber ich nehme an, daß wir mehr für dich kriegen, wenn du nich' so abgenutzt bist.«

Angelica nahm diese Information mit einem erschrockenen Zusammenzucken auf. Auch der achtlose Ton der Frau namens Ma fiel ihr auf, als habe diese keinerlei Angst vor möglichen Vergeltungsmaßnahmen und als nehme sie nicht an, je wieder etwas von ihrer Gefangenen zu hören.

Angelica schluckte hart. Nach einem Augenblick fragte sie: »Dieser Gentleman, von dem Sie gesprochen haben, haben Sie ihn überhaupt gesehen? Wissen Sie, wie er aussieht?«

»Hübscher Kerl, das muß ich schon sagen. Er spricht auf 'ne nette Art, un' wenn er lächelt, schmilzt selbst das Herz eines Messingaffen dahin. Aber selbst wenn ich noch mal jung un' hübsch wäre, würde ich ihm nich' trauen.«

Angelica lag reglos da. Die Beschreibung klang ganz nach – aber nein, das konnte nicht sein. Warum sollte Renold sie aus seinem eigenen Haus entführen lassen? Wenn er sie so unbedingt hätte haben wollen, hätte er einfach die Seite der Matratze wechseln müssen. Dann wäre sie bestimmt nicht unwilliger gewesen als jetzt.

Ja, er war ein fintenreicher Mensch. Sie erfuhr jeden Tag etwas Neues über ihn, und nicht jede Neuigkeit sprach für ihn als Ehrenmann. Wenn er sie loswerden wollte, dann wäre es durchaus möglich, daß er jemanden anheuerte, der dafür Sorge trug, daß sie verschwand. Dann könnte er behaupten, sie hätte sich im Delirium ihrer Krankheit davongemacht. Solche Dinge passierten, wenn ein Ehemann für seine Frau keine Verwendung mehr fand.

Nein, so etwas würde sie nicht denken. Es mußte eine andere Erklärung geben für die Situation, in der sie sich befand, auch wenn ihr im Augenblick keine einzufallen schien. Sie schob sich auf einen Ellbogen und lehnte sich gegen eine Whiskyfaß. Auf diese Weise hatte sie eine bessere Sicht. Sie beobachtete, wie die andere Frau etwas Schwarzes, Klebriges in das Faß warf, über dem sie thronte, und dann mit einer Gewalt umzurühren begann, die ihren ganzen Körper wie Wackelpudding erzittern ließ.

»Ich glaube nicht, daß Sie Wäsche machen«, sagte Angelica. »Nicht in reinem Alkohol. Und es ist auch keine Einmachsaison. Es sei denn, Sie kochen Fleisch ein. Ist es das?«

Die Frau brach in schallendes Gelächter aus. »Das is' 'n guter Witz, mein Schätzchen, echt. Hier in der Gallatin Street wäre das einzige Fleisch, das man einkocht, das von 'ner Leiche, die man loswerden will. Aber das wäre 'ne sinnlose Verschwendung von gutem Alkohol, denn schließlich kann man 'ne Leiche einfach in den Fluß schmeißen, ohne daß es jemand merkt. Nee, ich vollbringe ein Wunder, wie's in der Bibel steht. Ich verwandle Wasser in Wein. Un' wenn ich damit fertig bin, mache ich noch 'n ganzen Schwung guten irischen Whisky dazu.«

»Sie verwandeln Wasser in Wein. Ich kann mir vorstellen, daß das sehr gewinnbringend ist«, stellte Angelica fest. Sie sprach, damit sie nicht in Tränen ausbrach und um irgendeinen Bezug zu der Frau herzustellen, der es ihr vielleicht erlauben würde, ein oder zwei aufdringliche Fragen zu stellen.

»Tja, du erwartest ja wohl nich', daß ich echten Wein verkaufe, oder? Aber ich sage dir eins, mein Wein is' besser als der, den man in den meisten anderen Kneipen kriegt. Ich nehme echten gebrannten Zucker un' 'n paar getrocknete Kirschen und Pflaumen dazu, un' ich nehme nur drei Teile Wasser auf einen Teil Alkohol statt vier. Un' mein Whisky hat nur Kreosot im Alkohol un' keinen Pferdedung, weil ich's einfach nich' aushalten würde, so 'n widerliches Gebräu im Haus zu ham.«

»Sie haben erstaunliche Prinzipien«, stellte Angelica trocken fest.

Ma Skaggs beäugte sie und verzog ihren feisten Mund. »Das kannste wohl sagen. Un' ich mische nie genug K.o.-Tropfen dazu, daß jemand dran stirbt. In meiner Kneipe kann ein Mann drei oder vier Drinks und dann vielleicht noch 'n bißchen Spaß oben ham, ehe er seinen Geldbeutel verliert.«

»Aber ich nehme an, dann verliert er ihn doch.« Die Dinge, die die dicke Frau äußerte, übten eine morbide Faszination auf Angelica aus, fast als lausche sie einem Geschöpf von einem anderen Stern.

»Tja, so isses nun mal. Wem das nich' gefällt, der kann ja woanders hingehen.« Die Frau klopfte mit dem Paddel an den Rand des Fasses, um den Alkohol abzuschütteln, ehe sie es auf den Boden warf.

Sie öffnete die Tür und kehrte dann zu der Bank zurück. Sie beugte sich vornüber, nahm das Faß in ihre riesigen Arme und watschelte damit aus dem Raum.

Durch die Öffnung war der fröhliche Lärm der Wirtshausbesucher zu hören. Männerstimmen, laut und angeberisch, leise und verschwörerisch, heiser und gedehnt, wurden von der raubtiergleichen Schärfe diverser Frauenstimmen übertönt. Flüche und rauhe, markige Sprüche wurden laut, deren Bedeutung teilweise klar, teilweise nur zu erraten, aber größtenteils von häßlicher Eindeutigkeit war. Man vernahm Nörgeleien und Beschwerden, die Prahlereien der Aufschneider und das Gewinsel der Gebrochenen.

Dann wurde plötzlich eine andere, eine tiefe und samtige, vor Zorn schneidende Stimme laut. Sie stimmte in die Beschwerden, die Angebereien und das profane Geplänkel der anderen Stimmen ein, aber dennoch erkannte Angelica sie sofort.

Renold.

Es war unmöglich, daß seine Anwesenheit ein Zufall war. Er war ihretwegen hier.

Er war ihretwegen hier, ja, aber weshalb? War er hier, um sie zu finden und nach Hause zu holen? Oder war er hier, um sicherzugehen, daß er sie nie wieder sah?

In Angelicas Schläfen setzte ein Übelkeit erregendes Pochen ein. Ihr Blick verschwamm, und ihre Sicht trübte sich.

Nein. Sie atmete tief ein und kämpfte gegen die drohende Ohnmacht an. Sie konnte nicht glauben, daß der Mann, der sie in den Armen gehalten und einen Garten für sie angelegt und ihr die Geschichte des Liebeselixiers erklärt hatte, fähig war, sie zu ermorden. Vielleicht könnte er sie im Zorn oder aus Eifersucht erwürgen, aber er würde keinen Dieb losschicken, der sie aus seinem Haus entführte, und ebenso wenig gäbe er sich aus einem so armseligen Grund mit derartigem Gesindel ab.

Wenn er hier war, dann, um sie nach Hause zu bringen. Irgendwie, auf die ihm eigene unglaubliche Art, hatte er herausgefunden, wo sie war. Er war dort draußen im Schankraum und gab sich mit den Trunkenbolden und Ausgestoßenen und Verzweifelten ab, weil er auf der Suche nach ihr war. Und er trank.

Er trank das faule Gebräu von Ma Skaggs. Das Gebräu, das großzügig, wenn auch nicht in tödlicher Dosis, mit K.o.-Tropfen versehen war. Wie lange er schon hier war, wußte sie nicht. Wie viele Drinks er bereits zu sich genommen hatte, war ihr unbekannt.

Vermutete oder wußte er, daß das Zeug in seinem Glas dazu gedacht war, damit ein Sterblicher das Bewußtsein verlor? Sie hatte keine Ahnung und würde es erst erfahren, wenn er zu ihr käme. Oder auch nicht.

Es gab nur eine einzige Möglichkeit. Sie atmete tief ein, um zu schreien.

»Also bitte, so nich'«, sagte Ma Skaggs, blockierte die Tür mit ihrem mächtigen Leib und schlug sie anschließend zu. Dann näherte sie sich Angelica, fiel mit einem dumpfen Knall auf die Knie und zog einen schmutzigen Lappen aus ihrem Dekolleté.

Der Kampf war heftig, aber kurz. Die riesige Frau schob ein Knie auf Angelicas Bauch und verlagerte ihr gräßliches Gewicht. Angelica, die immer noch gefesselt war, öffnete den Mund, denn ansonsten wäre sie erstickt. Im selben Moment wurde ihr der Lappen so tief zwischen sie Zähne geschoben, daß sie meinte, nun wäre es um sie geschehen.

Ma Skaggs stand ächzend und stöhnend auf, trat erneut an die Bank und nahm ihre Arbeit wieder auf. Angelica lag da, atmete mühsam durch die Nase ein und aus, und ihr atemloser Zorn wurde nur durch ihr zunehmendes Entsetzen überdeckt.

Lange Minuten vergingen. Sie wurde ruhiger, und ihre Gedanken lichteten sich. Sie konnte unmöglich einfach hier herumliegen und auf das warten, was auch immer geschah.

Sie richtete ihren Blick auf die Laterne mit dem durchlöcherten Schirm. Vielleicht könnte sie sie umkippen und so die Aufmerksamkeit auf sich lenken, so daß Renold nichts mehr trank, auch wenn sie dabei Gefahr lief, sich selbst etwas anzutun. Aber sie sah keine Möglichkeit, sich der Laterne zu nähern, ohne daß ihr Ma Skaggs in die Quere kam.

Vielleicht, wenn sie schnell genug wäre, gelänge es ihr, die alte Frau zum Stolpern zu bringen, wenn sie das nächste Faß in den Schankraum trug. Der Lärm, wenn sie zu Boden ginge, wäre gewiß spektakulär, und das Durcheinander fiele gewiß jedermann auf. Natürlich nützte ihr das Ganze nichts, wenn die Alte auf sie fiele und sie dadurch zu Tode kam.

Offenbar war das einzig Sinnvolle im Augenblick, sich auf die Seile zu konzentrieren, mit denen sie gefesselt war. Sie waren so eng, daß ihren Fingern und Zehen jegliches Gefühl abhanden gekommen war. Ma Skaggs Clem war ein Experte in solchen Dingen, zweifellos aus gutem Grund. Während Angelica ihre Handgelenke vorwärts und rückwärts bewegte, suchte sie den Raum nach etwas ab, das ihr vielleicht von Nutzen war.

Ma Skaggs hatte ihre gegenwärtige Position in der Gallatin Street nicht erreicht, indem sie arglos gewesen war. Sie gab Angelica keine Gelegenheit, sie zum Stolpern zu bringen, denn sie machte jedesmal einen Bogen um sie, wenn sie kam und ging. Bei der dritten Tour trug sie ein Faß in den Schankraum und kam nicht mehr zurück.

Die Stimmen aus dem Vorraum wurden lauter und heiserer. Hin und wieder wurde ein Mann auf die schlammige Straße geworfen, weil er nicht mehr als ein einziges Getränk hatte haben wollen. In regelmäßigen Abständen brachen Kämpfe zwischen den Gästen aus, und ermutigende Ratschläge wurden laut wie »Beiß ihm das Ohr ab, Jack!« oder »Reiß ihm auch noch das andere Auge raus!« Zwei Frauen begannen, einander an den Haaren zu ziehen, und die männlichen Gäste schlossen Wetten auf die Siegerin ab. Dreimal zerrten die Skaggs-Brüder bewußtlose Männer in den Hinterraum, wo sie sie um ihre Wertsachen erleichterten, ehe sie sie durch eine Hintertür auf die Straße verfrachteten. Beim letzten Mal blieben sie länger draußen als zuvor. Aus ihrer Richtung drang ein erstickter Schrei, der plötzlich abbrach, ehe die Brüder zurückkamen und erneut in den Schankraum gingen. Während die beiden Kerle in der Nähe waren, heuchelte Angelica Bewußtlosigkeit, und erst, als erneut Stille herrschte, öffnete sie die Augen und fuhr mit ihren verzweifelten Bemühungen, sich zu befreien, fort.

Sie scheuerte sich die Knöchel auf, und ihre Handgelenke waren naß von Blut und Blasenflüssigkeit. Ihr Rücken schmerzte von dem harten Boden, auf dem sie lag. Eigenartigerweise legte sich der Schmerz in ihrem Kopf, vielleicht wurde er besiegt von Zorn und Konzentration.

Trotzdem sank ihr Mut. Die Kneipe war eine solche Räuberhöhle, daß sie einfach keine Fluchtmöglichkeit sah. Und vor allem nahm sie allmählich an, daß Renolds Auftauchen wohl doch ein Zufall gewesen oder daß seine Stimme vielleicht nur in ihrer Einbildung hörbar gewesen war als Folge der Inbrunst, mit der sie hoffte, daß er kommen würde.

Während sie in der Dämmerung und dem Gestank gefangen lag, erkannte Angelica, daß sie ganz einfach erwartet hatte, er käme wie zuvor auch jetzt zu ihrer Rettung geeilt. Außerdem wußte sie, daß sie sich danach sehnte, ihn zu sehen, seine humorvolle oder zornige, leidenschaftliche oder verführerische Stimme zu hören. Sie wollte, daß er sie hielt, wollte, daß er sie abermals schütze und abschirmte vor der feindlichen Welt. In kurzer Zeit hatte er sie zu einem Teil seiner Welt gemacht, hatte die Leere in ihrem Leben ausgefüllt. Es überraschte Angelica zu erkennen, wie wichtig er inzwischen für sie war.

Licht fiel in den Raum, und im Türrahmen tauchten die Schatten dreier Männer auf. Zwei von ihnen waren stämmige aufrechte Gestalten, während der dritte zwischen ihnen zusammengesunken war. Sein Kopf hing vornüber, und seine Füße bewegten sich kaum. Er trug die tadellosen Kleider eines Gentlemans, nur sein Hut schien verlorengegangen zu sein. Seine dunklen Locken hingen ihm so tief in die Stirn, daß von seinen geschlossenen Augen fast nichts zu sehen war.

Renold. Bewußtlos.

Nur mit Mühe unterdrückte Angelica einen Schrei. Gleichzeitig kniff sie die Augen zu schmalen Schlitzen zusammen und lag vollkommen reglos da.

Die beiden Skaggs-Brüder traten die Tür zu und warfen Renold nicht weit von ihr entfernt auf die Erde. Dann kauerten sie sich über ihn, durchsuchten seine Taschen, nahmen ihm seinen Geldbeutel, seine Uhr, die goldene Uhrkette und die Uhrtasche ab. Lautlos und mit geübten Bewegungen zogen sie ihm Jacke und Weste aus und warfen beides auf den Haufen an der Wand. Dann bückten sie sich, um ihm die Stiefel auszuziehen, und sofort waren fettige Fingerabdrücke auf dem blankpolierten Leder zu sehen.

»Clem! Danny! Der Gentleman is' da!«

Der Schrei kam aus dem Vorraum. Ma Skaggs rief ihre Söhne zu sich, vielleicht um sicherzugehen, daß sie das Geld für Angelica erhielt.

Der ältere der Skaggs-Jungen, Clem, bedachte den Mann am Boden mit einem festen Tritt und wartete ab, um zu sehen, ob dieser zu einer Reaktion imstande war. Als er reglos liegenblieb, tauschten die Brüder gemurmelte Kommentare aus, die Angelica nicht verstand. Dann machten sie auf dem Absatz kehrt und stapften aus dem Raum.

Aus Angst, die beiden kämen vielleicht noch einmal zurück, wartete Angelica ein paar Minuten ab. Dann schob sie sich über den Boden dorthin, wo Renold lag. Sie stützte sich auf den Armen ab und blickte auf ihn hinab, aber es gelang ihr nicht, ihre Hände zu befreien, um ihn zu berühren oder um zu sehen, ob sein Herz noch schlug. Sie hing über seinem Gesicht und senkte ihre Wange über seinen Mund, um zu sehen, ob er noch atmete.

Plötzlich preßte er seine warmen Lippen auf ihre weiche Haut. Mit einer einzigen geschmeidigen Bewegung umfaßte er ihre Schultern und rollte mit ihr herum, bis sie erneut auf dem Rücken lag und er auf seine Ellbogen gestützt über ihr hing. »Verdammtes Weib«, stellte er fröhlich fest. »Da gibt man sich alle Mühe der Welt mit dir, und trotzdem ist es zum Haare raufen. Was in aller Welt muß ich eigentlich tun, damit du nicht immer wieder in Schwierigkeiten gerätst?«

Das Geräusch, das sie ausstieß, klang empört, wenn auch irgendwie gedämpft. Es wäre allerdings kaum verständlicher gewesen, hätte sie keinen Knebel im Mund gehabt. Sein harter Körper drückte von den Brüsten bis zu den Knöcheln hinab auf ihren Leib. Er schien durch den Alkoholgenuß nicht allzu beeinträchtigt zu sein; der Teil seines Körpers, der sich wie ein Keil zwischen ihre zusammengepreßten Schenkel schob, wirkte ungewöhnlich hart.

»Tja, nun, ich weiß, du bist vielleicht ein bißchen erschöpft«, sagte er, als hätte sie bereits etwas Sinnvolles gesagt. »Und du hast recht, ich hätte früher kommen sollen Nur war ich der Ansicht, die gesamte Gallatin Street wäre vielleicht etwas zuviel für mich allein, und die Verstärkung steckt offenbar irgendwo fest.«

Betrunken. Nicht vollkommen, aber genug, um redselig und vertrauensselig und verwegen zu sein. Genug, um die Zärtlichkeit in seiner Stimme zu erklären. Sie versuchte verzweifelt, ihm klarzumachen, wie dringend es war, daß er ihr den Knebel abnahm.

Er bedachte sie mit einem nachdenklichen Blick, als er sein Gewicht von ihr hob und an den Knoten ihrer Fesseln herumzuzerren begann. »Die Sprache kann ein Segen sein«, sagte er, »oder ein Fluch. Ich bin nicht sicher, wie weit deine Stimme reicht oder was für Verwünschungen du auf mich herabregnen lassen willst.«

Sie sah ihn flehend an, denn es war von größter Bedeutung für sie, daß sie endlich wieder Luft bekam. Als er sich schließlich dazu herabließ und ihr den widerlichen Lappen abnahm, rang sie erleichtert nach Luft, ehe sie in unkontrollierbares Husten ausbrach. Den Fluch, den er beim Anblick des Lumpens ausstieß, ignorierte sie. »Wieviel hast du getrunken?« Sie sah ihn fragend an.

»Drei Gläser mehr als ich wollte, zwei mehr als ich brauchte, eins mehr als ich gewagt habe. Wieviel macht das insgesamt?«

»Spar dir deine Witze«, schnauzte sie. »In allen Getränken sind –«

»K.o.-Tropfen, ich weiß. Je schneller ich also hier rauskomme und das loswerde, was man mir als Alkohol serviert hat, obwohl es wie Kuh-, ach egal.« Er setzte ein verzerrtes Lächeln auf. »es würde deinen momentanen Zustand wohl kaum verbessern, wenn ich mich vor dir übergeben würde, aber vielleicht tue ich es trotzdem, wenn ich daran denke – Himmel, diese dämlichen Hunde!«

Er bedachte die Kerle mit weiteren schauerlichen, einfallsreichen und vor allem zutreffenden Schimpfnamen, während er ihre zerschundenen, geschwollenen, blutverschmierten Handgelenke hielt. In plötzlicher Verlegenheit sagte sie: »Egal, das habe ich mir selbst zugefügt. Aber jetzt müssen wir hier raus.«

»Wenn du es geschafft hast, dich so zuzurichten, obwohl du gefesselt warst, dann hast du offenbar ein paar Talente, von denen mir bisher nichts bekannt gewesen ist«, sagte er, und sein Blick wurde düster, als er auch die Fesseln von ihren Knöcheln nahm. »Die Frage, die sich mir stellt, ist, warum du so verzweifelt versucht hast, dich zu befreien.«

»Sie erwarten einen Mann, der dafür bezahlt hat, daß man mich – entführt.«

»Und du hattest Angst, du würdest ihn verpassen? Ist er es wert, daß du dich seinetwegen verstümmelst, oder hast du das getan, damit er Mitleid mit dir bekommt?«

»Ich habe es getan, weil ich dich dort draußen gehört habe und weil ich wußte, daß du dabei warst, dich bewußtlos zu trinken«, stellte sie zornig fest. »Ich hatte die eigenartige Vorstellung, es wäre vielleicht gut, dich davon abzuhalten. Was mir nicht gelungen ist, aber das ist noch lange kein Grund anzunehmen, ich wäre sonderlich versessen darauf, daß man mich an einen Fremden verkauft. Ich glaube, er ist schon hier, aber wenn du dich ein bißchen beeilen würdest, könnten wir es unter Umständen schaffen, ihm und den anderen zu entgehen. Es sei denn, du hast Lust zu erfahren, wie es ist, wenn sich Ma Skaggs auf einen setzt.«

»Bei dem bloßen Gedanken schwindelt mich bereits«, sagte er, während er die letzte Fessel von ihren Knöcheln nahm und sie auf die Füße zog. »Glaubst du wirklich, das würde sie tun?«

»Mit dem größten Vergnügen«, erwiderte Angelica und rang nach Luft, denn ihre Füße versagten den Dienst.

»Aber bestimmt nicht so gern, wie ich das hier tue«, sagte er und nahm sie auf den Arm.

Sie umschlang seinen Nacken und klammerte sich an ihm fest, während er die Beine spreizte, um das Gleichgewicht zu halten, und sie enger an sich zog. Sie blickte ihm in die Augen und entdeckte dort eine solche Unbekümmertheit und ein solch unverhohlenes Vergnügen, daß sich ihr Herz schmerzlich zusammenzog. Dann machte er kehrt und ging entschlossenen Schritts zur Rückwand des Lagerraums.

Die von innen verriegelte Hintertür ließ sich problemlos öffnen, obgleich den Scharnieren ein protestierendes Quietschen entfuhr. Renold blieb stehen und lauschte in die Dunkelheit. Nach einem Moment trat er auf die schmale Gasse hinaus. Dort blieb er erneut stehen und sah sich suchend um. Nichts rührte sich. Er wandte sich dem Lärm der nächsten größeren Straße zu, doch fast umgehend machte er wieder halt.

Er lehnte Angelica an die Wand des Gebäudes, von wo aus sie zusah, wie er in die tiefere Dunkelheit neben der Mauer trat.

»Mach die Tür auf«, befahl er leise über die Schulter zurück.

Sie streckte einen Arm aus, um zu tun, worum er sie bat. Ihre Fingerspitzen erreichten kaum das Holz, doch langsam schob sie die Tür einen Spalt auf, und sofort wurde die Gasse von einem blaßgelben Lichtstrahl erhellt.

Sie wandte sich zu Renold um und hielt den Atem an. In dem Dämmerlicht erkannte sie nur den Körper eines Mannes mit einem schwarzroten Fleck trocknenden Bluts am Hals. Als Renold sich hinkniete, um nach seinem Puls zu tasten, erkannte sie, wer der Tote war – die mausgleiche Gestalt, die Renold vor seinem Haus erwartet hatte und die ihr und Deborah auf dem Markt aufgefallen war.

Der Lärm hinter dem Haus. Sie mußte gehört haben, wie der Mann getötet worden war! Bei diesem Gedanken lief ihr ein kalter Schauer den Rücken hinab.

»Soviel zur Verstärkung«, stellte Renold so leise fest, daß sie seine Worte kaum verstand.

»Er hat für dich gearbeitet«, kam ihre ebenso leise Erwiderung.

»Unter anderem.«

»Aber du hast dich doch sicher nicht nur auf ihn verlassen?«

»Er sollte Hilfe holen. Offenbar haben sich die anderen beim ersten Anzeichen von Ärger aus dem Staub gemacht – wenn sie überhaupt mitgekommen sind. Meine Schuld. Ich hätte nicht so überstürzt handeln sollen.«

Sie vernahm das Schuldbewußtsein in seinem Ton. »Du konntest nicht wissen, daß das passieren würde.«

»Aber ich hätte es wissen müssen.«

Mit diesen knappen Worten wies er ihren Einwand zurück. Dann stand er entschlossen auf und fuhr zu ihr herum.

»Ich glaube, ich kann wieder laufen«, sagte sie.

Vielleicht hatte er sie nicht gehört. Auf jeden Fall trat er näher und beugte sich vor, um sie erneut in seine Arme zu ziehen.

Die drei Männer kamen von der Straße her und bogen in die schmale Gasse ein. Zwei von ihnen waren breitschultrig und schwer, und das Licht, das ihre Schatten vor sie warf, ließ sie wie Riesen aussehen. Der dritte war schlanker und in einen Umhang gehüllt. Als sie vor sich eine Bewegung entdeckten, blieben sie stehen.

Renold hatte gerade noch Zeit, um Angelica erneut an die Wand zu lehnen. Dann trat er zurück, drehte sich zu den drei Männern um und lenkte sie von ihr ab.

»Aber hallo, was – Sie!«

Der rauhen Stimme waren der Schock und der sofortige Argwohn anzuhören. Clem Skaggs, der als erster kam, zog ein Messer aus dem Gürtel und bedeutete seinem Bruder, in großem Bogen um Renold herumzugehen. Der Jüngere folgte dem Befehl und glitt an der Wand des Nachbargebäudes entlang. Der dritte Mann zog sich abwartend in die Dunkelheit zurück.

Renold und Clem umkreisten einander, gebückt und mit ausgebreiteten Armen, abwehrbereit. Als Renold ins Licht trat, wurde deutlich, daß er unbewaffnet war.

»Tja, Junge«, stellte Skaggs triumphierend fest. »Woll'n

doch mal sehen, was du ohne deinen niedlichen Degen machst.«

Mit diesen Worten machte er einen Satz nach vorn. Das Messer, das er in den Händen hielt, fuhr mit einem Zischen durch die Luft, doch Renold wich ihm aus. Der Hüne fluchte und knurrte seinen Bruder an, der sich Renold von hinten näherte. »Ich kümmere mich um ihn. Paß du auf, daß uns das Mädchen nicht entwischt.«

Der andere Mann zögerte, doch dann trat er zurück.

»Ganz schön selbstbewußt«, stellte Renold verächtlich fest, während er seinem Gegner in die Augen sah. »Aber vielleicht brauchst du doch jemanden, der dir den Rücken stärkt.«

Skaggs brach in schallendes Gelächter aus. »Himmel, Mann, ich bin eine Mischung aus Alligator un' Bär. Ich kann heulen wie ein Hund und' rennen wie ein Wolf, un' hier am Fluß gibt es keinen, der besser mit dem Messer umgehen kann als ich.«

»Aber vor deiner Mutter hast du Angst«, unterbrach Renold die für die Flußfischer typische Prahlerei.

Sein Gegner fluchte und schwang wütend und zugleich unbeholfen herum. Renold jedoch wich ihm behende aus, ehe er erneut in Abwehrhaltung ging.

Inzwischen war das Gesicht des Flußschiffers zornrot. Sein Kampfstil war ohne jede Feinheit, denn seine Körperkraft und die animalische Wildheit war alles, was er besaß. Doch er war gefährlich, denn zwischen den Gebäuden war nicht viel Platz, und Renolds Möglichkeiten, der blitzenden Klinge auszuweichen, waren begrenzt.

Angelica lehnte mit weit aufgerissenen Augen und vor den Mund gepreßter Hand an der rauhen Mauer, die ihr in den Rücken schnitt. Heißes Entsetzen wallte in ihr auf. Sie wollte nicht zusehen, aber fortblicken konnte sie ebenfalls nicht. Mit jedem Angriff Clems und mit jeder Bewegung Renolds spürte sie, wie sich ihr Magen schmerzlich zusammenzog.

Zugleich war sie sich der Tatsache bewußt, daß der zweite Angreifer sich ihr näherte.

Renold wich seinem Gegner mit geschmeidigen Bewegungen aus und bedachte Angelica und den Kerl, der sich in ihre Richtung schob, mit nicht viel mehr als einem flüchtigen Blick. Seine Aufmerksamkeit galt ganz der Messerspitze, die abtauchte und schwankte und in Richtung seiner Eingeweide fuhr. Instinktiv suchte er nach einer Öffnung, einer Schwäche, einem Augenblick der Unaufmerksamkeit.

Skaggs zwang ihn tiefer in die Gasse hinein. Die Zähne des Flußschiffers blitzten auf, als er den Mund zu einem brutalen Grinsen verzog, und der Schweiß rann ihm in Strömen über das Gesicht. Sein keuchender Atem war in der Enge deutlich zu hören.

Dann flackerte Verschlagenheit in seinen Augen auf. Abermals machte er einen mörderischen Satz auf Renold zu, und als dieser zurücksprang, unternahm er einen Scheinangriff, ehe er sein Messer in die linke Hand warf, was am trüben Aufblitzen des geschliffenen Stahls zu erkennen war. Er stieß rückhändig zu, wobei er vor Anstrengung zu stöhnen begann, denn er legte die geballte Kraft seines massigen Körpers in den schwungvollen Hieb.

Auf diese Weise hätte er Renold auf dem falschen Fuß erwischen müssen, unfähig, sich weiter zurückzuziehen. Doch er war nicht da. Clem Skaggs konnte den harten Schwinger nicht mehr abfangen. Renold folgte dem Bogen, den sein Arm beschrieb und umfing die Hand des Angreifers mit eisernem Griff. Sie schwankten und stöhnten, doch mit einer plötzlichen, ruckartigen Bewegung schlug Renold Skaggs Arm auf sein Knie, und das Übelkeit erregende Knirschen gebrochener Knochen drang durch die Dunkelheit. Das Messer flog in hohem Bogen davon. Clem Skaggs schrie heiser auf und fiel auf die Knie, wobei sein Arm leblos an seiner Seite baumelte.

Sein Bruder fuhr herum, denn das Messer landete nicht weit von ihm entfernt. Er sprang vor, hob es auf und machte dann einen Satz auf Renold zu. Mitten in der Bewegung allerdings schwang er erneut herum und streckte die Hand nach Angelica aus. Die Finger seiner schmutzverkrusteten Hand krallten sich im Stoff ihres Nachthemds fest.

Renold zögerte nicht, sondern beugte sich hinab, fuhr mit der Hand in seinen Stiefel, und als er sich wieder aufrichtete, schimmerte eine silbern ziselierte Taschenpistole in seiner Faust.

Die kleine Waffe donnert los und durchbohrte mit einem rotgoldenen Strahl die Nacht. Mit einem heiseren Schrei prallte Skaggs rückwärts an die Wand, ehe er daran hinabglitt und in unvorteilhafter Pose in die Gasse sank. Auf dem schmutzigen Weiß seines Hemds war ein leuchtend roter Fleck zu sehen.

Sofort schwang Renold zu dem dritten Mann herum. Der graue Schatten allerdings machte mit aufgeblähtem Umhang kehrt, glitt in die Dunkelheit und verschwand.

Renold sah Angelica an. Er war kreidebleich, und um seinen Mund herum war eine weiße Linie zu sehen. »Laß uns nach Hause gehen«, sagte er rauh.

Kapitel zwölf

Das Haus erstrahlte in hellem Licht, als Renold und Angelica sich ihm näherten. Man hatte Angelicas Verschwinden entdeckt und sofort Alarm ausgelöst. Sämtliche Bediensteten waren auf und standen in schweigenden Grüppchen im Hof herum. Der Freudenschrei, mit dem sie ihren Herrn und seine Frau begrüßten, drang bis ins obere Stockwerk hinauf, und sofort kamen Estelle und Deborah herbeigeeilt.

Tit Jean war nirgends zu sehen. Er hatte Laufburschen in alle Richtungen ausgeschickt und sich ebenfalls auf die Suche nach Renold gemacht. Estelle war vollkommen durcheinander vor Erleichterung, die beiden wohlbehalten zurück zu sehen, obgleich der Anblick von Angelicas Schürfwunden sie erschütterte. Deborah verlangte zu wissen, woher sie kamen und was geschehen war.

Renold hatte allerdings keine Zeit für Erklärungen. Er überließ Angelica den beiden Frauen und schloß sich in seinem Ankleideraum ein, wo er sich sinnvollerweise heftig übergab.

Aber das war nicht genug. Nie zuvor in seinem schlechten Leben hatte er sich derart betrunken oder derart berauscht gefühlt. In seinem Inneren rang sorglose Ausgelassenheit mit dem überwältigendem Bedürfnis, sich irgendwo hinzulegen und zu schlafen wie ein Hund. Er gab jedoch keinem der beiden Bedürfnisse nach, denn er mußte weiter in Bewegung bleiben, sich zwingen zu denken und Pläne zu schmieden. Es gab einfach zu viel zu tun.

Hätte er sich in der Gasse besser unter Kontrolle gehabt, hätte er den jüngeren Skaggs-Bruder vielleicht nicht umgebracht. Aber in dem Augenblick hatte er es sich nicht leisten können, ihn am Leben zu lassen und das Risiko einzugehen, daß er sich ihnen an die Fersen heftete. Außerdem hatte der Kerl seine schmutzigen Hände an Angelica gehabt.

Und dann war da noch der dritte Mann gewesen, der dafür bezahlt hatte, daß er Angelica bekam. Er hatte sich davongemacht, feiger, als zu erwarten gewesen war. Die meisten Väter hätten gekämpft, um ihre geliebte Tochter aus den Händen eines Feindes zu befreien.

Aus seinen Händen. Gott stehe ihm bei.

Er konnte es sich nicht erlauben, an Angelica zu denken, wie sie in dem Hinterzimmer gelegen hatte, gefesselt und hilflos, jedem ausgeliefert, der sich ihr näherte. Er würde sich nicht an das Gefühl ihrer Arme um seinen Hals erinnern und an das erniedrigende Bedürfnis, sie zu nehmen, während sie ihm so dankbar gewesen war, unfähig, ihm Widerstand zu leisten.

Nein.

Nein. Aber ebensowenig würde er zulassen, daß ihm jemand Angelica nahm.

Er wankte aus dem Ankleideraum, stolperte gegen die Tür, klammerte sich daran fest und atmete keuchend aus. Er fuhr sich mit der Hand durchs Gesicht, rang mit seiner Orientierungslosigkeit und der nicht nachlassenden Benommenheit. Seine Fingerspitzen waren glitschig von dem Schweiß, der ihm aus den Haaren rann. Ein heftiger Schauder durchzuckte ihn und ließ seine Zähne hart aufeinanderschlagen. Er preßte die Kiefer zusammen und kämpfte dagegen an.

Es ging vorbei. Irgendwie. So weit, daß er Stimmen auf dem Hof vernahm. Er richtete sich auf, schwankte leicht, doch schließlich fand er sein Gleichgewicht. Er heftete den Blick auf die Flügeltüren zur Galerie und ging los.

Tit Jean war zurückgekehrt. Er stand unten im Hof, umringt von einem halben Dutzend Menschen, die alle versuchten, ihm die Neuigkeit zu überbringen, daß er seine Suche abbrechen konnte, weil die verlorene Herrin wieder aufgetaucht war.

Jetzt konnte es weitergehen. Renold versuchte, seine Stimme möglichst viel Strenge und Autorität zu verleihen, ehe er seinen Kammerdiener zu sich rief.

»Ja, Maître?« Tit Jeans Stimme, sanft, besorgt, folgsam, drang aus der Dämmerung zu ihm herauf.

»Packen Sie«, wies Renold ihn an. »So schnell es geht. Wir reisen innerhalb der nächsten Stunde nach Bonheur.«

Neben Tit Jean tauchte ein anderes Gesicht aus der Dunkelheit auf. Michel. Zweifellos war er alarmiert genug gewesen, um sich an der Suche zu beteiligen, nachdem ihm die Nachricht von Angelicas Verschwinden überbracht worden war. Er sah aus, als hätte er sich in aller Eile angezogen, denn sein Haar stand in unordentlichen Locken ab, und seine Krawatte war nicht geknotet, sondern lediglich zweimal um seinen Hals gelegt.

Die Hände in die Hüften gestemmt, rief er zu Renold hinauf: »Bonheur? Hast du dir das auch gründlich überlegt?«

»Nein«, erwiderte Renold mit schwankender Stimme, denn plötzlich brach er in hilfloses Lachen aus. »Aber es ist egal, denn die Alternative, die es gibt, ist – inakzeptabel.«

»Ich verstehe«, sagte Michel, und vielleicht tat er das. Dann fuhr er fort: »Wenn du gehen mußt, meinst du, ein wenig Gesellschaft wäre zu viel für dich?«

Renold hatte das Gefühl, als würde sein Nacken von einer kalten Hand gepackt. Er erschauderte und fragte: »Hast du etwa auch ein plötzliches Bedürfnis, New Orleans zu entfliehen?«

»Ich dachte nur, wenn du schon ins Exil gehst, täte dir ein wenig Gesellschaft gut.«

Michels Blick war offen und nur ansatzweise schmeichlerisch. Renold schwankte, während seine Gedanken ohne die ihnen sonst eigene Präzision abirrten.

Eine weitere Gestalt trat aus der Gruppe in der Dunkelheit hervor. Deborahs klare Stimme drang zu ihm herauf. »Wenn du auf dieser unüberlegten Reise bestehst«, sagte sie mit einer gewissen Bitterkeit, »dann solltest du wenigstens jede Unterstützung annehmen, die dir geboten wird, ganz zu schweigen von einer zusätzlichen Hand.«

»Oh, setzt du dich etwa für ihn ein?« fragte Renold mit getragener Stimme. »Das sieht dir gar nicht ähnlich, mein Schatz.«

Seine Halbschwester stemmte die Hände in die Hüften und sah ihn zornig an. »Ich wäre weniger geneigt, die Reisegesellschaft zu vergrößern, wenn du weniger angeschlagen wärst.«

»Wie schmeichelhaft«, erwiderte er. »Und obendrein ein erstaunlicher Beweis für weise Voraussicht. Man könnte fast denken, unser Wohlbefinden wäre dir eine Herzensangelegenheit.«

»Angelicas Wohlbefinden ist mir eine Herzensangelegenheit. Es ist mir nicht egal, was ihr heute nacht und in all den anderen Nächten mit dir widerfahren ist.«

Renold musterte seine Halbschwester mit schräggelegtem Kopf. »Hat sie sich etwa bei dir beschwert?«

»Oh nein«, kam die knappe Erwiderung. »Sie ist genauso verschwiegen wie du es bist, Bruderherz. Aber ich brauche nicht erst ihre Beschwerden zu hören, um zu verstehen, wie sie sich fühlen muß.«

»Dann führt dich dein Mitgefühl also zu der Annahme, daß sie Michel in ihrer Nähe braucht. Aber warum? Um dafür zu sorgen, daß sie nicht noch einmal entführt wird oder als Schutz vor mir?«

»Du bist ihr Ehemann, und als solcher bist du derjenige, der sie beschützen muß«, stellte Deborah fest. »Aber Michel ist vielleicht erforderlich, um dich vor ihr zu schützen, wenn sie erfährt, welches Spiel du mit ihr getrieben hast.«

»Ich verstehe«, sagte er eilig, ehe er fragte: »Wo ist sie jetzt?«

»In der Küche und nimmt ein Bad. Sie hatte das Bedürfnis, sich zu säubern und wollte nicht erst warten, bis man ihr das heiße Wasser ins Ankleidezimmer trug.«

Sie hatte das Bedürfnis gehabt zu baden, weil sie mißhandelt und angefaßt und zusammengeschnürt in einer Kneipe liegengelassen worden war, als wäre sie irgendein schmutziges Paket ohne jeden Wert. Wer konnte es ihr verübeln, daß sie den Gestank dieses Ortes nicht mehr ertrug? Er selbst hatte ein ähnliches Bedürfnis wie sie und würde ein Bad nehmen, sobald er die Zeit dafür fand.

Plötzlich faßte er einen Entschluß. Er wandte sich an Michel. »An dem, was Deborah sagt, ist durchaus etwas dran. Der Dampfer legt mit Anbruch der Dämmerung ab. Wir werden ihn nehmen, mit oder ohne dich.«

»Das ist fair«, sagte Michel und setzte ein zufriedenes Grinsen auf, während er auf die Straße trat. »Ich sehe auch also an Bord.«

Renold winkte ihm nach, doch sobald das Tor hinter seinem Freund ins Schloß gefallen war, wandte er sich wieder den anderen zu. Mit ruhiger, doch zugleich leicht tadelnder Stimme fragte er: »Nun? Gibt es etwa für keinen von euch etwas zu tun? Oder braucht ihr etwa detaillierte Anweisungen?«

Die kleine Versammlung löste sich auf.

Renold stand, wo er war, und klammerte sich am Geländer fest. Er lauschte auf das sich entfernende Schlurfen von Schritten und das Murmeln von Stimmen und dachte über die diversen Aufgaben nach, für deren Erledigung noch vor Ablauf der Nacht zu sorgen war. Die erste dieser Aufgaben war, Angelica über die bevorstehende Abreise zu informieren. Darauf freute er sich nicht allzusehr.

Die richtigen Worte zu finden oder gar eine passende Entschuldigung, erwies sich jedoch als nicht erforderlich. Ein paar Sekunden später tauchte Angelica aus der Küche auf.

Ihr Haar fiel in nassen, weizenblonden Strähnen über ihren Rücken, und sie war in nichts als ihren Morgenmantel gehüllt, als sie vor ihm stehenblieb.

Noch während er Luft holte, um etwas zu sagen, schüttelte sie so heftig den Kopf, daß das Wasser in silbernen Tropfen durch die Gegend stob. »Schon gut, ich habe es bereits gehört«, sagte sie, und ihre Stimme klang klar und glockenrein. »Warte. Ich komme mit hinauf.«

Es war seltsam und eigenartig rührend, Gegenstand ihrer Sorge zu sein. Wäre er mehr er selbst gewesen, hätte er vielleicht den Unterschied zu beurteilen versucht. So hingegen konnte er nur versuchen, die Erregung zu dämpfen, die er angesichts ihrer Fürsorglichkeit empfand.

Er wartete im Schlafzimmer, als sie kam. Der schneidende Blick, den er Estelle zuwarf, als diese ebenfalls den Raum betrat, reichte aus, um sie an die zahlreichen Aufgaben zu erinnern, die es andernorts zu erledigen galt. Sie murmelte etwas von in der Waschküche vergessenen Kleidungsstücken, machte auf dem Absatz kehrt und trat wieder in den Flur, wo sie die Tür schloß, so daß Angelica mit ihm alleine war.

»Du hast nichts dagegen, abzureisen?« fragte er.

Sie maß ihn mit einem prüfenden Blick. »Ich weiß nicht, darüber habe ich noch nicht nachgedacht. Aber was ist mit dir? Das hier ist dein Zuhause.«

Sie betrachtete Bonheur als ihr Eigentum, und warum sollte sie das auch nicht? Hatte er ihr nicht alles verschwiegen? Seine Gedanken waren jedoch so durcheinander, daß es ihm schwerfiel, ihre Sichtweise zu verstehen.

»Ich bin überall zu Hause«, sagte er. »Und ich glaube, daß es für dich besser ist, auf der Plantage zu sein. Auf jeden Fall gibt es dort weniger Durcheinander als hier.«

»Ich nehme an, das ist eine gute Beschreibung der Ereignisse«, sagte sie und lächelte. »Aber dessen ungeachtet gebe ich zu, daß mich dein Entschluß einigermaßen überrascht.

Ich hätte gedacht, daß du hierbleiben würdest, um herauszufinden, wer hinter dieser ganzen Sache steckt.«

»Du hättest also gedacht, daß ich meinen Degen zücke und eine Reihe schrecklicher Drohungen ausstoße? Vielleicht hätte ich das getan, wenn es nur um meine eigene Sicherheit ginge, aber da du diejenige bist, auf die man es offenbar abgesehen hast, ist es etwas anderes.«

Sie wandte den Blick von ihm und zögerte, ehe sie fragte »Warum hat man es überhaupt auf mich abgesehen? Kannst du mir sagen, was das Ganze soll? Gibt es vielleicht irgend jemanden, der einen Groll gegen dich hegt und der der Annahme ist, er könne dich treffen, indem er an mir seine Rache übt? Oder bin ich vielleicht irgendwie im Weg, ohne eine Ahnung zu haben, weshalb?«

Er verspürte eine brennende Enge in seiner Brust, als ihm klar wurde, wie sie zu dieser zweiten Annahme kam. Was hatte er getan, das in ihr die Vorstellung wachrief, er habe irgend etwas mit ihrer Entführung zu tun? Wie kam sie überhaupt auf eine solche Idee?

Mit überraschender Heftigkeit sagte er: »Ich bin zu vielen Dingen fähig, aber irgendwelches Flußgesindel anzuheuern, um mich auf diese Weise meiner Verpflichtungen zu entledigen, gehört nicht dazu.«

»Tut mir leid«, sagte sie und errötete. »Es ist nur so, daß ich – das heißt, daß du –«

»Ich habe dich ziemlich unsanft und ohne den einer Dame gebührenden Respekt behandelt, was dich zu der Annahme verleitet, ich hätte vielleicht auch eine mordlustige Ader in mir.«

»Plötzlich hast du mich gegen deinen Willen am Hals, obwohl du vielleicht gedacht hattest, ich würde sterben und alles wäre wieder wie zuvor, ehe ich an Bord der *Queen Kathleen* an dich herangetreten bin.«

»Nun, das ist ein verlockender Gedanke, aber wir wissen

beide ganz genau, wer an wen herangetreten ist. Und darüber hinaus solltest du inzwischen wissen, daß ich niemals etwas tue, was gegen meinen Willen ist. Ich dachte, ich hätte dir klar gemacht, daß du hier bist, weil ich dich in meiner Nähe haben will. Und warum in aller Welt sollte ich etwas tun, was meinen eigenen Interessen entgegensteht?«

»Ich weiß nicht, aber Ma Skaggs hat gesagt –«

»Sprich weiter«, forderte er sie auf, als sie verstummte, und dann hörte er ihr aufmerksam zu. Er beobachtete ihr Gesicht und analysierte das ruhige Timbre ihrer Stimme, aber er entdeckte nichts, was darauf schließen ließ, sie hätte vielleicht erkannt, daß die Entführung vielleicht als ihre Rettung geplant gewesen war.

Als sie endete, zuckte er mit den Schultern und sagte: »So schmeichelhaft die Beschreibung des Mannes, der für deine Entführung bezahlt hat, auch ist, so ist sie doch weder exakt noch sonderlich bedeutungsvoll. Auf einen alten Drachen wie Ma Skaggs wirkt wahrscheinlich jeder sprachgewandte, halbwegs gut gekleidete Mann wie die Personifizierung der Tugendhaftigkeit.«

»Ja, wahrscheinlich.« Sie hob eine Hand und fuhr sich mit den Fingern durch die langen, nassen Strähnen ihres Haars. Als sie auf einen Knoten stieß, runzelte sie die Stirn, doch dann zupfte sie entschlossen daran herum.

»Du erlaubst?« fragte er, trat an den Ankleidetisch und nahm die Bürste, die dort lag. Gleichzeitig bedeutete er ihr, auf dem Hocker vor dem Spiegel Platz zu nehmen.

Sie sah ihn argwöhnisch an. »Ich bin sicher, daß du noch andere Dinge zu tun hast, wenn wir so bald abreisen sollen.«

»Diese Dinge werden bereits erledigt.« Das stimmte nur bis zu einem gewissen Punkt, aber es bestand kein Grund für ihn, sie darüber aufzuklären.

Sie bedachte den Hocker mit einem zweifelnden Blick. Als er höflich, aber unnachgiebig blieb, setzte sie sich. Er trat hinter sie, wog die seidige Länge ihres Haares in den Händen und hob es dort an, wo es an ihrem Morgenmantel hing. Es war nicht mehr ganz naß, aber immer noch feucht und kühl. Vorsichtig wählte er eine Strähne aus, setzte die Bürste am unteren Ende an und arbeitete sich hinauf.

Als er ihr Haar von ihrem Gesicht zog, entdeckte er den dunklen Schatten einer Prellung an ihrem Kinn. Er hielt in der Bewegung inne, und hob den Blick zu ihrer beider Spiegelbild. Er mußte seiner plötzlich aufflammenden Wut Herr werden, ehe er fragte: »Hat Estelle sich deine Handgelenke und Knöchel angesehen?«

»Sie hat irgendeine Salbe daraufgetan. Sie riecht nach Karbol und irgend etwas anderem nicht unbedingt Medizinischem.«

»Und nicht sonderlich angenehm«, fuhr er an ihrer Stelle fort. »Ich dachte, ich hätte den Geruch erkannt. Aber im Gegensatz zu dem, was du vielleicht denkst, wirkt sie sehr gut.«

»Das habe ich nicht bezweifelt«, sagte sie und setzte ein trauriges Lächeln auf.

Er betrachtete den Schwung ihrer Lippen, während er eins der Haarknäule nicht allzu effektiv, dafür aber ungemein sanft zu bearbeiten begann. Von ihrem Mund glitt sein Blick zu den Schatten unter ihren Augen, und plötzlich sagte er: »Entschuldige, daß ich dich nicht erst ruhen lasse, ehe wir abreisen. Aber sei unbesorgt, ich habe veranlaßt, daß alles für dich erledigt wird. Und sobald wir auf dem Dampfschiff sind, bekommst du bestimmt etwas Schlaf.«

»Meinst du?« murmelte sie, ohne ihn anzusehen.

»Die Fahrt den Fluß hinauf wird einige Zeit dauern. Nach allem, was ich über die Plantage weiß, kommen wir bestimmt frühestens nach vierundzwanzig Stunden dort an.«

Sie blickte ihn an, und dann sah sie wieder fort. »Ich kann mir nicht vorstellen, überhaupt an Bord eines Schiffes zu gehen, ganz zu schweigen davon, daß ich dort schlafen soll.

Allein der Gedanke daran gibt mir ein – eigenartiges Gefühl. Es ist, als bekäme ich keine Luft.«

»Als würdest du ertrinken?« fragte er und sah sie mit zusammengekniffenen Augen an.

»So ungefähr. Vielleicht klingt es idiotisch, aber ich würde viel lieber hierbleiben.«

»Das ist wahrscheinlich eine ganz natürliche Angst, aber sie geht bestimmt vorbei. Es wird alles in Ordnung sein, sobald du in deiner Kabine bist und das Schiff ablegt.«

Sie zog skeptisch die Braue hoch, sagte aber nichts. Nach einem Augenblick sah sie ihn nachdenklich und ein bißchen traurig an. Mit heiserer Stimme sagte sie: »Ich freue mich darauf, Bonheur zu sehen. Es hat meinem Vater so viel bedeutet, der Besitzer einer Plantage zu sein. Er hatte so große Pläne für unser Leben dort.«

»Ach ja?« Mehr zu sagen brachte er nicht über sich.

»Sie sollte mir Sicherheit geben, wenn er einmal von mir ginge. Außerdem glaube ich, daß ihm der Gedanke gefiel, seinen Enkeln und später deren Kindern etwas hinterlassen zu können. Er hatte sich so sehr gewünscht, seine Enkelkinder zu sehen, ehe er –«

Als ihre vor Trauer erstickte Stimme verklang, verspürte Renold echte Gewissensbisse. Er sagte: »Offenbar hat er seine Tochter sehr geliebt.«

Sie versuchte zu lächeln, während sie sich mit der Hand über die feuchten Augen fuhr. »Er wollte nur, daß ich versorgt und glücklich bin, daß es mir an nichts mangelt und daß es einen festen und sicheren Platz im Leben für mich gibt.«

»Ich glaube, du hast einmal Pläne für eine große Hochzeitsfeier erwähnt.«

Ihre Haare hatten sich unter seinem langsamen Streicheln entwirrt, und nun hingen sie wie ein schimmerndes Tuch über ihre Schultern und ihren Rücken herab. Ein paar widerspenstige und glänzende Fäden allerdings hatten sich noch nicht von seinen Fingern gelöst und hingen dort, als gingen sie nie mehr ab.

»Oh, er hatte die Absicht, eine riesige Feier auszurichten, aber nicht, weil ihm selbst allzuviel daran lag. Er wollte einfach einen guten Einstand bei seinen neuen Nachbarn haben.«

»Und jetzt ist alles ganz anders gekommen«, stellte Renold leise fest. Die Worte schmeckten bitter in seinem Mund, denn sie waren allzu falsch. Sie verspürte Schmerzen, weil für sie der Vater verloren war, Schmerzen, die er vertreiben könnte, hätte er nur den Mut dazu. Schuldgefühle waren etwas Unbekanntes für ihn, doch jetzt nahm er sie mit grimmiger Selbsterkenntnis hin.

»Ja«, flüsterte sie, und warf ihm einen eiligen Blick über den Spiegel zu, ehe sie die Lider senkte und einen Tiegel Handcreme geraderückte, obgleich das gar nicht nötig war. »Ich glaube, er hätte dich als Schwiegersohn gemocht. Du bist ihm in vielen Dingen sehr ähnlich.«

Nur mit größter Anstrengung unterdrückte Renold sowohl den Schock, den diese Behauptung wachrief, als auch den Impuls, ihr zu widersprechen. Seine Stimme war harsch, als er sagte: »In welcher Beziehung kann ich ihm ähnlich sein – es sei denn, du meinst, daß der Ruf, den wir beide haben, nicht der beste ist?«

Sie runzelte die Stirn, aber ihre Stimme war ruhig, als sie erwiderte: »Es war meinem Vater egal, was andere Leute dachten, und er war bereit, alles zu riskieren, um das zu bekommen, was er wollte. Er war erschreckend intelligent, und er hatte eine Leidenschaft für Worte und Phrasen, hinter denen sich mehr verbarg, als zunächst herauszuhören war.«

Vorsicht, Vorsicht, ermahnte er sich, da er spürte, daß sein Betrugsmanöver weiter zu gehen drohte als je zuvor. Um das ungewollte Lob abzuwehren, sagte er: »Und er hat seine Tochter über alle Maßen geliebt.«

»Ja, natürlich«, sagte sie, ehe sie innehielt und ihn abermals anblickte. Als sie merkte, wohin ihre Antwort führen könnte, sähe er es darauf ab, erbleichte sie.

Die Versuchung war überwältigend. Doch vielleicht mußte er ihr gerade deshalb widerstehen. »Anders als sein Schwiegersohn.«

Auf diese Weise nahm er ihr ihre Ängste, auch wenn dies seinen Interessen und seiner Überzeugung entgegenstand. Er gab diese Antwort, weil er nicht den Mut hatte, die Sache zu ihrem natürlichen Ende zu führen. Und dieser Mut fehlte ihm, weil er fürchtete, sie würde geradeheraus und ohne zu zögern erwidern, daß sie für ihren Ehemann keine Liebe empfand. Ohne auf eine Antwort zu warten, beugte er sich vor, legte die Bürste zurück auf den Ankleidetisch und rückte sie neben ihrem Kamm und Spiegel zurecht. »Ich schicke dir Estelle herauf, damit sie dir beim Anziehen behilflich ist.«

Er hatte fast die Tür erreicht, als sie leise seufzend antwortete: »Ja.«

Das Bedürfnis, kehrtzumachen, zu fragen, welche seiner drei Bemerkungen sie damit beantwortete, war beinahe mehr, als er ertrug. Die Logik sagte ihm, daß es die Antwort auf seinen letzten Satz gewesen war, gewesen sein mußte, aber er war weder in der Verfassung noch in der Stimmung, um logisch zu sein. Vielleicht war es gut, daß die Zeit drängte und daß es für ihn noch dringende Aufgaben zu erledigen galt. Er zwang sich weiterzugehen, verließ den Raum und machte leise die Tür hinter sich zu.

Die Dämmerung hing wie ein grauer Vorhang über der Stadt, als sie sich dem Kai näherten. Das Flußufer wurde von Laternen erhellt, die entweder an Anlegepflöcken hingen oder von den Decks und aus den Fenstern der an der Kaje liegenden Dampfer schimmerten. Auf den meisten Booten, die auf der Flußströmung schaukelten, regte sich nichts, die

Gangways waren heraufgezogen und Wachen postiert. Im Vergleich dazu hatte das Treiben um die *General Quitman* heraus etwas Lärmendes, ja geradezu Hektisches.

Als Angelica aus der Kutsche geholfen wurde, blickte sie in Richtung des Schiffs und erschauderte. Fast hatte sie das Gefühl, als röche sie kochendheißen Dampf und heißes Metall, als höre sie das Knistern der Flammen und nähme die Schreie von Frauen und Kindern wahr. Auf ihrer Oberlippe tauchten kleine Schweißperlen auf. Ihre Hand, die Renold umklammert hielt, wurde feucht, und es dauerte einen Augenblick, bis es ihr gelang, sich von ihm zu befreien.

»Ist alles in Ordnung?« fragte er und bedachte sie mit einem besorgten Blick.

Sie nickte kurz. Sie würde sich nicht beschweren. Sie hatte ihren Widerwillen bereits vergeblich deutlich gemacht, und jetzt war es zu spät, um zurückzugehen. Außerdem war sie es leid, schwach und krank zu sein und ständig mit Nachsicht behandelt zu werden. Ihre Ängste waren das Ergebnis allzu großer Empfindlichkeit, mehr nicht. Damit käme sie zurecht.

Sie freute sich über die Abwechslung, die ihr die Ankunft einer leichten Kutsche bot. Michel stieg aus und kam auf sie zu, während sein Kammerdiener und Kutscher Taschen und Kisten aus dem Inneren des Gefährts zu hieven begann. Zur Begrüßung machte Deborah eine spöttische Bemerkung über die Menge seines Gepäcks. Renold, der das Entladen des Gepäcks seiner eigenen Reisegesellschaft überwachte, beachtete ihn kaum, aber trotzdem war eine Besserung der allgemeinen Stimmung zu spüren.

Die Truhen und Taschen wurden an Bord des Schiffes geschleppt. Im Anschluß daran wurden Kisten mit Gewürzen, Ölen und Wein zur Belebung der Tafel auf der Plantage verladen, Bettwäsche und Kissen und feine Seifen für die Kabinen, die von Deborah gekauften Stoffballen und Bänder, und diverse Kisten mit anderen Dingen, die es auf Bonheur nicht gab. Unter Estelles liebevoller Aufsicht unterhielt sich Angelica mit Deborah und Michel, während Renold mit Tit Jean an Bord des Dampfers ging und dafür sorgte, daß alles ordnungsgemäß verstaut wurde und der Papierkram in Ordnung ging.

Schließlich nahm der bisher graue Rauch, der aus den Schornsteinen der *General Quitman* stieg, eine schwarze Farbe an, und leuchtende Funken stoben durch die Dämmerung. Die Matrosen versammelten sich an der Gangway, um sie an Bord zu ziehen.

»Nun, die Damen«, sagte Michel mit einem humorigen Lächeln und einer Geste in Richtung des Schiffs. »Sollen wir?«

»Ich nehme an, wir gehen besser an Bord«, sagte Deborah, »ehe Renold zu dem Schluß kommt, wir wären desertiert.«

»Du erlaubst«, bot Michel Renolds Halbschwester seinen Arm an. Als sie ihn ergriff, streckte er den anderen Arm in Angelicas Richtung aus.

Am liebsten hätte sie Michels lachende Eskorte akzeptiert, hätte irgendeinen fröhlichen Scherz gemacht und wäre mit den anderen die Gangway hinaufmarschiert. Am liebsten hätte sie sich vernünftig und tapfer gezeigt.

Es war nicht möglich. Sie konnte es einfach nicht.

Ihre Knie fühlten sich an, als gäben sie nach, wenn sie auch nur einen einzigen Schritt machte. Ihre Hände zitterten, und ihr Magen verkrampfte sich. Sie befahl sich in Gedanken loszugehen, sich wie eine Erwachsene und sich nicht länger wie ein unvernünftiges Kind aufzuführen. Aber ihr Körper gehorchte dem Befehl nicht.

»Angelica, was ist los?« fragte Deborah sie mit besorgtem Blick.

»Ich – ich kann nicht gehen«, flüsterte sie, und ihre Stimme brach. »Ich denke immer an das letzte Mal, an die Explosion. Ich weiß nicht, warum ich so empfinde, ich wünschte, ich täte es nicht. Ich wünschte –«

Mit vor Mitgefühl düsterem Blick unterbrach Deborah sie. »Oh, ich hätte daran denken sollen! Es tut mir so leid, meine Liebe. Ich habe einfach nicht überlegt. Glaubst du, es hilft dir vielleicht, wenn ich deine Hand halte?«

Angelica schüttelte eilig den Kopf, und dann erschauderte sie. »Da hilft gar nichts. Nein. Ich kann es einfach nicht tun. Ich kann es wirklich nicht.«

»Aber wir können dich nicht einfach hier zurücklassen«, sagte Deborah mit einem besorgten Stirnrunzeln in Richtung des Dampfschiffs, auf dem die Matrosen bereits die Taue der Gangway lösten. »Alles ist zum Ablegen bereit. Es ist zu spät, um unsere Sachen wieder von Bord zu holen.« Plötzlich veränderte sich ihre Stimme, wurde silbrig vor Erleichterung. »Oh gut. Da kommt Renold.«

»Ich störe nur ungern«, sagte er. »Aber es ist Zeit zu gehen. Flußlotsen warten auf niemanden, wenn sie nicht in der Stimmung dazu sind.«

»Mach dich nicht lächerlich«, sagte Deborah und bedachte das gerötete Gesicht ihres Bruders mit einem zornigen Blick. »Angelica hat Angst, wie es wohl jeder hätte nach einem so furchtbaren Unfall wie bei ihrer letzten Fahrt. Es wäre im Augenblick sinnvoller, wenn du dich um deine Frau kümmern würdest, statt uns auszuschelten, als wären wir kleine Kinder ohne jeden Verstand.«

»Seit wann bist du ihre Beschützerin, meine Liebe?« fragte Renold und setzte ein verzerrtes Lächeln auf. »Aber egal, ich nehme an, daß sie es brauchen kann.« Er wandte sich von seiner Schwester an Angelica. »Stimmt's?«

»Nein«, erwiderte sie unbewußt. »Bitte, können wir nicht zurück nach Hause gehen? Der Lotse wartet bestimmt, bis man unsere Sachen wieder von Bord geholt hat.«

»Dein Vertrauen in meinen Einfluß ist rührend, aber ungerechtfertigt«, sagte er und musterte sie. »Was ist los? Hast du vielleicht eine plötzliche Vorahnung von einer drohenden

Katastrophe? Oder ist dir plötzlich klar geworden, daß dies eine, wenn auch zufällige, Wiederholung der Umstände unserer ersten Begegnung ist?«

»Hör auf!« rief sie, denn ihre Nerven hielten den Spott in seiner Stimme nicht aus. »Ich will einfach nicht gehen!«

Mit sanfter Stimme fragt er: »Noch nicht einmal, wenn ich dich darum bitte? Oder vielleicht gerade deshalb nicht?«

»Es hat nichts mit dir oder mit unserer ersten Begegnung zu tun«, sagte sie, und ihre Worte überschlugen sich, als brächen sie gleichzeitig mit dem Schauder, der sie packte, heraus. »Der Gedanke, auf dem Boot eingesperrt zu sein, den Fluß hinaufzufahren, bereitet mir Übelkeit. Ich glaube – ich glaube, ich sterbe, wenn ich das ertragen muß.«

»Deine Gefühle gehen mit dir durch«, sagte er. »Ich glaube, daß das allzu wahrscheinlich ist.« Er trat entschlossen und leicht drohend auf sie zu.

In diesem Augenblick mischte sich Estelle stirnrunzelnd ein. »Maître, wenn Sie erlauben, gebe ich ihr ein Beruhigungsmittel.«

»Dazu ist keine Zeit«, sagte er mit so böser Miene, daß die Haushälterin blinzelte. Mit der Geschmeidigkeit eines Panthers trat er noch näher an Angelica heran.

»Du mußt mir glauben«, schrie Angelica, und mit Tränen der Panik in den Augen wich sie vor ihm zurück.

»Du mußt«, sagte er, »denn wenn du jetzt umkehrst, ist die Strafe dieselbe wie die, wenn du an Bord des Schiffes gehst. Wenn du die Wahl zwischen zwei Übeln hast, wie entscheidest du dich dann?«

Sie kannte die Antwort, aber das hieß nicht, daß sie sich klaglos in ihr Schicksal ergab. Eine heftige Erwiderung lag ihr auf der Zunge, aber es war zu spät.

»Du verstehst überhaupt nichts«, sagte er mit leiser Stimme und blitzendem Blick, zog sie in seine Arme und hob sie an seine Brust.

Sie schrie auf, doch sofort wurde sie vor ungläubigen Entsetzen stumm. Starr vor Schock und Furcht, vergrub sie die Finger in seiner Jacke und klammerte sich an seinem Rockaufschlag fest. Sie preßte ihre Stirn an seine Wange und kniff die Augen so fest zu, daß sie das Prickeln ihrer eigenen langen Wimpern auf ihren Lidern zu spüren bekam.

Die Gangway schwankte unter ihnen, und sie hatte das Gefühl, als tanze und schwinge das Deck um sie herum. Der Hauptsalon war mit Leuten angefüllt, die bei ihrem Anblick aufschrien oder verstohlen flüsterten. Der stählerne Griff von Renolds Händen war schmerzlich fest, aber zugleich war er ihre einzige Sicherheit in einer formlosen Welt, die nur noch aus Entsetzen bestand. Ihr Atem kam stoßweise, zerriß ihr die Brust, brannte in ihrem Hals. Der Schauder, der sie in gewaltigen Wogen durchlief, ließ ihre Zähne aufeinanderschlagen, bis sie sich auf die Zunge biß und Blut zu schmecken begann.

Verstecken, sie wollte sich verstecken, brauchte Dunkelheit und Vergessen und etwas, irgend etwas, das sie den Schmerz des Verrats überwinden ließ. Sie hatte gedacht, daß Renold sie von allen Menschen am besten verstand. Er hatte das Feuer gekannt, hatte es gespürt. Er war Teil ihres Alptraums gewesen und zugleich ihre Zufluchtsstätte davor. Wie war es möglich, daß gerade er sie dorthin zurückstieß und sie an diesem Ort des Grauens mit seinen harten Armen gefangenhielt?

Die Kabinentür fiel gedämpft und weit entfernt ins Schloß, doch zugleich hörte sie in ihren Gedanken den Widerhall des Geräuschs. Mit unregelmäßigen, beinahe schwankenden Schritten trug er sie zum Bett. Sie spürte, wie ihr Rücken auf die weiche Matratze traf. Weinend entwand sie sich ihm, aber er setzte sich mit einem harten Ächzen des Rahmens neben sie.

»Nicht, nicht«, sagte er mit leisem Flehen, während er sie

an sich zog. »Ich wußte es nicht, ich war zu beschäftigt, um es zu sehen. Gott, ich – ich bin sturzbetrunken und nur noch einen Schritt vom Koma entfernt. Der Druck und die Notwendigkeit fortzukommen, haben mich blind gemacht, aber das ist keine Entschuldigung. Verfluch mich, schlag mich, aber weine nicht. Bitte weine nicht.«

Seine Gewissensbisse durchdrangen ihre Verzweiflung, lenkten sie ab von ihrer Beschäftigung mit sich selbst. Sie war nicht die einzige, die Schmerz empfand, nicht die einzige, die in einem Nebel der Verwirrung gefangen war. Und wenn er nicht ganz er selbst war, warum hatte er den widerlichen Whisky getrunken, der schuld an seinem Zustand war?

Ihre Muskeln entspannten sich. Mit einer ruckartigen Bewegung warf sie sich an seine Brust, bot Trost, während sie ihn nahm.

Seine Hände auf ihrem Körper waren sanft, er zog sie eng an seinen Leib. Ihre Gesichter berührten einander, so daß sie das leichte Kratzen seiner Bartstoppeln an ihrer Wange zu spüren bekam.

Die Maschinen stampften, und unter Zischen und Dröhnen legte das Dampfschiff ab. Mit einem unverständlichen Murmeln und fest geschlossenen Augen vergrub sie sich noch stärker an Renolds harter, männlicher Brust, und ihre Lippen strichen über sein Kinn.

Angelica wurde sich der vertraulichen Nähe zu ihm nicht sofort bewußt, sondern erst, als sich die Morgensonne durch ein offenes Fenster stahl. Ihre Lider flatterten. Stille und Hitze breiteten sich von ihrem Kopf bis zu ihren Füßen aus. Als sich Renold leicht bewegte und einen Arm unter sich schob, um sich abzustützen, entzog sie sich ihm nicht. Als seine Lippen ihren Mund berührten, atmete sie tief ein, aber sie verharrte bewegungslos und bot keinerlei Widerstand.

Er roch nach Seife von dem eiligen Bad, das er genommen hatte, und nach der Stärke seines frischen Hemds, schmeckte nach den Gewürznelken, die er gekaut hatte, damit der widerliche Geschmack des Alkohols verging. Warm, sein Mund war warm und seidig weich. Sein Kuß verriet Leidenschaft und Erfahrung und ein Verlangen, das weiter reichte als bis zu diesem Augenblick. An ihrem Schenkel spürte sie den harten Druck seiner Männlichkeit, und ein eigenartiges Verlangen erfaßte sie, daß sie der Grund für seine Erregung war.

Wie wäre es wohl, tatsächlich seine Frau zu sein?

Dies war nicht das erste Mal, daß ihr dieser Gedanke kam, aber es war das erste Mal, daß sie ihn sofort beiseite schob. Bisher hatten Verlegenheit, Zweifel und Angst derartige Überlegungen im Keim erstickt. Jetzt allerdings verblaßten diese Gefühle angesichts der Leidenschaft des Augenblicks.

Immer bei ihm zu sein, immer von ihm umsorgt, gehegt und beschützt zu sein – was wollte sie mehr? Wenn es Kinder gäbe, hätte sie jemanden, den sie halten und lieben könnte, jemanden, dessen bedingungsloser und ewiger Liebe sie sich sicher war.

Eigentlich war es nicht so anders als die Ehe, die von ihrem Vater für sie geplant gewesen war. Vielleicht hatte Renold sie ohne ihre Zustimmung geehelicht, aber sie konnte ihn auch jetzt noch wählen, oder nicht? Das eine war kein Hinderungsgrund für das andere.

Und wenn sie in die Rituale der Liebe eingeführt werden mußte, dann schien ihr Renold dafür besser als Laurence geeignet zu sein. Erfahrung war nicht unbedingt ein unschätzbarer Wert bei einem Liebhaber, aber Fürsorge und Aufmerksamkeit, Geduld und Zartheit waren es ganz bestimmt. Auch Intelligenz mochte ein ungeahnter Vorteil sein.

Es gab nur einen Weg, um herauszufinden, ob sie richtig lag. Und was hatte sie schon zu verlieren?

Ihre Jungfräulichkeit. Ihr Herz.

Nun, ja. Aber wieviel waren diese beiden Dinge wert, wenn alles andere verloren war? Wieviel, wenn Renolds Umarmung das beste Gegenmittel gegen Angst, das einzige Heilmittel für Einsamkeit war?

Als sie sich entspannte und zuließ, daß sich ihre Lippen öffneten, drang aus Renolds Kehle ein leiser Laut, als hätte er ein heißes Eisen berührt. Er reagierte sofort, und seine Zunge glitt schlängelnd in ihren Mund.

Es war eine schockierende, doch zugleich schwindelerregende Invasion. Angelica entfuhr ein leiser, überraschter Schrei, doch sie zog sich nicht zurück. Irgendwo tief in ihrem Inneren wallte wohlige Wärme auf, die sich eilends in lebendige Hitze verwandelte. Sie erschauderte und genoß die Verwegenheit ihrer Reaktion. Was sie tat, erschien so richtig, so unbedingt erforderlich.

Er hob den Kopf und starrte auf sie herab. Sie sah ihr Spiegelbild in der Dunkelheit seiner Augen, deren Pupillen sich übermäßig weiteten. Sein Blick verriet leise Verzweiflung, und etwas anderes, etwas wie Schmerz.

Keine Drohung, keine Gefahr.

Als sie die Augen schloß, küßte er sie erneut. Sie begegnete der Liebkosung, wobei ihre Haut in freudiger Erwartung prickelte. Als sie das Tasten seiner Zunge spürte, kostete sie vorsichtig ihren Samt und Satin, erforschte zart die reichhaltige Textur und den köstlichen Geschmack von seinem Mund. Die Intimität dieser Begegnung hüllte sie ein, faszinierte sie. Angelica genoß das unglaubliche Vergnügen in stummer Verwunderung, noch während sie spürte, wie sich ihr Herz in ihrer Brust weitete.

Er bewegte sich, fuhr mit einer Hand die schmale, korsettverhüllte Rundung ihrer Taille nach. Einen Augenblick später glitten seine Finger höher und umfaßten die sanfte Knospe ihrer Brust. Sein Daumen strich über ihre Brustwarze, die unter dünner Baumwolle und Seide verborgen lag.

Ströme herrlicher Gefühle wallten in Angelica auf und

verschmolzen im Mittelpunkt ihres Leibs. Als sie das tiefe, innere Pulsieren vernahm, keuchte sie auf. Ein leises Geräusch, halb Lachen, halb Stöhnen, drang über seine Lippen, als er ihren sanften Hauch der Verwunderung aufnahm.

Von dem körnigen Streicheln seiner Zunge in ihrem Mund schwindelte ihr. Sie schlang die Arme um seinen Hals und klammerte sich an ihm fest. Als die Gefühle noch stärker wurden und sie ganz in ihren Strudel geriet, vergrub sie ihre Finger in seinem Nackenhaar und umschloß die drahtigen Locken.

Er hatte sie schon einmal geküßt, und danach war die Nacht in kochendem Dampf und Feuer explodiert. Sie hatte das Gefühl, als könnte das noch einmal geschehen, dieses Mal allerdings von innen heraus, zwischen ihnen beiden, aufgrund der entsetzlichen inneren Hitze und des Drucks, der ihnen die Luft zum Atmen nahm. Es war ihr egal. Sie murmelte ein paar unzusammenhängende Worte und drängte sich dichter an ihn heran, dichter an die Gefahr.

»Angelica, mein Engel und süßes Schreckgespenst, paß auf«, murmelte er und drückte seine Stirn an ihre Stirn, ehe er mit heiserer Verzweiflung weitersprach. »Mein Verlangen nach dir ist stark, und ich kann mich einfach nicht länger zurückhalten. Was ich jetzt tue, werde ich morgen früh wahrscheinlich vergessen haben oder zumindest nicht mehr glauben. Halt mich auf, sonst ist es zu spät.«

»Dich aufhalten? Aber warum?« Sie sprach so leise, daß sie schon fürchtete, er hätte sie nicht gehört. Aber es stellte sich heraus, daß diese Sorge unnötig war.

»Damit du mir später nicht vorwerfen kannst, ich hätte einen Augenblick der Schwäche bei dir ausgenutzt. Damit der Status quo erhalten bleibt. Damit du die Überbleibsel der Freiheit, die du vielleicht einmal besessen hast, behältst, denn was ich einmal genommen habe, behalte ich, und was mir gehört, gebe ich nicht wieder auf.«

»Dann nimm mich«, flüsterte sie. »Und behalte mich.« Und das Verlangen und die verruchte Absicht, die hinter ihren Worten lag, weckten derart heftige Gefühle in ihr, daß sie den Atem anhielt.

Sein Lachen klang überrascht, aber zugleich nach etwas, das tiefer ging als bloße Zufriedenheit. »Du kannst dich auf mich verlassen«, sagte er und senkte seinen Kopf, um mit seinen Lippen an der festen Knospe zu saugen, die unter dem Stoff ihres Kleids verborgen lag, bis sie unter der feuchten Hitze seines Mundes erschauderte.

Orientierungslos, vollkommen gefangen in ihrem Verlangen und in ihrem unvorstellbaren Drang, ihm nahe zu sein, bemerkte Angelica kaum, daß er die Knöpfe ihres Kleids löste. Sie spürte seine Hände an ihrem Korsett und an den Bändern ihres Unterrocks, aber seine Zunge rieb sich in ihrem Mund, und sie saugte sie begierig tiefer in sich hinein.

Sie atmete erleichtert auf, als das enge Korsett abfiel und seine Hände die Abdrücke der Fischbeinstäbe nachfuhren, bis sich die sanfte Bewegung zu einer endlosen Streichelei auszuweiten schien. Mit der Hemmungslosigkeit eines Kätzchens räkelte sie sich unter ihm, streckte die Hände aus, öffnete seine Jacke und schob sie über seine Schultern herab. Behende lockerte sie seine Krawatte und begann, sein Hemd von den Manschettenknöpfen zu befreien.

Einen atemlosen Moment lang verharrte er vollkommen reglos über ihr, doch dann bot er ihr seine Hilfe an. Gemeinsam, unter zahllosen Küssen und mit wachsender Ungeduld, streiften sie Unterrock, Strümpfe und Pantoffeln, Hosen, Unterhosen und Halbstiefel ab, auf der Suche nach seidiger Haut. In herrlicher Nacktheit lagen sie nebeneinander, genossen die Freiheit und den Anblick des anderen.

Angelica musterte mit unerschrockener Neugier seine breiten Schultern, seine harte Brust und seinen flachen Bauch, ehe sie die Hand ausstreckte und ihre Finger in dem feinen, dunklen Haar vergrub, das auf seinem Brustbein schimmerte.

Er lachte leise und hielt den Atem an, ehe er über sie rollte und langsam auf sie niedersank, so daß sie sein Gewicht allmählich zu spüren bekam. Sie nahm es auf, genoß es, brauchte es, hungerte stärker danach, als sie es sich jemals hatte vorstellen können. Ihre Brüste schwollen an, kribbelten, sehnten sich nach der Berührung der rauhen Oberfläche seiner Brust. Sie hielt die Augen geschlossen, während sie die Hände um seine Schultern schloß und die angespannte Härte unter den zerklüfteten Narben ertastete, bis ihre Stärke auf sie überging.

Sie fühlte sich so verletzlich angesichts seiner Hitze und seiner Härte, die gegen ihren weichen Körper drängte. Doch zugleich hatte sie sich nie stärker gefühlt. Das Verlangen, das in ihren Adern pochte, war von unbezwingbarer Macht, und ungeteilt ertrug sie es nicht. Die Leidenschaft, die sie verspürte, schwoll an, füllte sie aus, stieg ihr derart zu Kopf, daß sie, wenn sie sich nicht versah, annehmen mußte, sie liebte ihn.

Liebte? War es möglich, daß sie etwas Derartiges für ihn empfand?

Oder war der körperliche Akt zwischen Mann und Frau so angelegt, daß man meinte, dieses tiefere Gefühl zu verspüren? War es eine Täuschung, um die Arglosen dazu zu bewegen, fruchtbar zu sein und sich zu mehren, wie es in der Bibel stand?

War es von Bedeutung, wie ihr Herz gegen ihre Rippen pochte und ihr Mund nach seinem Kuß hungerte, während seine Hände das Zentrum ihrer Sinne ertasteten und sanft umfaßten?

Als er ihre zarten Blütenblätter öffnete, tat er es mit vorsichtigen und leicht zitternden Bewegungen. Seine Augen, wie dunkel sie waren und wie schattenverhüllt. Sie sah nicht, was er tat, aber sie spürte es.

Ja, sie spürte es, und die Kraft seines Tuns nahm ihr die Luft, führte dazu, daß sie auf das langsame und vorsichtige Eindringen reagierte, indem sich die Muskeln in ihrem Schoß zusammenzogen und sich flüssige Lust wie sprudelnder Champagner aus ihr ergoß.

Er stöhnte tief in seiner Kehle auf. Bewegte sich nicht mehr. Sie spürte seinen harten Schaft zwischen ihren Schenkeln, noch während er sprach.

»Eng, weich, zurückweisend, wie nur eine Jungfrau es sein kann. Warum? Warum gab es niemals Experimente dieser Art auf irgendeiner einsamen Straße während einer Fahrt aufs Land? Kein Gefummel auf der Veranda, während deine Tante im Wohnzimmer saß und las? Warum hast du dich aufgehoben für mich?«

»Ich habe dir doch schon gesagt –«

»Allerdings. Du kanntest Eddington schon als Kind. Aber selbst Kinder sind hin und wieder an solchen Dingen interessiert.«

Sie konnte kaum klar denken mit seiner Hand in ihrem Inneren. Mit erstickter Stimme sagte sie: »Ich wollte dich nicht enttäuschen.«

»Enttäuschen? Was für ein armseliges Wort. Ich bin entsetzt, empört. Und zugleich bin ich überglücklich wie irgendein zweifelnder Barbarenhäuptling mit einer geraubten Braut. Aber das macht alles schwieriger.«

»Ach ja? Wie das?«

»Durch unser Zusammensein wird dein Haß auf mich sicher noch verstärkt.« Seine Stimme war so leise, daß sie kaum zu ihr drang.

»Nein, warum sollte er das?« fragte sie mit flehendem Blick.

»Es gibt einfach Dinge, die man nicht verzeihen kann«, sagte er, während er sich tiefer in sie schob und die zerbrechliche Membran weitete.

»Du machst mir angst.« Sie wandte den Kopf, unfähig seine Verzweiflung oder seine Distanziertheit zu sehen. Sie zitterte, so nah am Rand einer unbekannten Gefahr oder eines unbekannten Vergnügens, daß sie es kaum ertrug.

»Das ist nichts im Vergleich zu dem, was ich empfinde«, sagte er.

Und es war wahr. Seine Glieder zitterten. Sein Haar und seine Haut waren feucht von Schweiß. In seinen Augen spiegelten sich das Licht der Lampe und Qualen und eine innere Einsamkeit, die sie nicht verstand.

»Komm«, flüsterte sie, »machen wir einander Mut.«

Er folgte ihr. Mit vorsichtigen, intimen Liebkosungen öffnete er die zarten Falten ihrer Weiblichkeit und schob seine seidige Härte in sie hinein. Mit sanftem Druck drang er tiefer, bis er die Barriere erreichte und durchbrach. Dann umfing sie ihn, nahm seine pochende Fülle in ihre innere Hitze auf.

Sie fühlte sich hemmungslos. Verwandelt. Lebendiger als je zuvor. Ihr Herz weitete sich in ihrer Brust und füllte sie bis an die Rippen an. Am liebsten hätte sie gelacht, geweint, wäre sie auf und ab gehüpft. Ihre Hände hielten ihn so fest umschlossen, daß ihre Knochen schmerzten, und doch war es nicht genug.

»Tue ich dir weh?« flüsterte er.

Er weitete sie, und sie spürte seine Länge und Kraft mit jedem Atemzug, den er tat. Aber er tat ihr nicht weh. Sie schüttelte den Kopf, schnell und bestimmt.

Ein leises Lachen schüttelte ihn. Dann riß er sich zusammen und setzte zu langsamen, rhythmischen Bewegungen an, stieß tiefer und tiefer zu, bis sich flüssige Glut in ihr ausbreitete. Sie rang nach Luft und klammerte sich an ihm fest. Einen Augenblick später nahm sie die Bewegung auf und folgte ihr, keuchend vor reiner, unergründlicher Begierde. Er neigte den Kopf und küßte ihre Stirn, ihre Augen und ihre

Nasenspitze, ehe er sich ihrem Mund näherte. Dort übernahm seine Zunge die sinnliche Kadenz und forderte sie auf, dasselbe zu tun.

Es war wilde Verzückung, überwältigende Faszination. Es war eine erotische Exploration. Die Zeit blieb stehen, die Anstrengung bedeutete nichts.

Er senkte sich auf sie, umschlang ihre Schenkel mit seinen Beinen, rollte sich auf den Rücken und zog sie auf seinen Bauch. Dann ließ er sie los, damit sie ihr eigenes Tempo fand. Sie schob sich zurecht, fand die passende Stellung und setzte sich auf. Sie warf ihr Haar in den Nacken und ritt ihn in einem sanften Takt.

Das Vergnügen war in ihrem Inneren und auch außerhalb, in ihm und zwischen ihnen verteilt. Es kam in Wellen oder stürmte plötzlich heftig auf sie beide ein. Es umfaßte sie, rollte über sie hinweg, ließ sie atemlos zurück, ehe es mit erneuter Kraft herangewogt kam.

Die Anstrengung ließ ihre Leiber vor Hitze und Schweiß erglänzen, als sie aufeinander glitten. Ihre Brüste hoben und senkten sich. Keuchend spannten sie sich an, um ein Ziel zu erreichen, dessen Erreichung keiner von ihnen ertrug.

Angelica spürte, wie sich gnadenlose Magie, schwarz und weiß, dunkel und hell, in ihr ausbreitete, spürte ihren Druck und ihre Kraft. Ihre Muskeln schmerzten, ihre Lunge brannte, aber sie fand keine Erleichterung.

Renold rollte sich erneut mit ihr herum, drückte sie tief in die Matratze, und sie schlang ihre Schenkel um seine Hüften, bäumte sich leidenschaftlich unter seinen heftigen Stößen auf.

Da kam die Rettung, plötzlich und zügellos. Es war eine glühende Verschmelzung, eine lautlose innere Eruption, die wie brodelnder Dampf durch ihre Leiber stieg. Verloren in der Kraft des Höhepunkts, ließ sie sich mitreißen, während sie schluchzend an ihm hing. Erschaudernd, von Krämpfen geschüttelt, die seine Muskeln zusammenzogen und seinen gesamten Körper erschütterten, drängte er sie tief, tief in das Zentrum ihrer Lust hinein.

Anschließend hielten sie einander fest und starrten mit großen, blinden Augen in den Lampenschein. Katastrophe oder überwältigender Erfolg, sie wußten nicht, welches von beiden es war.

Nur eins wußten sie mit Sicherheit.

Sie hatten nur knapp überlebt.

Kapitel dreizehn

»Voilà, le café!«

Der fröhliche Gruß weckte Angelica aus einem so tiefen Schlaf, daß sie das Gefühl hatte, als tauche sie langsam aus schwerer Dunkelheit auf. Die Augen zu öffnen, bedurfte größter Anstrengung.

Estelle stand mit einem Tablett in der Tür, auf dem eine silberne Kaffeekanne und ein Korb mit Brötchen stand. Sie lächelte breit, und in ihren Augen war ein vergnügtes Blitzen zu sehen. Sie stellte das Tablett auf den Nachttisch, eilte geschäftig weiter, warf den Deckel einer Kiste zurück und zog einen Morgenmantel heraus. Dann kam sie zum Bett zurück und beugte sich vor, um ihn Angelica um die Schultern zu legen, als diese sich aufrichtete. Und als fände die Haushälterin es vollkommen normal, sich um eine Frau zu kümmern, die splitternackt unter der zerwühlten Bettdecke lag, enthielt sie sich jeden Kommentars.

Angelica war allein. Renold war fort. Sie streckte die Hand nach der Stelle aus, wo er gelegen hatte, aber von der Hitze seines Körpers war nichts mehr zu spüren.

Estelle, die gerade eine Tasse dampfenden Kaffee einschenkte, blickte auf. »Der Maître ist schon seit ein paar Stunden auf den Beinen. Er war derjenige, der mich mit dem Frühstück zu Ihnen geschickt hat.«

Ohne übertriebene Eile zog Angelica ihre Hand zurück. »Ist es denn schon so spät?«

»Fast Mittag, Mamselle. Aber es ist ein grauer Tag, und es nieselt, und er hat nicht erlaubt, daß man Sie früher weckt.« Ein leichtes Lächeln umspielte den Mund der Haushälterin. »Er sagte, Sie bräuchten Ihren Schlaf.«

Angelica spürte, daß sie bis zu den Haarwurzeln errötete.

und so gefaßt wie möglich erwiderte sie: »Das war sehr fürsorglich von ihm.«

Die Haushälterin legten den Kopf schräg und sah sie verwundert an. »Alle Welt weiß, wie erregt Sie waren. Von daher hat diese Anweisung niemanden überrascht.«

Dieser Kommentar sollte Angelica vor möglicher Verlegenheit bewahren, wenn sie später aus ihrer Kabine kam. Es war eine nette Geste, auch wenn sie ihr im Augenblick eher unbehaglich war. Mit unverständlichem Murmeln nahm sie die Kaffeetasse entgegen und verbarg ihr Gesicht in dem heißen Dampf.

Die Haushälterin ging zurück zu der Kleiderkiste, sank vor ihr auf die Knie und suchte ein Tageskleid für Angelica heraus. Ohne sich umzudrehen, sagte sie: »Das haben Sie gut gemacht. Der Maître braucht eine Frau, die ihm eine echte Ehefrau ist, die ihm Kinder, eine Familie und all die Dinge gibt, die Teil eines schönen Lebens sind.«

Natürlich war es hoffnungslos gewesen zu denken, daß Estelle und wahrscheinlich auch Tit Jean nicht wußten, wie es zwischen ihr und Renold stand. Mit resignierter Stimme erwiderte Angelica: »Ich weiß nicht, warum Sie das sagen. Bisher hat er mir diese Wünsche nicht deutlich gemacht.«

»Männer wissen nicht immer, was gut für sie ist. Der Maître war in seinem Leben viel allein. Er ist wie ein leeres Boot, das den Fluß hinabtreibt. Er braucht einen Anker, braucht jemanden, an den er gebunden ist, dem er nützlich ist, damit er glücklich sein kann.«

Mit einem wehmütigen Lächeln sank Angelica in die Kissen zurück. »Ich wünschte, das wäre wahr.«

»Warten Sie's nur ab. Sie werden schon sehen«, tröstete Estelle. »So. Inzwischen haben Sie sich also daran gewöhnt, wieder an Bord eines Schiffes zu sein? Fühlen Sie sich gut genug, um aufzustehen?«

Erstaunlicherweise beunruhigte das beständige Rumpeln und Dröhnen der Maschinen Angelica nicht mehr. Sie war müde, ihre Handgelenke und Knöchel taten immer noch weh, und sie spürte eine unbekannte innere Empfindlichkeit, aber nur selten zuvor hatte sie sich körperlich wohler gefühlt als jetzt.

»Ja?« fragte Estelle. »Hervorragend! Also, was ziehen Sie an, den blauen Körperstoff oder den goldfarbenen Samt?«

Es regnete immer noch, als Angelica aus ihrer Kabine trat. Sie trug das blaue Kleid und ein kurzes Schultercape gegen die Feuchtigkeit, und ihr Haar war geflochten und zu einem Krönchen auf ihrem Kopf zusammengedreht, damit es dem Wind an Deck widerstand. Sie hatte die Absicht, im Schutz des Texasdecks zum Kesseldeck zu spazieren, was vielleicht die Spinnweben aus ihrem Hirn vertreiben würde. Falls sie darüber hinaus noch ihren Mut und ihr neues Gefühl der Unverwundbarkeit testen wollte, dann ging das außer ihr selbst niemanden etwas an.

Das Schiff wurde von einer leichten Brise geschüttelt, die es ein wenig schwanken ließ und die den nebelverhangenen Nieselregen unter den Überhang trieb, so daß die Decks auf der Windseite rutschig waren. Auf der Leeseite konnte man stehen und zusehen, wie die diesige, grüne Uferlinie vorüberglitt. Der Rauch aus den Schornsteinen peitschte um das Deck und verdarb die Luft mit seinem beißenden Geruch. Der Regen wurde stärker und prasselte silbernen Pfeilen gleich auf die glatte, metallisch graue Oberfläche des Flusses herab, als sei sie ein riesiges eisernes Schild.

»Hier also versteckst du dich. Überlegst du, ob du springen sollst, oder hast du eine plötzliche Leidenschaft entwickelt für das, was dich bisher immer angewidert hat?«

Beim leisen und doch beißenden Klang der Stimme fuhr Angelica herum. Sie hatte die Absicht gehabt, Renold ernst und gefaßt gegenüberzutreten und sich in keiner Weise anmerken zu lassen, daß sie sich an die Ereignisse der letzten Nacht erinnerte. Es war unmöglich.

Und außerdem reichte die versteckte Bedeutung dessen, was er gerade gesagt hatte, bereits aus, daß sie die Fassung verlor. Wie vor Dampfschiffen hatte sie einst auch vor den körperlichen Konsequenzen einer Eheschließung Angst gehabt. Und sie hatte sich schon gefragt, ob es ihr vielleicht an Wärme und Leidenschaft mangelte. Wie dumm sie doch gewesen war.

Sie lachte, ein kehliger, wissender Laut, den sie kaum erkannte, als er über ihre Lippen drang. »Nein«, sagte sie, »und ja, vielleicht.«

Er lächelte kurz. »Ich nehme an, es geht dir so gut, wie es den Anschein hat?«

»Sollte es das nicht?« Der Blick, den sie ihm unter gesenkten Wimpern zuwarf, war nicht provozierend gemeint. Nicht ganz.

»Ich dachte, ich hätte dich vielleicht über Gebühr beansprucht. Schließlich ist es noch nicht allzulange her, daß du krank und bettlägerig warst.«

Seine Stimme hatte einen grimmigen, ironischen Ton, der sie nervös werden ließ. Mit geröteten Wangen reagierte sie auf die Andeutung hinter seinen Worten. »Es scheint mir nicht geschadet zu haben.«

»Dann ist es vielleicht gut, wenn du mitkommst und auch die anderen davon überzeugst. Sie scheinen zu denken, ich sei ein menschenfressendes Ungeheuer, weil ich dich gezwungen habe, mit uns an Bord zu gehen. Und sie sind sich nicht ganz sicher, ob ich dich vielleicht in deine Kabine gesperrt habe, um die körperlichen Schäden zu verbergen, die du durch mich erfahren hast.«

Sie riß entgeistert die Augen auf. »Das ist ja wohl nicht dein Ernst!«

»Nein?« fragte er und verzog spöttisch den Mund. »Diejenigen, die einen Mann am besten kennen, sind normalerweise auch diejenigen, die ihm die schlimmsten Dinge zutrauen.«

Vielleicht hatte er übertrieben, aber sie wurde mit solchen Rufen der Erleichterung und Freude willkommen geheißen, daß sie sich nicht mehr ganz sicher war. Außerdem wärmte ihr die Begeisterung der anderen, sie wohlbehalten wiederzusehen, das Herz, und sie fand es angenehm zu denken, man hätte sie vielleicht tatsächlich vermißt. Vielleicht würde sie sogar eines Tages wieder das Gefühl haben, als gehöre sie irgendwo hin. Renold war nicht der einzige, der eine Familie zu seinem Glück brauchte.

Aber zugleich war er es, der ihr Vertrauen in die Zukunft am ehesten erschütterte. Zurückgezogen, nachdenklich, enthielt er sich jeglicher Freudenbezeugung oder mitfühlenden Bemerkung, die ihr vielleicht das Gefühl gab, willkommen zu sein. Sein Blick, wenn er sie zufällig ansah, war undurchdringlich wie ein Fenster, hinter dem Dunkelheit lag; seine Augen reflektierten alles, aber verrieten nichts, was sich hinter ihnen verbarg.

Das Dampfschiff *General Quitman* war weniger luxuriös, als es die *Queen Kathleen* gewesen war. Hätte Angelica dies nicht bereits an ihrer spartanisch eingerichteten Kabine erkannt, dann hätte ein kurzer Aufenthalt im Hauptsalon ausgereicht, damit sie es sah. Der offene Raum war praktisch eingerichtet mit schlichten Tischen und Stühlen aus Eichenholz. Die Lampen hatte keinerlei Verzierung aus Messing oder Kristall, sondern bestanden aus einfachen Kolben hinter rotbemaltem Blech. Auf dem rauhen Holzboden lagen keine Teppiche, und an den Fenstern hingen keine Vorhänge. Die Pfosten, die die Decke trugen, waren einfache Holzbalken ohne jeden Schmuck.

Die Vorliebe der anderen Damen für Baumwolle und anderen groben Stoff, und die kurzen Jacken, die flachen Hüte und die formlosen Hosen aus grobem Leinen, die die Herren trugen, wiesen diese als Farmer oder Kleinstadthändler aus. Diese Reisenden blieben unter sich, wobei die Männer in Grüppchen zu dritt oder zu viert in der Nähe der häufig benutzten Spucknäpfe standen, und die Frauen mit den Kindern zusammensaßen und miteinander tuschelten. Ihr Interesse an den elegant gekleideten Mitgliedern von Renolds Reisegesellschaft schien groß zu sein, nach ihren unverhohlenen Blick zu urteilen, doch es war schwierig, ihnen direkt in die Augen zu sehen.

Das Mittagessen kündigte sich durch den durchdringenden Geruch heißen Öls und verkochten Essens an. Das Menü, das die Kellner ankündigten, konnte man sich leicht merken, denn es bestand aus lauter gebratenen oder gebackenen Dingen, angefangen bei Hähnchen über Speck bis hin zum Apfelkuchen, der als Nachtisch serviert wurde. Zu trinken gab es nicht Wein, sondern Whisky, der ohne großes Zeremoniell in irdenen Krügen hereingetragen und vor den Gästen auf den Tisch geknallt wurde. Daß das Mahl genau dem Geschmack der meisten Passagiere entsprach, war deutlich, denn kaum schoben sie sich die Servietten unter das Kinn, stießen sie begeistert mit ihren Gabeln zu

Der Kapitän des Dampfschiffs hatte den Vorsitz am obersten Tisch, an dem Angelica mit den anderen Mitgliedern ihrer Gruppe saß. Er war ein freundlicher Mann mit einem massigen Körper und einem roten Gesicht, ein Anzeichen dafür, daß er Essen und Trinken in jeder Form genoß. Seine Uniform machte die mangelnde Eleganz des Schiffes wieder wett. Sie war aus feinstem schwarzem Tuch und wies ein lächerliches Übermaß an Schulterklappen, Rüschen, Streifen und Borten auf.

»Wie ich sehe, Madam Harden«, sagte er, als er sich zu ihr beugte, und seine Finger auf ihre Hand legte, »nehmen Sie nichts von dem feinen Getränk, das vor Ihnen steht. Verständlich, denn ich nehme an, Sie sind starken Alkohol nicht gewöhnt. Wenn Sie möchten, bestelle ich Ihnen ein wenig Wein aus meinen privaten Vorräten.«

»Sehr freundlich von Ihnen«, erwiderte Angelica und entzog ihm ihre Hand. »Aber das kann ich wohl kaum verlangen.«

»Oh doch. Es ist mir eine Freude, einer Dame wie Ihnen gefällig zu sein. Ich weiß nicht, wann ich das letzte Mal das Vergnügen hatte, eine solch zarte Blume an Bord meines Schiffes zu sehen. Sie müssen mir also gestatten, Ihnen diesen kleinen Gefallen zu tun.«

»Manche Gefallen haben Konsequenzen, von denen vorher niemand etwas ahnt«, sagte Renold. Er saß am Ende des Tisches und studierte das Whiskyglas in seiner Hand. »Ich habe bereits Wein für meine Frau bestellt. Mein Kammerdiener ist schon unterwegs.«

Der Kapitän fuhr zusammen, und sein Gesicht wurde puterrot. »Mein guter Mann! Ich hatte nicht die Absicht, Ihnen oder Ihrer Gattin zu nahe zu treten.«

»Sie hatten die Absicht, dafür zu sorgen, daß sie Ihnen einen Gefallen schuldig ist, und daß Sie sie deswegen über Gebühr in Anspruch nehmen können«, erwiderte Renold in schneidendem Ton. »Aber das gelingt Ihnen nicht. Und ich rate Ihnen, belassen Sie es bei diesem einen Versuch.«

»Sie sind ein verdammt unangenehmer Bursche!« Der Kapitän fühlte sich eindeutig in seiner Würde verletzt, aber er wußte nicht, welches die angemessene Reaktion auf einen solchen Angriff war.

Renold bedachte ihn mit einem warnenden Blick. »Sie wissen gar nicht, wie unangenehm.«

»Bitte«, mischte sich Angelica ein und blickte von einem zum anderen. »Es besteht keine Veranlassung, ausfallend zu werden.«

Die beiden Männer achteten kaum auf sie. Die Nasenflügel

des Kapitäns bebten, als er Renold stirnrunzelnd ansah und fauchte: »Ich hätte große Lust, Sie von meinem Schiff zu werfen.«

»Versuchen Sie es«, empfahl Renold ihm.

Hier und da hoben andere Gäste die Köpfe und hörten den beiden Streithähnen zu. Um ihnen allen weitere Peinlichkeiten zu ersparen, sagte Angelica: »Ich bin sicher, der Kapitän hat es nur gut gemeint, und vor allem glaube ich kaum, daß er versuchen würde, mich vor deinen Augen zu hofieren.«

»Nun«, sagte Renold und bedachte sie mit einem boshaften Blick, »es ist nicht immer einfach, dich im Auge zu behalten, wie du weißt.«

»Wenn du von gestern abend sprichst, so weiß ich wirklich nicht, wie ich es hätte vermeiden sollen, abwesend zu sein!«

Sein Blick ruhte einen Augenblick auf ihrer Brust, die sich so heftig hob und senkte, daß man merkte, wie empört sie war. An seinem Kiefer zuckte ein Muskel, als er voll bitterer Ironie zurückgab: »Erlaube mir den Vorschlag, deine Intelligenz zu nutzen und vielleicht in Zukunft die Tür abzuschließen, wenn du irgendwo schläfst.«

Deborah rang nach Luft und blickte stirnrunzelnd zwischen Angelica und ihrem Halbbruder hin und her. Ihr gegenüber hob Michel den Kopf. »Also bitte«, sagte er. »Das ist nicht fair, und das weißt du genau.«

Renold sah sich langsam nach ihm um. »Ich weiß, mein Freund, daß dein Interesse am Wohlergehen meiner zauberhaften Frau das Interesse des Kapitäns noch übertrifft. Aber ich nehme zu deinen Gunsten an, daß zumindest ein Teil deines Interesses so etwas wie echtes Mitgefühl ist.«

»Warum sollte sie Mitgefühl brauchen, es sei denn, ihr würde irgendeine Gefahr durch dich drohen?« fragte Michel.

»Ich dachte, das hätten wir geklärt«, erwiderte Renold, »oder möchtest du sie untersuchen, um zu sehen, ob sie irgendwelche blauen Flecken hat?«

Michels hübsches Gesicht verriet, daß er ehrlich beleidigt war. »Weißt du –«

»Ich weiß, daß du mein Verhalten mißbilligst, obwohl du meine Gründe und Ziele nur allzugut kennst. Aber vielleicht erinnerst du dich daran, daß meine Geduld mit dir, auch wenn du mein Freund bist, nicht unbegrenzt ist.«

Michel machte eine Bewegung, als habe er die Absicht aufzustehen, doch Deborah streckte die Hand aus und berührte zart sein Handgelenk. Obgleich er sie nicht ansah, beruhigte er sich. Sekundenlang sagte er nichts und starrte Renold böse an. Schließlich meinte er: »Darüber werden wir uns später unterhalten.«

»Unproduktiv, unnötig und deshalb höchst unwahrscheinlich«, meinte Renold dazu.

Michel preßte nur schweigend die Lippen zusammen. In diesem Augenblick trat Tit Jean mit zwei Flaschen Wein durch die Tür, was für sie alle eine willkommene Abwechslung war. Mit entschlossener Stimme stellte Deborah Angelica eine Frage bezüglich eines anderen Themas und sorgte dadurch für eine Art von Normalität.

Niemand sprach mehr über den Zwischenfall, doch auch später noch waren deutliche Nachwirkungen zu sehen. Eine direkte Folge der Auseinandersetzung war, daß Michel für den Rest des Nachmittags in Angelicas Nähe blieb, so daß er auch in ihrer Nähe war, als der Dampfer an die Holzsammelstelle kam. Vielleicht war es auch eine Folge des Streits, daß er ihr anbot, sie zu begleiten, als sie den Wunsch aussprach, kurz von Bord zu gehen, um sich ein wenig die Beine zu vertreten. Und auf jeden Fall war es eine eindeutige Trotzreaktion auf Renolds Bevormundung, daß sie das Angebot dankbar annahm und an seinem Arm die Gangway hinunterschritt.

Die Holzsammelstelle war ein blühendes Unternehmen, wenn auch nicht allzu beeindruckend. Sie wurde von einem Mann und seinen beiden ältesten Söhnen geleitet und bestand aus einem viereckigen Holzhaus in der Mitte eines offenen Platzes, auf dem die Stümpfe von Bäumen zu sehen waren, die man gefällt hatte, um die vorbeifahrenden Dampfschiffe mit neuem Brennstoff zu versehen. Das Holz, das inzwischen von einem klapprigen Ochsengespann von entlegeneren Stellen herangeschafft wurde, war in langen Unterständen übereinander gestapelt, von denen aus das Ufer des Flusses problemlos zu erreichen war. Vor der Tür der Hütte saß eine schlampige Frau, die eine Steppdecke nähte, während sie gleichzeitig ein halbes Dutzend in Lumpen gekleideter Kinder im Auge behielt, die trotz des nebligen Regens im Schlamm herumalberten.

Man hatte das Gefühl, als sei alles nur für eine Übergangszeit gemacht. Durch die grob gezimmerte Tür der Hütte fiel bestimmt selbst dann noch das Tageslicht, wenn sie geschlossen war, die Läden vor den unverglasten Fenstern hingen trostlos in den Scharnieren, und nirgends waren kleine Nettigkeiten wie Stufen, eine Veranda oder auch nur Vorhänge zu sehen. Wenn sämtliche Bäume in einer annehmbaren Entfernung vom Fluß gefällt worden waren, ginge auch der Besitzer der Holzsammelstelle auf und davon.

Die Frau in der Tür starrte Michel und Angelica an, als kämen sie aus einer anderen Welt. Wahrscheinlich ging nicht oft jemand von Bord, und noch seltener kam wohl jemand den Weg vom Wasser heraufspaziert. Angelica nickte lächelnd und überlegte, wie das Leben dieser Frau wohl sein mochte, ob sie glücklich war trotz der Mühsal, die sie erduldete, oder ob sie sich wohl manchmal nach etwas Besserem sehnte, ob sie ihren Mann liebte oder sich nur in ihr Schicksal ergab.

Liebe. Was für ein seltsames Gefühl; wie schwer zu erkennen, zu fassen und festzuhalten sie doch war. Es war möglich, sie zu empfinden und anzunehmen, und doch wurden Sekunden später die warme Großmut und das jauchzende Herz durch Zorn und Schmerz verdrängt, so daß an die Stelle der Liebe unendliche Leere trat.

Gestern nacht hatte sie gedacht, daß das, was sie für Renold empfand, Liebe war. Sie war sich so sicher gewesen, daß nur Liebe ihr ein derart wunderbares Vergnügen bereiten konnte, daß nur Liebe die unglaubliche Zärtlichkeit und Leidenschaft wachzurufen vermochte, die ihr im Ehebett zuteil geworden war. Heute allerdings wurde sie von Zweifeln gequält. War es möglich, daß der Schmerz, den seine Distanziertheit und sein Zorn in ihr wachriefen, auch ein Maß ihrer Liebe war? Vielleicht, aber sie wußte es nicht mit Sicherheit.

Angelica blieb stehen und schlang das Regencape, das Deborah ihr geliehen hatte, enger um sich, ehe sie den schlammigen Weg zurückblickte, den sie mit Michel heraufgekommen war. Die Matrosen, die das Holz an Bord des Schiffes trugen, gingen gemächlich zu Werk, es bestand also keine Eile, zurückzugehen.

Der bleierne Himmel hing schwer über ihr, und der Regen prasselte leise auf die Kapuze ihres Capes. Ihre Röcke hingen schlaff und schwer an ihren Beinen herab, so daß der Saum den Schlamm streifte, aber es war ihr egal.

Neben ihr zog Michel seinen Hut tiefer ins Gesicht und klappte den Kragen seiner regenabweisenden Jacke hoch. Das Herumgezupfe war vielleicht ein Zeichen dafür, wie unbehaglich er sich fühlte, wenn er Bemerkungen persönlicher Natur machte, und seine Stimme war knurrig, als er sprach. »Sie dürfen Renolds Worten keine allzu große Beachtung schenken. Er hat manchmal eine geradezu dämonische Zunge, aber er meint nicht die Hälfte von dem, was er sagt.«

»Meinen Sie?« fragte sie und sah ihn skeptisch an.

»Ich will damit nicht sagen, daß er nur leere Drohungen ausstößt – davon ist er weit entfernt.« Er wandte den Blick von ihr ab und blickte auf den Fluß hinaus. »Aber trotzdem denke ich, daß Renold manchmal anderen gegenüber den

Wilden spielt, wenn die Person, auf die er den größten Zorn verspürt, er selber ist.«

Sie lächelte schwach. »Sie sind ein sehr nachsichtiger Mann.«

»Ganz und gar nicht.« Michel schüttelte so heftig den Kopf, daß eine kleine Wasserfontäne vom Rand seines Hutes stob. »In der Tat hätte ich ihm vorhin beim Mittagessen am liebsten meine Faust ins Gesicht gerammt.« Er lachte trocken auf. »Nicht, daß ich ihn jemals besiegen würde, es sei denn, aus dem Hinterhalt heraus. Aber ich gebe mir die größte Mühe, ihm gewisse Zugeständnisse zu machen, zum ersten, weil ich weiß, daß er heute einen fürchterlichen Kater hat und zum zweiten, weil ich sehe, daß er vor Eifersucht bald vergeht.«

Diese Dinge beeindruckten Angelica nicht allzusehr. »Ich dachte, wir hätten bereits besprochen, daß er keinen Grund zur Eifersucht hat, was Sie betrifft.«

»Er braucht nicht unbedingt einen Grund«, stellte Michel tonlos fest. »Und seine Eifersucht beschränkt sich gewiß nicht auf mich, sondern erstreckt sich auf jeden Mann, der auch nur einen Blick in Ihre Richtung wirft. Renold ist sich Ihrer nicht sicher, wissen sie, denn er weiß –«

»Ja?« fragte sie, als er innehielt. Sie verstand beim besten Willen nicht, wovon er sprach.

»Nun, die Art Ihrer ersten Begegnung war ziemlich ungewöhnlich, nicht wahr? Oh, es war dramatisch und all das, aber er hat die Situation in der ihm eigenen arroganten Art schamlos ausgenutzt und nun – tja, nun kann er sich nicht sicher sein, ob Sie überhaupt Interesse daran haben, seine Frau zu sein.«

»Genausowenig, wie ich sicher sein kann, daß er mich als Ehefrau will.«

»Ja, aber das ist etwas anderes. Sie sind eine Frau. Natürlich haben Sie erwartet, den Mann zu heiraten, der für Sie vorgesehen war, und zwar aus Gründen, die mehr mit Geld und gesellschaftlichem Status zu tun hatten als mit Gefühl.«

Sie starrte ihn verwundert an. »Ich wüßte nicht, daß ich so etwas erwartet hätte.«

»So laufen die Dinge nun einmal«, sagte er mitleidsvoll, als sei damit alles beantwortet. »Auf jeden Fall können Sie als Frau annehmen, daß Renold Sie haben wollte, sonst hätte er sich nicht solche Mühe gemacht.«

»Das ist nicht das gleiche«, stellte sie leise fest.

Er bedachte sie mit einem eiligen, nachdenklichen Blick. »Vielleicht nicht. Aber die Sache ist die: Renold weiß, daß er falsch gehandelt hat, und er findet so lange keine Ruhe, bis er sich Ihrer sicherer sein kann.«

Die Worte waren unglücklich gewählt, wahrscheinlich das Ergebnis seiner Nervosität, dachte sie. Trotzdem überkam sie ein Frösteln. Hatte Renold sie nur deshalb vor ihren Entführern gerettet, weil er behalten wollte, was er als sein Eigentum betrachtete? Hatte er seine Rechte als Ehemann, nachdem er zuvor so lange geduldig gewesen war, nun geltend gemacht, weil er dachte, auf diese Weise könne er sich ihrer sicherer sein? Hatte er die Macht, die ihm seine Fähigkeiten als Liebhaber über sie gaben, benutzt, um sie zu kontrollieren? Versuchte er mit seinem Garten und seinen Geschenken und seinen Küssen nur, sie dazu zu bewegen, daß sie ihm ihre Liebe schenkte?

Michel sah sie an. »Ich habe Sie aufgeregt, obwohl das bestimmt nicht in meiner Absicht lag. Es tut mir leid.«

»Das braucht es nicht«, sagte sie angespannt. »Es ist nicht Ihre Schuld. Ich verstehe ihn nur nicht.«

»Ich auch nicht ganz, und ich kenne ihn viel länger als Sie.« Michel machte eine Pause. »Ich denke, es hat viel mit Clotilde zu tun und mit dem, was sie ihm angetan hat.«

»Daß sie ihn fallengelassen hat, um einen Mann zu heiraten, der mehr Geld hat als er?«

»Das Geld war ihr nicht so wichtig wie der Name, die gesellschaftliche Stellung – lauter Dinge, die Renold niemals ändern kann. Aber das war nicht das Schlimmste. Schließlich war da noch sein Sohn.«

»Ja, ich habe ihn gesehen. Dafür hat sie gesorgt.«

Michel kniff die Lippen zusammen. »Sie liebt es, einem ein Messer ins Herz zu bohren. Wissen Sie, sie weiß ganz genau, von welcher Bedeutung Blutsbande für Renold sind. Sie hält den Jungen absichtlich von ihm fern, aber zugleich stellt sie ihn vor ihm zur Schau, macht ihm immer wieder klar, daß er der Vater ist. Das tut sie, um Renold dafür zu bestrafen, daß er sich an ihrem aristokratischen Spiel von Liebe außerhalb der Ehe nicht beteiligen will. Sie hat ihm seinen Sohn genommen, und das hat er ihr nicht verziehen. Und wird es auch niemals tun.

»*Er ist kein Mensch, der verzeiht –*«

»Also traut er Frauen nicht«, stellte Angelica fest.

»Das kann er nicht. Er ist zu oft betrogen worden, selbst seine Mutter hat ihm übel mitgespielt.«

»Seine Mutter?«

Er sah sie zweifelnd an. »Sie wissen über die Umstände seiner Geburt?«

»Daß er unehelich ist? Ja, das hat er mir erzählt.«

»Hat er Ihnen auch erzählt, daß seine Mutter ihn über alle Maßen liebte, bis sie seinen Stiefvater traf, der reich und ehrenwert war? Anschließend hat sie Renold nicht weniger geliebt, aber er brachte sie in Verlegenheit, seine Gegenwart erinnerte sie ständig daran, daß sie niemals so ehrbar sein würde wie sämtliche Menschen in ihrer Nachbarschaft.«

Angelica schüttelte den Kopf. »Ich habe mich schon gewundert, warum er nie von ihr gesprochen und sie nie besucht hat.«

»Oh, die beiden haben immer noch sehr guten Kontakt,

falls Sie das meinen«, sagte Michel, ohne ihr in die Augen zu sehen. »Sie hat nie versucht, ihn zu verstecken oder zu verleugnen. Obwohl ich glaube, daß sie erleichtert war, als er ging und seinen eigenen Haushalt in New Orleans gründete. Er wußte es. Es tat ihm weh.«

»Ich glaube, ich verstehe«, sagte sie langsam, ehe sie dem Mann neben ihr in die Augen sah. »Sie sind ein wirklich guter Freund, wenn Sie sich solche Sorgen um ihn machen.«

»Nicht nur um ihn«, stellte er errötend fest. Er blickte auf seine Stiefel und starrte dann abermals auf den Fluß hinaus. »Tja, nun, ich wollte Sie nur wissen lassen, daß nichts, was Sie getan haben, Renold in Wut versetzt hat. Es war nur – die ganze Situation.«

Sie blickte über das nasse Land und die häßlichen, enthaupteten Baumstümpfe und dachte über die Dinge nach, die er gesagt hatte, während ihr die Kälte des Tages in die Knochen drang. Schließlich sagte sie: »Wie gewöhnlich hatte er recht, nicht wahr? Sie bemitleiden mich.« Sie sah Michel an. »Warum?«

Er zögerte. Was auch immer er hatte sagen wollen, blieb ungesagt, vielleicht aus Loyalität gegenüber seinem Freund. Er setzte ein müdes Lächeln auf. »Ich glaube, Renold sprach von Mitgefühl. Das ist etwas anderes. Sie sind eine wunderbare Frau und das Opfer tragischer Umstände, und außerdem sind Sie geheimnisvoll.« Er zuckte mit den Schultern. »Renold kennt mich gut genug, um zu verstehen, daß eine solche Kombination einfach unwiderstehlich für mich ist.«

Was genau meinte er damit? Sie war zu verwirrt, um hinter seine Worte zu sehen. »Sie waren sehr freundlich zu mir, und ich danke Ihnen dafür.«

»Es ist sehr leicht, freundlich zu Ihnen zu sein«, stellte er mit seinem einzigartig süßen Lächeln fest, nahm ihre Hand und hob sie an seinen Mund.

Es war eine Geste, die seine freundschaftlichen Gefühle für

sie verriet, nicht wesentlich intimer als ein Schulterklopfen. Aber als er den Kopf hob, atmete er hörbar ein. Angelica folgte seinem Blick und erstarrte.

Barhäuptig trotz des Regens stand Renold auf dem Vorderdeck des Dampfers und hatte die Hände auf die Reling gestützt. Er beobachtete sie.

Als sie mit Michel zum Schiff zurückkehrte, fiel es ihr ungemein schwer, sich lässig und unbesorgt zu geben. Ihre Knie waren stocksteif, ihre Miene starr, und ihre Hand auf seinem Arm fühlte sich an wie aus Eis. Einmal stolperte sie und hatte das Gefühl, schrecklich tolpatschig zu sein. Ihre Röcke schleiften durch die Pfützen und schlabberten schmutzig naß um ihre Schuhspitzen. Der Regen schlug ihr ins Gesicht und tropfte trostlos von ihrer Nasenspitze herab. Ihre Rückkehr hatte die Eleganz und den Stil einer billigen Beerdigungsprozession.

Vor ihnen auf dem Schiff trat eine weitere Gestalt an Deck. Seine Halbschwester. Ebensosehr, um ihre Anspannung loszuwerden, wie aus jedem anderen Grund sagte Angelica zu dem Mann, der neben ihr ging: »Deborah hat ihr Möglichstes getan, um Ihnen beim Essen behilflich zu sein. Ich wußte gar nicht, wie gern sie Sie hat.«

Michel sah sie verwundert an. »Ich glaube, sie wollte eher Sie beschützen. Mich hält sie für einen frivolen Schurken, der ihre Aufmerksamkeit kaum verdient.«

»Das bezweifle ich.«

»Ach ja? Dann haben Sie offenbar noch nicht bemerkt, daß sie alle Männer an ihrem Bruder mißt. Ich stehe viel zu sehr in Renolds Schatten, um ihre Aufmerksamkeit zu erregen.«

»Aber das würden Sie gern, nicht wahr?« Angelica legte den Kopf schräg, um unter den Rand seines Huts zu sehen.

»Welcher Mann würde das nicht?« Er zuckte hilflos mit den Schultern.

Soviel zu ihren Ängsten, er hätte vielleicht ein wenig zu

viel Gefühl für sie. In nüchternem Ton sagte sie: »Dann müssen Sie etwas tun, um sie für sich einzunehmen.«

»Falls sie jemals entführt werden sollte, können Sie sicher sein, daß ich zu ihrer Rettung eile«, sagte er und verzog das Gesicht.

Sie lachte, und sie beide spazierten gut gelaunt nebeneinander die Gangway hinauf. Was nicht unbedingt das beste Mittel war, um ihren Ehemann zu besänftigen.

»Wenn du mir gesagt hättest, daß du dich auf dem Schiff eingeengt fühlst«, begrüßte Renold sie mit schneidendem Ton, »dann hätte ich mich darum gekümmert.«

Plötzlich waren Angelica die Gefühle ihres Gatten, ob sie nur gerechtfertigt waren oder nicht, egal. Michel und Deborah wußten vielleicht nicht, welche Bedeutung seine Worte hatten, aber sie verstand nur allzugut. Mehrere Antworten fielen ihr ein, aber sie verwarf sie als allzu verräterisch. Mit geschwellter Brust sagte sie: »Unmöglich. Du warst nicht da.«

»Oh?« fragte er leise, während er vortrat und ihren Arm nah. »Aber jetzt bin ich es.«

Kapitel vierzehn

Angelica ließ zu, daß Renold sie von den anderen fort zu ihrer Kabine führte. Was sonst sollte sie tun? Er war ihr Ehemann, und sie verspürte nicht den Wunsch, daß es so schnell zu einer weiteren Szene kam.

Was sie jedoch nicht davon abhielt, seine arroganten Methoden zu mißbilligen. Er bildete sich ein, er könnte sie einem Wechselbad der Gefühle aussetzen, sie im einen Augenblick küssen, um im nächsten Augenblick zu gehen, und sie nähme alles hin und wäre zufrieden damit. Er wollte offenbar, daß sie herumsaß und Däumchen drehte, demütig und bescheiden, bis er beschloß, wieder einmal von ihr Notiz zu nehmen oder dafür zu sorgen, daß sie Unterhaltung fand.

Vielleicht hatte er die falsche Frau geheiratet.

Bisher hatte sie sich nicht in der Lage gefühlt, sich ihm in irgendeiner Weise entgegenzustellen. Die Situation war so eigenartig gewesen, ihre Verletzungen und ihre Trauer hatten sie derart verwirrt, daß sie wie ein entwurzelter Schößling im schnell dahinfließenden Strom seines Willens mitgerissen worden war. Doch das war nun vorbei.

Sie hatten das Kesseldeck erreicht und strebten zum Steuerbordeingang, der näher an ihrer Kabine lag. Sie waren allein. Die anderen Passagiere hielten sich entweder drinnen auf, außer Reichweite der Feuchtigkeit, oder auf dem Deck, das auf die Landseite hinausging, von wo aus sie beobachteten, wie das schwere Gespann die Holzsammelstelle verließ.

»Halt«, sagte Angelica und zog ihre behandschuhte Hand aus der Beuge seines Ellbogens, als sie stehenblieb. »Das ist weit genug.«

Renold fuhr zu ihr herum und baute sich so vor ihr auf, daß der Regen sie nicht mehr traf. Mit leiser Stimme fragte er: »Oh, kämpferisch gestimmt? Ich würde dich gern mehr verwöhnen, aber dies ist weder die rechte Zeit noch der rechte Ort dazu.«

»Verwöhnen? Ich bin kein kleines Kind, das man verwöhnt – oder das man einfach auf sein Zimmer führt, weil es sich in einer Weise benommen hat, die man nicht billigen mag. Was in aller Welt ist nur los mit dir? Warum setzt du mich, ganz zu schweigen von Michel, einer derart schlechten Laune aus? Wenn du eifersüchtig bist, dann laß mich dir sagen, daß du Michel eine Entschuldigung schuldig bist.« Ihr schwindelte vom schnellen Schlag ihres Herzens, aber es war wunderbar, genau zu sagen, was sie empfand.

»Was für ein herrlicher Anblick zu sehen, wie du dich zu Michels Verteidigung erhebst. Ich bin sicher, er wäre dir dankbar dafür. Oder vielleicht erwartet er auch nichts anderes, denn offenbar habt ihr beide euch ja zusammengetan.«

»Das ist absurd! Ich kenne ihn nur flüchtig als einen Bekannten, der mir in deinem Haus begegnet ist. Wenn du ihn nicht eingeladen hättest mitzukommen, hätten wir gar keine Gelegenheit gehabt, gemeinsam am Ufer spazierenzugehen. Und wenn du aufhören würdest, uns beide ständig anzugreifen, dann bestünde keine Veranlassung für uns, uns gegen dich zusammenzutun.«

»Nicht unlogisch«, erwiderte er und bedachte sie mit einem durchdringenden Blick. »Aber deine Argumentation weist mehrere Fehler auf. Erstens: Die Zeit spielt keine allzu große Rolle in der Beziehung zwischen einem Mann und einer Frau, jeder von ihnen kann sich innerhalb eines Augenblicks in den anderen verlieben. Zweitens: Ich habe Michel nicht eingeladen, er hat sich uns aufgedrängt. Drittens: Ich greife keinen von euch beiden an, sondern ich versuche lediglich, meine Frau zu beschützen. Und ich hoffe, du bist meiner Meinung, wenn ich behaupte, ich hätte ein gewisses Recht dazu.«

»Dein Schutz weist starke Ähnlichkeit mit einer Gefangenschaft auf.« Sie unterbrach sich und atmete mit einem herzergreifenden Seufzer aus. »Oh, in Ordnung, mit ist klar, daß du eine gewisse Verantwortung für mich empfindest. Aber falls ich wegen deiner Geschäfte in Gefahr bin, dann verstehe ich nicht, warum du mich alleine läßt, so daß ich Michel bitten muß, mich zu eskortieren.«

Er lächelte schwach. »Beschwerst du dich etwa darüber, daß ich dich vernachlässige? Nun, das hätte ich nicht gedacht, vor allem, da du offenbar so viel dagegen hast, daß ich dich in unsere Kabine geleite, wo ich dich besser überwachen kann.«

Ein eigenartiger Schauder rann ihren Rücken hinab, verursacht von dem Blick aus seinen smaragdgrünen Augen, mit dem er sie maß. »Ich habe lediglich sagen wollen, daß ich nicht verstehe, was du dagegen hast, wenn Michel mich begleitet, denn schließlich ist er dein Freund. Die tatsächliche Gefahr liegt inzwischen bestimmt weit hinter uns, und mit allem, was auf einer Holzsammelstelle passieren kann, kommt Michel sicher zurecht.«

»Zweifellos, aber weißt du, ich habe einfach etwas dagegen, wenn er meine Rolle als dein Retter übernimmt.«

Sie setzte ein zorniges Stirnrunzeln auf. »Wenn du meinst –«

»Was für eine lebhafte Phantasie du doch hast, mein Schatz. Ja, ich meine. Genau wie er, bekäme er die Gelegenheit dazu. Er ist fasziniert von dir, wenn auch vielleicht nicht unbedingt in dich verliebt, aber ich nehme an, er würde sich dazu überreden lassen, deine Dankesbezeugungen anzunehmen, egal in welcher Form du sie ihm entgegenzubringen gedenkst.«

Seine Stimme hatte einen Unterton, der sie innehalten ließ. Mit veränderter Stimme fragte sie: »Ist das der Grund dafür, daß ich es deiner Meinung nach –«

»Daß du es meiner Meinung nach unterlassen hast, dich meinen Annäherungsversuchen als Ehemann entgegenzustellen?« beendete er ihren Satz, während sie noch nach den passenden Worten zu suchen schien. »Ja, obwohl ich nicht den Fehler begehe, zu denken, daß es nicht auch noch andere Gründe gab.«

Sie war ein unsicheres und obendrein unangenehmes Gebiet. Also kam sie eilends auf das vorherige Thema zurück. »Ich kann mir nicht vorstellen, warum du glaubst, du verstündest, was Michel fühlt. Er hat nicht das geringste Anzeichen dafür gegeben, daß er mir etwas anderes als großen Respekt entgegenbringt.«

»Das würde er als Gentleman auch niemals tun. Aber du bist schön und allein und verfolgt. Wie soll er dir da widerstehen?«

Michel hatte etwas ganz Ähnliches gesagt. Mit grimmigem Lächeln sagte sie: »Er spielt mir gegenüber also den treuen Galan.«

»Unter anderem.«

»Und wie steht es mit dir? Ist das der Grund, weshalb du mich geheiratet hast?«

»Da ich kein Gentleman bin«, stellte er boshaft fest, »habe ich keine Verwendung für bloße Galanterie.«

Es war lächerlich, daß sie bei dieser Aussage Freude empfand, aber dies war ihre Hauptreaktion auf seinen Satz. Fast hätte sie ein echtes Lächeln aufgesetzt, fast hätte sie ihm gezeigt, wie erleichtert sie war.

Dann atmete er tief ein und fuhr fort. »Ich habe dich wegen deiner Mitgift geheiratet.«

Sie spürte, wie ihr Herz gegen die Wände ihres Brustkorbes schlug. Sie riß den Kopf hoch und starrte ihn mit großen Augen an. »Das ist unmöglich. Du konntest gar nichts davon wissen, bevor ich es dir erzählt habe.«

»Da irrst du dich. Ich wußte es längst, da in Natchez von nichts anderem mehr die Rede war.«

Das Dröhnen der Maschinen verstärkte sich, als sich die Geschwindigkeit des Schiffes steigerte. Durch die hölzernen

Deckaufbauten über ihnen pfiff der Wind. Er drang durch Angelicas Regencape, und um sich vor der Kälte zu schützen, schlang sie die Arme um sich. »Das ergibt keinen Sinn«, sagte sie. »Du bist ein reicher Mann, und ich hätte geschworen, daß du keinen sonderlichen Gefallen findest an derart weltlichen Arrangements.«

»Stimmt«, sagte er ruhig. »Aber ich habe ein ungeheures Interesse daran, das Eigentum meiner Familie zurückzugewinnen. Weißt du, mein Stiefvater war Gerald Delaup.«

Das war genug. Den Namen kannte sie nur allzu genau. Gerald Delaup war der ehemalige Besitzer von Bonheur, und er hatte die Plantage bei einem Spiel an ihren Vater verloren.

Der Regen trieb in Böen über den Schiffsbug und über das Deck. Die ungestrichenen Zypressenplanken glänzten naß, während das Wasser von der langen Reling troff. Die Luft war schwer vom Geruch des nassen Holzes, der sich mit dem Schlammgeruch des Flusses verband. Angelica sog die feuchte Luft tief in ihre Lungen, ehe sie sagte: »Du hast mich also geheiratet, um dein Erbe zurückzuerlangen.«

»Nicht mein Erbe, sondern das meiner Mutter. Und Deborahs.«

»Aber als mein Ehemann wirst du die Plantage nutzen können, wirst du sie kontrollieren, wirst sie besitzen, wenn auch nicht dem Namen nach. Wie – clever von dir.«

»Ich hätte dir das alles lieber etwas später erzählt. Aber das wurde unmöglich, sobald ich beschloß, nach Bonheur zu fahren.«

»Sie alle dort werden dich erkennen, sie alle werden dich mit Namen begrüßen.« Die Regentropfen, die ihre Wange benetzten, waren heiß. Sie hatte das Gefühl, als hätte man ihr plötzlich eine schwere Last auf die Schultern gelegt, die sie auf das Deck niederdrückte.

»Einschließlich meiner Mutter, die immer noch dort lebt«, stimmte er ihr zu.

»Deborah und Michel? Wissen sie darüber Bescheid?«

Er nickte. »Aber es wird dich freuen zu erfahren, daß sie genau wie du der Meinung sind, meine Methoden wären verabscheuungswürdig und arrogant.«

Deborah. Irgendwie hatte Angelica angenommen, ihr Nachname sei Harden, wie Renolds. Als sie sich nun zurückbesann, fiel ihr ein, daß Michel bei der gegenseitigen Vorstellung gestottert, daß er ihren Nachnamen nie erwähnt hatte. Sie hatte gedacht, er hätte es in der Aufregung über ihr unerwartetes Auftauchen übersehen.

Sie brauchte all ihre Willenskraft, um den Kopf zu wenden und ihren Ehemann anzusehen. Mit ihr selbst fremder Stimme fragte sie: »Sind sie ebenfalls der Ansicht, daß du prinzipienlos und ein – verderbter Teufel bist?«

»Oh, das versteht sich von selbst.« Er sah sie vollkommen reglos an.

Reno war völlig durchnäßt. Sie sah, wie der Regen aus seinem Haar rann und von seinem Ohrläppchen troff. Sie verspürte den geradezu überwältigenden Drang, ihn aus der Nässe zu ziehen, ihn zu trocknen und zu trösten. Eine typisch weibliche Schwäche, die nicht im geringsten in ihrer Persönlichkeit begründet lag.

Mit angespannter, ironischer Stimme sagte sie: »Kein Wunder, daß du so durcheinander gewesen bist, wenn du ein solches Geständnis ablegen mußtest, ehe du bereit dazu warst.«

»Ich hatte gehofft, zu einem späteren Zeitpunkt wäre es dir vielleicht egal.«

Das Geräusch, das ihr entfuhr, hatte nicht unbedingt einen freundlichen Klang. »Und was hätte deiner Meinung nach diesen Stimmungswechsel bei mir ausgelöst? Eine Schwangerschaft? Nur Mut, vielleicht hast du dieses Ziel ja bereits erreicht. Immerhin ist es dir gelungen, dafür zu sorgen, daß zumindest die Möglichkeit besteht.«

»Du hältst mich in der Tat für verderbt«, stellte er leise fest. »Ich könnte dir erzählen, daß die Vollziehung unserer Ehe etwas war, das ich bis gestern nacht vermieden habe, obwohl es mir schwergefallen ist. Ich könnte sagen, daß es weder geplant noch kaltblütig gemeint war. Aber du würdest mir wohl kaum glauben, nicht wahr?«

Sie verspürte einen stechenden Schmerz in ihrem Innern, der sich durch nichts lindern ließ. »Die Chancen, daß ich dir das glauben würde, stehen extrem schlecht.«

»Da spricht die Tochter des Spielers. Was mich daran erinnert, daß du kein Monopol auf Trauer oder Empörung hast.«

Der Zorn verlieh ihrer Stimme Kraft. »Wenn du damit sagen willst, daß mein Vater in irgendeiner Weise schuld am Tod deines Stiefvaters war, dann möchte ich dich daran erinnern, daß es kein Gesetz gibt, das es verbietet, Karten zu spielen oder dabei zu gewinnen.«

Alle Farbe wich aus seinem Gesicht, und in seinen Augen blitzte Zorn auf. Er öffnete den Mund und schloß ihn abrupt wieder.

Er hat etwas sagen wollen, dachte sie, doch dann hat er es unterlassen, weil – er zu gut erzogen ist? Weil er noch in irgendeiner Weise Rücksicht auf ihre Gefühle nahm? Angesichts all der Dinge, die er so rückhaltlos ausgesprochen hatte, konnte, sie sich nicht vorstellen, was so schrecklich sein sollte, daß ihm sein Mitgefühl jetzt zu schweigen gebot.

Oder vielleicht konnte sie es doch?

Aus einer plötzlichen Angst heraus, er könnte vielleicht doch noch seinen Widerwillen, zu sprechen überwinden, sagte sie: »Warum hast du mich nicht einfach gefragt? Du hast einmal davon gesprochen, daß man Ehen aus praktischen Erwägungen schließen kann. Warum hast du mir nicht einfach diesen Vorschlag gemacht?«

»Nach dem Fiasko an Bord der *Queen Kathleen*?« fragte er mit humorloser Ironie. »Ich war mir nicht sicher, ob du nach deiner Genesung einsehen würdest, wie vernünftig eine solche Heirat wäre. Außerdem hatte ich das untrügliche Gefühl, daß du von einer Ehe mehr verlangst. Nein. Es stand zu viel auf dem Spiel, und nicht ich wäre derjenige gewesen, der alles verloren hätte, hätte es nicht funktioniert.«

»Falls du von deiner Mutter und Deborah sprichst, so denke ich, daß die beiden durchaus in der Lage sind, für sich selbst zu sorgen.«

Er ballte die Faust und vergrub sie in der Jackentasche. »Sicher, solange es um nichts anderes als ein Dach über dem Kopf und ein paar hübsche Kleider geht. Aber es geht um Bonheur, die Plantage, die seit hundert Jahren im Besitz der Delaup-Familie war. Es ist der Ort, an den meine Mutter kam, als sie heiratete und für den sie sich seither persönlich verantwortlich fühlt, in den sie all ihre Energie und Tatkraft investiert. Ohne Bonheur hätte sie keinen Grund mehr zu leben. Und dann ist da noch Deborah. Auch wenn sie noch so viel auf das trübselige Landleben schimpft, steckt ihr Bonheur doch im Blut. Es ist ein Teil von ihr, und niemand wird es ihr jemals fortnehmen, das verspreche ich dir.«

Sie beobachtete ihn, während ihr Herz in ihrem Brustkorb schwoll. Da er kein eigenes Erbe hatte, hütete er das seiner Mutter und seiner Halbschwester, als wäre es etwas Goldenes, Unersetzbares. Sie respektierte ihn für diesen Impuls, aber seine Methoden widerten sie an.

Mit ruhiger Stimme sagte sie: »Trotz alledem würde ich sagen, daß eine Spielschuld in deinen Augen eine Ehrenschuld ist, etwas, das bezahlt werden muß. Oder ist das vielleicht der wahre Grund, weshalb du mich geheiratet hast? Mit dem dir eigenen Einfallsreichtum hast du einen Weg gefunden, um die Schuld deines Vaters zu begleichen, während seine Familie ihren Besitz behält.«

Seine Augen schienen zu glühen, aber er antwortete ihr nicht. Schwieg er so beharrlich, weil sie seine Motive erraten hatte? Oder weil der von ihr vorgebrachte Grund für die Eheschließung ebenso inakzeptabel wie die Wahrheit war?

Sie hielt es nicht länger aus. Sie mußte fort von hier, mußte unbedingt nachdenken, mußte überlegen, wie sie weiter vorgehen sollte. Oder überlegen, ob es überhaupt irgendeine Möglichkeit für sie gab, die Geschehnisse zu beeinflussen.

Mit gepreßter Stimme sagte sie: »Ich bin sicher, daß du mich entschuldigst, wenn ich dich im Augenblick nicht in unsere Kabine begleite. Irgendwie ziehe ich es im Moment vor, alleine zu sein.« Mit einem schweren Schwung ihrer feuchten, schmutzigen Röcke machte sie kehrt und stapfte davon.

»Komm wenigstens in den Hauptsalon«, rief er ihr nach. »Hier draußen erfrierst du noch.«

»Das ist wohl eher unwahrscheinlich«, rief sie über die Schulter zurück. »Wenn man wütend ist, ist einem bekanntlich siedendheiß.«

»Und verletzter Stolz wärmt offenbar noch mehr. Ich hätte dir auch Liebesworte ins Ohr flüstern können. Vielleicht wäre das geschickter gewesen als meine Ehrlichkeit.«

Sie blieb stehen. Ihre Muskeln schmerzten, als sie versuchte, sich umzudrehen. Nach einem Augenblick trat sie einen Schritt vor und sagte mit verächtlich ruhigem Ton: »Mir ist es lieber so.«

»Mir auch«, sagte er, doch durch den Regen und den Wind drangen seine Worte kaum an ihr Ohr.

In der Nähe des Hecks auf der Leeseite des Dampfschiffs gab es eine Stelle, an der das Holzgitter eines Belüftungsschachts in die Wand gelassen war. Offenbar war dieser Schacht mit der Küche verbunden, denn durch die Öffnung drang warme, nach gehackten Zwiebeln, ranzigem Fett und abgestandenem Waschwasser stinkende Luft.

Angelica blieb gegenüber dem Gitter stehen und kehrte den Decksaufbauten den Rücken zu. Sie spürte weder die

Vibrationen der Motoren noch das beständige Dröhnen des sich drehenden Schaufelrads. Schwarze Fahnen von Holzrauch brannten ihr in den Augen, und noch dunklere Schleier trieben über das Wasser und mischten sich dort mit dem Regen, der vom Himmel fiel. Sie kniff die Augen zusammen, damit sie die winzigen Ruß- und Aschepartikel nicht abbekam, und ignorierte den Schmutz, der an ihren feuchten Kleidern haften blieb.

Ihre Gedanken drehten sich unaufhörlich im Kreis. Sie wünschte, sie könnte dem Chaos in ihrem Kopf Einhalt gebieten, doch allzu viele Möglichkeiten boten sich ihr, allzu viele gefühlsmäßig Katastrophen bahnten sich an. In diesem Wirrwarr nach der Wahrheit zu stochern, war, als wühlte sie mit bloßen Händen in einem Abfallhaufen herum.

Renold, der sie im Speisesaal der *Queen Kathleen* beobachtete. Jene Nacht in ihrer Kabine, vor der Explosion. Die Hochzeit, an die sie sich nicht erinnerte. Die letzte Nacht oder besser gesagt die frühen Morgenstunden hinter den geschlossenen Fensterläden ihrer Kabine auf der *General Quitman*.

Argwohn. Dies war das vorherrschende Gefühl, das sie im Augenblick empfand.

Diesen Erinnerungen gegenüber stand anderes, was ihr ebenso stark im Gedächtnis geblieben war. Renold, wie er neben ihr saß, während sie schlief. Ein Garten, wie durch Zauberhand aus dem Nichts geschaffen. Der Zauber einer Opernarie. Sein Auftauchen im Hinterzimmer einer schmierigen Kneipe, die Hoffnung, die er ihr gab.

Sie war von Natur aus ein optimistischer Mensch, und sie zog es vor, die Menschen von ihrer besten Seite zu sehen. Such nach dem Guten, und du findest es. Wenn du allerdings nach dem Schlimmsten suchst, findest du auch das. Hieß das, sie war naiv, oder war es lediglich ein Beweis dafür, daß jeder gute und schlechte Seiten in sich barg? War Charakter eine

Frage der Moral oder lediglich eine Frage des richtigen Zeitpunkts, der Dringlichkeit und der Umstände?

Ihr Vater war kein schlechter Mensch gewesen. Genial, belesen, ein guter, freundlicher Mensch, ein liebevoller Vater auf seine Art. Er hatte einen gewissen Lebensstil genossen. Wenn er eine Schwäche für jede Form des Spiels hatte, so war dies eine Schwäche, die er gemein hatte mit vielen anderen.

Dessen ungeachtet hatte er etwas Falsches getan. Er hätte niemals hinnehmen dürfen, daß ein anderer Mann sein Heim als Wetteinsatz bot. Und vor allem hätte er niemals falschspielen dürfen, noch nicht einmal, um dafür zu sorgen, daß die Zukunft seiner Tochter gesichert war.

Dies war der Grund für sein Handeln gewesen, das wußte Angelica. Andernfalls hätte er den Einsatz des anderen Mannes niemals akzeptiert.

Edmund Carew hatte betrogen, um Bonheur zu gewinnen, und Gerald Delaup hatte es verloren und war daran zugrunde gegangen. Das Falschspiel war es, was Renold ihr bisher verschwiegen hatte, statt es ihr ins Gesicht zu schleudern in seinem Zorn. Dies war die schmachvolle Wahrheit, die er aus Mitgefühl und Respekt vor dem Andenken an ihren Vater ersparen wollte.

Sie war ihm dankbar dafür. Sein Verhalten ihr gegenüber war gewissermaßen galant. Und gleichzeitig schmerzte es sie, daß seine Verschwiegenheit für sie so wichtig gewesen war.

Ein Stückchen unterhalb der Stelle, an der sie stand, trat ein Mann aus der Tür. Er wippte auf den Absätzen, schob seine Daumen in die Taschen seiner leuchtend roten Gobelinweste und blickte auf den Fluß hinaus. Als er sich ihrer Anwesenheit bewußt wurde, sah er sie mit zusammengekniffenen Augen an, ließ die Hände sinken und trat auf sie zu.

Angelica hoffte, daß er nur ein wenig frische Luft schnappen wollte und an ihr vorbeigehen würde, doch er hatte etwas anderes vor.

»Probleme, kleine Lady?« fragte er mit leiser, einschmeichelnder Stimme, während er sich vorbeugte und den Hut vor ihr zog. Er ließ die flache Kopfbedeckung sinken und fügte hinzu: »Vielleicht kann ich Ihnen irgendwie behilflich sein?«

»Nein danke«, erwiderte sie kühl und ohne ihn anzusehen.

Der Gentleman bedachte sie mit einem beleidigten Blick. »Sie denken doch sicher nicht, daß ich Ihnen etwas tun will. Sie bräuchten schließlich nur zu schreien, und schon käme die Hälfte der Passagiere angerannt. Es stimmt, die meisten kämen wohl eher aus Neugierde, aber kommen würden sie. Nicht, daß dazu irgendeine Veranlassung bestünde. Ich krümme Ihnen bestimmt kein Haar auf Ihrem hübschen Kopf, das verspreche ich. Na los, erzählen Sie, was Sie so traurig macht.«

»Ich versichere Ihnen, es ist alles in Ordnung. Bitte machen Sie sich keine Sorgen um mich.«

Er warf den Kopf in den Nacken und sah sie bewundernd an. Der Wind wehte ihm einige grauschwarz melierte Haarsträhnen in die Stirn. Er strich sie zurück und rieb sich mit den Fingern über das schlaffe, schlecht rasierte Kinn. Dann entblößte er mit einem geübten, wenn auch leicht schlaffen Lächeln zwei Reihen gelber Zähne und sagte: »Aber meine Liebe, ich lasse Sie bestimmt nicht alleine hier stehen. Sie sehen recht verloren aus.« Er trat einen Schritt näher an sie heran. »Vielleicht sollte ich bleiben und mich ein wenig mit Ihnen unterhalten. Das ist das Mindeste, was ich für Sie tun kann. Sind Sie vielleicht allein unterwegs? Aber nein, ich glaube, ich sah Sie vor nicht allzu langer Zeit mit einem Gentleman ins Gespräch vertieft.«

»Mit meinem Ehemann«, erwiderte sie knapp.

»Tatsächlich? Wie unhöflich von ihm, Sie ganz allein im Regen stehenzulassen. Haben Sie vielleicht irgendwelche Schwierigkeiten mit ihm?«

»Nichts von Bedeutung. Aber ich möchte Sie wirklich bitten, mich jetzt allein zu lassen, Sir.« Sie wußte nicht, wie sie sich hätte klarer ausdrücken sollen.

»Wie betrüblich es doch ist, einer Lady einen Wunsch abzuschlagen, aber das Mitgefühl für einen Mitmenschen macht es erforderlich. Wenn Sie nicht in Ihre Kabine oder in den Hauptsalon zurückkehren möchten, dann könnte ich Ihnen vielleicht meine eigene bescheidene Unterkunft anbieten. Dort sind Sie sicher und geschützt. Die Tür ist nur einen Schritt entfernt.«

Das Angebot war so dreist, daß es geradezu eine Beleidigung war, eine kaum verhüllte Aufforderung, der wohl nur eine vollkommen naive oder eine erfahrene Frau nachkommen würde, die Spaß hätte an der Gesellschaft eines alternden Lebemanns. Dennoch kamen ihr der Mann und das, was er sagte, beunruhigend bekannt vor.

Dann wußte sie es.

Es war nicht der Mann, sondern es waren die Umstände. Sie hatte schon einmal allein an Deck eines Dampfschiffes gestanden. Damals wie jetzt war ein Mann auf sie zugetreten, dessen Absicht sich von dem, was er sagte, deutlich unterschied.

Aber dieses Mal brauchte sie keine Hilfe. Dieses Mal verstand sie wesentlich besser, worum es ging. Dieses Mal fand sie den Mann nicht attraktiv.

Renold war geschickter gewesen. Und zugleich offener. Er hatte sie wiederholte Male gewarnt, aber sie hatte seinen Warnungen keine Beachtung geschenkt. War sie möglicherweise bereitwilliger auf sein Spiel eingegangen, als sie nun gewillt war, sich einzugestehen?

Hatte sie vielleicht unbewußt nach einem Vorwand gesucht, um ihre Verlobung zu lösen und die geplante Heirat zu umgehen? Hatte sie sich verführen lassen wollen?

Der letzte Gedanke ging mit einer solch erschreckenden Selbsterkenntnis einher, daß sie sich die Hände vor den Mund hielt, um nicht zu schreien.

Der Lebemann war ehrlich alarmiert. »Also bitte, ich wollte Sie nicht beunruhigen. Soll ich Ihren Gatten holen gehen? Wird Ihnen das helfen?«

Sie schüttelte heftig den Kopf.

»Sie wollen ihn also nicht?« fragte er und sah sie verschlagen an. »Vielleicht würden Sie ihm gerne davonlaufen.« Er dachte einen Augenblick nach. »Ich sage Ihnen was. Es wird nicht mehr allzulange dauern, dann kommen wir zu einer Stadt – das weiß ich, weil ich die Reise aufgrund meines Berufs als Trommler in jeder Saison ein paarmal mache. Ich werde Sie unter meinem langen Umhang verstecken und mit Ihnen von Bord spazieren. Dann können wir uns irgendwo ein Zimmer suchen und warten, bis das nächste Schiff kommt. Wir können überall hin, nach Norden, Osten, Süden oder Westen, ganz wie es Ihnen gefällt. Frauen wie Sie können mit Josiah Fothergill machen, was ihnen gefällt.«

Das war er, ein Ausweg, eine Möglichkeit zur Flucht. Sie brauchte nur das Hilfsangebot des Mannes anzunehmen. Anschließend könnte sie ihn verlassen und ihrer eigenen Wege gehen.

Ja, aber wohin? Und wie? Renold zu verlassen und gleichzeitig immer noch ihren Besitzanspruch an Bonheur geltend zu machen, war ein Ding der Unmöglichkeit. Es wäre weder fair noch rechtens, zu nehmen, was ihrem Vater durch Falschspiel in die Hände gefallen war. Was also würde sie tun? Was, wenn die Zukunft, der sie entgegenginge, schlimmer war, als die, vor der sie floh?

Es gab keine echte Flucht. Es hatte sie nie gegeben.

»Nein danke«, sagte sie. »Sie sind zweifellos sehr nett, aber Sie können mir nicht helfen.«

Sein Lachen kam eher einem Schnauben gleich. »Ganz schön hochnäsig, wie? Aber wenn Sie so hochwohlgeboren sind, wie kommt es dann, daß Sie ganz allein hier draußen stehen? Wie kommt es, daß Sie kein Mädchen als Wachhund dabeihaben oder daß Sie nicht sofort wieder reingerannt sind, wo die Leute Sie sehen können? Ich glaube, Sie warten auf irgend etwas oder irgend jemanden. Warum also nehmen Sie nicht mich?«

Er trat noch dichter an sie heran und streckte die Hand nach ihrem Ellbogen aus, doch sie stieß ihm ihre behandschuhten Fingerspitzen gegen die Weste, damit er nicht näherkam.

»Ich habe abgewartet«, sagte sie, »um zu sehen, welchen Weg ich gehen muß. Sie erscheinen mir nicht gerade wie der geeignete Führer, aber vielleicht haben Sie mir trotzdem den richtigen Weg gezeigt. Und jetzt muß ich Sie bitten, mich allein zu lassen.«

Er bedachte sie mit einem mitleidigen Blick, schüttelte den Kopf und preßte sie rüde gegen die Wand. »Meinen Sie, so leicht würde man mich wieder los?«

Angelica öffnete den Mund zu einer Erwiderung, doch ehe sie sprechen konnte, wurde eine andere Stimme laut. Sie war scharf und zugleich tödlich sanft.

»Ich glaube, ja«, stellte Renold fest. »Und zwar sofort.«

Josiah Fothergill wurde kreidebleich. Seine Augen blitzten, und er öffnete den Mund, aber kein Laut drang heraus. Er ließ von Angelica ab, als habe er eins der heißen Schornsteinrohre berührt, hob die Hände und breitete hilflos die Arme aus.

»Treten Sie zurück«, wies Renold ihn an. Der harte Griff, in dem er Fothergills Kragen hielt, lockerte sich nicht.

»Hören Sie, es ist nicht so, wie Sie denken«, setzte Fothergill eilig an. »Die Lady –«

»Hat Sie gebeten zu gehen. Mindestens zweimal. Wenn Sie

es nicht verstehen, erkläre ich es Ihnen vielleicht noch einmal.« Renolds Miene verriet finstere Entschlossenheit und eine gleichzeitige Distanziertheit, deren Kälte erschreckend war.

»Sie sind ihr Ehemann.«

»Sie haben's erfaßt, wenn auch etwas spät.« Seine Worte klangen so unerbittlich wie zuvor.

»Sie ist eine selten tolle Frau. Ich kann es Ihnen nicht verdenken, daß Sie wütend sind. Aber trotzdem hätten Sie sie gar nicht erst allein lassen sollen.«

Ob der Trommler aus Mut oder Dummheit sprach, war nicht klar. Auf jeden Fall war Renold vollkommen ungerührt. »Sie war nicht allein. Keine Sekunde lang.«

Der andere Mann lachte auf. »Wen von uns beiden haben Sie dann also auf die Probe gestellt, alter Junge? Sie oder mich?«

Mit einem Fingerschnalzen ließ Renold den Mann los. »Keinen von beiden«, sagte er. »Mich selbst.«

Der andere Mann nickte, setzte seinen Hut auf und trat einen Schritt zurück. »Gratuliere. Auf jeden Fall haben Sie gewonnen, das ist klar.«

»Meinen Sie?« fragte Renold und sah in Angelicas regloses Gesicht.

Fothergill verbeugte sich und trat noch einen Schritt zurück. »Sie sind doch mit ihr verheiratet, oder nicht?«

Renolds Augen verrieten nicht mehr als der graugrüne Spiegel der Flußoberfläche. Voller Verachtung wandte er dem anderen Mann den Rücken zu und bot seiner Frau seinen Arm. Seine Hand bedeckte ihre trotz der Handschuhe eisigen Finger, und er führte sie davon.

Im Hauptsalon war es warm, und überall waren laute Gespräche zu hören. Sie blieben allerdings nicht stehen, und sie sprachen mit niemandem ein Wort. Allzu schnell erreichten sie ihre Kabinentür, die das Bild einer Bisonherde schmückte.

Angelica trat vor ihm ein. Während er die Tür hinter sich schloß, begann sie nervös, ihre Handschuhe auszuziehen.

Der Raum, den sie in der letzten Nacht kaum wahrgenommen hatte, wirkte noch schäbiger als in ihrer Erinnerung. Es gab ein hochgelegenes Bullauge und nur eine einzige Tür. Das Messingbett hätte unbedingt eine neue Politur benötigt. Der Krug und die Schüssel auf dem Regal, das als Waschtisch diente, waren angeschlagen, und nur ein Flickenteppich schützte vor den Splittern der Holzplanken, auf denen man ging. Der wenige Raum, der zur Verfügung stand, war mit ihren Truhen und Taschen angefüllt. Man konnte sich kaum rühren, und ganz sicher gab es nirgends ein mögliches Versteck.

Angelica legte ihre Handschuhe beiseite und streckte die Hand nach der Kapuze ihres Regencapes aus. Als sie zu Renold hinübersah, bemerkte sie, daß er die Tür verriegelte. Sie starrte ihn reglos an und verfolgte mit großen Augen, wie er sich umdrehte, an die schmale Tür lehnte und sie musterte.

Das Licht in der winzigen Kabine war ebenso dämmrig wie der graue Tag. Nur ein schwacher Schimmer drang vom Hauptsalon durch die Scheibe über der Tür, er reichte allerdings für sie aus, um seine entschlossene Miene und den Glanz in seinen Augen zu sehen.

»Entweder du bist die geborene Märtyrerin oder du mochtest deinen Befreier nicht«, sagte er. »Ich frage mich, welches von beiden dich davon abgehalten hat, mit ihm von Bord zu gehen. Weißt du, ich begehe nicht den Fehler zu denken, daß du deiner momentanen Situation den Vorzug gibst.«

Sie atmete mühsam ein. »Das Angebot des Gentleman hat mich einfach nicht interessiert.«

»Du hättest ihm ausweichen können, ihn täuschen, fesseln oder ihm einen Ring durch die Nase ziehen können, um ihn dorthin zu führen, wo du ihn haben wolltest. Warum hast du es nicht getan?«

»Du überschätzt meine Überredungskunst.«

»Aber keineswegs dein schauspielerisches Talent. Ich frage dich also noch einmal, warum?«

Sie wandte sich von ihm ab, öffnete die Bänder ihres Capes und ließ es von ihren Schultern gleiten. Mit gespielter Gleichgültigkeit fragte sie: »Nun, wie war noch die andere Möglichkeit? Oh ja, ich als Märtyrerin. Wenn mir mal wieder nur die Wahl zwischen zwei Übeln bleibt, dann ziehe ich zumindest den Teufel vor, der mir bereits bekannt ist. Ist das eine Antwort, die du akzeptierst?«

Seine Miene veränderte sich, und er trat näher an sie heran. In diesem Augenblick wurde ihr klar, daß dieser Satz ein Fehler gewesen war.

Panik wallte in ihr auf, und ihr Herz pochte wie wild in ihrer Brust. Als er noch näherkam, streckte sie die Hände aus, um ihn abzuwehren.

Er umfing ihre Handgelenke mit einem lockeren, aber kraftvollen Griff, schob sie hinter ihren Rücken und zog sie dicht an seine harte Brust. Das Cape fiel unbeachtet zu Boden, als sie sich in seinen Armen zurückbog, das Kinn reckte und ihn mit trotzig blitzenden Augen maß.

»Meine liebe Frau«, stellte er mit leiser Verzweiflung fest. »Ich glaube, inzwischen macht es dir regelrecht Spaß, mich aufzustacheln und mir Seitenhiebe zu versetzen, um zu sehen, inwieweit du mich reizen kannst. Aber dieses Spiel bleibt nicht folgenlos. Bist du bereit, auch die Konsequenzen zu tragen?«

Sie hätte wissen müssen, daß es niemals zu ihrem Vorteil wäre, ihn zu beleidigen. *Dann ziehe ich zumindest den Teufel vor.*

Diese Worte, diese dummen, schnoddrigen, gedankenlosen Worte, mit denen sie ihre heimlichsten Gedanken und Gefühle verriet. Das hatte sie nicht gewollt. Oder vielleicht doch?

War es überhaupt von Bedeutung, wenn ihr Herz in ihrer

Brust hämmerte, und ihr schwindelte aus einem Grund, der nichts zu tun hatte mit Zorn oder Verlegenheit, Verrat oder Fehlern der Vergangenheit? Sie begehrte ihn, brauchte ihn auf all die Arten, die er ihr in der letzten Nacht gezeigt hatte und die ihr mit Hilfe ihrer Phantasie und ihres guten Willens zu verfeinern gelungen war.

»Dies ist kein Spiel«, sagte sie mit leiser Verzweiflung. »Dafür sind die Einsätze viel zu hoch.«

»So etwas passiert, wenn das Spiel von Bedeutung ist. Aber dadurch ändern sich die Regeln nicht. Du bist drinnen oder draußen, du gewinnst oder verlierst, du bleibst oder gehst. Und wenn du gehst – wenn du aus dem Spiel aussteigst – dann bist du wegen Nichterfüllung die Verliererin.«

»Nicht«, sagte sie und blickte über seine Schulter an ihm vorbei. »Ich brauche keine Erinnerung.«

»Aber ich glaube, ich brauche sie. Sonst würde ich nicht in aller Bescheidenheit und ohne allzu große Hoffnung fragten, ob du nicht lange genug in deinen nassen Kleidern warst, ob du nicht wenigstens in dieser Beziehung deine Freiheit brauchst? Und ob du die Dienste eines Ehemannes, der ein gewisses Geschick im Umgang mit Knöpfen und Bändern hat, nicht vielleicht in Anspruch nehmen willst?«

»Ich bin ein bißchen – feucht«, erwiderte sie. Mehr brachte sie nicht heraus.

Langsam und vorsichtig drehte er sie um, bis sie mit dem Rücken zu ihm stand. Seine Finger auf den Knöpfen waren warm und zart. Sie schoben sich mit unfehlbarer Sicherheit ihren Rücken hinab. Diese sanfte Berührung reichte aus, um Angelica vor Erregung erschauern zu lassen.

Dieser Dienst war unglaublich intim, ein Vorspiel für größere Freiheiten, die er sich gewiß bald nahm. Er legte seine Finger um ihre Taille, umspannte ihren Bauch, und sein Daumen fuhr die weiche Rundung einer ihrer Brüste nach.

Und plötzlich kehrten ihre Gedanken in eine andere dämmrige Kabine zurück, in eine andere Zeit, so schnell, nachdem man erneut versucht hatte, sie zu verführen. Zu Renold, der sie genauso hielt.

Erinnerungen.

Es war alles so klar. Sie stand vollkommen reglos da, entsetzt, daß sie so lange gebraucht hatte, um zu begreifen.

Wie Renold selbst zugegeben hatte, hatte er gewußt, wer sie war, und warum sie auf der *Queen Kathleen* fuhr. Er war ein Mann, der nur wenige Dinge dem Zufall überließ, es konnte kein Zufall gewesen sein, daß er in jener Nacht vor ihrer Kabinentür stand.

Wie leicht hatte sie es ihm gemacht mit ihrem verzweifelten Bedürfnis, das Korsett loszusein, mit ihrer Unzufriedenheit, mit ihrer vertrauensseligen Natur. Oh ja, und dann war da noch ihre Bereitschaft gewesen, fasziniert zu sein.

Er hatte ihre Verführung geplant, wahrscheinlich vom Augenblick seiner Ankunft in Natchez an. Er hatte vorgehabt, sie ganz gleich auf welche Weise zu zwingen, ihn zu heiraten, damit er Bonheur in die Hände bekam.

Großer Gott. Tränen bildeten einen schmerzlichen Knoten in ihrem Hals, aber sie drängte sie zurück. Sie würde nicht weinen, jetzt nicht. Nie mehr.

So viele Knöpfe, aber nicht genug. Ihr Kleid war bereits bis unter die Taille geöffnet, seine Lippen strichen warm und glatt über ihre Schultern, und sein Atem hauchte sanft über ihren Hals. Dann spürte sie ein Ziehen an ihrer Taille, als er an den Bändern ihrer Unterröcke und ihrer Krinoline zog.

Was sollte sie tun?

So allein. Sie hatte niemanden mehr, niemanden außer ihm. Das Schicksal hatte es so gewollt, daß sie ihm alles gab. Er brauchte nur die Arme auszubreiten, und schon bekam er es.

Natürlich war er gewisse Risiken eingegangen.

Kein Wunder, daß er so verzweifelt versucht hatte, sie zu retten, daß er bereit gewesen war, soviel eigenen Schmerz in ihre Genesung zu investieren. Sie war stolz darauf gewesen, denn sie hatte sich eingebildet, daß persönliches Interesse an ihr zumindest einer seiner Beweggründe gewesen war. Was für eine Täuschung.

Und dann hatte er noch ihre Eheschließung arrangiert. Welcher Versprechungen, welcher Spenden für Kirchendächer und Altäre hatte es bedurft, um den Priester dazu zu bewegen, ihn mit einer Frau zu verheiraten, die praktisch im Koma lag?

Renold hatte hoch gesetzt. Um so weit zu gehen, mußte er angenommen haben, sie wäre bald tot. Zweifellos hatte er das Gefühl gehabt, die Hochzeit sei seine einzige Hoffnung, wollte er Bonheur jemals zurückgewinnen.

Wenn es überhaupt eine Hochzeit gegeben hatte. Er hatte gewußt, daß ihr Vater nicht mehr am Leben war. Wer also könnte die Zeremonie anzweifeln oder Beweise verlangen? Wer hatte überhaupt das Recht, gerichtliche Beweise dafür zu verlangen, daß es eine ordnungsgemäße Ehe zwischen ihnen gab?

Sie könnte es jetzt tun. Sie hätte es bereits zu Anfang tun können, wäre sie nicht so schwach gewesen und so voll der Bewunderung für ihren neuen Ehemann.

Wie plausibel hatte alles geklungen, wie ehrlich und besänftigend. Worte, nichts als Worte. Ein Strom von Erklärungen und Rechtfertigungen, von Großmut und Sorge, der dazu gedacht war, sie ruhig und abhängig zu halten und, ja, froh. Durchtrieben, wie er war, hatte er all die Dinge gesagt, die sie hatte hören wollen.

Und dennoch. Und dennoch. Hatte er sich nicht außerdem, soweit es ihm möglich war, bemüht, der perfekte Ehemann zu sein?

Sie atmete tief ein, als sich die Enge ihrer Unterröcke

lockerte. Seine Finger an ihrem Korsett, die die vorderen Haken öffneten, ließen ein Prickeln über ihre Haut laufen. Er machte eine Pause, strich die rauhen Erhebungen glatt und schob gleichzeitig seine Hände unter den Stoff, um über die Einkerbungen zu fahren, die die Unterwäsche auf ihrer Haut hinterließ. Schwindlig vor Erleichterung ließ sie ihren Gedanken abermals freien Lauf.

Renold hatte seine Gründe für das, was er tat. Ja, das mußte sie ihm zugestehen. Der Tod eines geliebten Menschen, der Verlust eines Lebensstils und eines unschätzbaren Erbes. Diese Dinge würden jeden Mann dazu bringen, auf Rache zu sinnen.

Aber warum sollte sie diejenige sein, die dafür geradestand? Sie hatte nichts Unrechtes getan.

Warum log er sie an? Warum war es ihm so wichtig, daß sie ihm ihre Liebe schenkte?

Sie entfernte sich von diesem Gedanken und kam auf etwas anderes. Eifersucht. Michel hatte gesagt, daß Renold daran litt. Wie sehr hatte er sich geirrt. Es war fast lachhaft, wie sehr.

Nein. Es war nicht lachhaft. Fast hätte sie ihm geglaubt. Es reichte aus, um in ihr das Bedürfnis zu wecken, sich aus lauter Scham zu verstecken.

Nein. Das täte sie nicht.

»Ich hätte dir auch Liebesworte ins Ohr flüstern können.«

Sie hatte gewußt, was er gemeint hatte, was er damit hatte sagen wollen. Sie mußte die Lügen von der Wahrheit trennen, das Echte vom Falschen, das rechte von dem, was unrecht war.

Doch das würde ihr nicht gelingen, wenn sie von ihm Antworten auf ihre Fragen verlangte, soviel wußte sie bereits. Und ebensowenig gelänge es ihr, wenn sie ihn verließ.

Nein. Sie würde bleiben, und sie würde alles tun, was erforderlich war, würde sogar ihr – wie hatte er es genannt? –

schauspielerisches Talent benutzen, bis sie hinter die ganze Wahrheit kam. Sie wäre die perfekte Ehefrau, lächelnd, gefügig, liebevoll, bis sie genau wußte, worum es ihm ging.

Liebevoll, ja. Dieser Teil ist wichtig, dachte sie, denn er verspürte Verlangen nach ihr. Das wußte sie, schließlich hatte er es ihr unverblümt gesagt. Vielleicht war dieses Verlangen eine Schwäche, die sich ausnutzen ließ, damit er ihr sein Herz und seine Gedanken öffnete.

Und wenn sie in der Liebe einen gewissen Trost für sich selber fand, wenn sie dort eine Basis für eine Zukunft fand, die keinen allzu großen Kompromiß erforderte, warum nicht? Sie hatte alles zu gewinnen, und zu verlieren gab es für sie fast nichts.

Inzwischen hielt nur noch Renolds Arm ihr Kleid. Sie spürte den auffordernden Druck seiner Hände und drehte sich langsam zu ihm um. Mit den Haken ihres Korsetts machte er kurzen Prozeß, so daß sie nur noch in ihrer dünnen Unterwäsche vor ihm stand. Plötzlich fühlte sie sich entblößt und verletzlich, doch Entschlossenheit und Erleichterung zauberten ein zittriges Lächeln auf ihr Gesicht.

Er sah sie mit dunklen, unergründlichen Augen an, neigte den Kopf, zögerte, und berührte ihren Mund.

Angelica schloß seufzend die Augen und ließ zu, daß seine Zunge zwischen ihre Lippen drang. Dann hob sie die Arme und schlang sie fest um seinen Hals.

Kapitel fünfzehn

Bonheur war schöner denn je. Vom Sonnenaufgang geküßt, erhob es sich wie ein Traum aus den letzten Schwaden des Morgendunsts. Jedes einzelne Blatt der Eichenbäume entlang der Einfahrt war mit einer Reihe diamantener Tautropfen benetzt. Die Rosen, die sich um die schlanken Säulen vor der Veranda rankten, nickten einem mit ihren rosigen Köpfen wie zur Begrüßung zu. Über dem Taubenschlag am Haus kreisten graue und weiße Tauben und stießen spitze, fröhliche Freudenschreie aus.

Renold liebte diesen Ort, hatte ihn schon geliebt, seit er als Junge auf dem Rücksitz der von seinem neuen Stiefvater gelenkten Kutsche kauernd zum ersten Mal hierhergekommen war. Bonheur war ihm wie verzaubert erschienen, ein Ort des Reichtums und der Schönheit, wo es sicher immer köstliche Dinge zu essen gab und wo einem jeder Wunsch erfüllbar schien.

Das solide, quadratische Haus war stattlich, doch nicht klobig, und eindrucksvoll, ohne unpersönlich zu sein. Aus dem Eingangsbereich im Erdgeschoß, das leicht erhöht auf einem Fundament aus handgemachten Ziegeln stand, ging man über eine Treppe in den Hauptwohnbereich im ersten Stock, und von dort weiter auf den mit Gauben versehenen Dachboden, der Schlafraum für zahlreiche Gäste bot. Das große Dachgeschoß breitete sich nach allen vier Seiten über ausgedehnte, Veranden ähnliche Galerien aus. Von diesen Galerien führten Flügeltüren ins Erdgeschoß und in jeden Raum des Hauptstockwerks, so daß auch die kleinste Brise angenehme Kühlung versprach. Das aus eigenen Zypressenbeständen errichtete Gebäude war mit sämtlichen Möbelstücken ausgestattet, die das Leben angenehm und bequem gestalteten. Für Renold war es die perfekte Verkörperung des Wortes »Heim«, denn es kam seinem Ideal so nahe wie irgend möglich.

Als er die Stufen zum Eingang erklomm, sah er sich wohlgefällig um. Es regnete schon seit den frühen Morgenstunden nicht mehr, aber in der Einfahrt waren noch kleine Pfützen zu sehen, in denen sich Rotkehlchen tummelten, und auf dem Rasen und dem Boden der Galerie waren gleichmäßig zarte, frische Blätter verteilt. Aus dem Umstand, daß bereits einige Männer abgebrochene Zweige und anderen Unrat einsammelten, schloß er, daß seine Mutter schon aufgestanden war.

Niemand hatte die kleine Reisegesellschaft von der Anlegestelle in der kleinen Stadt nahe der Plantage, wo man von Bord gegangen war, abgeholt. Natürlich hatte er auch niemanden erwartet, da ihre Abreise nicht geplant und ihre Ankunft nicht angekündigt gewesen war. Er hatte Angelica und Deborah unter dem Schutz von Estelle und Michel in einem Café abgesetzt, Tit Jean mit dem Gepäck zurückgelassen und sich allein auf den Weg nach Bonheur gemacht. Der Kammerdiener war entsetzt gewesen über die Vorstellung, daß der Maître ein Pferd mietete und allein die fünf Meilen zum Haus hinausritt, um dort eine Kutsche und einen Gepäckwagen zu bestellen, aber Renold hatte darauf bestanden, denn er wollte seine Mutter sprechen, ehe der Rest der Gruppe kam.

Sie saß in ihrem Wohnzimmer und blickte in den Garten hinaus. Vor ihr stand ein Tablett mit Kaffee, Toast und einem gekochten Ei, doch statt zu frühstücken, blätterte sie in einer Zeitung. Offenbar hatte sie gehört, daß jemand kam, denn als er in die Tür trat, blickte sie auf. Die Zeitung glitt ihr aus der Hand, und sie stand eilig auf.

Sie war einer der Menschen, zu denen das Alter freundlich war. Ihr schimmerndes braunes Haar war immer noch üppig und nur von wenigen silbrigen Strähnen durchwirkt. Schlank wie ein junges Mädchen, bewegte sie sich, dachte und sprach sie mit jugendlicher Behendigkeit. Ihr ovales Gesicht war klar, und die feinen Linien um ihre Augen und ihre Mundwinkel herum verrieten eher ihre menschliche Wärme als alternde Weiblichkeit. Sie war knapp sechzehn Jahre alt gewesen bei seiner Geburt, so daß sie nun kaum fünfzig war. Und sie sah noch jünger aus, trotz der schwarzen Garderobe, die sie in ihrer ungebrochenen Trauer trug.

Er ging mit langen Schritten auf sie zu. Als sie die Hände ausstreckte, ergriff er sie und führte sie an seine Lippen, bevor er sie in die Arme nahm und sanft herumdrehte, so daß die Schlüssel und Scheren und anderen Dinge, die sie an einer Silberkette um ihre Hüfte trug, gegen seine Schenkel klapperten.

Sie lachte leise, machte sich von ihm los und strich sich eine lose Strähne aus der Stirn. »Ich nehme an, du bist mit dem Dampfschiff gekommen. Ich habe die Pfeife gehört. Hast du schon etwas gegessen?«

Das war typisch für sie. Er lächelte. »Noch nicht. Ich bin nur lange genug in der Stadt geblieben, um dafür zu sorgen, daß die anderen gut untergebracht sind.«

»Dann kommt also meine Nachfolgerin zu Gast«, sagte sie, und alle Freude wich aus ihrem Blick.

»Ja.«

»Das heißt, eigentlich wird sie nicht Gast, sondern Gastgeberin sein«, stellte Madame Margaret Delaup verbittert fest. Sie wandte sich von Renold ab, ging zum Fenster und starrte blind in den Garten hinaus.

»Ja. Wirst du ihr dabei behilflich sein?«

Etwas in seiner Stimme bewegte sie dazu, sich umzudrehen. »Meinst du, daß das erforderlich sein wird? Nach dem, was Deborah mir berichtet hat, hatte ich eher den Eindruck, du hättest die Absicht, deine Frau hier einzuhüllen wie in einem Kokon.«

»In einen Kokon? Das wäre wohl recht unpassend, meinst du nicht?« Er sah seine Mutter abwartend an.

»Keine Ahnung, schließlich kenne ich sie nicht. Aber vielleicht zerreißt sie ihn ja auch.«

»Und stopft mir damit das Maul?« schlug er zögernd vor. »Ist es das, was du dir erträumst, oder befürchtest du das vielleicht nur?«

Sie zog eine Braue hoch. »Ist das etwa von Belang? Ich werde mich in diese Sache nicht einmischen. Frauen, die den Mann und damit den Sinn ihres Lebens verloren haben, sind berüchtigt dafür, sich in die Angelegenheiten ihrer Kinder einzumischen. Aber ich bin fest entschlossen, meinen Trauerflor nicht auszunutzen. Ich werde mich aus allem, was dich betrifft, heraushalten.«

»Meisterhaft«, beglückwünschte er sie leise. »Auf diese Weise hast du mir mit einem Satz einen liebevollen Tadel und eine Abfuhr erteilt. Aber meinst du es auch so?«

Sie preßte die Lippen zusammen. »Bitte versuch keine Tricks bei mir, die du von mir übernommen hast.«

»Dann rede keinen Unsinn. Geh ins Kloster, und dann glaube ich vielleicht, daß du die Absicht hast, mich gewähren zu lassen. Aber solange du hier bist, bin ich sicher, daß du mir täglich Vorträge über meinen Mangel an Feingefühl als Ehemann halten und mich stündlich nach meinem Gesundheitszustand fragen wirst.«

»Also gut, ich mache mir Sorgen um dich«, sagte sie und reckte trotzig das Kinn. »Was mich wirklich interessiert, ist, ob es eine Möglichkeit gibt, daß du in dieser Ehe wenn schon nicht Glück, so doch zumindest Frieden finden wirst.«

»Das weiß ich nicht.« Er fühlte Schweißtropfen zwischen seinen Schulterblättern herabrinnen, und sein Kopf schmerzte von all dem Hin und Her.

»Soll das heißen, daß dich dein Temperament und deine Kühnheit in eine Situation gebracht haben, die unüberschaubar und vor allem unkontrollierbar geworden ist?« Sie setzte ein spöttisches Lächeln auf. »Ich bin wirklich überrascht.«

»Wenn du mir damit zu verstehen gibst, daß mein Verhalten arrogant und verderbt zu nennen ist, dann spar dir die Mühe. Das habe ich bereits gehört.«

Sie sah ihn verwundert an. »Hat das etwa deine Frau zu dir gesagt?«

»Neben anderen wenig schmeichelhaften Dingen, ja.«

»Aber trotzdem ist sie immer noch bei dir?« Als sie ihn eingehend musterte, fielen ihr die dunklen Schatten unter seinen Augen auf.

»Glücklicherweise«, stellte er mit einer gewissen Zufriedenheit fest, »weiß sie nicht, wo sie sonst hin soll.«

Seine Mutter griff nach der Kaffeekanne und schenkte eine Tasse ein, die sie ihm reichte. Dann nahm sie eine Scheibe Toast, knabberte daran herum und strich sich eine Krume vom Mund. Mit unergründlichem Blick und nachdenklicher Stimme sagte sie: »Ich nehme an, sie ist attraktiv.«

Er verzog den Mund zu einem leichten Lächeln, doch sein Blick verharrte auf der dunklen Oberfläche des Kaffees. »Engelsblond.«

»Deborah sagt, daß sie trotz der schlechten Gewohnheiten ihres Vaters eine echte Lady ist.«

»Sie hat ein ausgezeichnetes Benehmen, eine angenehme Stimme und einen wachen Geist. Sie spricht sehr überlegt und enthält sich jeden Klatsches und jeder Bemerkung persönlicher Natur.«

»Und obendrein ist sie clever genug, dich dazu zu bewegen, für sie einzutreten. Wenn sie ein solcher Ausbund an Tugend ist, wie kommt es dann, daß sie dich vorgeschickt hat, um gut Wetter zu machen bei mir?« fragte seine Mutter in beißendem Ton.

»Das hat sie nicht getan. Es war meine Idee, vor ihr zu kommen und dich auf ihre Ankunft vorzubereiten.«

»Ich bin Witwe, mein lieber Sohn, keine Invalidin. Ich versichere dir, daß ich ein oder zwei Überraschungen durchaus verkraften kann. Außerdem bemerke ich immer noch, wenn ich dazu verleitet werden soll, mich in der Bildung meines eigenen Urteils zurückzuhalten.«

Er nickte abrupt. »Nicht deines eigenen Urteils, sondern deines Vorurteils. Es würde mich nicht überraschen, wenn du Edmund Carews Tochter verabscheuen würdest, noch ehe du sie das erste Mal siehst. Aber das wäre ein Fehler.«

»Einer, den du vielleicht schon begangen hast?«

Er zögerte, doch dann sagte er: »Genau.«

»Du möchtest also, daß ich mich mit ihr anfreunde, daß ich ihr den Weg ebne, daß ich vielleicht sogar meinen Platz räume, als wäre sie irgendein behütet aufgewachsenes Mädchen, das du als geliebte Braut nach Hause bringst.«

»Das wäre nett von dir.« Seine Miene veränderte sich nicht.

»Allerdings. Ja, und dann könnten wir zwei Frauen uns gegen den aufgeblasenen Kerl zusammenschließen, der für unsere peinliche Situation verantwortlich ist.«

»Du brauchst einfach über meine zahllosen Fehler zu schimpfen, denn dann bleibt ihr vielleicht nichts mehr, worüber sie sich beschweren kann.«

Sie runzelte die Stirn. »Ist es so schlimm? Was hast du nur getan?«

Er sah sie ernst an, erwiderte aber nichts.

Sie musterte ihn. »Und sie hat noch nicht versucht, dir im Schlaf den Hals umzudrehen?«

»Sie geht subtiler vor.«

Die Uhr auf dem Kaminsims schlug, und irgendwo draußen kündete das Krähen eines Hahnes vom Tagesbeginn. Der Duft heißen Kaffees und gerösteten Brots verstärkte sich.

»Gratuliere«, sagte seine Mutter zu ihm. »Wenn du die

Absicht hattest, meine Neugier und mein Mitgefühl zu wecken, dann hast du es geschafft. Es interessiert mich, die neue Herrin von Bonheur endlich zu sehen. Also bring sie sofort her.«

Das Pferd, das Renold für den Rückweg zur Anlegestelle sattelte, war ein leichter Wallach mit drei weißen Füßen. Gerald Delaups Lieblingstier hatte großes Temperament, und es drückte seinen Widerwillen gegen den kurzen Kanter den Fluß hinab und den anschließenden einschläfernden Trab neben der Kutsche damit aus, indem es den Kopf in den Nacken warf und für jeden Meter, den es vorwärtslief, drei Meter zur Seite tänzelte.

Das Pferd wollte in seinem eigenen Tempo nach Hause galoppieren, und Renold wollte es auch, aber Pflichtgefühl und Tradition hielten ihn davon ab.

Wie ein heimkehrender König mußte er es über sich ergehen lassen, daß man ihn auf Bonheur mit großen Ehren empfing. Und vor allem war es erforderlich, daß jeder einzelne Bewohner der Plantage Angelica als seine neue Gemahlin sah, sie billigte und ihr seinen Segen gab.

Die Glocke begann zu läuten als Zeichen, daß sie sich dem Haupthaus näherten. Allerdings wußten die meisten Bediensteten längst Bescheid. Die Einfahrt war von den dunklen, lächelnden Gesichtern der Feldarbeiter gesäumt, während die Hausangestellten entsprechend ihrer Rangfolge aufgereiht auf der Treppe warteten.

Er überlegte, was Angelica wohl beim Anblick ihres neuen Zuhauses empfand, überlegte, ob es ihren Erwartungen entsprach und ob sie es mit den gleichen Augen sah wie er. Sah sie das sauber gemähte Frühlingsgras unter den ergrünenden Eichen, sah sie die gewundene Einfahrt, an deren Ende sich das gemütliche alte Haus mit der in einem gesonderten Flügel untergebrachten Küche und Junggesellenwohnung erhob? Bemerkte sie das Haus des Aufsehers und die Krankenstation, die Ställe und Scheunen, die Böttcherei, die Schmiede, die Räuchereien, die Futterkrippen und die entfernter gelegenen Sklavenunterkünfte, alle frisch gekalkt? Sah sie die reiche Zuckerrohrernte, die auf den Feldern wogte wie zu ihrem Empfang? Erkannte sie, mit wieviel Sorgfalt und Überlegung jedes Detail erarbeitet worden war?

Verstand sie, daß es all diese Dinge gab, weil dem verstorbenen Besitzer das Wohl seines Landes, seines Heims, seiner Familie und seiner Leute eine Herzensangelegenheit gewesen war? Gerald Delaup hatte nie etwas beschädigt, sondern stets dafür gesorgt, daß alles in gutem Zustand war, daß jeder bei guter Gesundheit und der Boden bestens beackert war.

In fetten Jahren wie in mageren hatte es großer Gewissenhaftigkeit, besonderer Aufmerksamkeit und beständiger Ausgaben bedurft, damit alles in so wunderbarem Zustand blieb. Außerdem hatte es Zeit gebraucht. Bonheur hatte über Generationen hinweg die Schweißtropfen der Delaups gespürt, was der bestmögliche Dünger war.

Geralds Großvater, Pierre Delaup – so hatte Gerald an lagen Winterabenden gern erzählt – war der rastlose jüngere Sohn eines unbedeutenden Adelsgeschlechts gewesen. Aufgrund seiner Liaison mit der Mätresse eines Ministers Ludwigs XV. war er in Paris in Schwierigkeiten geraten, und man hatte ihn zur Strafe nach Louisiana deportiert. Er hatte sich in dem fremden Land gut eingelebt, und bald hatte er eine Anstellung auf einer Plantage Seiner Majestät gefunden. Nur kurze Zeit später hatte er die Tochter eines Pflanzers geehelicht, der ein riesiges Stück Land am Fluß besaß. Ein Teil des Grundstücks und ein Haus hatten die Mitgift des Mädchens ausgemacht. Sie hatte die Eichen entlang der Einfahrt gepflanzt, wobei sie die Eicheln aus einem Vorrat in ihrer rüschenverzierten Schürze fallen ließ. Pierre Delaup hatte den Rest gemacht.

Geralds Vater und Gerald waren Pierres Beispiel gefolgt.

Sie hatten geplant, überlegt und in Hemdsärmeln neben ihren Arbeitern geschuftet, um etwas zu bauen, das erhaltenswert war. Daß ein Ort, dessen Perfektionierung Generationen gedauert hatte, innerhalb eines Kartenspiels verloren werden konnte, überstieg jede Vorstellungskraft.

Renold wandte den Kopf in Angelicas Richtung und merkte, daß sie ihn beobachtete. Ihr Gesicht war ernst und ihr Blick voll madonnengleicher Trauer und Bescheidenheit. Falls sie das Gefühl hatte, nach Hause zu kommen, falls sie irgendwelchen Besitzstolz empfand, so war sie höflich genug, es zu verheimlichen.

Höflichkeit und so etwas wie gute Erziehung ließen sie darüber hinaus die erste Stunde überstehen. Er wußte, es war keine Kaltblütigkeit und auch keine Unbedachtsamkeit, denn er spürte, wie verkrampft sie innerlich war, als er sie von den Feldarbeitern zu den Handwerkern und ihren Lehrlingen führte, ihr die Hofarbeiter vorstellte, die Küchenhilfen, die Hausmädchen, ehe er schließlich zum Butler, zur Kammerzofe seiner Mutter und zur Köchin kam. Vielleicht war Angelica nervös, aber sie eroberte die Herzen der Menschen im Sturm, denn sie lächelte und bedachte jeden einzelnen mit einem freundlichen Gruß und gab eine nette Antwort auf jeden Kommentar.

Margaret Delaup, die am oberen Ende der Treppe stand, war die letzte des Empfangskomitees. Deborah war vorgerannt, hatte ihre Mutter umarmt und stand nun da und tuschelte mit ihr, während sie warteten. Die Blicke der beiden Frauen waren verdächtig aufmerksam, als Renold mit seiner Frau vor sie trat.

»Bonheur heißt Sie willkommen«, sagte Margaret Delaup, und dieser eigenartige, unpersönliche Satz verriet keine allzu große Begeisterung. »Ich hoffe, Ihnen gefällt Ihr neues Heim.«

Angelica lächelte, obgleich es nicht viel mehr als eine mechanische Bewegung ihrer Lippen war. »Sie sind sehr freundlich«, sagte sie höflich, jedoch ohne irgendeinen Ausdruck von Gefühl.

Margaret zog die Brauen hoch. »Ich würde Ihnen sofort die Schlüssel überreichen, aber man sagte mir, Sie wären krank gewesen, und sicher war die Reise anstrengend für Sie. Ich möchte also nicht, daß Sie allzu schnell die Last der Verantwortung tragen, denn das wäre bestimmt zuviel.«

»Sie haben vollkommen recht«, erwiderte Angelica in ruhigem Ton. »Ich nehme an, daß es mir in ein paar Tagen bestimmt bessergehen wird. Vielleicht können wir diese Dinge dann ohne allzuviel Aufhebens oder feierliches Zeremoniell erledigen.«

Renold lauschte dem extrem höflichen Wortwechsel und spürte, wie er fröstelte. Sobald er konnte, dirigierte er Angelica in Richtung des aus einem Schlafzimmer, einem Ankleideraum und einem Salon bestehenden Trakts, der für sie beide vorgesehen war. Dort ließ er sie zurück, damit sie das Auspacken der Truhen beaufsichtigte, und entschwand in den Stall.

Die Luft in dem langen, niedrigen Gebäude roch nach Heu und Pferden und war von dem ätzenden Geruch von Ammoniak durchsetzt. Er stand mitten im Gang und machte sich in Gedanken eine Notiz, die Stalljungen über die allgemeinen und persönlichen Konsequenzen aufzuklären, die es hätte, wenn sie nicht ab heute die Boxen gründlicher und regelmäßiger ausmisteten.

Die Ruhe des Stalls senkte sich gnädig über ihn. Er hörte das Malmen eines Pferdes, das gerade seinen Hafer fraß, und das Schnauben eines anderen, dessen Kopf über dem Wassereimer hing. Daß sich ihm eine der Katzen näherte, hörte er nicht.

Sie blieb in der offenen Tür stehen, wo sich ein Streifen goldenes Sonnenlicht ergoß, und musterte ihn mit reglosen

Augen, ehe sie sich unbeeindruckt niederließ, eine Pfote hob und sich zu säubern begann.

Renold ging um die Katze herum und spazierte an den Boxen entlang, wobei er eine Hand über die niedrigen Türen gleiten ließ und das rauhe Holz spürte, wo die gelangweilten Pferde regelmäßig an den Brettern knabberten. Hin und wieder blieb er stehen und tätschelte einen neugierig erhobenen Kopf oder kraulte ein aufmerksam gespitztes Ohr. Die meisten Pferde schienen in gutem Zustand zu sein, trotz des Drecks und des Abfalls, der in sämtlichen Ecken hing.

Er überlegte, ob Angelica ihm wohl gestatten würde, ein Pferd für sie auszuwählen. Wenn sie sich lieber selbst eins aussuchte, dann würde er dafür sorgen, daß sie nur wenige ausgezeichnete Tiere zu sehen bekam, so daß es egal sein würde, wie sie sich entschied.

Er manipulierte die Menschen, hatte sie gesagt. Allerdings, und das war nicht das einzige.

Plötzlich dachte er an den Vorabend, als Angelica in seinen Armen gelegen hatte, doch er verdrängte den Gedanken sofort wieder. Er drehte sich um, lehnte sich mit dem Rücken an einen schweren Pfosten und blickte mit gerunzelter Stirn auf die blaßgoldenen Staubkörnchen, die in dem Sonnenstrahl tanzten, der durch einen Spalt in der Stallwand brach.

Irgend etwas an ihrer Reaktion störte ihn. Nicht daß sie unwillig gewesen wäre oder kühl. Jedesmal, wenn er die Hand nach ihr ausgestreckt hatte, hatte sie sich vollkommen natürlich in seine Arme geschmiegt. Ihre Unschuld war ebenfalls nicht von Belang gewesen, im Gegenteil, sie hatte ihn gereizt, und außerdem hatte sie mit jedem Liebesakt etwas mehr davon verloren.

Nein, es war etwas weniger Offensichtliches, an dem es ihr fehlte. Sie war durchaus kooperationsbereit, wenn sie sich unter seinen Händen wand, doch niemals entfuhr ihr auch nur der geringste Laut. Sie wich seiner Zärtlichkeit nicht aus, doch sie forderte ihn auch nicht dazu auf. Ihre Haut errötete, ihr Herz pochte, auf dem Höhepunkt ihrer Lust klammerte sie sich beinahe verzweifelt an ihm fest, aber nie öffnete sie die Augen, nie sah sie ihn an. Anschließend lag sie in seinen Armen und starrte in die Luft, während sie die Verbrennungsnarben auf seinen Rippen betastete, als seien sie ihr Rosenkranz, doch sie versuchte nicht, sich an ihn zu schmiegen, wenn er sich schließlich abwandte und schlief.

Stumm, immer stumm, ihr Schweigen war ein Teil dessen, was ihm Schwierigkeiten bereitete. Das süße, betörende Vorspiel der Liebe und die donnernden Katarakte der Lust waren Wunder, die sie für sich behielt. Es war, als schlösse sie sie in ihrem Innern ein, da sie es sich nicht leisten konnte, sie mit jemandem zu teilen. Oder weil sie sie mit niemandem teilen konnte, vor allem nicht mit ihm.

Es war seine Schuld. So mußte es sein.

Sie vertraute ihm nicht.

Wahrscheinlich stießen seine Narben sie ab, da sie sie an Dinge erinnerten, die ihr angst machten.

Oder vielleicht erwartete er einfach zu viel von einer nicht gerade idealen Ehe, und das Problem bestand darin, daß sie ihn nicht liebte, daß sie ihn zu lieben nicht in der Lage war.

Aber vielleicht hätte sie ihn lieben können, wenn die Dinge anders lägen, wenn er seine Vergeltungspläne niemals in die Tat umgesetzt hätte. Als sie das erste Mal miteinander geschlafen hatten, hatte sie ihn – geliebt.

Daran erinnerte er sich. Es war Teil seiner selbst auferlegten und zur Besessenheit gewordenen Bestrafung, daß er sich daran erinnerte.

Und es gab noch mehr.

Heute morgen hatte er sie mehrere Male überrascht, während sie ihn musterte. Ihr Blick hatte denselben Argwohn in ihm geweckt wie das Geräusch von Schritten in einer dunklen Gasse, und am liebsten hätte er sofort seinen Degen gezückt.

Gefahr gab es in vielerlei Gestalt, und die meisten Formen hatte er zu erkennen gelernt. Sein Instinkt sagte ihm, daß Angelica eine neue Gefahr für ihn war, auch wenn es seinem Hirn Schwierigkeiten bereitete, diese Wahrheit zu erfassen.

Was ging in ihr vor? Sann sie ihrerseits über Rachepläne nach? Hatte sie vielleicht bereits zu ihrer Rache angesetzt?

Was durchaus wahrscheinlich war. Sie hatte auf sein Geständnis anders reagiert, als zu erwarten gewesen war. Wutanfälle, Tränen oder gar kalte Ablehnung: Diese Reaktionen hatte er vorausgesehen, hatte sich überlegt, wie damit umzugehen sei.

Statt dessen hatte sie ihrem Schmerz und ihrem heißen Zorn Ausdruck verliehen, hatte ihm ihre Meinung zu seinen Taktiken und seinen Moralvorstellungen gesagt und sich schließlich in ihr Schicksal gefügt. Sie hatte nicht gedroht, die Ehe aufzulösen, nie davon gesprochen, ihn von Bonheur zu verbannen, nicht den kleinsten Versuch unternommen, seine Rechte als Ehemann in Frage zu stellen. Sie hatte gelächelt, ihn höflich behandelt und ihm den Mund geboten für seinen Kuß.

Wäre er so arrogant gewesen, als wie sie ihn offenbar empfand, dann hätte er die Sache als erledigt angesehen, dann hätte er angenommen, von nun an ginge alles glatt. Doch er war nicht so. Und er dachte nicht so.

Sie hatte ihm ihr Herz und ihre Gedanken entzogen, hatte ihn ausgesperrt. Und hinter der Mauer, die sie um ihr Innerstes errichtet hatte, schmiedete sie mit der teuflischen Ruhe, die nur den Frauen eigen war, an ihrem Racheplan. Das wußte er, denn er spürte es. Was immer sie auch vorhatte, er müßte sich wappnen, so gut es ihm möglich war.

Aber wenn sie bereits jetzt auf Rache sann, was täte sie erst, wenn sie erführe, daß sowohl ihr Vater als auch Eddington noch am Leben waren? Daran wollte er lieber nicht denken.

Eine so intime Feindin war das letzte, womit er gerechnet hatte.

Also auf in den Kampf. Die Schlacht würde gewiß bemerkenswert, wenn es ihm gelänge, sie lebendig zu überstehen. Und wenn er unterginge, nun, er wüßte niemandem, dem er sich lieber ergäbe als Angelica.

Es war überraschend, daß ihm diese Tatsache erst so spät bewußt wurde.

Ein Schatten fiel durch die Stalltür und erstreckte sich bis zu der Stelle, an der Renold stand. Michel folgte seinem eigenen dunklen Bild, blieb einen Augenblick stehen, bis sich seine Augen an die Dämmerung gewöhnt hatten, und trat dann auf Renold zu.

»Und, versteckst du dich?« fragte er in belustigtem Ton. »Ich muß sagen, das kann ich verstehen.«

»Ich brauche einfach eine kurze Ruhepause.«

Michels Lächeln schwand. »Soll ich wieder gehen? Ich sah dich hierhergehen, und dachte, ich könnte ein paar Worte unter vier Augen mit dir wechseln, aber wenn ich störe, ziehe ich mich gern wieder zurück.«

Renold seufzte, fuhr sich mit der Hand durch die Haare und ließ sie dann in seinem Nacken ruhen. »Du bist immer willkommen, wie du sicher weißt, denn sonst wärst du nicht hier auf Bonheur. Worum geht's?«

Dem anderen Mann war sein Unbehagen deutlich anzusehen. Er wandte sich ab, trat an eine leere Box, lehnte sich mit dem Rücken daran und vergrub die Hände in den Hosentaschen. Er betrachtete seine Schuhspitzen, ehe er plötzlich entschlossen seinen Freund ansah.

»Ich wollte –« Er hielt inne, atmete tief ein und setzte erneut an. »Ich hätte gern deine Erlaubnis, Deborah zu umwerben.«

Renold hatte viele Dinge erwartet, angefangen von einer Moralpredigt über die Pflichten eines Ehemanns bis hin zum Entschluß seines Freundes, mit dem nächsten Schiff nach New Orleans zurückzufahren. Diese Bitte hatte er nicht vorausgesehen. Überraschung und Argwohn verliehen seiner Stimme einen barschen Klang. »Warum?«

»Ich kenne deine Schwester, seit sie ein kleines Mädchen war, ich habe gesehen, wie sie heranwuchs und sich in eine wunderbare Frau verwandelte. Ich habe sie schon immer sehr gern gemocht, aber ich dachte, ich hätte keine Chance. Deine Familie war immer schon ein wenig besser als die meine gestellt. Und dann dachte, ich, Monsieur Delaup hätte ihre Zukunft bereits verplant.«

»Er hat es versucht«, stellte Renold trocken fest. »Aber Deborah hat ihm klargemacht, daß sie sich nicht einfach verplanen läßt.«

»Sie weiß eben, was sie will«, sagte Michel und lächelte. »Ich dachte, sie fände mich im Vergleich zu ihrem Bruder träge und ehrgeizlos. Ich war gut genug, um ihr Walzer beizubringen oder um als harmlose Versuchsperson für ihre ersten Flirtversuche zur Verfügung zu stehen, aber sonst nichts. In letzter Zeit hingegen bin ich zu dem Schluß gekommen, das heißt, Angelica ist der Meinung, daß ich vielleicht doch nicht ganz so chancenlos bin.«

»Angelica«, wiederholte Renold ausdruckslos. Es kostete ihn überraschend große Mühe, sich nicht anmerken zu lassen, wie berührt er allein von der Nennung ihres Namens war.

»Sie war so nett und hat sich all meine Zweifel und Probleme angehört.«

»Ich bin sicher, daß sie das war. Sie ist die Freundlichkeit in Person.«

Der andere Mann runzelte die Stirn, senkte den Kopf, blickte dann aber wieder auf. »Himmel, Renold, ich kenne dich einfach nicht mehr. Ich dachte, du würdest dich freuen zu hören, daß ich von deiner Schwester hingerissen bin, ungeachtet dessen, ob du mich als Schwager haben willst oder nicht!«

»Ich hätte dich vielleicht gern als Schwager«, war Renolds leise Erwiderung. »Wenn ich mir keine Sorgen machen müßte, daß das Hofieren meiner Schwester vielleicht nur ein Vorwand ist, um länger in der Nähe meiner Frau zu sein. Vor allem, da du sie offenbar als Beraterin in Liebesangelegenheiten auserkoren hast.«

Michel richtete sich zu seiner ganzen Größe auf. Ihm stieg das Blut derart heftig in den Kopf, daß seine olivfarbene Haut einen grauen Ton annahm. Mit zusammengepreßten Lippen sagte er: »Jetzt reicht es mir. Nenn mir deine Sekundanten, denn ich fordere dich zum Duell.«

»Nein.«

»Ich nehme an, unsere Freundschaft hält dich davon ab«, stellte Michel verbittert fest.

»Eher wohl eine momentane Abneigung gegen allzu große Anstrengungen. Und das sichere Wissen, daß eine Wunde, die du aus einem Duell davontragen würdest, dich geradezu heldenhaft und bemitleidenswert erscheinen ließe, während mir wieder einmal die Rolle des Schurken zufiele.«

»Und wenn du derjenige wärst, der die Verletzung abbekäme?« fragte Michel ehrlich erbost.

Renold schüttelte den Kopf. »Dann bekäme ich das, was ich zweifellos verdient habe – in den Augen der beiden Damen und ihres Verteidigers.« Und dann fügte er hinzu: »So oder so wäre ich der Verlierer eines Duells, so daß ich mich weigere, auf deine Herausforderung einzugehen.«

»Du hast doch nur Angst, mir aus deiner lächerlichen Eifersucht heraus tatsächlich etwas anzutun«, beschuldigte Michel ihn und reckte die geballte Faust.

»Ich fürchte, daß ich versucht wäre, ja. Wenn ich das täte, geböte es die Fairneß, daß du das Recht hättest, es ebenso zu tun. Und ich habe große Angst, daß die Versuchung mich zu töten und Angelica zur Witwe zu machen, zu groß für dich ist.«

»Mir ist klar, daß ich dieselben Rechte hätte wie du«, kam die steife Erwiderung, doch dann änderte sich Michels Ton. »Aber das ist doch nur hohles Geschwätz, nicht wahr? Ich habe das Gefühl, daß du vor allen Dingen befürchtest, Angelica wäre vielleicht dabei und würde noch einmal sehen, wie du tötest, so wie in New Orleans, als du einen der Kerle umgebracht hast, die dich angegriffen hatten. Und ich glaube, du läßt es lieber nicht darauf ankommen, daß sie vielleicht ihr sanftes Herz vor einem Rohling wie dir verschließt.«

»Willst du damit etwa sagen, ich wäre in meine Frau verliebt?« fragte Renold in spöttischem Ton. »Verleumdung. Nein schlimmer, Blasphemie. Vielleicht sogar tragisch. Oder komisch? Ich glaube, eher letzteres, obwohl mir nicht zum Lachen zumute ist.«

»Mir auch nicht«, sagte Michel. »Wenn du weißt, was es ist, dann erzähl es vielleicht zuerst einmal Angelica. Sie lacht nämlich ebensowenig wie wir.«

Mit diesen Worten machte er auf dem Absatz kehrt und verließ den Stall.

Renold starrte ihm hinterher und dachte über den Tod, Duelle und ehrenwerte Impulse nach. Er dachte über Rache nach und darüber, wie leicht ein Mann gegen den anderen aufzubringen war. In diesem Zusammenhang dachte er auch über die Natur der Frauen nach und über ihre teils ehrenwerten, teils mörderischen Neigungen.

War es möglich, daß Angelica bereits einen Weg gefunden hatte, seiner Umklammerung zu entgehen? Hatte sie vielleicht Michel mit sanften Worten gegen ihn aufgehetzt, in der Hoffnung, er würde ihn töten? Um das zu tun, müßte sie natürlich die Motive und Gefühle ihres Mannes so gut verstehen wie er selbst. Oder besser noch.

Nein. Derart intuitiv oder rachsüchtig war sie nicht. Oder vielleicht doch?

So sehr hassen konnte sie ihn nicht. Oder?

Mit einem erstickten Laut drehte er sich um und versetzte dem Pfosten, an dem er gelehnt hatte, einen kräftigen Hieb. Das Holz vibrierte von der Wucht des Schlages, und Renold preßte zunächst die Faust und dann die Stirn daran, ehe er verzweifelt die Augen schloß.

Kapitel sechzehn

»Warum sitzen Sie denn so allein hier draußen herum, Mamselle?«

Estelle stand auf dem Gartenweg, die Hände in die Hüften gestemmt, und verbarg ihre Besorgnis hinter einem kämpferischen Gesichtsausdruck.

Angelica richtete sich auf dem Teakholzstuhl in der Rosenlaube auf und griff eilig nach dem Buch, das ihr in den Schoß geglitten war. Sie setzte ein Lächeln auf und erwiderte: »Ich lese. Was sollte ich anderes tun?«

»Sie wissen genau, was Sie anderes tun sollten. Sie sollten mit der Köchin über den Speiseplan sprechen, und mit dem Gärtner über das Gemüse, das er anpflanzen soll. Vielleicht sollten Sie in der Molkerei nachsehen, ob die Butter so gemacht wird, wie es Ihnen gefällt. Sie könnten dafür sorgen, daß im Salon gefegt und staubgewischt wird und daß man die Schonbezüge während des Sommers auf den Dachboden bringt. Es gibt viel zu tun – Sie interessieren sich offenbar nur nicht dafür.«

Angelica wandte den Blick ab und beobachtete eine Biene, die in eine voll erblühte pinkfarbene Zentifolie neben ihrer linken Schulter drang. »Aber meine Schwiegermutter kümmert sich doch bereits um alles, und zwar sehr gut.«

»Weil Sie sie gewähren lassen.«

Es stimmte, und Angelica wußte es. Es war fast einen Monat her, seit sie nach Bonheur gekommen war. Die Wochen waren vergangen, und Madame Delaup hatte immer noch die Schlüssel des Hauses in ihrer Hand.

Die Schlüssel waren der zentrale Punkt, ein Symbol der Macht. So viele Dinge waren eingeschlossen: die scharfen Messer in den polierten Holzkisten, der Tee in seiner besonderen Büchse, die Gewürze in der Truhe mit den vielen

Schubladen, die Säcke mit Kaffee, die Fässer mit Zucker, Mehl und gemahlenem Mais, die Töpfe mit Eingemachten und mit Marmelade in der Speisekammer und das Fleisch, das zum Trocknen in der Räucherkammer hing. All diese Dinge wurden je nach Bedarf von der Herrin des Hauses herausgeholt. Vielen Frauen erschien es wie eine lästige Pflicht, aber anderen bot diese Aufgabe einen Grund zu Stolz und Verantwortungsgefühl.

Madame Delaup schien zu der letzteren Sorte zu gehören. Angelica hatte anfangs nicht ganz verstanden, wie sehr Renolds Mutter ihrer Position verhaftet war. Jetzt wußte sie es.

Wäre die Situation normaler gewesen, hätte sich Angelica deshalb vielleicht mit ihr auseinandergesetzt. Im Verlauf der Wochen allerdings hatte sie erfaßt, daß sie dadurch dieser Frau ihre einzige Aufgabe nähme, daß sie ihr das einzige rauben würde, was in ihrem leeren Leben noch von Bedeutung war. Renolds Mutter war bereits so vieles genommen worden, daß es Angelica schwerfiel, ihr auch das noch anzutun.

Der Entschuldigungen gab es genug. Madame Delaup hatte Migräne. Es war Waschtag, und Madame war zu beschäftigt, um ihrer Schwiegertochter zu erklären, welcher Schlüssel für welches Schloß gedacht war. Madame hatte Gäste oder erwartete Gäste oder war unterwegs zu einem Wohltätigkeitsbesuch bei einer bedürftigen Familie auf dem Land. Und so ging es Tag für Tag.

Zugleich ärgerte sich Angelica immer mehr über ihre eigene Position. Natürlich nahmen die Hausangestellten von Bonheur immer noch automatisch die Befehle ihrer langjährigen Herrin und deren Sohnes an. Keine einzige Bitte, die Angelica äußerte, wurde sofort erfüllt. Wenn sie um eine Tasse Tee oder um eine Scheibe Toast zwischen den Mahlzeiten bat, war Renolds Mutter diejenige, die danach rief. Wenn sie wollte, daß man ihr Bett frisch bezog, mußte Madame einverstanden sein. Wenn sie beschloß, reiten zu gehen, mußte Renold den Befehl erteilen, daß man ihr Pferd sattelte. Wenn sie die Möbel in ihrem Schlafzimmer verrücken wollte, brauchte sie dazu die Genehmigung von Mutter und Sohn. Nichts war zu trivial, um es einer langwierigen Prozedur zu unterziehen.

Und dann spürte sie noch eine gewisse Überheblichkeit der Angestellten, wenn sie ihnen begegnete. Natürlich nicht unverhohlen, nicht direkt genug, um sie als Grund für eine Bestrafung anzuführen. Sie machte sich bemerkbar in einem verzerrten Grinsen, einem Blick aus den Augenwinkeln, dem Ton, in dem jemand sprach. Alles in allem zeigten ihr diese Gesten jedoch, daß sie nicht ernst genommen wurde, daß man sie weder respektierte noch fürchtete. Wie alle Bediensteten hatten auch die Leute auf Bonheur sie gemustert, hatten die Haltung ihres Herrn und ihrer Herrin ihr gegenüber beobachtet, hatten sie auf die Probe gestellt und daraus geschlossen, daß sie machtlos war.

Die einzigen Ausnahmen waren Estelle und Tit Jean. Die beiden hatten sich mit der Zeit als ihre treuesten Anhänger herausgestellt. Es war, als hätten sie das Gefühl, sie würde verfolgt, und als rüsteten sie zu ihrer Verteidigung. Angelica war ihnen dankbar für diese Solidarität, denn sie bedeutete, daß zumindest einige ihrer Wünsche ohne Probleme erfüllt wurden. Und was noch wichtiger war – es war gut, daß jemand auf ihrer Seite stand.

Auf ihrer Seite. Als führten sie und Renolds Mutter einen irgendwie gearteten Krieg.

Ein Teil des Problems bestand darin, daß sie es Madame Delaup einfach nicht verübeln konnte, wenn sie ihr mit Widerwillen oder gar Haß begegnete. Wenn man ihr das Gefühl gab, ein Eindringling zu sein, dann konnte sie sich kaum beschweren, denn genau so empfand sie sich selbst.

Aber dennoch wurde die ständige Anspannung allmählich zuviel für sie. Zweimal in der letzten Woche hatte sie Deborah angefahren, und erst heute morgen hätte sie Renold beinahe eine Ohrfeige gegeben, nur weil er festgestellt hatte, daß seine Hemden nicht zu seiner Zufriedenheit gebügelt waren und daß es vielleicht angebracht wäre, wenn sie mit der Wäscherin darüber sprach.

Das Schlimmste war, daß dieser lächerliche Kleinkrieg sie daran hinderte, näher an Renold heranzukommen. In der ersten Woche war er einmal mit ihr ausgeritten, und es schien ihn mit Stolz erfüllt zu haben, ihr zu zeigen, welche Ausmaße die Plantage hatte, wie wunderbar das Zuckerrohr und das Viehfutter auf den Feldern stand und wie herrlich sich der Fluß durch die Ländereien schlängelte. Seither hatte sie ihn tagsüber kaum noch gesehen. Er hatte immer so viel zu tun. Er sprach mit dem Aufseher über neue Anpflanzungen, er sorgte dafür, daß Wälder gerodet, Gräben gereinigt oder Abfälle verbrannt wurden, er kümmerte sich um Reparaturarbeiten oder führte sie sogar selbst aus, so daß er erhitzt und müde und nicht allzu gesprächsbereit nach Hause kam.

Wenn er nicht mit derartigen Arbeiten beschäftigt war, angelte er mit Michel auf dem Fluß. Oder er besuchte andere Pflanzer und sprach mit ihnen über Zucker und Baumwolle und Land oder über interessantere Geschichten von irgendwelchen Missetaten, die sich in der Umgebung ereigneten. Wenn er heimkam, unterhielt er sich mit Michel und Deborah und seiner Mutter über diese Ereignisse. Hin und wieder wandte er sich auch an Angelica, aber da sie weder die Orte noch die Menschen kannte, um die es ging, trug sie nicht viel zu den Gesprächen bei.

Nur nachts hatte sie ihn allein für sich. Manchmal, vielleicht absichtlich, war er zu erschöpft von der Arbeit, um etwas anderes zu tun als zu schlafen, als wäre er tot. In anderen Nächten allerdings streckte er, sobald die Lampe gelöscht war, die Hand nach ihr aus und liebte sie mit einer so verzweifelten Intensität, daß alles andere aus ihren Gedanken schwand.

Jetzt sagte sie zu Estelle: »Es ist nicht so einfach, wie es vielleicht den Anschein hat.«

Die andere Frau schüttelte den Kopf. »Aber es wird sich nichts ändern, Mamselle, es sei denn, Sie versuchen es.«

Wie bereits zuvor, wenn irgendeine Bitte ihrerseits einen Aufruhr in der Küche oder der Wäscherei verursacht hatte und wenn ihre Helfer zu ihrer Rettung geeilt waren, kam Angelica auch jetzt der Gedanke, daß Estelle und Tit Jean vielleicht ihre Gründe dafür hatten, sich auf ihre Seite zu stellen. Vielleicht meinten sie – vor allem Renolds ehemalige Haushälterin, die inzwischen ihre persönliche Kammerzofe war –, durch eine Erhöhung ihrer neuen Herrin stiegen sie selbst in der Hierarchie der Bediensteten, und vielleicht hofften sie deshalb, sie übernähme bald ihre rechtmäßige Position. Aber diese Überlegung laut zu äußern, hätte keinen Sinn.

Sie schirmte ihre Augen gegen die Sonne ab und fragte, um von etwas anderem zu reden: »Ist irgend was nicht in Ordnung im Haus? Brauchen Sie mich vielleicht?«

Die Haushälterin schlug sich mit der Hand vor die Stirn. »Oh, Mamselle, fast hätte ich es vergessen. Sie haben Besuch.«

Sie hatte schon zahlreiche Besucher gehabt. Wie bei Angelicas Tante in Natchez verbrachten auch die Damen auf Bonheur einen Großteil ihrer Zeit damit, Gäste zu empfangen oder selbst Besuche abzustatten. Diese gegenseitigen Visiten erfolgten in unterschiedlichster Form, angefangen vom modischen Besuch, bei dem eine Dame lediglich ihre Karte hinterließ, bis hin zum formellen Besuch, der genau eine halbe Stunde dauerte und bei dem man für gewöhnlich eine Erfrischung zu sich nahm. Außerdem gab es noch informelle Besuche zwischen Familienmitgliedern und engen Freunden, die sich über einen Nachmittag erstrecken konnten oder aber gleich mehrere Tage dauerten. Diese Praxis diente der Erneuerung und Festigung von Familienbanden und freundschaftlichen Beziehungen. Außerdem war sie der bevorzugte Weg, um ständig über die Ereignisse in der Umgebung auf dem laufenden zu sein.

Die Ankunft einer Braut auf Bonheur hätte immer ausgereicht, um zahlreiche Gäste anzulocken, die Tatsache, daß die Braut allerdings die Tochter des Mannes war, dem Bonheur beim Kartenspiel zugefallen war, hatte zu regelrechten Wallfahrten aus der Umgebung geführt.

Keinesfalls hatten die zahlreichen Frauen, die bei ihnen erschienen, die Absicht, Angelica zu integrieren. Sie kamen Madame und Mademoiselle Delaups wegen angereist. Natürlich erwarteten sie, ja forderten sie fast, die Braut zu sehen, aber sie sprachen kaum mit ihr. Sie wollten sie inspizieren, ihre Qualifikationen als Ehefrau abschätzen und dann wieder gehen, um untereinander über ihre möglichen Fehler und Schwächen zu diskutieren.

»Besuch? Für mich?« fragte Angelica in zweifelndem Ton.

»Eine gewisse Madame Parnell«, sagte Estelle und reichte ihrer Herrin die Karte der Besucherin mit spitzen Fingern, eine Geste, die verriet, wie sie Madame Parnells Status unbewußt beurteilte.

Angelica starrte die Karte an. Madame Parnell. Das war der Name der Frau, der sie an Bord der *Queen Kathleen* begegnet war, der ehemaligen Schauspielerin, die eine Bekannte ihres Vaters gewesen war. Also hatte die Dame überlebt. Aber woher in aller Welt hatte sie gewußt, wo Angelica zu finden war?

Angelica stand auf und schüttelte ihre Röcke aus. Mit nachdenklichem Blick fragte sie: »Wo haben Sie sie hingeführt?«

»In den hinteren Salon, Mamselle. Das schien mir das Vernünftigste zu sein.«

»Ja. Ich werde sofort zu ihr gehen. Könnten Sie vielleicht Kaffee und irgendeine andere Erfrischung organisieren?«

Estelle nickte, doch dann starrte sie Angelica stirnrunzelnd hinterher, als diese in Richtung des Hauses ging.

Bonheur verfügte über einen doppelten Salon, einen langen Raum, der in der Mitte durch eine große Schiebetür in zwei Teile getrennt war. Der dadurch entstehende vordere Salon war größer und förmlicher, der Ort, an dem man bedeutende Gäste empfing. Der hintere Salon war deutlich weniger erhaben, ein freundlicher Ort, an dem die Damen des Hauses lasen oder Näharbeiten verrichteten. Zu dieser Zeit des Tages waren die Flügeltüren als Schutz vor der Sonne geschlossen, so daß der Raum kühl und dämmrig war.

Angelica kam von der Galerie, ließ die Tür offenstehen und legte das Buch, das sie in den Händen hielt, auf einen kleinen Tisch. »Madame Parnell, was für eine Freude, Sie wiederzusehen. Aber man hat Sie im Dunkeln sitzen lassen, was ich auf keinen Fall dulden kann. Einen Augenblick, ich öffne nur die andere Tür, damit das Licht hereinkommt.«

»Himmel, Kind, machen Sie sich darüber keine Gedanken«, drang eine vertraute rauhe Stimme aus der Dämmerung. »Hell oder dunkel, das ist mir vollkommen egal.«

Etwas in den Worten der Frau, ein leichtes Zittern oder vielleicht eine gewisse Resignation in ihrer Stimme, drang zu Angelica durch. Sie wandte sich von der Flügeltür ab und blieb reglos stehen.

Die laute, gemütlich füllige Frau mit dem messingfarbenen Haar von dem Dampfschiff gab es nicht mehr. An ihrer Stelle saß da eine dünne, gebrechliche Kreatur mit grauem Haar und leuchtenden Narben im Gesicht, die einen weißen Verband über den Augen trug.

Sie war nicht allein. Neben Madame Parnell saß eine plumpe junge Frau mit blitzenden schwarzen Augen und einem kämpferisch vorgereckten Kinn. Sie hielt die Hand der älteren Frau, und ihre Miene war so grimmig wie die einer Bulldogge.

Madame Parnell setzte ein strahlendes Lächeln auf. »Ich nehme an, Sie sind schockiert, meine Liebe, und das verstehe ich. Ich weiß, ich sehe entsetzlich aus, auch wenn meine Nichte Gussie mir stets etwas anderes erzählt. Aber Sie sind diejenige, um die ich mich ängstige. Ich hörte, Sie hätten bei dem Unfall schwere Verletzungen davongetragen und Renold Harden hätte Sie in sein Haus geholt. Ich mußte mich einfach davon überzeugen, daß mit Ihnen alles in Ordnung ist. Doch Ihre Stimme klingt ganz so, als ginge es Ihnen gut.«

Die Sorge um sie wärmte Angelica das Herz. Sie verlieh ihrer Stimme einen betont fröhlichen Klang und sagte: »Ich hatte eine Kopfverletzung, aber inzwischen habe ich mich vollkommen davon erholt.«

Die blinde Frau seufzte erleichtert auf. »Ja, und wie ich hörte, sind Sie außerdem noch verheiratet. Ich bin so froh für Sie. Als ich halb tot dalag, eingesperrt in diese gräßliche Dunkelheit, dachte ich, das, was mir passiert war, wäre ein Gottesurteil. Wenn ich brav in meinem Bett gelegen hätte, wie es sich für eine anständige Frau gehört, statt mich in Richtung Ihrer Kabine zu schleichen, dann wäre ich nicht in der Nähe des kochenden Dampfes gewesen und hätte mich nicht verbrüht. Vielleicht wäre ich nur ein bißchen naß geworden und sonst nichts.«

»Sie waren zu meiner Kabine unterwegs?« fragte Angelica und fuhr mit veränderter Stimme fort. »Ich glaube, das verstehe ich nicht.«

»Nein? Oh, meine Kleine. Renold wird außer sich sein vor Zorn, aber das ist mir im Augenblick egal. Was er vorhatte, war falsch. Ich wußte es schon damals, aber ich hatte hohe Spielschulden bei ihm, und er bot mir an, sie mir zu erlassen, wenn ich ihm diesen einen kleinen Gefallen erweisen würde. Es erschien mir durchaus lohnenswert, vor allem, nachdem ich mich mit Ihnen unterhalten hatte. Ich hatte Mitgefühl mit Renold und seiner Mutter und Deborah.«

»Was sollten Sie für Renold tun?« fiel ihr Angelica ins Wort.

»Ich – oh, es klingt so verrucht, wenn ich es in Worte fasse. Aber so war es nicht gemeint, glauben Sie mir. Ich wäre niemals in die ganze Sache hineingezogen worden, hätte ich nicht Ihren Vater gekannt. Renold versicherte mir, daß das Unrecht, was wir begehen würden, nur dem Zweck diente, ein viel größeres Unrecht zu beheben. Und außerdem bedachte dieser junge Mann, in dessen Begleitung Sie waren, Sie offenbar nicht mit der Wertzuschätzung, die einer zukünftigen Ehefrau angemessen ist.«

»Bitte, Madame Parnell.«

Die ältere Frau nestelte nervös am Dekolleté ihres Kleides herum. Die Frau, die neben ihr saß, offenbar ihre Nichte, griff in ihre abgenutzte Handtasche, zog ein Taschentuch hervor und drücke es ihrer Tante in die tastende Hand. Madame Parnell putzte sich die Nase und berühre die Bandage über ihren Augen, wenn auch eher aus Gewohnheit denn aus Notwendigkeit.

»Nun, es war so«, fuhr sie mit halb erstickter Stimme fort. »Ich sollte in einem bestimmten Augenblick zu Ihrer Kabine kommen. Es wäre niemand in der Nähe gewesen, da schon Schlafenszeit war, und Renold hatte gesagt, er würde das für die Damen zuständige Mädchen bestechen, damit es eine andere Beschäftigung fände. Ich sollte die Tür öffnen und dann Entsetzen heucheln, Sie beide miteinander vorzufinden – das heißt, Sie mit einem Mann, der kein Verwandter war, in Ihrer Kabine zu sehen.«

Als sie sich unterbrach, legte ihre Nichte ihr eine grobe, von der Arbeit rauhe Hand auf den Rücken und tröstete sie. »Du brauchst nichts mehr zu sagen, Tante Dorothy.«

»Doch«, schluchzte Madame Parnell. »Es ist wichtig. Renold hatte nicht Ihren – Ihren Ruin im Sinn. Er sagte, er würde ordnungsgemäß um Ihre Hand anhalten, und das hat er ja offenbar auch getan. Er sagte – er sagte, er täte Ihnen in keiner Weise weh, und er wäre Ihnen ein guter Ehemann, und er würde sich Ihnen gegenüber immer so benehmen, wie es sich für einen Gentleman gehört. Oh je, oh je.« Sie wippte vor und zurück und schluchzte abermals. »Er war so hübsch, und er schien von Ihnen ganz hingerissen zu sein, auch wenn er ursprünglich nur beabsichtigt hatte, die Plantage seines Stiefvaters zurückzubekommen. Ich dachte, Sie – das heißt, ich dachte, es wäre vielleicht nicht so wichtig für Sie.«

Fragen, Schreie und weitere Fragen formten sich in Angelicas Kehle und bildeten einen dicken Knoten, der sich nicht lösen ließ. In diesem Augenblick kam Estelle mit dem Kaffeetablett herein.

Sie kam nicht allein, denn dicht hinter ihr betrat Renolds Mutter den Salon.

Madame Delaup bedachte die Besucherinnen mit einem skeptischen Blick. Als Angelica sie ansah, fiel ihr zum ersten Mal auf, daß Madame Parnell und ihre Nichte die schlichten Kleider und die einfachen, bänderlosen Strohhüte trugen, die die Frauen der unteren Schichten kennzeichneten.

Was war mit dem Schmuck und mit den feinen Kleidern passiert, in denen die Schauspielerin an Bord des Dampfschiffs aufgetreten war? Hatte sie sie vielleicht bei der Explosion verloren? Oder war ihre Aufmachung ebenso falsch gewesen wie ihre Freundschaft in jeder Nacht?

Das Lächeln, mit dem Renolds Mutter die Frauen maß, war kühl, und ihre Begrüßung eine Spur zu herablassend. »Wie schön es doch ist«, fuhr sie fort, »Freunde von Angelica kennenzulernen. Leben Sie in der Nähe?«

Es war die Nichte, die antwortete, auch wenn sie vor Wut schnaubte, als sie sprach. »Meine Tante ist mit Ihrem Sohn bekannt, Ma'am. Seine Frau kennen wir kaum. Und ich wüßte nicht, weshalb es von Bedeutung wäre, wo wir zu Hause sind, aber mein Mann und ich leben ein Stück weiter unten am Fluß, und meine Tante wohnt inzwischen bei uns.«

»Ich verstehe.« Madame Parnell blickte sich um, ehe sie sich für einen Platz direkt hinter dem inzwischen abgestellten Kaffeetablett entschied. Sie griff nach der Silberkanne und fragte: »Möchte vielleicht eine der Damen einen Kaffee?«

Aber Madame Parnells Nichte erhob sich bereits. »Ich glaube nicht. Meine Tante hat gesagt, was sie sagen wollte. Am besten gehen wir jetzt.«

Die ehemalige Schauspielerin nahm eine würdevolle Haltung an, so wie man sich für eine Rolle in ein Kostüm kleidete. »Ganz richtig«, sagte sie und reckte das Kinn mit einer Geste, die durch die bandagierten, blinden Augen eher mitleiderregend war. Ihre falsche Erhabenheit schwand allerdings, als sie sich in die Richtung wandte, aus der zuvor Angelicas Stimme gekommen war. »Es tut mir so leid, meine Liebe, wirklich. Bitten Sie Renold, mir zu verzeihen, ja? Und vielleicht verzeihen Sie ja auch ihm – denn schließlich hat sich ja nun alles zum Besten gewendet, nicht wahr?«

»Ja, sicher«, sagte Angelica. »Bitte machen Sie sich keine Sorgen mehr. Alles ist gut.«

Was hätte sie sonst sagen sollen? Es war sinnlos, der blinden Frau zu erzählen, daß das Ergebnis des Komplotts, an dem sie beteiligt gewesen war, eine Katastrophe war.

Ohne ihre Schwiegermutter anzusehen, geleitete Angelica ihre Gäste zur Tür. Sie starrte den beiden hinterher, als Madame Parnells Nichte mit geübten Händen das Pferd vor dem erbärmlichen Wagen, mit dem sie gekommen waren, die Einfahrt hinuntertrieb.

Sie merkte nicht, daß Madame Delaup hinter ihr stand, bis sie plötzlich sprach. »Gewissensbissen«, sagte die ältere Frau, »sollte man um jeden Preis widerstehen. Normalerweise schaden sie mehr, als sie Gutes tun.«

»Sie haben alles mit angehört«, stellte Angelica ohne jede Überraschung fest.

Die Miene ihrer Schwiegermutter war unergründlich, nur die winzigen Fältchen in ihren Augenwinkeln verrieten, wie angespannt sie war. »Ich arrangierte gerade eine Schale mit Rosen für den Mittagstisch. Die Tür zwischen dem Eßzimmer und dem hinteren Salon war nicht ganz geschlossen.«

Angelica seufzte leise auf. »Ich bin sicher, daß sie nur mit der besten Absicht gekommen ist.«

»Das tun sie immer.« Margaret Delaup sah sie an. »Ich wollte gerade den Wäscheschrank aufräumen. Hätten Sie vielleicht Lust, mir behilflich zu sein?«

Angelica wußte nicht sicher, was es war, ein Bestechungs- oder ein Versöhnungsversuch. Doch im Grunde war es egal, denn weigern konnte sie sich kaum.

»Gerne«, sagte sie, machte auf dem Absatz kehrt und betrat mit der anderen Frau das Haus.

Der Wäscheschrank war ein riesiger Schrank aus feinstem Zypressenholz, der fast die ganze hintere Wand des von Renolds Mutter benutzten Schlafzimmers einnahm. Offenbar hatte sie ernsthaft vor, ihn einer genauen Inspektion zu unterziehen.

Der Schrank schien bodenlos zu sein, denn sie zog zahllose Leintücher, Laken, Kissen- und Bettbezüge hervor, die meisten mit einem Monogramm oder mit bunten oder weißen Blumenstickereien verziert. Es gab Berge von feingewebten Handtüchern, Tischdecken aus Damast oder Jacquard für alles, vom kleinsten Teetischchen bis hin zur Tafel für ein großes Bankett, und zu jeder Decke tauchten auch die passenden Servietten auf. In einem Fach lagen Berge von Stoff: feinstes Leinen und Baumwolle für Männerhemden, Batist für Taschentücher und Damenunterwäsche, und sogar weiches Flanell für Babywindeln lagerten dort. Alles, was es an feinen Webstoffen gab, schien vorhanden zu sein.

Angelica und die Mädchen stapelten alles auf dem Bett, ehe sie jedes Teil auseinanderfalteten und genau untersuchten, um zu sehen, ob es Risse, Löcher oder Flecken aufwies. Die auszubessernden Stücke wurden zur Seite gelegt, und die anderen wurden wieder zusammengefaltet und Madame Delaup gereicht, die alles mit einer Liste verglich, ehe sie es wieder im Schrank verschwinden ließ. Aus einem Korb nahm die ältere Frau Zedernholzstücke, die sie zwischen die einzelnen Teile schob, damit die Stapel dufteten und kein Insekt in die Nähe kam.

Als sie fertig waren, boten die duftigen, ordentlich aufgeschichteten Stapel aus Hunderten von Wäschestücken ein beeindruckendes Bild.

Angelica war diese Arbeit bereits aus dem Haus ihrer Tante Augusta bekannt, doch deren Wäschesammlung war nicht annähernd so umfangreich. Angelica strich vorsichtig die feingestickte Bordüre eines Kissenbezugs glatt und sagte zu Renolds Mutter: »Sie haben wunderbare Stücke hier. Ich habe noch nie so schöne Stickarbeiten gesehen.«

Das Lächeln der älteren Frau war wehmütig. »Das ist nicht mein Verdienst. Fast alles war bereits da, als ich hierherkam. Es ist das Ergebnis von mehreren Generationen von Bräuten, deren Mitgift aus jeweils zwölf Dutzend jedes nützlichen Wäschestücks bestand. Mein Beitrag zu dem Ganzen besteht darin, dafür zu sorgen, daß die nächste Hausherrin alles in tadellosem Zustand übernehmen kann. Und das sind nun einmal Sie.«

Dies war ein gewissermaßen großherziges Zugeständnis an Angelica, vor allem, da es vor Zeugen ausgesprochen wurde, die zweifellos dafür sorgen würden, daß jeder auf Bonheur davon erfuhr. Angelica hätte meinen können, daß dies nicht beabsichtigt gewesen war, aber sie hatte inzwischen lange genug mit Renolds Mutter unter einem Dach gelebt, um zu wissen, daß sie, genau wie ihr Sohn, nichts sagte oder tat, ohne daß ein bestimmter Zweck dahinterstand.

Mit klarem Blick sagte Angelica: »In diesem Fall danke ich Ihnen für die Sorgfalt, mit der diese Arbeit verrichtet worden ist. Ich wünschte mir, ich könnte ebenfalls einen Beitrag leisten.«

»Das können Sie immer noch, denn schließlich haben Sie offenbar ein Interesse an diesen Dingen, und vor allem können Sie gut mit der Nadel umgehen.« Madame Delaup schloß die Türen des Schranks und sah die Mädchen an. Mit freundlicher Stimme sagte sie: »Das ist dann alles. Vielleicht könnten Sie Tit Jean Bescheid sagen, daß wir frischen Kaffee möchten. Und dann tragen Sie ihm bitte noch auf, Monsieur Renold zu suchen und ihn zu bitten, sich zu uns zu gesellen.«

Als die Mädchen den Raum verließen, trat Madame Delaup an den kleinen Tisch, der in der Nähe der geöffneten Flügeltüren stand, und bedeutete Angelica, Platz zu nehmen. Dann setzte sie sich ihr gegenüber, ordnete ihre Röcke um ihre Füße, lehnte sich zurück und legte die Handgelenke auf die Lehnen ihres Stuhls. Sie sah Angelica lange an, ehe sie sprach.

»Mein Sohn«, sagte sie, »ist ganz das Kind seines Vaters – ich nehme an, Sie wissen, daß Renold nicht der leibliche Sohn meines verstorbenen Ehemannes ist?« Auf Angelicas Nicken hin fuhr sie fort. »Renolds Vater war der Sohn eines kleinen Landbesitzers im Bezirk Kerry in Irland. Sein Name war Sean Dominick O'Malley. Sean hatte in Douai in Frankreich die Schule besucht, da es für Katholiken in Irland schwierig war, auf eine gute Schule zu gehen. Revolutionäre Ideen hingen in der Luft, und er hörte auf sie. Als seine Studien vom Terror unterbrochen wurden, kehrte er nach Hause zurück, aber er brachte die Ideen von Freiheit und Gleichheit mit. Er ließ sich mit mir ein, doch gleichzeitig schloß er sich Daniel O'Connell und dem Katholischen Komitee an und kämpfte für die Rechte der Katholiken in unserem Land. Sein Organisationstalent und seine offene Opposition brachten ihn in Konflikt mit den Mächtigen auf der Dubliner Burg. Man beschloß, ihn aus dem Weg zu räumen, und so warf man ihm Schmugglertätigkeit vor. Er hatte einen Onkel, der ein Befürworter des Freihandels war, und hin und wieder half er bei ihm aus. Er wurde am Tag vor unserer Hochzeit verhaftet und umgehend gehängt. Offenbar gefällt es dem Schicksal manchmal, ironisch zu sein.«

»Das tut mir leid«, sagte Angelica, mehr nicht. Es war eine unzureichende Reaktion auf die Erzählung, doch etwas anderes schien ihr nicht hilfreich zu sein.

Madame Delaup nickte. »Natürlich erwartete ich sein Kind. Ich hätte in Irland bleiben können. Meine Familie hätte mich nicht enterbt. Aber ich nehme an, ich hatte zu viele Reden über Freiheit gehört. Ich haßte den Gedanken, daß Seans Kind in dieselbe enge Welt hineingeboren würde, von der er getötet worden war. Eines Nachts packte ich meine Sachen, stahl meinem Vater das Geld für die Überfahrt und nahm ein Schiff nach New Orleans.«

»Das war sehr mutig von Ihnen.«

»Es war dumm«, verbesserte die ältere Frau und setzte ein müdes Lächeln auf. »Renold und ich wären fast verhungert – ich dachte lange Zeit, auf diese Weise würde ich für meine Sünden bestraft. Und manchmal denke ich das immer noch.«

Madame Delaup bedachte Angelica mit einem fragenden Blick, als überlege sie, was sie vielleicht bereits von Renold erfahren hatte. Angelica jedoch beugte sich vor und sagte »Ich nehme an, Sie und er waren eine Zeitlang ganz allein.«

»Ich war noch so jung. Renold war mein Spielgefährte mein Spielzeug und meine Stütze. Wir waren einander sehr nahe. Und dann traf und heiratete ich Gerald Delaup. Renold sah es als Verrat und gleichzeitig als Beweis, daß er versagt hatte. Monsieur Delaup vergab er, daß er mich ihm fortnahm. Aber daß ich es zuließ, hat er mir niemals verziehen.«

»Ihr Urteil ist hart und ungerecht. Er liebt Sie sehr.«

»Liebe und Vergebung sind zwei verschiedene Dinge. Man kann einen anderen Menschen aus der Ferne lieben aus Angst vor dem Gefühl, aber um einem Menschen zu verzeihen, muß man ihm nahekommen und ihm in vielen Bereichen vertrauen. Renold hält sich von allen Menschen fern, lebt in vollkommener Isolation. Und ich frage mich, ob nicht vielleicht ich für die Behandlung, die er Ihnen angedeihen läßt, verantwortlich bin.«

»Das glaube ich kaum. Renold ist kein kleines Kind mehr, das noch am Rockzipfel seiner Mutter hängst.« Es war nicht leicht, in Worte zu kleiden, was sie empfand, aber Angelica vertraute darauf, daß die andere Frau sie verstand.

»Nein, das tut er nicht. Aber er ist hart und mißtrauisch geworden, und er hat keinen großen Respekt vor den Worten oder Empfindungen einer Frau.«

Angelica sah die Frau an. »Das mag sein, aber er hat Bonheur für seine Halbschwester und für Sie bewahrt, vor allem für Sie.«

»Und was hat er dafür getan? Trotz allem hätte ich immer gesagt, daß mein Sohn eine Dame niemals mißbraucht. Offenbar habe ich mich da geirrt.« Mit zusammengepreßten Lippen fügte sie hinzu: »Natürlich sind Sie in keiner Weise verpflichtet, mir zu erklären, wie groß mein Irrtum war. Aber ich wüßte sehr gern, was er Ihnen angetan hat.«

Von der Tür her wehte eine warme Brise herein. Angelica errötete, doch sie erwiderte den ruhigen Blick der anderen Frau. Schließlich sagte sie: »Es wäre vielleicht das beste, Sie fragten Renold selbst danach.«

»Das werde ich auch tun«, sagte seine Mutter. »Aber trotzdem wäre es doch möglich, daß Ihre Sicht der Geschehnisse anders als die meines Sohnes ist.«

»Nichts ist passiert«, stellte Angelica plötzlich fest. »Es gab eine Explosion auf dem Schiff.«

»Und dann?«

Angelica wandte den Blick von ihr ab. »Dann haben wir – geheiratet.«

»Ich verstehe. Und nach dieser Sache, die nicht passiert ist, haben Sie den Antrag meines Sohnes angenommen und ihn leichten Herzens geheiratet?«

»Die Situation war ein wenig ungewöhnlich«, setzte Angelica an.

»Was bedeutet, daß die Hochzeit nicht unbedingt Ihr Herzenswunsch war. Hat er Sie wenigstens gefragt?«

Die Worte klangen schneidend und böse, und vielleicht waren sie auch so gemeint. »Da ich damals bewußtlos war, hatte er keine allzu großen Schwierigkeiten mit mir.«

»Bewußtlos? Sie meinen, er –« Renolds Mutter rang nach Luft. »Nein. Das würde er niemals tun. Was meinen Sie?«

»Sie meint«, kam eine harte Stimme aus Richtung der Tür, »daß das Ereignis vielleicht fröhlich war, daß sie allerdings keine Erinnerung mehr daran hat.«

Seine Mutter beugte sich vor und starrte ihn an. »Aber du erinnerst dich noch.«

Das Lächeln, mit dem Renold vortrat, war boshaft, doch seine Verbeugung war trotz der verschwitzten Haare und der nach Pferd riechenden Kleider beispielhaft. »Die Erinnerung an dieses Ereignis hat sich mir für alle Zeit in Herz und Hirn gebrannt.«

»Wir kommen auch ohne deine Melodramatik aus, vielen Dank. Es sei denn, du wärst selbst dafür verantwortlich, daß du die Hochzeit niemals vergißt, da sie eine Erinnerung an ein schlecht durchdachtes Vorhaben ist.«

»Du nimmst also an, ich hätte nicht gewußt, was ich tat?« fragte er beinahe vergnügt.

»Eher, daß du einen Fehler gemacht hast und daß der Versuch, ihn wiedergutzumachen, fehlgeschlagen ist.«

Er legte den Kopf schräg und antwortete: »Ich habe keinen Fehler gemacht.«

»Ich habe jahrelang zugesehen«, sagte seine Mutter mit aschgrauem Gesicht, »wie du Regeln gebrochen hast, die dich ärgerten, und wie du jedes ehrenwerte Verhalten über Bord geworfen hast, wenn es deinen Plänen im Weg zu stehen schien. Nein!« sagte sie, als er den Mund öffnete. »Erlaube mir, zu Ende zu sprechen. Ich habe mich niemals eingemischt, weil ich den Eindruck hatte, du hättest einen eigenen Ehrenkodex, der teilweise noch strenger war als der, der dir zuwiderlief. Aber diesen Kodex gibt es offenbar nicht mehr. Laß mich dir sagen, daß die schlechte Behandlung von Frauen etwas Unverzeihliches ist.«

Renolds Blick war ruhig und unergründlich, aber er sah seine Frau nicht an. »Wer wirft mir so etwas vor?«

«Angelica nicht, obgleich ich annehme, daß sie allen Grund dazu hätte.«

»Dann also ihre Besucherin. Wer hätte gedacht, daß ausgerechnet Madame Parnell überlebt und die Wahrheit ans Tageslicht bringt?«

Er stand kerzengerade und ein wenig bleich vor den beiden Frauen, als säßen sie über ihn zu Gericht. Ein paar Schweißtropfen perlten aus seinem Haar und glitten seinen Hals hinab. Angelica beobachtete ihn und spürte, wie ihr Herz schmerzlich zu pochen begann.

»Du gibst es also zu. Du hattest die Absicht, eine junge Frau zu verführen und dich dabei überraschen zu lassen, um sie dazu zwingen zu können, dich zu heiraten.«

»Manchmal reicht bereits der Anschein aus.« Mehr sagte er nicht.

»Und manchmal geht der Anschein der Tat voraus«, stellte seine Mutter mit regloser Stimme fest. »Bist du ganz sicher, daß die Explosion an Bord der *Queen Kathleen* nicht das einzige war, was dich davon abgehalten hat, Angelica zu vergewaltigen?«

»Ganz sicher«, sagte er gedehnt. »Sie hat sich ziemlich zur Wehr gesetzt.«

Madame Delaup sah ihren Sohn aus zusammengekniffenen Augen an. Es dauerte einen Augenblick, bis sie ihre Stimme wiederfand, doch dann hörte man ihr die Verachtung deutlich an. »Sie hat sich gewehrt? Anders kam sie gegen dich nicht an?«

Es hatte den Anschein, als wäre Renold für alle Zeiten verstummt. Er ballte die rechte Hand, ehe er sie langsam wieder öffnete. Dann blickte er auf seine schlaff herabhängenden Finger, und schließlich murmelte er: »Nein.«

»Doch!« widersprach Angelica und sprang so eilig auf, daß ihr Reifrock schwang und gegen den Stuhl hinter ihr schlug. »Er hat von selbst aufgehört. Als der Kessel explodierte, wollte er sich gerade entschuldigen.«

Madame Delaup musterte ihren Sohn, dessen Miene so reglos war, als hätte man jedes Gefühl mit einem nassen Lappen ausgewischt. An Angelica gewandt sagte sie: »Sie konnten nicht wissen, was er vorhatte.«

»Ich hatte viel Zeit, um mich an jede Sekunde jener Nacht zu erinnern. Und vor allem habe ich Renold inzwischen kennengelernt und weiß, wie er denkt.«

»Sie erteilen ihm also die Absolution? Charmant, aber unglaubwürdig, denn schließlich hängt Ihr zukünftiges Wohlergehen von seiner Laune ab.«

Eine solche Sichtweise konnte Angelica nicht akzeptieren »Außerdem weiß ich, daß er nicht solange in meiner Kabine geblieben wäre, wenn ich ihn nicht – ermutigt hätte.«

»Oh nein«, widersprach Renold und schüttelte vehement

den Kopf. »Ich war in deiner Kabine, weil es meine Absicht war.«

Angelica bedachte ihn mit einem verärgerten Blick. »Ich hätte in meine Kabine gehen und die Tür abschließen können, und was hättest du dann gemacht? Genau das hätte ich tun können, wärst du nicht so –«

»Überzeugend gewesen? Hätte diese Methode nicht funktioniert, hätte ich einfach eine andere gewählt.«

»Das war wohl kaum erforderlich, denn schließlich habe ich dich regelrecht angefleht, mir meine Kleider auszuziehen!« Sie zeigte entrüstet auf ihr Korsett.

Renold sah stirnrunzelnd seine Mutter an. »Sie hat panische Angst davor, in ihrer Unterwäsche gefangen zu sein, und ich habe das für die Damen zuständige Mädchen, das ihr eigentlich hätte behilflich sein sollen, fortgeschickt.«

»Ich weiß«, stellte seine Mutter tonlos fest.

»Und überhaupt«, fuhr er fort, »hatte Angelica nicht die Absicht, mir auch nur die geringste Freiheit zu gestatten. Was ich bekam, nahm ich mir durch Gewalt und List, und ich bedauere es nicht.«

»Das bezweifle ich nicht. Du hast schon als Kind immer die Verantwortung für jede Schandtat übernommen, die du ausgefressen hast. Aber hier geht es nicht um deine Gefühle, sondern um das, was Angelica bedauert oder nicht.«

Was sie empfand, wußte Angelica selbst nicht so genau. Doch als sie das nachdenkliche Blitzen in Madame Delaups Augen sah, wurde ihr plötzlich klar, daß es überhaupt nicht von Bedeutung war.

Renolds Mutter hatte vielleicht die Absicht gehabt, ihrem Sohn einiges klarzumachen, aber vor allem hatte sie den Schaden wiedergutmachen wollen, den der Besuch von Madame Parnell angerichtet hatte. Am Ende hatte sie eine Konfrontation mit Renold erzwungen und ihn auf eine Weise getadelt, die Angelica dazu ermutigt hatte, diesen Teufel noch zu verteidigen. In dieser Rolle hatte Angelica die Nacht an Bord der *Queen Kathleen* plötzlich mit anderen Augen gesehen und war zu dem Schluß gekommen, daß Renolds Verhalten vielleicht schändlich, der Grund dafür hingegen selbstlos war. Und vor allem war die von ihm gewählte Methode, sie zu kompromittieren, ohne ihr tatsächlich körperliche Gewalt anzutun, tatsächlich noch relativ human.

Nun wollte Angelica nur noch wissen, wann Renold die Bedeutung des Verhaltens seiner Mutter klar geworden war.

Mit ruhiger Stimme sagte sie: »Es tut mir leid, Madame, daß ich nicht eher bemerkt habe, wer Ihrem Sohn seine skrupellosen Taktiken beigebracht hat. Für das, was Sie soeben getan haben, gibt es – wie heißt es noch so schön? Ach ja, keine Entschuldigung.«

Sie wandte sich ab und ging in Richtung Tür. Dann hörte sie ein leises Lachen und leisen, doch bestimmten Applaus.

»Bravo«, sagte Renolds Mutter und klatschte immer noch.

Ihr Sohn fiel ihr flüsternd ins Wort. Was er sagte, war nicht zu verstehen, aber sein Ton verriet, wie wütend er war.

Angelica hatte endgültig genug. Sie floh nicht vor der zornigen Auseinandersetzung, die hinter ihrem Rücken stattfand, sondern vor den Dingen, die sie selbst gesagt hatte, vor dem Wissen, daß sie beinahe enthüllt hätte, was sie empfand

Sie rannte, weil sie wußte, wie empfindsam Renold manchmal war, und weil sie sich vor seiner Reaktion fürchtete, falls er sie verstand. Sie blieb nicht eher stehen, als bis die Tür ihres Schlafzimmers hinter ihr ins Schloß gefallen war.

Kapitel siebzehn

Seit dem Abendessen saßen sie im Salon beim Farospiel. Renold verteidigte die Bank gegen Deborah, Michel und Angelica, und sie hatten großen Spaß. Alle vier lachten und scherzten und setzten ihre Wetten, ohne daß es von Bedeutung war, ob man gewann oder verlor. Die Chipstapel vor ihnen bewegten sich hin und her, während das Glück mal dem einen und mal dem anderen lächelte.

Madame Delaup blieb eine Zeitlang bei ihnen und sah mit nachsichtigem Lächeln zu, während sie in einem Sessel saß und eine Stickarbeit in rosafarbener und pfauenblauer Seide anfertigte. Nach einer Weile allerdings schob sie den Stoff in die Tasche zurück, wünschte allen eine gute Nacht und zog sich auf ihr Zimmer zurück.

Als seine Mutter gegangen war, versuchte Renold, Angelicas Aufmerksamkeit auf sich zu ziehen, aber sie tat, als bemerke sie es nicht, denn sie hatte das bestimmte Gefühl, daß er die Absicht hatte, sich ebenfalls mit ihr zurückzuziehen. Seit der morgendlichen Auseinandersetzung hatte sie es geschafft, nie mit ihm alleine zu sein und je später sie zu Bett gingen, um so eher böte sich die nächtliche Stunde als Ausrede an, um jeder weiteren Diskussion aus dem Weg zu gehen.

Es war vielleicht eine halbe Stunde, nachdem Madame Delaup zu Bett gegangen war, als Renolds Glückssträhne begann. Die Leichtigkeit des Spiels legte sich, und die Atmosphäre wurde angespannt. Michel verfolgte jede der offengelegten Karten mit größter Aufmerksamkeit, und Deborah dachte wesentlich länger mit gerunzelter Stirn über ihre Einsätze nach, als Renold erforderlich fand. Angelica, die nie zuvor etwas Aufregenderes als Pikett gespielt hatte, spürte wie sie nervös zu zittern begann.

Als Michel die Regeln erklärt hatte, hatte er behauptet, Faro wäre aus Frankreich nach Louisiana gekommen, wo es seit den Zeiten Ludwig XIII. eines der beliebtesten Kartenspiele war. Der Name kam von den ursprünglichen Karten, auf deren Rückseiten ein ägyptischer Pharao abgebildet gewesen war. Ein Faltbrett, bedruckt mit den verschiedenen Reihen, wurde auf den Tisch gelegt, und die Spieler legten ihre Chips auf die Karten, die ihrer Meinung nach im Verlauf des Spiels aufgedeckt wurden. Bei jedem Mal wurden zwei Karten aus dem Kasten gezogen, wobei die erste verlor und die zweite gewann. Man spielte gegen die Bank, das hieß, wenn man in einer Spielhölle war, gegen das Haus, oder im privaten Kreis gegen eine mathematisch begabte Person. Der leichte Vorteil der Bank war bedeutungslos, es sei denn, der Bankhalter spielte falsch. Vielleicht lag es an der langen Geschichte des Faro, daß es mehr Möglichkeiten des Falschspiels gab als bei fast jedem anderen Spiel.

Je öfter sie verlor, um so aufgeregter wurde Deborah, und aus Rücksicht auf ihre Gefühle überließ Renold Michel die Bank. Michel gab sie später an Angelica weiter, aber sie war viel zu abgelenkt von ihrem eigenen Spiel, um eine gute Bankhalterin zu sein. Erst als Deborah an die Reihe kam, wandte sich das Glück erneut in Richtung der Bank.

Das Spiel hatte bereits vor längerer Zeit aufgehört, lustig zu sein. Angelica dachte verzweifelt über die Möglichkeit nach, die Runde zu beenden, ohne daß dadurch der gemeinsame Abend ein automatisches Ende nahm. Vielleicht wäre ein spätes Abendessen die rettende Idee.

Gerade als sie den Mund öffnete, um den anderen ihren Vorschlag zu unterbreiten, lehnte sich Renold auf seinem Stuhl zurück und warf seine Karten offen auf den Tisch. »Wenn du von unten geben willst, Deborah«, hielt er seiner

Schwester vor, »dann warte wenigstens, bis du es gut genug kannst.«

Deborah errötete, obgleich ihr Blick so etwas wie Reue verriet. »Ich wollte nur sehen, ob ich es kann, ohne daß man mich dabei erwischt.«

»Jetzt weißt du es«, stellte ihr Halbbruder fest. »Und ich würde dir raten, es nicht zu versuchen, wenn du nicht zu Hause bist.«

»Das würde ich niemals tun, Renold! Wirklich nicht!«

»Du solltest Deborah gut genug kennen, um zu wissen, daß sie so etwas nicht tun würde«, sagte Michel zu ihrer Verteidigung. »Sie war ganz einfach übermütig.«

»Dieser Übermut kann ihr den Ruf einbringen, achtlos mit Geld umzugehen, wenn nicht noch Schlimmeres.« Renold maß seinen Freund mit einem stählernen Blick.

»Das ist ja wohl die Höhe!« empörte sich Deborah.

Michel erhob sich von seinem Platz. »Ich glaube, du schuldest deiner Schwester eine Entschuldigung. Es besteht nicht die geringste Veranlassung, sie derart zu beleidigen.«

»Ich habe ihr lediglich die Warnung zukommen lassen, die sie offenbar dringend nötig hat«, entgegnete Renold in unversöhnlichem Ton. »Wenn sie das nicht akzeptieren kann, dann geht sie niemals in Gesellschaft aus.«

Deborah wirkte ehrlich bestürzt, was Angelica nur allzugut verstand. Gleichzeitig jedoch kam ihr ein Verdacht. Sie selbst war ähnlich verloren gewesen angesichts Madame Delaups morgendlicher Attacke gegen ihren Sohn.

Michel schien in keinem derartigen Zwiespalt zu sein. Mit reglosem Gesicht und blitzenden Augen starrte er Renold an. »Ausgerechnet du meinst, du wüßtest, wie man sich in Gesellschaft zu verhalten hat? Das ist ja wohl ein Witz.«

»Nein, eine Frage der Erfahrung«, war Renolds Erwiderung. »Man muß sich gründlich mit Fehlverhalten auskennen, damit man es erkennt.«

»Und mit unanständigen Frauen vielleicht? Welches Licht wirft das auf Angelica? Oder zählt dein Verhalten ihr gegenüber nicht?«

»Es geht hier nicht um meine Frau.« Die Worte klangen wie kalter Stahl.

»Um Himmels willen. Ich habe schließlich nicht ihr Benehmen in Frage gestellt.« Michels Antwort klang ebenso kalt.

»Mein Benehmen gefällt dir also nicht?« fragte Renold in sanftem Ton.

»Renold! Michel! Bitte hört auf«, bat Deborah und sah die beiden mit tränenverhangenen Augen an.

Ihr Halbbruder sah sie kaum an. »Ich glaube«, sagte er, »daß hier meine Ehre angezweifelt wird.«

»Ich würde eher sagen, dein Menschenverstand«, erwiderte Michel. »Aber du kannst es auffassen, wie du willst.«

Renolds Lächeln war eiskalt. »Ich rate dir, vorsichtig zu sein. Die Tatsache, daß ich mich bisher geweigert habe, mich mit dir zu duellieren, bedeutet nicht, daß ich das jedes Mal tun werde, wenn du mich herausforderst.«

»Das bleibt natürlich dir überlassen«, sagte Michel und errötete vor Zorn.

Renold musterte seinen Freund und dann nickte er. »Also gut, und ich wähle die Waffen aus. Wie du weißt, gefallen mir Degen besonders gut.«

»Nein! Das könnt ihr nicht tun!« jammerte Deborah.

Die beiden Männer beachteten sie nicht. Michel stand langsam auf, sah Renold reglos an und verbeugte sich steif vor ihm. »Also gut.«

»Genau.«

Angelica beobachtete die beiden und sagte keinen Ton, obgleich sie das Gefühl hatte, ihre Furcht schnürte ihr die Kehle zu. Ein Witz, das war eine gute Beschreibung dessen, was da vor sich ging. Sie konnte einfach nicht glauben, daß dieser plötzlich aufgekommene Streit in Blutvergießen enden sollte.

»Ich bin sicher«, sagte Michel, »daß wir unter euren Nachbarn irgendwelche Sekundanten finden werden. Wenn du vielleicht so gut bist und Tit Jean mit einer Nachricht losschickst, dann können wir die Sache mit Anbruch der Dämmerung erledigen.«

Renold schob seinen Stuhl zurück und erhob sich mit lässiger Geschmeidigkeit. »Bildest du dir etwa ein, ich würde mich der liebevollen Umarmung meiner Frau beim ersten Tageslicht entziehen, nur um mit dir im Tau herumzuspringen? Eine schwachsinnige Vorstellung. Bringen wir es lieber gleich an Ort und Stelle hinter uns.«

Michel starrte ihn an. »Es sind Damen anwesend.«

»Sie können bleiben oder gehen. Das ist mir egal.« Renold trat vom Tisch zurück und zog an der Kordel neben dem Kaminsims, damit einer der Bediensteten kam.

»Das ist nicht dein Ernst. Wir sollten wenigstens auf die Galerie hinausgehen.« Michel verharrte vollkommen reglos neben dem Tisch.

»Eine hervorragende Idee. Meine Mutter hätte bestimmt etwas dagegen, daß wir ihre herrlichen Möbel demolieren.«

Michel runzelte die Stirn. »Es macht dir Spaß, dieses Duell ins Lächerliche zu ziehen. Zweifellos hast du deine Gründe dafür, und ich gebe zu, daß du der talentiertere Degenfechter von uns beiden bist. Aber ich versichere dir, daß es mir sehr ernst ist mit dieser Auseinandersetzung. Ich werde mich solange wie möglich verteidigen und versuchen, dein Blut zu sehen.«

»Da spricht der echte Gentleman«, stellte Renold trocken fest. Dann, als Tit Jean den Raum betrat, drehte er sich zu seinem Kammerdiener um. »Bringen Sie uns bitte zwei Degen herein.«

Tit Jean riß kurz die Augen auf, doch er hatte sich sofort wieder gefaßt. Ohne ein Wort machte er kehrt.

Als Antwort auf Renolds Spott sagte Michel: »Ich hoffe, ich habe die Bezeichnung Gentleman verdient.«

»Ich auch«, sagte Renold, »denn ansonsten ist all die Mühe umsonst.«

Abermals runzelte Michel die Stirn. »Du willst mir also eine Lektion erteilen, nehme ich an?«

»Das Duell als Mittel zur Wahrung des Anstands und der Höflichkeit? Nein.«

»Was dann?«

»Ich nenne es lieber Demonstration.«

»Demonstration von was?« fragte Michel mit rauher Stimme.

Als Tit Jean auf leisen Sohlen zurückkam und Renold einen langen Kasten aus poliertem Holz überreichte, wandte sich Renold damit ab, zog einen schlanken Degen aus der samtigen Hülle hervor und reichte ihn Michel.

»Warum so finster?« fragte er in beißendem Spott. »Der Zweck eines Duells ist doch schließlich der, die Ehre eines Menschen gewaltsam zu verteidigen in der Hoffnung, daß die Wahrheit und die Überzeugung einem Mann die erforderliche Stärke verleihen. Der Ehre ist bereits Genüge getan, wenn ein einziger Blutstropfen fließt, es sei denn, ein Mann hätte es auf Rache abgesehen, oder sein Temperament ginge mit ihm durch. Ausgenommen natürlich, daß du nicht plötzlich wie ein Amerikaner darauf bestehst, daß nur der Tod als endgültiges Ergebnis zählt.«

»Bisher nicht.«

Renolds Lächeln verriet nichts als Freundlichkeit. »Hier geht es demnach nur um den Sport. Warum genießen wir es also nicht?«

»Aber natürlich tun wir das«, war Michels trockene Erwiderung.

Die beiden Männer sahen einander lange Sekunden an, und dann wandten sie sich gleichzeitig der Tür zu, die auf die Galerie hinausging.

Eine angenehme nächtliche Brise wehte durch den langen,

offenen Raum, der in vollkommener Dunkelheit lag. Tit Jean brachte Lampen und stellte sie in den Ecken zwischen dem Geländer und den Hauswänden auf.

Renold legte seine Jacke ab und rollte die Ärmel seines Hemdes bis zu den Ellbogen auf. Michel hatte sich gerade halb aus seiner eigenen Jacke, gekämpft, als er aufblickte und Angelica und Deborah aus dem Haus kommen sah. Immer noch in den Ärmeln der Jacke, blieb er reglos stehen. »Nein, die Damen, wirklich nicht. Ich weiß, was Renold gesagt hat, aber ihr habt doch sicher nicht den Wunsch, Zeuginnen einer so traurigen Vorstellung zu sein.«

»Was sollen sie deiner Meinung nach nicht sehen?« fragte Renold in spöttischem Ton. »Deine bestialische Natur oder lediglich deinen begnadeten Männerleib?«

»Keins von beiden«, schnauzte Michel. »Aber ich hätte angenommen, daß selbst dich ihre Anwesenheit irritiert.«

»Oh, sicher, aber gleichzeitig weiß ich, daß ich vor Zuschauern immer am besten bin.«

»Und was ist, wenn dein Publikum hysterisch wird?«

»Das halte ich für eher unwahrscheinlich, denn dazu wäre eine unüberwindbare Angst vor dem möglichen Ergebnis unseres Duells erforderlich.« Mit einem verzerrten Lächeln wandte sich Renold an Angelica. »Du wirst uns nicht stören, oder, mein Schatz?«

»Nicht«, erwiderte sie, »wenn es sich irgendwie vermeiden läßt.«

Er sah sie noch einen Augenblick an, ehe er sich umdrehte, um seiner Schwester die gleiche Frage zu stellen. »Deborah?«

»Ich bleibe, wenn Angelica bleibt.«

Ihre Stimme klang nicht ganz ruhig, und Angelica sah sie fragend an. Deborahs Gesicht war kreidebleich, und sie hatte die Fäuste geballt. Ihr Bruder schien es nicht zu bemerken, denn er wandte sich mit hochgezogenen Brauen an Michel.

Der preßte die Lippen zusammen, brachte allerdings keine

weiteren Einwände vor. Er zog endgültig seine Jacke aus, lockerte die Krawatte und nahm seinen Degen auf.

Die beiden Männer nahmen ihre Positionen ein und senkten die Spitzen ihrer Waffen ab. Als sie einander in dem flackernden Licht musterten, verrieten ihre Mienen grimmige Konzentration. Der Schein der Lampen verlieh ihren Hemden einen silbrigen Glanz, doch ihre Augen waren in Dunkelheit gehüllt. Inmitten der Nacht kam die erleuchtete Galerie einer Theaterbühne gleich. Ruhe senkte sich über den Raum, und neben dem Zischen der Lichter war nur noch das entfernte Flüstern der Bäume entlang der Einfahrt zu hören, ähnlich dem Gemurmel eines erwartungsvollen Publikums.

»Deborah«, sagte Renold in bestimmtem Ton. »Du darfst das Startzeichen geben, wenn du willst.«

Dies war eine Ehre und vielleicht auch noch ein Zeichen für andere Dinge, die Angelica nicht verstand. Sie hörte nur, wie ihre Freundin nach Atem rang. Deborah schwieg so lange, daß man hätte meinen können, sie lehnte das Angebot ab, doch dann atmete sie tief ein.

»En garde!«

In vollkommener Harmonie wurden die Klingen zum Gruß erhoben und dann wieder gesenkt. Die beiden Männer nahmen Haltung an. Das Licht schimmerte kurz auf den gezückten Degen, als sich ihre Spitzen berührten, bis nicht die kleinste Vibration mehr zu spüren war. Der erste, tastende Stoß verursachte einen zarten, geradezu melodiösen Klang.

Die ersten Bewegungen der beiden Männer dienten lediglich der Erprobung des Kampfgeräts. Die eiligen, schleifenden Schritte, mit denen sie einander umkreisten, die geschmeidige Drehung der angespannten Handgelenke, die eiligen Täuschungsmanöver und die halb vollendeten Angriffe endeten meistens mit einem Lachen und einem fröhlichen Kommentar. Langsam jedoch steigerte sich der Rhythmus, und das

Klirren und Rasseln der Klingen bekam einen herausfordernden Unterton.

Plötzlich sprühten orangefarbene Funken und regneten auf die beiden Streithähne herab, als ein Degen krachend gegen den anderen schlug. »Oh!« rief Deborah, als die beiden Männer mit gekreuzten Klingen dastanden, ehe jeder von ihnen keuchend zurücksprang. Sie schlug sich die Hand vor den Mund, um einen Schrei zu ersticken.

Der Wind zerzauste die Haare der Männer und blähte ihre Hemden auf. Mit zusammengekniffenen Augen griffen sie einander ein zweites Mal an.

Ihre Füße scharrten auf dem Boden, und die Degen prallten mit lautem Klirren aufeinander. Mit gestrafften Muskeln und entschlossenen Mienen stießen sie vor und zogen sich zurück, machten Ausfälle und parierten, reckten sich nach vorn, bis ihre feste Beinmuskulatur durch die straff gespannte Hose zu sehen war, und sprangen zurück, um einem plötzlichen Abwehrstoß zu entgehen. Ihre Gesichter glänzten vor Schweiß, und ihre Hemden klebten an ihren Schultern.

Renolds Haar lockte sich vor Feuchtigkeit. Er warf es nach hinten und grinste, als Michels Versuch, die Sekunde der Unaufmerksamkeit zu nutzen, danebenging. Ohne in seiner Wachsamkeit nachzulassen, zog er sich mit geschmeidiger Behendigkeit zurück. Seine eisenharten Muskeln und perfekte Selbstbeherrschung gaben ihm, wie so oft, die Oberhand.

»Halt«, herrschte Michel ihn an, trat zurück und senkte die Spitze seines Degens auf den hölzernen Galerieboden ab.

Renold lockerte sich und richtete die Spitze seiner Waffe ebenfalls nach unten. Er legte die Hände auf den Griff seines Degens und fragte: »Was ist los?«

»Hast du vergessen, wie oft ich dir beim Training zugesehen habe – ganz zu schweigen davon, wie oft ich als dein Sekundant fungiert habe, wenn es um dein Leben ging? Im Gegensatz dazu ist das hier doch nur ein Kinderspiel.«

»Willst du damit sagen, ich mache es dir zu leicht?«

»Ich weiß, daß du das tust.« Michel maß Renold mit einem verächtlichen Blick.

Renold zuckte mit den Schultern, als schüttele er damit die Verantwortung ab. »Dann paß jetzt gut auf dich auf, mein Freund.«

Im Verlauf der nächsten Minuten wurde klar, daß Michel recht gehabt hatte. Das Gefecht nahm an Tempo und an Heftigkeit zu. Die Schritte der beiden Männer donnerten auf dem Boden, denn nun sprangen sie zu gezielten Angriffen oder Gegenangriffen quer über die Galerie. Die Täuschungsmanöver wurden schneller, die Abwehrreaktion verzweifelter. Das Geräusch der aufeinandertreffenden Klingen hallte in den Ohren und zerrte an den Nerven ihres Publikums.

Michels Haar war inzwischen klatschnaß, und er atmete keuchend. Sein Gesicht war eine grimmige Maske der Ausdauer und der Entschlossenheit, während sein Blick an der Spitze des gegnerischen Degens zu kleben schien. Er drängte vor, zog sich zurück, stellte seine Kenntnis diverser Tricks und seine Bereitschaft, sie anzuwenden, zur Schau. Auf der Suche nach einer Öffnung glitt der Stahl seiner Klinge über den gegnerischen Stahl.

Aber Michel war von Natur aus ein vorsichtiger Mensch, und das war auch seiner Kampftechnik anzusehen. Er ging keine Risiken ein, testete keine außergewöhnlichen Fallen oder Strategien.

Renold hingegen verhielt sich eher draufgängerisch. Seine Täuschungsmanöver knisterten vor Kraft, seine Paraden und Riposten waren nicht nur geschickt, sondern obendrein noch bösartig effektiv. In seinen Angriffen erkannte man Subtilität und schimmernde Geschmeidigkeit, und Michel wich schwitzend vor ihm zurück.

Aber so schnell ließ er sich nicht überwältigen. Vielleicht hatte er nicht Renolds Brillanz, aber dennoch kannte er sich im Umgang mit dem Degen aus. Seine Haltung war hervorragend, und seine harten Schultern und seine festen Beinmuskeln verrieten Kraft und Vitalität. Und vor allem hatte er Mut.

»Gratuliere«, sagte Renold überrascht zu ihm, als er vor der pfeifend herabsausenden Klinge zurücksprang, die ihm den Arm bis zum Ellbogen aufgerissen hätte. »Ich wußte gar nicht, wie gut du bist.«

»Das liegt daran, daß du dich bisher nie mit mir gemessen hast«, knurrte Michel. Er machte einen Satz nach vorn und hämmerte mit der Kraft eines Hufschmieds auf Renolds Degen ein.

»Aus dem Spiel wird allzu leicht Ernst, wenn man dem anderen echte Schmerzen zufügt.« Renold tänzelte vor Michels Offensive zurück und wehrte sie ohne sichtbare Mühe ab.

Michel mußte sich erst davon erholen, ehe er antwortete. »Aber vielleicht gewinnt man eine gewisse Selbsterkenntnis, wenn man ein oder zwei kleine Verletzungen abbekommt.«

»Meinst du, die bräuchte ich?« Renold stellte Michel eine Falle, und fast wäre dieser hineingelaufen, doch dann wurde sein Hieb knirschend und unter erneutem Funkenregen abgewehrt.

»Vielleicht, aber eigentlich hatte ich eher mich selbst gemeint.« Michel unternahm einen klassischen Angriff, der derart flink erwidert wurde, daß er verzweifelt nach hinten stolperte.

So ging der Kampf weiter, vor und zurück, ohne daß einer der beiden Männer dem anderen eindeutig überlegen war, doch zugleich hatte man den Eindruck, als hielte Renold noch irgendeinen Trick zurück, als warte er nur auf die günstigste Gelegenheit.

Nach einer Weile meinte Angelica zu sehen, was er beabsichtigte. Vielleicht irrte sie sich auch, denn ein solches Manöver schien ihr allzu gefährlich zu sein. Michel wußte nicht, erriet noch nicht einmal, wie schlecht es um ihn stand, durch welch clevere Manipulation er vielleicht bei dem Duell zu Tode kam.

Ihre Augen brannten, doch sie blinzelte kein einziges Mal. Ihre Brust hob und senkte sich, und trotzdem bekam sie nicht genug Luft. In ihrem Innersten verspürte sie einen stechenden Schmerz, als dränge die Klinge eines Degens in ihre eigenen Eingeweide ein. Sie schluchzte leise auf.

»Es ist entsetzlich. Er wird Michel umbringen«, stöhnte Deborah und rang die Hände. »Sie müssen aufhören.«

»Unmöglich. Das können sie nicht«, flüsterte Angelica, ohne die Freundin anzusehen, aus Furcht, Deborah bemerke vielleicht ihre gräßliche Angst.

»Es muß doch etwas geben, das dieser Sache ein Ende macht. Es muß.« Plötzlich hatte Deborah eine Idee. »Die Lampen! Ohne Licht können sie nicht weitermachen. Am besten machen wir sie aus.«

»Das können wir nicht tun!«

»Du vielleicht nicht«, erwiderte Deborah.

»Und was ist, wenn es nicht funktioniert?« warf Angelica ein. »Was, wenn sie nicht aufhören?« Wenn die beiden Männer weiter aufeinander einhieben, ohne etwas zu sehen, wäre das ein mörderisches Risiko.

»Welche Möglichkeit haben wir denn sonst?«

Ohne auf eine Antwort zu warten, rannte Deborah in Richtung der nächsten Lampe, beugte sich darüber und blies sie aus. Dann wirbelte sie herum und rannte auf die gegenüberliegende Ecke zu.

Renold stieß eine leise Verwünschung aus. Sein Blick flackerte zu seiner Halbschwester und dann wieder fort. Seine Miene wurde hart.

Und plötzlich verwandelte sich sein Degen in einen Wirbel schneidiger Fertigkeit. Er sang, schnitt und schlug einen Trommelwirbel drohender Verletzungen gegen den Degen in Michels Hand. Renold täuschte und schwang mit solcher Geschwindigkeit zu einem Angriff herum, daß den Zuschauerinnen schwindelte. Mit flüssiger Stärke und tödlicher Absicht streckte er den Arm aus und verdrehte sein Handgelenk mit einem kunstvollen Geschick, das zweifellos selbst unter italienischen Fechtmeistern hohes Ansehen genoß. Michel begegnete der Attacke mit wildem Schwung und verwirrtem Blick.

»Oh nein«, stöhnte Deborah, als sie sah, daß der Kampf durch ihr Tun nur noch beschleunigt worden war. »Nein.« Dann kniff sie die Augen zusammen, fuhr herum und rannte mit ausgestreckten Händen auf die blitzenden Klingen zu.

»Großer Gott«, keuchte Angelica entsetzt und sprang dem Mädchen nach.

Ihre Füße glitten über den Boden, und sie spürte, wie sie ihre Haarnadeln verlor und ihr das Haar über die Schultern fiel. Nah, so nah. Ihre Hand schoß mit gespreizten Fingern vor, schloß sich um den Ärmel von Deborahs Kleid und zerrte verzweifelt daran, damit sie stehenblieb.

Aber nun standen die beiden in der Gefahrenzone und hörten den ohrenbetäubenden Lärm des aufeinanderschlagenden Stahls. Sie hatten den Rhythmus des Gefechts gestört.

Renold trat behende zur Seite und wich ihnen aus. Michel, der immer noch mit dem Degen herumfuchelte und keinen Gegner fand, stolperte verzweifelt nach vorn, wodurch seine Klinge direkt auf Deborahs Herz gerichtet war. Gleich einer schimmernd blauen Flamme zischte der Stahl auf sie zu, zu schnell, um ihm hinterherzusehen, unmöglich, sich noch zurückzuziehen.

Fast unmöglich.

Renold sprang nach vorn und handelte so schnell, daß niemand sah, was geschah. Lautes Keuchen und dann leises Stöhnen ertönte. Mit einem Aufschrei fuhr Michel zurück. Sein Schwert glitzerte in seiner plötzlich zitternden Hand, und die erhobene Spitze der Waffe schimmerte leuchtend rot.

Als Angelica das Klirren eines auf den Boden fallenden Degens vernahm, wirbelte sie herum. Renolds Waffe rollte gegen den Saum ihres Rocks, wo sie reglos liegen blieb. Er umklammerte seine Schulter mit seiner gesunden linken Hand, während sein rechter Arm schlaff und nutzlos herunterhing. Blut rann aus seiner Handfläche und bildete einen häßlichen, schwarzroten Fleck auf seinem weißen Leinenhemd.

Einen flüchtigen Augenblick lang schwindelte Angelica vor Entsetzen und gleichzeitiger Erleichterung. Dann trat sie eilig auf Renold zu und legte ihre Hände auf seinen Arm. Mit wesentlich ruhigerer Stimme als erwartet sagte sie: »Komm sofort rein, damit wir uns den Schaden ansehen können.«

Michel warf seinen Degen mit einer solchen Wucht durch die Luft, daß er über das Geländer der Galerie zischte und in der Dunkelheit verschwand. Dann sprang er zu Deborah und zog sie an seine Brust. »Heilige Mutter Gottes«, sagte er. »Ist alles in Ordnung mit dir? Sag mir, daß alles in Ordnung ist.«

»Ja, ja«, stieß Deborah zitternd hervor und vergrub ihr Gesicht in seinem Hemd.

»Was hast du eigentlich geglaubt, was du da tust? Du hättest sterben können.« Michel zog sie noch enger an sich und wiegte sie sanft hin und her, obgleich sein kreidebleiches Gesicht über ihrem Kopf verriet, wie erregt er war.

Inzwischen hatte Tit Jean, der in der Nähe gewartet hatte, seinen Maitre erreicht, doch als er und Angelica Renold zwischen sich nahmen, um ihn in den Salon zu führen, machte dieser sich los.

»Gut gemacht, mein Freund«, sagte er in trockenem Ton zu Michel. »Obwohl ich denke, daß du mir eine Revanche schuldig bist.«

Ohne Deborah loszulassen, schüttelte Michel den Kopf. »Ich habe kein Lob verdient. Mir ist durchaus bewußt, daß mein Treffer ein Zufall war. Aber mit dem, was du vorhin gesagt hast, hattest du recht. So etwas ist zwischen uns nicht erforderlich.«

Renold bedachte seine Schwester mit einem flüchtigen Blick, ehe er wieder seinen Freund ansah. »Offenbar nicht.«

»Versucht es noch einmal, und ich bringe euch beide um!« mischte sich Deborah leidenschaftlich ein. »Ich habe noch nie in meinem Leben solche Angst gehabt.«

»Ich auch nicht«, pflichtete Angelica ihr bei.

»In diesem Fall«, sagte Renold gedehnt, »hat sich das Duell offenbar gelohnt.«

»Was?« Deborah bedachte ihren Bruder mit einem empörten Blick.

»Schon gut«, erwiderte er lächelnd, ehe er sich abwandte und das Haus betrat.

Sie blieben nur lange genug im Salon, um sicherzugehen, daß durch den Hieb kein lebenswichtiges Organ getroffen worden war. Anscheinend war die Klinge direkt unterhalb des Schlüsselbeins in Renolds Körper eingedrungen und hatte ein Loch bis zum Rücken gebohrt. Nach Tit Jenas Meinung eine saubere und unkomplizierte Wunde, die weh tun würde, aber keine großen Behinderungen nach sich zöge, es sei denn, es käme eine Blutvergiftung dazu.

Dem Kammerdiener reichte allerdings seine eigene Diagnose nicht aus, und er äußerte den Wunsch, einen Arzt und Madame Delaup hinzuzuziehen. Renold hingegen meinte, er sei nicht in der Stimmung, an sich herumtasten zu lassen oder sich eine Moralpredigt über sein Verhalten anzuhören, die bestimmt noch tödlicher wäre als der Hieb selbst. Alles, was er wollte, war, sich in sein Ankleidezimmer zurückzuziehen, damit man dort seine Wunde ohne großes Aufhebens verband. Mit einem Kopfnicken bat er Angelica, ihn zu begleiten, ehe er sich von Michel und Deborah verabschiedete und den Raum verließ.

Im Ankleidezimmer nahm er Tit Jean den Verbandskasten ab und reichte ihn Angelica. An den Kammerdiener gewandt, sagte er: »Ich glaube, wir haben das Stärkungsmittel vergessen. Könnten Sie vielleicht etwas Brandy holen gehen? Oh, und dann gehen Sie bitte noch zu Michel und fragen ihn, ob er ebenfalls eine Flasche nötig hat.«

»Aber, Maître, wer kümmert sich denn dann um Sie?« Tit Jean unterbrach sich, hob den Kopf und sah Angelica an.

»Genau. Ich habe inzwischen einen Ersatz für Sie. Wenn Sie in der nächsten Viertelstunde keine Hilfeschreie von hier hören, dann können Sie schlafen gehen.«

Renolds Stimme war spöttisch und sein Verhalten lässig wie sonst, aber Angelica meinte, das Herz bliebe ihr stehen.

Der Schatten eines Lächelns flog über Tit Jeans kaffeebraunes Gesicht. Mit einem Kopfnicken zeigte er, daß er verstand, verließ das Zimmer und zog leise die Tür hinter sich zu.

Angelica wandte sich ab, um den Verbandskasten auf dem Waschtisch abzustellen. Als sie den Deckel anhob, sagte sie: »Ich habe schon mal einen verletzten Fuß und ein paar Finger verbunden, aber so etwas noch nie.«

»Du schaffst es schon«, war Renolds unbekümmerte Erwiderung. Er sah sich um, zog einen Stuhl in die Nähe des Waschtischs und setzte sich.

Sie musterte die Mullbinden, die Scheren und Nadeln sowie die geruchsintensiven Salben in dem Kasten und versuchte, sich zu konzentrieren. Nach einem Augenblick zog sie die Dinge, die ihrer Meinung nach erforderlich waren, heraus und wandte sich dem Krug und der Schüssel auf dem Waschtisch zu. Eine Messingkanne mit warmem Wasser für die abendliche Waschung stand ebenfalls bereit. Sie schenkte großzügig davon in die Schüssel und tauchte ein Tuch in die Flüssigkeit, ehe sie wieder Renold ansah.

Sein Gesicht war bleich, aber seine Augen leuchteten, und sie meinte zu wissen, weshalb. Er hatte sein Ziel erreicht, nämlich Deborahs Interesse an Michel geweckt. Er hatte den Trick seiner Mutter übernommen und versucht, Deborahs Mitgefühl für den Freund zu wecken, indem er ihm ein Duell aufzwang und ihn dabei verwundete. Es hatte nicht ganz funktioniert, aber das gewünschte Ergebnis hatte er dennoch erzielt.

»Ich nehme an, jetzt freust du dich«, sagte sie.

Er sah sie wissend an, doch schien er nicht bereit zu sein, sich ihr anzuvertrauen. »Sollte ich das?«

»Dein Versuch, Amor zu spielen, indem du Michel zum Märtyrer machst, war offenbar erfolgreich, auch wenn du dabei von deinem eigenen Bogen getroffen worden bist.«

»Bist du jetzt enttäuscht?«

»Enttäuscht? Ich wüßte nicht, weshalb«, sagte sie spontan, ehe sie sein Handgelenk ergriff und seine Finger von seiner Wunde zog. Die Blutung hatte sich fast gelegt. Mit schnellen Bewegungen begann sie, sein Hemd aus seiner Hose zu ziehen. Unglücklicherweise war es ein Hemd im alten Stil, das sich nicht öffnen ließ. Sie müßte es ihm also über den Kopf ausziehen.

»Du scheinst einen ergebenen Bewunderer verloren zu haben, so daß du nur noch einen Ehemann hast, den du obendrein erst mal wieder zusammenflicken mußt.« Er streckte die Hand nach einer dicken goldblonden Strähne aus, die über ihre Schulter fiel, und rieb mit Daumen und Zeigefinger daran herum.

»Ich muß überhaupt nichts.« In der Tat war sie froh, etwas zu tun zu haben, so daß ihr keine Zeit blieb, um über den Augenblick nachzudenken, als der Degen in sein Fleisch gedrungen war. Außerdem genoß sie die kurzen Augenblicke, wenn sie für ihn wichtig war.

»Heb bitte den Arm, so hoch du kannst.«

Er ließ die Strähne los und zog den Hals ein, damit sie das Hemd über seinen Kopf bekam. Durch die Bewegung wurde sein Haar vollkommen zerzaust, aber er strich es nicht wieder glatt. Er beobachtete, wie sie das Hemd beiseite warf, nach dem Tuch in der Schüssel griff und es auswrang. »Es ging nicht darum, ihn zum Märtyrer zu machen«, sagte er.

Sie sah ihn verwundert an. »Du meinst, du hättest Streit mit Michel angefangen, weil er – weil du dachtest, daß er ein Bewunderer von mir ist?«

»Nicht ganz, obwohl ich meine Gründe hatte für den Streit.«

Sie trat näher an ihn heran und tupfte vorsichtig mit dem Tuch an den Rändern seiner Wunde herum. Er legte seine linke Hand um ihre Taille, so daß sie in ihren Bewegungen innehielt, während er eins seiner langen Beine zur Seite schob. Dann zog er sie zwischen seine Knie, damit sie besser an seine Schulter kam, und hielt sie dort fest.

Die Position war praktischer und bequemer, als sich ständig vornüberzubeugen, doch zugleich war sie beunruhigend, wegen der mangelnden Distanz. Obgleich Angelica allnächtlich das Bett mit ihm teilte und oft wach neben ihm lag, war sie eine derartige Nähe außerhalb des Bettes nicht gewohnt.

Sie hielt die Lider gesenkt, während sie sich um seine Verletzung kümmerte, doch mit jeder Sekunde, die verging, nahm ihre Anspannung zu. Was nicht gerade dadurch besser wurde, daß sein Daumen mit langsam kreisenden Bewegungen über ihre Hüfte strich.

»Ich nehme nicht an«, sagte sie verkrampft, »daß du mir diese Gründe nennen willst?«

»Ich warte gespannt darauf zu sehen«, sagte er und atmete tief ein, als sie der Wunde zu nahe kam, »ob du dir diese Gründe vielleicht selbst zusammenreimen kannst.«

Sie runzelte die Stirn, doch zu einer Antwort kam sie nicht, denn Tit Jean tauchte mit dem Brandy auf.

Auf dem Tablett standen zwei Gläser, und der Kammerdiener schenkte ihnen beiden ein. Auf sein Drängen hin nippte Angelica vorsichtig an dem Glas, das er ihr gab. Fast wäre sie an der brennenden Flüssigkeit erstickt, doch nach einem Augenblick löste sich der angespannte Knoten in ihrem Inneren auf. Trotzdem war sie der Ansicht, daß man den Brandy am besten zur Reinigung der Wunde verwendete.

Der Duft des Alkohols stieg ihr ins Gesicht, als sie ihr Glas schräg hielt und den Brandy auf einen sauberen Lappen goß. Mit größter Vorsicht betupfte sie den Schnitt und ließ zu, daß ein wenig Flüssigkeit in die Mitte der Verletzung floß.

Vielleicht regte der Alkohol ihre grauen Zellen an, denn plötzlich, während sie nach einer Mullbinde griff, wurde ihr alles klar. Sie sah Renold an, doch dann wandte sie sich wieder seiner Wunde zu und dachte über ihre neuen Erkenntnisse nach.

Der Zweck des Duells war nicht der gewesen, Mitgefühl für Michel zu wecken oder Deborah klarzumachen, was sie für ihn empfand. Vielmehr hatte er Michel zum Helden machen wollen, zu einem Mann, der Deborah verteidigte und der zu diesem Zweck selbst nicht vor einem Duell zurückschreckte.

Mit leicht verwunderter Stimme sagte sie: »Du wolltest, daß Michel gewinnt. Du wolltest, daß er dich verletzt.«

»Sozusagen.« Er hatte die Lider gesenkt, so daß ihr sein Blick verborgen blieb, und machte sich daran, ihr mit einer Hand das Kleid auszuziehen.

Nun wurde Angelica einiges klar. Er hatte gerade gut genug fechten wollen, daß es ein fairer Kampf war, ehe sein Freund ihn traf. Eine Schnittwunde am Oberarm, ein kleiner Kratzer im Gesicht oder am Hals hätte bereits ausgereicht. Der Ehre wäre Genüge getan. Daß die Verletzung so blutig ausfiel, hatte Renold nicht im Sinn gehabt.

Mit rauher Stimme sagte sie: »Glaubst du nicht, daß es ein wenig zu weit geht, wenn du dich wegen Deborahs Herzensangelegenheiten derart durchlöchern läßt?«

»Meine Schwester ist ein liebes Mädchen, und es ist mir ein Vergnügen, ihr, soweit ich kann, behilflich zu sein. Aber Deborahs Herz hat nichts damit zu tun.«

Ihr Kleid lockerte sich, denn inzwischen hatte er es bis zur Taille aufgeknöpft. Sie konnte nicht mehr nachdenken, denn die Wärme seiner Finger auf ihrer Haut lenkte sie ab. Trotzdem erschien es ihr offensichtlich, daß Renold in der Rolle des Märtyrers selbst auf Mitgefühl ausgewesen war.

Wessen Mitgefühl wollte er? Wessen Herz war von Bedeutung für ihn?«

Ihr Herz, das war klar.

Worauf also hatte er es abgesehen? Was war wirklich da draußen auf der Galerie passiert?

Sie hatte ihre Angst und ihre Besorgnis deutlich gezeigt, und dadurch hatte er erfahren, wie wichtig er ihr war.

Aber warum sollte diese Erkenntnis von Bedeutung für ihn sein, es sei denn, er wollte sich beweisen, daß sie tatsächlich die liebevolle Sorge um ihn empfand, die bereits morgens im Gespräch mit seiner Mutter deutlich geworden war?

Es gab zwei mögliche Gründe, weshalb er daran interessiert sein mochte zu erfahren, was sie für ihn fühlte. Der erste Grund war, daß ihre Zuneigung sie fester an ihn bände als jeder Vertrag, so daß ihm Bonheur weiterhin sicher war.

Und der zweite Grund, an den sie kaum zu denken und noch weniger zu glauben wagte, war, daß er vielleicht nur wissen wollte, ob sie ihn liebte, weil er ebenfalls etwas für sie empfand.

Kapitel achtzehn

»Ist das Herz eines anderen Menschen etwa bedeutungslos für dich?«

Angelica spürte die Vibration seiner Stimme unter ihren Fingern, als Renold sprach, und brauchte eine Ewigkeit, um den Kopf zu drehen und ihn anzusehen.

Seine dunkelgrünen Augen reflektierten das Licht der Lampe, die auf dem Waschtisch stand. Sie brannte so gleichmäßig, daß die beiden Flecken goldenen Lichts in seinen Pupillen nicht flackerten. Seine Haut glänzte bronzefarben, und sein Haar fing die Strahlen der Lampe in einem blauschwarzen Schimmer ein.

Das hohe Bett im Schlafzimmer hinter der Tür wies die reiche Patina hohen Alters auf. Das vergoldete und lackierte Kruzifix, das über dem Kopfende hing und auf dem ein erhabenener Märtyrer als Renold zu sehen war, schimmerte rotgold. Auf dem spinnwebzarten Häkeldeckchen, das den Nachttisch verschönerte, lag ein ledergebundenes Buch mit einem silbernen Verschluß. Voll erblühte und süß duftende Rosen waren neben dem Buch in einer Alabastervase arrangiert. In der warmen Stille war das plötzliche Aufplatzen einer der blaß pinkfarbenen Blüten deutlich zu hören, deren Blütenblätter dem Boden und somit ihrer unvermeidlichen Zerstörung entgegensegelten.

»Du hättest sterben können«, sagte sie und sah ihn verzweifelt an, denn ihre Worte verrieten sie. Oder vielleicht hatte sie es auch so gewollt.

»Es ist unmöglich, die Reaktionen aller Menschen, die um einen sind, vorherzusehen, denn schließlich hat jeder seine eigenen Ängste und Bedürfnisse. Man tut, was man kann, um zu erreichen, was man will.«

»Und was wolltest du erreichen?«

»Daß du dich mir endlich offenbarst«, sagte er. »Was sonst? Ich wollte den Beweis der perfekten Liebe. Den Gipfel der Glückseligkeit, das vollkommene Eheglück. Ich wollte sehen«, fügte er hinzu, ob du mit deiner Rolle als meine Frau zufrieden bist.«

Sie sah ihn vollkommen reglos an, ehe sie sich vorbeugte und die Mullbinde um seine Schulter wickelte. »Es wäre deutlich weniger drastisch gewesen, hättest du mich einfach danach gefragt.«

»Ja, und dann? Wärst du mir mit lauwarmer Höflichkeit begegnet oder vielleicht mit der damenhaften Versicherung, daß alle Frauen ihren Ehemännern prinzipiell und aus Überzeugung heraus wohlgesonnen sind. Ich hatte mir etwas mehr Leidenschaft erhofft.«

Leidenschaft. Es war von Natur aus ein melodramatisches Wort und könnte niemals weniger sein. Aber vielleicht mehr. Es war ihre Aufgabe, dafür zu sorgen, daß es dazu nicht kam. Dramatik würde ihr keine große Hilfe sein. »Dann bist du nun vielleicht enttäuscht.«

»Ich hätte niemals erwartet, daß du dich zwischen uns werfen würdest wie Deborah. Das hätte mir nur bewiesen, daß du mir nicht vertraust. Also nein. Ich bin nicht enttäuscht.« Er beugte sich vor, damit sie leichter mit dem Verband hinter seine Schulter kam. Gleichzeitig schob er seine Hände in ihr Kleid. Er umspannte ihre korsettbewehrte Taille und schob seine Finger zu ihren batistverhüllten Brüsten hinauf.

Sie rang nach Luft und hielt den Atem an, schloß die Augen, schluckte eilig und riß die Augen gewaltsam wieder auf. Mit etwas weniger geschickten Händen als zuvor rollte sie die Mullbinde ein letztes Mal um seine Schulter, riß das Ende entzwei, bis sie zwei Streifen hatte, und machte sie mit einem flachen Knoten fest. Sie legte die Hände auf seinen festen Hals und zählte den Puls, der gegen ihren Daumen schlug, und dann nahm sie all ihren Mut zusammen und sah ihn an.

»Um sich jemandem zu offenbaren, ist es erforderlich, daß man an ihn glaubt«, sagte sie. »Und der Glaube an einen Menschen rührt von Vertrauen her. Vielleicht wäre ich mit meiner Rolle als Ehefrau zufriedener, wenn ich wenigstens sicher sein könnte, daß ich tatsächlich mit dir verheiratet bin.«

Sie beobachtete, wie sich sein Gesicht vor Zorn verdunkelte, wie sein Blut in Wallung geriet. Doch ebenso schnell bemerkte sie, daß seine Wut einer ruhigen Nachdenklichkeit wich.

»Wenn dir das so wichtig ist«, setzte er zögernd an, »dann können wir das sicher bewerkstelligen. Wir könnten unsere Hochzeit hier auf Bonheur vor einem Priester wiederholen.«

Sie rückte ein wenig von ihm ab. »Das würdest du tun?«

»Warum nicht?«

»Es wäre bestimmt sehr aufwendig.« Ihre Worte verrieten ehrliche Verwunderung.

»Das ist egal, wenn es dich beruhigt und wenn wir danach leben können wie ein richtiges Ehepaar.« Seine Daumen strichen über ihre Brustwarzen, bis sie sich vor Erregung verhärteten.

»Auch wenn du schon einmal das Ehegelübde abgelegt hast?« fragte sie zusammenhanglos.

»Wenn ich es noch einmal tue, ist es deshalb nicht weniger bindend für mich. Vielleicht sogar eher das Gegenteil.« Unter ihrem Kleid löste er die Bänder ihres Unterrocks, so daß er in die Knie glitt. Er lächelte. »Aber ich hoffe, daß du meine Schulter gut verbunden hast, denn ich habe nicht die Absicht, mit der Ausübung der angenehmeren Eherituale zu warten, bis wir ein zweites Mal verheiratet sind.«

Seine Bereitschaft, sie noch einmal zur Frau zu nehmen, war doch gewiß ein Beweis dafür, daß sie tatsächlich bereits mit ihm verheiratet war? Oder vielleicht hoffte sie das auch nur. Auf jeden Fall konnte sie nicht verbergen, daß sie angesichts seiner Bereitschaft, die Zeremonie zu wiederholen, warme Freude empfand. Und wenn er Leidenschaft wollte, so würde sie nicht kleinlich sein. Sie empfand eine leidenschaftliche Freude über seine Großzügigkeit, eine leidenschaftliche Dankbarkeit, daß er nicht schlimmer verwundet war, eine leidenschaftliche Begeisterung, daß er in diesem Augenblick Verlangen nach ihr zu haben schien.

Und vor allen Dingen spürte sie ein ebenso brennendes Verlangen nach ihm, das nichts zu tun hatte mit vergangenen oder zukünftigen Versprechungen. Die Hitze seiner Haut unter ihren Händen erregte sie, die harten Muskeln seiner Beine an ihrem Leib machten sie schwach vor Lust. Sie wollte, daß er sie eng an sich zog, daß er seinen Mund auf ihre Lippen preßte und seine Hände sie liebkosten, bis sie Erfüllung fand. Doch sie wagte es nicht, ihrem Verlangen Ausdruck zu verleihen aus Angst, er verurteile ihre Ruchlosigkeit oder er entdecke mehr Leidenschaft in ihr, als angemessen oder erforderlich war.

Sie brauchte nichts zu sagen. Er war ihr so nahe, daß sie nur den Blick senken mußte, um die feste Rundung seiner Lippen zu sehen, daß sie nur ein wenig schwanken mußte, um dicht bei ihm zu sein. Sein Lächeln schwand, als er eine Hand von ihrer Taille löste, ihr Gesicht umfing und ihren Mund auf den seinen zog.

Kleider, sie hatten so viele Kleider an. Sie machten sie verrückt mit ihrem Gewicht und ihrer Fülle, klebten an ihr oder bauschten sich, und die verknotete Krawatte, die widerspenstigen Haken und die festen Nähte erschwerten den Versuch, sie auszuziehen. Renold allerdings machte ein Spiel daraus, sie aus ihrer Garderobe zu befreien, indem er einen Kuß in die Beuge ihres Ellbogens drückte, während er den langen Ärmel ihres Kleides darüberzog, indem er einen Kuß als Belohnung forderte für jeden Korsetthaken, den er öffnete, und indem er mit sanften Fingern den Weg verfolgte, den ihr Unterhemd über ihre Brüste nahm.

Er verfluchte den Erfinder der Schlüpfer mit langem Bein

und versprach ihr reizvollen Ersatz, falls sie sich entschied, in Zukunft auf sie zu verzichten. Nachdem er ihr die Schuhe von den Füßen gestreift hatte, brachte er allerdings keine Geduld mehr auf, um ihr auch noch Strümpfe und Strumpfhalter auszuziehen, so daß er sich über sie beugte, um sie in die Arme zu nehmen und sie zum Bett hinüberzutragen.

»Nicht«, rief sie überrascht. »Dann bricht bestimmt die Wunde an deiner Schulter wieder auf. Ich kann durchaus selber gehen.«

»Rückwärts?« fragte er, und ohne eine Antwort abzuwarten, erhob er sich von seinem Stuhl, zog sie an seine Brust, bedeckte ihre Lippen mit seinem Mund und führte sie vorsichtig in Richtung eines Ziels, das sie nicht sah.

Plötzlich spürte sie, wie eine weiche Kante von hinten gegen ihre Schenkel stieß. Es war das niedrige, schmale Geburtsbett, das an einer Wand des Ankleideraums stand. Eher plötzlich als elegant nahm sie darauf Platz.

Renold ging vor ihr auf ein Knie. Amüsiert und zugleich sehr offen sagte er: »Ich habe schon in New Orleans daran gedacht, dich so auf einem Bett zu sehen. Phantasien von dem, was ich dann täte und was du sagen würdest, haben mir geholfen, nicht den Verstand zu verlieren, während ich versuchte, wenigstens etwas Schlaf zu bekommen neben dir.«

»Du hast mich schon dort – begehrt?« fragte sie, und ihre Stimme machte einen Satz, denn seine rauhen Handflächen strichen über ihre Schenkel und fuhren sanft, aber bestimmt die Rundung ihrer Hüfte nach.

»Ich habe dich von dem Augenblick begehrt, als ich dir zum ersten Mal begegnet bin, und mein Verlangen nach dir – das mußt du mir glauben – hatte nichts mit Bonheur oder deinem Vater zu tun. Jedesmal, wenn ich wach werde und dich neben mir im Bett liegen sehe, jedesmal, wenn ich beobachte, wie du dein Haar bürstest oder mir gegenüber am Eßtisch sitzt wenn ich sehe, wie du die Treppe hinaufgehst oder einen

Raum durchquerst, wie du lächelst, die Stirn runzelst, gähnst oder niest, begehre ich dich mehr. Du erfüllst all meine Gedanken, wenn ich wach bin, und spazierst nackt in meinen Träumen herum. Falls es einmal eine Zeit geben sollte, in der ich dich nicht mehr haben kann, werde ich langsam, aber sicher verrückt werden, das schwöre ich.«

Sie wollte ihm glauben, und ihr fiel kein Grund ein, weshalb sie seine Worte bezweifeln sollte. Im Augenblick war es genug. Sie ließ zu, daß ihr Blick mit schmerzlichem Vergnügen über die Flächen und Kanten seines Gesichts wanderte, obgleich sie das smaragdgrüne Feuer seiner Augen mied. In ihrem Innersten wallte übermächtiges Verlangen auf, und die Röte, die ihre Wangen überzog, rührte weder von Zorn noch von Verlegenheit her.

Sie fühlte sich sinnlich in ihrer Nacktheit, wollüstig und verrucht mit nichts außer ihren schwarzen Ohrringen, den schwarzen Seidenstrümpfen und den mit Rosen bestickten und mit kleinen, verknoteten Bändern verzierten Strumpfhaltern aus blauer Seide am Leib. Sie wollte ihn ebenfalls nackt und lüstern sehen.

Sie streckte die Hände aus, grub mit ihren Fingerspitzen eine Spur in die gelockten Haare auf seiner Brust und berührte die kupferfarbenen Münzen seiner Brustwarzen links und rechts. Das leise Zischen, mit dem er einatmete, erregte sie, und sie rieb die kleinen, straffen Knoten langsam hin und her.

»Warte«, sagte er, und seine tiefe Stimme klang wie ein Streicheln. Er erhob sich und blickte lange Augenblicke auf sie herab. Sein warmer Blick fuhr ihren schlanken Hals, die perlengleich schimmernden Rundungen ihrer Brust, die glatte weiße Perfektion ihrer Schenkel hinunter, und langsam legte er die Hände auf seinen Hosenbund.

Nie zuvor hatte sie ihm beim Ausziehen zugesehen. Entweder war er nackt oder in der Dunkelheit zu ihr gekommen, oder sie hatte schüchtern oder um ihm eine Intimsphäre zu lassen, den Kopf abgewandt. Ihre Lider flatterten, und sie schluckte hart, aber sie blickte nicht fort. Ihr Puls beschleunigte sich, als sie erkannte, daß das auch nicht erforderlich war, denn ihr Interesse störte ihn nicht. Allerdings war es mehr als bloßes Interesse, was sie für sein Äußeres empfand, gestand sie sich mit erstaunlicher Ehrlichkeit ein. Sie wartete fasziniert darauf, endlich seinen Körper zu sehen.

Ein leichtes Lächeln umspielte seinen Mund, und seine Bewegungen verlangsamten sich. Mit einem verführerischen Glitzern in den Augen beobachtete er sie, während er die Klappe seiner Hose öffnete, ehe er eilig auch die Knopfreihe löste, hinter denen der Schlitz verborgen lag. Unter der Hose trug er eine Leinenunterhose, die er ebenfalls öffnete. Ohne zu zögern klappte er die V-förmige Öffnung auf, und sie erkannte seinen flachen, harten Bauch und die schmale Haarlinie, die sich nach unten hin verdunkelte. Schließlich zog er mit einer einzigen, geschmeidigen Bewegung Hose und Unterhose ganz aus.

Prächtig und wunderbar in seiner Nacktheit warf er die Kleidungsstücke fort und drehte sich zu ihr um. Als er ihr gegenüberstand, sah er sie mit schräggelegtem Kopf und hängenden Armen an. Die Belustigung wich aus seinem Blick und wurde durch reglose Aufmerksamkeit ersetzt. Seine Haut verdunkelte sich.

Geschmeidig und zugleich kraftvoll männlich, war er wunderschön. Sein Körper war perfekt proportioniert, seine Muskeln und die stählernen Adern darüber waren prächtig geformt. Die Arbeit mit freiem Oberkörper auf den Feldern von Bonheur hatten eine deutliche Trennlinie zwischen Torso und Unterleib erzeugt, so daß er ihr wie eine Sagengestalt erschien, halb kraftstrotzender Bewohner des heißen Tags und halb ätherisches Wesen aus mondbeschienener Nacht. Sein stolz gerecktes männliches Organ war seidig, verführerisch und auch fremd – Lockung und Bedrohung zugleich. Angelica spürte, wie sich nicht nur ihr Magen, sondern auch ein tiefergelegener Muskel- und Nervenbereich zusammenzog.

Sie befeuchtete ihre Lippen und streckte die Hände aus. Mit zweifelnder und zugleich flehender Stimme flüsterte sie: »Renold –«

Er ging erneut auf ein Knie, ergriff ihre Hand und preßte sie an seinen Mund. Mit geschlossenen Augen und gesenktem Kopf drehte er ihre Handflächen nach oben, und die nasse Hitze seiner Zunge liebkoste die empfindliche Oberfläche ihrer Haut. Sie erschauderte, und ihr Körper beugte sich zu ihm, bis ihre Stirn über die drahtigen Wellen seiner Haare strich.

Eine Hand auf jedem ihrer bestrumpften Knie, spreizte er ihre Beine und schob sich zwischen sie. Er neigte den Kopf, um ihre Knie zu küssen, ehe er mit seiner Zunge über den Strumpfhalter strich. Gleichzeitig umfaßten seine Hände ihre schlanke Taille, glitten über die seidige Haut ihres Bauchs, ihre Schenkel und das, was zwischen ihnen lag. Gewissenhaft und mit langsamer Genauigkeit folgten seine Lippen diesem Weg, ehe sich seine Zunge in ihr Inneres schob.

Seine Berührung der zarten, blütenblättrigen Öffnung ihres Leibes war sanft, vorsichtig und zugleich unausweichlich in der Position, in der Angelica sich befand. Sie hielt bewundernd den Atem an, ehe sie die Augen schloß und leise zu stöhnen begann, als er sie mit Lippen und Zunge erforschte und kostete. Während sie der Glückseligkeit entgegenschwebte, entdeckte sie, wie wunderbar es war, verrucht zu sein. Ihre geheimste Öffnung enthüllte sich seinem Blick. Sie wußte, daß er alles sah, doch es war ihr egal. In ihrem Innersten verspürte sie ein heißes, schmelzendes Gefühl und eine gespannte Leere, die sich danach sehnte, von ihm angefüllt zu sein. Nichts war mehr von Bedeutung, außer, daß er nicht aufhörte, ehe er in ihr war.

Und er hörte nicht auf. Gebieterisch, genau, aufreizend erfahren, streichelte und liebkoste er sie mit einer Entschlossenheit, die ihr jeden Willen nahm. Gleichzeitig umfaßten, hielten und ertasteten seine Hände sie und vergrößerten ihre Lust, bis sie in endlosen Wellen über ihr zusammenschlug, bis ihre Sinne vibrierten und sie sich mit sanften Seufzern und leisem Stöhnen unter ihm wand.

Ihr Blut kochte, und sie hörte, wie es in ihren Ohren rauschte. Ihre Brust hob und senkte sich mit der Gewalt jedes Atemzugs. Ihre Haut glühte vor Hitze, und die Muskeln ihres Bauchs und ihrer Schenkel spannten sich zitternd an. Sie warf den Kopf von links nach rechts und klammerte sich mit zitternden Händen an seinen Schultern fest, doch mit einem schuldbewußten Aufschrei ließ sie eilig von ihm ab, denn sie fürchtete, sie hätte ihm weh getan.

In ihrem besinnungslosen Bedürfnis, ihn zu berühren, vergrub sie die Finger in seinem Haar. Sie strich die drahtigen Strähnen von seiner Schläfe und seinem Ohr und schob die Spitze eines Fingers hinein.

Mit einem leisen Stöhnen fing er ihre Hand, legte sie auf seine Schulter, schob sich in ihre Arme und zog sie eng an seinen Körper. Er vergrub das Gesicht zwischen den sanften Hügeln ihrer Brüste, küßte sie, streckte die Hände aus, vergrub die Finger in ihrem Haar und zog ihre feuchten, geöffneten Lippen an seinen Mund. Er schob seine Zunge in sie hinein, um die Süße ihrer Erregung zu kosten und die rohseidene Rauheit ihrer Zunge zu spüren, saugte an ihr und schob sich noch dichter an sie heran.

Der harte Druck seiner Männlichkeit an ihrem Bauch und Becken erregte sie. Sie drängte ihm entgegen und verharrte vollkommen reglos, während sie die feste Hitze genoß. Sie wartete, flüssig vor Lust und vollkommen aufgelöst.

Er küßte ihren empfindlichen Mundwinkel, strich mit seinen Lippen über ihre Wangenknochen und ihre Lider und leckte das Salz unter ihren Wimpern mit der Zunge ab. Mit leiser, etwas rauher Stimme sagte er: »Mach die Augen auf, Angelica. Sieh mich an.«

Es war schwer, so schwer. Indem sie die Augen öffnete, gäbe sie ihm ihre Seele preis. Ihre Wimpern zitterten vor Anstrengung, doch dann hoben sie sich. Ihre Augen waren dunkelblaue Seen des Verlangens, so leuchtend vor Liebe zu ihm, daß die Pupillen schwarz und unergründlich schimmerten. Sein eigener Blick verriet eine so tiefe Sehnsucht, daß er schon schmerzlich zu nennen war.

Seine Brust hob und senkte sich, während er mühsam ausatmete. »Ich liebe dich, mein Engel.«

Die Freude, die diese Worte in ihr auslösten, löschten jeden anderen Gedanken aus, und mit glitzernden Augen begegnete sie seinem Blick. »Und ich dich, mein Teufel«, erwiderte sie.

Sein Gesicht verriet die wilde Freude, die er über dieses Geständnis empfand, und seine Arme legten sich fester um sie. »Dann nimm mich in dir auf, wenn du bereit bist. Es soll sein, wie du es willst.«

Mehr brauchte sie nicht. Ihre Händen glitten seinen langen, muskulösen Rücken hinab, strichen über seine Hüftknochen, umfaßten seine seidige Länge und schoben sie zurecht. Dann legten sich ihre Finger langsam auf seine Seiten, und sie zog ihn so dicht an sich heran, daß er ihr geschwollenes Fleisch mit einem langsamen und heißen Stoß durchdrang. Sie keuchte leise auf und sog ihn tiefer in sich ein, wobei sie ihn mit krampfartigen inneren Zuckungen umfing.

Er schnappte erregt nach Luft, und als Reaktion auf ihre zögernden Bewegungen setzte er zu einem Rhythmus an, der die Beständigkeit eines regelmäßig pochenden Herzens besaß. Er füllte sie an, dehnte sie, steigerte ihre Verzückung noch. Die Sinnlichkeit ihres Beisammenseins überflutete sie, zeigte sich auf ihrer beider Haut in Form von Schaudern und Tautropfen wollüstigen Schweißes. Sie taumelten, rangen nach Luft, drehten sich höher und höher noch.

Plötzlich hatten sie den Gipfel erreicht, in der Ekstase der Wollust, der Glückseligkeit und der verzweifelten Sehnsucht nach der allumfassenden Gemeinsamkeit. Sie ritten aufeinander, umklammerten einander, umfingen einander mit keuchendem Atem und zartem Fleisch, in dem Versuch, die letzten Anflüge des Zweifels zu vertreiben, von denen ihre Liebe nach wie vor überschattet war.

Er hob sie hoch, warf sie auf den Rücken und beugte sich über sie. Sie schrie lustvoll auf, als er noch tiefer in sie drang und sie eine noch tiefere Freude empfand. Einen Augenblick später rollte er abermals mit ihr herum, hüllte sie beide in ihre goldblonden Strähnen ein und zog sie auf der schmalen Pritsche zu sich herab, um tief, tief in ihren Schoß zu dringen.

Es war eine pulsierende und sinnliche Ekstase, eine ursprüngliche Maßlosigkeit, die sie Zeit und Ort vergessen ließ. Sie schwebten, strebten nacheinander, Mund an Mund, die Gliedmaßen miteinander verschlungen. In ihrem Inneren vollzog sich ihrer beider Verschmelzung. Sie erstarrte und stieß einen bekümmerten Seufzer aus.

Renold schob sich ein weiteres Mal über sie und drang mit zitternden Stößen in sie ein, die eine leuchtende innere Explosion verursachten. Sie reckte sich ihm entgegen, begrüßte die heftigen Stöße, wollte sie, brauchte sie. Auf die Ränder der Pritsche gestützt gab er ihr, worum sie bat. Sie empfand ihn pochend und kraftvoll in ihrem Leib, und mit jeder seiner Bewegungen schürte er den wunderbaren Sturm, der in ihrem Inneren zu tosen schien.

Es war eine alles verschlingende Herrlichkeit, ein wundersamer Aufruhr, der jede Furcht überwand, jeden Gedanken verbannte und sicher Bande des Fleisches zu schaffen vermochte, mit deren Hilfe jede Form der Trennung zu überwinden war. Überraschend, übersprudelnd, hielt dieses Gefühl sie in seinem Bann, und sie gab ihm alles, was sie zu geben hatte, bot ihm jedes Körnchen der Liebe, die sie für ihn empfand.

Mit einem letzten, heftigen Stoß beschloß er ihre perfekte Vereinigung. Sie ergaben sich dem Gefühl, klammerten sich aneinander, trieben dahin. Und bemerkten kaum den Moment, in dem es zu Ende war und sie geteilt wurden, getrennt, zwei Individuen.

Er legte sich neben sie und zog sie in seinen Arm. Das stetige Licht der Lampe zauberte gelbe und goldfarbene, pink- und pfirsichfarbene, bronze- und elfenbeinfarbene Sprenkel auf ihre Haut. Es spiegelte sich in ihren leuchtenden Augen, als sie nebeneinander lagen und nichts in dem dämmrigen Raum sahen außer sich selbst.

Angelica verkrampfte sich, denn ihre Position war recht unbequem, aber sie rührte sich nicht. Plötzlich empfand sie leichtes Unbehagen bei dem Gedanken an Renolds Angebot, sie ein zweites Mal zu heiraten. Er hatte ihr den Vorschlag allzu bereitwillig gemacht. Ihm schien die Vorstellung nicht unangenehm zu sein, er schien bereit zu sein, alles zu tun, damit sie glücklich war. Und trotzdem hatte er sich eilig anderen Dingen zugewandt, ohne daß es zuvor zu einer genaueren Erläuterung seines Plans gekommen war. Was Angelica, gelinde gesagt, eigenartig fand.

Eine Hochzeit auf Bonheur. Es wäre zweifellos eine ruhige Angelegenheit, wie es der bloßen Bestätigung einer angeblich bereits erfolgten Eheschließung angemessen war. Sie wollte keine große Gästeschar um sich, wollte weder besonders geschmückte Räume noch ein feines neues Kleid, noch dachte sie an ein üppiges Mahl. Natürlich wäre eine große Feier allein wegen ihrer anhaltenden Trauer ein Ding der Unmöglichkeit, aber vor allem wäre sie eine schmerzliche Erinnerung an das Fest, das ihr Vater für sie geplant hatte.

Sie überlegte, was er wohl dächte, könnte er sie jetzt sehen, ob er entsetzt wäre oder erfreut. Auf jeden Fall würde er sich um sie ängstigen, denn er hatte sie auf seine Art geliebt, und es würde ihm Sorgen machen, wenn er wüßte, daß sie nun die

Frau seines Feindes war. Vielleicht war es gut, daß er es niemals erfuhr.

Sie hatte Renold vorgeworfen, er hätte sich bei dem Duell mit Michel geopfert, sich zum Märtyrer gemacht, um zu bekommen, was ihm wichtig war. Aber tat sie nicht dasselbe, wenn sie Renold heiratete, um den gesetzlichen Anspruch an Bonheur jenen zurückzugeben, die ihn durch ihren Vater verloren hatten? War das Märtyrertum, wenn sie die Konsequenzen ihres Handelns mehr begehrte als alles andere auf der Welt?

Aber vielleicht opferte Renold sich ebenfalls, indem er sie heiratete? Es war seine Entscheidung gewesen, und sie erinnerte sich nicht daran, die Möglichkeit bekommen zu haben, ihn in irgendeiner Form zu beeinflussen. Aber vielleicht wäre es falsch, wenn sie sein Angebot, sie zur Frau zu nehmen, erneut annehmen würde?

Meinte er es ernst? Würde er sie ein zweites Mal heiraten? Und wenn er es täte, wäre es dann nur ein Zugeständnis, um sie zu besänftigen? Oder wäre es nur ein cleverer Trick, damit ihre Verbindung endlich rechtmäßig war, wäre es die erste und einzige Eheschließung, die es zwischen ihnen gab? Sie wünschte, sie wüßte es, aber wie sie die Wahrheit herausfinden sollte, war ihr nicht klar.

* * *

Renold stand, die Schulter gegen eine Säule gelehnt, auf der Galerie und starrte in die Einfahrt hinab. Tit Jean, der von der Anlegestelle kam, trieb sein Maultier zu einem schnelleren Trab. Es war offensichtlich, daß er Neuigkeiten hatte. So Gott wollte, waren es die Neuigkeiten, auf die sie alle sehnlichst warteten.

Sie waren es. Vater Goulet hatte Renolds Einladung nach Bonheur erhalten und eine Nachricht geschickt, in der stand, er käme morgen früh mit dem Dampfschiff an. Die Hochzeit konnte also vonstatten gehen.

Renold verspürte Erleichterung. Er hatte befürchtet, sein Wunsch, daß sein eigener Priester, der alte Beichtvater seiner Mutter, die Trauung vollzog, könnte unter Umständen zu einer bedeutenden Verzögerung führen. Doch er wollte es hinter sich bringen, denn je eher es vorüber wäre, um so besser für alle Beteiligten. Und nun fände die Zeremonie morgen abend statt.

Alles ist bereit, dachte er. Seine Mutter hatte die Entscheidung gebilligt und ihr beachtliches Organisationstalent für die Vorbereitungen zur Verfügung gestellt. Die Feier würde ein bißchen größer werden als geplant, aber das war egal, solange Angelica zufrieden war.

Vor zwei Tagen war die Situation recht prekär geworden. Tit Jean, der in der kleinen Hafenstadt zu Besorgungen unterwegs war, hatte gesehen, wie ein Dampfer den Fluß herabgefahren kam. Das Schiff hatte mehrere Kisten und Fässer für Bonheur an Bord gehabt, und natürlich hatte der Kammerdiener dafür gesorgt, daß alles zum Herrenhaus gebracht wurde. Als er selbst dort angekommen war, hatte er sich ans Auspacken gemacht, und plötzlich war Angelica hereingeplatzt.

Renold, der gerade aus den Stallungen kam, hatte ihren Schrei gehört. Ihm war der kalte Schweiß ausgebrochen, und er war losgerannt und hatte sie inmitten des Durcheinanders aus Stroh und aufgebrochenen Kisten entdeckt. Die Hand vor dem Mund, hatte sie mit großen Augen auf die Ansammlung sorgfältig gestapelten Porzellans und Kristalls, in Tücher gewickelter Schinken, viereckiger Kästen mit Rosinen, runder Töpfe mit Eingemachtem und eigenartig muschelförmiger Tonkrüge mit Olivenöl gestarrt. Tränen waren ihr über die Wangen geronnen, als ihr Blick auf das Seidenkleid in einer gesonderten Kiste gefallen war. Das glänzende, blaßblaue Gewand war mit spinnwebzarter Spitze, Bändern und Schleifen sowie mit Rosenknospen aus pinkfarbener Seide verziert.

Es war das Brautkleid, daß ihr Vater in Natchez für sie in Auftrag gegeben hatte. Und nicht nur das, auch all die wunderbaren Speisen für das Hochzeitsfest hatte er mitgeschickt. Renold hatte reglos in der Tür gestanden und sich für seinen Mangel an Weitsicht verflucht. Er hätte wissen sollen, daß die Dinge kämen, hätte etwas tun sollen, damit das nicht geschah.

Er war auf sie zugetreten, um sie in die Arme zu nehmen. Sie jedoch hatte sich abgewandt, als sähe sie ihn nicht, war in ihr Schlafzimmer gegangen und hatte sich dort eingesperrt. Er hatte verschämt an der Tür gelauscht aus Furcht, sie bräche in lautes Schluchzen aus, doch er hatte nichts gehört. Was allerdings noch schlimmer gewesen war.

Als sie später wieder heruntergekommen war, hatte sie recht gefaßt gewirkt. Sie würde das Brautkleid tragen, hatte sie erklärt. Hinundhergerissen zwischen dem Bedürfnis, sie endlich einmal nicht in ihren schwarzen Trauerkleidern zu sehen, wenn auch nur für einen Tag, und dem Widerwillen, seine Frau in einem Kleid zu sehen, das der Mann gekauft hatte, der ihnen Bonheur gestohlen hatte, hatte er nichts gesagt. Das Kleid zu tragen, ist wichtig für sie, hatte er gedacht, eine Geste des Andenkens an ihre Vergangenheit. Und er hatte nichts dagegen, solange sie der Zukunft freudig entgegensah. Der Zukunft mit ihm.

»Maître?«

Der Kammerdiener stand immer noch vor ihm und wartete geduldig darauf, daß er abermals Beachtung fand. »Entschuldigen Sie, Tit Jean. Sie wollten noch etwas sagen?«

»Ich glaube, die Männer, die Sie erwartet haben, sind da. An dem Tag, als das blaue Kleid kam, gingen zwei Fremde von Bord des Schiffes, ein jüngerer und ein älterer. Sie haben auffallend viele Fragen gestellt.«

»Das ist noch kein Beweis«, stellte Renold fest. »Es sei denn,

Sie könnten mir eine genauere Beschreibung der beiden geben.«

»Das könnte ich, Maître«, sagte Tit Jean. »Aber ich glaube, das ist nicht mehr erforderlich. Die Wachen, die wir an der Straße zum Fluß postiert haben, haben berichtet, daß die beiden gestern nacht am Haus vorbeigeritten sind. Sie haben kurz angehalten, um es sich anzusehen, und dann haben sie ihren Ritt fortgesetzt.«

»Und niemand hat sie gestört?«

»Nein, Maître.«

»Sie haben die Wachmänner nicht gesehen?«

Tit Jean schüttelte den Kopf. »Ich glaube nicht, obwohl man nie sicher sein kann.«

»Weisen Sie die Männer an, genau aufzupassen. Die beiden werden zurückkommen, und vielleicht bringen sie ein paar Freunde mit.«

Der Kammerdiener nickte und ging zum Haus. Renold blickte mit gerunzelter Stirn die Einfahrt hinab.

Natürlich war es Carew. Aber weshalb schlich er heimlich ums Haus? Warum kam er nicht einfach angeritten und forderte, daß man ihm seine Tochter gab?

Als Renold über diese Frage nachdachte, wallte heißer Zorn in ihm auf.

Sein Ruf als Degenfechter konnte unmöglich so furchteinflößend sein, daß sich ein liebender Vater davon in Schach halten ließ. Die Tatsache, daß Edmund Carew sich offenbar doch derart einschüchtern ließ, bekräftigte Renolds schlechte Meinung von ihm.

Was hatte der Mann also vor? Würde er es noch einmal mit einem hinterhältigen Trick versuchen wie in New Orleans?

Sollte er nur. Bonheur wäre bereit für ihn.

Als Zeitpunkt für die Trauungszeremonie war der Anbruch der Abenddämmerung vorgesehen. Die Sonne senkte sich über die Felder, tauchte die Spitzen der langen Reihen von Zuckerrohr in sanftes Gold und zierte den Himmel mit flauschigen Wölkchen in Pink, Malvenfarben und Lavendel, ehe sie hinter der gezackten Baumreihe versank. *L' heure bleu*, die blaue Stunde setzte ein, und Haus wie Plantage wurden in melancholisches Halblicht gehüllt.

Tauben schwebten mit traurigen Rufen über den Rasen. Der Duft von Geißblatt hing in der warmen Luft, schwebte durch die geöffneten Flügeltüren herein und mischte sich im Inneren des Hauses mit dem Geruch von Holzrauch und gebratenem Fleisch für das vorbereitete Hochzeitsmahl. Außerdem durchzog der süße Zitronenduft der Magnolien die Räume, die den an einem Ende des vorderen Salons errichteten Altar schmückten. Links und rechts des Tischchens standen Kandelaber, deren Kerzen der feinen damastenen Altardecke, dem silbernen Abendmahlskelch und der abgetragenen Soutane des Priesters einen sanften Schimmer verliehen.

Deborah saß am Pianoforte und stimmte mit geschmeidigen Fingern eine leise Beethovensonate an. Die Noten erhoben sich in dem langen Raum – die Türen zwischen vorderem und hinterem Salon waren weit geöffnet – und schwebten dann durch die Flügeltüren in den Abend hinaus. Michel stand neben ihr und blätterte die Notenblätter um. Hin und wieder sahen sie einander in stummem, halb lächelndem Einverständnis an.

Als würden sie von den Gerüchen und Geräuschen angezogen, näherten sich die Bewohner Bonheurs dem Haus. Die Hausangestellten drängten sich im hinteren Salon, die Feldarbeiter standen auf der Galerie, und Estelle und Tit Jean nahmen ihrem Status gemäß in der Nähe von Renolds Mutter Platz.

Jetzt fehlte nur noch die Braut.

Renold stand mit gespielter Unbekümmertheit neben der Schlafzimmertür, hinter der Angelica offenbar noch mit Ankleiden beschäftigt war. Er bemühte sich um eine reglose Miene, während er wartete, obgleich sein Herz so heftig klopfte, daß er hörte, wie die Glieder seiner Uhrkette rasselten. Im Verlauf dessen, was mit viel Ironie sein Werben um Angelica genannt werden konnte, hatte bisher so vieles nicht geklappt. Es würde ihn also nicht überraschen, wenn irgend etwas sie davon abhielte, nun den letzten Schritt zu tun.

Aber falls sie sich nicht trauen lassen wollte, hätte sie doch sicher Estelle mit einer Nachricht zu ihm geschickt. Die Kammerzofe war bereits vor über einer halben Stunde aus dem Schlafzimmer aufgetaucht.

Er selbst hatte Angelica seit dem gestrigen Abend nicht mehr gesehen, sie hatte sich der Tradition gemäß den ganzen Tag über in ihrem Zimmer verschanzt. Zumindest gestern abend hatte sie einen gefaßten, ja fröhlichen Eindruck gemacht. Wenn sie es sich seitdem anders überlegt hatte, hatte sie es niemandem gezeigt.

Der Knauf der Schlafzimmertür drehte sich langsam herum, und er atmete erleichtert auf. Dann stand sie in der Öffnung, und er hielt den Atem an.

In ihrem Brautkleid bot sie einen Anblick wunderbarer Perfektion, und sie strahlte einen solchen Liebreiz aus, daß er meinte, es zerreiße ihm das Herz. Sie begegnete seinem Blick, und dann nahm sie mit einem ernsten, nachdenklichen Lächeln seinen Arm.

Mit einem leisen Rascheln ihrer Seidenröcke schritt sie an seiner Seite in Richtung des Altars. Das Wippen ihres Reifrocks an seinem Knöchel empfand er wie ein sinnliches Streicheln. Stolz war ein eigenartiges Gefühl, doch er empfand ihn ebenso wie das wilde und verwegene Verlangen, sie von hier fortzubringen und sie zu lieben, bis der Morgen anbrach.

Aber der Priester wartete und bedachte ihn mit einem strengen Blick aus seinen alten, weisen Augen, als wisse er um die stürmischen Gedanken, mit denen sich der Bräutigam trug. Renold stützte Angelica, als sie neben ihm in die Knie ging, und der Priester machte einen Schritt auf sie zu.

»Mein Kind«, sagte er und sah Angelica lächelnd an. »Es kommt nicht oft vor, daß ich einen Mann und eine Frau zweimal trauen muß. Aber deine Bedenken ehren dich, und es ist mir ein großes Vergnügen, daß ich diese Zeremonie zelebrieren darf. Ich bete, daß die Liebe, die du mit Renold teilst, doppelt gesegnet sein wird, da sie auch doppelt geheiligt ist.«

Renold hätte nicht erwartet, daß die erste Zeremonie eine derartige Bestätigung durch den Priester erfuhr. Er hätte eher angenommen, Vater Goulet zu sehen und noch einmal dasselbe Treuegelübde zu hören, wecke vielleicht irgendeine Erinnerung in ihr. Falls nicht, hatte er die Absicht gehabt, später das Gespräch auf das Thema zu bringen, damit der Priester ihn wie beiläufig bestätigte. Und nun empfand er große Dankbarkeit, daß diese Bestätigung ohne sein Drängen gekommen war.

Die Verwunderung und die süße Freude, die sich auf Angelicas Gesicht abzeichnete, führte dazu, daß er plötzlich erkannte, wie lohnenswert das Warten auf die Ankunft des Priesters, wie lohnenswert die Zeitverzögerung und das dadurch eingegangene Risiko gewesen war. Er nahm ihre Hand, berührte sie mit seinen Lippen und lächelte sie an. Dann blickten sie beide in Richtung des Altars.

Das Ritual hatte etwas Tröstliches. Das hatte ebensoviel mit der lateinisch gesprochenen Liturgie, dem Duft von Weihrauch und Kerzenwachs, dem Knien und Aufstehen wie mit der Bedeutung der Worte zu tun. Doch die Worte selbst waren von einer Großartigkeit, die sich sowohl über den Ort als auch über das Ziel und Zweck der Zeremonie erhob und angesichts derer Renold das reinste Frohlocken empfand.

Er legte das Ehegelübde ohne zu stocken ab und spürte, daß die Einhaltung dieses Versprechens eine Frage der Ehre war

Die süße Inbrunst, mit der Angelica antwortete, klang wie reines Glockengeläut in seinem Ohr. Der Priester verkündete, von nun an seien sie durch unzertrennbare Bande der Ehe miteinander vereint, Renold bedeckte Angelicas Lippen mit dem liebevollen Kuß des Ehemannes, und sie drehten sich zu den Gratulanten um.

In diesem Augenblick erhob sich eine Stimme über den Applaus und den Glückwunschchor. Die Worte klangen ruhig, doch war ihnen ein deutlicher Tadel anzuhören.

»Ich gratuliere dir, mein Kind«, sagte Edmund Carew von der Tür. »Es ist mir eine Freude, dich glücklich zu sehen. Ich habe nur eine Frage: Wer hat die Braut dem Bräutigam zugeführt?«

Renold stand vollkommen reglos da, während Angelica sich langsam umdrehte. Der sanfte Stoff ihrer Röcke strich über seine Beine, und er hatte das Gefühl, als hätte er sich an der Seide verbrannt. In ihren Augen blitzte das blaue Feuer der Verachtung auf.

Ihre Stimme war ruhig, als sie sprach, doch er empfand jedes Wort wie einen Peitschenhieb gegen sein ungeschütztes Herz. »Du hast gesagt, er wäre tot. Hast du gedacht – aber nein, du hast es gewußt. Du mußt es gewußt haben. Ansonsten hättest du mich vielleicht einmal geheiratet, aber bestimmt kein zweites Mal.«

Sie drehte sich um, rannte von ihm fort und warf sich ihrem Vater an die Brust. Über ihren Kopf hinweg starrte Edmund Carew Renold, den verlassenen Bräutigam, mit einem Blick finsterer Verachtung an.

Renold ballte die Faust und ging dorthin, wo der Vater und die Tochter standen. Vielleicht hätte er zugeschlagen, wäre ihm nicht der Priester hinterhergeeilt und hätte ihm beruhigend die Hand auf den Arm gelegt. Er sprach für Angelica allein.

»Du meinst also, ich hätte dich doppelt geheiratet, um mir

deine Mitgift zu sichern? Ich hätte dich auch geheiratet«, sagte er, »wenn du zehn lebende Väter hättest und keine Mitgift außer dir selbst.«

»Worte«, sagte sie und drehte sich zu Renold um. »Immer nur Worte. Sie hören sich vielleicht nett an, aber woher weiß ich, welchen Wert sie haben?«

»Sie haben den Wert, den ich ihnen gebe, genau wie der Treueschwur, den wir uns eben gegeben haben.«

»Eine Ehe läßt sich auch annullieren«, mischte sich Carew ein.

Renold bedachte ihn mit einem flüchtigen Blick. »Die unsere nicht.«

»Dafür hast du natürlich mit der dir eigenen Gründlichkeit gesorgt«, warf ihm Angelica mit ätzender Stimme vor.

»Und mit der dazu gehörenden Freude und gedankenlosen Begeisterung«, fügte er hinzu.

»Schwein«, sagte Angelicas Vater und atmete schwer ein. »Hiermit fordere ich Sie zum Duell.«

Renold musterte ihn. Edmund Carew war graugesichtig und klapperdürr, was von dem Unfall und seiner Krankheit kam. Von ihm ging keine Stärke aus. Es war schwer zu verstehen, was ihn aufrecht hielt, außer Stolz und Sorge um sein Kind. Renold spürte, wie seine Verachtung einer flüchtigen Bewunderung wich.

»Tun Sie das«, erwiderte er, obgleich er hoffte, der alte Mann ging nicht darauf ein.

»Nein!« Angelica wurde kreidebleich. »Nein«, wiederholte sie und sah die beiden Männer an. »Keiner von euch beiden ist in der körperlichen Verfassung für ein Duell.«

»Vor allem«, stellte Carew fest, »ist das Spiel diesen Einsatz nicht wert. Komm mit mir, Angelica. Draußen wartet Laurence auf dich. Wir werden nach New Orleans fahren und uns ans Gericht wenden, damit man diese Leute von unserem Besitz vertreibt. Es besteht keine Notwendigkeit, hier herumzustehen und Beleidigungen auszutauschen mit dem Mann, der dich so schamlos ausgenutzt hat.«

Renold sah, daß Laurence nicht draußen wartete, sondern im Schatten der Galerie. Der jüngere Mann verfolgte den Wortwechsel, und sein schlaffes, wenn auch hübsches Gesicht verriet, wie zufrieden er war.

Ohne auf Angelicas ehemaligen Verlobten zu achten, sagte Renold: »Nein, es besteht wirklich keine Veranlassung, irgendwelche Worte zu wechseln, es sei denn, es ginge um Versprechen von Liebe und Zuneigung.« Er suchte und hielt Angelicas Blick, als er weitersprach. »Du bist meine Frau. Dieses Mal läßt es sich nicht leugnen, dieses Mal gibt es kein Zurück. Bonheur ist nichts weiter als Steine und Bretter und brachliegende Felder ohne dich. Ich brauche dich, und ich kann nicht leben, wenn du das Versprechen, das du mir vor wenigen Minuten gegeben hast und demzufolge du für immer bei mir bleiben willst, brichst.«

»Liebe?« fragte Carew. »Weshalb glauben Sie, Sie wüßten, was dieses Wort heißt?«

Manchmal gibt es in den Angelegenheit der Männer offenbar eine rauhe Gerechtigkeit, stellte Renold fest. In der ihm eigenen arroganten Art hatte er sich einmal geschworen, er brächte Angelica dazu, ihn zu lieben, um sie dann zu zwingen, zwischen ihrem Vater und ihm selbst zu wählen. Auf diese Weise hatte er Carew zeigen wollen, was für ein Gefühl es war, das zu verlieren, was einem auf der Welt am wichtigsten war. Und nun hatte Carew Angelica vor diese Wahl gestellt, und er war derjenige, der kämpfen mußte, wollte er sie nicht verlieren.

Zu seiner Linken stand inzwischen seine Mutter und sah mit angespannter Miene zwischen ihnen hin und her. Deborah, die zu Beginn der Zeremonie ihren Platz am Pianoforte verlassen hatte, stand neben Michel. Zorn und Bestürzung malten sich auf den Gesichtern der anderen Gäste ab.

»Ich weiß, was Liebe ist«, stellte Renold im Brustton der Überzeugung fest. »Man findet sie in einem Lächeln, einem Blick, einem Seufzer in der Nacht oder einem Lachen um die Mittagszeit. Man findet sie in der Berührung, die einer Narbe ihre Häßlichkeit nimmt, die Wärme gibt und sucht und die auch vor blutenden Wunden nicht zurückschreckt. Liebe heißt, zu teilen, und Trost zu spenden in der Not, Liebe ist die vorbehaltlose Verschmelzung von Herz und Geist, die Worte unnötig macht oder sie, wie die Alchemie, in reiches unzerstörbares Gold verwandelt. Liebe heißt, einen einzigen Menschen zu haben, ohne den alles andere bedeutungslos ist. Liebe ist für mich Angelica.«

Angespanntes Schweigen senkte sich über den Raum. Edmund Carew starrte ihn an, und fast hätte man meinen können, auf dem Gesicht des älteren Mannes male sich so etwas wie Mitgefühl ab.

Aber dann schüttelte Angelicas Vater den Kopf. »Ich bin alt und krank, und ich kann mich nicht so gut ausdrücken wie Sie. Ich kann nur eins sagen: Ich kann ohne meine Tochter nicht leben, und ich versuche es auch gar nicht erst.«

Schlicht, doch überwältigend.

Renold sah den Schmerz und das Elend und die Liebe, die Angelica bei diesen Worten empfand, und da er fair war und ihm ein schmerzliches Ende lieber als Schmerz ohne Ende war, fragte er ruhig: »Gehst du oder bleibst du, mein Schatz? Was wirst du tun?«

Sie war kein Feigling. Der Blick, mit dem sie ihm begegnete, war offener als erwartet und zugleich verständnis- und bedeutungsvoller, als von Renold gewünscht. »Du hast mich gerettet und getröstet, Renold. Ich liebe es, mit dir zu lachen, dich zu lieben, irgendeinen Gedanken zu äußern und zu sehen, daß du ihn aufnimmst und erwiderst und mehr daraus machst. Du hast mein Verlangen geweckt, und ich habe dir die gewünschte Leidenschaft entgegengebracht, aber das ist nicht genug. Du hast mich angelogen, weil es für dich von Vorteil war, du hast mich glauben lassen, mein Vater sei tot, dabei hätte er mich gebraucht. Und jetzt braucht er mich immer noch, während du so mit dir selbst beschäftigt bist, daß du niemanden brauchst.«

»Das mag einmal wahr gewesen sein«, sagte er, »aber jetzt ist es nicht mehr so.«

»Ich würde dir gerne glauben, aber ich kann es nicht. Also gibt es nur eine Antwort auf die Frage, die du an mich gerichtet hast. Und du weißt, wie diese Antwort lauten muß, du hast es die ganze Zeit gewußt, sonst hättest du von Anfang an mit offenen Karten gespielt.«

Ja, er wußte es. Aber akzeptieren konnte er es nicht. Er trat eilig einen Schritt auf sie zu.

»Bleiben Sie stehen.« Selbstbewußt betrat Laurence den Salon. »Haben Sie Angelica nicht gehört? Nun, da wir sie gefunden haben, braucht sie Sie nicht mehr.«

»Laurence!« Carew fuhr so eilig herum, daß er zu schwanken begann. »Ich habe dich gebeten, dich aus der Sache herauszuhalten.«

»Ich habe den Eindruck, als bräuchten Sie vielleicht ein bißchen Hilfe. Komm, Angelica, laß uns gehen.« Der jüngere Mann maß Renold mit einem verächtlichen Blick, streckte die Hand aus und umfaßte Angelicas Arm.

Sie rang nach Luft, und nun war es um Renolds Selbstbeherrschung geschehen. Seine Hand schoß vor und packte das Handgelenk des anderen Mannes mit stahlhartem Griff.

Carew schwankte immer noch. »Also bitte. Keine Gewalt. Laurence, ich habe dir gesagt –«

Er brach ab und verzog das Gesicht. Die Hand aufs Herz gepreßt, rang er nach Luft. Dann brach er zusammen und fiel vornüber auf den Boden des Salons.

Renold sah, wie er stürzte, fuhr herum und fing ihn auf. Dann legte er ihn vorsichtig nieder und kniete sich neben ihn.

Edmund Carew starrte ihn an, und in seinen alten Augen spiegelten sich Zweifel und Schmerz. Zugleich verriet sein Blick die gleiche abgrundtiefe Verzweiflung, die Renold empfand.

KAPITEL NEUNZEHN

Angelica saß auf einem Stuhl in dem schwach erleuchteten Schlafzimmer und dachte schlaflos und verzweifelt über ihre ruinierte Hochzeitsnacht nach. Auch wenn es im Grunde natürlich gar nicht ihre Hochzeitsnacht war. Erstaunlicherweise hatte ihr Renold endlich die ganze Wahrheit gesagt.

Aber trotzdem wollte sie fort von Bonheur. Am liebsten hätte sie sich klammheimlich auf und davon gemacht. Sie brauchte Abstand zu Renold, damit sie ihn nicht sah, seine Stimme nicht hörte, nicht an all die Dinge erinnert wurde, die er getan hatte, an all die Worte, mit denen sie von ihm umschmeichelt worden war. Sie brauchte Abstand, damit ihr Entschluß nicht ins Wanken geriet. Und vor allem wollte sie, daß ihr Vater fortkam von allem, was für ihn mit Aufregung verbunden war.

Unmöglich.

Machte es Edmund Carew etwas aus, daß er in Bonheur zu Bett gebracht worden war? Wußte er es überhaupt?

Er war zusammengebrochen, weil die Aufregung der Auseinandersetzung für sein schwaches Herz zuviel gewesen war. Sein Zustand war ebenso schlecht wie zu dem Zeitpunkt, an dem er so versessen darauf gewesen war, sie verheiratet und versorgt zu sehen. Nein, es stand noch schlimmer um ihn, denn das, was er in den vergangenen Wochen durchgemacht hatte, zehrte an ihm.

Er war stundenlang im Wasser gewesen, hatte Laurence gesagt. Die beiden Männer hatten sich aus den Augen verloren. Ihr Vater, der sich an einen treibenden Holzstamm geklammert hatte, war den Fluß hinabgetrieben. Wochenlang hatte man nichts von ihm gehört; er war vollkommen verwirrt gewesen und dann noch inmitten von Fremden an einem ihm unbekannten Ort. Doch schließlich hatte er eine Nachricht nach Natchez geschickt. Laurence hatte ihn abgeholt und ihm von Renolds Schreiben an Angelicas Tante berichtet, in dem dieser sie davon unterrichtet hatte, daß ihre Nichte noch am Leben war.

Angelica konnte es kaum fassen: Er hatte überlebt. Er war hier auf Bonheur, auf das er sich so gefreut hatte. Hier bei ihr.

Ihr Vater war sehr krank gewesen, todkrank, und sie hatte es nicht gewußt. Mit ihren eigenen Verletzungen hätte sie ihm wahrscheinlich nicht viel helfen können, aber sie hätte bei ihm sein sollen, damit er nicht alleine war.

Wenigstens war sie jetzt bei ihm.

Herzversagen. Da gab es nichts zu tun. Ruhe, Frieden, schöne Gedanken und angenehme Zukunftsaussichten waren die einzigen Dinge, die es dagegen gab. Und nichts davon schien dem Patienten zur Verfügung zu stehen.

Ihr Vater war fest entschlossen, Renold und seiner Mutter die Plantage zu entreißen. Das allerdings konnte sie nicht zulassen, denn sie wußte, daß er dazu kein Recht besaß. Was aber blieb ihnen dann, außer zurück zu ihrer Tante nach Natchez zu gehen? Dort würde ihr Vater sich um ihre Zukunft ängstigen und Pläne für sie schmieden wie zuvor. Darauf liefe es unweigerlich hinaus.

Aber wie lange hielte er es in einem solchen Elend aus? Ein paar Wochen? Ein oder zwei Monate? Vielleicht ein Jahr? Allein den Gedanken daran ertrug sie nicht.

Aus Richtung des Bettes vernahm sie ein leises, raschelndes Geräusch. Sofort war sie auf den Füßen und ging dorthin, wo ihr Vater lag. Er war wach, drehte langsam den Kopf und sah sie an. Seine Miene verriet Zweifel, doch dann lächelte er sanft.

»Ich dachte, ich … hätte vielleicht nur geträumt, daß ich dich endlich gefunden habe«, sagte er schwach.

Sein Gesicht war so grau und angespannt, daß es weh tat, hinzusehen. Mit leiser Stimme erwiderte Angelica: »Ich bin hier, und das ist kein Traum. Kann ich dir etwas bringen? Wasser? Eine Suppe vielleicht? Ein Kissen? Oder vielleicht brauchst du Tit Jean, damit er dir hilft?«

»Nein, nichts. Ich – möchte dich nur ansehen.«

Sie hatte das Gefühl, als wäre etwas von seiner normalen Stärke in seine Stimme zurückgekehrt. Dennoch sagte sie: »Du mußt dich ausruhen, damit du wieder zu Kräften kommst.«

»Gleich.« Er musterte sie, streckte die Hand ein wenig aus und spreizte die Finger, bis sie sie in ihre eigenen warmen Hände nahm. »Ich hätte nicht kommen sollen. Es wäre ... besser gewesen, glaube ich.«

»Nein. Niemals.«

»Du hast ein Heim, jemanden, der sich um dich sorgt. Genau das wollte ich.«

»Aber das Ganze wurde auf Lügen aufgebaut. Nein, wir gehen fort von hier, sobald du stark genug bist, genau wie du gestern abend gesagt hast. Ich habe kein Interesse an Bonheur, ich könnte niemals leben in diesem Haus. Hier gibt es zu viele Dinge, die ich lieber vergessen will.«

»Kannst du das denn?« fragte er und sah sie ruhig an.

»Ich kann es versuchen«, antwortete sie ebenso ruhig. »Vielleicht – vielleicht finden wir ja irgendwo einen Ort, eine kleine Hütte für uns, für uns beide ganz allein. Wir könnten einen Garten anlegen und ein paar Hühner halten, und ich könnte mit Näharbeiten ein bißchen verdienen. Wir bräuchten nicht viel –«

»Das ist kein Leben für dich«, stellte ihr Vater entschlossen fest. »Ich wollte – ich wollte so viel mehr. Eine Scheidung ist eine schwierige und häßliche Angelegenheit, aber sie läßt sich arrangieren. Und anschließend kannst du mit Laurence zusammensein.«

»Nein«, unterbrach sie ihn in endgültigem, kompromißlosem Ton.

»Er wird dir nicht vorwerfen, daß du diese Ehe eingegangen bist.«

»Das ist egal. Laurence und ich – es geht einfach nicht. Bitte, wir können ein andermal darüber sprechen. Du solltest dich lieber ausruhen, damit du bald wieder auf den Beinen bist.«

»Ich kann nicht schlafen. Was wird aus dir werden, wenn es mich einmal nicht mehr gibt? Du wirst ganz allein sein, dein Leben lang. Ich weiß, wie das ist. Nachdem deine Mutter – nein, es ist nicht richtig, es ist nicht gut.«

»Du warst nicht allein«, sagte sie ruhig. »Du hattest mich.«

Er wandte den Blick von ihr ab. »Ja, und ich liebe dich sehr, aber trotzdem.«

»Reicht es nicht? Das verstehe ich. Du hast nicht noch einmal geheiratet.« Aus Furcht, die Erinnerung wäre zu schmerzlich für ihn, fuhr sie eilig fort. »Aber darum geht es nicht. Ich versuche, dir klarzumachen, daß ich vielleicht nicht allein sein werde. Wenn ich recht habe, mußt du schon noch eine ganze Weile durchhalten, damit du mitbekommst, wie dein Enkelkind das Licht der Welt erblickt und größer wird.«

»Was sagst du da?« Edmund Carews Miene verriet Zweifel und Ungläubigkeit.

Sie setzte ein zittriges Lächeln auf. »Die Zeremonie gestern abend war nicht unsere erste Hochzeit. Renold und ich wurden bereits vor ein paar Wochen getraut.« Eilig erklärte sie ihm die Situation.

»Und du glaubst, daß du vielleicht schwanger bist.« Die Augen ihres Vaters blitzten vor Aufregung auf.

»Ich würde es lieber noch niemandem erzählen, vor allem Renold nicht, aber die Möglichkeit besteht. Glaubst du, das macht irgendeinen Unterschied?«

Er nickte ernst. »Ja, wahrscheinlich macht es einen großen Unterschied.«

Angelica sah ihren Vater unbehaglich an. »Es ist noch lange

nicht sicher. Meine – meine Regel ist erst seit kurzem überfällig, zwei Wochen, mehr nicht. Vielleicht rege ich mich ganz grundlos auf.«

»Du bist eine gesunde junge Frau, und dein Körper hat sich hervorragend von dem Unfall erholt.« Er machte eine Pause. »Ich nehme an, im letzten Monat, direkt nach dem Unfall, kam deine Periode wie gehabt?«

Sie nickte, und zugleich errötete sie. Diese Dinge hatte sie ihrem Vater gegenüber bisher niemals auch nur erwähnt.

Edmund Carew bedachte seine Tochter mit einem nachdenklichen Blick. »Frauen haben in solchen Dingen einen ausgezeichneten Instinkt.«

»Ich wäre mir lieber sicher, bevor irgend jemand davon erfährt.«

»Ja, ja. Aber das sind vielleicht Neuigkeiten. Sie machen es erforderlich, daß man sich ein paar Gedanken macht.« Er schloß die Augen, als wäre er plötzlich sehr erschöpft. Zugleich jedoch nahm sein Gesicht eine wesentlich gesündere Farbe an.

Angelica stand noch lange neben dem Bett. Es schien, als wäre ihr Vater plötzlich sanft eingenickt, und schließlich wandte sie sich ab.

Das diesige Licht der Dämmerung drang durch die Vorhänge, hinter denen die Flügeltür verborgen war. Angelica schob die langen Seidenstreifen und die spitzenbesetzten Untervorhänge zur Seite und öffnete die Tür.

Die Luft war frisch, sauber und kühl. Sie atmete tief ein, auch wenn sie ihren Morgenmantel fester um sich zog. Einem Impuls folgend trat sie auf die Galerie hinaus.

Die tiefe Stille, die sie dort umfing, wurde durch das entfernte Krähen eines Hahns gestört, doch sie begrüßte das Geräusch. Die Feier in den Quartieren der Bediensteten, mit Banjo- und Geigenmusik, mit Gelächter und fröhlichen Unterhaltungen, hatte sich bis tief in die Nacht erstreckt. Nun, wenigstens die anderen hatten an der Hochzeit ihren Spaß gehabt.

Angelica überlegte, wo Laurence wohl war. Sie hatte nach ihm gesucht, während der Arzt bei ihrem Vater gewesen war. Er schien verschwunden zu sein. Vielleicht war er in die Pension zurückgekehrt, in der er und ihr Vater untergekommen waren nach ihrer Ankunft in der Stadt. Sie hatte daran gedacht, ihm ein Bett auf Bonheur anzubieten, doch es war ihr eine Erleichterung gewesen, als sich herausgestellt hatte, daß diese höfliche Geste nicht erforderlich war.

Zweifelsohne käme er irgendwann im Verlauf des Tages zurück, um nach dem älteren Mann zu sehen, denn schließlich hatte er ihn hergebracht. Es wäre gut, wenn er käme, denn es verlangte sie nach einem Gespräch mit ihm. Es interessierte sie, mehr darüber zu erfahren, wie er und ihr Vater herausgefunden hatten, wo sie war. Aber vor allem schuldete sie ihm eine Erklärung und eine förmliche Entbindung von jeder Verpflichtung, die er ihr gegenüber möglicherweise empfand.

Aus dem Augenwinkel nahm sie in einer Tür weiter unten eine Bewegung wahr und fuhr nervös herum.

Es war Deborah, ebenfalls in einen Morgenmantel gehüllt und ebenfalls mit lose über den Schultern wogendem Haar. Lächelnd trat sie auf Angelica zu. Als sie näher kam, fragte sie, wie es dem Patienten ginge, und Angelica antwortete, daß er sich offenbar langsam auf dem Weg der Besserung befände.

Das Gespräch geriet ins Stocken, und in verlegenem Schweigen blickten die beiden jungen Frauen über die taubenetzten Zuckerrohrfelder, die man von diesem Teil der Galerie aus sah. Ein paar Tauben segelten über das Haus und landeten mit silbrigweiß flatternden Flügeln auf dem Dach des Taubenschlags. Die Morgenbrise hob die Falten der Morgenmäntel an und senkte sie dann vorsichtig wieder ab.

Deborah sah Angelica an, zögerte und sagte dann abrupt: »Du gehst doch nicht wirklich, oder? Ich meine, ich habe mich daran gewöhnt, daß du hier bei Renold bist. Selbst Mutters anfängliche Zweifel haben sich inzwischen gelegt, und sie denkt inzwischen, daß du gut für ihn bist. Gibst es denn keine Möglichkeit dafür zu sorgen, daß es zwischen euch funktioniert?«

Als Angelica die Besorgnis in der Stimme der anderen Frau vernahm, verspürte sie einen Kloß im Hals. Sie schluckte, doch dann erwiderte sie: »Ich glaube nicht. Es steht zu vieles zwischen uns. Und selbst wenn dem nicht so wäre, ist da immer noch die Tatsache, daß ich gesagt habe, ich würde ihn verlassen, um mit meinem Vater zu gehen. Das vergißt Renold bestimmt nicht so leicht. Man sagte mir, er wäre kein Mann, der allzu schnell verzeiht.«

Diese Worte hatte sie nicht in New Orleans gehört, und es gab einen guten Grund, daß sie sich jetzt daran erinnerte.

»Was steht zwischen euch?« fragte Deborah. »Was kann so wichtig sein?«

»Er hat mir erzählt, mein Vater und Laurence wären tot, weil er meinte, dadurch mache er mich abhängig von sich, dadurch brächte er mich dazu, bei ihm zu bleiben.«

»Anfangs dachte er wirklich, sie wären tot. Das weiß ich, denn Michel hat es mir erzählt. Renold hätte dir nicht den Schmerz bereitet, dich in dem Glauben zu lassen, sie wären tot, hätte er es nicht selbst geglaubt. Später, als er erfuhr, daß sie lebten, war der Schaden bereits angerichtet, und er wollte einfach ein bißchen mehr Zeit, um deine Liebe zu gewinnen.«

»Zeit, um dafür zu sorgen, daß sich unsere Ehe nicht mehr so leicht lösen läßt.«

»Oh, bitte, Angelica! Renold ist vielleicht in vielerlei Hinsicht ein Schuft, aber ich glaube nicht, daß du ihm vorwerfen kannst, er sei kaltblütig. Hätte er das gewollt, was du ihm vorwirfst, dann hätte er es bereits in dem Augenblick tun können, in dem du wieder zu dir kamst. Oder vorher. Was hätte ihn davon abhalten sollen außer einer gewissen Anständigkeit?«

»Er hatte es immer vor, das hat er selbst gesagt«, verteidigte sich Angelica.

»Ja, und was könnte bei einem Ehemann natürlicher sein. Was hast du denn erwartet?«

Sie hatte gar nichts erwartet, denn sie war sich niemals sicher gewesen, ob sie tatsächlich verheiratet war. Sie erinnerte sich immer noch nur sehr vage an die erste Trauungszeremonie. Und dennoch mußte zumindest ihr Herz gewußt haben, was es wollte und brauchte von ihm.

»Renold hatte von Anfang an, das heißt, bereits auf dem Dampfschiff, vorgehabt, mich zu benutzen, um Bonheur wiederzubekommen und den Tod deines Vaters zu rächen. Und genau das hat er getan. Er hätte nicht so weit gehen müssen, aber – aber die Intimität der Ehe war offenbar Teil seines Plans.«

»Er liebt dich, das hat er vor aller Welt erklärt. Und du liebst ihn. Das ändert doch sicher einiges?«

»Liebe, das Mittel, mit dem sich jedes Wehwehchen heilen läßt?« Angelica hob eine Hand und drückte die Finger auf ihre müden Augen. »Weißt du, so ist es nicht. Es gibt Dinge, für die es kein Heilmittel gibt.«

»Vielleicht nicht, vielleicht aber auch doch«, entgegnete Deborah. »Aber glaubst du allen Ernstes, daß Renold sich so leicht geschlagen geben wird?«

Angelica fürchtete, daß er das nicht tun würde, und deshalb wollte sie so schnell wie möglich fort. »Glaubst du«, fragte sie, »daß ich so leicht nachgeben werde?«

Deborah seufzte. »Ich nehme an, das kannst du nicht«, sagte sie, »aber oh, ich wünschte, du tätest es.«

Der Morgen brach an, die metallische Sonne stieg höher auf und schickte ihre Hitze auf die Galerie von Bonheur herab.

Im Haus wurde es so warm, daß sämtliche Türen geöffnet wurden, durch die keine direkte Strahlung drang. Der Sommer war da.

Angelica stand unentschlossen vor ihrem Kleiderschrank. Er war angefüllt mit schwarzer Garderobe, für die keine Veranlassung mehr bestand, da es niemanden mehr zu betrauern gab. Ein einziges farbiges Stück hing am Haken, ihr blaues, seidiges Hochzeitskleid. Sie wußte nicht, was von beiden unpassender war.

Natürlich hatte sie keine echte Wahl. Das schwarze Kleid, das die kürzesten Ärmel, den tiefsten Ausschnitt und den weitesten Saum besaß, müßte ausreichend sein. Es zu tragen, wäre ihr eine beständige Erinnerung daran, in welcher Situation sie sich augenblicklich befand.

Ihre Position auf Bonheur war ebenso desolat wie der Inhalt ihres Kleiderschranks. Sie war weder Hausherrin noch Gast, hatte keinen Platz, keine Pflichten und keine Rechte mehr, egal, ob es um die Pflege ihres Vaters oder um eine simple Tasse Tee oder Kaffee für sie selber ging. Es war unerträglich für sie. Bisher war ihr nicht klar gewesen, in welchem Maß sie selbst inzwischen die Herrin von Bonheur geworden war.

Es hatten nur noch die symbolischen Schlüssel gefehlt, und Madame Delaup hatte angedeutet, sie bekäme sie nach dem Hochzeitsfest. Nun allerdings war es zu spät.

Sie hielt sich überwiegend im Zimmer ihres Vaters auf, wo sie las oder stickte, während er vor sich hin dämmerte. Selbst ihr Frühstück und ihr Mittagessen wurden ihr auf einem Tablett heraufgebracht.

Hin und wieder trat sie auf die Galerie hinaus, um frische Luft zu schnappen und sich die Beine zu vertreten, und ab und zu unternahm sie sogar einen Rundgang ums Haus. Allerdings blieb sie nirgends lange stehen, denn der Gedanke, ihren Vater für längere Zeit allein zu lassen, gefiel ihr nicht.

Als sie am Spätnachmittag von einem dieser Gänge zurückkam, drangen aus dem Krankenzimmer Stimmen auf die Galerie hinaus. Sie trat ein und blieb stehen, wie vom Donner gerührt. Am Ende des Bettes, in dem ihr Vater lag, stand Renold, die Hände auf das Fußbrett gestützt.

Ihr Herz klopfte ihr bis zum Hals. Im Verlauf des Tages waren die anderen Hausbewohner hin und wieder vorbeigekommen, um sich nach dem Befinden ihres Vaters zu erkundigen, aber Renold hatte sie seit dem Vorabend nicht mehr gesehen.

Sein Blick schien sie zu durchbohren, und seine Hände umklammerten gewaltsam das Holz, aber seine Stimme hatte einen höflichen Klang. »Guten Abend, meine Liebe«, sagte er. »Wir unterhalten uns gerade nett über ein paar Kleinigkeiten, dein Vater und ich. Über die Tauben, die es zum Abendessen gibt, über das Wasser und die Jagd in White Sulphur Springs – über die mathematische Wahrscheinlichkeit, ob das erste Kind meiner Frau ein Sohn oder eine Tochter wird. Ich habe mein Geld auf einen Jungen gesetzt, aber falls es eine Tochter nach dem Ebenbild ihrer Mutter wird, verliere ich gern.«

Angelica bedachte ihren Vater mit einem vorwurfsvollen Blick. »Du hast es ihm erzählt!«

»Ich habe viel darüber nachgedacht, während ich heute hier lag«, sagte Emund Carew und drehte den Kopf, damit er sie ansah. »Es erschien mir das Beste.«

»Du weißt nicht, was du getan hast.«

Ihr Vater verzog das bleiche Gesicht. »Ich habe versucht, ein Unrecht wiedergutzumachen, oder vielleicht auch nicht nur eins.«

»Ich bin Ihnen wirklich dankbar dafür«, sagte Renold zu dem älteren Mann. »Und ich wäre Ihnen noch dankbarer, wenn Sie mich jetzt entschuldigen würden, damit ich mich mit Angelica unter vier Augen unterhalten kann.«

Edmund sah ihn an. »Die Zeit, in der Sie meine Erlaubnis für irgend etwas gebraucht hätten, ist vorbei.«

»Trotzdem.« Renold blieb abwartend stehen.

Der ältere Mann nickte. »Ich wüßte nicht, was dagegen sprechen soll. Außerdem wollte ich gerade nach Tit Jean läuten, damit er mir beim Anziehen für das Abendessen behilflich ist. Schließlich habe auch ich ein gewisses – Niveau.«

Verständnis und etwas anderes, vielleicht Anerkennung, flackerte in Renolds Augen auf. Er nickte, und dann wandte er sich an Angelica. »Sollen wir nach draußen gehen?«

»Ich glaube nicht, daß das einem von uns etwas nützen wird«, erwiderte sie mit hocherhobenem Kopf.

Renold runzelte die Stirn und preßte die Lippen fester zusammen als je zuvor. In beißendem Ton sagte er: »Eine lautstarke Auseinandersetzung, die Freunde, Verwandte und die gesamten Bediensteten anzieht, nützt uns beiden ebensowenig, aber ich bin durchaus bereit, mit dir zu streiten, wenn es das ist, was du willst.«

»Ich will nur meine Ruhe«, stellte sie entschieden fest.

»Was verständlich ist, wenn du schmollen willst, aber ganz so großmütig bin ich nicht.«

»Oder ganz so rücksichtsvoll«, sagte sie. »Welchen Sinn hat denn deiner Meinung nach ein Gespräch? Wir drehen uns doch immer nur im Kreis, ohne daß es eine Lösung gibt.«

»Oh nein«, widersprach er mit erschreckender Entschlossenheit. »Das werden wir nicht tun, denn es steht zuviel auf dem Spiel.« Er ging an ihr vorbei zur Flügeltür, wo er stehenblieb. »Also kommst du nun?«

Während sie ihm ums Haus herum, die Treppe hinab und in Richtung des dichten Eichenwäldchens folgte, dachte sie nach und legte sich ihre Argumente zurecht. Es war seine eigene Schuld, wenn er ihr die Zeit dazu gab, indem er darauf bestand, mit ihr an einen so entlegenen Ort zu gehen.

Als er sich im Schatten der Bäume zu ihr umdrehte, sagte sie. »Es geht um deinen Sohn von Clotilde Petain, nicht wahr?«

»Es geht um meine Schwäche, die darin besteht, daß ich die Menschen, die ich liebe, gern in meiner Nähe habe, falls du das meinst.« Er trat einen Schritt zurück und lehnte sich mit dem Rücken an einen breiten Stamm.

»Allzu besitzergreifend zu sein, zeichnet wohl kaum einen guten Vater aus«, sagte sie. »Und Verantwortungsgefühl, wie edel es auch immer wirken mag, ist kein Ersatz für Integrität.«

»Ich möchte nur, daß mein Kind seinen Vater kennt und von ihm anerkannt wird, daß es einen Platz in der Welt hat, an den es gehört. Ich weiß, wie wichtig so etwas ist.« Er hatte die Hände hinter den Rücken geschoben und drückte sie so gewaltsam gegen die Rinde des Baums, daß seine Fingerspitzen blutleer im Dämmerlicht schimmerten.

»Hast du, weil du unehelich geboren bist, plötzlich beschlossen, daß du mich unmöglich gehen lassen kannst, da deinem Kind sonst unter Umständen ein ähnliches Schicksal blüht?« fragte sie. »Oder hast du Schuldgefühle, weil deine Rachegelüste und deine ungezügelte Leidenschaft vielleicht ein weiteres Wesen auf die Welt bringen, das sich immer nach einem Ort sehnen könnte, an den es gehört? Nun, mach dir keine Gedanken. Falls ich ein Kind bekomme, wird es zu mir gehören und all die Liebe bekommen, die in mir ist.«

»Deine Liebe und meinen Namen? Ich werde dir niemals erlauben, unsere Ehe zu lösen, und werde mich dir in den Weg stellen, sobald du den ersten Schritt in diese Richtung unternimmst. Für dich wird es niemals einen anderen Ehemann geben als mich«, schwor er ihr.

Ihr Blick verriet grimmige Belustigung. »Was für eine furchtbare Drohung, aber ich hoffe, du verzeihst mir, wenn ich davon nicht allzu beeindruckt bin. Die Erfahrung, die ich mit der Ehe gemacht habe, ist nicht so großartig, daß ich mich danach sehne, ein zweites Mal denselben Fehler zu begehen.«

»Großartig oder nicht«, sagte er, hob die Hände und starrte auf das Muster der Rinde in seiner Haut. »Zumindest gab es hin und wieder Momente der Freude, oder zumindest dachte ich das. Was habe ich so Schreckliches getan, daß du mich verlassen und mir aus Rache mein Kind nehmen mußt?«

Der Abend senkte sich über sie, und die Luft wurde erfüllt von Geißblattduft. Der Geruch wird mich immer an eine wunderbare Zeremonie an einem lauen Sommerabend erinnern, dachte sie, und an diesen Augenblick, in dem sie abermals gezwungen war zu erkennen, daß es grenzenlose Schmerzen gab.

Sie könnte gehen und sein ungeborenes Kind mitnehmen, oder sie könnte bleiben, während ihr Vater alleine ging und irgendwo einsam starb. Eine andere Wahl gab er ihr nicht. Sie könnte sie nicht alle haben, Vater, Ehemann und Kind. Renold war derjenige, für dessen Existenz sie am unwichtigsten war, und wenn er sie zu dieser Wahl zwang, dann hatte er ihre Liebe am wenigsten verdient.

Sie blickte in den Nachthimmel hinauf und fragte: »Was du getan hast? Nichts. Du warst der perfekte Ehemann. Oh. Abgesehen von ein oder zwei kleinen Vergehen. Wie zum Beispiel zu versuchen, meinen guten Namen zu kompromittieren oder mich zu entführen, damit ich außer Reichweite meines Vaters und meines Verlobten war. Mich zu heiraten, als ich zu krank und zu betäubt war, um zu wissen, was ich tat, nur, damit du Bonheur zurückbekamst. Mir zu erzählen, mein Vater wäre tot, ohne daß es auch nur den kleinsten Beweis dafür gab. Mich zu lieben unter dem Vorwand, mich abzulenken von meiner Angst auf dem Schiff. Mich nach Bonheur zu locken, da in deinem Stadthaus die Möglichkeit bestanden hätte, daß man mich rettet oder, schlimmer noch, daß ich dahinterkomme, wie sehr ich belogen worden bin –«

»Nein, Angelica«, setzte er an.

»Doch«, beharrte sie. »Nicht zu vergessen, das Schlimmste deiner Vergehen. Du hast mich geliebt, um eine Geisel zu bekommen, die mich an deiner Seite hält. Und trotz all dieser

Dinge erwartest du, daß ich dich liebe und belohne, indem ich dir die Ehre zuteil werden lasse, der Vater dieses Kindes zu sein?«

Er vergrub die Hände in den Hosentaschen und sah sie an. »Rache ist also das einzige, worum es dir geht?«

Sie hatte angenommen, er würde sich verteidigen, und daß er es noch nicht einmal versuchte, verwirrte sie. Auf einmal verspürte sie eine überwältigende Müdigkeit. »Vielleicht geht es mir tatsächlich darum, obgleich ich dachte, es ginge mir darum, nicht unterzugehen.«

»Und die Liebesworte, die du gestern abend gesprochen hast? Entsprangen sie nur der Leidenschaft des Augenblicks, oder ist es einfach so, daß dein Haß auf mich stärker ist als jede Zuneigung, die du je für mich empfunden hast?«

Sie öffnete den Mund, um ihm zu widersprechen, doch dann entsann sie sich eines Besseren. Die Gefühle, die in ihr tobten, gingen in beide Richtungen, und sie alle waren wahr.

»Habe ich es mir doch gedacht«, sagte er. »Deborah hat mir erzählt, du hättest gesagt, ich wäre ein Mann, der niemals verzeiht. Das ist vielleicht wahr. Aber diesen Fehler habe ich nicht allein, Angelica. Bei Gott, ich habe ihn nicht allein.«

Er löste sich von dem Baum, wandte sich von ihr ab und ließ sie stehen. Sie sah ihm nach, wie er ging, und in ihrem Inneren erhob sich ein schmerzlicher Schrei.

Daß er nicht über ihre Lippen drang, war ihr ein gewisser Trost.

Kapitel zwanzig

Sich zu verstecken, war feige, vielleicht kindisch und auf jeden Fall ohne jeden Sinn. Angelica war es egal. Es beruhigte ihre zerrissene Seele, allein hier im Dunkeln zu sein, während im Inneren des Hauses Lampen angezündet wurden und um sie herum Glühwürmchen wie erdgebundene Sternchen schimmerten. Wie zuvor Renold preßte jetzt sie den Rücken an den Stamm der Eiche, und dabei empfand sie einen eigenartigen Trost, fast so, als enthielte das Holz noch einen Teil von ihm. Wie sehnte sie sich danach, in seinen Armen zu liegen, den Kopf an seine Brust gelehnt, während er all das tat, was er mit ihr, für sie, wünschenswert fand.

Nie wieder fände sie bei ihm Trost.

Ihr Hals schmerzte, und sie schluckte, während sie blind in die lavendelgraue Dämmerung sah.

Von nun an nähme sie ihr Schicksal selbst in die Hand. Sie würde ihr Leben ordnen, beschließen, wohin sie ginge und was sie täte, würde sich um ihren Vater kümmern und um ihr Kind. Sie hatte die Kraft und die Fähigkeit dazu.

Aber wieviel leichter wäre es, wenn ihr jemand bei der Erfüllung dieser Aufgaben behilflich wäre, wenn es ein Paar Schultern gäbe, das einen Teil dieser Last für sie trug.

Sie hatte ihre Wahl getroffen. Oder vielleicht nicht? Hatte sie wirklich eine Wahl gehabt? Sie hatte getan, was aufgrund der Umstände und der Vorstellung von Recht und Unrecht, nach der sie lebte, erforderlich gewesen war. Eine andere Möglichkeit gab es für sie nicht.

Was hätte sie zu Renold gesagt, wäre sie nur der Logik ihres Herzens gefolgt?

Doch welchen Sinn hatte dieses Nachdenken über das Unmögliche? Es gab kein Zurück.

Sie hörte die Schritte, sah den flüchtigen Schatten, und ihr

Herz machte einen Satz. Renold. Offenbar kam er zurück, um mit ihr ins Haus zurückzugehen. Es sah ihm ähnlich, daß er trotz allem immer noch der perfekte Gentleman war.

Der Mann trat von hinten um den Baum herum. Seine Stimme war hell und ohne jede Tiefe, als er sprach.

»Du wußtest, daß ich kommen würde, nicht wahr? Darum hast du hier gewartet.«

»Laurence«, rief sie und fuhr zu ihm herum. »Was machst du hier? Wo kommst du her?«

Er trat noch näher an sie heran, der Mann, mit dem sie einst verlobt gewesen war, eine große, schlanke Gestalt in der Dunkelheit. »Ich wollte dich schon seit gestern abend sehen, mit dir sprechen, aber die ganze Zeit treibt sich Harden in deiner Nähe herum. Es ist zum Wahnsinnigwerden.«

Der Zorn seiner letzten Worte überraschte sie. »Warum bist du gestern abend nicht geblieben oder hast mich heute im Haus aufgesucht?«

»Ja, sicher. Man hätte mir sicher einen freundlichen Empfang bereitet. Aber die Wahrheit ist, daß Harden niemanden in deiner Nähe will seit dem Augenblick, in dem er dich aus dem Fluß gezogen hat.«

Sie starrte ihn an und fragte: »Woher weißt du das?«

»Oh, ich habe ihn direkt nach der Explosion gesehen. Er hat sich wie ein Verrückter aufgeführt, und hat den Doktor und jeden anderen, der dich von ihm fortnehmen wollte, übel bedroht. Außerdem haben in ganz New Orleans Gerüchte die Runde gemacht, daß er sich deinetwegen mit Farness, einem Mann, mit dem er seit Jahren eng befreundet war, zerstritten hat.«

»Wie konntest du – nein, das stimmt. Du sagtest, du wärst bei dem Unfall nicht verletzt worden und auch nicht abgetrieben wie Papa.«

Laurence zuckte mit den Schultern, und sein Blick glitt an ihr vorbei. »Ich hatte ein paar Schürfwunden, aber ich habe es ziemlich schnell ans Ufer geschafft. Ich war schon immer ein guter Schwimmer.« Seine Stimme verriet, daß ihm unbehaglich zumute war.

»Aber – wo warst du dann, als ich verletzt und bewußtlos war?« fragte sie verwirrt. »Ich verstehe nicht, weshalb Renold derjenige war, der sich um mich gekümmert hat.«

Laurence runzelte gereizt die Stirn. »Es herrschte ein heilloses Durcheinander. Ein paar der Leute wurden in ein Haus gebracht, ein paar Leute in ein anderes, und die Toten und die Verletzten wurden in einer Reihe nebeneinander gelegt. Harden war der Mann der Stunde. Er brachte nicht nur dich an Land, sondern sprang dann wieder ins Wasser und zog noch ein paar andere Leute raus – ein paar Frauen, die Zeter und Mordeo schrien, einen alten Mann und ein paar Kinder. Dann übernahm er die Regie, ließ die Leute nach seiner Pfeife tanzen und erteilte seine Befehle wie ein Oberfeldmarschall. Was auch immer er sagte, war Gesetz. Niemand hätte auf mich gehört, hätte ich mich gegen ihn gestellt. Außerdem warst du ohnmächtig, ich hatte keine Ahnung, was ich hätte tun sollen, damit es dir wieder bessergeht.«

Entschuldigungen, Rechtfertigungen, sie erkannte den Klang. »Du dachtest, ich würde ohnehin sterben.«

»Aber du hast überlebt. Harden nahm dich mit nach New Orleans, und nach einer Weile ging es dir wieder gut. Ich folgte euch, aber bald merkte ich, was für ein Experte im Umgang mit Degen und Pistole er war. Ich fand einen Mann, der dich überwachte, und das tat er auch, obgleich sich herausstellte, daß die kleine Ratte mit beiden Seiten Geschäfte machte und mich schließlich verriet. Aber egal, viel mehr konnte ich wirklich nicht tun. Es war offensichtlich, daß du keine Besucher empfangen durftest, und es wäre glatter Selbstmord gewesen, hätte ich versucht, mir gewaltsam Eintritt zu verschaffen.«

Eine kleine Ratte, die mit beiden Seiten Geschäfte machte.

Diese Beschreibung weckte eine Erinnerung in Angelica, bei der sie vor Entsetzen erschauderte. In dem Versuch, ihr Unbehagen zu überwinden, fragte sie: »Du hast Tante Harriet nicht gesagt, wo ich war?«

»Ich hatte es vor, wirklich. Aber sie war vollkommen außer sich vor Trauer um deinen Vater, und ich wußte nicht, inwiefern sie mir hätte behilflich sein sollen, als es darum ging, dich aus Hardens Klauen zu befreien. Außerdem hätte sie sich bestimmt mit meiner Mutter zusammengetan, und die beiden wären dann zu dem Schluß gekommen, daß es das Beste wäre, dich ihm zu überlassen und Ruhe zu bewahren. Das konnte ich unmöglich tun.«

Warum er sie unmöglich hatte Harden überlassen können, hatte er nicht gesagt. Aus Pflichtgefühl oder aus Zuneigung zu ihr, oder vielleicht einfach nur, weil ihm der Gedanke mißfiel, Bonheur wäre verloren für ihn? Ehe Angelica fragen konnte, fuhr er fort.

»Aber das ist ja jetzt egal. Ich habe dich gefunden, und das ist das einzige, was zählt. Wir werden nach Natchez gehen und dort bei Bekannten von mir wohnen, während ich mich darum kümmere, daß du aus dieser dämlichen Ehe herauskommst. Es wird bestimmt teuer – die Fahrten zum Gericht und die Geschenke und das Geld für die richtigen Leute –, aber du bist ja inzwischen reich. Wenn es vorbei ist, wirst du wahrscheinlich von der besseren Gesellschaft als Pariah angesehen, aber wir werden so mit unseren Reisen beschäftigt sein – im Sommer an der Küste, im Winter in New Orleans und im Frühjahr und Herbst in Europa –, das es uns egal sein kann. Was sagst du dazu?«

Sie wandte sich von ihm ab, und über die Schulter sagte sie: »Ich glaube nicht, daß du verstehst, wie sich die Dinge in den letzten drei Wochen entwickelt haben. Ich meine zwischen Renold und mir.«

»Meinst du, das könnte ich mir nicht denken?« sagte er in

leicht schnippischem Ton. »Du bist also keine unschuldige Jungfrau mehr, aber das ist mir egal. Ich bin durchaus bereit, dir einen kleinen Fehltritt dieser Art zu verzeihen, und ich werde dich weiterhin so lieben wie bisher.«

Was nicht viel bedeutet, dachte sie, denn vielleicht hat er mich noch nie geliebt. Nein, das war ungerecht. Er war jung, und es war nicht seine Schuld, daß er sich vor Renold fürchtete. Und wenn ihr das Bild, das er von ihrer gemeinsamen Zukunft zeichnete, nicht gefiel, wenn sie angewidert war von seinem Auftreten, der unbewußten Mischung aus vermeintlicher Weltklugheit und daraus resultierender moralischer Überlegenheit, nun, dann wußte sie, wen die Schuld daran traf.

Mit ruhiger Stimme sagte sie: »Ich bin dir dankbar für deine Sorge um mich, und ich weiß den Gefallen, den du mir erweist, indem du mich bittest, dich zu heiraten, zu schätzen, aber die Situation ist nicht so, wie du offenbar denkst. Es fällt mir schwer, es zu sagen, aber ich – vielleicht erwarte ich Renolds Kind. Ich kann dir unmöglich zumuten, diese Last mit mir zu teilen, und ich denke auch nicht, daß du es willst. Ehrlich gesagt, hast du lange genug mit meinen Problemen zu tun gehabt, und ich meine, am besten gebe ich dich frei. Bitte betrachte dich nicht länger an unsere Verlobung gebunden. Sie ist vorbei.«

»*Sein* Kind.«

Die Verachtung in seiner Stimme sowie die Betonung des ersten Wortes versetzten ihr einen Stich. Dennoch drehte sie sich zu ihm um, sah ihm ins Gesicht und sagte: »Da ist ja wohl die natürliche Folge, wenn eine Frau ihre Unschuld verliert.«

»Ja, vor allem, wenn einem dieser Verlust auch noch gefällt«, schnaubte er.

»Hast du dir allen Ernstes eingebildet, dieser Fehltritt, wie du es genannt hast, wäre mir nur einmal passiert?« Der Zorn, der in ihr aufwallte, war wie eine Befreiung für sie. Sie stellte fest, daß es nicht im geringsten von Bedeutung für sie war, was er von ihr hielt.

»Mir hast du nicht mehr als einen züchtigen Kuß erlaubt!«

Nun merkte sie, worum es ihm ging. Sein Stolz war verletzt! Trotzig erwiderte sie: »Das war etwas anderes.«

»Oh, ja«, sagte er und hob die Faust an ihr Gesicht. »Ich bin nicht Harden, sondern ich. Aber ich bin der Mann, der dein Ehemann sein wird, und deshalb kommst du jetzt mit, ob es dir nun gefällt oder nicht.« Er setzte ein gehässiges Grinsen auf. »Und da du offenbar inzwischen Gefallen an der körperlichen Liebe gefunden hast, nehme ich an, daß du dich ganz darauf konzentrieren wirst, liegst du erst einmal im richtigen Bett!«

»Du bist einfach widerlich«, sagte sie in vernichtendem Ton. »Wenn du dir einbildest, ich käme jetzt noch mit dir, dann mußt du wahnsinnig sein.«

Mit wirbelnden Röcken wandte sie sich von ihm ab, aber seine Hand schoß vor und zerrte sie zurück, so daß sie mit dem Rücken gegen den Baumstamm stieß. Ihr Kopf begann schmerzhaft zu pochen, als ihre Schläfe gegen die rauhe Rinde schlug.

Laurence trat näher an sie heran und preßte seinen harten Unterleib gegen sie. Sein Atem brannte heiß in ihrem Ohr, als er sagte: »Oh ja, ich denke, daß du jetzt noch mit mir kommst. Harden ist nicht hier, und dieses Mal habe ich dich ganz für mich, ohne daß ich dazu erst Gin saufende Idioten anheuern muß.«

Sie starrte ihn wütend an. »Du warst es. Wußte ich's doch! Du warst der Mann in der Gasse neben der Gallatin Street, der Mann, der die Skaggs-Brüder bezahlt hat, damit sie mich entführen. Ich dachte die ganze Zeit, daß es mein Vater war, aber einer solchen Gefahr hätte er mich niemals ausgesetzt.«

»Ich mußte dich irgendwie aus Hardens Klauen befreien«, setzte er an.

»Ja, und wie du das tatest oder was hinterher aus mir wurde, war egal, nicht wahr?« stellte sie mit leiser, zornbebender Stimme fest. »Du hast nie auch nur die geringste Zuneigung oder gar Liebe für mich empfunden. Du hast diesen kleinen, mausgrauen Kerl umgebracht, der für Renold gearbeitet hat, nicht wahr? Und du hättest Clem Skaggs tun lassen, was immer ihm gefiel. Das einzige, was dich jemals interessiert hat, war Bonheur. Ich dachte mir bereits in Natchez, daß es so ist, und jetzt weiß ich es.«

»Hast du allen Ernstes gedacht, ich, ein Eddington von Dogwoll Hill, würde die Tochter eines Spielers heiraten, ohne daß es einen guten Grund dafür gibt?« fragte er. »Ich stand kurz vor dem Ruin. Und ich habe Glück, wenn ich meine Gläubiger so lange hinhalten kann, bis diese leidige Scheidung und unsere Hochzeit über die Bühne ist.«

»Das wird dir nicht gelingen«, stellte sie mit einer gewissen Befriedigung fest, während sie sich seinem harten Griff entwand. »Und genausowenig siehst du jemals auch nur einen einzigen Penny von Bonheur. Renold ist mein Mann und somit der rechtmäßige Herr über die Plantage, und er wird alles in seiner Macht Stehende tun, damit es so bleibt. Er hat mir er erst eben noch geschworen, daß er eine Auflösung unserer Ehe niemals zulassen wird. Und ich rate dir, ihm zu glauben.«

»In diesem Fall«, stellte Laurence drohend fest, »muß ich wohl dafür sorgen, daß du zur Witwe wirst. Das wäre sowieso schneller und einfacher als der Weg zum Gericht.«

Ein eisenharter, glühender Ring legte sich um ihr Herz, aber sie ignorierte ihn. »Allerdings. Und was genau hast du vor? Willst du irgendwelche Kerle anheuern, die ihn im Dunkel niederstrecken? Das hast du, glaube ich, schon einmal versucht, aber so einfach war es offensichtlich nicht.«

»Er hatte einfach Pech, aber so wird es nicht immer sein«, war Laurences boshafte Erwiderung. »Dieses Mal erwische ich ihn.«

»Selbst wenn, bildest du dir wirklich ein, ich würde dir dann folgen wie ein hirnloses Schaf? Niemals!«

»Ich denke«, sagte er, als er seine Hände an ihr Gesicht legte und sie drohend anblickte, »daß du genau das tun wirst, was ich will, wenn ich mit dir fertig bin. Du wirst mich heiraten und froh darüber sein. Du wirst springen, sobald dich einer meiner Befehle erreicht. Du wirst mir als Hure zur Verfügung stehen. Und wenn ich dir erlaube, Hardens Bastard auf die Welt zu bringen, dann wirst du ihn vor mir verstecken, wenn du willst, daß er überlebt. Und sobald er alt genug ist, wird auch er lernen, wer sein Herr und Meister ist.«

Außer Laurences Stimme hörte man nicht den geringsten Laut. In einem Augenblick waren sie in nichts als die Dunkelheit eingehüllt, im nächsten Augenblick stand Renold plötzlich dort, ein Schatten, der in der Finsternis lauerte. Seine Stimme drang aus der Nacht, kalt, hart und schneidend in der Verachtung, die sie enthielt. »Was für gemeine Drohungen, Eddington. Wenn ich Röcke trüge oder noch ein Säugling wäre, hätte ich bestimmt furchtbare Angst. Aber ich glaube mich daran zu erinnern, daß Sie bei unserer letzten nächtlichen Begegnung derjenige waren, der Fersengeld gab.«

Mit einem unterdrückten Fluch ließ Laurence von Angelica ab, als hätte er sich an ihr verbrannt.

»Genau«, stellte Renold trocken fest. »Ich wollte Sie gerade fragen, was Sie auf dem Grundstück meiner Frau verloren haben, aber es scheint offensichtlich zu sein. Sie waren auf der Suche nach etwas, das Ihnen durch Ihre eigene Unachtsamkeit verlorengegangen ist. Ich glaube nicht, daß Sie es hier finden, aber falls es je ans Tageslicht kommt, gebe ich Ihnen gerne Bescheid.«

Laurence bewegte leicht den Arm, und plötzlich spürte Angelica an ihren Rippen einen harten, kalten Gegenstand.

»Machen Sie sich keine Mühe, vielleicht habe ich es schon gefunden«, sagte ihr ehemaliger Verlobter in gehässigem Ton. »Treten Sie zurück, oder ich schieße Ihrer geliebten Frau ein nettes, kleines Loch in den Bauch.«

»Vorsicht«, sagte Angelica leise. »Er will dich umbringen.«

»Nett, daß du mich warnst, süße Angelica«, war Renolds Erwiderung. »Obwohl ich nicht damit gerechnet hätte und es auch nicht erforderlich ist. Seit dem Augenblick, als ich deinen Vater zum ersten Mal sah, wußte ich, daß er dich bestimmt nicht auf so brutale Weise entführen lassen hat. Er ist zu raffiniert und zu gut erzogen für eine solche Tat.«

»Offenbar wollen Sie mir zu verstehen geben, ich wäre weder das eine noch das andere«, schnaubte Laurence los. »Aber wenn Sie erst einmal tot sind, ist das wohl egal.«

»Allerdings, obwohl es mir gegen den Strich geht, wenn mich ein aufbrausender Feigling fertig machen will«, erwiderte Renold und sah sein Gegenüber nachdenklich an. »Ein Kerl, der mit kleinen Dieben und Halsabschneidern im Bunde steht. Ich glaube, das geht einfach zu weit.«

»Dann verhindern Sie es doch«, schlug der andere Mann mit heiserem Lachen vor.

»Gut.« Renold verzog zufrieden das Gesicht. »Sie werden verstehen, wenn ich tue, was ich tun muß. Das Gesindel, das Sie angeheuert haben, damit es Sie unterstützt, wird Ihnen keine große Hilfe sein. Tit Jean und meine Männer hatten die Kerle seit dem Augenblick, in dem sie Bonheur betreten hatten, im Visier. Und jetzt haben Sie sie festgesetzt.«

Laurences Griff um Angelicas Arm verstärkte sich. Er senkte den Kopf und sah mit gerunzelter Stirn dorthin, wo Renold stand. »Und ich habe Angelica. Was nun?«

»Ich hatte gehofft, Sie hätten vielleicht Interesse an einem kleinen Duell, aber ich nehme an, Ihnen fehlt der Mut dazu.«

Renolds Stimme klang unbeschwert, doch sie enthielt einen derart drohenden Unterton, daß Angelica das Blut in den Adern gefror. »Nein«, sagte sie. »Das könnt ihr nicht tun.«

»Warum nicht, mein Schatz?« fragte ihr Ehemann in zärtlichem Ton.

Sie fuhr sich mit der Zunge über die Lippen, aus denen plötzlich jede Feuchtigkeit gewichen war. »Deine Schulter, du bist nicht in Form für ein Gefecht.«

»Wahrscheinlich nicht, aber ich versuche es gern. Obgleich es nicht besonders klug war, Eddington auf meine Schwäche aufmerksam zu machen. Es sei denn, du freust dich schon auf das Leben, das er dir versprochen hat.«

Ihre Locken flogen um ihr Gesicht, so eilig schüttelte sie den Kopf. »Niemals.«

»Aber ebensowenig freust du dich auf das Leben mit mir. Wer kennt schon das Herz einer Frau? Und wer versucht schon, es zu ergründen, hält er den Preis bereits in der Hand?« Er wandte sich Laurence zu. »Bonheur gehört mir, denn als ihr Ehemann verfüge ich über Angelicas Eigentum. Wenn Sie es wollen, müssen Sie es mir gewaltsam abnehmen. Einen anderen Weg gibt es nicht.«

»Renold, nein«, rief Angelica, und ihre Stimme verriet ihren Schmerz, doch er achtete nicht mehr auf sie.

Laurence starrte Renold nachdenklich an. »Und was soll Ihre Männer davon abhalten, sich auf mich zu stürzen, sobald Sie am Boden sind?«

»Mein Wort«, sagte Renold und sah ihn erwartungsvoll an.

Der andere Mann lachte auf. »Ich glaube, ich gehe lieber auf Nummer Sicher und nehme Angelica mit. Sie können mich nicht aufhalten, denn wenn Sie es versuchen, bringe ich sie um.«

»Sie haben nicht das geringste Verhandlungstalent«, stellte Renold verächtlich fest. »Wenn Sie stirbt, sind gleichzeitig all Ihre Hoffnungen, ihre Mitgift zu bekommen, zunichte gemacht. Sie selbst verlieren demnach mehr als ich. Warum also sollte ich Sie davon abhalten, ihrem Leben ein Ende zu machen, wenn dadurch auch Ihr unseliges Streben nach meiner Plantage ein Ende nimmt? Anschließend könnte ich befehlen, daß man Sie erschießt, und Bonheur als fröhlicher Witwer genießen, ohne mit einer Ehefrau belastet zu sein, der sowieso niemals mein Interesse galt.«

Ohne mit einer Ehefrau belastet zu sein, der sowieso niemals mein Interesse galt.

Es war ein Bluff. Oder vielleicht nicht? Angelica wußte es nicht. Sie hatte das Gefühl, als wäre das Blut, das durch ihre Adern rann, mit winzigen Glasscherben versetzt. Ihre Hände waren eiskalt, doch ihre Wangen schienen zu glühen. Ihr Korsett schnürte ihren Brustkorb ein, nahm ihr den Atem, und sie sehnte sich danach, es los zu sein.

Laurence schien Renolds Worte bestens zu verstehen. Der Druck der Pistole an Angelicas Rippen nahm etwas ab, und mit feindseliger und zugleich frustrierter Stimme knurrte er: »Bastard.«

»Allerdings.« Und mit verärgerter Stimme fuhr Renold fort: »Bleiben oder gehen Sie? Kämpfen oder laufen Sie davon? Ich hoffe, Sie entscheiden sich bald, denn es sind noch andere Leute im Haus, die es vielleicht als ernste Beleidigung ansehen, daß Sie Angelica bedrohen.«

»Der alte Carew wird mich wohl kaum aufhalten.«

»In seinem momentanen Zustand nicht, nein.« Renold zuckte mit den Schultern, und sein Hemd schimmerte in der Dunkelheit. »Aber Michel Farness hat sich selbst zu ihrem Beschützer ernannt, und er wäre gewiß froh, bekäme er endlich die Gelegenheit, sich die ersten Sporen zu verdienen in dieser Funktion. Außerdem übernähme er gewiß gerne die Rolle des Ehemanns, sollte keiner von uns beiden die Auseinandersetzung überstehen.«

Laurence stieß eine Reihe von Flüchen aus. Als er von einem Bein auf das andere trat, drang der beißende Geruch von Schweiß und Angst unter seiner Jacke hervor. »Also gut«, stellte er plötzlich fest. »Degen oder Pistolen, was wollen Sie?«

»Der Tradition gemäß«, sagte Renold sanft, »haben Sie die Wahl.«

»Ja, und woher bekommen wir die Waffen, die ich will?«

Renold hob eine Hand, und aus der Dunkelheit des nächststehenden Eichenbaums trat Tit Jean hervor. Er legte zwei Holzkästen auf den Boden, einen langen schmalen und einen quadratischen. Es bestand kaum ein Zweifel daran, was sich in den Kästen befand.

Laurence lachte rauh und starrte Renold an, als ließe dessen unscharfe Gestalt eine Rückschluß auf seine Stärke zu. »Sie haben an alles gedacht, nicht wahr?«

»Das ist eine alte Gewohnheit von mir.«

Laurence sah Renold noch einen Augenblick an, als wäge er verschiedene Möglichkeiten ab. Dann kniff er die Augen zusammen und brach abermals in rauhes Lachen aus. »Sie denken, ich entscheide mich für die Degen, weil Ihre Schulter verwundet ist. Aber es gibt Männer, die können eine Klinge mit beiden Händen führen, und ich glaube, ich erinnere mich daran, daß Sie einer dieser Männer sind. Ich bin keiner der Dandys, die in New Orleans regelmäßig ins Fechttraining gehen, und auf diesen Trick falle ich nicht herein. Mit Pistolen kann ich recht gut umgehen, ich habe schon einige Gegner zur Strecke gebracht. Aber ich habe gehört, Sie bräuchten nur einen einzigen Schuß, und schon wäre die Flamme einer Kerze gelöscht. Ich habe noch nie im Dunkeln geschossen, und ich habe auch noch keine ihrer eleganten Duellpistolen in der Hand gehabt, also wären Pistolen ebenfalls nicht die richtige Wahl.«

»Aber Sie müssen sich schon entscheiden, welche dieser beiden Waffen Ihnen lieber ist.«

»Muß ich das?« Laurence schnaubte verächtlich auf. »Die

Leute, mit denen ich in letzter Zeit zu tun hatte, legen ihre Streitigkeiten normalerweise mit Messern bei.«

»Meiner Meinung nach ein recht rauher Sport«, stellte Renold mit vor Verachtung triefender Stimme fest, und Angelica, die sich an eine dunkle Gasse und an eine bösartige, flirrende Klinge erinnerte, stimmte ihm innerlich zu.

»Mag sein, aber mir gefällt's«, war Laurences ungerührte Erwiderung. »Ich ziehe Messer allen anderen Waffen vor. Wenn Sie natürlich keine geeigneten Messer haben, bin ich durchaus zu einem Kompromiß bereit.«

»Zu einem Kompromiß? Mit Ihnen einen Kompromiß zu schließen, wäre, als ließe ich zu, daß eine Klapperschlange unter der Eingangstreppe meines Hauses wohnt. Es gibt Dinge, die sollte man einfach nicht riskieren, und außerdem gibt es mir Ihrer Wahl der Waffen kein Problem. Zufällig hatten die Männer, die zu Ihrer kleinen Armee gehörten, genügend Messer dabei.« Ohne den Kopf zu drehen, fragte Renold: »Tit Jean?«

»Sofort, Maître.« Der hünenhafte Kammerdiener verschmolz mit der Nacht, und Renold wandte sich erneut Laurence zu.

»Ich nehme an«, sagte er, »Sie haben nichts gegen dieses Eichenwäldchen als Austragungsort für das Duell?«

»In Ordnung«, erwiderte Laurence knapp.

»Gut«, sagte Renold ruhig, und dann: »Ich möchte natürlich keinesfalls behaupten, Sie wären mit dem für Duelle geltenden Ehrenkodex nicht vertraut, aber Sie müssen wissen, daß eine Entschuldigung auf dem Feld nicht angenommen werden kann. Am Vorabend oder selbst auf dem Weg zum Duellplatz ja, aber hat der Kampf erst einmal angefangen, dann ist es zu spät.«

»Ich habe nicht die Absicht, mich bei irgendwem zu entschuldigen.«

»Dann habe ich mich wohl geirrt. Das lag wohl daran, daß

Sie die Möglichkeit des Kompromisses andeuteten.« Und mit leichter Stimme fuhr Renold fort: »Sie dürfen einen Sekundanten wählen, der Ihre Interessen während des Kampfes vertritt, aber ich glaube, daß Angelica als Sekundantin nicht geeignet ist. Frauen sind normalerweise nicht zugelassen, und außerdem glaube ich nicht, daß sie unparteiisch ist. Natürlich könnten Sie sich als Schild vor sich herschieben, aber ich denke, daß das eher eine Behinderung für Sie wäre als ein Gewinn.«

Laurence schnaubte. »Sie wollen, daß ich sie gehen lasse, damit Sie sie selbst in die Hände bekommen. Und dann können Sie ein paar Ihrer Männer losschicken, die sich auf mich stürzen, und schon ist alles vorbei.«

»Ein solches Manöver wäre vielleicht nach Ihrem, nicht aber nach meinem Geschmack. Ich versichere Ihnen, daß von meiner Seite aus dem Duell nichts im Wege steht.«

»Sparen Sie sich Ihre schönen Reden. Ich gehe lieber sicher, daß es tatsächlich dazu kommt.«

Renold warf seine Jacke ab und öffnete die Manschettenknöpfe an seinem Hemd. Den Blick auf den anderen Mann gerichtet, stellte er verächtlich fest: »Der Satz vom Mann, der sich hinter Weiberröcken versteckt, hat soeben eine neue – verdammt!«

Sein plötzlicher Stimmungsumschwung rührte daher, daß seine Halbschwester auf die Galerie des Herrenhauses getreten war. Ihre Gestalt war im Licht, das durch ihre offene Zimmertür fiel, deutlich zu sehen. Sie suchte den dunklen Garten ab, und als sie die drei Personen unter den Bäumen entdeckte, raffte sie die Röcke und stürzte die Treppe hinab. Michel, der direkt hinter ihr aus der Zimmertür trat, folgte ihr eilig nach.

»Es scheint ganz so«, stellte Renold deutlich verärgert fest, »als wäre es mit der Ruhe vorbei. Armer Laurence. Jetzt ist vollkommen offen, wer Ihren Preis bekommt.«

Seine Worten waren wahrer, als er vermutete. Michel war kaum die Treppe hinabgeeilt, als ein weiterer Mann das Haus verließ. Er ging gebeugt und mit schwankendem Schritt, aber zugleich verriet seine Haltung eine gewisse Entschlossenheit. Angelica hielt den Atem an. Es war ihr Vater, der da angehumpelt kam.

»Renold!« schrie Deborah, während sie sich ihnen näherte. »Was in aller Welt ist da los? Einer der Hausjungen sagte, Tit Jean hätte die Duellpistolen geholt.« Plötzlich blieb sie mit wippenden Röcken stehen, als sie Laurence erblickte, der die Pistole auf ihr Herz gerichtet hielt.

»Ich frage mich«, sagte er und sah Renold aus den Augenwinkeln an, »wie sehr es Sie freuen würde, wenn ich das Leben dieser Dame beendete.«

»Nicht besonders«, gab Renold mit angespannter Stimme zu.

»Und mich ebensowenig«, stellte Michel fest, während er vorsichtig nähertrat. An Renold gewandt, sagte er: »Du hättest mir Bescheid sagen sollen. Ich mag es nicht, wenn man mich bei solchen Dingen übergeht.«

»Dafür gab es einen Grund«, kam die grimmige Erwiderung.

»Ja«, sagte Deborah, »ich sollte euch nicht folgen und mich nicht noch einmal einmischen, nicht wahr? Aber es hat nicht funktioniert.«

Ehe Renold etwas erwidern konnte, rief Edmund Carew: »Laurence, Junge, was tust du da?«

»Himmel«, sagte Laurence mit grimmig verzerrtem Gesicht. »Das Ganze ist einfach –«

»Lächerlich?« schlug Renold vor. »Zumindest entbehrt die Situation nicht einer gewissen Absurdität. Aber selbst in New Orleans gibt es Leute, die zu den Duellen fahren, als gäbe es dort wie im Theater eine gelungene Tragödie zu sehen. Aus diesem Grund, bleiben Sie ruhig, mein Guter, denn eine gewisse Kaltblütigkeit gehört nun einmal zu einem Duell dazu. Ein guter Duellant ignoriert die Zuschauer – wenn es ihm gelingt.«

»Schnauze«, knurrte Laurence ihn an.

»Ich nehme an«, sagte Michel an den Freund gewandt, »du hast noch keinen Sekundanten gewählt?«

Renold setzte ein trauriges Lächeln auf. »Das scheint mir eine geeignete Vorsichtsmaßnahme zu sein, obgleich es zwischen Ehrenmännern eigentlich nicht erforderlich ist. Falls Carew sich hinter Eddington stellt, wären wir, wenn schon in keinem anderen Bereich, so doch zumindest, was die Unterstützung durch einen Sekundanten betrifft, gleichgestellt.«

Angelicas Vater richtete sich zu seiner ganzen Größe auf und verbeugte sich steif. »Es ist mir eine Ehre, die Herren.«

Natürlich war es nur eine Sache der Form. Wenn ein Mann der Sekundant eines anderen war, hieß das nicht, daß er mit ihm zusammenhielt, daß er ihm verpflichtet war oder daß er seine Partei ergriff. Dennoch erschien es Angelica bedeutungsvoll, daß Laurence und ihr Vater, Renolds Feinde, zusammenstanden gegen ihn.

Edmund Carew räusperte sich. »Es besteht keine Notwendigkeit, mir die Regeln eines Duelles zu erklären, mein Junge. Ich habe bereits zahlreiche derartige Begegnungen hinter mir, und ich war öfter Sekundant, als ich zählen kann. Meine Pflicht besteht darin, dafür zu sorgen, daß der Kampf fair verläuft, und daß die Waffe meines Schützlings in Ordnung ist. Oh ja, und darüber hinaus bin ich dafür verantwortlich, daß er sich in keiner Weise – ehrlos verhält.«

Der ältere Mann und Angelicas Ehemann tauschten bedeutungsvolle Blicke aus, und mit einem kurzen Nicken wandte Renold sich ab. »Genau.«

In diesem Augenblick kehrte Tit Jean, atemlos vor Eile und die Hände voller Messer, an den Ort des Geschehens zurück. Die Stimmung aller Beteiligten veränderte sich, und das

Ganze nahm seinen offiziellen Lauf. Jeder bereitete sich auf seine Rolle vor, und eine gewisse Höflichkeit kam auf. Die Zuschauer unterdrückten mühsam ihre Anspannung, während sie darauf warteten, daß das Schauspiel begann.

Der Kammerdiener breitete die Waffen auf Renolds Jacke aus. Es war eine wilde Ansammlung fettiger oder rostiger Messer, deren Flecken man sich besser nicht aus der Nähe ansah. Die Stiele waren aus Holz und Knochen, Rinderhorn, Hirschgeweih oder behauenem Stein. Einige hatten Griffe, andere nicht, einige hatten Hefte aus Messing oder Kupfer oder Blei, andere wiesen überhaupt keine Hefte auf. Aber eins war ihnen allen gemeinsam: Sie waren gefährlich und scharf.

Renold, der als erster wählen durfte, überflog die Ansammlung und wählte ein qualitativ hochwertiges Messer in klassischer Form und ohne jede Verzierung aus. Laurence zeigte sich wählerischer. Er nahm erst die eine, dann die andere Waffe in die Hand, hielt sie ins Dämmerlicht, das vom Haus herüberfiel, und wog sie sorgfältig in der Hand. Schließlich entschied er sich für ein Messer, das viel schwerer als das von Renold war, das einen Knochenstiel, ein Messingheft und eine ziselierte Klinge aufwies und ihm einen längenmäßigen Vorteil von bald zehn Zentimetern bot.

Michel runzelte die Stirn und öffnete den Mund, aber als er seinen Freund ansah, klappte er ihn eilig wieder zu. Renold schien mit ihrer beider Auswahl zufrieden zu sein. Laurence legte seine Jacke ab, und der Boden wurde von kleinen Steinchen und Zweigen befreit. Man fragte, ob nicht vielleicht eine Lampe oder Laterne zu holen sei, aber Angelicas ehemaliger Verlobter runzelte bei dem Gedanken an mehr Licht die Stirn.

Angelica bemerkte, wie ihr Vater mit ebenfalls gerunzelter Stirn Michel ansah, und überlegte, ob er genau wie sie irgendeine schändliche Absicht hinter der Ablehnung der

Lampe vermutete. Allerdings wurden die Bedingungen eines Duells von der herausgeforderten Partei, in diesem Fall Laurence, gestellt, so daß niemand seiner Forderung nach Dunkelheit widersprach.

Die beiden Männer waren bereit. Die Messer in den Händen nahmen sie einander gegenüber ihre Plätze ein, während ihre Sekundanten zurücktraten, um nicht im Weg zu stehen. Angelica verließ die Stelle, an der Laurence sie zurückgelassen hatte, und zog sich mit Deborah zwischen die Bäume zurück, damit ihre weiten Röcke nicht das wenige Licht abhielten, das vom Haus herüberdrang.

Als sie dem Lichtschein mit den Augen folgte und auf die Galerie hinaufsah, verspürte sie einen Stich. Am vorderen Ende der Galerie verschmolz eine schlanke Gestalt mit der Dunkelheit. Renolds Mutter hatte sich über das Geländer gebeugt und sah ihnen zu. Hatte Renold sie ebenfalls bemerkt? Wenn ja, machte es ihm etwas aus?

Es hatte noch kein Startsignal gegeben, und Renold rückte seinen Schulterverband zurecht. Laurence musterte ihn mit gerunzelter Stirn und testete mit dem Daumen, wie scharf die Klinge seines Messers war. Dann, ohne Vorwarnung, machte er plötzlich einen Satz.

Renold sprang nach hinten und breitete die Arme aus, so daß die Klinge des gegnerischen Messers haarscharf an seinem Hemd vorbeizuzischen schien. Er bog sich zur Seite und lachte kurz auf, während er außer Reichweite tänzelte. Laurence stürmte mich hochrotem, grimmig verzogenem Gesicht hinter ihm her. Geschmeidig und unglaublich wendig setzte Renold zu seinem ersten Angriff an. Es gab ein kurzes Handgemenge, dann sprangen beide Männer zurück und umkreisten einander mit argwöhnischem Blick.

»Ich dachte, Sie hätten keine Erfahrung im Messerkampf«, stellte Laurence vorwurfsvoll fest.

»Das habe ich nie gesagt«, war Renolds Erwiderung. »Duelle ficht man mit allen möglichen Waffen aus, mit Säbeln, Macheten, Ochsenpeitschen, Knüppeln oder Paddeln – mit allem, was man benutzen kann, um einem anderen Mann weh zu tun. Und es ist immer gut, wenn man auf alles vorbereitet ist.«

»Mal sehen, wie vorbereitet Sie sind«, stieß Laurence zwischen zusammengebissenen Zähnen hervor, warf sein Messer in die linke Hand und holte zu einem harten, wilden Schwinger aus.

Renold, ungreifbar wie Rauch, war nicht da. Laurence stolperte durch die Wucht seines eigenen Hiebs, ehe er mit wütendem Gebell herumfuhr, als fände sich eine Beute hinter ihm.

»Wissen Sie, es ist nicht sonderlich hilfreich, wenn man zornig wird«, stellte Renold nachdenklich fest. »Ein Duellant ist immer ruhig. Er zeichnet sich dadurch aus, daß er den Tricks seines Gegners gegenüber gleichgültig ist.« Mit einem leichten Lächeln und einer lockeren, fast nachlässigen Bewegung wich er Laurences nächstem Vorstoß aus.

»Bleiben Sie stehen und kämpfen Sie«, herrschte Laurence ihn an.

»Nun, wo bleibt da die Eleganz? Oder die Lektion für den Unterlegenen? Jedes Idiotenpaar kann einander auf den Füßen herumtrampeln und in herrlichem Blutrausch aufeinander eindreschen, bis einer der beiden vor Schwäche in die Knie geht. Nein. Das Duell entspringt dem alten Recht, dem Urteil durch Manneskraft, dem Recht des Betrogenen, denjenigen herauszufordern, durch den er ein Unrecht erlitten hat. Es erlaubt dem Beraubten, den Räuber anzuklagen, dem Geschändeten, den Schänder zu stellen, dem Verwandten eines Ermordeten, dem Mörder im fairen Kampf gegenüberzustehen. Der Schwächere hat das Recht, einen Stellvertreter zu schicken, der dann natürlich dieselben Rechte wie er selbst erhält. Der Verlierer wird schuldig gesprochen, denn Gott begünstigt die Gerechtigkeit.«

»Idiotisch«, stellte Laurence atemlos fest, während er rückwärts stolperte, denn plötzlich traf ihn ein mächtiger Hieb.

»Vielleicht, aber trotzdem ist der Verlierer tot.«

Renold zog sich zurück, als hätte er mit dem Angriff nur seine Stärke demonstriert, und stand abwartend da. »Früher einmal konnte ein Mensch die Rolle des Beschützers eines anderen übernehmen. Wäre das heute noch so, wäre ich der Rächer meiner Frau. Für derartige Anlässe gibt es sogar ein spezielles Gebet. *Großer Gott, umfasse meinen Arm und führe mein Schwert.* Wenn Sie wollen, beten Sie ruhig.«

Und mit einem Mal war es mit seinen Unterweisungen, seiner Gleichgültigkeit vorbei. Er preschte mit wirbelnden Bewegungen vor und richtete sein Messer auf Laurences Herz. Der andere Mann sprang zur Seite, aber nicht schnell genug. Renolds Klinge durchschnitt Laurences Hemd, und sofort drang unterhalb seines Brustbeins ein rotes Rinnsal durch den Stoff. Laurence fuhr verzweifelt zurück, kroch wie ein Panzerkrebs in Sicherheit, während Renold geschmeidig nach hinten trat.

»Erstes Blut«, rief Edmund Carew. »Ist der Ehre Genüge getan?«

Es war Laurence, der zornbebend antwortete. »Nein! Erst das letzte Blut wird mir eine Genugtuung sein.«

»Die Frage«, verbesserte Renold, »ging wohl eher an mich.«

»Dann antworten Sie!« Die erbosten Worte verrieten, wie verletzt Laurence in seiner Eitelkeit war.

Renolds Blick war ruhig und nachdenklich, und als er sprach, war seine Stimme ebenfalls ruhig. »Letztes Blut!«

Nun fing der Kampf richtig an.

Die Messer in ihren Händen wirkten wie todbringende, zuckende Erscheinungen. Der Geruch zertretenen Grases hüllte sie ein, während ihre Füße den grünen Teppich zertrampelten. Das Dämmerlicht glitt über sie hinweg und verlieh ihren Hemdrücken einen blassen Glanz. In ihrer konzentriert zusammengekniffenen Augen war ein mordlüsternes Blitzen zu sehen, und die Enden ihrer Klingen blinkten wie Feuerspitzen auf.

Sie paßten besser zueinander, als zunächst anzunehmen gewesen war, denn sie waren fast gleich groß, und ihre Arme waren ungefähr gleich lang. Laurence machte seinen Mangel an Geschick durch Schläue und Boshaftigkeit wett, während Renold geduldig und intelligent vorging und immer einige Bewegungen vorauszudenken schien. Die Geschmeidigkeit seines Körpers und die behende Sparsamkeit seiner Bewegungen glich Laurence durch eine längere Klinge und körperliche Unversehrtheit wieder aus. Laurence nutzte jeden Schatten, jede Unebenheit des Bodens für listige Täuschungsmanöver aus.

Die Dunkelheit war das Gefährlichste an dem ganzen Kampf. Die Geschwindigkeit oder die Weite eines Hiebs einzuschätzen, war ein Ding der Unmöglichkeit. Die Schatten kaschierten den Beginn eines Angriffs, verbargen jeden plötzlichen Stoß. Das Drängeln um Positionen, die angestrengten Täuschungsmanöver und die eiligen Rückzüge erinnerten Angelica auf schreckliche Weise an andere Kämpfe, denen zuzusehen sie gezwungen gewesen war. Aber diese Auseinandersetzung war wesentlich gefährlicher als der hinterhältige Angriff von Clem Skaggs oder das grimmige Gefecht zwischen Renold und Michel draußen auf der erleuchteten Galerie. Bei jenen Kämpfen hatte nur die Möglichkeit bestanden, daß einer der Beteiligten starb, nun aber war es gewiß.

Angelica zitterte. Ihre Brust schmerzte von ihrem keuchenden Atem, und in ihrem Kopf spürte sie das Echo des Rhythmus, in dem ihr Herz gegen ihre Rippen schlug. Sie schwankte und hatte die Hände so stark ineinander verkrampft, daß inzwischen jedes Gefühl aus ihren Fingern gewichen war.

Außer dem grausigen Wettstreit nahm sie nichts mehr wahr, so daß sie zusammenfuhr, als jemand neben sie trat. Ihr Vater nahm ihren Arm und zog sie an seine Brust.

Stützte er sie oder stützte sie ihn? Sie wußte es nicht, und es war ihr egal, als sie sich an ihn klammerte und ihn gleichzeitig hielt.

Keiner der beiden Streithähne hielt das Tempo des Kampfes lange durch, denn sie hatten es auf den Tod oder wenigstens die Verletzung des anderen abgesehen und wichen den Stößen oft nur um Millimeter aus. Beide Kämpfer ermüdeten. Schweiß rann aus ihren Haaren, und ihre Hemden klebten mit jedem Satz mehr an ihren Leibern fest.

Renolds Messer fuhr abermals durch die Luft, doch dann stolperte er über ein Häufchen Eicheln und wich eilig einem rückhändigen Hieb seines Gegners aus. Er verzog schmerzlich das Gesicht, und auf dem Weiß seines Hemdes an seiner rechten Schulter zeigte sich ein dunkelroter Fleck, der sich schnell ausbreitete. Er schwankte, und sein rechter Arm hing kurzfristig schlaff herab. Das Loch, das Michels Degen in seine Schulter gestoßen hatte, war aufgebrochen.

Laurence verdoppelte seine Anstrengungen, denn die Witterung des Bluts verlieh ihm gleich einem Raubtier neue Kraft. Renold sprang vor und zurück und duckte sich unter seinen Attacken hindurch, aber seine Bewegungen wirkten unbeholfen, und der nasse Fleck auf seinem Hemd hatte sich inzwischen auf seinen Arm ausgedehnt. Das Blut troff ihm vom Handgelenk, als er sich angesichts eines erneuten gegnerischen Hiebs auf die Seite warf.

Nur sehr langsam erholte er sich. Laurence fletschte die Zähne, und mit einem raubtierhaften Grinsen holte er abermals aus. Sein langes Messer blitzte wie goldenes Feuer, als es nach vorne schoß. Renolds Gegenwehr kam verzögert und kraftlos, nicht mehr als eine halbe Drehung, während die Klinge in Richtung zarten Fleisches schoß, in Richtung lebenswichtiger Organe, über denen nur eine Schicht straffer Muskeln saß.

Mit einem dumpfen Knall prallte Leib an Leib, ein gedämpfter Schmerzensschrei wurde laut, und man hörte, daß Stoff zerriß. Schwankend und mit vor Anstrengung verzerrten Gesichtern umfingen die beiden Männer einander in tödlicher Umklammerung.

Dann gelang es Renold, sich zu befreien, und Laurence stolperte schwankend nach vorn. Der Riß in der Taille von Renolds Hemd zeigte, daß sein Stoß zwischen Oberkörper und Arm hindurchgefahren war, ohne ihm etwas anzutun. Auch Laurences Hemd wies ein neues Muster auf: Zwischen den mittleren Knöpfen stach der Griff von Renolds Messer hervor.

Renold streckte den Arm aus, als Laurence nach vorne zu fallen begann. Er umfing seine Schultern und legte ihn vorsichtig ab. Der Verwundete warf den Kopf nach hinten, kniff die Augen zu und tastete mit der linken Hand nach dem Messer in seinem Bauch, während er mit der rechten immer noch die eigene nutzlose Waffe umklammert hielt.

Renold ging neben dem gefallenen Mann auf ein Knie, rückte sanft seinen Kopf zurecht und wandte sich dann an Tit Jean. Der Kammerdiener stand neben Michel, der Deborahs Kopf an seine Brust gepreßt hielt.

»Schicken Sie nach dem Arzt, und dann heben Sie einen Fensterladen aus den Angeln und bringen ihn als Trage her.«

Praktische Besorgnis und effektives Handeln, das war Renolds Art. Angelica erkannte, daß er vor allem versuchte, den Schaden, den er angerichtet hatte, gutzumachen, so schnell und so gut es ihm möglich war. Das sagte einiges über den Mann.

Allerdings hatte sie keine Zeit für weitere Überlegungen dieser Art. Ihre Aufmerksamkeit wurde von einer heimlichen Bewegung geweckt. Laurence war offenbar nicht halb so tot, wie es allen schien. Im Schutz der Dunkelheit umfaßte er den Griff seines Messers fester und hob den Arm zu einem Hieb in Renolds ungeschützten Unterleib.

Angelica sprang vor und holte Luft, um loszuschreien. Aber ihr Vater war schneller als sie. Er schob die Hand in die Westentasche und zog eine Pistole hervor.

Schließlich war er der Sekundant, und somit oblag es ihm, seinen Schützling daran zu hindern, ein Unrecht zu begehen. Er stolperte in Richtung der beiden Männer auf dem Boden, stabilisierte die Waffe in seiner gelähmten Hand und hielt den Lauf auf Laurences Herz.

Vor Schwäche und Anspannung zitterte er allerdings so stark, daß es ihm nicht zu zielen gelang. Wenn er abdrückte, träfe er vielleicht Renold, der so dicht über Laurence kauerte. Gleichzeitig hob der am Boden liegende Schurke das Messer, das für Michel und Tit Jean und Deborah hinter Renolds kniender Gestalt nicht sichtbar war, immer weiter an.

Madame Delaup kam von der Galerie zum Ort des Geschehens gerannt und blickte über Angelica und ihren Vater hinweg. Sie verstand sofort, worum es ging.

»Renold, das Messer!«

Renold fuhr herum, und sein düsterer Blick verriet, daß er verstand. Zu spät. Er hatte keine Zeit mehr, um seine eigene Waffe aus dem Bauch des anderen zu ziehen oder dem drohenden Messer zu entgehen.

Noch während Angelica Madame Delaups Schrei vernahm und Renolds Drehung sah, handelte sie. Sie dachte nicht nach, hatte keinen Plan. Es gab nur eine Chance, und sie ergriff sie beim Schopf.

Sie umfaßte die zitternde Hand ihres Vaters und stabilisierte sie. Edmund Carew krächzte dankbar auf, legte einen knochigen Finger auf dem Auslöser der Pistole und drückte ab.

Mit einer lauten Explosion krachte der Schuß durch die

Nacht. Die blendend orangerote Flamme schoß blitzend durch den schwarzen Schießpulverrauch. Laurences Kopf fuhr zur Seite, und auf seiner bleichen Stirn bildete sich ein dunkler, nasser Fleck. Sein Arm fiel herab, und das Messer glitt aus seiner schlaffen Hand.

Dann blockierten breite Schultern die Sicht, als Renold Angelica in seine Arme zog und eng an sich preßte, damit sie den Toten nicht sah.

* * *

»Sind wir nicht zivilisiert?«

Es war Madame Delaup, die diese Worte einige Stunden später sprach. Inzwischen war alles vorbei.

Laurence Eddingtons Leiche hatte man auf einen Lastkarren verfrachtet und zur Beerdigung in die Stadt geschafft. Um die Schurken, die er angeheuert hatte, hatte sich der örtliche Sheriff gekümmert. Sämtliche Betroffenen hatten sich mit Brandy oder Wein beruhigt, und anschließend hatte man sich zu einem gemeinsamen späten Mahl an den Tisch gesetzt.

Renolds Mutter musterte die Schar und fuhr mit derselben nachdenklichen Stimme fort: »In der Tat. Hier sitzen wir und laben uns am Essen und am Wein, als hätte die Aufregung unseren Appetit angeregt. Wir lächeln und betrieben freundliche Konversation, als gäbe es das Wort *Empfindsamkeit* für uns nicht – oder als wären wir zu schockiert, um uns einen solchen Luxus leisten zu können. Ich habe nichts gegen die Gespräche und die lächelnden Gesichter. Was mir allerdings unerträglich ist, ist das Schweigen, das sich zwischendurch immer wieder über uns senkt.«

Sie waren um den Tisch im Eßzimmer versammelt, in einem französischen Heim stets der angemessene Platz für ein Familientreffen und besonders für eine Zusammenkunft des Familienrats. Renold, der am Kopfende des Tisches saß, war neu bandagiert und frisch umgezogen, aber sein Gesicht wies Falten der Anstrengung und dunkle Schatten auf.

Auch seine Geduld war erschöpft. »Was schlägst du vor, Mutter?« fragte er. »Ich nehme an, keiner von uns hat im Augenblick das Bedürfnis, ins Bett zu gehen.«

»Seit vierundzwanzig Stunden warte ich darauf, daß die Vernunft siegt und diese sinnlose Auseinandersetzung ein Ende nimmt. Aber etwas so Erfreuliches scheint mir nicht in Sicht zu sein. Also schlage ich vor, daß wir ein paar Arrangements treffen bezüglich einer Zukunft, die für uns alle hoffentlich harmonischer verläuft.«

Angelica, die rechts neben Renold saß, bedachte ihren Mann mit einem flüchtigen Blick. Er selbst musterte besorgt die deutlichen ovalen Abdrücke, die Laurences Finger auf ihren Wangen hinterlassen hatten, und die dunklen Ringe unter ihren Augen, die nicht weniger beängstigend waren als die Eingefallenheit seines eigenen Gesichts. Dann sah er zu Michel und Deborah hinüber, die nebeneinander zu seiner Linken saßen, von dort zu seiner Mutter am unteren Ende des Tischs und dann zu Edmund Carew, dem der Platz an ihrer Seite zugeteilt worden war. Die Blicke der beiden Männer begegneten sich.

Renold sah als erster fort. Er schob seinen Stuhl nach hinten und stand auf. »Du hättest gern, daß wir großmütig sind und einander verzeihen?« Er stützte die Hände auf die polierte Tischplatte und starrte seine Mutter an. »Warum hast du mir das nicht früher gesagt?«

»Ich dachte«, erwiderte seine Mutter und sah ihn lächelnd an, »das hättest du bereits von selbst erkannt.«

»Toleranz ist dir also nicht unangenehm. Ich verstehe. Die Frage, die sich mir nun stellt, wie hoch du das Leben deines Sohnes schätzt.«

»Das Leben meines Sohnes ist unbezahlbar für mich«,

stellte sie leidenschaftlich fest. »Und wenn du wissen willst, was ich dafür aufgeben würde, sage ich es dir: alles. Hättest du nur einmal darüber nachgedacht, dann müßtest du wissen, daß ich einem Menschen, der dein Leben rettet, frohen Herzens alles geben würde, was er begehrt.«

»Alles?« Renold legte den Kopf schräg und sah seine Mutter herausfordernd an.

Madame Delaup legte die Hände an die Hüften und löste die Silberkette, die dort befestigt war. Sie hielt sie einen Augenblick fest, doch dann legte sie sie vorsichtig auf den Tisch und schob sie hinüber zu ihrem Sohn, wobei die Schlüssel lautstark rasselten. Sie setzte ein warmes Lächeln auf. »Alles. Du kannst tun, was du willst, mein Sohn, damit du – und meine zukünftigen Enkel glücklich seid.«

Renold lächelte, und in seinen grünen Augen flackerte ein smaragdfarbenes Feuer auf, das einen Großteil seiner Müdigkeit vertrieb. Er richtete sich kerzengerade auf und trat hinter Angelica, obgleich er immer noch mit seiner Mutter sprach.

»Ich habe über den Lohn nachgedacht«, sagte er und legte die Hände auf die Rücklehne von Angelicas Stuhl, »der einem Menschen gebührt, der bewußt und ohne Bedauern auf die letzte Möglichkeit verzichtet, reich zu werden, um der Ehre genüge zu tun. Ein solcher Mensch weilt heute abend unter uns, und ich habe erkannt, daß nur eine einzige Belohnung angemessen ist.« Er wandte sich Angelicas Vater zu. »Ich schlage vor, daß Edmund Carew von heute an auf Bonheur zu Hause ist, daß er die Erträge der Plantage und die liebevolle Fürsorge der Menschen hier mit uns teilen soll. Und daß er sich, wenn es ihm gefällt, als Hausherr betrachten soll.«

»Natürlich ist er wärmstens willkommen hier«, pflichtete Madame Delaup Renold bei.

Was tat er da? Er verfolgte mit diesem Vorschlag ein bestimmtes Ziel, das wußte Angelica. Auch Michel hegte offenbar einen ähnlichen Verdacht, denn er sah Deborah erst verwundert und dann sehr zufrieden an.

Angelica allerdings empfand nichts als Schmerz. Dies war kein Scherz. Dies war die höchste Grausamkeit.

Ihr Vater drehte sich langsam zu ihr um, und seine Miene verriet eine solch ernste Besorgnis, daß ihr zum Weinen zumute war. Als er einen Augenblick später den Mann anblickte, der hinter ihr stand, schluckte sie hart, um nicht an seiner Stelle zu antworten. Sein Stolz ließe es nicht zu, daß sie ihn verteidigte.

»Ich weiß, daß Ihr Angebot freundlich gemeint ist«, sagte Edmund Carew an Renold gewandt, »und ich kann Ihnen gar nicht sagen, wie dankbar ich bin. Aber ich bin nicht der einzige Mensch, der mit diesem Arrangement zufrieden sein muß. Ich könnte niemals hierbleiben, ohne daß mir meine geliebte Tochter ihre Zuwendung und ihre Unterstützung gibt, und sie hat beschlossen zu gehen. Falls Sie möchten, daß ich bleibe, müssen Sie sie davon überzeugen, daß der Frieden und das Glück, die wir alle so dringend benötigen, hier zu finden ist. Im Zusammenleben aller Beteiligten.«

»Es würde nicht funktionieren, Papa«, sagte sie mit leiser Stimme. »Sie werden dir niemals verzeihen, sie werden immer daran denken, daß –«

»Nein«, unterbrach Renold sie. »Wenn man immer in der Vergangenheit wühlt, macht man sich selbst die Zukunft kaputt, dem das eine ist auf dem anderen aufgebaut. Was geschehen ist, wird begraben, und das Grab wird mit den süßen Blumen der Versöhnung geschmückt.«

»Der Versöhnung durch ein gemeinsames Kind?«

»Ja«, sagte Renold mit leiser Stimme, »wenn du es willst. Aber es ist nicht unbedingt erforderlich. Die Geste deines Vaters war mehr als genug – sein Vergehen und seine Sühne, wenn man es so nennen kann, gleichen einander aus. Und was die anderen Dinge betrifft, denk nicht mehr darüber nach. Was er einst für dich getan hat, hat er aus Liebe getan. Sein einziges Vergehen war die Art, wie er den Preis seines Handels berechnet hat. Auch wenn ich es zu Anfang nicht wußte, ist mir inzwischen klar, wie leicht man diesen Fehler begeht.«

Angelica erhob sich und schob sich an ihm vorbei. Sie ging ein paar Schritte in Richtung der Flügeltür, die zum Schutz vor Motten und Moskitos geschlossen war, und dort blieb sie stehen.

Über die Schulter sagte sie: »Weil ein Mann gestorben ist und ein anderer lebt, soll ich alles vergessen, was vorgefallen ist? Ich soll mich ruhig in mein Schicksal fügen und mich von jetzt ab an der Rolle der liebenden Ehefrau – oh ja, und der der aufopferungsvollen Mutter erfreuen?«

»Nein.«

»Nein?« Angelica konnte nicht anders, sie brach in Lachen aus. »Welche Funktion hätte ich dann in diesem Haus?«

»Jede, die dir beliebt«, sagte Renold und trat hinter sie. »Tochter, Krankenschwester, Haushälterin, *Maîtresse*, Hüterin der Schlüssel, Geliebte meines Herzens – was du willst. Wähl die Position, die dir beliebt, oder auch keine davon, wenn du nur bleibst.«

»Und wie ist es mit meiner Rolle der Ehefrau, der niemals dein Interesse galt?«

Im Glas der Flügeltüren sah sie, daß er zornig das Gesicht verzog. Bestimmt setzte er gleich zu einem Donnerwetter an.

Doch ebenso, wie sie seine Miene sah, sah er ihr Gesicht, sah er die silbrigen Tränen, deren Nässe ihre zarten Wangenknochen überzog. Er packte ihre Arme, drehte sie zu sich um und zog sie an seine Brust.

»Gott, Angelica, ich dachte, du wüßtest es«, sagte er mit heiserem Schmerz. »Diese Worte waren doch nichts weiter als der verzweifelte Versuch, Eddington davon abzuhalten, mich zu bestrafen, indem er dich tötete. Ich wußte, er würde dich eher umbringen, als zuzusehen, wie ich dich und Bonheur behielt. Es war eine Lüge, von der ich verzweifelt hoffte, sie würde mir geglaubt. Aber nicht von dir, meine Geliebte, nicht von dir.«

Die Reue und die Liebe in seiner Stimme verrieten eine Gewißheit, an die sie sich klammerte. Endlich glaubte sie ihm. Die Herrlichkeit und Kraft dieser Erkenntnis wärmten sie, und zugleich empfand sie einen sonderbar nagenden Schmerz.

»Oh, Renold, es tut mir so leid, so furchtbar leid. Ich wollte mich vorhin dort draußen bestimmt nicht gegen dich stellen.«

Er schüttelte den Kopf und legte dann sein Kinn auf ihr weiches Haar. »Das hast du auch nicht getan.«

»Doch. Ich habe Laurence von deiner Schulter erzählt. Hätte ich es nicht getan, hätte er vielleicht Pistolen gewählt, und du wärst dem Tod nicht so nahe gekommen.«

Renold brach in rauhes Gelächter aus. »Ich war dem Tod niemals nahe, mein armer, irregeleiteter Schatz. Ich hätte Eddington mehrmals fertigmachen können, hätte ich nicht solche Angst vor der Verachtung in deinem Blick angesichts eines weiteren von mir getöteten Menschen gehabt. Alles andere war nur Schau, um ihn dazu zu bewegen, endlich zu zeigen, was für ein widerlicher Schurke er war. Es hat mich gefreut, als du Einwände gegen das Duell erhoben hast, als du mit kläglicher Stimme gejammert hast, ich würde vielleicht verletzt, denn ich dachte, du wüßtest, was ich vorhatte, ich dachte, du wolltest mir behilflich sein.«

»Ich wußte nichts«, murmelte sie an seinem Hals. »Ich konnte gar nicht mehr denken vor lauter Angst.«

»Wenn das so ist, wenn du dachtest, ich wäre zu verletzt, um einen fairen Kampf zu überstehen, dann bedeutet das –«

»Dann bedeutet das, daß sie dich verzweifelt liebt, du plappernder Idiot«, mischte sich Michel angewidert ein. »Würdest du sie jetzt bitte küssen und ins Bett bringen, damit wir alle noch ein bißchen Schlaf bekommen heute nacht?«

Renold sah ihn mit glückseligem Lächeln an.

»Ja«, sagte er. Und gehorchte augenblicklich.